山西大同大学基金资助

多元文化环境下的
外国文学与比较文学

徐　宏　著

吉林大学出版社

图书在版编目（CIP）数据

多元文化环境下的外国文学与比较文学 / 徐宏著
. — 长春：吉林大学出版社，2017.6
ISBN 978 – 7 – 5692 – 0161 – 1

Ⅰ. ①多… Ⅱ. ①徐… Ⅲ. ①比较文学 – 中国、外国
– 文集 Ⅳ. ①I0 – 03

中国版本图书馆 CIP 数据核字（2017）第 160109 号

书　　名　多元文化环境下的外国文学与比较文学
　　　　　DUYUAN WENHUA HUANJING XIA DE WAIGUO WENXUE
　　　　　YU BIJIAO WENXUE

作　　者　徐　宏　著
策划编辑　朱　进
责任编辑　朱　进
责任校对　朱　进　黄　超
装帧设计　贺　迪
出版发行　吉林大学出版社
社　　址　长春市朝阳区明德路 501 号
邮政编码　130021
发行电话　0431 – 89580028/29/21
网　　址　http://www.jlup.com.cn
电子邮箱　jdcbs@jlu.edu.cn
印　　刷　廊坊市海涛印刷有限公司
开　　本　787×1092　1/16
印　　张　23.75
字　　数　410 千字
版　　次　2017 年 6 月第 1 版
印　　次　2017 年 6 月第 1 次
书　　号　ISBN 978 – 7 – 5692 – 0161 – 1
定　　价　72.00 元

目　录

第一章　多元文化环境下的外国文学——文化

第一节　意大利文化与文学

一、意大利文化

（一）概述

意大利是拉丁文化的发源地,也是两栖文化的直接继承者。在这片土地上曾哺育了斯巴达克斯、但丁、马可·波罗、达·芬奇、伽利略等众多伟大的人物,也诞生过历史上有较多争议的君王恺撒大帝以及臭名昭著的法西斯祸首墨索里尼;既产生了文艺复兴时期震惊世界的绘画和雕塑,也推出了风靡世界的意大利美食。悠久的古代历史、丰富的文化遗产与独特的地理条件、优美的自然风光也使意大利成为世界上著名的旅游国家之一。

"意大利"意为"小牛生长的乐园"。这一国名的由来,有一种较为流行的说法,即在远古的时候,意大利南部的卡拉布利亚区被人们称作"威大利亚","威大利亚"意即"小牛生长的乐园"。当地居民根据读音习惯,逐渐把字母"V"省略了,这样就成为"Italia",即"意大利亚"。到公元前5世纪的时候,这个名字传遍了整个亚平宁半岛,并在某种程度上成为半岛的名称。公元前6世纪,罗马共和国正式把亚平宁半岛命名为意大利亚。在英文中"Italia"写作"Italy";中文译名是从英文转来的,所以写作"意大利"。

意大利国土面积30.13万平方千米,相当于中国国土面积的1/30;人口5756.4万,相当于中国人口总数的1/20;人口密度每平方千米190人,在欧洲排名第五,属人口密度较高的国家之一;首都罗马。除了意大利,意大利半岛上还有两个独立的国家——梵蒂冈和圣马力诺共和国。

1.优越有利的地理位置

意大利共和国位于欧洲南部,国土大部分在地中海的亚平宁半岛上。从地图上看,意大利酷似一只长长的、穿着长筒皮靴的腿,从欧洲大陆伸向蔚蓝色的地中海深处,几乎把浩瀚的地中海拦腰劈成两半,小小的西西里岛刚好位于"足尖"的位置,像一个待射的足球,这自然令人联想起足球就是意大利全民性的狂热爱好。意大利三面环海,高峻的阿尔卑斯山环抱其北部,使意大利与法国、瑞士、奥地利和斯洛文尼亚天然分野,南端的西西里岛与北非的突尼斯隔海相望,其间的最短距离则仅 140 千米,有利的地理位置使其成为欧洲与非洲、亚洲相连接的纽带,不仅便于与非洲的联系,还有利于通过北非诸国与阿拉伯国家相通。

2. 多山多水的地形特征

意大利处于欧亚大陆、非洲大陆板块挤压带上,因而不仅是个半岛国家,而且也成为名副其实的山国,山地和丘陵占国土面积的 80%,雄伟的阿尔卑斯山、高峻的亚平宁山脉都在意大利境内,且多活火山。公元 79 年 8 月 24 日,著名的维苏威火山的一次突然爆发,曾使得罗马帝国初期一座活跃的商贸城市(庞贝)瞬间被厚实的火山灰深埋。如今,保存完好的古城遗迹为我们生动重现了古罗马的城市布局、商业活动,以及当时精巧的工艺。

3. 温和宜人的气候特征

意大利三面为地中海所包围,北部又有天然屏障阿尔卑斯山阻挡住冬季寒流,因而气候呈典型的地中海类型,一年四季温度适中,气温变化小,年平均气温 1 月 2℃ ~ 10℃,7 月 23℃ ~ 26℃,年平均降水量 500—1000 毫米。但是因为地处地中海之中,地形狭长,加之境内多山,南北气候差异还是很大,北方地区冬季寒冷,阿尔卑斯山区气温可降到 - 20℃,一些山峰甚至终年积雪。

(二)丰厚悠久的历史文明

具有 2500 多年历史的意大利是西方国家中除希腊以外另一个文明古国。在古典时代(公元前 27—476 年),这里是罗马文明的中心、伟大的罗马帝国的核心部分;在中世纪,它是基督教世界的心脏;在文艺复兴时期,意大利更是新文化的发源地。在漫长的 1000 余年的封建社会,意大利人以其与日后掀起文艺复兴运动相类似的摧枯拉朽、狂飙突进的精神,为摆脱外族统治的封建割据状态进行了英勇斗争,最终建立起统一的国家。

1. 古罗马帝国之前(前 753—前 27 年)

意大利是从古罗马逐步演变而来的。公元前 53 年,居住在台伯河流域的拉丁人为了抵御外部落的侵袭,建起城堡,取名"罗马"。古罗马的前期,历史上称为"王政时代",始于公元前 753 年,历时 200 年左右。"王政时代"大体上是指罗马氏族制度解体,并向阶级社会过渡的军事民主制阶段。公元前 510 年,由于阶级矛盾不断加剧,国王被推翻,王政时代宣告结束,罗马开始进入奴隶制的贵族共和政体时代。

公元前 3 世纪,罗马人征服了意大利半岛上的其他民族,控制了波河以南的广大地区。随着罗马军事、经济实力的增长,它的扩张欲也随之扩大。为了与迦太基国争夺地中海的霸权,先后发动了 3 次大规模战争,延续了 100 多年,同时加紧向地中海东部扩张,先后征服了马其顿、希腊与埃及,最终罗马成为称霸整个地中海的奴隶制大国。

2. 古罗马帝国(前 27—476 年)

公元前 1 世纪,因利益之争,罗马共和国中发生了多次内战,结果形成了以恺撒和屋大维为首的军人当政。公元前 27 年 1 月 13 日,屋大维就任国家元首,集国家的政治、军事、宗教等大权于一身,标志着罗马进入帝国时期。随着屋大维对外继续扩张,1—2 世纪,罗马帝国成为横跨欧、亚、非三大洲的强国。屋大维在国内推行了一系列改革,在他的统治下,罗马帝国出现了安定局面,经济也得到了迅速发展,因而元老院授予他“奥古斯都”的称号。但在帝国中后期,随着奴隶制经济危机隐患的逐渐暴露、大规模对外扩张的战争、皇位之争的混乱、此起彼伏的奴隶起义、贵族穷奢极欲、社会道德衰败、基督教的兴起,以及压制与反压制的斗争等问题的相继出现,导致罗马帝国日渐衰落。476 年,来自北方的日耳曼人攻陷罗马,废黜了西罗马帝国最后一个皇帝,西罗马帝国宣告灭亡,同时也标志着西欧奴隶制的崩溃,封建社会的开始。

3. 四分五裂的中世纪(5 世纪末—13 世纪末)

这一时期是意大利奴隶制度瓦解、封建制度确立并发展的时期,其特点是外族不断入侵,国家长期分裂,基督教发展迅速,意大利成为西方基督教的中心,而教会与王权因利益需要结成联盟,相互利用。

4 世纪上半叶,罗马皇帝君士坦丁借助于基督教的力量统一了东罗马帝国,并将基督教奉为罗马国教。4 世纪后期,罗马主教趁罗马帝国衰亡时对土地进行大肆掠夺,迅速扩充自己的势力范围。8 世纪,居住在多瑙河流域的伦巴德人入侵,在侵占的领土上建立了伦巴德王国,后并入法兰克王国。756 年,作为为其改朝换代、登上王位举行涂油礼的回报,主宰现今意大利版图的法兰克国王丕平将罗马城及周边大片地区赠予罗马教皇,并声明不过问这些土地与帝国的关系,由此教皇“俗权”宣告产生。961—962 年,冀图在意大利称王并攫取帝国统治权的德意志国王鄂图一世出兵帮助教皇镇压反对派,罗马教皇为其加冕称帝,开始了德意志国王、意大利国王和罗马帝国皇帝的联合统治,建成了“日耳曼民族的神圣罗马帝国”。12—13 世纪,意大利再度分裂为许多王国、公国、自治城市和封建领地。但1870年以前,意大利中部一直由政教合一的教皇国统治,及至意大利国家统一时,教皇国被迫退居罗马城西北角的梵蒂冈,从而给现代世界留下了罕见的奇观——国中之国梵蒂冈。

4. 文艺复兴时期(14—16世纪后期)

14—15世纪,意大利有五个主要国家——那不勒斯、教皇辖地、威尼斯、佛罗伦萨和米兰,它们的历史构成了文艺复兴时期意大利的历史。1494年,法国国王查理八世进攻意大利,开始了一个外敌入侵时期,但是在15世纪晚期到16世纪中期的政治动乱时期,早期培育的艺术文化果实却趋于成熟,意大利站到了欧洲文明的最前列,成为欧洲文艺复兴的发祥地。

文艺复兴是14世纪至16世纪后期,欧洲新兴资产阶级在文学、艺术、哲学、自然科学,以及政治学、法学、历史学、教育学等领域内展开的以反封建、反教会斗争为主要内容的一场新思想、新文化革命运动。恩格斯曾评价文艺复兴说:"这是一次人类从来没有经历过的最伟大的、进步的变革。"文艺复兴时期所形成的资产阶级思想体系被称为人文主义,它的斗争锋芒直接指向了中世纪封建主义世界观,强调用人性反对神权——主张一切以人为中心,反对神的绝对权威;用个性解放反对禁欲主义——肯定现世生活,赞成追求自由和幸福;用理性反对蒙昧主义——颂扬理性知识,重视人的聪明才智;拥护中央集权,反对封建割据——要求建立一个中央集权的、以民族为基础的统一国家。

意大利之所以能成为文艺复兴运动的摇篮,有着多方面综合因素的影响。第一,资本主义生产关系的发展所导致的新经济的内在需求是其发生的基础。第二,经济的繁荣发展为文艺复兴运动的产生提供了雄厚的物质基础和优越条件。第三,丰厚的文化遗产是其产生的重要条件。意大利在承袭古代文化方面有着得天独厚的条件。第四,执政者的重视扶持及积极的文化政策是其产生的重要保证。意大利许多城市都拨有专项资金资助社会文化事业。第五,完善的教育系统提高了意大利人的素质,为文艺复兴运动的兴起创造了一个良好的文化氛围和庞大的新兴知识阶层。

文艺复兴时期的意大利为世界文化史贡献了光辉灿烂的巨人群像。在文学领域有卓尔不群的但丁、彼特拉克和薄伽丘等;在造型艺术方面有达·芬奇、米开朗琪罗、拉斐尔、提香等巨匠;在音乐领域有乔瓦尼·帕莱斯特里那,蒙特威尔第等;在自然科学领域出现了数学家塔塔格里亚和卡达诺,以及物理学家、天文学家伽利略等。

5. 外国专制统治与统一运动时期的意大利(16—19世纪)

16世纪,由于美洲新大陆的发现导致国际商路的改变以及工业原料的缺乏等原因,意大利经济开始衰落,导致外族不断入侵。从16世纪初到18世纪中叶,意大利先后被法国、西班牙和奥地利占领。1796年拿破仑的军队侵入意大利,开始了长达14年的统治。

1848年1月,意大利革命在西西里爆发,到1861年初,除罗马和威尼斯以外,意大利其他地区都已实现了统一。1870年9月,利用法国在普法战争中兵败的机会,意大利民族英雄、国家独立和统一运动的领袖加里波第率领志愿军和意大利政府军同时进入罗马,推翻教皇世俗政权,并建立了君主立宪的意大利王国。意大利在长期分裂后,终于实现了意大利人民为之长期奋斗的统一事业。

6. 意大利共和国的建立和发展(20世纪)

20世纪初,意大利从自由资本主义进入垄断资本主义阶段,于1914年参加了第一次世界大战,并于20年代建立起世界上第一个法西斯独裁政权。

一战初期,曾与德、奥结成三国同盟的意大利起先中立,后在强大舆论压力下站在协约国一边对德奥宣战。由于长期的分裂和异族统治,意大利在经济、军事方面相对落后于其他欧洲大国,一战后更是通货膨胀严重、失业人数激增,引起广大群众的不满,罢工斗争此起彼伏,意大利王室和垄断资产阶级对此十分不安。在此局势下,1921年以镇压群众运动、鼓吹恐怖统治和专制独裁为宗旨的墨索里尼法西斯党应运而生。1922年10月29日,国王邀请墨索里尼到罗马组阁,意大利从此开始了极端反动的法西斯统治时期。

1939年第二次世界大战爆发时,意大利起初中立,及至德国在法国取胜,于1940年加入德国一方向英、法宣战。1943年9月战败投降,墨索里尼被处以绞刑。1946年6月2日,意大利举行全国公民投票,决定废除君主制,成立共和国政府。

二次大战后,意大利政府更迭频繁,在欧洲各国中都属罕见,但政府的内外政策却具有相对稳定和连续性的特点。二战的破坏将意大利原来就先天不足的经济推向凋敝不堪的境地,但战后意大利经济恢复和发展的速度却是惊人的。经济实力的增强使意大利与英、法、德的距离大大缩小,很快在世界工业化大国中确立了自己强大的地位。在5年的调整恢复之后,意大利成为第一批符合加入欧洲货币同盟条件的国家。1957年意大利与法国、联邦德国、荷兰、比利时和卢森堡一起创建了欧洲共同体,简称欧共体。1949年意大利加入北大西洋公约组织,简称北约。1998年首批加入欧元国。

（三）独具魅力的社会风情

行遍世界各地的人或许都会赞同 19 世纪俄国作家果戈理的观点：到过天堂的人，不必留恋人间；到过意大利的人，可以忘掉其他地方。确实，意大利是一个文化古迹星罗棋布的国家。古罗马时代雄伟壮观的建筑物、气势非凡的文化艺术瑰宝与现代经济、文化和科技的发展相交相融，为世界呈现了一幅幅具有独特魅力的风情画。

（1）得天独厚的"露天博物馆"

意大利赢得"欧洲的天堂和花园"的美誉是当之无愧的，慕名而来的游客往往感觉置身于露天博物馆，珍奇的建筑残垣、辉煌的教堂宫殿、巧夺天工的绘画雕刻、形态各异的喷泉，以及随处可见的古老建筑群令人目不暇接。

古罗马圆形竞技场建于公元 80 年，象征着罗马永恒，据说是为了纪念罗马帝国征服耶路撒冷的胜利，强迫 8 万名犹太俘虏历经 10 年苦役建成。这个可容纳 5 万观众的庞大建筑全部用淡黄色巨石垒砌，接缝紧密，竟插不进一个刀片。竞技场是斗兽、赛马、竞技、阅兵、歌舞等的场所，经历了 2000 年风雨侵袭，其围墙已有半壁倒塌，然而四周的看台还保存得相当完整，伫立其间，游人似乎又看到了昔日角斗士与野兽进行生死搏斗的场面，耳边又回响起那撕裂长空的悲鸣。

罗马以其美妙壮观的喷泉闻名于世。罗马共有各种喷泉 1300 多个，其中最著名的是特雷维喷泉。特雷维喷泉背靠一座古老建筑的底层，喷泉正中塑有威严的海神像，两侧各是象征富饶与安乐的两尊女神像，泉水从四面八方的石碑中汩汩涌出，漫过层层岩石，汇成一泓清池。

（2）盛况空前的狂欢节

狂欢节是意大利人最快乐的节日，时间一般在 2 月，届时，各大、中、小城市都要组织狂欢活动，如各种化装游行、文艺演出、音乐会等。最吸引人、最具有特色的是化装游行。身穿奇装异服、头戴各种面具或脸部涂上各色油彩的人们，组织成各种游行方阵，如乐队、马队，古代帝王将相、各种神仙、天使、魔鬼、滑稽小丑等。紧随游行队伍徐徐而过的是各种大型彩车。彩车色彩绚丽、造型独特，有的像天鹅，有的似大象，有的有如宫殿，有的更像大船，快乐的人们在彩车上载歌载舞。在各城市的狂欢活动中，以威尼斯狂欢节规模最为盛大。威尼斯狂欢节起源于 1162 年为庆祝威尼斯国对抗尤里卡战役的胜利。威尼斯狂欢节的空前盛况成为欧洲人百年来的深刻印象。

（3）彰显艺术的威尼斯电影节

每年8月底到9月初两周里举行的威尼斯国际电影节,是世界上最早的国际电影节,始办于1932年,被誉为"国际电影节之父"。相对于戛纳电影节兼顾影片的商业性和艺术性、柏林电影节注重意识形态的探索,威尼斯电影节的最大特点是独立自主的原则和冒险精神,宗旨是"电影为严肃的艺术服务",评判标准为"艺术性"。因此,那些显示着年轻电影"天才们"强烈个性的重要电影,或者还未引起人们重视的初露锋芒之作,都期待着威尼斯的祝贺。威尼斯电影节以发掘导演的"新、奇、快"特点著称,黑泽明、沟口健二、萨蒂亚吉特·雷伊这些亚洲电影界泰斗都曾从这里走向世界。

（4）丰富多样的肢体语言

开朗、乐观、热情是拉丁民族的特质。意大利人的手势和表情非常丰富,常以手势帮助讲话,因此意大利还被称为"手势和肢体语言的伊甸园"。意大利人用食指顶住脸颊来回转动,意为"好吃""味道鲜美";拉动下眼皮,意思是"注意,他(她)很聪明";五指并拢、手心向下、对着胃部来回转动,表示"饥饿";用食指按进面颊,就好像要按出一个酒窝来一样,表示"那位女士太漂亮了";大拇指快速摩擦其他手指,表示"他很有钱,那很贵";用"轻吻指尖"来表示对某物的赞美,不管是对食物、艺术还是女人都是如此。

二、意大利文学

（一）意大利文学的起源

古罗马是古希腊文化与文学的直接继承者,也是意大利文学的源头。由于古罗马人有强烈的社会责任感和民族精神,因此古罗马文学更富集体意识和理性精神,相比较古希腊文学的生动活泼和质朴自然,古罗马文学更强调艺术的严整和谐、风格庄重。古罗马文学对后世产生重大影响的首先是普劳图斯(约前254—前184年)(代表作有《一坛黄金》等)和泰伦斯(约前190—前159年)(代表作有《婆母》等)的世态喜剧,他们的创作开启了意大利戏剧文学的传统,对欧洲戏剧也有重大影响。

（二）中世纪文学

中古时期,诙谐的民间文学、典雅的宫廷文学、神秘朦胧的教会文学、通俗传奇《故事集》、脍炙人口的《马可·波罗游记》等给意大利文学注入了丰富的给养。

1.诙谐的民间文学

为人们所喜闻乐见并且题材广泛的民间文学在一批游吟诗人的引吭高歌下应运而生。这些作品既有浓厚的生活气息,又诙谐幽默、意味深长。如民间诗人切科·安乔里埃利(1260—1313年)创作的《倘若我是一团火》:"倘若我是一团火,我欲将地球烧尽;……倘若我是死神,我就去寻找父亲;倘若我是生命之神,我将远离父母漂泊。倘若我是契可,我将始终如一,把年轻美貌的女子留在身旁,把老妪丑妇赐予他人。"

2. 典雅的宫廷文学

意大利最早的文人诗歌是13世纪前半叶的西西里诗派的抒情诗,他们以描写男女恋情和风花雪月为主题,多半反映当时德国皇帝腓德烈二世统治之下的宫廷贵人的闲情逸致,同时诗的作者也往往借此炫耀自己文采的高雅与学识的渊博。

3. 神秘朦胧的教会文学

随着基督教在意大利统治地位的确立,以普及宗教教义为主要内容的教会文学一度成为文坛主流。13世纪以后,随着城市的兴起和市民阶层的出现,意大利发生了宗教异端运动,冲击着基督教的神权统治和教会文学的垄断地位。一批富有文学修养的宗教文学家在吸收古代文化精华的基础上革新了教会文学。圣芳济谷(1182—1226年)的诗篇《太阳兄弟赞歌》把对大自然炽热的爱与对创造天地万物的上帝的虔诚交融在一起,感情真挚感人、语言朴素简练,是教会文学中的精品。

4. 通俗传奇的《故事集》

13世纪末,一位不知名的佛罗伦萨文人将取材于《圣经》、古典名著以及神话故事和奇闻趣事的100则故事结集成册,题名为《故事集》,又称《古代故事百篇》。作品歌颂了市民的聪明智慧,富有反封建、反教会的意识,轻盈明快、寓意深刻、可读性强,完全摆脱了传统拉丁语文学拘泥于形式、文字雕琢刻板的弊病,是一部深受民众喜爱的传世佳作。

5. 脍炙人口的《马可·波罗游记》

马可·波罗曾在元王朝统治的中国生活了17年(1275—1292年),回国后,一个名为鲁斯第切的比萨文人根据其口述写就了闻名西方的《马可·波罗游记》(约1298年)。作品运用奇崛的文笔,描绘了令西方人耳目一新的东方古国绚丽多彩的社会风貌和风土人情。

(三)文艺复兴时期文学

文艺复兴初期,意大利出现了文艺的高度繁荣。人文主义文学除了先驱但丁以外,还有杰出的诗人彼特拉克和小说家薄伽丘。文艺复兴后期,意大利因遭到外族入侵、内部分裂导致经济衰退,因而文学成就远不如早期,但仍产生了阿里奥斯托和塔索等著名作家。

1. 彼特拉克——人间爱情的咏叹者

弗兰契斯科·彼特拉克(1304—1374 年)是佛罗伦萨著名诗人,曾第一个提出以"人学"与"神学"对抗,号召人们从对神的研究转向对人的研究。

代表作《歌集》(1330—1374 年)是献给其恋人劳拉的一部抒情诗集,收入了 360 首十四行诗和抒情短诗。诗人挣脱了宗教法规、禁欲主义和骑士"典雅爱情"的桎梏,将劳拉当作有血有肉的美女来歌颂,以色彩绚丽的诗句细致描写了劳拉闪亮的眼睛、金色的发卷、甜蜜的微笑等,体现了人文主义对世俗美的追求,以及以个人幸福为中心的爱情观念。

《歌集》用意大利俗语写成,语言优美,风格清新。彼特拉克的诗歌创作实践在风格上继承了普罗旺斯和意大利"温柔的新体"诗派爱情诗的传统,使十四行诗体更加趋于完美,层次分明、结构严整,以善于表现男女青年之间的浪漫恋情和追求人生欢乐的思想著称,因而为各国诗人所仿效,英国诗人弥尔顿、济慈就很喜欢使用这种诗体创作。

2. 薄伽丘——城镇、街市、乡野花园的歌咏者

乔万尼·薄伽丘(1313—1375 年)是意大利杰出的人文主义作家,其代表作《十日谈》(1350—1353 年)是欧洲文学史上第一部短篇小说集。

《十日谈》叙述的是某一年佛罗伦萨流行鼠疫,3 个受过良好教养的青年男子和 7 个妙龄女郎相约在城外一个草木葱郁的别墅避难,大家轮流讲故事,愉快地消磨时光,10 天讲了 100 个故事,所以书名为《十日谈》。《十日谈》中的 100 篇故事长短不一,内容包罗万象:既有赞美骑士侠义精神的传奇,又有情节离奇的男女风流韵事;既有闪烁人类智慧火花的格言式寓言,又有道听途说、街谈巷议。故事的主人公既有王公贵族、修女僧侣,又有骑士侠客、市井平民;既有商贩奴仆,又有医师书生,真可谓集三教九流各行各业之大全。许多故事取材于历史记载、中世纪传说和东方故事。

通过这些故事,作者揭露了天主教会的腐败,僧侣的贪婪、荒淫和虚伪;表现了对封建偏见和禁欲主义的反对,提倡平等,肯定人对自由爱情的追求;赞美了平民,歌颂他们的聪明才智。薄伽丘的作品具有鲜明的反教会思想,同时又反映了当时世情生活,而且是意大利方言的精美作品,具有很高的艺术价值和思想价值。它那生动有趣的故事,通俗、精练的语言,以及故事中套故事的严整、新颖的框架结构,都别具一格,开创了欧洲近代短篇小说的先河,对后代作家产生了重大影响。

(四)17—19 世纪文学

16 世纪以来,在外国的侵略与内部的反动统治下,意大利长期处于分裂

与落后状态。17 世纪,意大利以"马里诺诗派"为代表的形式主义文学风靡一时。18 世纪下半叶,意大利政局相对稳定,资产阶级力量也随之增强,启蒙主义思想广泛传播,促成了启蒙主义文学的诞生,其杰出的代表是喜剧作家哥尔多尼。19 世纪初,意大利民族复兴运动开始蓬勃发展,浪漫主义文学正是这一运动的产物,代表作家是亚历山德罗·曼佐尼(1785—1873 年)与贾科莫·莱奥帕尔迪(1798—1837 年),前者创作的长篇小说《约婚夫妇》在意大利如同但丁的《神曲》一样家喻户晓。到 1870 年,意大利终于取得民族独立,此时在意大利文坛上占据主导地位的是客观反映社会生活的真实主义文学。法埃洛·乔万尼奥里(1838—1915 年)在本时期创作了著名的长篇历史小说《斯巴达克斯》(1874 年)。

卡尔洛·哥尔多尼(1707—1793 年)是 18 世纪一位卓越的启蒙主义戏剧家,一生创作了各种题材的剧本 269 部,其中 155 部为喜剧,代表作有《女店主》(1753 年)、《一仆二主》(1745 年)等。哥尔多尼大胆进行喜剧改革,成功地以"风俗喜剧"取代了流行于意大利舞台 200 多年的"假面喜剧"。"假面喜剧"没有固定剧本,只有演出提纲,表演时由演员即兴编词,滑稽人物戴假面具,人物角色定型。假面喜剧在当时还具有一定的进步意义,但到了 18 世纪,其僵化、固定的程式化演出方式已不能适应现实生活的需要。哥尔多尼进行了大胆的改革,将假面喜剧改革成具有固定台词的,既能刻画鲜明人物性格、又能反映生动的社会生活的新型喜剧,从而为意大利现实主义戏剧的发展开辟了道路。

在喜剧创作中,哥尔多尼精心塑造了各个社会阶层富有个性的艺术形象,既有爱唠叨的父亲、挥金如土的儿子、盼着出嫁的女儿,又有聪明机警的仆人、机智泼辣的妇人、精明狡猾的商人,还有医术蹩脚的大夫、狂妄自大的贵族、诚挚朴实的平民等。语言诙谐生动、生活气息浓郁,并大胆摒弃了传统喜剧单纯逗笑取乐的平庸的思想内容,积极地反映现实生活中的美和丑,具有广泛的社会意义和深邃的思想内容。

代表作《女店主》(1753 年)通过年轻、漂亮、聪明、能干的女店主米兰道琳娜与 3 个贵人(侯爵、伯爵、骑士)之间的周旋和斗争,讽刺了两手空空而又死要面子的没落世袭贵族,暴露了信奉金钱万能哲学的暴发户新贵族的丑恶嘴脸,揶揄了傲慢无礼而又愚不可及的骑士老爷,讴歌了平民米兰道琳娜的勤劳勇敢、美丽聪颖和对爱情的忠贞。剧作体现了作者抨击贵族、赞美平民的启蒙主义思想,洋溢着争取自由平等的时代精神。

（五）20 世纪文学

20 世纪初意大利进入帝国主义时期，从这一重要的历史转折阶段开始一直到 70 年代进入世界先进工业强国行列，意大利历史上产生了在世界文学史上具有较大影响的各种文学思潮和文学现象，也涌现出了众多杰出的作家和诗人。

第一次世界大战后，产生了怪诞派戏剧和具有超现实主义文学意识的隐逸派诗歌。怪诞派戏剧的代表作家为 1934 年荣获诺贝尔文学奖的伟大戏剧家皮蓝德娄，他善于以离奇的情节表现现实的荒诞、人生的苦闷和心灵的扭曲，开创了欧美怪诞派戏剧的先河。隐逸派诗歌的代表作家是被俄国诗人马雅可夫斯基称为"我最喜爱的诗人"的蒙塔莱。蒙塔莱（1896—1981年）擅长采用象征和隐喻的艺术手法刻画和挖掘现代人内心世界的细微变化，其独树一帜的诗作使其于 1975 年荣获诺贝尔文学奖。第二次世界大战后，意大利又出现了新现实主义，代表作家为 50 年代曾任国际笔会主席的小说家莫拉维亚（1907—1990年），其作品主要反映法西斯统治下人民生活的艰难。莫拉维亚以其娴熟的语言运用能力、敏锐的洞察力和细致入微的心理分析被人们誉为"意大利的巴尔扎克"。

在 20 世纪的意大利文学流派中，尤以马里内蒂为代表的激进的、反传统的文学流派——未来主义影响最为深远，不仅对欧美现代文学产生较大影响，还影响了西方一代人的观念和生活方式。1909 年 2 月 20 日，意大利诗人、文艺批评家菲利浦·托马佐·马里内蒂（1876—1944年）在法国《费加罗报》发表《未来主义的创立和宣言》，宣告未来主义诞生。未来主义始于文学，随即以旺盛的势头迅速席卷绘画、音乐、戏剧、雕塑、建筑、舞蹈、电影、摄影等诸多领域，这些作品都体现出一种动态之美与速度之美，如波丘尼（1882—1916年）的《美术馆里的骚动》《城市的兴起》，巴拉的《快速飞翔》等。未来主义在思想倾向上强调面向未来、刻意创新、崇尚速度的美和力量、弘扬反叛。在艺术手法上主张以自由不羁的字句作为诗歌创作的基础，排斥理性和逻辑，要求取消语言规范；取消标点符号、突破格律、杜撰词语；创造阶梯式诗歌形式；以绝对自由的类比表达放荡不羁的主观感觉；推行"印刷革命"，借助大小、形状、颜色各异的字体来表示感觉的程度和变化。未来主义的代表作家还有意大利的帕拉采斯基（1885—1974年）、法国的阿波利奈尔和俄国的马雅可夫斯基等。

第二节　英国文化与文学

一、英国文化

英国,全称"大不列颠及北爱尔兰联合王国",是一个历史悠久的君主立宪制国家,也是欧洲共同体成员国之一。19 世纪国力最为强盛。殖民扩张使英王统御的疆土约占到世界土地面积的 1/4,因此一度号称"日不落帝国",英语因此也成为世界通用语之一。虽然二战过后,英国势力范围收缩且发展缓慢,但仍然在国际舞台上发挥着重要作用。

（一）独特的岛国环境

英国是位于欧洲西北部的岛国,由大不列颠岛、爱尔兰岛东北部以及 5000 多个小岛屿组成。英国南隔英吉利海峡与法国为邻,东对荷兰、丹麦等国,西邻爱尔兰共和国。领土总面积为 24.41 万平方公里,南北长不过 1000 千米,宽不到 600 千米。

英语是官方语言,但许多人不讲英语,在威尔士讲凯尔特语,在苏格兰高原有 8 万人左右讲盖尔语,但在唱国歌时人们用英语同唱"上帝保佑女王"。英国民族包括最早从地中海来的伊比利亚人、凯尔特人、罗马人、丹麦人和诺曼人,但盎格鲁-撒克逊两个民族才是英格兰人的真正始祖。英国人口居住比较集中,80% 住在城市,英格兰中部和南部的几个地区人口密度最大,苏格兰人口分布最稀少。

1. 岛国的丘陵地形

英国没有太多的高山峻岭,地形舒缓平坦,多丘陵。全国的自然地理轮廓可分为四个大区:

苏格兰高原区:海拔多在 600 ~ 900 米,主要山脉有格兰扁山脉,其主峰本内维斯山海拔 1344 米,为不列颠岛的最高点。中部是由苏格兰最重要的河流克莱德河和福斯河及其支流流经的低山和谷地组成,称为苏格兰中部平原。苏格兰 3/4 的人口及大多数工业城市集中在这些低洼地带。

英格兰东南部平原区:该地区位于"英格兰脊背"奔宁山脉以南,威尔士山地和康沃尔丘陵以东,主要包括以塞文河流域为中心的米德兰平原、伦敦平原和威尔德丘陵等,长 354 千米的塞文河是英国最长的河流,长 336 千米的泰晤士河是第二大河,也是最重要的河流。

中西部山区及威尔士山地:山区主要有奔宁山脉、威尔士山地和康沃尔丘陵。除奔宁山脉外,西北部的昆布兰山地中还有许多湖区,通称为"昆布兰湖区"。威尔士北部大多是山地和荒沼地,阿伯拉斯特威思市的东部和南部是威尔士的中央高原区,一般平均高度约 609.6 米。

北爱尔兰区:贝尔法斯特湾和英国最大的淡水湖内伊湖及周围的肥沃土地都位于它的中部,许多主要城市位于从内伊湖流出的河谷畔,北爱尔兰首府贝尔法斯特就位于淡水湖的河口。东南矗立着莫恩山脉,西北为斯佩林山脉,东北为安特里姆高原。

2. "多雾多雨"的气候特征

英国属典型的海洋性气候,主要表现为气候温和、降水丰富和多雾。由于受大西洋湾流影响,比同一纬度其他地方温和,气温很少高过 32℃ 或者低于 -10℃。由于常受低气压影响,天气变化无常,但气候相对稳定。南部地区每天有阳光的时间平均 3 至 4 小时,苏格兰北部平均每天只有 1 小时,而英格兰的南部海岸每天也只有 2 小时。由于海洋气流容易进入,所以全国降水量十分丰富。而来自海洋的暖湿空气与岛屿上空的冷空气一旦相遇,则易使英国笼罩在烟雨迷蒙当中。特别是秋冬两季,更是云雾缭绕,难见阳光。再加上烟囱、炉灶和汽车等排出的烟尘,使得一些城市常年浓雾弥漫,如伦敦就有"雾都"之称。

3. 自然资源

英国的自然资源不多,主要有煤、铁、石油和天然气。英国有世界上较大的煤田,分布在苏格兰中部山谷、英格兰开郡、约克郡和威尔士南部。1913 年产煤近 3 亿吨。后逐渐下降,至 1970 年每年开采 1 亿吨。铁的储藏和开采原在约克郡克利夫兰山地,现主要在林肯郡和诺坦普顿郡。铁矿石的含铁量只有 25% 至 35%。石油和天然气的开采主要在北海和北海的大陆架。

(二) 岛国的殖民与扩张史

从最早的外来垦荒者,到罗马入侵和诺曼征服,不列颠一直处于被"侵入"状态。"百年战争"和"玫瑰战争",使强大的封建王国逐步走向衰落;15 世纪中后期开始的"圈地运动"使资本主义经济得到初步发展;对西班牙"无敌舰队"的重创使英国争得了海上霸权,并开始了"外侵"的殖民扩张。"宗教改革"和"光荣革命"奠定了英国在宗教上和政治上的统治形态,"工业革命"进一步催化了经济的飞速发展和海外市场的掠夺。

1. 前封建社会(11 世纪之前)

大约在公元前 3000 年左右,从地中海地区来的伊比利亚人开始通过与欧洲大陆相连的大陆架登陆不列颠。

朱利斯·恺撒在公元前 55 年曾登陆不列颠,但很快就撤退了。43 年夏天,罗马人大规模正式入侵,到 60 年为止控制了南不列颠汉泊的大部分地区。爱西尼人部落曾在布蒂卡女王带领下发动反抗,但以失败告终。罗马人筑城市、开道路、建立统治机构、传播罗马文明给不列颠,很多英格兰上层人士被罗马化了。410 年罗马召回所有驻军以抵御外侵,而不列颠个别民族为自卫从大陆雇用了一些盎格鲁和撒克逊人。然而,盎格鲁-撒克逊人内部缺乏统一力量,最终导致了"七国争雄"的局面。829 年,威塞克斯国王艾格伯特成为第一个英国国王。

大约 8 世纪初,来自挪威主要是丹麦的北欧海盗"维京人"开始侵入不列颠。850 年,维京人大规模入侵并占领坎特伯雷和伦敦。871 年登位的威塞克斯国王阿尔弗烈德在 1016 年去世,伦敦贵族拥立丹麦国王克努特成为新国王。至此,盎格鲁-撒克逊人与维京人融合在一起。11 世纪初,丹麦人对英格兰的统治结束。

2. 封建社会的发展(11 世纪中期—13 世纪)

(1)诺曼征服

11 世纪中期,英吉利海峡和多佛尔海峡南岸一线都掌握在诺曼底公国第七位公爵威廉或其联盟手中,威廉入侵英国夺取王位指日可待。关于英王王位继承问题,据说威廉与英王爱德华曾有成约可以继承王位。威廉愤而决心以武力夺取王位。该年 10 月率军在苏塞克斯海岸登陆,并在黑斯廷斯击败了还不习惯骑战的哈罗德军队。同年圣诞节加冕为王,史称"征服者威廉"。

在随后几年里,威廉用给诺曼底贵族分封土地的方式在英格兰建立起强大的君主制政权,盎格鲁-撒克逊自由民沦为农奴。法语随之进入英国,在上流社会中一直使用到 14 世纪。教会也"诺曼"化了。

(2)君主制的巩固和《大宪章》

威廉的继承者继续加强王权,虽有短期的王位争夺,但最终法国安茹伯爵的继承人亨利二世因婚姻关系继承英国王位,建立金雀花王朝。他通过种种手段努力扩展势力范围,到 1169 年左右,法国疆土几乎有 1/2 并入了英国版图,形成疆域辽阔的"安茹帝国"。这一局面延续到 15 世纪的百年战争才结束。1199 年,亨利二世的幼子约翰即位。在他统治期间(1199—1216 年),社会上的不满情绪更加强烈,诸侯与王权的矛盾日益尖锐。

《大宪章》是在罗马教皇英诺森三世的直接干预下出台的。1213 年,英诺森教皇因英王约翰在坎特伯雷大主教人选问题上拒绝其建议而宣布开除他的教籍,英国贵族乘机起事造反,迫使约翰王接受了《大宪章》。《大宪章》规定,国王在未征得贵族领主同意的情况下,不能要求贵族交税;国王不能任意改动法律条款;如果国王违反法律,贵族可以发动内战或用其他方法强制他接受。《大宪章》限制了王权,也使第三等级——商人和手工业主第一次拥有了选举权,他们可以选举自己的政府。

3. 封建社会的衰落(14—15 世纪)

(1)百年战争(1337—1453 年)

百年战争时期是在英国封建制度的衰落期,英、法两国之间时断时续的战争,源于领土争执、商业利益,还有国内政治需要等许多复杂原因。

1328 年,法国国王查理四世死后无嗣,他的侄子腓力六世(1328—1350年)即位。而英王爱德华三世的母亲是查理四世的妹妹,他想以外甥的身份争夺法国王位继承权,但遭到了法国贵族的反对。英王为此极其不满,决心以战争解决问题。战争前期英军节节胜利,爱德华三世的长子"黑色王子"爱德华率兵英勇奋战,曾活捉法国国王约翰,并于 1359 年占领了整个法兰西北部。英、法双方都期望和平并在 1360 年签订了合约。1369 年,战争重新开战以法国获胜告终。1375 年双方再次宣布停战时,英国在法国的势力范围大大缩减,贵族内乱,黑死病和 1381 年瓦特·泰勒领导的农民大起义,都使英国一度陷入困顿。

1389 年,理查王与法国又签订了 15 年和平协议。但 1399 年亨利四世推翻查理的统治自立为王。其子亨利五世为了转移人们对王位的注意力,又一次发动对法战争。1422 年 8 月末,年方 36 岁的亨利五世突然去世,刚满 10 个月的亨利六世继承英国王位并兼任法国国王。同年 10 月,查理六世登上法国王位,法国出现了两王并存的局面。"百年战争"结束了威廉一世以来英王在法国的领土利益。

(2)玫瑰战争(1455—1485 年)

1455 年,兰开斯特与约克两大家族争夺王位的封建内战"玫瑰战争"紧随而至,历时 30 年之久,战争因两个家族的贵族徽号分别为白玫瑰和红玫瑰而得名。战争的起因开始是围绕财产和权力的分配,后来则演变为两大家族之间争夺王位的战争。玫瑰战争严重削弱了英国庄园贵族的势力,成为英国历史新格局形成的开端。

4. 资本主义的发展和"光荣革命"(15 世纪末—17 世纪末)

(1)圈地运动

玫瑰战争使亨利·都铎开启了都铎王朝的统治。这一时期,庄园经济开始向货币经济转化,农村劳动力从佃农开始转变为雇佣劳动者。英国手工业得到极大发展,对外贸易增长。到15世纪末,英国的毛纺业成为国家财富的主要来源和主要出口商品,并辐射到其他各行各业中去。毛纺业刺激了牧业的发展,地主开始将耕地转变为牧场用以养羊,成千上万的村庄消失了,大批农民流离失所变成流浪汉和乞丐,这就是英国历史上著名的"圈地运动"。

(2)海外贸易和殖民掠夺

13世纪中国发明的指南针促进了航海技术的进步,也促进了英国的海外贸易与殖民掠夺。到16世纪末,英国东印度公司成立,主要对外出口食品、羊毛、服装和工业原料。英国还用支持海盗活动来扩展海上势力,著名的"海洋之狗"德雷克是第一个环球航行(1577—1580年)的不列颠人,在伊丽莎白一世的默许下,他经常从西班牙领地和香料船上劫掠财物。亨利八世与西班牙裔王后的离婚、伊丽莎白一世对西班牙支持的国内天主教势力的打击包括处死苏格兰女王玛丽·斯图亚特(1542—1587年)、英国对西班牙殖民地和海上势力范围的掠夺争抢等因素,都极大损害了西班牙的利益。于是,1588年5月,西班牙国王腓力二世下令组织了一支庞大的舰队号称"无敌舰队"准备荡平英国。但是这支舰队起航时就遭遇强风无法起航,行驶过程中要么是狂风巨浪险礁破坏,要么是德雷克率领舰队突袭纵火,总之至9月份返回西班牙时损失惨重竟致举国哀悼。对西班牙"无敌舰队"的重创,确立了英国的海上霸权地位。

(3)资产阶级革命

17世纪中叶的资产阶级革命,是日益发展的资本主义同以国王为首的封建束缚不断斗争的必然结果。斯图亚特王朝的统治者詹姆斯一世及其儿子查理一世推行专制统治与国会对抗,压制资本主义发展也损害了广大人民的利益。双方矛盾激化,于1642年1月爆发内战。1647年,克伦威尔领导的新模范军抓获查理,并在1649年1月把他作为"暴君、叛徒、杀人犯和国家公敌"送上断头台。1649年5月英国宣布为共和国。

1660年,查理二世登基,封建复辟势力嚣张一时,他们残酷而野蛮地迫害和屠杀先前的革命者,甚至把克伦威尔的尸首从坟墓里挖出来重新施以绞刑。查理二世的弟弟詹姆斯二世是个"君权至上"论者,即位后更是颁布一系列政策和法令企图恢复天主教,严重损害和侵犯了大资产阶级和新贵族的利益,使他们不得不另谋"国王"以保障自己的权益,他们把目光投向了詹姆斯的女婿荷兰执政奥兰亲王威廉。12月28日,威廉入驻白厅,一场由资产阶级策划的宫廷政变最后宣告完成。这次"1688年政变"是一次没有流血、没有人民群众参加而更替政权的历史事变,所以资产阶级史家称它为"光荣革命"。从此,资本主义在英国迅猛发展,英国历史翻开了新的一页。

5.工业革命、殖民扩张和议会改革(18世纪中期—19世纪末)

(1)工业革命

代表资产阶级利益的君主立宪制度的确立,通过殖民活动使得海内外市场的拓展、农业的相对集中、自由劳动者的大批出现、资本的积累、原料的储备、技术的革新等诸多条件,使得工业革命在18世纪60年代从英国首先开始。最主要的发明有:1764年纺织工人詹姆斯·哈格里夫斯发明了"珍妮机";1784年工程师亨利·科特发明了"搅拌法"和"碾压法",解决了冶炼技术方面的问题;1802年威廉·赛明顿建造的世界上第一艘汽船试航成功;1840年英国正式建立轮船航运公司。到19世纪三四十年代,英国产生了新的行业——机器制造业,标志着历时近一个世纪之久的英国工业革命基本完成。工业革命使英国成了"世界工厂",许多优质产品以高效而便利的方式批量生产出来,并很快在世界上取得垄断地位。

(2)殖民扩张和议会改革

经济实力的增强和对海外原料与市场的需求,使英国在19世纪下半期进行了大规模的殖民扩张。在亚洲,对包括中国在内的一系列国家发动了殖民战争;在非洲,通过布尔战争等暴力行动,占领了整个非洲的1/3。与此同时,加拿大等殖民地获得自治。到19世纪末,英国殖民地已是本土面积的135倍,成为前所未有的"日不落"殖民帝国。在由资本主义自由竞争阶段向垄断阶段过渡中,英国遭遇重重困难,工业生产逐渐落后于美国和德国。国会的进一步改革已成必然。

6.英国与两次世界大战(20世纪初—21世纪初)

进入帝国主义阶段的各资本主义国家竞争愈加激烈,以德国为首的后起帝国主义国家虎视眈眈,谋求重新瓜分世界市场。奥匈帝国王位的继承人弗朗茨·斐迪南大公在波斯尼亚被暗杀。几周之内协约国与同盟国两大军事集团参与了战争,虽然在巴黎和会上英国作为三巨头之一获利分赃,但战争使士兵伤亡惨重,财政陷入困境,人民备受苦难,昔日帝国的强大一去不复返了。

二战初期,以张伯伦为首的英国政府抱有幻想,在西线按兵不动坐失良机。德军绕过马其诺防线,乘虚而入大败英军。丘吉尔受命于危难,敦刻尔克大撤退保存了英军实力。不列颠之战,皇家空军力挫强敌。1945年6月,英军与盟军并肩在法国诺曼底登陆,迫使德国无条件投降。英国又一次获得了战争的胜利,但代价巨大,国家财富丧失了 1/4,几个世纪以来第一次降为二等强国。巨额战争贷款、自然灾害和经济危机困扰着 1945 年上台的工党政府,虽然 1952 年伊丽莎白二世继位后的五六十年代英国的科学技术和经济都有了一定发展,然而接下来的 70 年代却又陷入通货膨胀、工人罢工、恐怖活动和殖民地的独立运动等种种困境。1979 年保守党领袖撒切尔夫人大选获胜成为英国历史上第一位女首相,因其实行强有力的经济紧缩政策故被誉为"铁娘子"。1997 年工党领袖托尼·布莱尔上台,通过给银行更多独立性、实施教育与卫生的新政策、控制社会福利开支等手段,对经济发展起到了一定推动作用。然而,往昔的"日不落帝国"毕竟已元气大伤不易恢复。大多数殖民地相继独立,香港也在 1997 年回归祖国。尽管在海外还有13 块殖民地,但英国在国际上的地位和作用却日渐削弱。

(三)复杂多样的社会生活

独特的岛国风情、虔诚的宗教信仰、严谨的学术教育、精深的科学技术和开放的思想意识,如此种种构成了英国的社会概况。

1. 别样的风俗民情

正是由于特殊的岛屿环境,英国人有着自己独特的思维和行动方式,有着与别国人民不同的品质和特点。英国人孤傲矜持、守旧刻板,崇尚绅士、淑女之风,如讲究礼貌,忌讳排队加楔、询问妇女年龄和在市场上讨价还价。还有,到英国人家中做客,早到会被认为不礼貌;英国人不吃动物的头、足和内脏器官;认为 13 和星期五都是不吉利的数字。并且,英国人喜爱竞争性体育运动,发明并编纂了许多现在流行于全世界的体育运动和比赛规则,如足球、赛马、高尔夫球、网球和划船等,英式足球是人们最喜欢参加的运动之一。英国人非常注重"运动员精神",如比赛时守规则、尊敬对手。

2. 多样化的宗教信仰

英国有两种国教:英格兰教和苏格兰教,它们在法律上被定为国家和官方宗教。英格兰教由圣奥古斯汀于 597 年建立,在 16 世纪的宗教改革中成为国教,规定君主必须信奉并承诺支持国教。英格兰国教的大主教、主教和主持牧师都由君主采纳首相的建议而任命,所有的神职人员都要宣誓效忠王室。教堂有两个总主教区:一个是坎特伯雷,由 39 个主教管区组成;另一个是约克,有 14 个主教管区。苏格兰国教采取长老制的管理形式,即教会由官方任命的牧师和德高望重者管理。另外还有一些非国教的教会,如卫理公会教会、浸礼教会、联合革新教会、救世军等。罗马天主教在英国一直占有相当势力,如今在英国有 7 个罗马天主教大主教区,约每 10 个英国公民中就有 1 个天主教徒。

3.复杂的教育体系

英国的教育制度较为复杂,分别由中央政府、地方政府和学校来负责国家教育事业。中央政府负责制定教育体制、课程和教学标准、修业期限等。地方政府相对于中央政府在教育方面有更大的权力,学校的经费来自地方当局和教育部与科学部的拨款。

二、英国文学

英格兰岛的早期居民凯尔特人和其他部族,没有留下书面文学作品。5 世纪时,原住北欧的三个日耳曼部落-盎格鲁人、撒克逊人和朱特人,在 5 到 6 世纪入侵英格兰时从北欧带来了最早的古英语诗,成为英国古代文学的源头。

(一)文艺复兴时期文学

英国的人文主义文学是欧洲人文主义文学的高峰,最早产生于 14 世纪,在 16 世纪末到 17 世纪初达到了全面繁荣。

曾任下议院议长和最高法官的托马斯·莫尔(1478—1535 年)的《乌托邦》(1516 年),是世界上最早的空想社会主义作品之一,通过一位远航归来的葡萄牙水手希斯拉德描述了未来理想社会。弗兰西斯·培根(1561—1626 年)的《随笔集》(1597 年,1612 年,1625 年),以篇幅短小但寓意深刻的散文为英国随笔文体开辟了道路。"诗人的诗人"爱德蒙·斯宾塞(1552—1599 年),在诗律上建立了优美流畅的九行诗段,人称"斯宾塞诗体",代表作为长诗《仙后》(1596 年)。

英国 16 世纪文学中成就最大的是戏剧。英国民族戏剧在 16 世纪中叶开始形成和发展,80 年代开始进入繁荣时期。新建的剧院越来越多,而且出现了一大群杰出的剧作家。这些剧作家主要包括约翰·李利(1554—1606 年)、托马斯·基德(1558—1594 年)、克里斯托弗·马洛(1564—1593 年)等,他们大都中产阶级出身,在大学念过书,受过人文主义思想的熏陶,具有比较丰富的古典文化修养。并且,都热爱戏剧创作又取得了一定成就,所以被称为"大学才子派"。他们的创作为莎士比亚戏剧艺术的繁荣奠定了必要的基础。基德的杰作《西班牙悲剧》,是"流血悲剧"的范例,对莎士比亚影响很大。"大学才子派"中年纪最小但贡献最大的是上过剑桥大学的马洛,代表作是《浮士德博士的悲剧》。

(二)17 世纪清教文学

17 世纪的英国宗教改革、清教革命此起彼落。反映在文学上,产生了一些以《圣经》作为素材来表现清教思想、宣传革命的文学作品。主要代表作家有弥尔顿(1608—1674年)和《天路历程》(1678年)的作者班扬(1628—1688年)。

弥尔顿是17世纪英国最主要的诗人、思想家和政论家。他把人文主义向前推进,贯彻到资产阶级清教革命的实践中去;同时,他又是恩格斯所说的"第一个为弑君辩护的人",是18世纪启蒙思想家们的"先辈"。因此,弥尔顿可以说是文艺复兴运动和启蒙运动之间的桥梁。他的代表作史诗《失乐园》(1667年)、《复乐园》(1671年)和希腊式诗体悲剧《力士参孙》(1671年),成为英国资产阶级革命的三座纪念碑。《失乐园》,取材于《旧约·创世纪》,共12卷1万余行,用无韵诗体写成。

(三)18世纪启蒙文学

18世纪的英国确立了君主立宪制,启蒙主义文学的任务是为资本主义的进一步发展扫清封建障碍,鼓励资产者的冒险开拓精神;艺术上,以流浪汉小说的形式广泛反映社会现实。丹尼尔·笛福(1661—1731年)的《鲁滨孙漂流记》(1719年),是英国近代现实主义小说的开山之作,通过大量细节描写了资产者鲁滨孙如何在一个荒岛上求生存的历程,反映了18世纪资产阶级勇于冒险、追求财富的进取精神。但鲁滨逊对于"星期五"——一个土著人的命名和驯化,则表现了资产阶级的贪婪和剥削特性。

斯威夫特(1667—1745年)的《格列佛游记》(1726年),是一部长篇讽刺小说。随船医生格列佛4次出海游历了小人国、大人国、飞岛国和慧马国4个不同的地方。作者用漫画式的夸张手法来批判和讽刺社会现实,如小人国选官标准是跳绳技巧,教派斗争的原因则是吃鸡蛋应先打大端还是小端。

被尊称为英国"小说之父"的亨利·菲尔丁(1707—1754年)的《弃儿汤姆·琼斯的历史》(1749年),是18世纪英国现实主义小说中成就最高的作品。汤姆·琼斯是个来历不明的私生子,被乡绅奥尔华绥收养长大,但一度遭到奥尔华绥的外甥布立非的诽谤陷害。汤姆的女友苏菲亚对其感情深厚,在汤姆被误信布立非谗言的养父赶出家门后,即决定离家出走追随男友。由此,就开始了汤姆和苏菲亚各自从乡间、在路上、到城市的游历。两人历经种种艰辛、误会终于相聚。并且,汤姆的身世也被查证为奥尔华绥的亲外甥。汤姆为人善良坦诚、乐于助人,但轻率鲁莽,常常在异性诱惑面前失去理智而不能自控。

18世纪后半期的感伤主义文学是软弱的中小资产阶级情绪的一种反映。大工业生产使他们失去竞争能力,同时他们既不满贵族和资产阶级的压迫剥削,又不理解其至害怕社会革命。在创作上,强调感情的力量,着力描写人物的不幸和痛苦,以引起读者的同情和怜悯,不少作品常常流露出悲观绝望的情调。代表作家是劳伦斯·斯特恩(1713—1768 年),感伤主义的名称就是由他的代表作《感伤旅行》(1768 年)而来。代表作还有小说《项迪传》(1759 年),情节松散、时空颠倒,在印刷字体、标点等的使用上却标新立异。哥尔德斯密斯(1730—1774 年)的小说《威克菲牧师传》(1766 年)及"墓园诗派"的创作,也都属于感伤主义文学。这一切都为浪漫主义文学的产生和发展奠定了基础。

18 世纪后期的感伤主义文学和浪漫诗歌、卢梭"回归自然"的思想和德国的天才、灵感学说,都在一定程度上促成了英国浪漫主义文学的辉煌。

(四)19 世纪初期浪漫文学

1. 第一代浪漫主义诗人

18 世纪末、19 世纪初,英国文学中出现了最早的浪漫主义作家华兹华斯(1770—1850 年)、柯勒律治(1772—1834 年)和骚塞(1774—1843 年)。他们三人歌颂大自然,描写中古时期的宗法制农村生活,厌恶资本主义的城市文明和冷酷的金钱关系。因为他们远离城市,隐居在英国西北部昆布兰和格拉斯米尔湖区,由此得名"湖畔派"。他们的诗作或讴歌宗法制的农村生活和自然风景,或描写奇异神秘的故事和异国风光,一般都是远离社会斗争的题材。华兹华斯在为自己和柯勒律治合著的诗集《抒情歌谣集》撰写的序言中,系统阐述了浪漫主义诗歌创作的一些原则,成为浪漫主义文学运动的宣言书。

华兹华斯描写大自然的诗极多,被誉为"自然诗人"。他的《丁登寺》(1793 年)被认为是"不朽之作",《永生的了悟颂》《我好似一朵孤独的流云》等也都极为有名。柯勒律治强调天才和想象,常把迷离玄妙、古怪离奇的轶事尽力写得惟妙惟肖,代表作有长诗《古舟子咏》(1797 年)、《忽必烈汗》(1798 年)等。

2. 第二代浪漫主义诗人

拜伦、雪莱和济慈,与"湖畔派"诗人不同,他们始终忠于法国革命理想,反对暴政,同情人民苦难,支持各国人民的民族解放运动,具有鲜明的资产阶级民主主义倾向。

拜伦(1788—1824 年)是英国 19 世纪初期伟大的浪漫主义诗人,其诗作主题具有极其强烈的民主思想、独立意识和反叛精神,但同时也带有悲观、孤独和虚无的个人主义色彩。他的《东方叙事诗》(1813—1814 年)是以东方为背景的浪漫主义组诗,主人公都是悲剧性的孤傲的反抗社会制度的叛逆者,都轻视群众以个人力量反抗社会,最后只能在绝望中毁灭自己。因为叙事诗中的主人公都带有拜伦个人的性格特点,所以被称为"拜伦式英雄"。拜伦的哲理诗剧《该隐》(1821 年),把《圣经》人物该隐从"第一个杀人犯"变成反抗专制统治与专制神权的战士,魔鬼路息非由第一个背叛上帝的堕落天使变成反抗神权统治、赞扬理性与自由理想的战士。有"抒情史诗"之称的长诗《恰尔德·哈罗尔德游记》(1812—1818 年),在浪漫主义文学中第一次以政治和社会问题为题材,表达了反抗暴政与侵略、追求独立与民主的主题思想。

(五)19 世纪中期现实主义文学

19 世纪 30 年代开始,现实主义逐步成为英国文坛的主流,小说也取代诗歌成为最主要的文学体裁、在主题上,大都揭露社会制度的种种不合理。批判封建贵族的骄奢淫逸和资产阶级的金钱观念,同情下层劳动人民的悲惨境遇。在艺术上,多采用流浪汉小说结构,"全景式"广泛而深入地反映社会现实;同时塑造典型环境中的典型人物性格,并大量采用细节描写以增强叙事的真实性和客观性。此际出现了以狄更斯为代表的"一派出色的小说家"(马克思语)。其中萨克雷(1811—1863 年)的《名利场)》(1848 年)和盖斯凯尔夫人(1810—1865 年)的《玛丽.巴顿》(1848 年)都是著名作品。

查尔斯·狄更斯(1812—1870 年)是英国现实主义文学最主要的代表作家,一生写了 14 部长篇小说和很多中短篇小说。代表作有《匹克威克先生外传》(1837 年)、《奥列佛·退斯特》(1838 年)(又译《雾都孤儿》)、《大卫·科波菲尔》(1850 年)、《艰难时世》(185:4 年)和《远大前程》(1861 年)等。狄更斯最擅长以流浪汉小说的形式书写小人物的艰辛与悲惨之路,批判贵族和资本家的冷酷和残暴,但文常常故意制造大团圆结局,因此其创作风格被誉为是"带笑的泪"。

夏洛蒂·勃朗特(1816—1855 年)的《简·爱》(1847 年)塑造的同名女主人公坚强自尊、独立自强,一直以来备受读者热爱。勃朗特三姐妹与她们之前的简.奥斯汀(1775—1817 年)和之后的乔治·艾略特(1819—1890 年)一样,都出身于中产阶级,在男性少于女性、门第金钱观念很重的时代里,不能轻易觅得如意婚姻。她们的小说多写女性在社会中地位的不公、在追求婚姻过程中的艰难等。奥斯汀的代表作有《傲慢与偏见》(1818 年)、《理智与情感》(1796 年),艾略特的代表作有《弗洛斯河上的磨坊》(1860 年)和《米德尔马奇》(1871—1872 年)。

托马斯·哈代(1840—1928年)一生创作了14部长篇小说和近50部中短篇小说。其小说以他所生长生活的英格兰西南部地区威塞克斯为背景,富有浓重的地方色彩。他将这些"威塞克斯小说"大体分为三类。即性格与环境的小说、罗曼史与幻想的小说和精于结构的小说。其中以第一类最为重要。属于此类的长篇小说有《绿荫下》(1872年)、《远离尘嚣》(1874年)、《还乡》(1878年)、《卡斯特桥市长》(1886年)、《德伯家的苔丝》(1891年)、《无名的裘德》(1896年)。

(六)19世纪后期唯美主义文学

唯美主义最初由法国19世纪60年代的巴纳斯派所提倡,后来影响至英国。唯美派接受康德"自由美"的思想,提出"为艺术而艺术"的口号,反对"为人生而艺术"的"附庸美"。它的兴起是对英国维多利亚时代资本主义社会物质至上、商业主义、功利哲学和市侩习气的反拨。

唯美主义文学的先驱是布莱克和基茨,两者首先在诗歌和绘画领域作了探索;法国戈蒂耶和罗斯金为唯美主义文学的形成奠定了理论基础,如戈蒂耶在《莫班小姐·序》中提出了"为艺术而艺术"的口号,代表作为1852年出版的诗集《珐琅与雕玉》。佩特(1839—1894年)被称为"人道主义的唯美主义者",代表作有哲理小说《享乐主义者马里乌斯》(1885年)和自传性作品《家里的孩子》(1894年)。唯美主义文学的主要代表王尔德(1854—1900年)认为:"一切艺术上的坏处,都是从现实感产生的",而"撒谎,说出美丽动听的假话——这就是艺术的真正目的";并且"艺术不是人生的镜子,而人生才是艺术的镜子"。

(七)20世纪文学

20世纪英国作家在秉承19世纪现实主义文学创作传统的同时,也积极探索新的叙事技巧,如采用"意识流"等创作方法,挖掘人物的潜意识、淡化故事情节,进行现代主义文学的创作。

英国新戏剧的创始者萧伯纳(1856—1950年),一共写了51个剧本。他是英国改良主义组织"费边社"的重要成员,反对暴力革命,主张用点滴改良的"渐进"办法实现"社会主义"。这种思想也影响了他的创作。其代表作《鳏夫的房产》(1892年)、《华伦夫人的职业》(1894年)和《巴巴拉少校》(1905年)。

高尔斯华绥(1867—1933年),代表作有《福赛特世家》三部曲、《现代喜剧》三部曲和《尾声》三部曲,这些小说以19世纪末和20世纪初的英国社会为背景,通过福赛特家族几个主要人物的家庭生活和爱情纠葛,反映了英国资产阶级的盛衰史。

D. H. 劳伦斯(1885—1930 年),是 20 世纪英国文学史上最重要的作家之一,代表作有《儿子与情人》(1913 年)、《恋爱中的女人》(1920 年)、《查特莱夫人的情人》(1928 年)和《虹》(1915 年)等。他批判了资本家对工人阶级的无情压榨和剥削。

第三节　德国文化与文学

一、德国文化

德国历史与欧洲其他国家相比,虽然历时不很长,但却影响深广。德国为人类文明贡献了伟大的哲学家、诗人、音乐家、科学家,但又给现代世界带来巨大的破坏和灾难,而其深刻的反省则令世界抱以期待。

（一）欧洲走廊的地理位置

德意志联邦共和国,面积 357020 平方千米,南北最远直线距离 876 千米,东西直线距离 640 千米,边界线总长 3767 千米。首都柏林,人口 8252 万,人口密度每平方千米 222 人。主要民族是德意志人,另有少数丹麦人、索布族人及外来移民,通用语言为德语。

1. 地理位置、地形、河流及气候

德国位于欧洲中部,北与丹麦毗连,西与荷、比、卢、法四国接壤,南毗邻瑞士与奥地利,东与捷克、波兰相接;这个中心位置使德国成为东西之间和斯堪的纳维亚与地中海之间的交通枢纽,此间水、陆、空均需通过德国,有"欧洲走廊"之称。

地形地势上由南而北渐次低缓平坦:南部是巴伐利亚高原及阿尔卑斯山区,西南为莱茵断裂谷地,中部为东西走向的山地,北部则是冰碛平原。境内最高峰是与奥地利接壤的阿尔卑斯山脉的祖格峰,海拔 2963 米。莱茵河是全国最长的河流。全国大部分地区因处于大西洋和东部大陆性气候之间的凉爽的西风带,西北部地区的海洋性气候特征较明显,而东部和东南部随地势的升高,气候的差异加大,大陆性气候特征也逐渐显著。

2. 资源经济、交通、城市及环保

德国是高度发达的资本主义工业国家。经济实力位居欧洲首位,是世界上第三大经济强国和第二大贸易国。自然资源比较贫乏。森林覆盖率约30%。原料供应和能源很大程度上依赖进口。工业属外向型,垄断程度高,侧重以汽车、机械制造、钢铁、化工、电气为主的重工业,食品、纺织与服装、精密仪器、光学以及航天航空业也很先进。畜牧业发达。交通运输业十分发达,铁路和公路的交通体系完备,尤其是总长约 1.4 万千米的高速公路是世界上公路密度最高的系统。旅游业发达,有柏林、科隆、慕尼黑、海德堡等世界名城。

3. 地方色彩、风土人情、庆典节日

德国北方的普鲁士人深沉而有板有眼,南方的巴伐利亚人豪放而不拘小节,介于中间的是精心整洁的斯瓦宾人、爱养鸽子的鲁尔人、喜欢手拿一杯烈酒与邻居聊天的下萨克森人。

德国建国晚,所以各州各镇甚至各村都有自己不同的庆祝节日,各地过狂欢节(德国南部称"法胜")的方式也各式各样。一些节日是用来纪念历史事件的,如丁克尔斯比尔的儿童节;南部的慕尼黑 10 月啤酒节,来源于 1810年路德维希一世和特蕾泽公主的结婚庆典。德国还有许多葡萄酒节和啤酒节。此外还有圣马丁日、射击节、兰茨胡特婚礼等。而起源于宗教改革运动的圣诞节市场,是一年中最热闹的场面之一。

(二)牵动全欧的民族历史

1. 德意志民族的起源(前 2000—962 年)

大约公元前 2000 年,属印欧语系的各日耳曼族分支,居住在今日德兰、施莱斯维堡-荷尔斯泰因和丹麦半岛。公元前 1500 年,日耳曼人到达奥得河下游。公元前 900—700 年,他们到达下莱茵和下魏克塞尔河。公元前 2 世纪,日耳曼语系分支遍及南斯堪的纳维亚和中欧。"日耳曼"一语在罗马文献中是作为莱茵河右岸部族的称谓,同时也是日耳曼语系各个民族和部族的总称。公元 9 年,日耳曼部落在今之下萨克森地区战胜罗马军队是具有历史意义的一个转折点,标志着日耳曼尼亚脱离罗马而独立,也是日耳曼民族意识的一次深刻表现。又过一二百年,部落联盟的出现为以后形成日耳曼民族集体奠定了种族基础。2 世纪下半叶,出现了三大部落联盟:一是阿雷曼尼亚,即古老的西日耳曼人,5 世纪后为法兰克人征服;二是法兰克尼亚,也是古老的西日耳曼部落,公元 500 年,克洛维一世创建法兰克王国时的重要政治因素;三是萨克森,5 世纪起,他们迁徙至不列颠,8、9 世纪之交,他们被查理曼大帝以武力并入法兰克王国。至公元 843 年,查理曼的孙辈三分帝国,东边一份——东法兰克王国即为今之德国雏形,不过当时尚未产生"德意志民族"这个概念。

东法兰克王国政治实体的稳定是由传统的日耳曼部落之间的联盟来维持的。与中世纪欧洲其他国家相比,德国更为忠实地遵循依靠选举来产生君主的日耳曼传统。公元936年,萨克森一世的王位由其子奥托一世继承。公元962年,奥托又被加冕为"神圣罗马帝国皇帝"。

11世纪,东法兰克国家的语言正向统一的条顿语发展,从而迥异于西法兰克(法兰西)王国流行的拉丁语,最终导致法语文化和德语文化的分流。12世纪中叶,德意志人重新东移至斯拉夫语族人的边境。自此为始一直至今,讲德语的人即定居在中欧,西南则与拉丁语民族相邻。

2. 德意志神圣罗马帝国及民族意识的产生(962—1806年)

"神圣罗马帝国"自962年起至1806年,长达800多年。帝国的政治、文化中心一再改变,初在意大利,继至波希米亚(今捷克),后又移至西班牙。而"德意志帝国"难以生成民族国家,其原因就在于它的帝国边界从未和德语地区重合;选帝侯制度使德国大贵族力量过大。另一原因是德国宗教不统一,北部新教和南部天主教始终对立。1555年,宗教妥协协议达成由领地来决定信仰。而1618年"神圣罗马帝国"皇帝、波希米亚国王决定取消臣民信仰新教的权利,引发了这个新教人口占多数国家人民的反抗并很快演变为一场全欧范围的宗教战争。历经"三十年战争"后,神圣罗马皇帝在帝国的权威被摧毁,德国经济倒退一个世纪。

然而,自15世纪起,德国民族意识已在对抗罗马教廷的斗争过程中生成。同时,德意志人在语言、人种、文化各个方面的同一性,也首次以文学形式表现出来。1486年,"神圣罗马帝国"被冠以"德意志民族的"这一定语,至16世纪已广为流传。马丁·路德与同时代人文主义者常使用"德意志民族"这个术语。从此,德意志民族文化代代相传,愈发辉煌。文化上的成就越来越增加和培养起德国人的民族自信心和自豪感,甚至于把自己看成是优越于世界其他所有民族的人种。但18—19世纪的德国知识分子则过多拥有黑格尔式的优越感:把德国人视为"在这个时代主宰世界历史的民族",是一个"在精神世界的自我发展的自我意识的进程中肩负着赋予绝对理念以完全意义的使命的民族"。也许正因为这段历史时期的德国落后于其他国家,愈是需要更强烈的民族主义来做精神支撑。

3. 民族统一与建立德意志民族国家(1806—1871年)

1806年,在拿破仑率领的法国军队冲击下,长达8个半世纪之久的"神圣罗马帝国"寿终正寝。此时,德意志领土上出现了奥地利和普鲁士两个强大邦国。普鲁士13世纪中叶为条顿骑士团征服而入日耳曼世界,1660年才完全从波兰独立,1701年成为王国并很快发展成一个封建专制的军事强国。1806年,在神圣罗马帝国的废墟上建立起傀儡政权"莱茵同盟"。时任普鲁士首相、著名的政治改革家施坦因(1757—1831年)是一个坚定的德意志民族主义者而非普鲁士主义者,正是他促成了最后的反法同盟。但是,德国民族统一的进程仍很艰难。1815年后由38个邦国组成的"德意志联邦"是一个由奥地利主宰的松散同盟。终于,1848年革命唤醒了德意志民族统一的愿望。

1848年革命后,普奥两国携手维护正统秩序,德国资产阶级,甚至包括前期的俾斯麦,都曾抱有建立两强在内的大德意志国的希望。但当普奥利益愈发不可协调时,小德意志方案占据了上风。俾斯麦(1815—1898年)1859年任首相,他声称:"当代的重大问题不是通过演说与多数人的决议所能解决的……而是要用铁和血。"凭着非凡的洞察力、狡猾的谋略和铁的意志,他开始了精心策划的统一战争:第一阶段,普奥联军1864年占领日德兰半岛,迫使丹麦把石勒苏益格-霍尔斯坦因割让给普奥两国;第二阶段,普奥战争,结果是出现了一个以普鲁士为首、奥地利被排除在外的北部各邦组成的北德联邦;第三阶段,1870年普法战争,结果是阿尔萨斯-洛林割让给德国,除奥地利外,南德各邦都进入了德国版图。1871年1月18日,德意志帝国在法国的凡尔赛宫成立,普鲁士王威廉一世加冕为帝国皇帝。

4. 极端民族主义和德国的再分裂及重新统一(1871—1989年)

德意志帝国的建立使德国重获世界一流强国的地位。普鲁士的容克传统和膨胀的国力相结合,把德国迅速推上军国主义道路。19世纪末20世纪初,德国竭力推行帝国主义和殖民主义政策。强烈而极端的民族主义扩张倾向,终于在20世纪把世界两次拖入大战的深渊。

1918年的一战结束,因为失去阿尔萨斯-洛林和巨额赔款,战后的屈辱不仅未使德国醒悟,反而让民族复仇占据上风,导致希特勒1933年上台,第二次世界大战1939年爆发。甚至在战前,德国已吞并了奥地利和捷克苏台德。而民族主义狂热最极端、最可怖的表现是虐犹主义,近600万的犹太人被杀,这是人类历史上民族主义演变为种族主义的一个最恐怖的例子。

战后德国经历了再一次分裂。1949年,德意志联邦共和国(联邦德国)和德意志民主共和国(前民主德国),分别在美、英、法三国和苏联的占领区及柏林的管辖区内建立,两个德国的格局形成。50年代至60年代,联邦德国经济开始起飞,马克坚挺,德国的声音在世界上重新响亮起来。1961年,苏联为阻挡逃亡潮修筑柏林墙。70年代四国签署柏林协定,前民主德国和联邦德国分别被接纳为联合国会员国,国际社会似乎也承认了德国分裂的永久化。然而,戏剧性的一幕在1989年被拉开。仅仅一年,前民主德国解散并入德意志联邦共和国。分裂了45年的德国,以一种令人难以置信的方式和速度重新统一了。

5. 重新统一后的德国和欧洲(1990—)

直到目前,德国统一的后果还是积极的。强大的联邦德国经济成功地把前民主德国经济改造过来,纳入到一体化的欧洲市场中来。政治上在年轻一代中有新纳粹主义和种族主义复活迹象,但主流文化对此毫不含糊予以反对。德国人本有纵横捭阖的雄风,而今德国政治家则以和平外交赢得了国家,赢得了世界,也赢得了日耳曼民族荣耀。

二、德国文学

德国文学的历史,最早可追溯至古日耳曼时期口头相传的赞美神和英雄的叙事歌曲及战歌,其中只有《梅尔塞堡咒语》和《希尔德布兰特之歌》被后人用古高地德语记载流传下来,是为德国文学中最早的文献,但其产生的具体时间已不可考。

(一)中古至17世纪文学

8世纪中叶,德语开始有正式文字。至9世纪下半叶,为"异教文学"向宗教僧侣文学过渡。10世纪初,古日耳曼人的"异教文学"因基督教完全成封建统治工具而中断。

1. 骑士文学

11、12世纪,德国文学产生了与崇尚来世的宗教文学相对抗的骑士文学,同时,还有口头流传古代英雄故事的民间文学。宫廷史诗和骑士爱情诗是骑士文学的主要形式。归于英雄史诗类的《尼伯龙根之歌》(约1198—1204年)写于基督教思想统治一切的时代,全诗不但看不到一点对于"异教"的歧视,反而处处跃动着"异教"的精神。

2. 文艺复兴文学

15世纪下半叶起,人文主义在德国传播,至16世纪初形成高潮,胡腾以《蒙昧者书简》(1515—1517年)文献而成为德国文艺复兴运动的主要代表。德国的文艺复兴直接产生了宗教改革和农民战争,马丁·路德和托马斯·闵采尔作为这两个运动的代表人物,为德国文化的发展做出了贡献;马丁·路德摒弃当时写作须用拉丁文的风气,直接以德语翻译了《圣经》,还创作了大量的赞美诗,为现代德语奠定了基础;闵采尔所撰革命檄文成为德国文学中最早的革命宣传文学。德国文艺复兴中还有反映市民阶级利益的市民文学在缓慢发展的讽刺文学作品,如工匠歌曲等。

3. 17世纪德国文学

17世纪德国文学模仿邻国巴洛克风格直至18世纪上半叶。马丁·奥皮茨(1597—1639年)的《德国诗论》(1624年)是德国第一部有影响的文艺理论著作;格吕菲乌斯(1616—1664年)的十四行诗和颂歌是当时市民文学发展的顶峰;小说家格里美豪森(1621或1622—1676年)的《痴儿历险记》(1668年)是德国17世纪文学中最有价值的作品,其发展12、13世纪宫廷史诗以一人为中心的写作手法,开日后"发展小说"之先河。

(二)18世纪文学

1. 启蒙运动

18世纪中叶,市民文学取代封建宫廷文学繁盛起来。戈特舍特(1700—1766年)首先在文学上掀起了启蒙运动;他主张以法国古典主义戏剧为典范形式,来创立承担道德教育原则的德国民族戏剧。

莱辛(1729—1781年)被尊为"德国民族文学之父"。他一生写有大量作品,包括戏剧《埃米丽亚·伽洛蒂》(1772年)、《智者纳旦》(1779年)和理论著作《拉奥孔,或论绘画与诗的界限》(1766年)、《汉堡剧评》(1767—1769年)等,都是举世闻名之作。

2. "狂飙突进"

18世纪70年代,一批青年作家发动了一场文学革命。这场文学运动因青年剧作家克林格(1752—1831年)的同名戏剧而被称为"狂飙突进"运动。1770年赫尔德(1744—1803年)与歌德(见本章第二节)在斯特拉斯堡的相见是运动开始的标志。赫尔德是运动的精神领袖,歌德是运动的旗手。1773年,歌德发表戏剧《铁手骑士葛兹·封·贝利欣根》为狂飙突进的第一部代表作,次年出版的《少年维特之烦恼》是德国文学中首部产生世界影响的小说作品。狂飙突进作家不再泛泛地倡导美德,而是强烈要求人的自由发展,要求能够充分发挥人的才能,反对一切束缚和妨碍人的全面发展的社会环境、道德观念。

3. 古典文学

与法国大革命同期,德国文学开始向古典文学时期过渡。歌德、席勒等并不怀疑法国大革命是人类历史上的一个伟大转折,但他们在思考这样的问题:在什么条件下,感情与理智、理想与现实、个人与集体、人与自然、主观与客观才能达到和谐统一。他们从古希腊艺术中找到了解决问题的途径,认为古希腊城邦民主制是理想的社会制度,人在那里可以得到和谐的发展。当时德国文学和哲学的成果已表明:人类社会由低级向高级发展并循着否定之否定的过程进行;近代文明否定了古希腊的自然状态,而未来理想社会则应在否定由于劳动分工而造成人性肢解的近代文明社会后,在更高阶段上恢复古希腊人的自然状态。

（三）19 世纪文学

1. 浪漫主义文学

18 世纪末，德国出现了浪漫主义文学运动。1796 年，A. 施莱格尔（1767—1845 年）和 F. 施莱格尔（1772—1829 年）兄弟在耶拿、后在柏林出版《雅典娜神殿》并形成一个文学中心，史称"早期浪漫派"或"耶拿派"，重要作家有蒂克（1773—1853 年）、诺瓦利斯（1772—1801 年）等。他们的基本特征是怀古遁世，重视童话和传奇。诺瓦利斯小说《亨利希·封·奥弗特丁根》（1802 年）中神秘的"蓝花"已成为早期浪漫派的象征。1802 年以后，一批青年浪漫派作家在海德堡形成了新的中心，史称"晚期浪漫派"或"海德堡派"。他们采集民歌，发掘为人忽视的文化遗产：布伦坦诺（1778—1842 年）和阿尔尼姆（1781—1831 年）收集加工整理出民歌《男童的神奇号角》（1806—1808 年），J. 格林（1785—1863 年）和 W. 格林（1786—1859 年）兄弟整理加工了闻名世界的童话集《儿童与家庭童话集》（1812—1815 年）。

此际，与上述各流派并无直接联系的霍夫曼（1776—1822 年）、克莱斯特（1777—1811 年）、沙米索（1781—1838 年），一般也将他们视为浪漫派。霍夫曼是重要的小说家，代表作《小查克斯》（1819 年）等既有批判又具向往，现实与离奇巧妙合为一体，另有别具一格的轻快讽刺，其创作对 19 世纪德语文学产生了很大影响。沙米索是浪漫派开始向 1830 年以后资产阶级民主主义革命文学过渡的一个代表，而海涅则是完成这一过渡并达到新高度的伟大作家。

2. 资产阶级民主主义革命文学

1830 年，德国文学进入新阶段，伯尔纳（1786—1837 年）是当时声望最高的作家。文坛上还出现一个名为"青年德意志"的松散的进步作家团体。到 40 年代，德国出现大批革命诗人，如韦尔特（1822—1856 年）等。

海涅早期的抒情诗有较浓厚的浪漫主义色彩，如他的第一部重要诗集《歌集》（1827 年）；但他的思想已超出资产阶级民主派的水平，他以《论浪漫派》（1830 年）一书终结了德国浪漫派守旧倾向，同时又反对伯尔纳式小资产阶级的偏狭观点。创作上他吸取了浪漫派的文学成就，并承继莱辛、歌德的伟大文学传统，在政治抒情诗上取得极大成就。如代表作长诗《德国——一个冬天的童话》（1844 年），诗人自称看似"一部诗体的旅行记"，实际上揭露和讽刺了德国的封建割据、市民的庸俗、普鲁士的专横，表达了他的哲学观点、政治信念和对人类前途的希望。

3. 形形色色流派的文学

受 1848 年革命失败影响,19 世纪下半叶文学中回避现实、热衷于田园风光及身边琐碎的非政治倾向描写盛极一时。比较著名的作家有海泽(1830—1914 年)、拉贝(1836—1910 年)和施托姆(1817—1888 年)。80 年代,对文学有直接影响的是自然主义文学的兴起。代表作是豪普特曼(1862—1946 年)的《日出之前》。90 年代中期,自然主义文学运动开始衰落,并汇入世纪末形形色色的文学流派。格奥尔格(1868—1933 年)是这种大的"为艺术而艺术"文学潮流的重要作家,他通过所创办的《艺术之页》杂志吸引了大批作家、文学批评家,人们统称他们为"格奥尔格派"。

(四)20 世纪文学

1. 世纪初至 1945 年的文学

(1)现实主义文学

托马斯·曼(1875—1955 年)的作品内容蕴含深刻,形式探索精致。他是德国文学自莱辛到海涅经过百年曲折发展之后的又一伟大代表,长篇小说《布登勃洛克一家》(1901 年),揭示出宗法市民阶级在资本主义大发展形势下的没落命运,表达了作家努力探求复兴人道主义和争取人类进步的可能。

(2)表现主义文学

表现主义是一种反传统的现代主义流派,初现于绘画界,后在音乐、文学、戏剧及电影等领域得到重大发展。一战前夕就出现了"表现主义"文学运动,一批青年作家预感现实有灾祸即将来临,想以精神和意志的力量避免乃至于"改造"。整个世界在小说领域,表现主义这个词常同奥地利作家卡夫卡以及德国的德布林(1878—1957 年)联系在一起。戏剧的代表人物有德国的施特恩海姆(1878—1942 年)、托勒尔(1893—1939 年)、凯泽(1878—1945 年)等人。德国的海姆(1887—1914 年)、贝恩(1886—1956 年)以及早期的贝希尔(1891—1958 年)都是重要的表现主义诗人。

(3)无产阶级文学

以往不被重视或难以同资产阶级文学相抗衡的无产阶级文学,属于这一时期德国文学的重大成就。首先,它拥有数目众多的作家,1928 年成立的"德国无产阶级革命作家联盟"。到 1932 年,拥有 500 名会员,全国有 23 个地方组织。其次,它的队伍中拥有包括贝希尔、西格斯、基施、雷恩、马尔希维查、沙勒、格伦贝格以及布莱希特在内数目众多的优秀作家。其中沃尔夫(1888—1953 年)的戏剧,魏纳特(1890—1953 年)的政治讽刺诗,布雷德尔

(1901—1964年)的小说,完全可归于世界文学名著之列。

(4)"流亡文学"

1933年希特勒上台后,大部分作家流亡国外组成联盟,形成规模宏大的反法西斯文学,又称"流亡文学",震撼了当时的世界文坛。他们创作出大量的优秀作品,如亨利希·曼的历史小说《亨利四世》(1935—1938年),托马斯·曼的四部曲《约瑟和他的兄弟们》(1942年)、《洛蒂在魏玛》(1939年),布莱希特的剧本《大胆妈妈和她的孩子们》以及贝希尔最优秀的诗歌。可以说所有这些"流亡文学"硕果,是在德意志民族历史上黑暗野蛮的时代出现的希望之光。

2.二战后的两个德国文学

(1)德意志民主共和国文学

大部分流亡国外的作家战后回国写出了有影响的反法西斯主题的作品,如西格斯的小说《死者青春长在》(1949年)、阿皮茨的小说《赤身在狼群中》(1958年)等。50年代,布莱希特在戏剧表演艺术方面的实验,引起了世界的注目。六七十年代文学进入繁荣和多样化阶段。在散文方面还出现了一种追求事件客观真实性的"纪实文学"。

(2)德意志联邦共和国文学

新中国成立之初,除了托马斯·曼的《浮士德博士》(1947年)和海塞的《玻璃球游戏》(1943年)尚为人知外,战后联邦德国文学几乎是一片废墟的"零点"。一条独特道路是由一批初学创作的"47社"青年里希特、安德施等人摸索出来,并涌现出像海因里希·伯尔(1917—   )、君特·格拉斯(1927—   )等享有国际声誉的作家。至1959年,其二人的《铁皮鼓》和《9点半钟的台球》的出现,是联邦德国文学的一个重要转折点。六七十年代文坛出现了"61社"和"70社"团体、诗坛的"政治诗歌"和"具体诗歌";另有影响深远的霍赫胡特(1931—   )的《基督的代表》(1963年)、西·伦茨(1926—   )的《家乡博物馆》(1978年)等长篇小说。至八九十年代,由于主题和素材的主导地位不确定,文学呈现出多样化的状况。

第四节　美国文化与文学

一、美国文化

美国,全称美利坚合众国,是一个联邦制国家,从1776年宣布独立算起,至今只不过200多年的历史,但目前它已是世界上经济实力最强大的资本主义国家。

(一)得天独厚的自然环境

美国本土的主体部分位于北美洲中部,北濒加拿大,南接墨西哥,同时,大西洋、墨西哥湾和太平洋分别在东、南、西三面环抱着它。东西长4500千米,南北长2560千米,整个轮廓呈长方形。它的两个最年轻的州——阿拉斯加州和夏威夷州与本土分离,阿拉斯加与加拿大西部相接,夏威夷则位于太平洋中部。国土面积约937万平方千米,列世界第四位。

美国总人口已达3亿,列世界第三位,其中欧洲移民占总人口的80%以上。全国包括50个州和一个行政特区,即联邦政府所在地的哥伦比亚行政特区。

1. 种类齐全的地形特征

按照其地理特征,美国可以大致分为三大部分:东部、西部和广大的中部平原地区。

东部是由阿巴拉契亚山脉形成的高地组成的,约占全国大陆总面积的1/6,由东部的佩特芒特高原、西部的阿巴拉契亚高原和中部的阿巴拉契亚山脉三部分构成。高地与东部海湾平原交界处瀑布众多,水流湍急,水能资源丰富;这里拥有许多天然良港,交通运输十分发达;还有各类工业、渔业生产基地,是美国政治、经济和文化的中心地区。西部是由高原及大科迪勒拉山系构成。科迪勒拉山系由海岸山脉、喀斯喀特山脉和落基山脉组成,占美国领土总面积的1/3。这里地形复杂,有丰富的矿产、森林和旅游资源。中部地区是位于落基山脉和阿巴拉契亚山脉之间的中央平原,北起五大湖,向南延伸到墨西哥湾,占美国大陆总面积的1/2。

2. 资源丰富的水力系统

美国水力资源相当丰富,可分为海湾水系、大西洋水系和太平洋水系这三个主要水系。海湾水系中最长、最重要的河流是密西西比河,被称为"众水之父",是世界第四大河。密西西比河与其主要支流密苏里河、俄亥俄河等汇合在一起,构成美国最大的内河航运水系和灌溉系统。在大西洋水系中,哈德森河通过运河和五大湖连接起来,全长仅520千米,但它却是内陆水运交通的大动脉;形成加拿大和美国的部分边界的圣劳伦斯河是一条国际运输河流。

位于加拿大和美国边境上的五大湖,总面积约24万平方千米,为世界最大的淡水湖群,其中,美国占72%,加拿大占28%,有"美洲大陆地中海"之称。美国境内可航行的河流达41600千米,全部水能资源约为1300亿千瓦,还有许多良港通往世界各地。

3. 温和适宜的气候特征

美国的气候条件十分优越。整个国家的主要陆地部分都处于亚热带,只有佛罗里达南部部分地区处于热带,温度基本保持在 – 20℃(冬季)至25℃(夏季)之间。从东海岸到西海岸,气候呈现多种变化。几乎在国家的正中部地带,由北向南,横亘着一条宽约50厘米的降雨线,除太平洋沿岸外,东部湿润,西部干旱。

4. 储藏丰厚的自然资源

美国在自然资源的储藏、森林和可耕地方面都十分丰富。煤、天然气、铝、锌、银、钼、铀和锗等矿藏在资本主义国家均名列前茅,铁矿、磷、铜、金、钾盐和硫黄的储备量也很大。美国 1/4 的国土都被森林覆盖,森林总面积达3.1 亿多公顷,主要分布在太平洋西北部、海岸线南部地区和北部地区。全国有上亿公顷可耕地,仅本土的耕地面积就占全世界可耕地面积的18%。

美国得天独厚的自然条件对美国民族的个性、价值观念的形成产生了极大影响。美国发展资本主义时拥有广阔的大陆,没有国境线和关税壁垒的分割;丰富的原料供应、适宜的气候、漫长的海岸线和优良的港口等,都为美利坚民族的发展提供了丰富的物质基础,整个大陆像是为一个伟大民族的诞生准备的空摇篮。优越的自然条件对培养美国人的乐观进取精神起了特殊作用,在整个历史上没有哪个国家像美国人那样万事顺利,每一个有进取心和好运气的美国人都可以致富。对他们来说,进步不是抽象概念,而是日常经验,他们每天都可以看到荒野变成良田,村庄变成城市,社会和国家不断变得富有和强大。这种变化激发了他们实现自己愿望的干劲。

(二)创业与扩张的历史进程

美国是一个移民社会,美国社会的发展史,既是一部由移民艰苦创业的历史,是一部从殖民地转化为超级大国的历史,也是美国民族精神的成长史。

1. 殖民地时期的美国

一般认为,美国历史始于 1607 年英国人在弗吉尼亚州詹姆斯敦建立第一个永久殖民点,至 1776 年美国在对英国殖民统治者的战争中取得胜利,赢得国家独立前,这段时期为殖民地时期。

第一个发现新大陆的人是哥伦布,而认定哥伦布所到之处并非亚洲,而是美洲新大陆的是阿美利哥·维斯普西,于是新大陆就以他的拉丁文受洗名命名。新大陆被发现以后,西班牙、英国、法国等纷纷开始抢占新大陆,英国人在大西洋海岸建立起最早的 13 个殖民地。1620 年秋,一批为逃避国内宗教迫害的清教徒乘坐一艘名叫"五月花"号的船只前往美洲大陆定居。这些清教徒移民把艰苦的工作看作美德,把依靠劳动赢得个人财富看作上帝选民的重要标志。他们披荆斩棘,艰苦创业,为建设新家园而奋斗。

2. 独立战争时期的美国

随着北美 13 个殖民地的建立和发展,英国政府也逐渐加紧了对殖民地的剥削。1765 年和 1767 年,英国政府制订出具有侵略性的法案《印花税法》和《汤森税法》,遭到殖民地人民的强烈反对,13 个殖民地决定联合起来,捍卫自己的利益,在 1774 年召开的第一次大陆会议上正式结为共同体。

1775 年 4 月 19 日,英军和殖民地民兵组织在波士顿近郊的列克星敦和康科德发生了一次战斗,打响了独立战争的第一枪。1775 年 5 月,第二次大陆会议在费城召开。会议决定把波士顿民兵组织起来,整编为"大陆军",由乔治·华盛顿领导。

1776 年 7 月 4 日,大陆会议通过了由杰弗逊起草的《独立宣言》,它标志着美国的诞生,这一天成了美国的国庆节。《独立宣言》中那些铿锵有力的语言在殖民地上空久久回荡,并产生了深远影响。殖民地人民开始认识到,他们是自由独立的人,不欠任何人债务,应该拿起武器为自由独立而战。1783 年,英国被迫承认美国独立,第一个独立的资产阶级共和国在美洲建立起来。1789 年 4 月 30 日,共和国第一任总统乔治·华盛顿在纽约华尔街宣誓就职。

3. 内战时期的美国

从托马斯·杰弗逊(1743—1826 年)当选第三任美国总统起,美国开始了大规模的土地扩张。到 19 世纪中期,美国领土面积已从 1783 年的 205 万平方千米扩张到 777 万平方千米。

从 1840 至 1860 年的 20 年间,美国历史上最重要的事件是西部移民运动和南北两种经济制度的严重分化。在大批欧洲移民向西部边疆进发的过程中,美国北方资本主义经济以惊人的速度推进着。到 1860 年,美国工业产值已列世界第四位。

1860 年,反对奴隶制的共和党人亚伯拉罕·林肯(1809—1865 年)当选为总统。同年以南卡罗来纳州为首的南方七州宣布退出联邦,并于次年 2 月在亚拉巴马州的蒙哥马利组成新政府,制定新宪法。至 1865 年 4 月 9 日南军宣布投降,持续 4 年的内战以北军的胜利告终。为解放黑人、消灭美国奴隶制做出巨大贡献的林肯受到人民的热烈拥戴,但他却在内战胜利后的第五天被南方奴隶主指使的种族分子、演员蒲斯在戏院枪杀了。林肯领导的南北战争在美国历史上具有划时代的意义。它是资产阶级又一场成功的革命,是独立战争的继续,蓄奴制的废除和黑奴的解放推动了美国的迅猛发展。战后,美国仅用30年时间就成为西方国家的领头羊。

4. 帝国主义时代和一战时期的美国

内战结束后,共和政府的首要任务就是在政治、经济上重建南方。蓄奴制废除了,但南方黑奴并未真正获得他们应有的地位,种族歧视依然十分严重。

从1865年内战结束到19世纪末期,美国社会发生了巨变,到19世纪末,美国已成为世界上最强大的国家。西部人口日益增多,边疆已不复存在。城市规模越来越大,各类工业迅猛发展,垄断经营大量出现,出现了铁路大王范德比、石油大王洛克菲勒、钢铁大王摩根、汽车大王福特,全国铁路、石油、钢铁、汽车生产的55%至80%都被少数金融寡头垄断,几乎所有重要生产部门都成立了托拉斯。与此同时,美国加紧扩大海外殖民地。1898年,美国挑起第一次重新瓜分世界的帝国主义战争——美西战争,从西班牙手中夺取了菲律宾、波多黎各和关岛,同年吞并了夏威夷群岛。美西战争加速了美国资本主义垄断的进程,标志着美国进入了帝国主义阶段。

5. 二战前和二战时期的美国

一战和二战之间,美国有两个对比强烈的10年。20年代被称为繁荣的和孤立主义的时代,而30年代则被称为大萧条和实行新政的时代。

20世纪20年代,美国出现了短期的、不正常的繁荣,到1930年,国家经济已经比1900年增长了4倍。但社会生产力和人民消费能力之间存在的巨大差距终于导致了1929—1933年期间的大萧条,这是资本主义历史上最广泛、最持久、最严重的一次经济危机,它像飓风一样强烈撼动着美国和整个资本主义社会。

1933年3月4日,正值经济危机的高峰时期,民主党人富兰克林·罗斯福(1882—1945年)宣誓就任美国总统。罗斯福是个坚强的、富有想象力的、乐观的领导人。3月12日,他以亲切真挚的语调和质朴实用的语言发表了其特有的炉边广播讲话,耐心解释了银行暂时停业问题。第二天,银行的存款超过了提款。有人说,罗斯福在8天里挽救了资本主义经济危机。

罗斯福一上台,立即组织了一个由大资本家和经济学家参加的"智囊团",在三个月内先后提出并促成国会通过了70多个法案。他称他的措施为"新政",新政可以归纳为"三R"计划,即救济(Relief)、复兴(Recovery)和改革(Reform)。对于失业,实行政府直接救济,解决饥饿问题,并促成国会通过《社会安全保障法》,确立养老金制、失业保障、残疾人保险制,这是美国社会福利事业的开端。为恢复农业和工业发展,国会通过了《农业调整法》和《全国工业复兴法》。通过缩减农业生产和销毁农产品,来提高农产品价格,缓和农业生产过剩的危机。支持垄断资本对中小企业的吞并,并由国家提供巨额贷款,帮助大企业渡过危机。

1939年9月,第二次世界大战全面爆发。美国开始采取中立立场,尽量避免卷入战争漩涡,一面供应作战双方军火,获取巨额利润,一面坐待局势变化来确定自己的对外政策。1941年12月7日,日本偷袭美国海军基地珍珠港,使美国太平洋舰队几乎全军覆灭。美国被迫对德、日宣战,与日本在太平洋战场展开了激烈的交战,并取得了绝对的胜利。1944年6月,美、英军队在法国诺曼底登陆,开辟欧洲第二战场;1945年8月6日和9日,美国在日本投降前夕在日本广岛和长崎扔下了两颗原子弹,在二战后期为彻底挫败轴心国,取得反法西斯斗争的最终胜利起到了重要作用。

6.二战后的美国

从二战结束到1970年,美国共发生了6次经济危机,经济发展出现下降趋势,但美国经济至今在世界上仍处于领先地位,美元仍然是世界最通行的流通货币。在国际上,美国继续执行扩张政策,试图建立在世界上的盟主地位。无论是1947年春以"杜鲁门主义"的发表为标志的"冷战",还是试图控制东亚和东南亚局面的对蒋介石国民党政府的支持,朝鲜战争、越南战争,或是1991年对伊拉克发动的名为"沙漠风暴"的海湾战争,1999年和北大西洋公约组织联合发起的对南斯拉夫的空袭,都是这种扩张政策的组成部分。

二、美国文学

美国文学至今虽然只走过200多年的历程,但这段短暂的历史却展示了这样一个生动的过程:逐渐挣脱欧洲文化母体的脐带,获得自己的民族个性,成为"美国的"文学。

(一)殖民地时期的文学

威廉·布拉德福德写于1630年的《普利茅斯种植园史》虽到1856年才出版,但却是一部尽人皆知的经典之作。北美人出的第一部诗集是1650年在伦敦出版的《阿美利加姗姗来迟的第十位缪斯》,作者是安妮·布雷兹德里特。以《愤怒上帝手中的罪人》为经典布道词的乔纳森·爱德华兹是殖民地时期最有影响力的作家之一,也是美国200多年的历史中出现的最为深邃的思想家之一,但真正成为美国文学先声的是独立战争时期启蒙思想家富兰克林、潘恩、杰弗逊等人的散文。富兰克林(1706—1790年)不仅是参与起草《独立宣言》的美国早期政治家,也是科学家、实业家和散文家。他的《自传》表达了早期资产阶级革命家勤俭奋斗、刻苦学习、乐观进取的人生态度;《格言历书》收录了大量格言、警句、谚语,介绍科学知识,宣扬实用道德,在殖民地人民中起了极大的启蒙教育作用。

(二)独立战争至南北战争的文学

独立战争激发了民族意识,与此同时受欧洲启蒙学说和浪漫主义文学思潮的影响,美国文学史上第一个文学高潮——浪漫主义文学出现了。

美国浪漫主义文学可以1829年杰弗逊上台推行民主主义政治为界,分为前后两个时期。前期为浪漫主义文学草创期,代表作家有欧文和库柏,他们首次采用美利坚民族独有的题材,塑造了美国文学中第一批典型形象。

华盛顿·欧文(1783—1859年)享有"美国文学之父"的称号。代表作《见闻札记》(1819—1820年)发掘北美早期移民的传说故事,开创了美国短篇小说的先河。《见闻札记》包括散文、杂感、故事等,其中写得最好的是《瑞普·凡·温克尔》和《睡谷的传说》等流传于哈德逊河谷一带富有乡土气息和浪漫主义幻想的短篇小说,人称这是美国最早的神话传说。

詹姆斯·库柏(1789—1851年)是美国文学的另一位奠基人,是最早采用民族历史题材的长篇小说家,素有"美国的司各特"之美称。库柏创作中成就最突出的是边疆题材的系列小说《皮袜子故事集》,以一个绰号叫"皮袜子"的猎手纳蒂·班波为中心人物,他是美国民族在开辟新文明道路上的一个生动形象。

19世纪30年代至南北战争前的浪漫主义文学,称为后期浪漫主义,文学史家称这一时期为"新英格兰文艺复兴"。此时,波士顿成了文学中心,形成了两个文化圈,一个是哈佛派文人,指哈佛大学一批有高度文化修养的知识名流,其代表人物有朗费罗、洛威尔、霍姆斯等。朗费罗(1807—1882年)的长篇叙事诗《海华沙之歌》是美国文学史中第一部关于印第安人的史诗;另一个是康科德超验主义作家集团,以爱默生为首。爱默生表达超验主义思想的《论自然》《论自助》等,造句精练,有如格言,一连串的比喻气势磅礴,有雄辩的说服力和强烈的感染力,被称为"爱默生式"的风格。梭罗提倡超越物质文明,回到自然中寻找生活意义,以达到超灵的境界。他的思想对列夫·托尔斯泰、甘地、马丁·路德·金等都产生了不小的影响。这时期受超验主义影响,同时又有自己独立思考的作家有霍桑和麦尔维尔。纳撒尼尔·霍桑(1804—1864年)是19世纪在美国影响最大的浪漫主义作家。他深受清教思想影响,将资本主义社会引起的种种矛盾归结为人人心中皆有的"恶"。他写过数量不少的短篇小说和 6 部长篇小说,短篇小说的主题基本集中在探讨人性恶等问题上,《教长的黑面纱》《年轻小伙子布朗》《拉帕基尼的女儿》等都是如此。霍桑的代表作是长篇小说《红字》(1850 年),小说通过 3 个人物之间的感情纠葛,表现了新英格兰政教合一时期宗教对人的心灵的摧残,对不合理的婚姻、政教合一的法律和虚伪的宗教道德表示怀疑,肯定爱情、人权和自由。作品深刻揭示出在公开罪恶背后的隐秘罪恶,在法定罪恶背后的道义上的罪恶。

清教思想和超验主义在霍桑心中冲突的结果使他陷入了怀疑主义,他作品中的人物是一群探寻者,但并没有找到真正的出路。霍桑作品特征在于伦理性和心理性,他被誉为美国心理分析小说的开拓者,其小说创作经常运用象征、暗示、讽喻等表现手法,产生含而不露、耐人寻味的艺术效果。

麦尔维尔(1819—1891 年)是继霍桑之后最有影响的浪漫主义小说家,他的代表作《白鲸》(1851 年)。通过白鲸的故事对世界、人生作了哲理探索。白鲸"莫比·狄克"是"恶"的象征。在霍桑探讨人心中的恶之时,麦尔维尔则探讨宇宙、外在世界的恶。大海和白鲸都具有浓厚的象征意味和神秘色彩。

这一时期还有一位颇为另类的作家爱伦·坡(1809—1849 年)、他写恐怖小说和推理小说,被认为是推理小说的鼻祖;他写诗,爱、美、死亡是其作品中经常出现的主题;他写文论,提出"一切艺术的目的是娱乐,不是真理",为其后戈蒂耶、王尔德等人"为艺术而艺术"的主张开了先河。

美国浪漫主义文学在惠特曼诗歌中达到了高峰。惠特曼(1819—1892 年)一生只写了一部《草叶集》,1855 年第一版问世时,只收录了 12 首诗;到 1892 年第九版问世时,已收录到 400 多首。它的成长正是整整一个时代美国成长的记录。《草叶集》歌颂美国社会的民主和自由,赞美普通人的劳动和生活,表现乐观主义情绪和对生活的热爱。

19 世纪 50 年代,美国废奴文学创作空前繁荣,代表作家作品有希尔德烈斯的长篇小说《白奴》(1836 年)和斯托夫人的长篇小说《汤姆叔叔的小屋》(1852 年)。领导黑奴解放运动的林肯总统称斯托夫人为"发动了一场大战的小妇人"。

(三)南北战争至一战时期文学

南北战争结束后,现实主义成为美国文学的主流。战后的美国社会生活各个方面都发生了急剧的变化,工业化和自由竞争的资本主义时代的到来,使重物质、重实际成为时代精神。从社会思潮看,达尔文-斯宾塞主义、实用主义、超人哲学、马克思主义等纷纷涌来,此起彼伏,在社会上产生了极大影响。现实主义正是在这样的背景下崛起的。

美国现实主义文学的倡导者是威廉·豪威尔斯(1837—1920年)。他认为现实主义者应当从生活中最富有特征的方面着手,这种特征"主要是健康、快乐、成就、幸福的生活"。豪威尔斯主张的现实主义是一种"微笑的现实主义"或温和的现实主义,这种平庸乏味、浅薄乐观的主张正是讲究实利、缺乏诗意的时代精神的反映。

与马克·吐温、豪威尔斯同时代的作家还有亨利·詹姆斯(1843—1916年)。他一生致力于写国际题材,即美国与欧洲的际遇,观察美国文明与欧洲文明的差异,描写两者的矛盾冲突,艺术上注重对上流社会的人物心理作工笔刻画,代表作有小说《黛西·密勒》(1879年)、《一位女士的画像》(1881年)、《鸽翼》(1902年)、《金碗》(1904年)等。他是第一个把小说当作艺术探讨的人,著有文艺评论《小说的艺术》(1884年)等。

欧·亨利(1862—1910年)原名威廉·西德尼·波特,被誉为"美国短篇小说之父"。他的300多篇短篇小说多取材于拉丁美洲生活、美国西部牧场生活和纽约都市生活。其中以描写受生活煎熬的小人物,贫困失业,然而相濡以沫的作品最为动人,如《麦琪的礼物》《最后一片藤叶》《警察与赞美诗》等都是传世佳作。欧·亨利的作品篇幅短小,没有重大的社会生活,也没有深刻的思想或独特的人物性格,但他擅长采用独特的艺术手法,如巧合、反巧合、突变等手法,尤其是所谓"欧·亨利式的结尾",使他的故事令人难忘。

杰克·伦敦(1876—1916年)是以他的"北方故事"闯入文坛的人。这些作品都是以冰天雪地的北国、白色寂寥的阿拉斯加为背景的,描写普通淘金者在遥远北方的生活,突出主人公在非常艰苦的条件下同自然界进行的顽强斗争。其中的《热爱生命》(1906年),写人顽强的求生意志与恶劣的生存环境之间的殊死搏斗。最著名的是以狗为主角的小说《荒野的呼唤》(1903年)和《白牙》(1906年)。《荒野的呼唤》是杰克·伦敦创作中的精品,北国荒原上生命的角逐无疑是残酷竞争、无情掠夺的资本主义社会的寓言,作品散发着斯宾塞"弱肉强食,适者生存"的生物社会学思想。

(四)二战以后文学

第二次世界大战后,美国进入了忧虑和怀疑时代。20世纪出现的各种哲学流派,如尼采的"超人"哲学、柏格森的神秘主义、萨特的存在主义以及弗洛伊德的精神分析学说等,很大程度上影响了20世纪美国文学的内容和形式。50 年代的美苏冷战、朝鲜战争、麦卡锡主义和核战争威胁使人们生活在惊恐之中，文坛曾一度趋于沉寂。60 年代至 70 年代，经过越南战争、民权运动、女权运动、水门事件，文坛重新活跃，出现了五花八门的现代派文学。不少作品的中心主题是孤独，作家们都在重建价值支撑点，对世界和自我进行重新认识。

50 年代兴起的"垮掉的一代"正是这种心态的体现。高压的政治空气使许多青年感到压抑，陷入精神危机，他们吸毒、群居，以颓唐、放纵的生活方式来反抗社会，形成"反主流文化"运动。"垮掉的一代"代表作家有诗人金斯堡（1926—1997 年）和小说家凯鲁亚克（1922—1969 年）。金斯堡的长诗《嚎叫》（1956 年），表达了一代青年的痛苦与自暴自弃的情绪；凯鲁亚克的成名作《在路上》（1957 年）描写一批垮掉的青年在各地流浪的生活。

四五十年代犹太文学崛起。犹太文学的突出主题是探索犹太人的历史命运和寻找自我本质。犹太文学的著名作家有索尔·贝洛（1915—2005年），代表作有《奥吉·玛琪历险记》《雨王汉德森》《洪堡的礼物》等；艾萨克·辛格（1904—1991 年），代表作有《傻瓜吉姆佩尔》《赛拉姆先生的行星》等；马拉默德（1914—1986 年），代表作为《店员》等；塞林格（1919—　　），代表作为《麦田里的守望者》等。贝洛和辛格分别为 1976 年和 1978 年诺贝尔文学奖得主。

黑人在南北战争奴隶制废除以后仍处于社会底层。20 年代，由南方黑人创造的爵士乐风靡一时，成为白人文化的重要组成部分，与此同时，在纽约哈莱姆区，黑人作家掀起了一场文学运动，称为"哈莱姆文艺复兴"，代表作家有兰斯顿·休斯等。当时一些严肃作家看到社会中的种种罪恶现象，又难以改变现实，于是怀着痛苦、恼怒和绝望的心情，对世情万物、痛苦和罪恶采取玩世不恭的态度，从而形成了黑色幽默风格。该派代表作家有美国作家约瑟夫·海勒（1923—1999 年）、库尔特·冯尼格特（1922—）、托马斯·品钦（1937—）、巴塞尔姆（1931—）等；主要作品有海勒的《第二十二条军规》（1961 年）、品钦的《万有引力之虹》（1973 年）和冯尼格特的《顶呱呱的早餐》（1973 年）等。《第二十二条军规》是这一流派的奠基作，"第二十二条军规"象征着世界的荒诞和反理性。

第二章　多元文化环境下的
外国文学——女性

第一节　英国女性文学

一、中世纪时期:女性文学的开端

公元 7 世纪末至 15 世纪末,是英国文学从发端到民族文学确立、成熟的历史时期。公元 7 世纪末产生了迄今为止发现的英国最早的古英语作品,10 世纪出现了古英语史诗《贝奥武甫》的手抄本;13 世纪用英语创作的英国民族文学首先在英国各方言地区陆续出现,产生了具有浓郁现实世俗内涵的传奇;14 世纪,"英语在国家和社会生活的各个方面获得了完全胜利","上升为全英国的文学语言"。自英国文学发端至文艺复兴时期的几百年间,流传下来的女作家及作品寥若星辰,而且主要是出家的修女或半出家的虔诚女性的宗教作品。修道院成为中世纪杰出女性寻求庇护和接受教育的重要场所,她们在这里通过阅读、抄写《圣经》获得了学习机会,甚至学习了拉丁语,并创作了具有浓厚宗教色彩的文学作品。这些女性也因其虔诚的宗教生活和宗教写作而得到教会及公众的认可,并得以流传后世。现代学者将女性的这部分写作纳入"俗语神学"的范畴,认为"女性俗语神学"著作对于中世纪的宗教文化做出了重要贡献,女性宗教写作的发掘拓宽了中世纪传统宗教文学的概念和准则。

迄今为止发掘出的最早用英语写作的女作家是诺里奇的朱莉安,她的真实姓名不详,诺里奇是她的家乡,朱莉安则是她晚年生活的修道院。她经历了那个世纪英国所遭受的种种灾难——黑死病、英法战争、宗教分裂和宗教迫害等。她曾身患重病濒临死亡却又奇迹般地活了过来。她声称自己看到了十字架上的耶稣和天堂的景象,恢复健康后,她开始了文学写作,并在靠近圣朱丽安教堂的一间小屋里度过了 20 年祷告、冥想、隐居的生活。她的代表作《上帝之爱的启示》,是目前为止发现的用英语创作的第一部女性文学著作。它以优美朴素的风格,描绘了她所"看到"的圣景,抒发了她渴望接近神的强烈情感,表达了她的隐居体验和宗教思想——关于爱、怜悯、地狱、罪恶乃至人类未来的思考。她在世时就以睿智和深刻的洞察力而著称,成为14世纪英国最引人注目的神秘主义作家。

中世纪英国最重要的神秘主义女作家是玛格丽·肯普,她出生于英国诺福克郡的林恩,没有受过什么教育,20岁时嫁给一位商人,生了14个孩子,经历过严重的精神危机,心力交瘁,精神崩溃,企图自杀。后来声称看见了基督,突然恢复正常,不久再次遭受精神危机,恢复正常后,她与丈夫订立洁身合同,并得到教会准许身着象征贞洁的白衣,终身献身宗教。大约40岁时,肯普开始了朝圣之旅,途经德国、瑞士、意大利、爱琴海、塞浦路斯等地,最后到达耶路撒冷,返回途中朝拜了罗马等圣地。肯普的个人经历和宗教思想都具有极大的挑战性,她的特立独行和惊世骇俗的思想在当时就引起了截然相反的评价,她被尊为"女圣徒",也被视为"女巫"而遭到嘲笑和斥责。她还曾被控为异端而遭逮捕,在受审时用巧妙的自我辩护使自己幸免于难。

二、16—17世纪:女性文学的发展

如果说,中世纪杰出的知识女性产生自修道院文化,那么,文艺复兴时期的知识女性则是在少数人文主义者的家庭中孕育产生的。人文主义思想在有限的范围内影响了英国的妇女观念,并在某种程度上促进了英国女性在文学艺术及学术领域的发展。女性教育的本质和社会价值问题在一些人文主义者之间展开了争论,被称为早期女权主义者的少数女性公开抨击婚姻制度和女性的社会习俗,并开始探讨女性的本质问题,她们假定存在着一种独特的女性思维和女性视野。这个时期杰出的知识女性大多出身于少数人文主义者的家庭或与宫廷关系密切的家庭,她们在人文主义者的圈子里接受了良好的古典教育,学习了拉丁文和古希腊文,不仅从事文学写作,而且涉足其他学术领域。西班牙学者维夫斯一度被英国王室聘为宫廷教师,他在《基督教的女子教育》一文中提出:要让女子学习本国语、拉丁语、宗教、道德信条,为管理家庭和照料孩子做准备。

文艺复兴时期最具天赋的女作家玛丽·赫伯特·彭布鲁克,是亨利·西德尼爵士的女儿,她的父母都与英国王室有着密切关系,她也是著名诗人、学者菲利浦·锡德尼爵士的妹妹。玛丽在人文主义的浓郁传统中成长,接受了良好的人文教育,阅读神学原著、学习诗歌、音乐、法语、古典文学、希伯来语和修辞学等。在现代语言和拉丁语、修辞和音乐方面有很高造诣。她以文学创作、翻译和对于文学艺术的评论而声誉卓著,她对文艺复兴时期

的英国文学产生了不可磨灭的影响,她的虔诚、美德和博学给她周围的人留下了深刻印象。她的威尔顿庄园一度成为学者、诗人和戏剧家的庇护所。

人文主义思想影响了英国上层社会的妇女,但毕竟范围有限。据约翰·盖依的研究,在都铎王朝时期,英国受过高等教育的女性大约在 15 ~ 20 位,甚至更少,凯西·林恩·爱默森的研究则表明,16 世纪英国的女学者有 50 位。尽管如此,人文主义者的家庭和其他政治文化因素共同促进了英国女性文学的第一次繁荣。女性世俗文学得到发展,女作家主要集中于贵族阶层,以各种不同的方式与宫廷或教会相联系。伊丽莎白一世(1533—1603)自己舞文弄墨,也喜欢有学问的女性,宫廷不仅鼓励女性从事写作,而且成为培养女性世俗创作的场所,一些活跃的女性作家和学者从事研究、翻译和文学创作,她们的著作或者公开出版,或者仅仅作为一种交往形式、一种宫廷礼仪,在宫廷、贵族女性之间传播,成为女性之间友谊和联络的重要方式,也助长了女性文学和学术社群的形成。

书信一直是女性最主要的交流方式和女性最喜爱的文类。15 世纪诺福克郡帕斯顿家族的玛格丽特·帕斯顿等四位女性参与创作的《帕斯顿书信集》,从女性的角度记录了 15 世纪英国的社会、家庭生活,成为后世家族研究、婚姻、法律、经济研究、文学史研究、妇女自传传统、女性书信体文类写作研究的重要文献。16 世纪,中产阶级出身的伊莎贝拉·惠特尼的《书信集》,表现了鲜明的女性声音,探讨了性别关系和女性的性道德,控诉男性对于女性的背叛。惠特尼也是迄今为止发现的英国第一位出版诗集的女性,她留给后世的有诗集《一束芬芳的花》等。伊丽莎白时代最多产的女作家、诗人、翻译家、剧作家是伊丽莎白·卡利,她是自学成才的语言学家,精通 5 种语言,也是 11 个孩子的母亲。她的作品大部分遗失,最著名的《玛丽亚的悲剧》是迄今所发掘的英国文学史上第一部女性创作的剧本。

17 世纪,女作家及作品数量大增。据不完全统计,在 1600—1700 年间,共有 231 位女性出版了作品,但大部分集中在 1650 年后。据艾莱恩·霍贝的研究,1649—1688 年间,有 70 位女性创作了 130 部作品,这些作品反映了流亡法国、荷兰的英国皇室女性的体验。这个世纪,也被视为英国女权主义产生的时期,女作家作品中的女性声音、女性视角明显突出,出现了批判控制女性的宗教观念以及质疑传统性别观念的作品,女性写作的内容表现出广泛的社会关怀,表现出女性对于宗教的沉思与精神的探索,以及对于世俗生活中的友谊、爱情与婚姻本质的思考,而且涉及某些重大的政治事件,产生了以历史事件为中心的传记和自传作品。

阿弗拉·班恩，是英国乃至欧洲第一位"靠给现代大众市场的观众写作谋生的女性"。她的生活充满了传奇色彩，她曾到过南美的英、荷殖民地苏里南。英荷战争期间，她受英王委派前往安特卫普刺探情报。她当过演员，曾因负债而进过监狱，出狱后开始靠写作谋生。自1670年创作第一部戏剧开始，她创作了19个剧本，大部分在伦敦上演，其中以《漫游者》《城市女财主》和《财运》等最为著名。她的作品表现伦敦市民心态和风俗，抨击不平等的婚姻和牢狱般的家庭生活。17世纪80年代后，她开始翻译、写作诗歌和小说，她的诗歌采用田园诗的形式，创造了一个不受政治、习俗约束的社会。她的小说促进了英国言情小说这一文类的发展，揭开了异性爱的面纱，表现了女性的欲望和女性间的友情，触及乱伦、同性恋以及个人与社会的关系等问题。班恩去世后葬在西敏寺。在弗吉尼亚·伍尔夫看来，班恩的生涯比她的作品更重要，所有的妇女都应在她的墓前献束鲜花，因为正是她为她们争取了言说的权利。

玛格丽特·卡文迪什，是英国传记史上第一位为丈夫作传的妻子，也是最早思考历史写作与历史真实问题的女作家。她创作了《我的出生、教养和生活的真实故事》和《高尚的生活——威廉·卡文迪什传》，并为她获得了声誉。她也毫不掩饰自己为了出版和荣誉而写作，她把写作视为获得荣誉和消磨时间的最佳方式。因此，当许多女性匿名发表作品时，她以真名发表作品。她的创作包括散文、诗歌、小说、戏剧、演说及书信等。她的传记作品表现她和丈夫双方亲属的生活，记录了战争和政治给家庭带来的影响，表现了她自己的社会身份、教育、命运、成长和婚姻，以及她的个性和雄心壮志，其中渗透着她关于自然、哲学、写作、政治、阶级、性别的独特观点。她认为女性与男性一样具有学习的能力，智慧是天赋的，知识是人为的，女人拥有与男性相同的智慧，只是由于男人比女人有更多的机会而变得博学。她的小说也有意识地探讨了性别、权力和行为方式等问题。

处于世纪之交的玛丽·阿斯泰尔，被称为"文艺复兴时期的最后一位知识女性""现代第一位女权主义者"。她出身于中上层阶级，父亲是坚定的保皇派和圣公会信徒。阿斯泰尔没有受过正规教育，但从她的叔叔（圣公会教士）那儿接受了良好的教育，涉猎了哲学、数学、神学、历史、政治学和古典文学。父亲去世后，她与母亲、姑母生活在一起，在她们相继去世后，没有嫁资又无依无靠的阿斯泰尔前往伦敦，住在文人和艺术家聚集的切尔西，与当时颇具影响力的女性文学圈建立了密切联系，在她通向学术和文学的艰难道路上，得到过这个圈子里的女文人们的帮助。她最著名的作品是《为了女性的真正、伟大的利益给女士们的严肃忠告》,这部著作流传甚广。她在书中建议为女性建立一个新型的机构——"隐修院",为妇女提供宗教和世俗教育。她规劝女性应该超越母亲和修女的角色,不应该只想着衣帽设计师和裁缝,应该放下剪刀、针线,成为在情感和思想上独立自主的人。她所设想的"隐修院",没有传统修道院的权威控制妇女的精神,也没有男人的暴力和专制,妇女在这里具有高度的个人自由,她们过着贞洁、虔诚、自尊、献身于上帝的社团生活,在祈祷、沉思、谈话、阅读中获得安宁与快乐。在批评婚姻制度的著作《反思婚姻》中,阿斯泰尔提出:女性与男性同样具有理性,"如果男人生而自由,为什么女人生而为奴?"她被认为是对她的同时代人产生重大影响的第一位女性政治作家。她的教育思想对18世纪的女性教育思想产生了很大影响。

三、18 世纪:中产阶级女作家的崛起

18 世纪,古典人文主义学术受到强调理性的启蒙哲学和现代话语的挑战。17 世纪的宗教论争让位于商业主义,贵族中心的文化价值取向和艺术趣味转向资产阶级中心的价值观念和趣味。法律、医学、科学、政治、文学成为职业,伴随着社会转型的宗教、思想和社会运动深刻地影响了女性的生活、文学观念和文学创作。妇女一方面依然遵从着传统循规蹈矩地生活,另一方面则对传统的性别观念和文学观念提出挑战。中产阶级的妇女不仅从事文学创作,而且参与甚至主持出版、印刷、书刊销售业,在伦敦形成了一个女性出版网络,出版业中女性的存在对文学趣味、文化时尚、情感结构和公共意见形成了不可忽略的影响,被时人称为"格拉布街上的女人问题"。中产阶级妇女成为文学的读者主体和文学创作的主力,女性出版的作品在18世纪中期占总出版量的40%,到18世纪末占2/3。女性在小说和诗歌领域取得了前所未有的成就,但在直接向公众言说因而历来被统治者控制的戏剧领域,一向是女性最难进入的领地。自17世纪女剧作家被接纳到18世纪,终于产生了以戏剧谋生的女演员、女明星和一大批女剧作家。1620—1823 年间,英国女性创作的已知的剧作有600部,将近200部创作于1770—1800 年间。兼具戏剧家、演员和小说家于一身的伊丽莎白·因契伯德是18世纪最受观众欢迎的剧作家。她一生创作、改编、翻译了20多部剧作,其中大部分剧作在伦敦剧院上演并出版。她在去世前烧毁了4卷本的自传。许多女作家兼具小说家、诗人、戏剧家的多重身份,采用丰富多样的文类——小说、日记、回忆、书信、政论、随笔、戏剧等等,表现中产阶级的日常生活和经验。以戏剧、诗歌和教育闻名的汉娜·莫尔,深受约翰逊博士的赏识,其改

编并创作的大量剧本深受观众喜爱。

18 世纪产生了一大批思想深刻、情感激烈、政治上激进的女作家,她们通过写作探讨女性的教育、成长、性爱、婚姻、家庭、性别、男性气质、同性友谊、阶级与社群、情感与理性以及政治、宗教和经济问题,表现出鲜明的女性意识和对于社会、政治问题的敏感,表达了她们对于时代主潮——理性主义、科学主义和商业主义的思考、焦虑和批判。

在 18 世纪的英国女性文学史上,哥特小说的代表人物安·拉德克利夫是不能忽略的女性,透过她的小说,可以窥见在那个辉煌的世纪,英国女性乃至英国人隐秘的恐惧和焦虑。她出身于伦敦一个商人家庭,22 岁时嫁给一位律师,她生性羞涩,因此过着离群索居的生活,在丈夫的鼓励下开始小说创作。她创作了《乌多尔夫的秘密》和《意大利人》等 6 部哥特小说,对当时及后世作家如司各特、华兹华斯、柯勒律治、雪莱夫妇、济慈、拜伦、勃朗特姐妹、狄更斯、萨克雷及达夫妮·杜·穆里埃等产生了不可磨灭的影响。正是由于安·拉德克利夫,哥特小说才被严肃认真对待。异国情调、结构复杂、具有超自然力量的城堡所象征的陌生、险恶的环境中隐藏的与性、婚姻相关的阴谋、禁闭和暴力,表现了女性对于家庭乃至性道德的不安和矛盾心理,同时也体现了在传统与现代的转型时期,充满鬼魅且正在崩溃的中世纪庄园生活方式的瓦解。它的瓦解与存在同样令人不安,邪恶、黑暗、危险与仙境般的美丽并存,正是这种心态的折射。安·拉德克利夫小说中无处不在的暗示、沉默、空白、朦胧同与世隔绝的城堡中的男女内心的焦躁不安、身份的不确定、无缘由的恐惧密切相关。

四、19 世纪:女性文学的繁荣

19 世纪,女性的生活状况和文学传统都发生了前所未有的转变。"为争取选举权而斗争,要求获得财产权、离婚后获得孩子的监护权、进入高等教育机构,为成为医生、护士、律师和新闻工作者而学习的权利;组织贸易联盟,经商,写作畅销书,女性已经如此引人注目,以致到世纪末,所谓的女性问题——妇女在社会中的恰当地位的问题——成为当时思想家们关注的重要范畴。"在文学领域,女作家创作了数量超过先前所有世纪的文学作品,既粗制滥造了难以计数的通俗小说和戏剧,也留下了大量堪称经典的杰作。她们的作品关注现实妇女的命运,表现女性处境的阴暗面,探讨两性关系、母亲角色、孩子抚养、女性犯罪等问题,有些作家甚至把没有自由和人格独立的女性的生活视为奴隶般的生活,她们塑造新女性,甚至幻想出女性的乌托邦公社。

在保罗·史略特和琼·史略特所编的《英国女作家百科全书》中所收录的 400 位女作家中绝大部分属于 19 世纪。随着越来越多的女作家的发掘，学者们发现 19 世纪出版的一半小说和诗歌出自女性之手。仅 1760 至 1830 年间，共有 339 位署名的女诗人和 82 位匿名的女诗人出版了诗歌，她们写作英雄诗剧、斯宾塞体、颂诗、传奇、歌谣、十四行诗、抒情诗和儿歌，表现自然、爱欲、死亡、宗教和社会问题。如具有强烈宗教关怀并在英国诗坛具有重要地位的柯里斯蒂娜·乔治娜·罗塞蒂，其诗歌以质朴自然的形式表现她的宗教信仰、世俗世界的无聊和人生的苦难。而颇具传奇色彩和影响力的伊丽莎白·巴雷特·勃朗宁，则以其感情细腻、笔调婉约、格律严谨的爱情诗在诗歌领域赢得了一席地位。在被文学史家称为戏剧衰微的 19 世纪，最受公众欢迎的剧作家是乔安娜·贝利。在通俗文学极度繁荣的 19 世纪，每一打通俗作家中女性就占 10 位，最多产的小说家是女性。安东尼·特罗洛普的母亲法兰西丝·特罗洛普、玛格丽特·奥利芬特等女作家创作了近百部作品。女作家群庞大的人数和作品数量、五花八门的文类、明确的政治社会意识和性别意识、艺术形式上的自觉，极大地丰富了英国文学，也产生了广泛的社会影响。

夏洛蒂·勃朗特的《简·爱》是举世公认的经典之作。小说采用灰姑娘故事的叙述框架，结合成长小说和哥特小说的因素，通过一个孤女的成长经历，表现了阶级、性别地位低下的女性对于平等和独立人格的强烈要求，因此被视为女权主义的先驱之作。更主要的是，小说表现了爱情与婚姻、道德与感情、女性自我意识与激情之间的冲突。男女主人公遵循感情的召唤，经过种种折磨，最终超越门第、年龄和道德原则而结合。哥特式的因素，如中世纪式的庄园、拜伦式的男主人公、阁楼上的疯女人、自然界的元素——土、水、气（风）、火等等，既表现了男女主人公动荡不安的内心生活，也体现了作者对于爱情和婚姻既渴望又恐惧的矛盾感情，这种矛盾造成了简·爱的人格分裂，她既遵循女性的社会角色和传统定规，渴望结婚，成为庄园的女主人，另一方面又对于这一命运充满了怀疑和抗拒。《简·爱》一经问世便大获成功。因此，夏洛蒂·勃朗特是三姊妹中唯一在世时享受盛名的人，但与此同时，她也是活得最为痛苦的一位，她在半年多的时间内经历了弟弟和两个妹妹的相继去世，她在 38 岁时与父亲的副牧师结婚，9 个月后因患妊娠败血症而离世。

爱米莉·勃朗特就更为不幸。与 19 世纪英国的许多女作家一样，爱米莉·勃朗特是那种囿于家庭，但又依赖家庭、无法离开家庭的女作家典型。

除了几次痛苦而又短暂的离家外,爱米莉终身在那孤寂地坐落在荒原上的牧师公馆,过着与世隔绝的生活。爱米莉与夏洛蒂一样,对外面的世界怀有深深的不适和恐惧。由此,人们推断,爱米莉的生活中没有奇遇,据说她也从来没有恋爱过。就其性格而言,爱米莉是那种由相反的因素奇特地组合在一起的人。"她在行动中羞怯异常,娴静闲散,拘谨扭捏",但思索时却感情强烈,独立不羁,性格坚强,想象丰富奇特。爱米莉是那种拒绝现实生活而靠高水平的想象力来维持激情的、诗意地生存的天才,她将自己闭锁在自己的冥想之中,无法也不愿适应外部世界纷扰的生活,在她那平静的表面下,激情的地火在奔突。与其说,她的作品是她生活的曲折表达,不如说是她被压抑的隐秘激情的宣泄。她的生活与她的作品之间存在着巨大的鸿沟。她的《呼啸山庄》因其粗犷恢宏的气质、强烈激越的情感和恶棍式的英雄人物不为世人理解,但爱米莉与世隔绝的生活和隐秘的情感体验,以及《呼啸山庄》复杂的象征意义,使她成了英国文学中的"司芬克斯"之谜。《呼啸山庄》表现了悲剧性的激情,激烈的言辞和行动,暴烈的性格,疯狂的行为,丑陋的人物,超现实主义的元素——梦境、通感、鬼怪、夸张、恐怖、怪诞。在家庭琐事中描写波澜壮阔的情感世界、奔放的情绪。创造了性格暴烈而软弱的人,在恋爱中遭受的屈辱和痛苦。《呼啸山庄》以爱情为中心主题,表现了两个家庭三代人之间错综复杂的关系。小说熔家族小说、复仇小说与哥特小说于一炉,但又超越了传统的家庭、爱情、婚姻小说模式,诸如不顺利的爱情、欲望的延宕、不平等的婚姻、有情人终成眷属等等。这部小说的另一种魅力则在于它浓郁的地域色彩,它对于荒原的描绘"反射出盐碱沼地贫瘠的光泽和荒凉的魅力",寂寞的沼泽峡谷、被风雨摧残的荒野、寒冷的空气、绕屋咆哮的狂风、坚硬的土地、暴风雨之夜的悬崖,以及那荒凉的盐碱沼地,具有鲜明的浪漫主义色彩,形象地传达了苍凉荒原惊心动魄的狂野。

五、20世纪:女性文学的黄金世纪

20世纪女性文学深受妇女运动、女权主义思想和两次大战的影响。对于女性精英而言,女权主义不仅是一种思潮,而且是一种看女性和看世界的立场和思维方式,是所有问题的焦点。质疑男性中心的价值体系和文化标准,表现女性主体性,探索女性身份和女性亚文化,发展姐妹情谊,更新现存世界,被视为女性写作所担负的神圣使命。随着女性普遍接受教育并进入公共领域,有关女性写作的禁忌和限制逐渐被打破,女性的写作也超越了女性性别身份的限定。女作家将性别问题与多灾多难的20世纪中的许多重大问题联系起来,发出了自己独特的声音。

与此思想上的巨大转型相关的是文学观念和表现手法上的革新,表现出对于心理与精神世界高度重视的向内转倾向。正如艾莱恩·肖瓦尔特所说:"弗吉尼亚·伍尔夫和她的同时代作家试图创造一种基于内在空间的力量和一种肯定女性意识高于公共的、理性主义的男性世界的美学,肯定女性完全不同的经验和自我评价。"女权主义者梅·辛克莱是 20 世纪前期最具影响力的作家之一,也是一位对哲学和精神分析学颇有研究并深受其影响的作家。1896 年她开始卖文为生,一生创作了 20 多部长篇小说、两部哲学著作和大量的诗歌、散文、文学评论、新闻报道。她的作品通过女性的社会地位及女性的艰苦奋斗揭露爱德华时代的社会问题,如自传体小说《玛丽·奥利维尔》涉及酗酒的父亲、控制欲强的母亲,以及母女关系、兄妹关系等等。多萝西·里查逊是第一位用意识流方法写作的英语作家,其作品表现出与 19 世纪以来注重外部物质世界的"男性现实主义"完全不同的风格。她在奠定其文学声望的自传体长篇小说《人生历程》中,运用意识流手法表现女主人公对自我身份的追寻和女性的深层意识,她肯定女性经验作为文学主题的重要价值,试图探索一种适用于表现女性经验的句法和文风,有意改变标准的句法结构。

将性别问题作为反思家庭制度和西方文明的焦点,继承传统女性文学对于家庭婚姻的矛盾态度,展现家庭的混乱无序、冷酷无情等阴暗面,揭露男性的冷酷、邪恶、自私及女性所遭受的暴力迫害,描写女性的自杀、被囚禁和妓女的悲惨处境,通过两性关系和家庭关系揭露主流价值观念的荒谬,是这个世纪女作家创作普遍的主题。琼·里斯以《简·爱》中疯女人伯莎·梅森为主人公的小说《广阔的马尾藻湾》,让沉默的伯莎开口讲述自己发疯的真相,通过罗切斯特与伯莎的叙述,从男女两性的双重角度揭示了男权主义和殖民主义对于女性的双重利用和迫害,彻底颠覆了传统女性文学中对于爱情、婚姻和家庭的诉求,揭示男性气质和男性魅力的来源正在于男性的权威、暴力、专断和喜怒无常。

出生于爱尔兰的艾利斯·默多克毕业于牛津大学,二战时在英国战时财政部、联合国救济与复兴署工作,二战结束后赴美国学习哲学,后入剑桥大学研究哲学,1948 年成为牛津大学的哲学讲师,思想和创作深受柏拉图、弗洛伊德、萨特的影响。她一生创作了 25 部小说和大量的戏剧、哲学著作。她的作品思想深刻、主题广泛,涉及爱情、婚姻、暴力、复仇、信仰、知识分子的追求与妥协等,表现出强烈的道德感和伦理关怀,融现实主义的风格和象征主义手法为一体,既富有悲剧色彩又包含着黑色幽默。

缪瑞尔·斯帕克生于爱丁堡,曾一度生活在中非,1944 年回到英国,二战期间曾在英国情报局工作,战后定居伦敦,晚年居住于罗马和纽约。她的小说大多以伦敦为背景,如《死亡警告》(1960)以一家养老院为场景,通过生命正在走向衰竭的老人们在死亡警告面前的不同表现,探讨生命与死亡、地狱与天堂、惩罚与救赎等问题,表现出鲜明的宗教倾向。现实生活中的斯帕克经历过信仰危机,深受纽曼和格雷厄姆·格林的影响,36 岁时,她自己也皈依了天主教,这对她的创作产生了重大影响。

正如肖瓦尔特所说:"1900—1920 年出生的女作家,50% 上过大学,1920年以后的女作家中,很难发现一位没有学位的作家。……在战后时期,女性亚文化的界限只有在工人阶级妇女中间比较明显,在文化精英阶层中已不太突出,同她们的兄弟们一样可以在剑桥、牛津接受教育的女作家们对于男性知识不再表现出要么崇拜、要么拒绝的态度。女性以自己的方式表现性,不再受到坚持贞洁的男性的抵制,男女作家的作品在主题和基调上的差异也不再显著。"女作家的学者化,强烈的政治意识和社会批判意识,思想观念、创作主题、风格的多元化和多产,是 20 世纪英国女性文学的显著特征。

第二节　法国女性文学

一、中世纪:女性书写的初现

法国女性文学的起点可追溯到中世纪。中世纪的女性文学创作主要集中在公元 6 世纪到公元 15 世纪这段时期,以修道院及宫廷和贵族家庭中的女性为主要创作群体。

自墨洛温王朝时期开始,修道院成为庇护女性的处所,女子可以在里面以拉丁文进行阅读和写作,但仅限于对宗教教义的阐释和私人信件的往来。加洛林王朝以降,女性对拉丁文的研习从修道院蔓延到宫廷和贵族家庭,渐趋成风。这一传统的延续极大提高了中世纪法国女性的读写能力,以至于早期法兰克地区的女性作家几乎都能以拉丁文进行创作。12 世纪中叶,以法语进行创作的作品在一些颇具地位的女赞助人,如埃丽诺尔·德·阿奎丹、玛丽·德·香槟等的支持下以宫廷文学的形式逐渐盛行。由于中世纪的法国女性在宫廷事务、家庭教育活动及口语表述传统方面扮演了重要角色,她们在抒情诗、小说、劝喻文及祈祷文等几种文学样式中形成了具有女性意识的独特话语,中世纪的女性作家以自己的方式与男性文学传统进行勇敢抗争,为这些文学样式的变革做出了不容忽视的贡献,可以说,女性对中世纪法语文学及文化的形成起到了推动作用。

法国中世纪早期较有影响的女作家为圣·拉德贡德。拉德贡德原为图林根公主，幼年时与兄长被法王克罗泰尔一世作为战利品带回宫廷，后被迫成为其王后。得知克罗泰尔一世杀害了自己的兄长后，拉德贡德逃离了宫廷，栖身于普瓦蒂埃修道院。在大主教圣克鲁瓦的调停下，拉德贡德最终获得了在修道院自由生活的特权。拉德贡德现存的作品主要是书信与诗歌，拉德贡德在致其他修女的信中主要探讨了修女应具有的道德品质以及提高读写能力的重要性。

法国中世纪最重要的女诗人是玛丽·德·法兰西。她也是法国文学史上的第一位女诗人，是不列颠系骑士故事诗的代表作家之一。她出生在法国，因某种宗教原因长期生活在英国国王亨利二世的宫廷里，其作品主要为《短篇故事诗集》，共12首，其中以描述特里斯坦和伊瑟尔故事的《金银花》较为知名。作品主要表现恋爱中的男女，重点突出女性的感受。无论是处于不幸婚姻中的女子、深陷婚外情的女子，还是忠诚的妻子、坚贞的少女，抑或是未婚生育的女子，作品中的女主人公都能勇敢地表达自己的感受。玛丽·德·法兰西通过爱情与死亡、欲望与逾矩、生育与再生等主题，对女主人公的道德困境及解决方式给予了多种诠释。玛丽·德·法兰西的《短篇故事诗集》赋予女性以更大的情感自主性，显露出与其同时代男性作家迥异的道德观，体现出鲜明的女性视角，对法国中世纪后期的传奇作品有很大影响。

法国中世纪最重要的女作家是克里斯蒂娜·德·皮桑，她也被誉为法国历史上第一位职业女作家。皮桑出生于意大利，具有开明思想的父亲使皮桑从小获得了良好的教育。皮桑的父亲为查理五世的御用占星师，她从小便生活在查理五世的宫廷里，15岁时与查理五世的宫廷秘书结婚，25岁丧夫。艰辛的生活没有使皮桑意志消沉，她一面以写作排遣自己的苦闷，一面以写作所得供养三个幼子和年迈的婆婆。皮桑将自己的作品献给查理六世及王公贵族，并以其文笔清丽得到认可，获得赏赐。皮桑的抒情作品因感情真挚、语言优美被翻译成多种语言。特殊的生活经历使皮桑对女性的身份和处境有更多的感触，也促使她进行更深入的思索。她在1401年有关《玫瑰传奇》的论战中曾公开谴责作者在作品中对女性形象的贬损，"这一举动本身便是一件重要的事，因为这是她以女性的身份在法兰西王国的文化生活中最早发出的女人的言论之一"。在其代表作《妇女城》中，皮桑除揭露了此前男性作家有关女性的错误表述外，更对女性给予了全面的肯定。《妇女城》以薄伽丘的《名女传》为蓝本,构建起一个由杰出女性建造起来的理想王国。作品由三部分组成,分别讲述建造这个王国的缘由和基础、住宅的完工和居民的入住、塔楼和屋顶的完工。在城市建造的三个阶段,分别得到了理性女神、正直女神和公正女神的帮助。女性的勇敢、智慧和审慎是这座城市的基石,居民们也都是具有高贵品质的女性,建成后的城市将成为优秀女性的理想居所和避难地。

二、文艺复兴时期:女性书写的兴起

　　法国在 15 世纪末进入文艺复兴时期,与欧洲其他国家一样,印刷术的推广和世俗教育的兴起改变了人们的生活方式,也在一定程度上影响了女性的生活。从整个社会层面上看,出身下层的女性依然鲜有受教育的机会,只能在极小的范围内得到简单的技艺培训,如识字、纺织、剪裁等。"她们接受的教育、她们的文化素养,包括她们在修道院学会的家务活计和手艺等,这些都与其掌管家政、护卫家人宗教信仰的贤妻良母形象相适应。"女性在接受相应类别教育的同时也被更加牢固地束缚在社会指派给她们的领域内,其性别角色及义务也再次被强化。尽管如此,从实践层面上看,更多的女性在接受教育的过程中提高了自身的文化修养,增进了对社会的了解,扩大了自己的精神视野,从而有了更多思索和表达的空间。更重要的是,丰厚的知识积累使更多的女性具备了判断和选择的能力,也使她们在思想上获得了一定程度的自由。露易丝·拉贝的就在致友人的信中称学习对女性而言是一种"高贵的自由",并认为比起华服美饰来,"通过学习赢得的荣耀才真正属于我们"。可以说,文艺复兴时期的教育增强了女性独立思索的能力,进而造就了早期的知识女性群体,女性书写在人文主义思潮的推动下逐步发展起来。

　　玛格丽特·德·纳瓦尔是法国文艺复兴时期较有影响的女作家之一。她是法王弗朗索瓦一世的姐姐,博学多识,通晓多种语言,对古希腊罗马文学和同时代的人文主义文学有浓厚的兴趣。她主张对天主教内部施行改革,同情新教徒,力阻弗朗索瓦一世对新教徒的迫害,她的府邸是当时新教徒和人文主义者的避难所之一。她的作品以诗歌和小说为主,代表作有宗教长诗《罪孽灵魂的镜子》、小说《七日谈》。

　　16 世纪较为著名的女诗人是路易丝·拉贝。她出身于里昂的富裕绳商之家,从小受到良好教育,在文学和艺术方面有很好的造诣,还能和男子一样骑马。女性的特殊身份使路易丝·拉贝没能与同时代七星诗社的男性诗人一样享有同等的声誉,直到 20 世纪初,她的诗作被诗人里尔克发现后才逐渐引起研究者的注意。路易丝·拉贝不仅才华出众,还以其特立独行引起同时代人的热议。她坚持在婚后继续自由出入社交圈,而且在自己周围形成了一个具有一定风格特征的"里昂派"文学圈子。她于 1555 年出版了自己的诗集,其中收录了 24 首十四行诗、散文诗《爱情与狂热的冲突》等。她的作品在形式上较多模仿彼得拉克的诗作,但其中对情感的表达更为直白激烈,更具感染力。她以女性的身份直言不讳地讲述自己的恋情,表达对真爱的渴望与追求,描述自己在恋爱中的真实感受。更重要的是,她以自己的博学大量引述典籍和神话中的例证,以此说明,爱情使男性变得盲目,而女性应该在恋爱中享有与男性同等的权利,甚至可以由女性来引导男性。

除了小说与诗歌外,文艺复兴时期的法国女作家在回忆录和散文方面也取得了一定成就,前者以玛格丽特·德·瓦卢瓦(玛戈王后)为代表,后者以玛丽·德·古尔内为代表。

玛格丽特·德·瓦卢瓦是法王亨利二世之女,美丽聪颖,作为政治与宗教双重利益调和的结果于 1572 年被嫁给新教领袖纳瓦尔国王亨利(后来的法国国王亨利四世)。她的婚姻导致了法国史上闻名的圣巴托罗缪之夜惨案,她本人也在历经磨难后于 1599 年结束了这段婚姻,她的几位兄长和前夫在几十年间先后成为法国国王。在此期间,玛格丽特·德·瓦卢瓦开始撰写关于自己生活经历的《回忆录》。这部《回忆录》堪称法国历史上第一部完全由女性撰写的自传,和以往由男性撰写、以记录公共性历史事件为目的的回忆录相比,这部作品更具个人化的私密色彩。作者记述了自己从童年到成年的经历,并从家庭成员的角度讲述了她的兄长们和前夫的生活。

玛丽·德·古尔内是活跃于法国文艺复兴晚期的女作家,以其作品中超前的女性意识为后世称道。她出身于破落贵族家庭,自学成才,具有创作天赋。少年时代起便仰慕当时的大作家蒙田,1588 年被蒙田认为养女。蒙田去世后,玛丽·德·古尔内受蒙田遗孀之托为蒙田编辑整理遗作,她后来终其一生都在致力于这项工作。她不仅以评论者的角度为蒙田的《随笔集》作序,而且还翻译了作品集中的拉丁文引文,为蒙田作品在后世的流传做出了巨大贡献。玛丽·德·古尔内的作品有诗歌、散文、小说等几个类别,涉及众多主题,哲学和伦理学是其中较为集中的两个方面。她的代表作为阐述女性主义观念的小册子《论男女平等》和《女性的申诉》(1626 年)。在《论男女平等》中,玛丽·德·古尔内以引述古今具有权威性的思想家,如普鲁塔克、塞内卡、伊拉斯默等人及早期教父和神圣经典中的话语,为自己的论辩开辟了一条新的路径。女性与男性同出于上帝,除了只在繁衍后代的事务中有所区别外,二者生而同质。她还强调了教育对女性的重要性,指出女性的弱势只源于后天缺少受教育的机会。

三、17 世纪:现代女性意识的初现

自 17 世纪初始,法国的几位国王都以巩固王权为宗旨,镇压贵族和民众的叛乱,推行中央集权政策,法国的君主专制体制和绝对王权得到空前发展,具有专制权威的意识形态占据了主导地位。这种非官方的社交形式以探讨文学艺术为主旨,讲求优雅的交往礼仪和谈话技巧,同时也发挥了汇聚信息、传播信息的功效,因而在当时的社会中扮演了重要的角色。沙龙成为发布文学作品、品评文学作品、交流新思想、讨论制定新的语言文字规范的重要空间,"这些光彩夺目的社交中心产生了新的文学风格。诗歌和戏剧作品开始带上文学批判的痕迹"。

自 1608 年德·朗布依埃夫人创办"蓝色沙龙"起,在此后近两百年间,女性通过主导沙龙的方式对法国社会文化生活的变迁及文学的发展起到了巨大的推动作用,而那些教养良好、才智出众、品位超群的沙龙女性也一度被冠以"雅女"的称号。她们以自己的才学和社交技巧主导着沙龙活动,将具有严肃意义的学术活动与时尚趣味相结合,构筑起一种新的时代精神。

尽管在当时,像玛丽·德·古尔内这样的职业女作家还未得到普遍认可,"雅女"们也只是把写作当作娱乐和展示才气的一种方式,全然没有成为作家的目的,但她们具有独立意识的生活方式,以及在作品中对女性自身才能的认识和发掘,却显现出一定的现代意味。"就法国而言,当时不超过一半的女性能写自己的名字,即便在大城市也是如此。但是在沙龙这个环境中,这些少数女性中的少数成了精英。毫无疑问,如果不是这些精英女性的存在,其他更广大的女性主体不会意识到她们缺少了什么,她们想要什么。在一个由男性缔造并且服务于男性的社会中,所有的变革都只能求诸女性自身"。这一时期女性作家的主要成就表现在小说创作领域,她们在作品容量和反映生活的广度方面都有所拓展。尤为重要的是,她们更加深入细致地反映了女性特有的内在精神世界,传达了具有鲜明时代特征的女性价值观、道德观和个体心理感受。玛德莱娜·德·斯居代里、德·塞维涅夫人和德·拉法耶特夫人是 17 世纪沙龙女作家的代表人物。

玛德莱娜·德·斯居代里出身于没落贵族家庭,幼年双亲亡故,由叔父抚养长大,接受了良好的教育。叔父去世后,她与兄长乔治·德·斯居代里一起定居于巴黎。玛德莱娜·德·斯居代里精通西班牙语和意大利语,知识面广博,才华出众,时人将其誉为"萨福"。在 1652 年独立主持"萨福星期

六"沙龙之前,她曾是德·朗布依埃夫人沙龙的固定成员之一。因担心失去自由,她终身未婚,与保罗·佩里松保持了长达半个世纪的精神恋爱。她的代表作为长篇历史小说《阿塔梅纳,或居鲁士大帝》和《克雷莉娅,罗马故事》。在这两部长达十卷的作品中,玛德莱娜·德·斯居代里以浪漫的手法借古代异域故事的题材描写了自己同时代的人和事。她在历史小说中塑造了一群理想的贵族形象,她以宣扬英雄主义和典雅爱情的方式表达了自己对当时贵族阶层淫逸之风的不满。

作为玛德莱娜·德·斯居代里的好友,德·塞维涅夫人是 17 世纪沙龙书简作家的代表人物,她幼年失去双亲,由舅父抚养长大,受到了良好的教育,能够熟读拉丁文著作,具备良好的写作能力和鉴赏能力。是"蓝色沙龙"和"萨福的星期六"沙龙的固定成员之一,她的才华和个性也使自己家中举办的沙龙名士云集,拉辛、布瓦洛和黎塞留是她沙龙中的常客。1671 年,德·塞维涅夫人的女儿远嫁普罗旺斯,为了表达对女儿的思念之情,她每天给女儿写一封信,告诉她自己身边发生的事情。这些信件同其他写给友人的书信集结在一起于 1725 年正式出版,名为《书简集》,1819 年出版完整本,共收录一千五百多封书信。书信是法国 17 世纪流行的文学样式,《书简集》堪称其代表作。德·塞维涅夫人的书信一度被当作典范之作呈送给路易十四。

四、18、19 世纪:现代女性意识的发展

18 世纪的法国女性依然通过沙龙对法国文化发生影响,但封建王权的衰落和公众群体的壮大使 18 世纪的沙龙呈现出有别于 17 世纪沙龙的特点。"起先,沙龙中主要是文字游戏、朗诵诗歌、信札和箴言,后来成了信息交流、思想交锋、集体批评、讨论和作论文或哲学论著的场所。在一些本来贵族占优势的,艺术家、作家经常出入的文学沙龙中,平民和贵族平起平坐起来,在知识分子辩论所要求的平等意识面前,身份的差异被抹去了"。18 世纪沙龙文化更突出个体的能力及思想价值。女性依然是沙龙活动的主导者,但她们已不再满足于只将自己的影响力局限于沙龙这方天地,涉足领域开始扩大,越来越多地参与到时代的思想与政治纷争之中。

集文学、哲学、科学素养于一身的爱米丽·杜·夏特莱是当时知识女性中的佼佼者。她出身名门,自幼喜爱数学和精密的科学理论,熟练掌握英语和拉丁语,曾翻译过英国作家曼德维尔的《蜜蜂寓言》和牛顿的《数学定理》。她善于缜密地思考和敏锐地判断,以《论火的特性及传播》《物理导读》《论幸福》显示了自己独特的才华。另有两部从未发表的质疑天主教思想的作

品《＜创世记＞考》和《＜新约＞考》。

一直到18世纪中期，女性写作也只在书信和小说这两个领域得到认可。杜·德芳夫人和朱莉·让娜·埃莱奥诺·德·莱斯皮纳斯是18世纪书简作家的代表人物。德·莱斯皮纳斯命运多舛，她是一位伯爵夫人的私生女，饱受家族歧视，后被杜·德芳夫人选中作为其女伴和沙龙主持。1746年，德·莱斯皮纳斯在两人关系破裂后自己另设沙龙，并与达朗贝尔结下了终生友谊。后来她陷入一场无法自拔的单恋，抑郁而终。

法国女性的教育状况在18世纪末有明显改善，当时很多上层社会的女性都是通过自我教育增长见识，提高自身修养。一些知识女性在作品中就女性的教育问题发表了看法，她们的观点在一定程度上反映了启蒙思想笼罩下的知识女性如何看待自身的地位和作用，如何在充满禁忌的社会中通过自我教育完善自我。德·朗贝尔夫人在《一位母亲对女儿的忠告》和《女性沉思录》等作品中批评对女性教育的忽视，指责男性对女性的不尊重。她强调道德教育对女性的重要性，并以道德尊严为最高目标。她力图培育女儿内在的柔情，认为这种品质可以有助于形成个性、控制意志，确保形成稳固而又持久的人性美德。玛德莱娜·德·皮西厄在其代表作《性格论》中根据不同的社会行为对人类进行分类，并据此来研究年轻女性的行为。在《女性并非劣等》和《女性的胜利》中，她驳斥了所谓女性不如男性的偏见，主张男女应该平等相处。她们的看法显示出18世纪的法国知识女性对自身关注度的提高以及对两性之间社会性差异的认识。

阿丽丝·玛丽-塞莱斯苔·杜朗德是19世纪后半期较为多产的作家，也是《费加罗》《时代》和《世纪》等刊物的长期撰稿人，她曾以自己早年在俄国的经历为素材创作了小说、戏剧等作品。妙趣横生的小说《多西娅》获得了法兰西学院的好评，再版了150多次，作品叙述一个"假小子"如何获得女性气质的过程，塑造了一个不同于以往女性形象的现代女郎形象。

五、20世纪：多元共生时代的身份认同和自我选择

进入20世纪以来，法国的女性文学因社会文化格局和女性自身生存状况的改变而日益呈现出多元化的趋势。与19世纪相比，20世纪法国女性文学的主题不再仅局限于寻求独立，获得与男性平等的社会地位，而是着重表现获得一定独立后的女性在现代社会里寻找身份认同、个人归属的自我意识及其个人化的生活体验。她们通过描写自身的生活经历和身体感觉来表达女性的社会体验和自我意识，以独特的视角和艺术手法阐释女性寻找主体身份认同、选择个人归属的历程。

西多妮·加布里埃尔·柯莱特是法国20世纪初期极富传奇性的女作家,她出身于平民家庭,宽松的家庭氛围造就了她独立、自由的个性。1893年柯莱特随丈夫亨利·戈蒂埃维拉尔迁居巴黎,并开始文学创作。1906年离婚后她为生计从事过演员、舞女等多种职业,因私生活混乱而毁誉参半。她曾当选为比利时皇家学院法语暨法语文学院院士和龚古尔文学奖评奖委员会委员,去世后获得了国葬待遇。柯莱特的小说可分为乡村生活和城市体验两类,前者包括《葡萄卷须》《西朵》和《启明星》等,描绘了田园生活的纯净美好,表达了对故乡与自然的留恋和赞美;后者主要有《亲爱的》《日常遭遇》和《吉吉》等,以都市女性为中心,反映了现代女性的生活体验和情感欲望。她始终只关注个人世界,回避时代主题,不仅在自己的生活中远离社会团体和政治运动,在作品中也只展现女性在身体与情感方面的个人体验,表现她们如何通过破除传统两性关系的禁忌来释放情感满足欲望。女性通过逃离妻子和母亲的角色肯定自我意识,而传统社会的性别秩序和基础结构也由此遭到了侵蚀。

在两次世界大战带来的冲突和混乱中,法国女性与社会生活的关联更加紧密,她们的话语空间也在逐步扩大,一些女作家开始有意识地运用各种理论在作品中探讨与女性相关的社会政治与历史文化命题。西蒙娜·韦伊是女性知识分子的代表人物之一。她出身于富裕的犹太家庭,1931年毕业于巴黎高等师范学院并取得了哲学教师资格证书。在中学任教期间开始参加工人运动,并以自己在工厂的亲身体验写文章呼吁改善工人的劳动条件。二战爆发后,她加入了自由法兰西组织,因劳累过度猝死。她的主要作品有《笨重与优雅》《压迫与自由》及《伦敦创作》等。

60年代女权运动再度兴起时,法国女性作家在创作中的关注点已不再仅仅局限于为女性争取权益,而是更加注重男女两性的社会角色差异及其成因,进而对形成这种差异的话语机制提出了质疑。"女权主义者们大体上认同这样一个事实,尽管女性可以因种族、阶层、年龄、性取向等多种因素区分彼此,性别身份却已经使她们成为一个共同体,并将她们置于父权制文化中的从属地位"。艾伦娜·希克苏斯认为,"女性写作"是女性颠覆父权制文化结构的重要手段,为此,"女性应该以使其作品主题及思想观念成为文化的一部分为创作目标,而不是仅作为欲望、恐惧和幻想的多重对象被男性描写"。她的代表作有小说《上帝的名字》《内部》,论著《新生的青年女子》《美杜莎的笑声》《从无意识的场景到历史的场景》等。露丝·伊利格瑞在其理论著作《此性非一》中批判了从男性视角出发、以男性审美观为唯一评判准则的价值体系,主张建立以女性性别身份、性别意识和表述方式构成的女性专属表达体系。伊利格瑞还提出以由母女关系构建的"女性谱系"来对抗父权制社会关系的设想,试图在女性身体经验和内在感性特征的基础上重建女性的话语空间。女性创作的意义正在于可以通过其作品文本揭示出特定社会文化语言对女性意识形态的作用,进而研究女性意识形态的构成要素。这些产生于不同阶段的理论在文学观念和形态上与女性作家的创作实践形成了一定的呼应和互动关联。一些女性作家在创作中展现出更加开阔的视野,以各种不同的方式反映了性别主题与文化主题在女性创作中的合流趋势。

从总体上看,20 世纪的法国女性与社会、文学、作者身份的关联,在她们确立身份认同、进行自我选择的过程中发挥了至关重要的作用。如果说,19 世纪的法国女作家主要通过质疑传统的两性关系提出女性自身的问题,强调女性身份的特殊性,那么 20 世纪的法国女作家则通过广泛参与时代社会生活深入到文化生产机制的内部,探究女性问题产生的根源,以自己的话语模式寻找表述问题的原点。

第三节 德国女性文学

一、中世纪——文艺复兴时期:女性宗教文学与世俗文学

德国女性文学发端于中世纪。早期的女作家大多是生活于修道院里的女性,其创作虽然打上了中世纪基督教文学的烙印,却也具有鲜明的个性色彩及女性色彩。德国文学史上最早的女作家是赫罗茨维亚。她出身于撒克逊贵族,在她生活的早期阶段便开始了修道生活,后来成为哈尔茨山甘德尔斯海姆修道院的修女。正是在修道院里,她接触了古罗马文学家贺拉斯、奥维德、泰伦斯、维吉尔以及早期基督教教父们的著作。在那个女性被排除于拉丁文及古典学术传统之外的时代,她是少数超越限制、拥有良好的古典学术修养并用拉丁文创作的女性。她一生创作了八部传奇、六部戏剧、两首史诗,她创作的灵感来源于她的基督教信仰和神圣的使命感。她作品的内容大都具有基督教道德倾向,宣扬拒绝诱惑、坚贞不屈、为贞洁而殉身的美德。她早期创作的八篇诗体圣徒传奇,讲述圣经故事,叙述圣徒生活,表现基督徒遭受的迫害以及传道的故事。

第一位用德语创作的女作家是女诗人阿瓦夫人,她也是欧洲文学史上第一位以女性名字署名的女作家。她在丈夫死后隐居在奥地利低地的一所

修道院里,写了很多宗教诗,她的诗作融合了中世纪流行的圣经观念和主题,她的代表作《最后的审判》表现了基督教会的发展、工作及结局,该诗与详细描述耶稣诞生、受难、复活、升天全过程的《耶稣的生命》构成一个整体,全诗共3388行,主要是用于礼拜天弥撒仪式上的布道词。她的作品还有《施洗者约翰》《圣灵的七件礼物》和《敌基督者》等。

在中世纪德国众多的修女作家中,最具影响力的女作家是生活于12世纪的宾根的希尔德嘉德。她以博学著称,具有良好的古典文化修养,深谙拉丁文,是中世纪欧洲知识渊博的神秘主义女作家的代表,也被视为中世纪最重要的女权主义理论家。她生于贵族家庭,被父亲当作什一税献给了教会,8岁那年被送进修道院,成年后接替了已故院长的位子成了这所修道院的院长,后来她带领该院的修女在宾根附近的卢佩斯堡建立了独立的修女院。她的创作包括传记、书信、礼拜歌、诗歌、戏剧、神学、植物学、药学著作以及大量的音乐作品。这些作品表现了她对宇宙、世界起源的探索,她所创作的世俗作品表现了女性的身体和欲望,探索了灵魂与肉体的关系。她最重要的创作是以她的宗教体验和幻想为内容的《知途》和《生命的价值》等梦幻作品,描绘她所体验到的幻象和圣灵,并附有宗教和哲学的解释,这些作品内容涉及天国、宇宙万物、男女关系,并提出了男女平等的思想。

除希尔德嘉德外,圣·伊丽莎白和多明我会修女马格德堡的梅西特希尔德、玛格丽特·艾伯纳也是深受现代学者重视的中世纪修女作家。圣·伊丽莎白出身低微,12岁时进了拿骚的一所修道院,一生严格遵守圣本笃的教规和修院的规定,过着禁欲生活,16世纪时她的名字被载入罗马殉教史。她的作品是她作为牧师的兄长根据她记录的材料编纂并以她的名义发表的三卷本《见证》。马格德堡的梅西特希尔德"是最著名的用德语写作的神秘主义作家,也是最早用散文细腻刻画心灵感受的女作家"。她留下的唯一的著作《流动的神之光》是一部收录了诗歌、祷告、警句、自白、对话的作品集,内容丰富,充满激情,表现了她个人与神的关系,这本著作在她在世时就被翻译成拉丁文,19世纪时引起学界的研究兴趣。

中世纪修女作家的存在使得当时正统的神学家们开始关注女性的宗教生活和宗教体验,而她们的作品也成为后世了解早期宗教女性生活及思想情感和写作的主要依据,具有重要的史料价值。

中世纪后期,德国文化出现了新的因素,宗教文学不再成为文学领域的主导者,世俗文化与世俗文学获得了发展,城市市民和学者补充了教会阶层和宫廷贵族的创作,世俗作家的人数大大增加,宫廷-骑士文学得以繁荣。

男性作家创作了杰出的英雄史诗和骑士爱情诗,但女作家在这一领域的成就却微乎其微。

人文主义思潮在德国传播的早期阶段,女性是否应该与男性接受平等的教育问题,在一些人文主义者中间引起了争议。在少数人文主义者的家庭中产生了屈指可数的进入学术领域的女性,如杰出的人文主义者威利巴德·伯克海默的妹妹巴巴拉·伯克海默。她12岁时被送进纽伦堡的圣克莱尔修女院,在那里接受了传统学术和拉丁文的教育,后更名为卡瑞特斯,用拉丁文写作,在当时著名的人文主义者中间颇负盛名,被人文主义者康拉德·蔡尔提斯称为"新赫罗茨维亚",认为"她为提升德国学术于意大利学术的同等高度做出了民族主义的贡献"。

人文主义在德国导致了宗教改革运动,削弱了僧侣阶层的权力,肯定了任何信徒可以通过阅读圣经与神沟通的可能性和权利。但宗教改革运动并未从根本上动摇德国的社会政治结构,也未改变传统的女性观念和女性实际的社会地位。在强调个人、质疑陈腐观念的人文主义思潮在大学和宫廷内流行并被贵族接受的文艺复兴时期,德国女性基本上被排除于学术之外,她们所受的教育主要是为了当贤妻良母做准备,流行的女性观念使女性囿于家庭,而这个时期许多致力于学术的男性则获得了更广泛的教育。

二、18、19 世纪:女性创作的繁荣

18 世纪,是德国女性文学阅读和创作兴起的重要时期。尽管德国社会的女性观念并未发生根本的转变,但妇女的教育问题受到某些教派和中上层开明人士的重视;与此同时,社会上出现了一些女子中学,知识女性的处境也较以前宽松。尽管德国的学术和文学整体氛围依然阻碍着女性进入主流文学和学术领域,女性阅读和写作依然不受鼓励甚至受到嘲笑,创作对于贵族妇女来说被看作是不体面的事情,但 18 世纪逐渐兴起的文学市场毕竟为女性提供了言说的空间,中产阶级女性把阅读视为体面的事情。此时期的女作家,或者出身贵族,或者出身于上层中产阶级之家,她们中的部分或因为与当红的男性文学家建立了密切关系,或因为家庭、婚姻的关系,接触了当时的男性知识分子精英、介入到政治运动或争论中而进入文学界。

18 世纪,最重要的女诗人有克里斯蒂安·玛丽娅·封·齐格勒。她出身于莱比锡的名门望族,两度结婚,两度遭遇丧偶的打击。丈夫去世后,她带着两个孩子回到莱比锡父母的家中,这里是当时著名的文学家和音乐家聚集的场所,她与当时的许多文学家、艺术家建立了深厚的友谊,其中就有音乐家巴赫(他曾为她的一些诗作配过音乐)和戏剧家高特舍德,她在高特舍德的鼓励下开始诗歌创作。另一位值得关注的女诗人是西德尼亚·海德维希·佐伊纳曼,她出身于中产阶级家庭,反叛当时的女性惯例,她的宗教诗和即兴诗表现了她对那些僭越传统规范的思想、行为的认同。在戏剧领域,有两位女性在德国戏剧的发展中做出了杰出的贡献。一位是卡罗琳·纽伯尔,她是演员和剧院经理,是德国戏剧史上不应忽略的艺术家。她因不堪忍受父亲对她的冷酷而逃离了父亲的家,后来成为宫廷演员,拥有了自己的剧团,她将法国戏剧引进德国,同时自己也创作剧本。她在高特舍德的影响下进行戏剧改革的实践,在 18 世纪 40 年代德国戏剧的转型中做出了重要的贡献。另一位女性戏剧家是高特舍德的妻子路易萨·阿德贡德·高特舍德,她被看作德国现代剧场喜剧的奠基者之一,也被视为 18 世纪最富有智慧的女性知识分子。她出身于波兰旦泽一个医生的家庭,从小接受了良好的教育,学习了英语、法语、音乐、数学和地理。她写诗、编剧、翻译,还创作散文,她的才能得到高特舍德的赏识。后来,她与高特舍德结婚。婚后,她的大部分精力和才干都花在协助丈夫的工作上,但依然坚持创作,并翻译了英法的戏剧作品。

在小说领域,重要的作家是玛丽娅·索菲·拉·洛赫。她是 18 世纪最著名的女作家,在小说、旅行写作、道德故事、书信写作中具有重要地位。丈夫去世,再加上法国对于德国的占领,生活陷入窘境,她开始靠写作赚取收入,并创办了第一份德国妇女杂志。她一生著述丰富,大约出版过 20 部作品,都体现了启蒙思想和感伤主义情调。她的小说写作深受歌德和英国作家塞缪尔·理查逊的影响,其书信体小说《索菲娅·冯·斯泰因海姆小姐传》被视为德国女性文学的奠基之作,在当时引起了很大反响。洛赫的作品表现了德国虔敬派传统的内省,注重心理分析和内在自我的探索,对后世的德国女作家产生过很大影响。她一度游历法国、瑞士、荷兰、英国等地,《瑞士旅游日记》和《法国日志》《荷兰、英国旅行记》记述了她的旅途经历、观感和对于文明的思考,是 18 世纪德国女性游记文学的杰出代表。

18 世纪后期至 19 世纪早期,确切地说,"1750—1830 年,整个欧洲的性别体系发生了一系列重要的转型。现代早期的文化准则强调在社会、政治、法律身份上的差异的多元性,性别成为复杂的差异体系的重要部分。然而,建立在平等观念基础上的现代性只针对白人男性公民,妇女、穷人和非白人被强调性别两极对立、经济社会身份和种族身份的差异话语的偏见所排斥。法律、科学建立了一套有关性别价值和社会空间的道德体系,在官方、政治变革和公众的共同作用下形成了新的性别体系——那就是男性和女性气质被理解为本质上的对立存在"。在德国,学术界、文学界盛行探讨性别特征对于人的生活的深刻影响,女性的角色、女性的本质以及女性的功能和身份也成为杂志讨论的话题。"启蒙运动后期以来,在德国文化领域对于性别的界定直接导致了性别的两极化,教育家、哲学家和公众都把性别差异视为固有的本性,深深根植于自然,这种观念在近两个世纪中直接影响了劳动的性别分工和人类的生活本质。"在这个强调母性和家庭角色的文化氛围中,通过写作、出版或艺术表演而进入公共领域的女性知识分子,不可能受到社会的尊重,甚至会招致嘲笑。但是,尽管男性知识分子主导着公共空间并成为现代话语的奠基者,尽管整体的文化氛围不利于女性的文学发展,一部分女性结婚、生子,遭遇离婚、情感危机或经济窘困,她们仍然在世俗社会强加给女性的各种限制带来的压力下,争取独立,并通过写作维持生活或缓解痛苦,探索生命的价值。

19 世纪最重要的女诗人是卡罗利妮·封·贡特罗德。她是 19 世纪早期浪漫主义女性诗人的代表,出身于败落的贵族家庭,19 岁时入修道院。在她短暂的生命历程中,经历了多次丧失亲人的痛苦和爱情的挫折,孤独、失望和生活中遭遇的种种难题使她在 26 岁时自杀身亡。她生前发表的两部诗集和身后发表的一部集诗歌、散文、戏剧片段为一体的作品集都以男性笔名发表。她对诗歌形式、主题和风格做了大胆试验,她的诗融合了民歌、情诗、哲理诗和古典韵文的各种形式。她还创作了日记和剧作,表现了对于女性既定命运和传统道德的抗争。另一位重要的诗人是同样以自杀结束生命的路易斯·布拉赫受,被称为"德国的萨福"。她与席勒和诺瓦利斯相识,后来她在经历了亲人的相继死亡后,陷入贫困,以写作为生。但经济上的逼迫和艺术上得不到认可使她走投无路,最终投河自尽。

三、20 世纪:女性文学主体身份的确立

在充满灾难、社会动荡不安的 20 世纪,德国女性的生活和文学创作深受妇女运动、两次世界大战、纳粹统治和战后德国的分裂,以及对于纳粹的清算等这些政治因素的影响。女作家被深深卷入各种重大的历史事件和社会变革中,并通过文学创作发出她们独特的声音,女性文学创作在数量和影响力方面都达到了前所未有的高峰,在出版和阅读方面获得了巨大成功。

1933 至 1945 年纳粹统治的这一历史时期,在文学史上被称为"伟大的流亡文学时代":文学机构遭清洗,共产党、民主作家和所有反法西斯主义的作家遭到迫害,著作被焚毁,甚至被投入监狱、关进集中营或者流亡国外。著名的女作家里卡达·胡赫曾在瑞士学习历史、哲学和文学,是德国最早的

女博士之一。她的早期创作主要以诗歌为主,19 世纪末 20 世纪初开始创作了一系列历史小说。她对浪漫派的研究著作《浪漫派的黄金时代》《浪漫派的发展与衰落》及 3 卷本的历史著作《在德国的大战》和《德国的历史》等,表现了她对德国历史及传统的深切关注。她早期创作的现实主义小说表现了世纪之交资产阶级家庭的衰落、德国商业的萧条、个人与社会的冲突,批判了循规蹈矩的资产阶级的商业生活、伦理道德,努力呈现劳动者的苦难生活。

讽刺诗人、反法西斯战士贝尔塔·瓦特施特拉特在纳粹统治时期是反法西斯作家地下联盟的成员,她写了大量的政治讽刺诗,曾三次被捕并被判刑。在 1936 年对地下成员进行审判时,她被迫朗诵诗歌,她朗诵了一首揭露希特勒罪行的《我们同舟漂流》,其勇气可见一斑。拉斯克·许勒是表现主义女诗人代表。她早期的诗歌表现青春的激情、爱情和友谊,也有部分诗歌表现出对于充满危机和混乱的世界的失望和厌恶。拉斯克·许勒出身于犹太银行家家庭,希特勒上台后她被冠以"伤风败俗和病态的咖啡馆文人"而被驱逐出境,并被取消了德国国籍,她流亡瑞士、埃及、巴勒斯坦,最后定居于耶路撒冷。颠沛流离、贫病交加的生活严重损害了她的健康,1945 年她死于心脏病。出身于犹太人家庭的女诗人和剧作家奈莉·萨克斯 20 年代活跃于德国文坛,在纳粹上台后便过着东躲西藏的生活,1940 年在德国文艺界朋友和瑞典女作家塞尔玛-拉格洛夫的帮助下逃离德国、流亡瑞典,最后加入瑞典籍。她的作品描写了犹太民族流亡的命运,被称为"犹太命运的女诗人"。她的诗作大多以哀歌的形式表现痛苦、灾难和死亡,主要有《死亡的寓所》《逃亡和变迁》《进入无尘之境》等。她的剧作《艾利:一部苦难的以色列神秘剧》表现了纳粹占领下的波兰村庄犹太人惨遭杀害的悲惨和复仇的诉求。

当然,也有大量为纳粹服务的女作家,如艾娜·赛德尔就是其中的代表。她早年的诗篇充满了对于宗教的狂热,她的历史小说美化封建领主,蔑视软弱者。纳粹统治时期她写过吹捧希特勒的诗篇,其诗歌和小说表现"血的秘密"、母子关系、遗传等主题,歌颂抚养孩子长大成人后将他们送上战场的伟大母亲,因此受到纳粹的欢迎。

自纳粹统治时期以来,女性作家对于文化批评和政治现实的敏感和创作的政治化倾向依然是德国女性文学的一大特点。女性作家更加强调人的主体性,表现出对于理性主义和科学主义的深切怀疑,文学创作表现出对于生命本源的追寻、历史的反思和神话的回归,"不再局限于对客观世界的描述,不再以政治、社会经历为对象,而是借助于个人的经验,特别是通过发挥幻想能力,引入神话、传说或童话故事"。这个时期的女诗人表现对社会、自然环境的关怀和世纪末的恐惧与失落,诗歌描绘被破坏的自然景物和人与自然关系,表现了工业社会侵入乡村生活的恶果。80 年代,女性文学一方面依然关注历史进程、文化传统、个体的主体性及身份问题;但另一方面,对于女性经验从"强调共享"转向对"他者""差异""边缘"等问题的揭示。"女性之间的差异"注定了会发出完全不同的声音。"边界""民族"问题的被关注使得部分女作家转而从民族、国界的视角而不是妇女的视角看问题,女作家要求"超越各种使得等级、规范永恒的边界"。2009 年获得诺贝尔文学奖的女诗人赫塔·穆勒便是极具代表性的一位。她是获此殊荣的第三位德语女作家,也是罗马尼亚德语文学的代表作家。1987 年她移居西德,体验了双重的疏离感,不论在罗马尼亚还是在柏林,她都是一个边缘者。她的作品以罗马尼亚德国少数民族的视角,批判了集权统治下的暴力、残酷、恐怖、压迫和道德的堕落、政治的腐败,同时也揭露在罗马尼亚生活的德国人中间的法西斯主义残余。"异己分子"、少数民族、边缘者的疏离感及其所遭受的压迫、放逐和流亡是贯穿其作品的重要主题。

第四节　美国女性文学

一、17—18 世纪:女性文学的开端

美国自 1776 年立国以来仅有二百多年的历史,但学术界通常认为美国文学的发端应前推一个多世纪,从殖民地时期算起,以 1607 年约翰·史密斯船长带领第一批移民在北美大陆建立第一个英国殖民地詹姆斯敦为标志。殖民地时期的美国文学仍带有浓重的欧洲遗风,模仿痕迹较重,写作题材也多局限于探险、游记、历史和宗教之类,文体形式则更多具有实用性,比如日记、书信、布道词等。

布雷兹特里特生于英格兰,在良好的家庭氛围中饱读诗书,通晓多种语言,成长为一名博学多闻的知性女子。1630 年,全家人随约翰·温斯罗普的舰队移民至北美萨勒姆镇。她在此结婚、生子、读书、写作,并经受了疾病和丧女的打击。1666 年,她家的房子连同藏书付之一炬,全家人一度无家可归,但宗教信仰赋予她坚强的意志和心灵的安宁,她身后留下了大量未发表的散文和诗歌作品。她因 1647 年在伦敦发表的诗作《第十缪斯,近来跃然出现在美国》而得名"第十缪斯",这部诗集被认为是出自美国新大陆的首部

诗集。布雷兹特里特敢于挑战传统主流社会为女性规定的界限,大胆追求知识和思想解放,被看作美国早期女性主义先驱。她的诗歌创作题材局限于家庭生活的"私人领域",仅供家人和朋友欣赏,具有明显的私人化倾向,就连诗作的发表也是男性家庭成员的刻意安排,其意图是为了向世人展示清教体制下妻子和母亲的地位如何通过信仰和教育得以提升。她为父母所做的墓志铭集中体现了清教文化中"性别领域划分"的主流意识形态和评判两性美德的双重标准:女性的恭顺谦卑和自我牺牲是清教徒眼中的上帝旨意。她的诗歌基于其学识储备和内心省察,多取材于家庭和宗教主题,鲜有对殖民地严酷的外部生活环境的观察,主要意象和隐喻大都源于女性角色的日常生活和宗教体验,表达了自然之爱和家庭生活之情趣,如《神圣与道德冥想》《家宅被烧之后》《写给挚爱的夫君》等。诗作也蕴含着对女性地位和清教信仰的矛盾情感。

美国殖民时期的一个重要创作题材是殖民探险文学,主要是欧洲移民介绍新大陆及其新生活的描述文字,包括殖民者与印第安土著之间发生的纠葛。玛丽·罗兰森的《玛丽·罗兰森夫人被俘与归家的叙述》,记录了她在新英格兰的印第安土著中间度过的十一周零五天,被认为是美国"俘虏叙事文学"的开山之作。作者与印第安人的近距离接触和文化交流、其宗教热情以及作品的自传文体,使其成为后世了解美国早期殖民经历和清教思想的重要文献。

18世纪,小说作为一个文类在英国兴起拉近了文学与平民生活之间的距离。以苏珊娜·罗森的畅销书《夏洛特·坦普尔》为代表的早期美国女性小说,多在语言、风格和内容上模仿欧陆风格,从新兴中产阶级的价值观出发,带有很强的道德说教意味。

总体上讲,17—18世纪从英国殖民者来到新大陆到美国独立战争前后的一个多世纪,美国女性文学并未取得太多显著成就。对于女性写作而言,作为早期美国文学思想基石的清教主义是一柄双刃剑。一方面,清教思想体系强调个体的精神体验,鼓励个体独立与上帝交流思想,不断省察内心,以独善其身。由于这是不分性别的,女性的内心体验也被赋予了与男性同等的权威,因此从理论上为女性写作提供了有利条件。另一方面,清教文化是根植于男权社会体制的,它强化了男性在家庭与社会中的权威,分配给女性次于男性的从属地位,从而限制了女性在公共事务中扮演的角色。比如,女性被禁止在公开场合下宣讲自己对圣经的阐释,不允许在政府部门和宗教机构任职。

二、19 世纪:浪漫主义时期的女性文学

18、19 世纪的中产阶级女性被越来越多地局限于家庭领域,教育、参政、财产等正当权益得不到法律保护;主流社会极力渲染女性的柔弱纯洁、情感丰富、恭顺谦卑等特质以及肯定女性相夫教子、勤俭持家等角色,并把这些作为女性特有的"美德"来弘扬。这种男权意识形态首先在英国引发质疑和抨击,早期女权主义的声音在 19 世纪的美国得到了积极响应。美国女权主义运动的特别之处在于它从一开始就与黑奴解放事业密不可分,卢克丽霞·莫特、伊丽莎白·卡迪·斯坦顿等反抗奴隶制的女斗士,于 1848 年在纽约州塞内加瀑布召集第一次女权大会,掀起了美国妇女解放运动的第一次浪潮,要求两性平等,其中最重要的一个目标就是争取政治权利,特别是公民选举权。

在女权主义浪潮中,19 世纪中叶的美国女性写作领域呈现出一派勃勃生机。一个引人注目的现象是大批女性家庭/感伤小说占领市场:以苏姗·沃纳的《宽宽的世界》畅销为标志,凯瑟琳·塞奇威克、卡罗琳·李·亨茨、安娜·沃纳、玛丽亚·卡明斯、安·斯蒂芬斯、玛丽·简·霍尔默斯、奥古丝塔·埃文斯等人纷纷聚焦于家庭生活,在作品中反映了 19 世纪女性的成长与生存状态;贝姆将其情节程式化地归纳为"一个被剥夺了赖以生存(正当或不正当)的生活支柱的年轻女孩被迫独立谋求生存的困境"。

在美国思想史和文学史上,玛格丽特·富勒的名字与爱默生、梭罗、霍桑、惠特曼、爱伦·坡等人密不可分。她生前不仅与美国超验主义代表人物过从甚密,而且在 1840 至 1842 年间受爱默生之邀担任超验主义杂志《日晷》的首任编辑,还被认为是霍桑的《红字》《福谷传奇》等几部作品中女主人公的原型,也是惠特曼民主思想的灵感源泉。同时,她还是一名女权主义社会活动家,积极倡导维护妇女、犯人和黑奴权益的各项社会改革。富勒在世时被誉为新英格兰最博学的人,除了做过《日晷》的编辑工作以外,她还曾供职于《纽约论坛报》,不仅是该报社的首位女编辑,而且后来作为该报的首位女特派记者被派往欧洲工作。1850 年,她与丈夫、孩子在返回美国的途中全部遇难身亡。富勒把教育看作女性争取平等政治权利的首要条件,提倡女性根据自己的兴趣和能力自由选择职业,警告女性不要过多依赖丈夫,呼吁女性在婚姻中寻求自立。她大胆地驳斥当时盛行于世的"两性分野"的说法,指出两性之间没有严格的界限划分:"没有完全男性化的男人……也没有纯粹女性化的女人。"富勒在文学创作上以散文见长。她根据自己在芝加哥、威斯康星州密尔沃基市、尼亚加拉瀑布、纽约州水牛城等地的旅游见闻

以及旅途中与印第安人交往的经历,写就佳作《湖上的夏天》。在《纽约论坛报》任职四年间,她撰写了大量的书评以及专栏文章,内容涉及文学艺术、社会政治的诸多话题,其中不乏为黑奴与女性呼吁正当权益的作品。

19世纪黑奴叙事的代表人物琳达·布伦特,是一名有着27年黑奴经历并成功逃脱的混血女子。她的自传《一名女黑奴的生活纪实》讲述了女黑奴受到的不公正待遇,比如来自奴隶主的性侵犯及其后果、女黑奴与其他白人男子的性关系、黑奴子女获取自由身份的艰难等问题。作品虽对具体人名、地名作了虚构处理,但涉及1831年的纳特·特纳起义、1850年的《逃亡黑奴法》等真实历史事件。该作品有着强烈的宗教意味,反映了奴隶制对女性的贞洁和性道德所产生的不良影响,强调女黑奴面对性侵犯的无助感,旨在争取北方的中产阶级基督教白人妇女的同情,同时也对南方白人宗教的虚伪性进行了揭露和批判。

19世纪浪漫主义时期美国女作家中首屈一指的当推才女诗人埃米莉·狄金森,跃动在狄金森诗行中的生命激情和思想火花与她生前那独具神秘色彩的封闭生活形成了鲜明对照。她从宗教、自然与生命、爱情与痛苦、灵与肉、时间、死亡与永生等层面体味人生,刻意避免了当时盛行的华而不实的浪漫诗风,以大胆直白的诗性语言、简单明快的诗歌意象表现了她对人类境遇的敏锐洞察力。

三、世纪之交:现实主义时期的女性文学

内战以后,随着南方奴隶制的衰落和北方工业化进程的加速,美国文学进入现实主义时期。首当其冲的就是以哈姆林·加兰、布雷特·哈特为首的乡土主义流派。该流派自19世纪60年代末开始兴起,80,90年代达到鼎盛。作品大多聚焦于某个区域的社会群体生活,细致地描述特定时代、特定背景下人物的生存状态,如实再现彼时彼地的自然景观、风土人情、方言土语等地域特征。由于当时美国的地区之间差异尚存,不同地区的作家各自体现了鲜明的地域特色,根据地理分布大致可分为新英格兰、南方、中西部等区域。

其中当以朱厄特最具代表性,她的创作根植于新英格兰土壤,作品多以缅因州与新罕布什尔州交界处的海港城市南伯威克为背景。这也是朱厄特家世代居住的地方。朱厄特19岁时在《大西洋月刊》上发表了小说处女作,随后35年间一直笔耕不辍,创作中长篇小说和短篇故事集九部,代表作包括长篇小说《乡村医生》《尖尖的枞树之乡》及短篇小说集《白苍鹭》《深港》等。《乡村医生》反映了一名年轻女孩在婚姻和事业之间做出"非此即彼"的艰难

抉择的困境及自我意识的觉醒过程,被看作一部打破父权制意识形态束缚、鼓励女性摆脱传统角色禁锢、宣扬女权主义思想的早期代表作。作品弥漫着一种对逝去的小渔村生活方式的浪漫怀旧情愫,着力渲染了女性价值观对抗男权社会资本主义工业化进程中急功近利、物质至上的个人主义价值观的积极意义。短篇小说《白鹭鸶》通过乡下小女孩如何抵制城里来的青年鸟类学家带来的金钱与异性魅力的诱惑,最终没有出卖对方急于捕获的白苍鹭的行踪的故事叙述,表现了关于女性价值观的主题,特别是女性与自然和谐相处的生态环保思想,堪称女性生态主义的发轫之作。总之,朱厄特采用情感细腻的诗性语言进行乡土气息浓郁、极富浪漫色彩的细节铺陈,其轻情节而重细节描写的主题表现手法,在很大程度上颠覆了传统的男性叙事模式,对美国女性写作传统的建立产生了一定影响。

四、20世纪:后现代时期的女性文学

二战以后的美国文学在总体上呈现出一派求新、求异的多元化景象。除后现代思潮带来的文学技巧革新和主题创新以外,少数族裔、劳动阶层、女同性恋等边缘群体的特殊性成为当代美国文学的关注焦点。其中,非裔美国文学占据了重要地位。在风起云涌的民权运动背景下,作为美国黑人历史上一次新的文艺复兴,黑人权力运动始于1964年,其规模和影响超过了20年代的"哈莱姆文艺复兴"。黑人艺术家致力于开拓种族文化历史传统,寻求黑人文化的自主性,强调黑人文学艺术的独特性,即"黑人性",力图在此基础上建立一种黑人美学。以莫里森、沃克为首的一批女作家脱颖而出,使黑人文学成功地进入了20世纪美国文学经典殿堂。托尼·莫里森成为获得诺贝尔文学奖的首位非裔美国女作家,也是诺贝尔奖有史以来第八位获此殊荣的女作家。

艾丽斯·沃克旗帜鲜明地宣扬女性主义思想,从黑人及其他有色人种的特殊身份出发对传统女性主义进行了改良,独创了"妇女主义"。沃克生于佐治亚州的一个佃农家庭,有着北美印第安、苏格兰和爱尔兰血统。她在8岁时右眼受伤失明,中学毕业后以优异成绩进入一所黑人女子学院读书,两年后转学到纽约萨拉·劳伦斯学院,在学期间被派往非洲交流。大学时代,沃克开始积极参与黑人民权运动,她与犹太民权律师利文撒尔的婚姻是密西西比州首例合法的跨种族通婚,招来了三K党的威胁和迫害,这场婚姻维持八年后结束,女儿丽贝卡目前也是一名作家。沃克70年代后期在《女士》杂志担任编辑期间还对重新发现赫斯顿做出了重大贡献。其代表作包括获得美国国家图书奖和普利策奖的《紫色》,处女作《科普兰农庄的第三种

生活》,反映黑人民权运动的《梅里迪安》《我亲人的庙宇》《父亲的微笑之光》等长篇小说和《日常家用》等短篇小说及《寻找我们母亲的花园》等散文作品,集中反映了黑人女性在充满暴力的种族主义白人文化和父权制黑人文化中的抗争经历和成长历程。

20世纪后半叶,性别、种族和阶级问题在美国文学中逐渐被前景化。与此同时,伴随着美国的后工业化进程,从艺术形式上讲,美国文学自60年代以来进入了一个后现代时期。女性主义科幻小说家厄秀拉·勒古恩、"新新闻主义"散文家琼·狄迪恩,以及打破文学与音乐、绘画等各种艺术形式疆界,并在文本中引入高科技元素的后现代行为艺术家劳瑞·安德森等女作家的作品,颠覆了传统小说和现代派小说的模式,在人物塑造上多选取"反英雄"或毫无个性的"代码",表现手法上具有自我指涉、戏仿、并置、非线性叙事等元小说特点,以及多种艺术形式、多个文本、多重视角融合的互文性特征,叙事话语采用拼贴、断裂、重复、留白等刻意颠覆传统语言秩序的手段,揭示出美国后现代社会的混乱无序状态及其给个体带来的困顿迷茫。

总之,20世纪美国女性文学的发展在很大程度上得益于女性主义运动的新浪潮,大致经历了一个从早期女性作家和作品的重新发现与推出,到女性文学传统的开发与系统梳理,一直走向女性诗学的探索成型的过程。自20世纪60年代始,女性作家与少数族裔、同性恋等其他边缘化作家群体一起高调出现于公众视野,女性擅长的日记、书信、浪漫小说等各种边缘化文类都被纳入扩展的"文学"范围,"女性哥特""女性科幻""女性乌托邦"等派生文学体裁也应运而生,并成为学术界的研究对象。这一切都标志着女性文学全面进入文学经典殿堂的开端。与此同时,创作群体和体裁的多样性与分化从一开始就决定了"女性文学"内部存在着一种抗拒普适性标签的异质特性。考虑到美国社会构成的多元化本质,以及文学界与批评界对"差异"的极大关注,21世纪的美国女性文学及其研究领域将会呈现出一派更加异彩纷呈的发展态势。

第五节 日本女性文学

一、上代的女性文学

人类在远古时期的生存大多受自然环境的左右,感知自身与外界的能力也大体经历了一个由朦胧至清晰、由感性至理性的过程。与世界上大多数国家一样,日本文化在发轫之初也经历过信奉万物皆有生命的"言灵信仰"时期。他们敬畏神灵,以群体的方式生息于自然之间,其原始文化大多以巫术、祭祀等仪礼活动为中心。

公元4、5世纪以降,日本社会在大量摄取大陆文化的过程中,开始从古代氏族社会进入到以天皇为中心的中央集权社会。文化从早期氏族社会以巫术仪礼为中心,转而以宫廷的贵族文化为主流,主要活动领域也由农村进入城市。6世纪左右,日本与中国、朝鲜等大陆国家的交流频繁,佛教、汉字、汉籍等纷纷传入日本,有力地促进了日本早期文化的发展。公元710年,日本进入奈良时代(710—784),迁都平京城,律令制国家体系日渐完备。其历法、儒佛思想、都城的建设,甚至有关七夕的传说,均由中国传入。

5世纪左右,万叶假名问世,日本原有的口传文学也随之运用万叶假名逐渐辑录成书。进入奈良时代以后,用和、汉两种文体交叉书写的《古事记》,用汉文体书写的《风土记》《日本书记》,使用万叶假名的《万叶集》与汉诗集《怀风藻》等纷纷问世。

在这一以男性作者为主流的古代日本文坛上,宫廷女诗人为日本女性文学创作拉开了序幕。这些女诗人均为皇室、贵族妇女,有的本身即为天皇,有的或为皇后或为天皇的宠妃,特殊的地位与身份使得她们创作的和歌得以流传后世。《万叶集》里即收录了众多女性的和歌。

持统天皇原为天武天皇的皇后,天武天皇死后即位为日本的第四十一代天皇。持统天皇不仅在政治上大有作为,仿照中国建筑的格局创建了都城藤原京,致力于佛教文化的繁荣,而且在宫廷倡导和歌创作,直接推动了宫廷和歌创作的发展。她是万叶歌风第二时期的女性歌人,她的和歌既咏叹了国家的繁荣,也将四时意识引入到和歌中。她在治世之时采用的历法,为日本文学在四时意识上的发展奠定了基础。日本和歌对四季感受的传达,经额田王的"春秋判别歌"、持统天皇的御制和歌、柿本人麻吕的"春秋对句"等创作实践,逐步形成了以四季为主题的创作传统。

天武天皇之女大伯皇女思念因谋反罪而被处死的弟弟大津皇子、但马皇女思念穗积皇子的诗作均情深而意切。

女帝元明天皇之女元正天皇关于饮宴的诗作,圣武天皇的皇后光明子关于家族祭祀的诗作也收录其中。她们是万叶歌风第三时期的女性代表歌人。

二、平安时代的女性文学

平安时代(794—1192)初期,日本文化大量摄取中国文化的精华,汉字为官方文字,汉诗文占据了文坛主流,撰写汉诗文也是出世致仕的一项基本技能。在清一色的男性汉诗坛上,嵯峨天皇的女儿有智子内亲王以其横溢的诗才受到瞩目。

日本的和歌创作在平安时代进入了一个鼎盛时期。《古今和歌集》《后撰和歌集》《拾遗和歌集》《后拾遗和歌集》《金叶和歌集》《词花和歌集》以及《千载和歌集》等救撰歌集依次问世。其中最重要的是《古今和歌集》,它收录了自《万叶集》之后到延喜五年(905 年)间的约 1100 首和歌。从和歌数量上看,女性的和歌数仍属少数。比较著名的女歌人有伊势,共收 22 首;藤原因香,共收 4 首。这些诗作既用于日常的交流,也用于恋爱时的赠答,它们在描述后宫日常生活的同时,也记录了生活于其间的贵族女性的喜怒哀乐。小野小町是平安前期女歌人的代表,为六歌仙之一。"小町传说"就是以她为主人公而演绎的,据传她才貌俱佳且颇为自负,与众多男性有过交往,后以落魄而告终。

《后撰和歌集》的女性作者增至 85 人,而在《后拾遗和歌集》里,收录数量最多的三位歌人均为女性,其中和泉式部有 68 首,相模有 39 首,赤染卫门有 32 首,这在女性文学史上是划时代的。

这一时期是万叶假名演进为假名文字的过渡期。在摄关政治下,贵族们为了和天皇攀上外戚关系,将自己的女儿送入宫中充任天皇的妻室,以她们为中心,后宫聚集了大批的侍女。这些后宫女子用假名创作和歌,因此假名文字也被称为"女文字",从而有别于男性的汉文写作。假名在和歌中的自如运用使得它迅速地普及开来,这也为之后出现的物语文学创作高峰孕育了先机。

三、中世女性文学

从平家灭亡的文治元年(1185)到德川家康开设幕府之前(1602),日本的中世历经了镰仓时代、南北朝时代、室町时代与安土桃山时代。这四百多年间战事频繁,社会在动荡中饱受战乱之苦,但从中也滋生了新生的力量。武士文化渐次发达,文学面貌也随之发生变化。在这一历史时期,女性文学仅在从镰仓初期到南北朝初期的 170 年间有所发展。中世后期,因宫廷式微、战乱加剧以及婚姻制度的变革等因素,女性创作几乎不曾留存。女性在战乱中趋于沉静,为近世安定社会里的文学创作悄悄孕育着文化土壤。

从平安末期开始,反映后宫男女恋情的作品已近乎消亡。《平家物语》《徒然草》等男性文学纷纷问世。和歌的歌风也有所变化,以后鸟羽院为中心的和歌歌坛兴起了"新古今时代"的歌风,其特征是追求远离世俗、静寂孤淡的幽玄美。藤原定家将"有心"看成和歌的最高理念,视"有心体"为和歌的理想形式,追求妖艳华丽、纤巧细腻的歌风。以他为主要编撰者的《新古今和歌集》,收录了式子内亲王,藤原俊成女、宫内卿等镰仓初期女歌人的诗作。

另外,由女性撰写的评论集、编撰的和歌集也开始出现,藤原俊成女晚年著有自撰评论集《越部禅尼消息》。由嵯峨院的皇后撰写、由后宫仕女编选的《风叶和歌集》,收录了大约两百种物语里的1400百首左右的和歌,并附及读者的评论。大约在1202年左右,日本文坛出现了一部作者不详的文学评论集《无名草子》。学界倾向于认为它出自藤原俊成女之手。《无名草子》只涉及女性作家作品,不仅评论了《源氏物语》等其他物语之作,也论及平安时代的女歌人;不仅分析了女歌人的和歌,也论及女歌人的生平与创作状况;并进而指出当时救撰和歌集基本以男性作者为主,女性和歌难以被收录的实况。作为早期的文学评论集,该作在文学评论史上具有重要价值。

四、江户时代的女性文学

从1603年德川家康开设江户幕府,至1867年江户幕府将政权交还朝廷,日本近世的265年间,德川家族建立了稳固的封建幕藩体制,“士农工商”等级分明,文治政策以朱子学为主,因而这一时期的文学带有浓厚的儒家色彩。在和平环境中,原本驰骋战场的武士阶层转化为领取俸禄的官僚阶层,作为致仕的基本要求,他们的文化素养也得到了大幅的提升。町人阶层则在发达商业的推动下,创造出了丰富多彩的町人文化。

教育的普及促成了以士民为主体的一个知识阶层,这一时期的女性作家大多出自这一阶层,她们学习儒学创作汉诗。江户初期比较有代表性的女汉诗人是内田桃仙、江马细香、立花玉兰与张红兰等。她们的创作大多得到了父亲或其他男性的支持,在当时强劲的男尊女卑之风影响下,创作的局限也较为明显。

近世中期,以武家为中心的江户和歌迎来了隆盛时期,各藩每月定期举办和歌例会。贺茂真渊针对男女和歌创作的不同,提出了“高直之心得之于‘万叶’,华艳之态咏之于‘古今歌集’,”的“女歌说”。其门下的“三才女”——油谷倭文子、土崎筑波子、鹈殿余野子都秉持这一“女歌观”进行创作。

五、近现代女性文学

1868年,明治维新为日本拉开了建立近代国家的序幕。国家政权从江户幕府的手中归还天皇,以天皇为核心的明治政府进行了废藩置县等一系列政治改革。日本开始走上全面向以欧美为代表的西方世界学习的“脱亚入欧"之途。

明治时代(1868—1912年)的前20年间,在维新运动的推动下,日本的教育体制发生了巨大变化。日本政府颁布了女性可以接受与男性同等教育的法令,掀起了女性受教育的时代新潮,女性解放的步伐由此加快。1872年东京女子学校面世,1875年东京女子师范学校也应运而生,众多的女校纷纷出现。但是,这波热潮很快就受到了保守势力的压制,政府重新颁布指令,要求女子教育必须以培养"贤妻良母"为指导方针,女性接受与男性同等教育的良好形势遂被遏止。日本随之兴起了女性运动。日本社会不仅出现了热衷于交际、每夜穿着晚礼服到鹿鸣馆参加舞会的女性,也出现了庞大的女性劳动者队伍。都市里,女性也开始活跃于医生、护士、电话接线员、小学教师、速记员、记者等岗位上。在这样的新形势下,女性创作由传统的和歌、汉诗转向了具有近代特征的演讲、评论等新体裁,小说也随之出现。

1933年,随着无产阶级文学运动的衰落、军国主义的抬头与二战的爆发,除了宫本百合子之外,众多女性作家在"协助战争"的政策推动下,所创作的作品大多沦为战争的"传声筒",失去了作家创作的主体性与独立思考。

二战结束后,日本社会进行了一系列民主改革,新宪法的颁布、男女平等观念的推行、女性进入大学接受高等教育以及政治上的选举权的确立,催生了女性思想的变革,从女性解放运动到女权主义运动,女性的自我意识日益增强,文学创作也发生了巨大的变化。女性文学在小说、短歌、俳句、戏剧、随笔、评论等众多领域均有所建树。

战前已取得一定成就的女作家们在战后的创作中,一个突出的特色就是对战争的反思,宫本百合子是最具代表性的女作家。她于战后发表了《播州平原》《风知草》《两个院子》等众多力作。《播州平原》描述了战争给人们带来的伤害与灾难,反战思想鲜明;《风知草》描述了二战后日本共产党的重建活动与为争取民主自由而进行的斗争;《两个院子》则通过三个中产阶级的女性知识分子的不同命运,探求了女性解放的根本途径。平林泰子的创作在战后呈现出多面化的特点,带有自传性的《这样一个女人》和《一个人前行》记录了女性在战后混乱社会中的苦闷与挣扎。佐多稻子的《我的东京地图》、自传体三部曲《齿轮》《灰色的午后》与《溪流》等力作,摆脱了战争时期的附和色彩,艺术更臻于成熟。她的《伫立在时光中》由12篇各自独立的短篇小说构成,但内部又构成一个整体,志贺直哉、芥川龙之介等作家都对其圆熟的艺术技巧赞叹不已。林芙美子在二战时期曾作为《每日新闻》的特派记者到中国,写了不少关于战争的报道。受当时时局的影响,这一时期她的作品具有美化战争的特点。战后,她目睹战争给日本国民带来的创伤,对战争重新进行了反思,并创作了以《浮云》为代表的一系列反战小说。

　　进入 21 世纪之后,宫部美雪、恩田陆、江国香织等人的创作很活跃。宫部深雪凭借 1987 年获得推理小说新人奖的《我们是隔壁的犯人》跻身文坛,此后她陆续创作了许多反映当代日本人心理的作品,包括推理小说、时代小说以及幻想小说等多种类型。恩田陆与宫部美雪一样,也致力于幻想小说、科幻小说等的创作,并以其对乡愁的出色描写而别具一格。从有别于传统纯文学领域的创作类型出发,巧妙地反映当代日本社会的真实面貌,是近年来的女性文学创作的突出特点。

第三章　多元文化环境下的
外国文学——话语

第一节　外国文学研究话语的重建与转换

一、阶级话语与批判模式的滞留与退隐

（一）转折与过渡

话语的转变是渐进的,新旧话语之间必须经过一番缠斗。从 1976 年 10 月"四人帮"覆灭到 1978 年 12 月十一届三中全会召开的两年间,中国处于"后文革"状态。历史并未因政局的突变在瞬间掉头,极左意识形态继续控制着思想文化界,陈旧的文学观念和批评模式依然充斥于市。与此同时,民间涌动着对外国文学作品的狂热渴望。曾经被划为禁区的外国文学领域刚做出一点小小的"动作"——重印了几部古典名著,立刻引发各大城市的抢购风潮。1978 年,《外国文艺》创刊,一批古典名著被重印,人民文学出版社推出 11 卷的《莎士比亚全集》,历史上第一份外国文学专业学术期刊《外国文学研究》内部试刊。12 月,十一届三中全会正式宣布抛弃"文艺从属于政治"这一长期以来毋庸置疑的口号,文艺界的解放全面展开。1979 年 10 月,第四次全国文代会召开,宣布"十七年"的文艺路线"基本正确",重申"百花齐放,百家争鸣"方针,重建了文艺界的管理体制。在此之前,文艺界的调整已经开始,外国文学界风向改变的标志,便是 1978 年 11 月 25 日在广州召开的全国外国文学研究工作规划会议。这是新中国成立以来外国文学研究界的第一次盛会。来自全国各地 70 多个单位的 140 多名代表出席了此次会议,年逾 80 的曹靖华、朱光潜、伍蠡甫等学界老前辈,各地高校、各编辑出版部门、各科研单位的代表,从四面八方会聚羊城,共襄盛举。

为期 12 天的会议里,"代表们愤怒控诉林彪、'四人帮'对外国文学工作的疯狂破坏,对外国文学工作者残酷迫害,热烈讨论外国文学研究工作如何为加快实现四个现代化服务"。社科院领导周扬和梅益分别作了讲话。周扬谈到三个问题:第一,外国文学工作者应该了解世界文学的来龙去脉。世

界文学的前途是社会主义文学,我们的文学要与第三世界民族主义革命文学建立联盟,其他资本主义国家具有民主倾向的文学,也应当是我们的盟友。第二,学习与批判的问题。"对外国文化一定要学,而且要好好学,认真学。要批判,首先也要学。批判要解放思想,实事求是。解放思想,既要破除崇洋思想,也要破除排斥外国的思想",对人道主义也不应笼统地反对。第三,应当造就一支外国文学专家队伍。搞外国文学工作不是简单的翻译家,而是思想政治战线、文化战线上的一个战士。

梅益指出,外国文学工作的中心任务是为加快实现四个现代化服务。要批判"四人帮"反对研究外国文学的文化排外主义和否定中外文化遗产的历史虚无主义。外国文学研究工作规划应该抓两个重点:一是马克思主义文艺理论和无产阶级文学运动史,另一个是研究当代外国文学,也就是第二次世界大战以来各主要国家和地区的文学。

两人的讲话充分展示了过渡期的外国文学观念和话语特色。周扬谈到世界文学时仍在沿用"冷战"思维:"我强调以社会主义文学为主体,联合友军。对友军要团结,也要批评。这样,我们的阶级路线很清楚,界限很清楚。"显然,他仍然在用"战争"术语描述世界文坛态势,仍然在以阶级作为划分敌我的标准,依然把外国文学的译介和研究看作是"思想政治战线"的一环,话语间充满着政治斗争气息。在老调重弹的同时,其实表现了前所未有的开放心态。周扬这番讲话是为新时期的外国文学研究"定调子",梅益的讲话则更强调具体工作。外国文学为四个现代化服务,并非梅益的创新,而是官方话语对文艺社会功能的新表述,这种表述所传达的显然是一种不同于"政治工具论"的新文艺观,它将文学及文学研究的目的扩展到了远比党派政治更开阔的领地。80年代初期,外国文学的译介与研究必须在这充满表面张力的规则中辗转腾挪,尽可能开拓更大的话语空间。

(二)变与不变

正如陈平原所说,80年代的文学、学术、艺术,是一个整体,有共同的社会关怀与问题意识,知识分子们经常跨越学科疆域,就共同话题展开争论。同样的热烈场面也曾出现在20世纪20、30年代,那时现代学术体系虽已初步建立,中国文学和外国文学之间的学科分野还不甚明晰,"参考外国文学,创造新文学"是两个学科的共同追求。80年代,两个领域再次携手合作,共同推动了新时期文学的发展。与"五四"时代一样,80年代兴起的外国文学译介高潮源于中国文学自身变革的需要。冲破陈旧观念禁锢,重建新文学,迫切需要新话语资源的刺激和启发。知识界又一次选择了向西方学习,外国文学又一次成为各群体、各领域、各人文学科共同关注的对象。在这次译介大潮中,构成话语资源的两个不同部分——西方现当代文学理论和文学作品——进入中国的时间存在错位。

这一回,文学期刊再一次扮演了引入火种的重要角色。1978 年之后,一大批外国文学专业期刊相继问世,与各出版社一起,合力创造了外国文学译介的盛况。这批期刊分为译介和研究两类,虽然都登载作品和评论文章,但比例悬殊,各有侧重。在全民热爱文学的 80 年代,以译介作品为主的期刊博得了广大读者的真诚厚爱,制造了极其巨大的社会效应,相比之下,研究类期刊要寂寞一些,但仍然拥有专业研究者之外的众多读者。

总体看来,各家期刊的译介范围虽略有差别,但都集中于现当代文学。为弥补"十七年"以来的译介空白,当时的出版社和期刊都对现当代外国文学进行了"恶补"。由于出版周期短,组稿速度快,期刊在译介当代外国文学时独具优势,是当之无愧的主要力量。现当代文学中大部分译介盲点和空白都是由期刊首先填补,继而引起文坛关注。其规模与涉及广度已经远远超过了"五四"时代。

综合来看,80 年代的确称得上 20 世纪外国文学译介的全盛期,译介所绘制的世界文学版图非常全面,既重视西方现当代文学,又不冷落古典文学和亚非拉文学;从严肃文学、先锋文学到通俗文学、畅销作品,都有全面及时地引入。这些"全新"作品的输入冲击着中国原有的文学观念,引发了整个文化界的激烈争论,也迅速催生了本土文学的改变。

相比之下,外国文学界对全新理论话语的输入则缓慢得多。相对于新鲜可读的文学作品,西方文学理论显得晦涩而又深奥,正因如此,当时外国文学界虽有一批学者致力于当代理论的译介,步伐还是明显滞后于作品。另一方面,80 年代早期,主流意识形态一直在强调对于马列文论的深入研究,学界与读者中间都还没有形成适合的接受土壤。当时各期刊只有零星的新理论介绍点缀在作品当中,是各出版社承担了翻译出版理论著作的主要任务,引进范围限于西方古典文论和马列、现实主义文论,西方现代文论基本空白。其中最有代表性的应属人民文学出版社和上海译文出版社联合推出的"外国文艺理论丛书"50 种,以及社科院外文所编辑、五家出版社共同出版的"外国文学研究资料丛刊"。在研究型期刊当中,《外国文学研究》是刊载理论文章最多的一家,该刊创刊号的《编后》声明办刊重点为:"介绍当代外国文学的新成果和新思潮,给予恰当的实事求是的评价;用马克思主义的历史唯物主义的观点和方法来研究和评价外国古典文学,主要是欧洲文学遗产;研究马克思主义文艺理论以及它的发展历史,研究世界无产阶级文学运动的历史经验。"

（三）新旧话语并存

在官方倡导和民间支持的双重推动下,外国现当代文学的译介盛况空前,基本达到了与世界文坛同步的反应速度。相比之下,研究不但滞后于作品在中国译介的速度,更远远落后于其源语国的水平。文学史写作与期刊论文仍然是这几年里研究成果的主要组成部分。由于"外国文学史"是高校中文系主干课程,文学史的出版照例十分红火,1977年至1985年,共有57种通史出版。杨周翰的《欧洲文学史》(1979)、朱维之、赵澄的《外国文学简编》(1980)、石璞的《欧美文学史》(1980)是其中影响较大的几部。这几种文学史所构建的外国文学秩序基本相同,以阶级分析、社会历史批评为方法论,受到苏联文学观念较大影响,经典名著与西方视角明显不同,研究时间截至20世纪苏联文学,对西方现当代文学较少涉及。新时期之前,中国一直没有自己编撰的比较完整的外国文学史,主要以翻译的苏联相关著作为大学教材。1979年再次出版时,只对"旧版里某些失误和不适当的提法作了修订",整体构架和叙述模式没有明显变化。文学史著作以稳定性为基本原则,这就决定了它与期刊论文相比,话语变化要缓慢许多,因此这些著作当中仍然以旧话语方式叙述外国文学现象和历史。若要更准确地观察话语动态,必须考察期刊论文。

在本书主要考察的《外国文学研究》《外国文学研究集刊》和《国外文学》几家研究类期刊中,呈现出一个共同规律:这一时段依然沿袭了"十七年"时的研究重心,大部分现当代文学作品和作家都没有进入研究视野;研究中采用的主要还是传统的社会学方法,尤其是70年代末到80年代初,还在沿用阶级分析的老套路。在经典作家中,莎士比亚最受关注,卢梭、歌德、雨果、巴尔扎克、普希金、屠格涅夫、高尔基、契诃夫等18、19世纪作家和现实主义作家也是研究热点。对于激起热烈争论的现代派文学,则并无多少真正具体深入的研究,学界热衷讨论的是这一文学现象的性质和状态。但在研究对象基本不变的同时,所有文章的叙述语调都在慢慢地脱离"文革"以来的批判模式,强词夺理、嘲讽挖苦、歪曲原意的解读不见了,代之以客观冷静地描述分析。

虽然为数不多,毕竟有新的研究和新的话语方式开始破茧而出:20世纪初期之后,那些没有进入文学史叙述范围的作家中,有海明威、萨特、卡夫卡、普鲁斯特、康拉德、艾略特、海勒等进入了研究视野;曾经被拒之门外的西方现当代文学流派、理论和文学批评方法,包括意识流、精神分析、新批评、意象派、新小说、叙事学在内,也得到了一些初步的介绍。这些文章依然不脱"介绍"的模式,对研究对象的认识还算不上深刻,但已经不再滥用阶级分析的方法,更注重艺术风格的把握和细节分析。

二、人道主义讨论和现代派文学论争的话语

20 世纪 80 年代的文学、学术和艺术是一个整体,有着共同的问题意识。80 年代初热闹一时的"人道主义讨论"和"现代派文学论争"正是这种共同问题意识的表现。当时几乎整个文化界各路人马都卷入其中,就这两个话题各抒己见。我们要问的是,这两场讨论对于外国文学学科的意义何在?外国文学界在两次讨论中发挥了怎样的作用?是与其他学科合奏一曲还是另辟蹊径?毋庸置疑,正是外国文学界最早拉开了两次讨论的大幕,并且通过译介作品为讨论提供源源不断的鲜活例证。

在考察这两个话语事件之前,我们必须清楚地看到,新时期之初的思想解放和新启蒙运动存在着局限性。对局限性可以有多种理解,但是在这里特指意识形态对思想解放有形与无形的限制。无论 80 年代人是多么激情澎湃、意气风发,都不能否认"解放"与"启蒙"存在着一条不能冲破的红线。任何讨论都不能突破由权威意识形态设定的这一底线,"阶级性""无产阶级""人民群众"这些经典概念,"一直处在一种比'西方''资产阶级''普遍人性'等概念更优越和更正确的位置上"。这一限制的存在使得当时所有西方话语资源的合法化,都必须经过主流意识形态的认可和"包装",只有将异质话语整合进马克思主义思想体系之内,才能获得传播通行证。与此同时,极左文艺路线虽被否定,原有的阶级话语系统和知识谱系依然左右、影响着人们的视野,有时候不是讨论者刻意为之,而是那条红线已经内化于心,在无形中束缚着讨论者的自由。这种局限性注定了它们又是两次力量并不均衡的"讨论"。

(一)对人道主义的呼唤

在两次论争当中,关于人道主义的讨论发生更早,影响更大,整个文学界、哲学界乃至党的重要领导人都参与其中。早在 1977 年年末,已出现一些文章,提出"大抒无产阶级之情"的口号,但理论上的探讨还尚未展开。1979年后,由呼吁文艺表现无产阶级的人性进入理论层面的探讨。

讨论人性与阶级性的关系,其实也就是在讨论如何认识人性论和人道主义,讨论马克思主义与人道主义的关系。对于这个问题,大致有三种意见:第一种看法认为,"人是马克思主义的出发点",人的解放是共产主义革

命的最终目标,马克思主义不仅包含了人道主义的内容和性质,而且是"彻底的人道主义和真正的人道主义"。"全面否定人道主义,就可能异化到'神道主义'与'兽道主义'去",十年浩劫已经证明了这一点。另一种意见则认为,人道主义是资产阶级的意识形态,与马克思主义分属两种截然不同的思想体系,今天的无产阶级没有必要重新拾起这种武器。如果把人道主义局限于伦理原则和道德规范,那么可以在历史唯物主义的基础上,立足于社会主义的经济基础和政治制度,宣传、实行社会主义的人道主义;如果把人道主义理解为一种历史观和世界观,即认为人类社会的历史是人的异化和异化的扬弃,那就必须予以坚决反对。第三种意见倾向于折中,认为第一种看法不符合马克思主义创始人的思想实际,抹杀了马克思主义的鲜明阶级性。根据马克思主义的观点,可以对人道主义作如下表述:一、阶级的人道主义;二、社会主义的人道主义;三、共产主义的人道主义。

与"十七年"的人道主义批判相比,此次焦点问题的论争要深入许多,讨论的方式也出现了明显变化。这一次论争各方虽各持己见,有些甚至针锋相对,却普遍肯定了人道主义的积极意义,不再是一边倒的批判打倒。尤其是当他试图掀起一场"清除精神污染"的政治运动时,历史并未重演,运动草草收场,不同意见者仍然可以自由发言,没有受到多大影响。不过我们也应该看到,在公开发表的相关论文当中,尽管存在明显的意见分歧,却并未真正突破原有阶级话语系统的限制。无论自愿抑或被迫,所有参与讨论者都承认,阶级性是辨析人道主义问题的根本原则,马克思主义的人道主义与资产阶级的人道主义最根本的区别就在于对人的阶级性的认识。有许多论者在批判"四人帮"对人道主义的践踏时,继续采用与之非常相似的思想资源和话语方式。另外,为了张扬人道主义又不触动红线,一部分激进者试图将马克思主义人道主义化,但遭到主流意识形态以"清污"运动展开的否定与批判,立论者想要在理论上提升人道主义话语的努力并未完全实现。大多数围绕人道主义展开的深入探讨都因政治因素的干扰而被迫搁浅。因此有学者认为,人道主义讨论是一个最终流产的未完成的"文学预案",没能实现应有的理论突破。不过我们也应当看到,讨论本身的结局并不等于讨论所带来的效果。此次讨论虽然以"清污"运动而告一段落,却唤醒了文艺创作与研究领域的人道主义、人性话语,使之成为新时期文艺活动中最活跃的一种声音。

在众声喧哗的热烈氛围中,外国文学界是最早投入这次讨论的。其实人道主义讨论是80年代的共同话题,所谓的"界"在当时并不特别明晰,并未出现特别明确的专属各界的不同看法。外国文学领域对人道主义的探讨并未超出主流话语的限定，中规中矩，并不以理论探索为旨归，恢复正常的外国文学视野才是最迫切的要求。朱文并非对人道主义进行理论探讨的第一篇文章，关于人道主义的讨论也不是自这几篇文章开始。早在1978年11月召开的"全国外国文学研究工作规划会议"上，周扬就在讲话中提出，不应"笼统地反对人道主义"，应当作历史的、阶级的分析。作为"十七年"主管文学艺术工作的主要领导之一，周扬曾经在《我国社会主义文学艺术的道路》等政策性文章中为人道主义下过断语，长期影响着相关话语方向。他在新时期伊始所做的这番号召，为后来的讨论拉开了大幕。

四篇文章以非常饱满的激情控诉了"四人帮"的极左文艺路线，宏观评价了欧洲古典文学的价值与人道主义的进步意义，话语方式仍然保留浓重的"文革"色彩，对人道主义的基本看法与冯至当年文章中的提法遥相呼应，但文章宗旨却判然有别。冯至文章志在批判，而今天的认识虽然不变，却意在呼唤人道主义。其中《昨日的人道主义与今日的封建法西斯主义》一文提到欧洲古典文学曾被扣上"宣扬人道主义和个人奋斗"两条罪状；《人道主义断想》和《人道主义的历史进步意义无容否定》都沿用经典马克思主义对人道主义的界定，但却高度肯定了资产阶级人道主义的积极意义，尤其肯定了欧洲古典文学中所表现出的人道主义批判的积极意义；《从读莎氏喜剧的一点感受谈起》一文更是以莎士比亚喜剧为例，论证人道主义在"今天"仍然有着不可抹杀的价值。值得注意的是，四篇文章对讨论对象的认识非常一致，没有意见分歧，都把人道主义归结为资产阶级意识形态，都认为它不但曾经在历史上发挥过积极作用，在社会主义的新时期也仍然有着积极意义。最重要的是，所有文章都表达了一种共识：作为欧洲古典文学的精髓，人道主义精神并非"十七年"判定的需要"排泄"的糟粕，而是我们应该吸收的精华。

（二）"现代派"的转化

"五四"时代，以"新浪漫主义"命名的现代派文学被当时的引介者视为中国新文学的出路，世界文学进化之途中的最高理想；30、40年代，在西方的影响下产生了具有中国本土特色的现代主义文学；"十七年"时，它们统统被斥为资产阶级堕落、腐朽的产物，充满颓废气息，没有资格进入新中国的外国文学视野。1958年，曾经热情引介新浪漫主义的茅盾发表长文《夜读偶记》，否定了"五四"以来对文学进化的公式化认识，指出现代派文艺表面上是在进步之中，"实质上却是一件美丽的尸衣掩盖了还魂的僵尸而已。这个僵尸就是作为假古典主义的本质的形式主义"。茅盾此时身为主流意识形态的代言人,明确指出在阶级话语系统里,坚持现代派的人就是在为资产阶级服务,现实主义和现代主义都不再是文艺运动,而是政治路线的分歧,是进步与反动的冲突。

因此,当新时期的外国文学界重新睁眼看世界时,冲破"十七年"划定的思想禁区,补上落下的现代主义一课,便成为最迫切的任务。作为新时期之初思想解放的两个标志,人道主义与现代派论争的讨论方式大同小异,效果也基本相似。有学者指出,"曾经在冷战格局中被看作是'颓废、没落的资产阶级文化'的'现代派'文学,经过80年代文化逻辑的转换,成了'世界文学'最前沿的标志,并被作为反叛传统现实主义规范的有效资源和先锋派的仿效对象"。

现代派文学,是中国特有的一个名词,并非国际通用的学术概念。它特指20世纪以来,传统现实主义之外所有流派的文学作品,既包括西方现代主义各流派,也包括后现代主义在内,还指代中国新时期所出现的具有现代主义色彩的创作。

现代派文学论争并未像人道主义讨论那样引起整个思想界的震动,参与讨论者大都是文艺界人士,但热烈程度有过之而无不及。论争分为两个阶段,1978年起,由外国文学研究界发起了重新评价西方现代派文学的讨论。在1978年的全国外国文学研究工作规划会议上,柳鸣九做了题为《现当代资产阶级文学评价的几个问题》的发言,提出要一分为二地看待现当代资产阶级文学,发言稿刊登于1979年第1期的《外国文学研究》上,同期还登载了陈焜的《西方现代派文学和梦魇》。同年,社科院外国文学研究所主办的《外国文学研究集刊》第一辑开展"关于现当代资产阶级文学评价问题"的讨论,卞之琳等四位学者集中发言。稍后,《外国文学研究》在1980年第4期开始了为期一年、更大规模的"西方现代派文学讨论",将前半段讨论推向高潮。虽然这场论争也因"清污"而告一段落,但其实际效果与影响却远非"运动"所能清除。外国文学界在前半段讨论中发挥了主导作用,为后半段讨论奠定了基本的方向和话语基调。论争主要围绕三个问题展开:第一,关于现代派文学的起因。以徐迟为代表的意见认为,现代派文学是西方现代物质文明的产物;另一种意见认为,资本主义社会物质生产与精神生产不平衡导致了这种文学的出现,其根源主要是唯心主义思想体系;还有一种意见认为现代派的产生有三个重要因素:垄断资本主义时期西方社会关系的产物,现代资产阶级文化思想的影响和资本主义生产力的发展,因而是一系列经济、社会、文化的因素决定了现代派复杂的内涵,必须具体分析。第二,关于如何评价和对待西方现代派。一种意见将其视为20世纪人类文明伟大的成果；另一种意见主张一分为二地看待之；第三种看法倾向于否定，认为其虽然丰富了文学表现手法，但其思想体系属于资产阶级意识形态。第三，关于"现代化"和"现代派"的联系以及我国文学的发展方向。徐迟等人认为现代派是现代化的必然产物，"我们将实现社会主义的四个现代化，并且到时候将出现我们现代派的文学艺术"；批驳者认为现代派并不是现代化的唯一目标，现代主义在社会主义的中国根本没有发展前途；另一种意见认为不能把文学现代化与现代派混为一谈，也不能把现实主义和现代派看成互不兼容的两极，中国文学的未来是"五四"文学传统加现代派手法的多元化总体结构。这个问题是后半段讨论的焦点，外国文学界对之发言相对较少。80年代中国对现代派的认识就是由他们奠定的。在引进现代派文学的过程中，以这些学者为代表的外国文学界的现代派视野决定了整个中国的世界视野，奠定了中国对于"世界"想象的基础。

三、期刊专栏与话语热点

学术期刊属于学术权力机构之一种，主要通过设置专栏、取舍稿件、举行会议等方式行使话语权，引导学界的话语方向，推动学术发展；文学期刊以大致相同的方式行使权力，但两者分属不同的场域。20世纪80年代，中国出现了一批兼具双重身份的期刊，以文学作品为本，又有学术关怀。即使是全部以论文出现的《外国文学研究》和《外国文学评论》，仍然心系普通文学爱好者，并不自足于学术定位。实际上，这五家期刊都是由学术实力雄厚的高校或者研究单位主办，不管以作品还是以论文为主，都表现出了强烈的学术色彩。与此同时，由于80年代学术疆域还不像后来那么明晰，学术研究并未封闭在象牙塔内，而是与现实中的思想解放运动和文学创作界频繁而充分地互动，学术期刊身处集中展示这些互动的"现场"，记录着当时中国学界乃至文化界共同关心的重要问题，因此在学术为本的同时表现出强烈的社会参与意识。回顾80年代的五家期刊，我们发现，虽然各家期刊定位不同，却存在诸多相似的编辑安排和专题栏目，表达了大致相同的问题意识。

（一）期刊定位与外国文学新秩序

1. 普及与提高：期刊的定位

期刊的定位决定了它对稿件的取舍，也反映着编辑者及其所处时代的学术观念，所以有必要对几家期刊的办刊宗旨和自我定位作一梳理。作为外国文学研究界历史上第一份专业期刊，《外国文学研究》在80年代对外国文学学科的作用至关重要、无可替代。它记录着外国文学界突破"文革"话语模式,逐步恢复学术秩序的全过程,引导着新时期之初外国文学界的话语方向,特别是于 1979 年起展开的"西方现代派文学"讨论,深刻地改变了整个中国的外国文学视野。在 1978 年内部试刊的创刊号上,编者指出:刊物是"普及与提高相结合的专业性季刊。它希望成为专业和业余外国文学工作者交流学术思想、切磋研究成果的园地,同时也力图办成能帮助文学青年和中、小学教师正确阅读外国作品的普及读物"。无独有偶,季羡林先生在《国外文学》的发刊词中也将"普及与提高"作为刊物的主要原则之一,而且认为这一原则对"其他刊物也同样是适用的"。"普及与提高相结合",是毛泽东在《讲话》中对文艺工作提出的要求。将"普及"作为一份专业学术期刊的主要任务之一,似乎显得很不"学术",很不"专业"。姑且不论"普及与提高相结合"的要求是否适用于学术期刊,这一定位既反映出"讲话"精神对中国文艺界影响之深,也彰显出新时期之初学界特有的"学术观"。在当时的办刊者与学者眼中,学术不仅是专业人士的智力活动,还是能够引导广大群众的教育手段,并不排斥普通爱好者的参与。正是出于"普及"的需要,80 年代的同类学术期刊上刊登了大量"介绍性"文章,《外国文学研究》还特设"阅读与欣赏"与"马克思主义经典著作中的文学故事""自学之友"等栏目,展示作品解读的范例,进行知识启蒙。以今天的学术眼光看来,它们的确很不"学术",失之于浅显,但当我们了解了彼时学界的状况和期刊的原则时,便不难理解这种安排。

2. 期刊中的外国文学新秩序

外国文学期刊对作家作品的选择,直接体现了一个时代的文学秩序。作品是 20 世纪 80 年代外国文学学术期刊上的重要组成部分,反映着当时学界外国文学视野的变化。

毫无疑问,重视当代外国文学的介绍,是当时所有外国文学期刊的共同追求。不过当代外国文学的范围极其庞大,每家期刊都只能选择它们眼中最重要的部分。三家期刊对此有各自不同的选择。《国外文学》将东南亚小语种文学作为最主要的译介对象,其次是苏联文学,当时最为热门的拉美文学、美国文学则很少出现;《外国文学》与之形成互补,译介范围覆盖了除俄语之外的几乎所有语种,英语文学所占比重最大,拉美文学也受到一定重视。《当代外国文学》的译介重点依次为美国文学、法国文学、苏联文学和德国文学,拉美与奥地利文学位居其后,东南亚文学没有涉及。三家期刊中,《国外文学》的作品安排与我们对 80 年代外国文学秩序的思维定式大相径庭。这种以苏联和亚非第三世界国家文学为重,少谈欧美的做法,很容易让人联想起"十七年"的老传统。对于如此安排,刊物主编季羡林已经在发刊词中作了解释:当时外国文学期刊众多,为办出特色,《国外文学》要依托北京大学小语种的力量弥补其他期刊忽视的部分。虽然《国外文学》构建的独特外国文学秩序与"十七年"颇为相似,但在具体作家的选择上其实并不相同。无论是俄苏作家抑或亚非拉作家,无论革命与否,都不再是选择的衡量标准,那些具有"现代"色彩的作家明显增多。总之,"十七年"那种政治性第一的外国文学译介标准已被扬弃,在全面介绍的同时,"厚今薄古"已成大势所趋。

(二)20世纪外国文学走向

上文提到"走向世界文学"、适应世界文学总的发展方向,是20世纪80年代学界的共识。为了更清楚地把握这一大方向,对20世纪外国文学形成整体透视,《外国文学评论》创刊不久,即于1987年7月和11月连续召开三次名为"20世纪外国文学走向"的学术研讨会,并且在1988年全年开辟同名专栏,刊登讨论会论文,相关文章共计9篇,其中2篇为讨论会综述。

前两次座谈会的与会者来自外国文学和中国文学两个领域,第三次研讨会则完全在外国文学研究者中展开。三次会议的核心主题就是绘制20世纪外国文学走向的地形图,描述其总体律动。如何"用精辟的语言概括这幅地图最本质、最核心而又最具体的全貌特征",引起了与会者的热议。一种意见认为现实主义和现代主义的相互斗争和融合是20世纪外国文学的基本特征。大部分与会者同意这种把握,但也有学者提出异议,认为现实主义与现代主义这种二分法不能概括文学的丰富变化,20世纪文学的基本特征是"主体的突出",即"向内转"。

前两次讨论显示出学界对"现实主义"和"现代主义"这两个概念的理解比较混乱,致使讨论难以深入。第三次讨论会上,有论者清理了"现实主义""现代主义""颓废派""反传统"等常用概念,还有论者试图对两大主义的关系作进一步引申与定性,"将苏、美两大对立政治势力的文学观念作为现实主义与现代主义的代称,把两国文学内部的消长起伏的比较作为20世纪文学状态的一个基本模型"。现实主义与现代主义不仅是创作手法,还是文艺观念,更是政治意识形态的折射。从这一前提出发,许汝社认为,以苏联与美国为代表的东西方文坛若想突破各自在"二战"后的停滞状态,必须放弃对"现实主义"和"现代主义"的坚守,从对方的文学观念和创作手法中吸收有益营养。不过许文表达了明确的价值判断,天平向"大现实主义"大幅倾斜,甚至反复提到"社会主义文学"在未来的复兴。夏仲翼则建议抛弃"主义"之争,用"文学性"的演变来描述文学的走向。夏文指出,文学性是个历史概念,内涵处于不断变化当中,文学性在历史演化过程中所获得的一切内容规定着文学本身的走向。文学性包含诸多对立的范畴:客观与主观、对象与主体、现实与理想、真实与虚拟、描绘与表现、具象与抽象、社会与人性,等等。特定的历史语境是文学性两极变化的条件。研究者应当跳出某一流派文学观念的局限,从总体上把握文学本质在文学现象中实现的程度。夏文以"文学性"为关键词,一再强调文学性才是判断文学发展的根本,似乎受到俄国形式主义文学观念的影响,其实依然是文学本质观、社会历史分析和辩证思维的推演。相比而言,钱念孙的《形式的寻求与凝铸》更多地接受了形式主义文论的影响。钱文主要从 20 世纪文学在形式上的开拓这一角度认识其总体走向,文章征引诸多 20 世纪现代、后现代作家及符号学、俄国形式主义理论家的观点,颠覆了"内容决定形式"的传统观念,认为 20 世纪文学最重要的变化在于形式具有文学本体的意味。作者对自己的马克思主义立场一语带过,表明自己只是对西方观点进行转述和梳理,但字里行间充满对所述观点的赞同和肯定。

将 19 世纪文学与 20 世纪文学作对比,是讨论会的另一个焦点。讨论者们最关心之处,在于 19 世纪与 20 世纪文学大异其趣的内在动因是什么。为回答这个问题,讨论者将思考的触角伸向文学之外,引入了社会学剖析和哲学与文化的整体观照,试图从精神实质上去理解这个文学时代。

对学术史来说,更有价值的恐怕不是讨论的结论,而是讨论所展示的当时学界的文学观念、理论资源、话语模式。所以我们不去评价"现实主义和现代主义对立融合"这一结论的对与错,而是要思考"20 世纪外国文学走向"这个问题产生的历史语境。

首先要问的是:为什么是 20 世纪而不是其他时代? 第一,选择 20 世纪是中国文学发展的要求。18、19 世纪文学既是"五四"以来中国新文学最主要的参照系,深刻影响且参与了中国现代文学的建构过程;同时也是"十七年"话语传统认可的文学经典,滋养了 30 至 50 年代出生的几代中国作家。正在进行中的 20 世纪文学才是中国文学发展的坐标系。李陀在《告别梦境》中已表达过告别 19 世纪、拥抱 20 世纪的强烈呼声。在前两次讨论会的综述中,作者们也对会议论题给出了完全一致的解释:1987 年,中国文学复苏已近十年,学界"第一次真正开始了关于中国文学在 20 世纪世界文学这个大的坐标系里位置点的定性思考"。"20 世纪""世界文学",这两个词组在当时就是进步的标志,而且昭示着未来的方向。在 80 年代的现代化逻辑之中,融入 20 世纪世界文学大潮是中国毋庸置疑的唯一选择。第二,同样是出于现代化(实质上就是西化)的逻辑,学界认为必须在全面了解的基础上修改此前对 20 世纪外国文学的认识迷误。

第二个要问的问题是:将 20 世纪世界文学的走向归结为现实主义与现代主义之间的对立融合,体现的是当时学界怎样的文学观念? 当然,并非所有与会者都认可将两大主义的关系转换为 20 世纪文学的基本格局。但是反对者也未能提出更为有效、更易接受的认识框架。反对者认为这种认识框架的缺点有二:概念模糊;过于宽泛。但是用一句话来概括整整一百年的世界文学走向本来就不可能做到完美贴切。相信文学史有其最本质的规律,并可以用简洁的语言将之概括出来,这就是本次讨论所标示的 80 年代外国文学界的文学史观和认识模式。80 年代学界的意图显然与勃兰兑斯更为接近,希望通过概括 20 世纪文学的本质特征,重写中国的外国文学史,让文学历史的叙述符合中国对世界的想象,符合本土文学对世界文学的需求。就是在这样一种文学史观指引下,当时学界要对 20 世纪世界文学作一个简洁的概括,而之所以选择两大主义的演进作为表述内容,在于两种思潮对于中国文学界的特殊意义。在中国文学界,现实主义远远不止是一种创作方法,而是承担着沉重的政治和历史记忆的象征符号,而现代主义则是从资产阶级意识形态转变而来的"现代化"主流方向。站在历史与未来之间的中国文学界,不能彻底抛弃旧传统,又想拥抱新潮流,所以特别钟情于这种能够综合新旧的描述。在讨论者眼中,现实主义是旧传统,通过与现代主义的综合仍有新生命;现代主义是新话语,凭借现实主义的提升可以超越其局限性。

第二节　西方话语中心的突显与质疑

国际政治格局剧变和国内经济转型共同造就了中国的 90 年代。冷战结束改变了世界秩序,"全球化"大幕就此拉开。邓小平南行讲话和中共第十四次代表大会确立了市场经济在国家体制上的合法性,从此,中国加速融入全球经济一体化,开启了"文革"之后的第二次大规模转型过程。在一切以经济为中心的语境当中,知识分子也褪去了 80 年代"启蒙者"的光环,在"如何看待、评估'现代化'进程产生的后果上、在如何看待大众文化上、在知识分子的精神价值和社会功能上,思想态度发生了分化"。这种分化的主要表现,就是在面对共同问题时,失去了 80 年代曾经拥有的"共识";或者由于知识者各自思想立场的差异,对什么是真理的问题产生了分歧。

在现实剧变的同时,西方后现代理论的集中输入为知识界认识范式的根本改变提供了理论资源。后现代主义话语于 80 年代中期已经进入中国,当时反响并不热烈,却在社会语境改变的 90 年代制造了巨大效应。后现代理论反本质、去中心的思维方式让中国知识界开始质疑曾经奉为真理的"现代性"话语,甚至重新看待经典马克思主义理论。于是,90 年代的中国学界的确出现了"众声喧哗"的热闹场面,在先后出现的人文精神讨论、国学热、后殖民理论热、文化研究热等热点论题中,现代主义、后现代主义、后殖民理论、经典马克思主义以及新儒学等各种话语并行于世,就各种新旧问题争论不断,形成了多元共存的文化格局。

普遍认为,90 年代的学术界不再像 80 年代那样共享问题意识,不再承担过多的启蒙重担,各学科都在走向正规化、专业化,学术疆域日益明晰,学科意识不断增强。外国文学学科的变化与学界整体的学术转型基本同步。整体而言,90 年代外国文学界的研究水准较 80 年代有大幅提高,但在学术化、规范化的同时,曾经表现出的强烈社会参与意识明显减弱,在历次社会文化热点问题争论中,外国文学界的声音不再像 80 年代那样响亮,与相关学科的积极互动亦如已往。总体而言,局部研究有明显深入而整体问题意识不够清晰。外国文学界建构的新秩序综合了"十七年"话语传统和人道主义与现代派话语,虽大力加强了对西方文学的研究,俄苏文学与东方文学仍然得到应有的重视。但 90 年代以后,经典文论不再被视为唯一正确的"真理",学者们不再以经典马克思主义理论为本位,而是以西方某种当代文化理论为切入视角,从文学观念到探讨的问题和表述的方式都发生了极大的变化。事实上,在诸多话语之中,西方新理论话语对外国文学研究的影响的确远远超过传统理论和正统话语的影响。在这种影响之下,外国文学研究的重心和模式都发生了变化。不但西方批评理论和西方文学作品成为外国文学研究的中心,西方理论话语更是成为本学科研究和批评实践中最主要的理论来源.80 年代主流的研究模式——社会历史批评被多种新的阐释方式所取代。在外国文学研究领域,所谓"多元共生"只能用来描述各种西方话语之间并存的状态,传统话语在这里基本缺席。

不可否认,正是 80 年代那种将中国与西方等同于落后与进步的二元对立文化逻辑直接导致了 90 年代的这种状况。不同之处在于,80 年代的"西方"是理想的乌托邦,而 90 年代学界接受了更多西方学界内部对西方的批判,开始认识到 90 年代"西方"话语建构中的本质主义误读,重新审视"西方"的文化帝国主义性质。学界一直存在的本土意识凭借这些新视角的启发,开始质疑与批判这种普遍主义的西方话语模式。

正是基于上面的判断,本书认为80年代和90年代之间的关系既不是所谓"断裂",也不是简单的"延续"。处于两个时代的外国文学界在一些基本问题上存在延续性,但"同时在一些关键性范畴和话语上却又有相当程度的'转型'"。

一、"延续性问题"的再探讨

(一)"延续性问题"和"新问题""新话语"

如何在纷纭的学术话语生产场中提炼出本学科在两个不同时代关注的基本问题,如何确定90年代学界更关注哪些新问题,一直是本书最感棘手的"问题"。外国文学界虽与整个学术界息息相通,却仍然拥有专属于本学科的"问题意识",或者表现出对共同问题的独特看法,不能简单地套用学术界总结的共同规律和已有定论。

延续性问题包括:其一,学科定位问题,亦即外国文学研究在中国文化、中国学术体系中的定位问题。80年代学术话语重建之时,学界就对外国文学研究在中国文化建设中所起的作用进行了讨论,冯至、叶水夫、吴元迈都在外国文学学会的历次年会发言中表达了大致相同的看法——外国文学研究的价值在于为本国文学的创作提供借鉴,为中国文学走向世界提供知识背景和参照系;各家期刊也通过创刊词或编者寄语申明了这种立场,回答外国文学学科"为什么研究"的问题。这种定位来自历史和现实的经验,而且得到了政治意识形态的充分肯定。90年代,学界仍在各种场合不断强调这一定位,而且不再停留于口号宣言,开始进入学术反思。

其二,研究之主体性问题。实际上这个问题与学科定位问题是紧密联系在一起的。学科定位要回答"为何研究"的问题,对研究主体性的强调则最终指向"怎样研究"这一问题。换言之,研究主体性的表现就是外国文学研究应有的"问题意识"。在鲁迅"拿来主义"的主张里,充满强烈的本土意识和主体意识,80、90年代,它仍然被外国文学界奉为立身之本,在各种学术会议上一再响起。但问题在于,原则虽然明确,实践却殊为不易。虽然一再强调外国文学研究的"中国视角""中国特色",甚至要建立外国文学研究的"中国学派",学界却一直对没能真正做到而焦虑不已。

其三,如何认识20世纪世界文学。前两个问题从外国文学学科存在以来就被不断提起,答案本身其实并无太大争议,为何研究和怎样研究最终都要凭借"研究什么"才能体现出来,因此对这一问题的具体回答更能突显学术话语的延续和变化。80、90年代学界的研究范围、研究重点与盲点当然不是单一的,不过两个时代都以"20 世纪世界文学"为关注重点,其中又以 20 世纪西方文学理论、20 世纪西方文学为重中之重。

在基本目标和问题关怀不变的前提下,90 年代的外国文学界继续引进西方当代理论,拓展、加深对新理论及 20 世纪文学的研究,同时延续 80 年代的经典重评活动,通过不断"重写文学史",完善 80 年代奠定的外国文学新秩序。这一秩序的特征在于以文学为本位,以西方经典名著为参考,重视 19、20 世纪文学,注重作品的人道主义精神和形式探索。

那么,90 年代的外国文学界又引进了哪些新理论? 关注了哪些新问题呢? 90 年代,人文学界引进了许多西方"新"理论,从后现代主义、新历史主义到后殖民主义、文化研究,都影响了外国文学界的视野和话语方式。其中对 90 年代学术话语冲击最大的后现代主义思潮并非真正的"新"话语,因为早在 80 年代初期,学界就开始介绍后现代的理论和文学作品,只不过并未使用"后现代"这个范畴去界定,而是将其与现代主义混为一谈。80 年代中期后,凭借着当代文学批评界的大力宣传,"后现代主义"开始为人熟知,对现代主义与后现代主义的辨析成为当时这一问题讨论的焦点。在象征着 80 年代外国文学研究阶段总结的"20 世纪文学走向"大讨论中,后现代主义话语完全缺席,没有进入"现实主义与现代主义斗争融合"的论述框架当中。未能充分关注 20 世纪西方文学的这一巨大变动,可以说是 80 年代外国文学界视野中的最大盲点。直到 1989 年,关于"后现代主义"的讨论才首次在外国文学学术期刊上出现,其后,被划入后现代主义范畴的文学理论、作家作品陡然增多,学界开始以"后现代主义"这一视角去研究那些已经或者未经介绍过的文学现象,"后现代主义"才真正以新理论的面貌登场,与之相关的研究随之成为 90 年代学界的新问题。然而实际上,后现代主义在 20 世纪 90 年代的重要性并不在于它自身成为学界关注的新问题,而是在于它给学界传统思维方式和文学观念带来的巨大冲击。这里需要说明"后现代主义"这个概念本身的特点。严格说来,后现代主义本身并非一种所指明确的理论,它不是一个统一的、一成不变的概念,而是一种涵盖了社会、哲学、艺术、文学各领域的全球性文化思潮,由于其内涵与外延因地区、领域、时间的不同而变动,准确的界定几乎不可能。

80 年代后期,学界开始认识到后现代主义"反现代"的一面,不再将两个概念混为一谈。90 年代,包括解构主义、新历史主义、后殖民主义等理论在内的"后现代主义"诸理论的威力迅速发挥出来。各理论共同的质疑中心、质疑传统、质疑语言的思维方式虽未动摇正统文论在学科中的权威地位,却真正改变了本学科问题的产生和研究的视角。什么是文学？作者是什么？作品与现实有怎样的关系？"形式""内容""想象"……这些在传统文学观念中不证自明的概念都变得成问题，以传统文学观为基础的社会历史批评和80年代新锐的形式审美批评都无法继续独占话语强势，而是融会在各种新理论、新话语的众声喧哗之中。

把90年代学界的新问题和新话语笼统地归结于"后现代主义"显然有失精确。这一时期引进的新理论从不同层面和角度启发着学界视野，又与本土语境互相作用，催生出了不一样的新问题。例如后殖民理论中对西方话语中心的质疑，触发了90年代中期本学科的"殖民文学"论争，外国文学学科的研究方法和价值第一次遭到严重质疑；文化研究重视大众文化而忽视文学独特性，彰显出曾经备受推崇的形式审美研究的狭隘，动摇了学界已经普遍认可的经典秩序。

（二）"20世纪外国文学"再讨论

20世纪外国文学，尤其是20世纪西方文学，是80、90年代外国文学界最为关注的研究对象。其中原因和动机大致相同，就是将20世纪西方文学视为本国文学走向世界的参照系和超越目标。所不同的是两个时期的认识方式和关注重点。80年代的"现代派论争"和"20世纪外国文学走向"大讨论皆从宏观把握入手，个案研究还停留于全面介绍、简单分析的层次，缺少"点"的透视。

1990至1999年，《外国文学评论》举办了以"20世纪外国文学"为中心，各种主题的多次研讨会，其中包括：1990年的"文学的传统与创新"，1991年的"20世纪外国文学：主题、语言、风格"，1992年的"20世纪西方文学中的批判意识与荒诞问题"，1993年的"20世纪西方文学中的异化主题和社会批判意识"，1997年的"时代与社会"，1999年的"文学·社会·文化——世纪之交的外国文学与研究"。历次会议虽名目不同，主题却一脉相承，那就是探寻20世纪世界文学的走向和规律，摸清中国文学在世界文学格局中的地位。我们发现，各次会议之间存在连续性，先是"传统与创新"的宏观概括，然后缩小范围，进入"主题·语言·风格"的分别讨论，之后进一步缩小论题，集中讨论"荒诞问题"和"异化主题"，接下来又是对整个20世纪文学的开放讨论，分"20世纪文学总体研究""20世纪外国文学理论"和"20世纪作家及作品"三个部分。

由于1990年、1992年和1993年的会议论文都曾以专栏形式在《外国文学评论》上集中发表，本书的梳理就以这三次会议为主。

"文学的传统与创新"研讨会的中心议题并未局限于20世纪文学,却是直接针对20世纪世界文学的特殊情势而提出的。组织者认为,这个世纪的文学一边是传统依然生机勃勃,另一边是新潮迭起,"反传统"呼声频现,尤其是近几十年,曾经的先锋文学又遭到后现代思潮的挑战,鉴于此,学界需要对文学的传统与创新问题作全面审视,寻觅其中规律。显然,这次讨论的主题与1987年的三次"20世纪外国文学走向"讨论遥相呼应。两相对比,两次会议有如下差异:首先,此次讨论用"传统与创新"替换了"走向"讨论中两大主义对立融合的表述模式。这一替换表征着学界视野的变化。这次讨论尝试用"传统与创新",描述文学历程的律动,不单指向20世纪文学,更是对整个文学史的描述,所以仍然是极为宏观的概括,但这种概括比"两大主义"的概括更充分,更具包容性。其二,本次会议引入了"后现代主义"这种新的认识范式和新话语。有很多讨论者尝试在这种新认识范式中探讨"传统与创新"的意义。这一新理论视角与学界熟悉的传统辩证观的理路大相径庭,当有论者从解构视角出发质疑本质主义的传统观,认为"传统"是一种虚构时,引起了赞同者与反对者之间的热烈争论。在12篇同名专栏论文中,讨论者分别从西方文论及英、美、日、法、拉美各国文学入手,以传统理论或者后现代理论为认识范式展开论述。其中余虹文章即是受到海德格尔哲学的启发,指出西方形式批评依然在遵循传统的"内容—形式"二元思维模式,虽标榜反传统,其实只反了内容中心的价值观念,并未突破深层思维模式的传统。文章虽未讨论后现代思潮突破"内容—形式"二元论的尝试,其内在思路却正是后现代认识模式的推演。总体而言,论文中采用传统研究方法展开论题的仍然占多数,但新话语所造成的冲击力明显超越了前者。无论对后现代主义赞同还是反对,与会者一致认为应该加强对这种新理论及相关创作实践的研究。

二、西方话语中心的形成

外国文学的学科研究对象是"外国文学",具体说来就是外国文学理论、思潮流派与作家作品。然而"外国"的范围何其广大,任何时代的学术研究都要在这一范围中有所侧重、取舍。从80年代开始,学界即已选择西方作为外国文学新秩序中的根基,却并未因此放弃学术传统中对东方的关注,直到90年代,包括理论与文学实践在内的西方文学才真正进入学界视野中的中心,西方学术话语的渗透才彻底改变了学界的研究模式。

当年中国社科院外文所在《外国文学研究集刊》创刊号上曾明确提出口号:"逐步建立外国文学研究的中国体系。"中国外国文学学会会长吴元迈先生也曾多次表示,中国学界应当建立外国文学研究的"中国学派"。双方表达的都是对建构中国特色的外国文学秩序和外国文学学术话语的诉求,希望外国文学研究能够体现鲜明的文化主体性。经过80年代对旧话语系统的扬弃和新话语的全面引进,90年代的学界似乎离这一目标近了一些,然而学习道路依然漫长,90年代学界虽一再强调主体选择,在实践中却不断向西方学术话语靠拢。某种程度上说,这是中国学界汇入世界学术格局的必然选择。

(一)理论译介特点

80年代学界虽热衷于引进西方新潮理论,西方新理论却并未深入影响创作文本的批评实践,传统理论及社会历史批评方法仍然是学界主流的研究模式。90年代,随着学界对新理论研究逐渐深入,新理论的批评实践才真正大规模地渗透至整个外国文学研究当中。

首先将90年代与80年代作总体对比,我们看到,两个时期最直观的变化在于90年代的理论研究论文总量增加,具体变化表现为:1.80年代数量最多的是对思潮流派、现代派及马列文论的研究,现代文论总论与古典文论、苏联文论紧随其后。专门针对新理论的研究所占比例较小,正统理论还占据相当重要的位置;90年代对应的前三名为文艺美学、思潮流派和现代文论泛论,随后就是各种新理论,马列、苏联文论完全消失。2.80年代最受重视的新理论是结构主义与符号学、西方马克思主义和叙事学;90年代,在叙事学和西方马克思主义热度不减的同时,新理论研究重心转向女性主义、后现代主义和解构主义。此外,还增加了新的关注点:文化研究、后殖民主义与新历史主义。可以说80年代学界更倾向于形式主义文论的引进与研究,而90年代理论视野变得更加开阔,更多元化。

(二)叙事学与后现代主义的接受历程

叙事学是90年代理论统计表上位列第一的研究对象,数量达到了23篇。我们知道,从80年代中期开始,叙事学就受到学界的青睐,不过学术期刊上的相关论文并不算多,其中大多数是对叙事学理论的一般介绍。值得强调的是,有些学者在运用叙事学理论进行文本解读时,并不拘泥于经典叙事学理论的语言学模式,而是将叙事手段视为文本主题的另一种反映,将文化的思考融汇进去,在对叙事学理论的"误读"中显示了一种"中国视角"。90年代集中研究开始之初,学界没有区分"叙述"与"叙事"这一对容易混淆的概念,更多使用"叙述学"这一名称来界定研究对象,而且延续80年代的研究风格,表达出对叙事学理论的多元理解:在《外国文学评论》90年代开设的名为"叙述学研究"的专栏中,有文章通过解读原典,准确阐释了结构主义叙事学的情节观;更有一向倡导形式主义批评的赵毅衡先生,直接将叙述形式与文化相联系,超越了结构主义叙事学的封闭文本观而将西方理论应用于中国文学作品的分析。从这些文章可以看出,当时学界的叙事学理论资源主要来自经典叙事学,也即结构主义叙事学,但研究者们并不完全认同结构主义叙事学的文本观,也无意于按照经典叙事学的方向建构"叙事诗学",而是将叙事学视为一种新颖的批评工具,直接通过叙事批评演绎理论,从而实现对理论的理解,进而将西方叙事学"中国化"。

总体而言,90 年代叙事学研究的主流是经典叙事学研究。以申丹、赵毅衡、王阳、胡亚敏为代表的叙事学研究者共同努力,推进了叙事学研究的深入和规范化。其中又以申丹最为活跃,从她的一系列论文中,可以看到 90 年代叙事学研究的共同特点和路径。那就是凭借深厚的语言功底和理论素养,深入研读结构主义和形式主义叙事学原典,系统而清晰地梳理经典叙事学基本概念,尤其对叙述视角和叙述功能进行了比较详尽的阐释,并尝试用中西方文学文本印证理论观点。为了澄清此前学界存在的某些混乱认识,研究者们经常就某一问题展开争论,申丹与赵毅衡、王阳,黄希云与肖明翰之间都曾出现过激烈的学术碰撞,争辩哪一种理解更准确、更符合西方理论的原意。但是学界在追求准确理解原典的时候对这种研究的局限性认识不够,因为经典叙事学将叙事文本视为完全自足的封闭系统,进行纯粹技术性的考察,无视读者和社会历史语境对文本意义的影响。追求准确阐释固然十分必要,但同时也失去了 80 年代阐释方式的那种中国特色。当我们阅读这类叙事学研究论文时,一方面折服于作者精确缜密的逻辑推演,另一方面又会因其语言学论文式的条分缕析而略感窒息,深感文学作品的魅力因解剖而丧失。当然,90 年代的叙事学研究也并非唯西方马首是瞻,许多研究都对经典叙事学理论中某些混乱不清的概念表达了有力的质疑。

综上所述,90 年代以来学界的"后现代主义"理论研究分为宏观研究和微观研究两部分。微观研究从文体的角度研究后现代主义作品的形式特点和美学原则,是最主要的研究模式;宏观研究从全面介绍开始,继而转向对个别理论家的"点"的透视。在整体介绍西方争论时,学者们借用不同的话语资源表达主体立场,而微观研究则以印证西方理论为主,少见理论突破。无论是以文本为中心的探讨还是文学之外的考察,学界的研究深度都有待加强。

(三) 作家作品研究版图

90 年代,外国文学研究最主要的领域——作家作品研究这部分,基本遵循着 80 年代建构的新秩序,在将既有研究推向深入的同时,研究重心出现较大转移,批评模式和话语方式也出现了变化。

为了更细致地呈现变化过程,在对这部分论文进行统计的时候,本书依然将十年分成前后两段。具体统计采用两种视角进入:一种是国别(语种)与时代,另一种是重要作家,分别统计两个五年里国别研究和重要作家研究的论文数量。

仅从论文数量来看,两个时段最大的不同,就是研究重心从俄苏文学转向了英美文学,从 19 世纪文学转向了 20 世纪文学。早在 80 年代,中国知识界已经形成一种共识,认为英美文学与 20 世纪文学是"世界文学"的象征,代表着文学进化的新方向,理应得到更加全面深入的研究。自 80 年代中期开始,学界的研究重心已经开始出现类似转移,但真正在数量上实现颠倒是在 90 年代。

历史总是出现有趣的逆转。就像 50 年代中国不厌其详地介绍苏联文学一样,90 年代学界对英美文学倾注的热情有过之而无不及。尤其是对 20 世纪美国文学的译介与研究数量都是第一。20 世纪短短几十年中出现的各类美国作家与作品,不论大小都得到了详细介绍和反复研究。与此同时,学界还紧紧跟随美国文论界的潮流更替,甚至对大部分欧洲理论的接受都是源于美国学界的青睐和"中转"。90 年代中国学界最热门的理论——女性主义、新马克思主义、新历史主义、后殖民主义,最初全部经由美国引进。如果说 50 年代影响中国最深的他者话语来自俄语世界,80 年代以来最强势的他者话语毫无疑问来自英语世界。英语文学的强势正是 90 年代西方话语成为学术界话语中心的"征候",这一征候在 80 年代并不特别鲜明,直到 90 年代方才彻底"显形"。在这一过程中,学界的研究越来越多地表现出对西方学术话语(主要来自英美学界)的高度认同。西方学者的观点常常被拿来支持研究者的论述,或者干脆成为一篇文章据以展开的主要观点。以西方学者的观点看待西方文学,缺少对作品及西方观点的批判,跟随西方学界研究热点,照搬西方学界经典名单,种种表现已经成为外国文学研究界的通病,让学界难以逃脱"西方中心论"的指责。

伴随着英美文学的中心化,是东方文学的彻底边缘化。俄苏文学是"十七年"外国文学秩序的根基,包括亚非拉各国在内的"东方文学"则是这一秩序中重要的组成部分。"十七年"时,东方文学被塑造成"无产阶级的、进步的"文学,作为欧洲文学的对立面受到重视。90 年代,伴随着英美文学研究的持续升温,东方文学研究论文数量出现大幅下滑。虽然人人都能切身感受到东方文学研究在学界的弱势地位,具体统计数字依然令人吃惊。整个 90 年代,四家期刊有关东方文学的论文不足 40 篇,还不及 80 年代三家期刊相关论文的一半。虽然不及"十七年"时的亚非拉文学那么受重视,东方文学依然得到了 80 年代学界一定程度的关注。但是东西方文学这种相对均衡的秩序在 20 世纪 90 年代被彻底打破,英美文学与东方文学的地位呈现出前所未有的悬殊对比,两个领域的研究论文比例严重失调,外国文学研究在区域分布上的"西方中心(英美中心)"格局已经彻底形成。

第三节　理论退热与话语多元

一、学术繁荣与理论退热

1. 学术生产激增

进入 21 世纪之后,每个学界中人最直观的感受可能就是学术活动的"繁荣",尽管这种繁荣并不一定意味着学术本身的繁荣。这种繁荣首先来自国家政策的鼓励,同时也是各研究机构学术评价不断量化的结果。20 世纪 80 年代末,南京大学率先在校内推行学术成果量化评价制度,90 年代以来,越来越多的学术机构起而效仿,实施学术成果定量化评价办法,通过规定研究成果的等级,计算研究成果的数量,给予不同等级的价值认定和奖励。这种制度最初对人文学科影响不大,随着国家进一步加大对哲学人文学科的学术资助与管理力度,进入新世纪之后,量化考评制度最终取代了 80 年代那种"行政评议与同行评议相结合"的制度,成为学术场域中占据学术评价制度。

滔滔者天下皆是也,身为学术权力机构,学术期刊肩负双重任务:一方面要为繁荣的局面推波助澜,另一方面必须倡导学术规范,引导学术风气。单从本书考察的五家期刊来说,2000 年之后,每家期刊都显得比从前活跃了许多,主要通过两种方式适应并促进着学术繁荣:一是扩大版面、增加发文数量,二是频繁举办学术会议。90 年代,五家期刊每年的发文总量为五百篇左右,其中还包括《外国文学》《当代外国文学》上分别占 3/5 和 5/6 的文学作品;2000 年扩版之后,这个数字增加到六百篇左右,其中 99% 是学术论文,只有《外国文学》每期还刊登一篇文学作品。此前,五家期刊中只有《外国文学评论》定期主办学术研讨会,而在这个时期,五家期刊编辑部共同掀起了一股"办会"热潮。

2. 理论研究走向细致深入

单从数量上看,新世纪最初几年五家期刊上的理论文章较90年代有明显增加。从2005年起,数字才开始逐年下降。但是学界却普遍认为理论研究在世纪之交就已现出停滞的趋势。首先,理论原来的至尊地位遭到质疑。其次,理论研究的新话题、新热点明显减少,理论界的活力显著降低。2000年第3期和2001年第2期《外国文学评论》都在《编后记》中提到,一段时间以来,虽然理论文章的来稿数量很多,但刊发量却在减少,因为研究中缺乏问题意识、缺乏重点和热点。其实,理论研究虽然退热,却并非停滞不前,权威学术期刊编者的批评表明,是学界对理论研究的要求和预期越来越高了。从这一时期的理论文章统计表中可以看到,学界的理论研究版图的确没有太大变化,基本延续了90年代的研究视野,只有"生态批评"是新话题。此外,研究重点和热点稍有变化,前五位是诗学、解构主义、叙事学、文化研究、后殖民主义,90年代曾位居前五的"女性主义"和"西方马克思主义"研究论文相对减少。最大的变化在于,80、90年代数量最多的"泛论"与"思潮流派"类文章大幅减少。这表明,学界理论研究的方式不再以宏观把握为主,而是日趋精细、深入。实际上,这里使用的以流派为分类标准的统计方式已经很难呈现研究方式的变化。

近年来理论研究表现出的这种由粗到细、从宏观转向细部的变化,是学术研究必经的过程,同时也表明理论研究并未停滞不前。换个角度来说,正是由于研究模式转向精细化,才使得理论研究的难度增加许多,期刊发文量减少实属必然。

3. 外国文学版图新变化

在这个十年当中,本书采用的统计方法有一些变化。由于80、90年代学术论文的形式还未规范化,各家期刊都未要求提供"摘要"和"关键词",所以前面两个时段的数据都是笔者逐篇翻阅论文统计而来。2000年前后,五家期刊都开始要求论文提供摘要和关键词,这就使机器统计成为可能。

作家研究这部分情况也大体相同,研究重点变化不大,表明学界对经典作家的判断已经比较固定。细部的变化表现为:有些作家从名单中消失,像90年代还是研究重点的俄苏作家托尔斯泰、屠格涅夫、肖洛霍夫,由于此前的研究已经比较充分,研究热度大幅降低;还有一些作家新晋研究重点名单,包括诺奖得主奈保尔、库切、君特·格拉斯、大江健三郎、多丽丝·莱辛,还有非常活跃的当代作家阿特伍德、村上春树、米兰·昆德拉、汤亭亭,以及地位重要但90年代研究不多的康拉德、纳博科夫、贝克特、亨利·詹姆斯。与90年代相比,这一时段增加了更多当代作家,折射出学界的研究重心继续向当代转移。

二、多元化研究模式

90年代外国文学界虽然引进了多种理论话语,但在批评实践中却是以审美批评为主导,后殖民主义、新历史主义、文化研究这类注重挖掘文本与社会历史语境关系的理论话语并未真正在批评实践中得到广泛应用。直到近十余年来,批评实践领域的文化转向才真正形成规模,以上述几种批评理论为武器的文化批评实践才日渐繁荣,让推崇形式审美研究的学者担心文学研究已经远离了"文学文本自身"。另一方面,随着80年代那种"纯文学观"被祛魅,作为一种意识形态的审美研究的确不再有市场,但是审美批评这种研究模式却并未被文化批评取代,而是继续发展,或者成为文化批评实践过程中必不可少的一环,与文化批评融合在一起。且看一组数据:2005年至2010年间,以"叙事学、叙事策略、叙事话语、叙事视角"等主题词为关键词的论文有160余篇,以"女性、女性意识、女性主义"等为关键词的132篇,以"身份、文化身份、身份认同"为关键词的有77篇,以"后殖民、后殖民主义、后殖民语境"为关键词的70篇,以"生态批评、生态意识、生态伦理"等为关键词的54篇。仅凭这些高频词的数量并不能说明论文运用理论话语的具体情势,但至少表明,后殖民、女性主义、叙事学分析这些理论话语和文本解读方法应用广泛,它们可能单独出现在一篇论文中,也可能被一篇文章综合运用。几组主题词中,"后殖民""女性主义""身份认同"与"生态批评"这几类自然都属于文化理论一脉,而"叙事学"这一类在20世纪90年代是形式主义文论的代表,运用叙事学阐释文本的论文皆可归入形式审美研究一类,但近年来学界兴趣转向了注重文本与社会语境关系的后经典叙事学,因此这类词的数量并不等于局限在封闭文本内的形式研究论文的数量。

研究模式另外一个重要的变化仍然与"理论"有关,那就是理论运用开始走向成熟。从80年代中期开始,学界一直强调批评实践中新理论、新方法的应用。尽管事实上单纯演绎新理论话语的文章并不占多数,这种理论情结仍然带来了批评实践中生硬套用理论、给文本贴标签的现象。学界已经认识到,并非所有的西方当代理论都适用于文本批评实践,适合中国语境。因此各种理论话语对文本批评实践的影响并不均衡,理论研究热点不一定就对批评实践影响很大。像解构主义,虽得到理论界最多关注,在批评实践中的直接运用却明显稀少。其中原因已经有学者指出:"解构主义作为一种具有乌托邦色彩的反形而上学假说,注定要与实证性的批评实践脱节;后殖民主义、女性主义等批评实践正是因为与解构主义哲学保持着既连续又断裂的关系,才得以以解构的姿态屹立于批评领域。"

在批评实践中,采用"叙事学、女性主义、新历史主义、后殖民主义、精神分析、神话原型批评、文化研究"等理论话语的文章比比皆是,但本书无意再去统计运用不同理论的文章各自的数量,因为真正重要的不是各种理论被演绎的次数,而是演绎的质量和效果。

二十年来的西方理论应用的确为文本解读打开了一片新天地,不过近年来批评实践的多元化还表现出一种新趋势,即"理论"的隐形或消失。我们注意到,除了理论演绎型论文,各家期刊上还有许多文章通篇不见任何理论,它们或是将理论消化于无形,以文本细读见长;或是以考证取胜,提供前所未见的资料。学界一般认为,中国学者若想在外国文学研究领域"言人所未言",只能以所谓的中国视角做出某种新的解读,在考证上做出贡献着实是难上加难。考证类论文的出现改变了这种定见。两相比较,未见明显理论框架的文本细读类文章的数量要多一些。近年来,泛泛而谈的文章和落入俗套的理论演绎文章在五家期刊上已经越来越少见到,大部分文章不论是否运用某种理论话语,都进行了比较细致的文本解读,从文本细读出发的研究模式已经得到学界一致认同。这当中,那些将理论运用于无形、不以时髦理论话语炫耀的文章显然已经进入了更为成熟的阶段。窃以为,理论之于文本解读,当如盐之入水,这才是文学研究最为成熟的境界。诚如《外国文学评论》《编后记》所言:"所谓优秀的论文,我们觉得首先应该是对某一个论题的研究:其立论应该有新意,论证应该缜密,关键是要能提供翔实的论据和材料,当然最好还能有点不同凡响的识见……论据充分而立论不足,论文仍能有一定的价值;而仅有滔滔宏论却没有论据,则根本不能成其为论文。"

综上,经历了"十七年"的阶级分析模式一统天下,到80年代形式审美研究呼声压倒社会历史批评,再到90年代形式审美研究的深入实践,进入新世纪的外国文学研究真正在研究模式上走向了多元化,走进了成熟时期。

第四节　理论探讨与实践批评

90年代以来,在西方影响和本土语境变化的双重作用之下,中国各文学研究领域都经历着"从文学到文化"的重大转型。外国文学界从90年代中期开始积极引介西方文化研究理论,但是外国文学领域的"文化转向"真正形成规模是在近十余年来。这种文化转向主要表现在两个方面:一是文学研究对象的多样化。除了以往研究所关注的文学经典,少数族裔文学、通俗文学、电影、电视、大众文化、民间传说都被纳入了文学研究的视野,研究范围大大拓宽。二是研究方法和旨趣的变化。批评家们不再满足于对文学文本进行纯审美研究,而是将文学视为文化的产物,视为一切社会关系的总和,从整体历史视野去考察文学作品,注重揭示文本的文化内涵。

在梳理之前,需要辨析文化研究和文化批评这两个概念。这里借用学者陶东风的准确分析,将文化研究分为广义、狭义两种。广义的文化研究就是英国伯明翰大学当代文化中心所代表的研究范式:以包括文学在内的一切文化现象为研究对象,而狭义的文化研究是把前者那种研究方法与追求用于文学研究,又可称为"文化批评"。文化批评解读文本的目标不同于审美批评,不是揭示文本的"文学性",而是致力于揭示文本的意识形态及其隐含的权力关系。因此,下面以文化研究表示其广义,以文化批评表示其狭义。诚如陶东风所言,无论广义、狭义,文化研究都具有突出的政治学旨趣、跨学科方法、实践性品格、边缘化立场与批判性精神。

一、理论探讨

西方文化研究的理论和实践于 90 年代陆续进入中国学界视野,催生了中国的文化研究热潮,同时也对传统的文学观念和文学研究模式产生了巨大冲击。一批中国学者率先运用西方批评理论,对当时的电影、大众文化及社会文化现象展开了文化研究实践,文学研究领域中的"文化批评"实践也日渐增多。在外国文学研究领域,对文化研究的接受依然遵循"先理论后实践"的模式,从 90 年代中期开始介绍文化研究的相关理论,新世纪之后,运用文化研究的方法和视角对文学作品进行文化批评才渐成风气。

90 年代的理论研究统计显示,五家期刊上以"文化研究"为题的论文只有 9 篇,在各个理论话题中数量并不突出。2000 年至 2010 年,讨论"文化研究"理论的论文达到 30 篇,以"文化研究"为关键词的文章有 52 篇,受关注程度显著提高。整体看来,理论研究文章可以分为两类:一类主要介绍西方文化研究理论,其中英国文化研究理论又是介绍重点;另一类通过介绍相关理论探讨文化研究对中国学术、外国文学研究的价值。

"文化研究"最早进入中国的两本标志性著作,当属詹姆逊的《后现代主义与文化理论》(陕西师范大学出版社 1988 年版)以及霍克海姆与阿多诺合著的《启蒙辩证法》(重庆出版社 1990 年版),但当时学界还没有用"文化研究"这一术语为之贴标签。作为学术思潮的"文化研究"最初"名正言顺"进入中国的标志,是 1995 年 8 月在大连召开的"文化研究:中国与西方"国际学术研讨会。此后,《国外文学》于 1996 年第 2 期设专栏,刊登了大连会议的部分论文。这组文章共八篇,西方学者译文与中国学者论文各占一半。译文中除伊格尔顿宏论后现代主义与中国现实之外,皆为从某一文本入手进行的文化研究实践范例。中国学者的文章则以宏观介绍为主,或详或简地梳理了英国文化研究的历史及理论来源,宏观讨论了文化研究与文学研究的关系。几位学者都指出,文化研究并无专属理论和方法论,其特点在于面对"问题"时,灵活运用多种理论与方法,不以建构理论为目标,而是追求实践性。不难看出,这些课题都是西方学界当时的研究热点。面对这种变化,几位学者都表达出乐观的态度,认为文化批评与审美批评是两种不同的文学研究范式,前者不会取代后者,也绝非势不两立。

作为引入"文化研究"的开场白,这一束文章照例对文化研究做出了概览和宏观评价,给未来的深入研究留下了极大的空间。90 年代其余几篇文章以介绍英国文化研究奠基人雷蒙·威廉斯的理论为主,很少做出评价。在为数不多的几句评论中,有学者指出威廉斯的价值在于其实践性,他"并未将理论和学术追求当成目的本身。他的写作显然是以政治斗争而不是以理论精致为目的"。此后,对雷蒙·威廉斯著作的解读一直是"文化研究"研究中的一个重点,其著作也一直是文化研究论文引用最多的资源之一。近几年来,另一位文化研究代表人物斯图亚特·霍尔的文化认同论述和英国的亚文化研究也得到学界较为集中的关注。与此同时,宏观梳理仍然是这一研究领域中主要的研究视角之一,有将近一半文章采用了这种方式。其中对文化研究的认识有推进,亦不乏重复。需要指出的是,尽管法兰克福学派和美国学者都曾经或正在进行文化批判与研究,三种文化研究的认识预设和文化观念都存在分歧,不能一概而论,学界的视野还是主要集中于英国文化研究理论,对德、美文化批判及文化研究的相关理论与实践的讨论相对较少。2006 年,《外国文学》编辑部与《差异》编辑部共同主办"英国文化研究与中国"学术研讨会,可谓英国文化研究之研究的阶段性总结。会议集中讨论的问题包括:英国文化研究的概念与重要性、英国文化研究学科史中的具体问题、英国文化研究与马克思主义的关系、英国文化研究在中国的意义。会议主办者希望能够通过重审"英国文化研究"这一相对确定的学术实体,应对国际、国内学界文化研究日益泛化的趋势,找到"阐释中国"的参考坐标。会议上,颇有几位学者反复强调英国文化研究的特点和价值在于其实践性,这一点值得中国学界借鉴。在扼要梳理英国文化研究学术史时,有学者辨析了斯图亚特·霍尔与雷蒙·威廉斯文化研究的不同理念,也有学者关注的是英国文化研究发展过程中政治经济学分析的逐渐淡化与重提,认为阶级分析的方式对中国的文化研究很有启发。西方几十年来的文化研究历史证实,理论建构并不是文化研究的主要目标,"实践性"的确是它的独特品格。但是对于它的"批判性",西方学界的认识却不尽一致。伊格尔顿就在大连会议的论文中指出,文化研究只是一种时髦的学术思潮,其本身并不具有激进或保守的政治倾向和价值观,并不天然具有批判性。对于现存体制,它有时认同,有时批判,有时既认同又批判,其中变化完全取决于文化研究者本人。

既有的研究成果显示,目前学界对西方文化研究的经典著作和基本方法已经进行了相对全面的介绍和了解,而且引进之初就为中国文化研究确立了以"实践性和批判性"为中心的借鉴方向。同时也应看到,虽然一再强调"实践性",但学界对文化研究的研究主要还是围绕理论展开,更注重提炼文化研究著作中的理论观点,而忽视了通过其中的具体研究范例学习实践经验,对具体的"实践性"关注不够。因此,外国文学界在未来的"文化研究"研究中,除了继续深入了解英、法、美等西方不同旨趣的文化研究理论,为中国的文化研究实践提供理论借鉴之外,还应当加强对西方文化研究经典个案的引介与分析,展示原创理论的具体应用途径和思路,为运用文化研究方法讨论本土问题提供经验、示范或者教训。在回顾文化研究进入中国十余年的历程时,盛宁认为学界一直在就理论谈理论,"低水平重复"太多,缺少对文化研究实践范例的关注,尤其欠缺从本土问题出发的研究实践。

进入新世纪后,受到后殖民文化批评的影响,学界的"文化研究"讨论不再像英国文化研究那样局限于单一文化内部,而是转向不同文化之间的影响与差异。换言之,讨论范围已经不再局限于英国那种大写的"文化研究",而是扩展到以美国后殖民理论为代表的泛化的文化研究。早在90年代初,澳大利亚学者特纳就曾指出:"对于文化之间而不是文化内部的差异的不敏感性,或许正是当代文化研究实践中流传最为广泛的疾病。"注重不同文化间关系的后殖民理论广泛传播,推动了文化研究由内而外的转向。中国学界及时地呼应着这种变化,同时也表现出对西方学术话语审慎的态度。按照该刊2001年第3期《编后记》的说明,文化形态的迁移和文化影响的扩散本是个老话题,由于"文化研究"尤其是后殖民批评的盛行而成为新热点。《编后记》作者认为,文化研究的宗旨是要重新改写长期以来人们对自己文化属性的种种认识,但实际上文化之间的影响仍然是以西方强势文化对弱势文化的改写为主,近年来西方学界盛行的以后殖民视角进行的文化批评依然是以西方人文价值观为准绳进行的知识整合。这种看法与特纳不谋而合。身处西方世界边缘的特纳也认为:尽管英国文化研究致力于抵抗种种普遍主义话语,更反对自己成为人文学科中的权威、正宗话语,但吊诡的是,随着它们在国际学界的广泛传播,普遍化的趋势却真真切切地出现了。言下之意,借鉴文化研究事小,不被西方学术话语同化事大。中国学界在借鉴后殖民文化批评时,应当自觉意识到这种研究方法当中蕴含的政治性。这篇《编后记》不曾注明作者,依照惯例,应当出自当时主编盛宁先生之手。对于当时盛行的"后殖民文化批评",乃至所有西方当代理论话语,盛宁一直怀抱高度警惕,认为中国学界必须清醒自持,不要以西方学界为标准随波逐流。

迁徙与杂交,是后殖民理论家表述文化流动状态的术语。这次研讨会虽以后殖民文化批评为议题,言说的还是中西文化与学术关系的老问题。在具体讨论中,大多数学者都表达了与盛宁接近的看法,在借鉴后殖民理论的同时,对盛行于美国的后殖民批评与后殖民写作进行了不同角度的审视与质疑,倡导研究中的民族文化立场和主体意识。在提倡文化交流的同时,中国批评家应当"强调文化血脉的传承并保护处于濒危状态的文化身份",充分认识到后殖民批评这一理论话语的特定背景,在具体的生活环境和社会关系中感受"地之灵"。

显而易见,对于后殖民批评家提出的"文化迁徙和杂交"理念,几位学者不约而同,都以强调民族文化传统作为应对。几位学者普遍认为,在批判西方文化霸权时,后殖民批评是可供中国学界借鉴的一种话语,但这种话语本身却依然隐藏着霸权,不加辨析地接受世界主义的文化杂交论,有可能遮蔽我们自身语境的特殊性。面对强势文化的冲击,中国必须在不同文化的关系对比中确立自己的位置和身份。不过,正如陆建德文中所述,萨义德之所以漠视甚至反感文化身份问题,是因为他将"文化的杂交与迁徙"视为实现世界主义理想的必由之路,本质主义的身份认定与这一理想相冲突。相比之下,中国学界对文化身份问题的高度关注恰恰是文化归属感面临危机的表现。

二、批评实践

文化研究是一个极其强调实践性的知识生产领域,过分执着于辨析文化研究本身的理论构架和研究实践的理论归属其实远离了这种研究的精神,就像霍尔表白的那样,他"并不生产理论,只是运用。东抓一把,西抓一把,把什么东西都抓到自己的窝里"。"文化研究拥有多种话语,以及诸多不同的历史,它是由多种形构组成的系统;它包含了许多不同类型的工作,它永远是一个由变化不定的形构组成的系统。它有许多轨迹,许多人都曾经并正在通过不同的轨迹进入文化研究;它是由一系列不同的方法与理论立场建构的,所有这些立场都处于论争中。"

事实上,几乎所有西方60年代以来的理论都能在文化研究实践中找到影响痕迹。因此伊格尔顿将20世纪60年代之后涌现的诸多理论统称为"文化理论",认为正是以后结构主义、后殖民批评、西方马克思主义为代表的文化理论推动了文化研究的盛行。按照这种观点,文化研究实践并非英国文化研究出现之后的产物,伯明翰学派的贡献之一就是为这种研究方式命名,将它的影响传向世界。在梳理当中,本书主要关注外国文学研究中文化批评实践的基本发展历程、理论来源、研究重点,以及其中表达的问题意识。

中国学界的"文化研究"研究虽始于90年代中期,文化研究实践其实早在80年代末到90年代初就已初露端倪,不过还局限于影视创作和通俗文学领域,并未对传统文学研究形成多大冲击。由于英国伯明翰大学当代文化研究中心所代表的大写的"文化研究"还不曾引进介绍,当时国内的文化研究实践尚未进入理论自觉期,关注大众文化现象的学者还没有用"文化研究"一词为自己的研究命名,他们的理论资源主要来自法兰克福学派的文化工业批判、詹姆逊的后现代文化研究以及雷蒙·威廉斯的《文化与社会》。

在外国文学研究领域,80年代末90年代初正是审美批评最为盛行的时期,运用传统社会历史批评方法讨论文学与社会、文学与政治关系的外部研究文章不被看好。对于同为外部研究又很不了解的文化批评,学界更是极少涉及。偶尔有一两篇读解作品中文化意义的论文,也显示出对"文化研究"浑然不知。即便是引介"文化研究"之后,外国文学研究实践也并未立刻出现"文化转向",仍然以审美批评为主流研究模式。直到2000年前后,学术期刊上真正体现出文化研究之政治取向、跨学科方法和批判立场的文章才渐呈增多之势,少数族裔文学、性别文学、流散文学这些文化批评最为关注的领域,也是近十年来才成为学界研究的热点。外国文学研究领域批评话语的"文化转向"究竟达到何种程度?想要回答这一问题,必须清楚研究实践中文化批评类文章的数量。但是由于具体研究实践中研究者往往不只采用一种研究方法,还有很多文化批评类的文章并未直接标出有关的关键词,而且近年来的文化转向带来了研究中文化批评的泛化,所以很难准确统计相关文章的数量。最重要的是,机械的数字统计难以反映丰富的研究面貌。因此本书只能退而求其次,放弃全面、宏观的梳理,选择那些文化批评视野中"标志性"的作家作品,还有学界公认较早实践文化批评的学者,通过"点"的梳理透视外国文学领域文化批评实践的特点。

1. 托妮·莫里森研究中的文化批评实践

在进入正题之前,有必要辨析"文化批评"的所指及其与"审美批评""社会历史批评"的关系。上文曾经区分了"文化研究"与"文化批评",指出"文化批评"就是狭义的、以文学现象为研究对象的"文化研究",属于文学批评的一种模式。与之相对的研究模式是"审美批评"或"内部批评"。文化批评的特点是政治学旨趣、跨学科方法与批判性精神,审美批评则以揭示文本的"文学性"为唯一目的。两者各有优劣,形成互补。文化批评不把文本看作封闭自足的存在,但在具体实践中重视文本分析,充分运用各种"内部研究"的文本分析方法。两种批评模式的根本差别在于它们解读文本的目的不同。但是文化批评也并不等于传统的社会历史批评,因为文化批评试图打破传统文学社会学所设定的文学在形式—内容、内部—外部之间的二元对立关系,而且突破了后者的阶级论框架,"关注比阶级关系更加复杂细微的社会关系和权力关系——比如性别关系、种族关系等"。文化批评关注的"政治"是存在于社会现实中种种关系中的微观政治,并非传统马克思文学社会学所说的宏大的阶级政治。

中国学界对托妮·莫里森的介绍始于 80 年代后期,最早出现于本书所选五家期刊上的学术论文是王家湘的《托妮·莫里森作品初探》(《外国文学》1988 年第 4 期)。在 1993 年莫里森获得诺贝尔文学奖之前,中国学界对她的创作的介绍和研究都是星星点点,不成规模。研究视角也比较狭窄,仍以思想主题、人物形象和表现手法的一般性介绍为主。1993 年莫里森获得诺贝尔文学奖之后,相关研究开始集中出现,尤其是 1994 年,在 90 年代里文章数量最多。2000 年至 2010 年,以莫里森为题的论文更是成倍增长,仅五家期刊上就接近 50 篇。总体而言,研究主要集中于四个方面:一是莫里森作品的女性主义主题,二是其创作中的黑人文化主题;三是莫里森小说中的历史内涵和社会意义,四是莫里森小说的叙事艺术。进入新世纪以来,传统批评模式继续存在,但新的批评方法的运用明显增多,而且渐呈强势。研究者从神话—原型批评、巴赫金对话理论、读者反映批评、新历史主义、后殖民理论、文化研究、女性主义批评等多种视角切入,对文本的社会文化历史内涵进行阐发。不过在近几年来,国内莫里森研究中所借鉴的理论变得比较集中,运用后殖民理论对文本进行文化批评渐成趋势。

综观国内莫里森研究中的文化批评实践,虽然问题域和研究模式来自美国学界,但我们在一些个别的意义点上已经做出了有效的突破。例如朱梅梳理了莫里森作品中的一系列微笑意象,分析了这些意象在突显黑人种族精神和重建黑人种族自信方面的作用。文章将"微笑意象"与美国"仿黑人滑稽戏"表演相联系,用它串联起莫里森的大部分作品,对莫里森创作的变化做出了令人信服的解说;朱小琳关注莫里森小说中频繁出现的暴力情节,指出作家以反讽的方式设置暴力的惊悚效果,表达了对族裔历史的反思;胡俊以"家的建构"来解读莫里森的新作《一点慈悲》,认为莫里森在还原不同族裔参与美国国家建构历史的同时,表达了对理想国家的想象。易立君从文学伦理学批评视角出发,认为《宠儿》留给读者的许多疑问都可用人物的"伦理身份缺失"来解释。

我们知道,西方学界莫里森研究存在多个视角,叙事学、新批评、后殖民批评、女性主义批评、神话原型批评、文化研究、新历史主义这些理论及方法都有运用,而且互相交叉渗透。在运用后殖民视角讨论莫里森创作的文化归属和身份认同问题时,西方学界不仅通过作品情节、语言、人物形象进行分析,还从作品所涉及的神话寓言、民俗仪式、民间传说、民间信仰、黑人音乐等多个方面切入,可谓是全方位的考察。面对丰富而复杂的莫里森作品,中国学者并不满足于用"后殖民写作"或者"女性文学"这类标签为之下断语,在多元化的解读视角当中,莫里森作品对民族历史与现实处境的再现,对弱势文化自我建构可能性所做的探索,最能激起中国研究者的共鸣,也最为中国学界所强调。这是中国学者将异域符码与本土问题结合的必然结果。这种偏重一方面是紧跟美国学界动向使然,另一方面也寄托着中国学界对全球化时代本土文化身份认同和建构方式的思考。通过研究莫里森重写民族历史与美国历史的作品,学界展示了弱势文化对抗西方强势话语、建构自我身份的一种方式。

2. 文化批评视角下的美国华裔文学

作为一种少数族裔文学,美国华裔文学近四十年来逐渐为主流文化所接纳甚至重视。对这种边缘文学的批评和研究也同时出现、逐渐发展,并伴随着美国各大学"亚美研究系""族裔研究系"的建立而日益繁荣。美国学界的莫里森研究者有两个群体:一为黑人批评家,一为白人批评家。两者研究方法虽无根本差异,但总体而言,黑人批评家更强调莫里森创作的"黑人性",而白人批评家则津津乐道于她的"美国性或者普世审美价值"。而且,两类批评家都对莫里森创作的艺术形式进行了非常充分的研究。但是在华裔文学研究领域,却只有华裔研究者在孤独地言说,华裔文学更多是作为少数族裔话语权的标志而被奉行多元文化主义的主流文化接纳,在美国文学版图上仍处于边缘的边缘。尤其是在早期,美国的华裔文学研究形成了一种模式,就是倾向于运用女性主义、后殖民主义和各种文化批评理论对文本进行历史、社会、政治、文化的分析,而相对忽视了从审美视角进行文学性研究。

国内美国华裔文学研究始于90年代中期,新世纪之后成为外国文学领域的研究热点。在研究方向和模式上一直追随美国的华裔文学研究,侧重于文化批评,主要运用女性主义、后殖民理论、散居族裔批评等批评话语。仅就本书选择的五家期刊来说,在20世纪90年代至今,以"美国华裔文学"为主题的24篇文章中,除了3篇是专门讨论文本叙事技巧之外(3篇论文都发表于2006年之后),其余皆围绕身份政治、民族主义、种族差异等论题展开。近年来受到美国学界影响,也开始注重"审美价值"研究。当然,这并不意味着中国学界的华美文学研究就是美国学界的翻版。比起美国学界,国内研究者更加关注美国华裔文学与中国文学和文化传统的关系。相对较早的一些文章认为,美国华裔文学通过表现华裔双重身份的遭遇,以及中国文化和美国文化的冲突,表达了对华裔文化之根——中国文化的认同。甚至有学者认为,美国华裔文学对中国文化传统的回归是中国文化在世界上影响力日益增强的表现。这种看法说出了部分事实,但也有点一厢情愿的味道。近几年来,更多的研究者注意到了美国华裔文学表现出的文化"杂交性",更清楚地认识到华裔作家身份认同的最终指向并非中国文化。华裔作家利用这些符号,不仅用来颠覆美国主流文化对华人的刻板印象,也是在投合主流文化对异域风情的需要。最重要的是,这是华裔作家建构自己华裔美国人身份的一种策略,他们对中国传统文化的颠覆远远多于认同。在2009年7月南京大学和美国加州大学洛杉矶分校共同主办的"文化·语境·读者"美国华裔文学国际学术研讨会上,华裔文学与中国文化传统的关系又成为讨论的焦点之一。中美两国学者一致认为:中国文化传统只是华裔作家写作中的一种叙事或话语策略。美国学者张敬压教授认为,许多华裔作家对中国文化的引用是"偏颇"的引用;赵文书教授则指出,华裔作家对中国文化传统的态度并不像学界早期理解得那么单一。华裔作家曾在70年代激烈批判中国文化传统,试图斩断华美文学与中国文化的一切联系,到80年代才开始强调回归中国文化传统,这种前后变化其实都是出于建构自己华裔美国人身份的需要。即使是最坚定捍卫中国文化纯洁性的赵健秀,也一样在创作中篡改了中国文化。还有一些学者通过细致的个案分析,讨论了华裔作家对中国文化符号具体的移植、改造、颠覆过程以及产生的意义。可以看到,对于华裔文学与中国文化传统关系这个问题,学界部分研究者早期的认识其实是一种"误读"。这种误读放大了中国文化的影响力,也放大了美国华裔作家和作品的"中国性"。之所以如此,很大程度上出自中国学者的民族主义文化立场。就像有位学者解释的那样:从文化批评的视角得出华裔美国文学作品的主题是寻找华夏之根这样的结论,会带来一种民族自豪感。不仅使批评者得到精神满足和心理补偿,还能调动读者的民族情绪。就像西方世界试图用"西方性"来解读莫里森创作一样,部分中国研究者对华裔美国文学"中国性"的放大也是"政治化"的批评行为,蕴藏着某种"文化同化"的意图。但这种意图与研究对象双重文化属性之间的裂缝太大,最终被学界一致否定。放弃这种民族主义的误读之后,国内学界对华美文学文化属性的认识更加全面也更加深入了。

第四章　多元文化环境下的外国文学——法律

第一节　外国文学与外国法系

一、英国文学与普通法法系

普通法法系是伴随英国近代以来对外侵略和殖民地统治逐渐形成和发展起来的,起始于 17 世纪,其成员国分布于世界各地。普通法法系的突出特点有以判例法为主要表现形式;体系庞杂,缺乏系统性;法律诉讼中注重程序,奉行"程序中心主义"。现在来考察一下英国文学怎样反映这些特点的大致情形。

(一)对判例法的思考与评价

英国文学中充斥着"判例""判例法"这类的法律概念。因此,我们可以得出的一个结论是:英国文学从"判例""判例法"的方面对普通法法系的一大突出特点的反映,跟法国文学从法典化角度对民法法系的特点之一的反映是类似的、一致的。

注重判例,以判例法为法律的主要表现形式,是英国的特产,早在普通法法系形成之前就已问世。乔叟的《坎特伯雷故事》(1386—1394 年)的"总引"中讲到一位律师。他说:"自从威廉一世以来,每一件法案判例他都记得很清楚。"(第 8 页)威廉一世于 1066 年至 1087 年在位。这就是说,乔叟笔下的这位律师对英国 300 多年来堆积如山的案例都了如指掌。这种本领,只有在高度重视判例,把从前的判例当作日后不可违背的法律来对待的法律实践中才能磨炼出来。英国高度重视判例的法律观念,在这位律师的身上得到了集中的体现。

狄更斯的长篇小说《荒凉山庄》(1853 年)描写了一起贾迪斯诉贾迪斯的遗产继承的案件,拖延了几代人,花光了所有的遗产的巨额资金,显示了法律诉讼的荒谬性。该作品也一再提到判例法,且都有不满情绪的发泄。

狄更斯的《圣诞故事集》里《炉边蟋蟀》中,有一个人物是法律诉讼的当事人,颇有法律知识,对判例、判例法了解相当深透,于是他讲了这么一番话:"别对我讲什么案件,一个判例的内容要比你们任何一本法学书本多得多呢。"(第383页)一个普通公民,能讲出唯有法学行家才能讲出的话来,这就表明普通法法系注重判例法的精神,已深入人心,连寻常百姓也不感到陌生。这位当事人刚刚30岁,因破产而到法律事务所寻求帮助,上面的一段话是他对两位律师讲的。这种内行话足以从一个侧面表明普通法法系注重判例法的特点的客观存在已引起普通公民的注意。

(二)不满于体系庞杂的状况

普通法法系以英国法律为基础。早在16世纪初期,英国法律尚未走出国门,影响世界其他国家和地区的法律的时候,其体系庞杂缺乏系统性的状况,就已经暴露出来,并引起了作家的注意。

法国作家雨果的历史小说《笑面人》写的是发生在英国17世纪末和18世纪初的人物和故事,在提到英国法律的时候,作者用"杂乱无章"四个字加以修饰。其时,普通法法系已经开始形成,因此这种尖锐批评之词的锋芒,具有普遍针对性,可以认为是对普通法法系的体系庞杂缺乏系统性的状况有力的针砭。

针对英国法律和普通法法系的上述体系庞杂状况,《格列佛游记》借介绍、赞扬大人国的法律简明、扼要的机会,对症下药,提出了救治的理想蓝图:

他们一共有22个字母。在他们的法律中,没有一条条文的词数超过他们字母的数目。实际上也只有几条法律有这么长。他们的法律都是用最简单明白的文字写成的;这个国家的人民也没有那样机灵,能在条文上找出一种以上的解释;同时对于任何法律条文妄加解释都要判处死刑。至于民事诉讼的判决或者刑事审判的程序,他们的判例也都很少,所以无论在民事、刑事诉讼中他们都没有什么特殊的技巧可以夸耀。(第119页)

从《乌托邦》到《格列佛游记》,时隔210年,然而在不满于英国法律的烦琐、杂乱状况,并将其同乌托邦、大人国的法律的简明扼要进行对比的思维方式,以及作这种对比的良苦用心在于改革英国的法律,都是高度一致的。

(三)"程序中心主义"的严重危害

普通法法系非常注重法律诉讼程序,相形之下实体法处在从属的地位,以致形成了一种共同奉行的"程序中心主义"。从英国文学所反映的法律实施的效果来看,程序中心主义危害严重,受损害的往往是当事人的合法权益。其常见的现象是:在煞有介事的诉讼程序中,当事人的各种合法权益被蚕食得一干二净。

《格列佛游记》告诉我们，在英国，无论是刑事诉讼还是民事诉讼，对于实体法的适用都是比较随意的，然而表面的法律程序却都一丝不苟地加以严格遵守。小说以审判叛国罪为例指出："法官首先要探一探有权有势的人的意见，然后他就能轻而易举地决定把罪犯绞死还是赦免，在审讯过程中还可以严格遵守法律程序。"（第236页）

把某个犯有叛国罪的罪犯"绞死"还是赦免，依一般刑法学理论原则，应以犯罪事实和刑法的有关规定为依据，任何个人的意见都不足为凭。然而在英国法官那里，却可以在实体法的刑法之外依据某个达官贵人的意见随意做出判决，而做到"严格遵守法律程序"。

在民事诉讼方面，《格列佛游记》以邻居企图占有本来属于"我"的母牛而告刁状的案件为例，指出进入法律诉讼之后，法庭上置告刁状的邻居的险恶用心于不顾，而在无关紧要枝节问题上纠缠不休。作品风趣地写道：他们根本不问对方究竟有无理由和权利占有我的母牛，却一味地问那头母牛是红色的还是黑色的；角是长的还是短的；牧场是圆的还是方的；在家里挤奶还是在户外挤奶；它容易患什么病症等问题。然后他们就翻查"判例"，一再把这案件搁置，等过了10年、20年甚至30年以后才做结论。（第235页）

可以认为，《荒凉山庄》在形象地描绘普通法法系所奉行的"程序中心主义"的社会危害性和抽象议论"程序中心主义"的社会危害性的实质这两个方面，都有无与伦比的卓越功绩。我们先谈其抽象议论。狄更斯在小说中指出：英国法律的一条重要原则是：为业务开展业务。在英国法律的整个狭窄而曲折的道路上，别的原则都没有这样明确地、肯定地和一贯地受到维护。如果从这个角度去看，英国法律就是条理分明，而不像外行人往往想得那样错综复杂。哪怕有那么一次，让这些外行人清清楚楚地看一看，这条了不起的原则就是，不惜牺牲他们的利益，为业务而开展业务，这样一来，他们肯定就不会再发牢骚了。（第702～703页）

读者从这段话不难看出几层意思：所谓"为业务而开展业务"的原则，不过是"不惜牺牲他们"的习惯通俗的说法；"为业务而开展业务"的原则的普遍贯彻维护的结果，是使本来错综复杂的法律变得条理分明了；"为业务而开展业务"的背后，是"不惜牺牲他们（指广大的法律诉讼的当事人——引者）的利益"。在我看来，这段话可以当作是对《荒凉山庄》的全部法律描写的中心思想的高度概括。

首先，这种艺术描写有真实案件做基础。狄更斯创作《荒凉山庄》的时间是 1853 年,其时大法官正在审理一件 20 年前就已提出的案子,同时出庭的律师多达三四十位,诉讼费高达 7 万英镑,而经过 20 多年的审理案件跟当初一样,离结案依然遥遥无期。

其次,具体说到贾迪斯诉贾迪斯的案件,从时间来看拖延了几代人,从费用来看全部遗产已作为诉讼费花得分文不剩,而法律争讼的是非却弄得全体法官、律师甚至当事人谁也说不清楚。以至于只要听说此案开庭,人们就觉得好笑,有的人像逃避瘟疫一样逃之夭夭。而在每一次开庭审理的时候,在程序上却是一丝不苟,所有的司法文书——起诉书、反起诉书、答辩书、二次答辩书、禁令、宣示书、争执点、给推事的审查报告、推事的报告等等一大堆花费浩大的无聊东西,堆积在书记官和律师们的面前。最终审理的结果是什么呢?贾氏案中有关当事人被无穷的诉讼拖得老的老,死的死,疯的疯,在花光了全部遗产之后,案子不了了之。由此可见"程序中心主义"或者"为业务而开展业务"的诉讼原则在法律实践中成了与当事人为敌的异己力量,对他们总是进行着无穷的提弄,使之无法摆脱。这就是问题的实质。

二、美国文学与美国法律

普通法法系,又称之为英美法系,原因是英国和美国的法律足以代表普通法法系的全部特点。然而,如果把英国法律与美国法律作比较,二者又有许多不同之处。其中,举世瞩目的一点,是英国法律不存在种族歧视问题,而美国法律却长期存在而未能彻底解决这一问题。美国这一特有的法律问题,自然也进入了美国文学作家的法律描写、探究范围。

(一)美国种族歧视法律由来已久

美国种族歧视的法律以黑人为主要歧视对象,而歧视黑人的法律是美国黑人奴隶制的产物。美国自 18 世纪末独立 200 多年来,黑人奴隶制和黑人受压迫的状况就一直是美国社会的一个严重问题,美国歧视黑人的法律的制定、颁布和实施,使这个严重社会问题合法化了,从而加重了问题的严重程度。是保存、发展黑人奴隶制,还是限制它、消灭它;在黑人奴隶制被废除以后是实行种族平等还是实行种族歧视,一直是美国社会生活中的矛盾和斗争的焦点。

在美国文学史上,废奴文学就是对上述焦点问题作探讨而产生的文学品种。文学史家对废奴文学不乏论述,然而对废奴文学的法律认识价值却无人问津。废奴文学提供的材料表明,美国歧视黑人的法律的制定一直可以追溯到美国独立之初,其下限一直延续到当代美国。

从美国黑人作家阿历克斯·哈利的家史小说《根》可以找到美国独立之

初歧视黑人法律问世的某些社会心理根源。在美国独立 9 年后的 1792 年，美国社会中就有人"总是说，要成功地管理奴隶"，就"得使用法律和处罚"（第 381 页）。1803 年杰克逊总统关于取消个人财产税的法令颁布之后，"特别使奴隶主阶级感到他很伟大"，因为当时的法律规定黑人奴隶是奴隶主的私人财产，此项法律对奴隶主阶级极为有利（第 444～445 页）。

人们所熟知的《黑人法典》和《杰姆·克劳法》，就是歧视黑人法律的汇编，这两种法律问世于美国宪法修正案于 1865 年规定废除黑人奴隶制之后，表现了美国从建国实行黑人奴隶制到废除黑人奴隶制之后法律歧视黑人的一贯性。《根》所提供的上述材料表明，在《黑人法典》等歧视黑人法律问世之前，在人们的社会心理上，在实际的立法上，就已经存在着歧视黑人的倾向和问题，而对这种倾向和问题的披露构成了美国废奴文学的一个重要内容。

（二）斯托夫人的敏锐与勇敢

最早的废奴文学的代表作品之一，是斯托夫人的长篇小说《汤姆叔叔的小屋》（1851 年）该小说在揭露实行黑人奴隶制的美国歧视黑人的法律的方面所做出的贡献，显示了这位女作家法律见解的敏锐和与之斗争的勇敢。小说对美国早期歧视黑人的法律的过错，有以下几点认识：

1. 奴隶是奴隶主的财产

这是歧视黑人的极致，日后一切歧视黑人的法律都直接导源于把黑人不当人对待的立法思想。小说中有一个黑人青年名叫哈里斯，仪表堂堂，聪明能干，为人谦和，在工厂里很有人缘，"然而，从法律的观点看，这小伙子不能算是一个人，而只能是一件商品"。（第 10 页）在哈里斯出场之前，作家就描绘了笼罩在黑人头上的"法律的阴影"："只要法律将这些心脏在跳动、具有喜怒哀乐情感的黑人当作奴隶主的私人财产看待——只要心地善良的奴隶主一旦破产、失败、落难或一命呜呼，他家的奴隶就会立即失去受保障、受宠幸的生活，而坠入悲惨和劳苦的境遇。"（第 8 页）事实上，小说所描写的情形是，拍卖黑奴要由法院批准，而黑奴交易市场，就在法院门口。作品告诉我们，在黑奴市场上，"可以看到一大堆别人的丈夫、妻子、兄弟、姐妹、父母、母亲和儿女"，"零售、批发，悉听尊便"。（第 311 页）

2. 黑人的遭遇如同罪犯

在奴隶贩子买卖黑人的过程中，为防止黑人逃跑，总是对他们施以脚镣手铐，夜晚则寄放于监狱，这样黑人的实际遭遇与刑事罪犯没有两样，这是法律歧视黑人的又一极致。奴隶贩子黑利买汤姆的时候，买另外三个奴隶的时候,汤姆后来又几次被出卖的时候,无不给他们戴上脚镣手铐,押着在监狱里走进走出。

请看小说第 12 章的两处描写。第一处写的是汤姆被拍卖时坐牢的情形:"然而,白天过去了,到了晚上黑利和汤姆都在华盛顿舒舒服服地安顿下来——一个住在旅馆里,另一个蹲在监狱里。"(第 111 页)第二段写的是另外三个黑奴被拍卖坐牢的情形:黑人汤姆和另外三个黑人,都是清白无辜的,可是在被拍卖时的实际地位和遭遇与罪犯无异。这是歧视黑人的法律在实施过程中产生的新的法律现象和问题。

3. 黑人没有选举权,不能充当证人

以上论述已经表明,歧视黑人的法律根本不把黑人当作人对待,在拍卖他们的时候,其实际遭遇形同罪犯。除此之外,美国还有歧视黑人的法律问世,那就是制定法律明文规定黑人没有选举权,还有法律规定有色人种不能充当证人出庭作证,这样就进一步剥夺了黑人的政治权利。

4. 直接抨击歧视黑人的法律

在小说中,斯托夫人常常通过自己笔下人物之口,以尖锐的言辞抨击歧视黑人的法律,他们之中有白人也有黑人。白人谢比尔太太颇有正义感,富有同情心。她曾讲过这样的话:"我们的法律允许蓄养奴隶,这本身就是一种罪孽。我一向就有这样的感觉——少女时代我就有这种感觉——自从信奉了基督教,这种感觉越发强烈了。"(第 32 页)上述黑人青年哈里斯更有一系列抨击的言辞。例如,他说:"我们有什么法律? 我们没有制定过这些法律——我们也不赞成这些法律——我们跟这些法律毫不相干;这些法律是用来压制我们,驯服我们的。"(第 104 页)

斯托夫人的《汤姆叔叔的小屋》问世于尚在实行黑人奴隶制的时候,能如上所述披露抨击美国歧视黑人的法律,实属难能可贵。继斯托夫人之后,马克·吐温等人也有作品参加反对美国歧视黑人法律的文学战斗。

(三)美国黑人作家反种族歧视法律的共同呼声

我手头所有的众多美国黑人作家的文学作品问世的时间延续了 120 多年。最早的是道格拉斯的短篇小说《英勇的奴隶》,(1853 年)最晚的是阿历克斯·哈利的家史小说《根》(1976 年),二者问世时间相隔 123 年。

道格拉斯的《英勇的奴隶》歌颂的是黑人奴隶起义的英勇斗争事迹。起义的直接原因,是抗议歧视黑人的法律。请看法律允许的拍卖黑奴的市场:

走到滚球场的时候,李斯特威尔先生生平第一次看到一群奴隶正向奴隶市场走去。那景象真是凄惨得很。这儿有 130 个男女,同是造物主的儿女，没有犯任何罪——他们有感情、有思想、有不死的精神，然而却戴着脚镣手铐给送到奴隶市场上去——在一个基督教国家，在一个标榜着自由、独立和高等文明的国家！人类变成了商品，用铁锁捆在一起，即不顾虑面子，也不把人当人！（《美国短篇小说集》，第82页）

为什么黑人被当作商品拍卖呢？小说的结尾告诉读者："按照弗吉尼亚州的法律和美国的法律，船上的奴隶跟船舱里成桶的面粉一样，都是财产"（同上书，第94页）。由此可见这次奴隶起义的直接原因，在于广大黑人对歧视自己的法律极为不满，故以暴力斗争的方式表示反抗。

美国歧视黑人的法律除了直接表现为立法文本之外，在法律界那些执法官员的头脑中还保存着歧视黑人的法律思想意识，而这种隐蔽的法律思想意识在法律实务中为歧视、迫害黑人起到了非常恶劣的作用。因此，谈到美国歧视黑人的法律就不能不把法律界中那些执法官员的歧视黑人的法律思想意识当作它的有机组成部分。

《约翰回家》中有一个白人法官，他对黑人学生约翰公开宣讲他的歧视黑人的观点和立场："你我都知道，约翰，在这个国家里黑人只能居于从属地位，永远不能指望同白人平等。你们黑人如果守本分，就应该规规矩矩，恭恭敬敬；那样的话老天在上，我会尽力帮助你们。可你们一旦要翻天，要统治白人，要跟白种女人结婚，要坐在我的客厅里，那么，我对天发誓，我们一定要把你们镇压下去，哪怕把国内每个黑鬼都私刑处死也在所不惜。"（《美国短篇小说集》，第177页）

《栖身阴沟的人》讲了这么一个悲惨的故事：黑人青年丹尼斯无故而被指控杀死一名白人妇女，被警方逮捕、判刑、入狱，后越狱逃跑。由于无处藏身，他只得躲进市区地下的阴沟系统。当他九死一生地从地下返回地面，向警方声明自己无辜，其时当局已查明真正的杀人凶手，然而，刑警依然逼他爬回阴沟，并开枪把他打死。

在美国的日常生活中，法律歧视黑人所产生的社会影响无处不在。对此，黑人作家们也引起了注意。黑人作家休士的短篇小说《一个星期五的早晨》写的是黑人女学生南茜·李遭到歧视的故事。南茜·李是美术班的学生，她的一幅画在年度全城美术班学生画展中夺魁，将获得美术家协会颁发的奖章和奖金。当听说此画的作者是黑人的时候，他们拒绝颁奖。小说虽然没有直接写到法律，但自奴隶制时代所产生的歧视黑人的思想意识、社会弊端却是在作品中得到了真实的反映。

（四）维护黑人奴隶制的文学噪音

在美国文学史上，偶有维护黑人奴隶制的文学噪音出现，这就是 1935 年问世的长篇小说《飘》。由于以上所说的法律原因，可以知道《飘》既然维护奴隶制，那么对于歧视黑人的法律自然也免不了要予以肯定，也就是同上述广大美国文学作家一致反对美国歧视黑人的法律的文学主流背道而驰，这是必然的逻辑。事实上，《飘》中的确存在着这种不良倾向。

小说《飘》以美国南北战争为背景，描写了废奴运动中人们，尤其是白人的不满情绪，其维护奴隶制、维护歧视黑人的法律的倾向，就通过这些不满情绪表现出来。我们认为它是一股文学噪音，基本理由就在这里。例如，1866 年的一天，思嘉有下述心理活动：

思嘉却不知道一切法律都已变过了，正当的工作已经不能获得正当的报酬了。现在肇嘉州实际已经在戒严法支配之下，北佬的驻军到处都是，自由人局把全权拿在手中，他们照着他们自己的便利制定一切法律。

这个自由人局是由联邦政府组织的，目的在于管理一切新被解放的黑奴。（第 640 ~ 641 页）

此时是美国宪法修正案规定废除黑人奴隶制的第 2 年，思嘉的上述心理活动对这种法律上的重大改革与进步持冷漠甚至反感的态度。

在另一个白人的心目中，"现在黑人什么都能干，就因为有自由人局和军队拿着枪给他们做后盾的缘故，至于我们，我们既不能选举，还有什么办法呢！"（第 643 页）

思嘉在与方东义谈话的时候，听到了对方的不满于当前社会变革的一番话，这番话的思想倾向跟思嘉的上述心理活动完全一样，甚至态度更为激烈。方东义说："将来黑人如果真的有了选举权，那我们就都完结了。天杀的，这是我们的国家……这是忍受不了的！……他们不久就要有黑人的裁判官有黑人的议员了——这般刚从树林里出来的黑猴子——"（第 793 页）

第二节　外国文学中的犯罪

一、坐牢、受审的都是罪犯吗？

什么是犯罪？这是刑法和刑法学家所要规定、解释的基本概念。文学作家对这抽象概念的规定和解释不感兴趣。他们注意的是与之相关的法律现象，所提出并加以回答的是另外一个实实在在的刑法实施中的问题：那些坐牢、受审的，都是罪犯吗？作家们的回答不拘一格，多有溢出刑法与刑法学之外的东西,值得认真思索。

(一)《复活》:囚犯可以分成五种人

首先要提到的,是托尔斯泰的《复活》对问题的回答。小说通过男主人公聂赫留朵夫的观察与调查,把关进监狱的囚犯划分为五种人,对每一种人是否有罪都做出了具体的分析和评价。我们以为,这种分类和评价,实质上是作家托尔斯泰本人的看法。这五种人是:

第一种人,是完全无罪的人,是错误审判的受害者。小说列举了被诬告的纵火犯明肖夫、玛丝洛娃等。

第二种人,是在激怒、忌妒、酗酒之类的情况下采取了行动,结果被判了罪。这种人占全体犯人的半数以上。

第三种人,是采取了他们自己看来极其平常、甚至很好的行动而受到惩罚的,然而那样的行动,按照法律的规定算是犯罪。

第四种人,是那些仅仅因为在道德方面高于一般社会水平才被列为罪犯的人。作品所列举的例子中,有被定罪的政治犯、社会主义者和罢工者。

第五种人,是犯有罪行的人,但社会对他们所犯的罪倒比他们对社会所犯的罪大得多。

托尔斯泰对监狱中的囚犯所做的上述分类和评价,具有重要的法律社会学的认识价值,是刑法学家、犯罪学家应当引起高度重视的极好材料。在我看来,每一种分类每一种评价都有其鲜明的针对性。第一种人,是冤假错案的受害者,他们完全清白无辜,被关进监狱纯属法律上的错捕错判,必须予以纠正,在这里没有任何含糊的余地。第二种人,依法理是犯有罪行的,只是在作家看来,有着情有可原的地方:或者感情冲动难以控制,或者忌妒心太甚,身不由己,或者醉酒神志不清。依这些可以理解的原因,作家似乎有从轻发落的意向,表现了一种宽容的心态,是人道主义的表现。对此应予以肯定。法律工作者也可以考虑这些情有可原的地方。第三种人,在客观行为上的确触犯了刑律,危害了社会。作家在分析评价这一类人的时候,有一种值得讨论的法律思想意识,那就是托尔斯泰认为,犯罪者主观上认为没有罪,甚至是干的他们愿意干的好事,这种矛盾显然属于公民个人的意志同作为法律表达的统治阶级的意志之间不一致、有分歧。那么托尔斯泰的看法对不对呢? 我以为不对。作为社会行为规范的法律,就是要用统一的意志去规范全体社会成员,制止自行其是、为所欲为的行为。否则,就意味着法律的取消。显然,这一类人的分类及其评价可以肯定的东西甚少,甚至根本没有。第四种人的分类和评价,暴露了统治阶级法律的反动性。那些政治犯、社会主义者和罢工者,明明是社会上最优秀的人物,法律却视之为罪犯,加以囚禁和处罚,这就证明了现行刑法明目张胆地迫害社会的优秀人物,以维护其反动统治。

现在我们就专门讨论第五种人。按照托尔斯泰的说法,这一种人的确有罪,但是,社会对他们所犯的罪远远超过了他们对社会所犯的罪。很清楚,在任何一本刑法学、犯罪学的教科书中都找不到这种看法。正确的做法应当是,把托尔斯泰的这种见解置于世界各国文学作家的普遍思想倾向当中加以考察。经过这样的考察,我们就会清楚地看到,持托尔斯泰这种观点的作家作品不在少数。

(二)以监狱为家的债务人和游民

在一般人心目中,监狱是关押犯人的地方。在法学词典里,监狱是"统治阶级关押已决犯的场所"。从书本的概念出发,对监狱概念作纯学理的解释,这种观点当然无可挑剔。然而,若从法制史的事实出发,尤其是从现实生活的实际出发,就会看到许许多多关进监狱的人,甚至以监狱为家的人,并不是罪犯,而是清白无辜之人,有的甚至是人类中杰出的人才。其复杂情形在分析《复活》的时候,已有所论述。这里,我们要进一步指出的是,从英国作家笔下可以看到,以监狱为家的另有两种人,他们是债务人和游民。这两种人的入狱也颇值得讨论。

先说债务人入狱的问题。依现代法理,欠债未还属于民事法律问题,债务人根本不负刑事法律责任,因而就不可能坐牢。但在英国,债务人坐牢的事由来已久。狄更斯童年时,他父亲就进过债务人监狱,小狄更斯跟父亲一起尝到了债务人的滋味。成为作家之后的狄更斯忘记不了这一特殊生活经历,故一再用小说描写所见所感。

在英国文学史上,最早描写债务人进监狱的作家应是莎士比亚。他的剧本《雅典的泰门》中的文提狄斯,因欠 5 泰伦的债被捕入狱。剧中故事发生在古希腊。这就提出了一个值得讨论的问题:是古希腊有法律规定把债务人的欠债行为视为犯罪呢?还是莎士比亚时代的英国有这种法律规定而反映到了剧中呢?未作考证之前,不可妄言。当然,当时不一定有供债务人专用的债务人监狱。

在狄更斯的小说中,出现了专门性的债务人监狱。《匹克威克外传》(1936—1937 年)和《小杜丽》(1855 年)这两部小说都写到了债务人监狱的情形。据《匹克威克外传》的描写,债务人监狱中专设有穷人部。穷人部的债务人得轮流值班,进入一个特制的铁笼子里站着,时时摇动里面的一个钱箱,用可怜的声音叫唤:"做做好事,记住穷苦的负债人;做做好事,记住穷苦的负债人。"以此募捐,将收入分给穷犯人(第407页)。在《小杜丽》中,威廉·杜丽先生因负债而被送进马夏尔西监狱。他自以为会很快出狱,不料,他的妻子带着孩子也住进了监狱,这对夫妻在监狱中生下第三个孩子,被称之为"马夏尔西之女"。杜丽先生本人在狱中坐牢长达20年,成为狱中最老的犯人,被戏称为"马夏尔西之父"。从这两部小说描写的情况来看,不管立法上有什么具体规定,也不管学者们对这种规定作怎样的解释,都可以看到问题的症结之所在,那就是,英国的有关法律曾经把债务人的欠债行为规定为犯罪,要负刑事法律责任。用今天的法律眼光来看,这显然是不合理的,它等于是把无罪之人当作罪犯来对待。

再说游民入狱。狄更斯的《教堂钟声》这篇小说中,有一个失业工人,名叫弗恩,因找工作而到处流浪,以此一再被关进监狱。他当着市政官丘特等人的面,讲了下面一大段控诉性的话语:

先生们,请你们看看,当我们面临这样的遭遇时,你们的法律是怎么样来陷害和追逼我们的。我想到别处去谋生。我成了流浪汉。"把他关起来!"我又回到这里。我到你们的森林里去拾野果,折断了一两根细树枝——谁都会碰到这种情况的。"把他关起来!"你们的一个官家,在大白天看见我背着枪待在我自己的一块园地旁。把他关起来! 我削了一根手杖。"把他关起来!"我吃了一个烂苹果或者萝卜。"把他关起来!"我从20英里外走回来时,沿路讨了一点吃的。"把他关起来!"最后竟会弄到这种地步:警察、官家,无论什么人,不管在什么地方,只要看到我,也不管我在干什么。"把他关起来!"因为他是个游民,是个臭名昭著的惯犯! 监狱成了他唯一的家!(《圣诞故事集》,第197页)

只要读者知道英国政府曾于16世纪至19世纪制定了《济贫法》《济贫法修正案》之类的法律,就会看出其中强加罪名,把不属于犯罪的行为硬当作犯罪的真相。《济贫法》以救济失业贫民为标榜,声称为救济在圈地运动中丧失土地的贫民而制定此法律。果真如此自然是好事。但因为该法律自身有漏洞,在实施中又弊端百出,故造成了把广大劳苦的失业群众都当作罪犯来惩处的混乱。

以《济贫法》自身的漏洞而论,表现在300多年中的历次有关立法均有缺陷,始终未能改观。如伊丽莎白一世的《济贫法》,规定"有劳动能力而不愿工作的人应受惩罚";再如,1834年的《济贫法修正案》规定"身体强壮者不予救济",从前的以金钱和实物救济贫困者的办法,改为"将被救济者送往习艺所,从事繁重的劳动"。这些本来就不合理的立法条文,在实施中自然就会出现变本加厉的不合理的社会事实。

在狄更斯的笔下,《济贫法》的上述立法漏洞及其执法弊端都一再显现出来。弗恩的那番控诉性的话语如同一把双刃刀,一举两得地刺割到了这两个方面。在作过这双重控诉之后,弗恩还提出了"给我们制定一些仁慈一点的法律"的立法上的要求,还提出了"不要无论我们转到哪里总是把监狱、监狱、监狱放在我们面前"的执法上的要求(同上,第 198 页),从而与上述大段控诉话语互相补充,相得益彰。

狄更斯的具有批判《济贫法》内容的作品,还有《奥利佛·退斯特》(1838年)和《我们共同的朋友》(1864 年)这两部长篇小说。前者的主人公奥利佛·退斯特是个孤儿、私生子,出生于贫民习艺所,九岁就开始干活,一天三顿稀粥。他的不幸,直接来自依 1834 年颁布的《济贫法修正案》而建立的贫民习艺所。在《我们共同的朋友》中,孤苦伶仃的老妇人贝蒂·希格顿正因为贫民习艺所暗无天日,故她宁可到处流浪,死于荒野,也拒绝贫民习艺所的收留。以上论述表明,本无任何罪行可言的游民,硬是被英国的有关法律当作罪犯来对待。

债务人监狱、《济贫法》和贫民习艺所,可能是英国法制史上独有的法律和法律现象。其要害,在于把当今法律界和刑法学家都很注意的罪与非罪的界限颠倒了,从而把无辜公民作为罪犯关进了监狱。英国文学作家们批判性地总结了这一法制史的教训。

二、著名的罪犯形象

通过刻画形形色色的人物形象,来暗示种种法理法意,是涉法文学描写和思考法律的根本性的手段之一。对于犯罪问题的文学探讨,自然也如此。在世界文学中,为了表现刑法实施中的复杂社会现象,提出和思考众多发人深思的法律问题,作家们塑造出一系列犯罪分子的形象,其中有一些著名的罪犯形象,无论是对于法律圈内和文学圈内的读者来说,都有了解他们的必要。

(一)无恶不作的福斯塔夫

福斯塔夫是贯串在莎士比亚的《亨利四世》上下篇和《温莎的风流娘儿们》等三部剧中的人物形象。外国文学史的研究者们一致认为福斯塔夫是莎士比亚塑造得最成功的一个喜剧人物。然而,在作具体分析评论时,文学家们都抛弃了这个人物身上的大量法律描写,因而得出的结论也就不可能完全符合实际,甚至免不了歪曲人物。

福斯塔夫在《亨利四世》的上篇中一亮相,就暴露了作为罪犯的基本面目:是一个"靠着偷盗过日子的人",并且他的犯罪是有意钻法律的空子,而不是对法律一无所知而触犯刑法。福斯塔夫对亲王说:"等你做了国王以后,英国是不是照样有绞架,老朽的法律会不会照样百般刁难刚勇的好汉·你要是做了国王,千万不要吊死一个偷儿"(《莎士比亚全集》第5卷,第10页)。福斯塔夫声称,做贼抢钱,"这是我的职业哩"(同上,第11页)。就这样,把犯罪当职业,靠犯罪过日子,是福斯塔夫作为犯罪分子的明显特点之一。

福斯塔夫作为犯罪分子,还有一个特点那就是既胆大妄为,无恶不作,又色厉内荏,贪生怕死。一方面,他罪行累累,如仰仗亲王而得到军中队长的职务之后,滥用军中征兵命令从中渔利,贪污、挪用公款,到伦敦上酒店从不付账,打起仗来往后退,甚至佯死、假冒军功等等;另一方面,福斯塔夫又有胆怯的一面,如他的嘴边常挂着"幸逃法网""要是我被官家捉去了""大家可以上绞架"之类的抱有侥幸、推测等心理的言辞。

福斯塔夫作为罪犯的第三个鲜明特点,是藐视法律,欺负法官。福斯塔夫把英国的法律根本不放在眼里,讲过不少无视法律存在的话,其中最狂妄的一句是:"英国的法律都在我的支配之下"(同上,第226页)。至于对执行法律的官员们,福斯塔夫也是不把他们放在眼里的。大法官知道福斯塔夫的偷盗嫌疑、把年轻的亲王诱入歧途等劣迹,曾当面坦言指出,并批评他已经一天天"老朽腐化",但这一切他都当作了耳旁风。他占有了桂嫂,还欠桂嫂的钱不还,被告上法庭,大法官当面批评他,要他痛改前非,他依然满不在乎。

具有上述多种鲜明特点的罪犯福斯塔夫其结局是和他的同伙一起,被送到了弗利特监狱。当福斯塔夫再度出现在《温莎的风流娘儿们》中的时候,已经是刑满释放人员了。然而,他的上述一系列特点或者说本性都丝毫未改,甚至在个别方面还有所发展。例如,他曾经扬言要"收拾"法官,现在,把它变成了具体行动:打法官夏禄的佣人,杀了他家养的鹿,闯进他的家门。当夏禄当面揭露他的罪行时,福斯塔夫竟厚颜无耻地挑衅说:"可是没有吻过你家看门人女儿的脸吧?"(《莎士比亚全集》第1卷,第180页)

以上论述表明,福斯塔夫是英国封建社会的一名作恶多端的罪犯,无论是法律的制裁,还是人民群众的反击,都不能使他有什么悔改。所以,他是一个顽固不化的罪犯形象。

（二）聚众反叛并投案自首的卡尔

卡尔是作为 18 岁的大学生的席勒所写的五幕剧《强盗》（1781 年）的主人公。关于这一人物，我们谈以下三点：

1. 卡尔是什么样的人物形象？

历来的外国文学史的研究者都是从政治的角度来分析评价卡尔的形象，故所做的结论有不合实际之处。例如有一本外国文学史教材认为："卡尔不是一般的侠盗，而是一个叛离了贵族社会的有理想、敢行动的进步青年形象。他仇恨暴政，蔑视法律，同情被压迫人民，具有要把德意志建成一个共和国的伟大抱负。虽然他最终还是屈从于他一向蔑视的法律，但他还是较充分地体现了青年席勒的叛逆精神和革命热情。"

首先，卡尔作为违法犯罪者，其主要罪行是充当强盗们的领袖，也就是说，他是团伙犯罪的首犯。其次，他亲手杀死了自己的未婚妻爱密丽亚。此外，他还有很多当众发表的蔑视法律的言论。例如他说："他们……叫我把我的意志放到法律里去。法律只会把老鹰的飞翔变成蜗牛的缓步。法律永远不能产生伟大人物，只有自由才能造成巨人和英雄。"（《席勒精选集》，第197 页）

从这些基本言行可以清楚地看出，卡尔应当是法律认定的罪犯。他的所作所为，没有任何意义上的革命色彩，故不能无视这种基本事实从政治上去拔高他。

2. 卡尔的部下是一些什么人？

卡尔既然是强盗们的首领，那么，他的部下的所作所为就同他的作为首领的地位和身份密不可分。这样，一在评价卡尔的时候，就不能抛开其部下的行为的观察。那么，他的部下们干了些什么呢？剧中写道：有的偷教堂祭坛上的布的金边，有的抢劫商店，有的偷金银制品，有的引爆火药库，使火药库内外及周边民众共 83 人化为灰烬。真可谓罪行累累。

这就表明，卡尔的部下是一群乌合之众，他们抢劫、杀人、放火，无所不为，作为他们首领的卡尔自然逃脱不了干系。当然，卡尔是有一定正义感的。比如在听到部下舒夫特勒谋杀孩子、女人、病人时，气愤之极，当场宣布要把他开除出去。卡尔的叛逆行为中，也有某种朦胧的政治要求——要求自由、同大臣们为敌、蔑视牧师等，这也是同他的部下有别的地方。但是，作为一支 80 多人的强盗队伍的首领，他并不能以自己的正义感去统一他的部下，更不能带领大家进行反封建的革命斗争。因此，他们全部行为的性质，不过是共同犯罪罢了。

3.成了杀人犯之后投案自首

卡尔与爱密丽亚真心相爱。在他离家出走之后,其弟弗朗兹为独占家产、占有爱密丽亚,采取造谣中伤、挑拨离间的卑劣手段,囚禁了父亲,爱密丽亚不从,也遭到了他的陷害。卡尔得知这些消息后,有迷途知返跟爱密丽亚一道过普通百姓的日子的迹象。看出了苗头的部下们却不依不饶。有的把卡尔称作"叛徒",有的骂他是"背信弃义之人",有的认为卡尔"虚伪""卑怯"。是重返山林当强盗首领,还是弃旧图新过平凡日子?卡尔面临着重大的抉择。这时,爱密丽亚当着众强盗的面说卡尔是"一个虚有其名的,胆怯的吹牛家"。同时,有一个强盗向爱密丽亚瞄准,企图打死她。卡尔认为"卡尔所爱的人只有死于卡尔之手",于是自己开枪打死了爱密丽亚。杀人之后的卡尔,告别了众人,到法庭投案自首去了。这种向法律回归的意识,应当是一种进步,是一种觉醒,然而,为时已晚。

由以上分析可以知道,卡尔不是什么进步青年的形象,他的所作所为也没有任何意义上的所谓"革命"可言。无论是用当时的德国的法律来看,还是从当今之世所有国家的法律来看,问题的性质都如此。那种把发生在旧时代的即奴隶社会的、封建社会的、资本主义社会的杀人、抢劫、放火之类的犯罪现象说成是造反、革命、叛逆等等,都是缺乏法律的眼光、法制史的知识而造成的失误。这就是我们的基本看法。

三、对犯罪的惩罚与改造

罪犯经定罪量刑之后,得依法加以惩罚与改造。从执法角度看,惩罚与改造罪犯是法律工作者重要、复杂甚至有风险的职责。从罪犯接受惩罚与改造的角度来看,是一种痛苦、艰难的过程。再说,承担惩罚改造罪犯法律工作者与接受惩罚与改造的罪犯还处在不断打交道的关系中。因此,谈论世界文学所描写的对罪犯的惩罚与改造的话题,不愁没有话说。

(一)刑及无辜的教训

话匣子一打开,应首先谈到刑及无辜的教训。须知,惩罚与改造的对象既然是罪犯,那么无辜之人就完全不应该受刑事法律的任何追究。这样,对无辜者进行惩罚与改造就意味着从根本上颠倒了罪与非罪的界限。这是极严重的失职行为。各国刑事法律的实施中,由于种种原因,这种刑及无辜的教训是相当普遍的。

海涅有一首《一个古德国青年的悲歌》的小叙事诗。诗中的青年人被歹徒以色相勾引、设赌博骗局、灌酒致醉等方式弄光了钱财,等他清醒过来才发现自己坐在看守所里。这首诗暴露的正是罪犯逍遥法外,无辜受害的公民却枉受铁窗之苦的执法弊端。

我们还可以举一个东方当代作家的例子。喀麦隆当代著名作家费丁南·奥约诺的第一部长篇小说《童仆的一生》(1956年)是用自传体和日记的形式写成的。主人公敦吉就是法律刑及无辜的牺牲品。他给一个白人司令官当仆人,发现司令官夫人与人私通。这位夫人怀恨在心,反诬敦吉与一个偷了白人的钱而逃走的女仆私通,致使其被捕入狱而死。

以上列举的文学案例告诉我们,尽管时代不同,国度不同,具体刑法规定不同,当事人的各个方面也大不相同,但在真正的违法犯罪者漏网而清白公民反受刑法制裁的不公平、不合理也不合法这一点上,却完全相同。世界文学作家们笔下的这种刑及无辜的现象,轻者白白坐牢,重者枉送性命——刑罚不当所造成的人生灾难是不可挽回的,教训是极其深刻的,饱含血和泪的。

(二)轻罪重罚现象

刑事法律的实施首先要求区分罪与非罪的界限,否则就会产生刑及无辜的弊害。这里我们要说明的是另外一个方面:刑事法律的实施还要求定罪量刑准确,使罪与罚相当,从而避免轻罪重罚与重罪轻罚的两种偏颇。

冉阿让为一块面包而坐牢、两个年轻人为几条破旧的粗毛毯而入狱等轻罪重罚案例,已为读者所熟悉,不必再重复叙述。这里再看几个不曾谈到的案例。丹尼尔·笛福是英国文学史上第一个重要的小说家,他继著名小说《鲁滨孙漂流记》之后的另一部重要小说《莫尔·弗兰德斯》(1722年)一开头就写道:主人公莫尔·弗兰德斯的母亲仅仅偷了几块布,就被判了死刑,后又改判为流放。这是轻罪重罚的较早、较典型的案例。

德莱塞的《金融家》(1912年)第52章有一个细节描写,读来令人感到既好笑,又可悲。好笑的是司法机关小题大做,煞有介事;可悲的是黑人青年在轻罪重罚之下的屈辱与辛酸。他从木柴堆里拾得一截明明是被抛弃的铅管,拿去换了2角5分钱,被当作盗窃犯抓住受审,法官将他判处1年监禁,缓刑1年,强调说如果再犯偷窃罪,将一并执行。与此形成强烈对比的是同一天受审的投机金融家,作案金额数十万元之巨,却只象征性地判处4年多徒刑。

(三)肉体摧残与精神污辱双管齐下

从对罪犯处罚的方式和手段看,中世纪以来的世界文学所显示的图景都是把肉体摧残与精神污辱结合起来,双管齐下。在这种不人道的刑法实践中,产生和运用了名目繁多的刑具与刑罚方式。依法理而论,罪犯只有在经过判决、定罪量刑之后,才能接受处罚。然而在司法实践中,尚在审判过程中,甚至在罪犯刚落入法网还未曾进入审判时,刑罚手段即已普遍运用,这应该是一种混乱现象,而这一切都进入了作家的视野,有着大量逼真的描写,使我们在谈论这个问题的时候,无法把话题仅仅限制在对已决犯的处罚方面,这一点读者是能谅解的。以下我们对出现在世界文学中的一些刑具、刑罚方法,以及它们如何把肉体摧残与精神污辱结合起来的情形作一些举例性的说明。

在莎士比亚的五幕剧《李尔王》中,出现了一种名叫足枷的刑具,给人戴上足枷这种刑罚的性质,被剧中人葛罗斯特一语道破。他明确指出,这是"一种羞辱的刑罚",常用来"惩戒那些犯偷窃之类普通小罪的下贱的囚徒"(《莎士比亚全集》第9卷,第193页)。在(李尔王)中,我们看到的是李尔王手下的人不问青红皂白就被戴上了足枷,这是刑罚的滥用,此处不多讲。

雨果的《巴黎圣母院》的故事发生在14世纪的法国,其时宗教法庭的刑具和行刑方式花样不少,主要的有:

刑台。这是一个10米高的中空的水泥台子。台上有一个平放着的橡木轮盘,犯人的双手反绑在轮盘上。当轮盘转动时,犯人的脸就连续不断地向四面八方显露,这就是所谓的给犯人"示众"(第259页)。

笞刑。行刑时把犯人捆绑在上述轮盘上,行刑者用"一条用许多长长的、闪光的、紧扎的、尖端包着金属的白皮条扎成的鞭子",一鞭接一鞭地抽打,"皮鞭不断像雨点般落在身上,很快就打出血来了""皮鞭在空中挥动时就把一些血珠溅到观众的身上"(第261–262页)。

铁靴。由包铁的橡木板制成,再用能扭动的螺丝钉控制,可越拧越紧,使受刑者疼痛难忍。在逼供时,常用这种方式取得口供。由于受不了疼痛的折磨,提供假口供的情形时常发生。

巴尔扎克的历史小说《卡特琳娜·德·梅迪契》表明,16世纪的法国,有称之为夹棍的刑具,小说对这种刑具的构造、行刑方法,以及受刑者的痛苦都有着详细的描述:"它由几块木板构成,受刑者的每条腿裹着小软垫被置于木板之间。这样安放的两腿彼此靠得很近。精装本装订工在用绳子固定住的两块木板间压紧书籍时使用的器具可以使人对受刑者每条腿的安放方式有个十分准确的概念。人人想象得出,用水褪把楔子敲进紧压腿部的两个刑具之间会产生什么后果,两个刑具也用绳索捆紧,不会松开。在膝盖和脚踝处敲进楔子,就像劈木头似的。选择这两处无肉的地方,楔子进来时要挤压骨头,使受刑者疼痛难忍。普通刑讯要敲进4个楔子,脚踝和膝部各2

个;特别刑讯则多达8个,只要医生认为犯人仍有感觉。"(《人间喜剧》第22卷,第151页)

把肉体摧残与精神污辱结合起来还有一种方式,那就是在罪犯的肉体上,根据需要在各个不同的部位分别烙上表示罪行类别的单词或缩写字母。此法在法国和英国曾广泛使用,故在法国文学和英国文学中,被普遍地加以描写。雨果的《笑面人》写的是17世纪末至18世纪初发生在英国的故事。小说告诉我们,在威廉和玛利统治初期,英国曾颁布了打击拐卖儿童犯罪的法令,其中有许多关于给罪犯肉体烙字母的具体规定:"这个帮会的参加者被捕并且证实以后,应于肩上烙一个R,这是rogue的缩写,意思是恶棍;左手上烙一个T字,这是thief的缩写,意思是:小偷儿;右手上烙一个M,意思是杀人犯。帮会头目'虽然似乞丐,但视为富人',应处以枷刑,并在额上烙一P字"(第41页)。

19世纪以后,中世纪的野蛮刑具与行刑方式逐渐退出了法制史的舞台,这自然是法制文明的一种大进步。不过,有谁如果认为从此天下太平,不要再担心有残酷的刑具和行刑方式出现,那就未免过于乐观了。卡夫卡的短篇小说《在流放地》(1914年)足以医治这种可能发生的盲目乐观症。该小说描写了一部用现代化科技手段制造的杀人机器的构造和行刑方法。它包括"床""设计师""耙子"等三个部分。"床"处于底层,行刑时让犯人睡在上面。"设计师"悬在"床"上两米高的地方,二者大小相同,看上去像两只黑箱子,四角绑在4根铜棍子上。"耙子"处于中层,能够上下移动,上面安着能够刺字的针。无论犯人触犯什么法律,有什么罪名,都要用"耙子"在犯人身上"写"下来。很清楚,这种现代化杀人机器是适应对罪犯的肉体摧残和精神污辱而产生的。

罪犯也是人,应当有自己的人格尊严。法律惩处罪犯,不能以污辱罪犯人格为代价、为手段,相反应在尊重罪犯人格的前提下进行应有的处罚。否则,只能证明执法者过于野蛮。把人不当人来对待,往往是以强凌弱的野蛮的表现。法律界由来已久的肉体摧残与精神污辱两手并用的做法之所以反复曝光于世界文学之中,就有着这一基本道理。

第三节　外国文学中法律职业者

一、警官

世界文学中不争气的警官形象实在太多,他们几乎把优秀警官排挤得没有立足之地。而不争气的警官形象中,既有人物群像的轻描淡写,也有单人形象的精雕细刻。

(一)不懂法律、不明事理的糊涂警官

莎士比亚的五幕剧《无事生非》所推出的警官道格培里,以对法律一窍不通,啥事儿也不懂给人留下可笑的印象。他在第 3 幕第 3 场才出来与我们见面。一见面,我们就发现此人头脑不清,尽说胡话。他对巡逻警察们的发号施令中,没有一句话符合长官的身份。有一个巡逻警察请示他问道:"要是我们知道他是个贼,我们要不要抓住他呢?"道格培里的回答真是妙语惊人:

按着你们的职分,你们本来是可以抓住他的;可是我想谁把手伸进染缸里,总要弄脏自己的手;为了省些麻烦起见,要是你们碰见了一个贼,顶好的办法就是让他使出他的看家本领来,偷偷地溜走了事。(《莎士比亚全集》第2 卷,第 126 页)

作为一个警官,道格培里对部下的"指示"竟然如此不通情理,不合法理!一席胡话,把一个稀里糊涂的警官的基本轮廓勾勒出来了。整个剧本对道格培里这一人物所定下的基调就是对法律一窍不通,因而闹出了不少笑话。笑话之一,是道格培里主持审案却不懂谁是原告、谁是被告。

笑话之二,是道格培里滥用"控诉""伪证罪""盗窃罪"等法律术语,把巡逻警察参加审问说成是"控诉",把有人诬陷亲王说成是"犯的伪证罪",把以重金收买和唆使造谣中伤者说成是"盗窃罪"。所有这些谈话,都是似是而非的外行话。

笑话之三,是被审问的康拉德当面骂道格培里"是头驴子",他不知如何反击却讲了一大通使人不得要领的话,反复地说着关于他是头驴子的话:

啊,但愿他在这儿,给我写下我是头驴子!

可是列位兄弟们,记住我是头驴子;虽然这句话没有写下来,可是别忘记我是头驴子。

啊,但愿他给我写下我是头驴子!(同上,第 151~152 页)

读者诸君,在品味这些胡话时,是忍不住要发笑的。当我们刚刚笑过,又会在第 5 幕第 1 场里看到这位仁兄闹得颠三倒四的新笑话。王爷问所抓两个犯了什么罪,道格培里回答道:

察王爷,他们乱造谣言;而且他们说了假话;第二点,他们信口诽谤;末了第六点,他们冤枉了一位小姐;第三点,他们做假见证。总而言之,他们是说谎的坏人。(同上,第 161 页)

这是人话吗？莎士比亚通过设计这种不识数、不合逻辑的人物台词，嘲笑了警官道格培里糊涂至极。在说过这段混话之后，道格培里警官又先后两次把两个被抓获被审问的人犯说成是"原告"。莎翁的用意，就是要让世人知道：在警官队伍中，竟存在着道格培里式的糊涂虫。

（二）法律立场变化不定的警官

契诃夫的著名短篇小说《变色龙》所塑造的警官奥楚蔑洛夫具有很高的国际知名度，在中国则更是如此。因为中学语文课本里选有《变色龙》，大学外国文学史教材也谈论《变色龙》。不过，抓住奥楚蔑洛夫作为警官的性格特征所体现的固有法律内涵进行解释，却从来无人尝试。

奥楚蔑洛夫在光天化日之下当众变换嘴脸的性格特征，是被研究者注意到了的，然而其中的法律内涵却被抽象掉了。须知，主人公奥楚蔑洛夫作为警官是在对一起狗咬伤人的民事案件表态，能否秉公执法，是分析其性格特征的关键所在。让我们来看一看他在这起案件上的所作所为。一开始，他得知首饰匠赫留金被狗咬伤，连忙声称"该管管不愿意遵守法令的老爷们了"，这当然是正确的，依法审理这件小小的案子也是不困难的。他的立场和态度的不断改变，都是以这不相干的东西为转移的：

有人说狗是将军家的，奥楚蔑洛夫便连忙反戈一击，调转头来指责被狗咬伤的赫留金有过错。

有人说狗不是将军家的，奥楚蔑洛夫便连忙安慰赫留金，立即表示这案子他管定了。

有人又说狗是将军家的，奥楚蔑洛夫态度立刻又为之一变，要部下把这狗送还给将军，还对狗说了夸奖的话。

将军家的厨师证实这狗不是将军家的，奥楚蔑洛夫立刻骂这狗是"野狗"，命令部下"弄死它算了"。

将军家的厨师又证实这狗是将军哥哥家的，奥楚蔑洛夫连忙改口夸奖这狗"不错""挺伶俐"，同时还扬言"早晚要收拾"被狗咬伤的赫留金，说完这威胁的话便扬长而去。

就这样，《变色龙》用人物自身的变来变去的语言表现了奥楚蔑洛夫置案情与法律于不顾，惧怕和迎奉权贵而欺压百姓的立场和态度。其结果，是有关民法规定被践踏了，受害者的合法权益得不到保护，警官本人也在公众面前留下了恶劣印象。

（三）腐朽无能的警官群体

在评介了道格培里、奥楚蔑洛夫、沙威等警官的否定性典型形象之后，我们再向读者介绍一个腐朽无能的警官群体形象。这个群体出自马克·吐温的小说《丢失的白象》。故事发生在英国。一只外国送给英国女王的珍贵白象被偷。

首先亮相现丑的是侦缉总队的督察长布伦特。他在立案之初,竟如同受理"人"的案件一样,对"象"也一一询问姓什么、叫什么、出生在何地、父母是否都健在等等。接着又要求报案人详细描写象的身高、体重之类。他要求部下把自己记写下来的说明印 5 万份,然后就向侦缉队长发号施令。

紧接着现丑的就是接受任务的侦缉队长。这个队长面对上司的这种事无巨细、全部独揽的行为毫无异议,洗耳恭听,他的全部回答只有一句话:"是,督察长。"他总共把这句话重复了 13 次。这位队长似乎不会讲别的话,应对语言竟如此贫乏,由此不难窥见这是个无用的家伙。

侦破工作开始后,警察(侦探)们便先后粉墨登场了。小说采用新闻报道、拍发电报的方式营造了一种一大群无能之辈沸沸扬扬,尽虚张声势而不能办实事的氛围。起初,报纸报道说,对于盗窃犯是谁,有 11 种推测意见,后来又发展到 34 种推测意见,嫌疑犯共有 37 人。后来,报上又报道说,白象成了杀手,造成 60 人丧命,240 人受伤。还有两个侦探送命。至于警察(侦探)与他们的上司之间的来往电报,如雪片飞来,无计其数。时间拖了 3 个多星期,一直不能破案,于是警方决定悬赏,奖金不断地增加,最后达到 10 万元之巨。

小说用这样夸张、荒诞、幽默的故事,把为数近百人的庞大而无能的警察群体的浮雕像呈现在读者面前。报案者的 10 万元巨款如同丢进了黑水河,连浪花都看不到一个。很清楚,小说讽刺的是整个警察队伍的腐朽无能。我们都知道,英国小说家柯南道尔的《福尔摩斯探案集》里的警察,因为腐朽、无能而总是遭到嘲笑,他们简直是大侦探福尔摩斯的一个陪衬。马克·吐温笔下的英国警察同样如此,一点也不比柯南道尔笔下的警察们高明。因此,这篇小说可以与《福尔摩斯探案集》对照起来阅读研究。

二、检察官

外国文学作家们所塑造的检察官中,有几个值得向读者作重点介绍,因为他们具有鲜明的个性,且来自不同的国家,处于不同的时代,容易被读者记住,也容易让读者综合性地认识他们如何执法而坏法的情形。

(一)逼供诱供而好大喜功的检察官

15 世纪法国王室检察官沙尔莫吕,是由雨果在《巴黎圣母院》中塑造的一个人物形象。他的突出个性,就是乐于逼供诱供,一旦有所获,又好大喜功,加以卖弄。为逼出无辜的拉·爱斯梅拉达的口供,沙尔莫吕动用了穿铁靴的酷刑。她表示自己"无罪",他就高喊"上刑"。严刑之下,她只得"招供"。这简直像命题作文一样,又像演戏时背台词一样。如此诱供与招供共有如下 5 个回合:

"书记官,写吧,埃及姑娘,你招认你同一些魔鬼、女巫、女妖一道参加地狱里的聚餐会、安息日会和一切妖法吗?回答吧!"

"是的。"她说。声音轻得像吹了口气。

"你招认你曾经看见倍尔日比特为了召集安息日会,在云端里变成了只有女巫才看得见的公山羊吗?"

"是的。"

"你招认你崇奉圣殿骑士团骑士崇拜的可憎的波浮梅的头像吗?"

"是的。"

"你招认你经常同牵连在案子里的那只变成山羊的魔鬼来往吗?',

"是的。"

"最后,你招认并且忏悔你凭着那个通称为妖僧的幽灵的帮助,在 3 月 29 日晚上,刺杀了一位名叫弗比斯·德·沙多倍尔的队长吗?"

她抬起呆定定的大眼睛望着那个官儿,既不颤栗也不慌乱,像机器一般回答道:"是的。"显然她的心完全碎了。(第 361 页)

如此逼供诱供的沙尔莫吕兴奋不已,当场就忍不住标榜自己的功劳了:"到底问出结果来了。这多好呀,先生们!"(第 362 页)随后,沙尔莫吕就起草并发表了演讲。在用拉丁文写成的拷问报告里,他摘抄当时最流行的幽默作家作品中的例证,造冗长的句子,借机卖弄一下才学。在长篇演讲词中,他又精心安排结尾,用文雅的语句提出了具体判决意见。

读到这里,恐怕谁都会被这种逼供诱供、靠虚假口供陷人于罪的卑劣行径所激怒。而沙尔莫吕本人却安之若素,看来他很习惯于这样做,很欣赏这样做。

检察官的职责是代表国家就刑事案件提起公诉。以逼供诱供方式办案意味着国家在法律的名义下对无辜百姓强加罪名,残酷迫害。

(二)妙语惊人而不知所云的检察官

马克·吐温的《镀金时代》反映了 19 世纪 70 年代初期美国社会的政治、经济、法律等方面的状况。当时美国有不少人把这个时代夸耀为黄金时代,而马克·吐温却看到了金玉其外、败絮其中的奥秘,故针锋相对地称之为"镀金时代"。小说中的萝拉杀人案拖了差不多一年才起诉的本身,就从司法的角度把这个镀金时代的特征在一定程度上显露了出来。更何况那冗长的起诉书连基本案情都未能说清。我们不禁要问:在这一年的时间里检察官干什么去了?

下面是抄录的起诉书中的一部分:

她可能是用枪把他打死的,也可能是用左轮枪、散弹枪、来复枪、速发枪、后膛枪、连珠枪、六响枪、步枪,或是某种别的凶器;再不然就是振打弹、大头棒、切肉刀、猎刀、削笔刀、擀面杖、车钩、短剑、替子,或是用的铁褪、螺丝刀、钉子,或是其他任何凶器,各式各样的家伙;地点可能是在南方饭店,或者是其他任何饭店,不知什么地方;日期可能是 3 月 13 日,或是耶稣纪元以来其他任何一天。(第 454 页)

这段奇文,真可谓妙语惊人而不知所云。在这里,作案凶器、地点、时间等都是不确定的,因而也就无从证实萝拉谋杀了乔治·赛尔贝。事实上,萝拉杀人罪行确凿无疑。起诉书未能说清作案的凶器、时间、地点等,表明检察官作为公诉人玩忽职守。走进法庭的检察官和他的两个助手,花了近 1 年的时间竟然制作出了这种荒谬的起诉书,又胆敢让书记官当众宣读这种满纸荒唐言的起诉书,进一步表明他们在玩忽职守的同时又昏聩至极。

如果说,这种荒谬的起诉书宣读之后立即引起法官们、律师们、陪审团的成员们的莫名惊诧,使法庭顿时陷于一片混乱,那么还能说明"镀金"现象只是局部的,或者说仅仅是检察官的,而不是全局性的。这就进一步暗示着,整个法律宣判的各个环节,都是镀金的货色充斥其间的,并且人们习惯于把镀金的破铜烂铁都说成是黄金。就这样,法庭上也就见怪不怪了。

正因为问题是全局性的,所以小说没有责备检察官个人的失职行为,甚至连他姓甚名谁都不屑于交代。马克·吐温的这种做法,意在让读者把关注的目光投向镀金时代的整体性特征。

三、法官

相形之下,世界文学中的法官形象在数量上占绝对优势,大大超过了警官和检察官。这就使我们不能不多花一点篇幅来谈论法官的形象。

就作家们所刻画法官形象的自身表现及其体现的思想倾向而言,有对于优秀法官的首肯,有对于生不逢时的法官的惋惜,有对于软弱无能的法官的善意批评,有对于法官中的败类的无情鞭挞。

(一)忠于职守的法官队伍

世界文学中的忠于职守的好法官为数不少。尽管他们的命运不同,但作家所肯定的他们的长处,是有目共睹、值得表彰的。作家们把他们作为正面形象来刻画的落脚点,自然在于肯定现实生活中应有的法律秩序,弘扬法治精神。

首先,应当提到的是司各特的短篇小说《两个赶车人》中的法官。这位长于写长篇历史小说的英国作家,在他为数不多的描写现实生活的短篇小说中,《两个赶车人》因为刻画了这个法官的形象而给我留下很深的印象。我在这里要说的一个基本意思,就是:小说以3000字的篇幅原原本本记录了法官就一起杀人案所发表的法庭演讲。其中心意思就在于宣传作家本人作为法科大学毕业生、职业法官心目中的法律思想主张——依法治国,建立社会正常的法律秩序。这段话是:

人类文明首先要实现的目标就是公平实施法律,由法律保护所有人,使人不再各自靠刀的长短和手的力量大小为自己拼杀,用野蛮手段求得公道。……唯独法律有权力判明双方是非,而且法律决不姑息任何私下为自己报仇雪恨的企图。(《司各特短篇小说选》,第28页)

其次,要提到的是巴尔扎克长篇小说《禁治产》中的法官包比诺。作家从多方面来描绘这一优秀的法官形象,主要有:第一,包比诺具有良好的法律修养,巴尔扎克用"深湛"来形容。因此,在拿破仑改组司法机构时,包比诺成为巴黎高等法院最早的一批法官之一。第二,包比诺有一个可贵之处,就是以法律职业为重,从不计较个人得失,更不会为个人名利而苦心钻营。作为一个优秀法官,他不仅未能得到重用,反而在每次人事变动中总是被降低职务:从高等法院降到初等法院,从法官降到助理法官。可他从不抱怨自己的前程,一如既往地老老实实地办案子。第三,包比诺在法律工作中具有双重的观察天才,这应是作为优秀法官的必备素质之一。这种双重观察天才是:"既能够体会穷人的德行,受委屈的好心,合乎道义的行为,默默无闻的忠诚;也能在别人心里找出犯罪的线索,不论轻罪重罪都能寻到蛛丝马迹而获得真相。"(《人间喜剧》第5卷,第400页)

在小说中,包比诺法官所受理的是一起妻子申诉、对丈夫实行禁治产的民事诉讼案件。经过他的深入调查,发现丈夫不仅神志清楚,而且有正义感,对两个孩子的抚养教育很认真负责,故妻子的申诉别有用心。依案情和法律,包比诺法官本来可以把案件审理得很圆满,而他的上司找借口剥夺了他办理此案的权力,取代他的是一个有野心的青年法官。

综上所述,包比诺是一个生不逢时的优秀法官。作家对他身怀惋惜和同情,同时也有意引导读者去思索、寻找他之所以生不逢时的社会原因。

另外要提到的是泰戈尔的叙事诗《法官》所塑造的法官罗摩·萨斯德

里。这位法官铁面无私,大智大勇,敢作敢为。刚刚登基的国王罗估纳特·拉奥杀害了自己的亲侄儿,尚未受到法律审判之际,便带领8万士兵,前往征讨异族。法官萨斯德里在行军路上拦住国王,当众直呼其名,揭露其罪行,要求他立即返回接受法律的审判,遭到拒绝。气愤至极的法官眼见国王如此无法无天,意识到法庭是"做儿戏似的法庭",于是,当即决定放弃法官的尊贵地位、名声和一切财富,到乡村茅屋里隐居去了。这种不畏权势,不谋私利,一心遵法护法的精神,应当是法官们不可缺少的职业道德的核心,从这里可找到学习仿效的楷模。

(二)善于探究和思考的法官

在一般情况下,法官都是从事法律实务,很少涉足法律的抽象思考和理论研究的。这样,那些有志于对法律作理性思考与研究的法官就显得与众不同,耀人眼目。从日本当代作家石川达三的小说《最后的世界》中走出来,进入读者脑海的法官关口想吉,就是这样一位富于理性品格的法官。在世界文学提供的法官人物队伍中,很少有这样的法官形象出现。《最后的世界》创作于1974年。关口想吉法官善于抽象的法理思考,有几个特点。首先,应当把关口想吉的多思习惯和法律思想的全部内容,看作是20世纪末期世界和平的条件下,法律与文明大发展的产物,也是日本法律现代化的产物。这是关口想吉的法律思考的本质性的特征。日本自明治维新之后,加入了民法法系,在立法上有一系列重大变化,这种大变化必然引起法律实务上的大变化,二者的大变化又会引起社会各界法律意识的变化。于是乎,有着长期法律职业生涯的人们,面对法律方面的这些变化,不能无动于衷。这样,思想活跃、头脑敏捷的法官也就有可能走向法理的探讨了。这正是关口想吉法官多思的客观原因。因此,关口想吉的法律思考中,充满了沧桑感,动辄拿日本近代史上的明治时代与20世纪的现代相比较,这已成了他的思想习惯。

关口想吉的法律思想另外一个特点是带有强烈的实践性,酷爱对他自己经办的各种刑事、民事、经济案件和当事人的心态作理性的分析,从而形成自己的一系列的见解。其认识既来自各种具体的案件,又具有理论上的概括性。而法学家们的法律思考则往往是从抽象的概念、判断、理论原则出发,建立某种纯理论系统。关口想吉所做的不是这种工作,而是案件剖析,从案件中抽绎出他所领悟到的法理。例如,针对10年来刑事案件变得越来越复杂离奇的状况,关口想吉法官产生了如下思想:

在明治、大正年代,犯罪原因很清楚,可以按部就班地审理。犯罪的动机和犯罪的手段也一目了然。对照刑法条文量刑,也没有感到什么令人迷惑或为难之处。可是,最近的犯罪动机和手段有不少却令人难以理解。看来精神正常的人不会犯这样罪的案例层出不穷。"精神失常者的行为不受处罚"——刑法明确地维护人权。但许多犯罪行为使人怀疑到罪犯是否已精神失常。(《恶女手记》,第236页)

关口想吉法官的法律思考还有一个特点,就是他虽然从案件出发来思考法律问题,但并不停留在就事论事的实证水平上,而是能够从具体法律现象出发,经由实证分析论证的桥梁,逐渐上升哲理的高度,达到追求真理的彼岸。

每一位具有漫长职业生涯的法官,都会经办数不清的形形色色的案件,都可能有数不清的感想与体会。如果他们本人或法学研究者都能够以极大热忱和兴趣去研究这些感想和体会,将会形成许许多多自成体系的理论成果,这些理论成果对于法律实务和对于法律的理论研究都是不可缺少的。这就是善于思考的关口想吉法官给我们的一个具有普遍意义的启示。

(三)软弱无能的法官系列

很有意思的是,从文艺复兴以来的几百年间,世界文学作家不断推出一些软弱无能的法官形象,他们纷纷到读者面前来亮相,给人的感觉是:这些法官的窝囊相,同他们的法官职务极不相称。

最早的一个软弱无能的法官形象出现在意大利作家薄伽丘的故事集《十日谈》里。第2天的第10个故事中的法官理查·第·钦齐,娶了比撒城里数一数二的漂亮姑娘做太太,不料被海盗帕加尼奴劫掠而去,据为己有。对海盗的这种违法犯罪、坑害自己的行径,法官查理不是动用法律武器加以打击,而是私下跟霸占了自己妻子的海盗和谈,企图用重金赎回妻子。不料其妻竟矢口否认他们的夫妻关系,甚至说她根本不认识法官大人。她当众数落法官说:"你如果觉得研究法律比了解女人的心理更对你的劲,你就不该娶什么太太。不过在我看来,你其实也算不得什么法官,你只是圣徒的节日、斋戒日、彻夜祈祷日的街头上的宣传者罢了——亏你对于这一套是那么在行。"(第221页)

妻子这些话里包含着的意思是法官丈夫在生理上不能尽丈夫的职责而用清教徒的戒律为自己开脱,并以此欺蒙妻子。自从跟海盗同居以后,她就识破了丈夫这一套虚伪的做法。

法官听了这类带刺的话之后别无良策,只是一个劲儿地以好言相劝。但妻子毫无回归、顺从之意。受刺激的法官竟神经渐渐错乱,不久就死了。

海盗本来就是不法之徒。海盗若欺负一般百姓而百姓无能为力,是情有可原的。而海盗欺负法官,把法官的妻子抢去,据为己有,法官却束手无策,这种法官有何用? 理查法官就是这样软弱无能。

600 多年过去了,当代法国著名作家罗歇·瓦扬的长篇小说《律令》所塑造的末等法官阿勒桑德罗的软弱无能竟与 600 多年前的法官理查有惊人的相似之处。因为,他的软弱无能在很大程度上也表现在妻子被别人占有,而他一筹莫展这一点上。阿勒桑德罗法官个子矮小,很瘦,又生有疟疾,其妻唐娜有嫌弃之意,闹着与他分居,此后,她便与法科大学生弗朗西斯科·布里岗有不法性关系。法官这样受欺、受辱,明明可诉诸法律,可他却听之任之。

阿勒桑德罗法官的软弱在瑞士商人的钱夹子被盗的案件上,也暴露得很清楚。当时,他又犯了疟疾,眼睛被高烧烧得又黄又亮,脑门上全是汗珠,浑身打哆嗦——没有半点法官的威严。他除了说几句毫无用处的话,对此案的侦破和审理没有任何真正的作为。好不容易拟定了一张逮捕证,准备抓布里岗,而布里岗并不是行窃之人。这就是说,法官办了一起冤案。后来案子告破,已物归原主,而阿勒桑德罗法官始终执意不肯释放被错捕的布里岗。

以上所谈,只是世界文学中软弱无能的法官人物系列中的几个代表者。读者若进一步阅读世界文学名著和新近发表的当代作品,还会有所发现。

四、法科大学生和研究生

法科大学生和研究生,是未来的法律职业者。他们虽然暂时没有从事法律工作,但其学业、性格、追求、命运等等跟法律职业者的这一切是互相呼应的,甚至会有高度一致的地方。再说,法学教育质量的好坏,会直接影响到社会的法律实务和法律职业者个人。这一点尤为重要。在西方,办大学并在大学里开设法律专业,已有 800 多年的历史。法律职业者因而大都是科班出身的大学生和研究生。正因为上述两个原因,世界文学尤其是西方文学,对于法科大学生和研究生所花的笔墨相当多。

我相信,正在高等学校里面攻读法律专业的大学生和研究生,阅读描写法科大学生和研究生的世界文学名著和其他有关作品,一定会倍感亲切,因而对本章的论述也会大有兴趣。

(一)一个法官的大学时代

世界各国文学中,几乎都能找到有过大学时代专攻法律的经历的法律职业者的形象。在作家们的笔下,大学时代的法律学习与作为法律职业者的执法工作,往往有着某种因果联系:因当年学习法律有成,日后执法工作就受益多多,反之就是因当年学习法律漫不经心,浪费光阴,日后执法工作就无能为力。

现以莎士比亚笔下的法官夏禄的大学时代为例,对此稍做说明。夏禄是个乡村法官,出现于莎士比亚的《亨利四世下篇》和《温莎的风流娘儿们》这两部五幕剧中。他是个软弱无能的法官。肆无忌惮地违法犯罪的福斯塔夫根本不把他放在眼里,曾扬言要把他"收拾一下"。果然,不久夏禄法官就被狠狠地"收拾"了:打了他的佣人,杀死了他家养的鹿,还闯进他的家里挑衅、闹事。福斯塔夫还说自己明人不做暗事,当面把这一切都抖搂出来,说:"这一切事都是我干的。"身为法官的夏禄除了声称要到法院去告他,别无良策。而"告他"也只不过是一句空话,后来根本没有兑现,致使福斯塔夫以法官为损害对象的罪行以及其他罪行,都不能得到法律的惩处。

夏禄法官为什么是这样一个窝囊废呢?根源一直可以追溯到他的大学时代。他年轻时代曾就读于克里门法学院,却不务正业,跟另外三个大学生结成一伙,人称是"四个胡闹的朋友",他们所干的事情就是吃喝玩乐。夏禄毫不知耻地自夸地说:"我们知道什么地方有花姑娘,顶好的几个都被我们包定了"(《莎士比亚全集》第 5 卷,第 174 页)。他还跟一个卖水果的打过架,他直言不讳地说:"我从前是在克里门学院的,我想他们现在还在那边讲起疯狂的夏禄呢。"(同上,第 174 页)

福斯塔夫了解夏禄的底细。夏禄是法科大学生的时候,福斯塔夫还是一个不起眼的顽童。就是这个顽童,当年就知道夏禄是一个不好的大学生:瘦弱,眼睛近视,像猴子一样贪淫。如今,夏禄当了法官,恶习未改,竟忘乎所以地经常在福斯塔夫面前夸耀他的大学时代。所以,福斯塔夫说:"我已经看透了这个夏禄法官……这个干瘦的法官一味向我夸耀他年轻时候的放荡,每三个字里头就有一个是谎,送到人耳朵里比给土耳其苏丹纳贡还快。我记得他在克里门学院的时候,他的样子活像一个晚餐以后用干酪削成的人形;要是脱光了衣服,他简直是一根有丫杈的萝卜,上面按着一颗用刀子刻的稀奇古怪的头颅。"了解底细的福斯塔夫因而对他无所畏惧,公开欺负了他也满不在乎。夏禄的教训是很深刻的。

(二)两个法科大学生沦为杀人犯的教训

俄国 19 世纪的作家陀思妥耶夫斯基的《罪与罚》中的拉斯科尔尼科夫和日本当代作家石川达三的《青春的蹉跎》中的江藤贤一郎相隔一个世纪,竟有着完全相同的悲剧性的人生道路:从法科大学生沦为杀人犯。这是发人深省的教训。

法科大学生们犯下杀人的严重罪行,一定存在着足以抵销他们的自觉法律意识的其他错误思想意识。这是所有知法犯法者的共同的致命的症结。拉斯科尔尼科夫之所以杀人,是因为他头脑中存在着一种怪异思想,就是这种怪异思想把他引向了邪路。

现在着重谈江藤贤一郎的杀人根源。江藤贤一郎杀死的是自己的情人大桥登美子。他不爱她,却占有了她,致使其怀孕。他之所以杀她,完全出于自私自利的算计:他不愿与她结婚。而她怀孕的严峻现实问题又无从解决,于是个人主义的恶魔使他失去理智,决定把她杀死。在酝酿杀人的过程中,他曾有过犯罪感,但更有侥幸心理,自以为可以逃脱法律的追究。就这样,他实施了杀人计划,成了杀人犯,其结局是被捕入狱,等待法律判处。

两个法科大学生先后沦为杀人犯的事实表明,学法律、懂法理,有较丰富而系统的法律知识、理论,并不意味着就一定有守法的自觉性。或者说,人们的守法自觉性的高低与其掌握的法律知识理论的多少并不成正比例。这就是上述两个大学生的共同教训的要害。

一个内心充满自私算计的人,实质上是道德修养有缺陷的人。若学了法律而淡忘了道德,这种人是会变坏的。江藤贤一郎的母亲对儿子学了法律以后的变化过程的观察和认识,正是这样的。小说对母亲的这种观察认识活动作了下面的描述:

母亲听了他的话很不高兴。这孩子学了法律以后慢慢地变坏了,她感到不安起来。他好像是拿着法律做幌子,做盾牌,践踏他人的爱情和善意,用法律把自己的欲望合理化和合法化,在社会上横行霸道。对大桥登美子,莫非也是花言巧语,钻法律的空子哄骗着她?要是真的这样,那就糟了。(《青春的蹉跎》第84页)

母亲对儿子的这种观察和认识是细致的、正确的。江藤贤一郎的堕落,的确有着道德修养淡化、退步乃至消失的问题。例如说,在他实施杀人计划的前夕,曾有过一刹那间的道德反省过程,然而,自私自利的算计很快就将这道德的反省一扫而光,最后心里只剩下杀人的恶念。

反思上述两个法科大学生的教训,我们认为:如果说良好的道德修养对于每一个人的成长、进步、为社会做出贡献都很重要的话,那么,对于曾受过法律专业训练的人们来说,就更加重要。否认这一点,怪异思想、自私的算计就会乘虚而入,恶性膨胀,从而把法律的知识、理论和守法的自觉性都排挤、削减得无影无踪,其结果就是走向违法犯罪的深渊。

第四节　外国文学中法律与其他社会现象

一、法律的社会价值判断功能

（一）什么是法律的社会价值判断功能？

任何社会，都有一定的价值观念。在动态的社会生活中，人们都习惯于用该社会固有的价值观念来评价自己，评价别人，评价国家和社会的一切。国家法律除了直接用以规范生活，审理案件之外，在很大程度上还能够成为社会的价值观念，成为用以评价一切人和事的尺度，而这种评价是法律实施之外的在人们的意识和行为中同时进行的价值判断过程。

足以用来解释什么是法律的价值判断功能的文学作品，实在多得很。尤其值得一提的是，通过文学来考察法律的价值判断功能，能对问题作较深入的研究，研究者可以在这里大显身手。

且先举例说明什么是法律的价值判断功能。《伊索寓言》中有一则《小偷和他的母亲》，讲了一个小故事：有个小孩偷同学的写字手版、衣服，母亲不但不加责备，反而夸奖。孩子长大后，因偷盗而被判处死刑。伊索从这则故事引出一个结论："小过当初不惩戒，必然犯大罪。"这个结论从何而来？他是用奴隶社会的古希腊有关法律作价值尺度评价小偷的人生道路而产生的。

《伊索寓言》还有一则《燕子和蟒蛇》，讲的是燕子在法院里做窝，蟒蛇爬出来吃了几只雏燕的故事。在谈到法院的时候，作者把它称之为"受害者可以得救的地方"。这里，使用古希腊的法律作价值尺度，评价执法机关的法院，表示了赞许。

由这两个文学作品的实例，可以清楚地知道，法律的价值判断功能客观存在于社会生活之中，使用法律作为社会价值尺度，衡量和评论一切人和事的心理过程和外部行为过程的总和。法律的这种价值判断功能发挥作用是一种广泛的社会现象，不以任何人的意志为转移。

（二）问题可追溯到奴隶社会

通过上文列举生活于公元前6世纪的伊索的寓言的例子来说明问题，读者已经知道，法律的价值判断功能问题很古老，一直可追溯到奴隶社会。有疑问的地方在于这个结论是否有普遍性。

普遍性是无可怀疑的。古罗马戏剧中，剧中人物用罗马法律的眼光看人和事，做出相应的评价的例子相当多。例如，泰伦提斯的《安德罗斯的女子》(公元前 166 年上演)和《两兄弟》(公元前 160 年上演)这两个剧本中,都有剧中人物用法律尺度衡量和评价他人行为的情节出现。在前一个剧本中,一贵族青年占有了格吕克里乌姆,使之怀孕,答应娶她为妻。其父意欲儿子另娶别的女性。此时此刻,达乌斯说:"法律要求潘菲卢斯娶她。"《古罗马戏剧选》(第 287 页)在后一剧中,埃斯基劳斯在谈到哑女奴巴克基斯时说:"而我则不应该买卖她,她是自由人,我要用合法手续宣布她的自由。现在两条路由你挑,是拿钱,还是准备诉讼。老板,你权衡一下吧,等我回来再谈。"(同上,第 317 页)在前一例中,人物用法律尺度衡量别人;在后一例中,人物用法律尺度既衡量别人,也衡量自己:两例均表明了依法办事的肯定性评价。

在东方各文明古国,法律的社会价值判断功能发挥社会作用的情形,同样能够追溯到奴隶社会,而在具体时限上,比西方更早更久远。世界上最早的法律是东方两河流域用古老的楔形文字记载的法律,后世称之为楔形文字法。在这部英雄史诗中,诗人对主人公、乌鲁克城邦的国王吉尔伽美什的婚姻进行了法律上的评价。楔形文字法在婚姻立法上"允许一夫多妻"。吉尔伽美什不仅多妻,而且还为所欲为地非法占有别人的妻子。诗中写道:

吉尔伽美什不给母亲们保留闺女,

哪管是武士的女儿、贵族的爱妻!

诗人对吉尔伽美什利用手中的统治特权在婚姻上无法无天的行为大为不满,反复予以暴露和抨击,写下了下列诗句:

拥有广场的乌鲁克的王

为娶亲他设了鼓,随心所欲;

拥有广场的乌鲁克的王吉尔伽美什,

为娶亲他设了鼓,随心所欲;

连那些已婚的妇女,

他也要染指,

他是第一个,

丈夫却居其次。

《吉尔伽美什》起初为民间流传的故事,约在公元前 2000 年定型成文,距今已 4000 多年。我们现在才注意从法律的角度解释它,实在是姗姗来迟。本章论述从究明定义、弄清源头入手的原因正在于起步晚,所有的环节都是空白,以至于我们一切都得从头开始。

(三)法律价值判断失误的悲哀

随着社会生活的日益发展,法律的社会价值判断功能发挥作用的情形,也日益复杂起来,不断出现新现象新问题。法律评价的失误的悲哀,就是值得注意的现象和问题之一。这种失误的原因,在于人们的法律认识的能力和水平有限,造成了主观评价与客观实际的脱离。

例如,托尔斯泰的《复活》中,玛丝洛娃以杀人罪被捕、入狱和判刑,本来是一起冤案,正确的评价应当是认清冤情的表现、缘由以及纠正的途径、办法等,然而在作品中如此明白法理事理的人很少,相反不明真相的人们很多,且产生了误解。拿小说开头所写来讲,就是如此。托尔斯泰的描写,叫人感到莫名的悲哀:

正门上的一扇小门开了,两个兵押着女犯跨过小门的门槛,来到院子里,再走出院墙以外,然后顺着一条马路穿过闹市。

马车夫、小铺老板、厨娘、工人、文官纷纷停住脚,好奇地打量着女犯。有的人摇着头暗想:"瞧,这就是跟我们不一样的坏行径闹出来的下场。"孩子们战战兢兢地瞅着那个女强盗,心想多亏有兵跟着她走,她现在已经不能为非作歹,他们才放了心。(第8页)

无辜者受到法律追究本已是可悲之事,社会舆论竟站到了受屈受苦之人的对立面,这就增加了悲剧色彩。在这种情况下,纠正冤案的可能性受到了压抑,这又是可悲的地方。

把民间法律评价失误所造成的不合理社会现实表现得格外严峻,以至于到了荒诞不经的境地的作品,当推美国作家马克·吐温的《爱德华·米尔斯和乔治·班顿的故事》。作品以对比的手法,描写了好人爱德华·米尔斯和坏人乔治·班顿的不同人生道路,其结局是:好人爱德华·米尔斯作为银行出纳员为保住银行公款,惨遭劫匪杀害,成了英雄;而坏人乔治·班顿成了抢劫银行、杀人的首犯。面对英雄和罪犯,民间的法律评价竟然发生了大颠倒、大谬误:英雄所在的银行为了表示感谢社会捐赠给遗孀和遗孤的500多美元,竟竭力企图证明这位出众的职员账目不清,害怕被别人发现,为了逃避惩罚,自己用大棒击开自己的脑袋。在英雄的墓碑上,刻有这样暗示他生前有不光彩行为的碑文:"要纯洁,诚实,持重,勤奋,严密,这样你就永远不会……"相反,对罪犯乔治·班顿,社会上却有人关怀备至:他受到审判时,人们花钱营救;他被判处死刑,有人要求减刑和赦免;他被绞死之后,坟头的碑文竟是:"他已尽力奋斗过了!"两相比较,社会舆论大谬不然已在不言之中。

社会舆论对活着的遗孀和遗孤的窘迫的生活处境并不关心,人们关心的是死去的英雄的名声的广泛流传,于是用募捐到的40000多元巨款修建了一座纪念堂。如此厚死者而薄生者,公平吗? 合理吗? 如果把这结尾处写到的用于死者的42000美元同当初为遗孀和遗孤所募捐到的500多美元对比一下,这厚死者而薄生者的不公平、不合理就更加突出地显现出来了。

二、法律与政治

法律与政治的关系,若从单纯的学理表述来看,往往条分缕析,似乎很简单,但从文学视角加以考察,则是一个繁纷复杂、奥妙无穷的问题,而这是符合实际的。

(一)法律的性质取决于政权的性质

政权,是政治的集中表现。政治问题,首先是政权的问题,或实质是政权、权力的问题。法制史上各种历史类型的法律的不同性质,从根本上来讲,完全取决于不同阶级的不同政权的性质:奴隶制的法律的性质取决于奴隶主阶级政权的性质,资产阶级的法律的性质取决于资产阶级政权的性质,社会主义法律的性质取决于工人阶级的政权的性质。

文学作品对于法律的历史类型的政权属性是有所探讨的。值得注意的是,有一些特殊现象需要加以剖析。例如,用唯心主义解释法律的来源,掩盖法律的阶级性是奴隶社会和封建社会常见的现象。这些唯心主义的法律观不可能不影响文学的法律描写,故我们研读涉法文学的时候,一定要注意加以分析和辨别。具体说来,在奴隶社会早期流传的神话故事、宗教文学,甚至在日后描写世俗社会生活的大量涉法文学中,经常出现诸如神律、天条、佛法之类的概念,他们充满了神秘色彩和巨大的威力。

柏拉图的《法律篇》开门见山,提出和讨论了法律从何而来的问题,其结论是人间城邦国家的法律是由至高无上的神宙斯制定的,而在斯巴达,人们把他称之为阿波罗。这是典型的唯心主义的说法。而这种唯心主义的法律观对古希腊的文学创作不能没有消极影响。事实上,古希腊文学确有表现法律是神创造的思想观念的作品的实例。

在封建社会里,即中世纪的1000多年里,世界各国文学中关于神律、天条、佛法之类的神秘声音有所加剧。直到文艺复兴以后,这些神秘声音才日趋稀淡,以至于消失。取而代之的是法律产生于统治阶级之手的法律思想意识。这是文学中关于法律与政治关系的认识的一种大进步。特别需要提出的是高尔基的长篇小说《母亲》(1906 年)。这部无产阶级文学的开山之作,小说中的儿子、革命者巴维尔在法庭受审的时候,借法庭辩论的机会发表演说,分析了法律的阶级性,批判了资产阶级法律的反动性。小说中的母亲是不断觉醒的老一辈革命女性,她在街头宣传中讲出了"我们是主人,我们自己来制定人人平等的法律"的具有划时代意义的伟大声音。

在统治阶级内部,由于多种原因而产生政权更迭的现象屡见不鲜。这种政权更迭对于法律的制定与实施,影响很大,世界各国文学对此也有所反映。

(二)法律的实施受制于政治形势和政治需要

以上所说,着眼点主要在政治对法律制定的影响。这里再从法律的实施方面,考察和说明受制于政治形势和政治需要的情形。巴尔扎克在谈到自己的小说创作时,有这样一段发人深省的话:

在政治场景中,以民族利益的名义,人置身于一般法律之上,就像巴黎人为了自己强烈的情欲和越来越膨胀的个人利害而置身于一般法律之中一样。(《人间喜剧》第24卷,第319页)

这里的"人",能够以"民族利益的名义"出现,可见不是指的一般平头百姓,而应是政府首脑乃至国家元首之类的人物,唯有他们能够超然于法律之外。巴尔扎克把一般百姓置于法律之中的必然性与大人物置身于法律之外的必然性相提并论,充分显示了他对政治左右法律实施的社会现象洞若观火。

巴尔扎克的属于"政治生活场景"的小说有《恐怖时期的一段插曲》《一桩神秘案件》《阿尔西的议员》《泽·马尔卡斯》等4篇。除《阿尔西的议员》之外,其余3篇都涉及法律与政治的关系,他们从不同侧面描绘政治场景的同时,不免连带地描绘出法律实施受制于政治形势和政治需要的景象。

世上曾有一些国家和地区是帝国主义的殖民地。殖民地的法律的实施因政治形势的复杂性、微妙性而大受影响。泰戈尔的《太阳和乌云》是使我们得以窥见殖民地国家、地区的法律在政治的崎岖道路上蹒跚而行的代表作品之一。我曾对这一作品做过分析,并得到如下结论:"法律的实施是以国家政权作保证的。近代印度的政权既然被英国殖民主义者和本国反动派所操纵,那么,罪与非罪的界限完全颠倒,人民群众得不到法律的保护,而真正的罪犯却逍遥法外,便是不言而喻的。

日本当代作家石川达三的长篇小说《金环蚀》,在描写当今日本法律实施受制于政治的种种现象和内幕方面,有较突出的贡献。石原参吉从事地下金融投机活动,曾4次坐牢,敢于同法律撑对风船,从不低头,如今又有新的罪行,可司法机关不敢轻易逮捕他,原因是他掌握着现任政府和保守党要员的许多秘密,一旦逮捕他,这些秘密就有大白于天下的危险;后来,他由于掌握了"政治捐款"的内幕,不逮捕他,当政要员很难实现自保,这时便决定逮捕他以获得安全感;由于石原财大气粗,扬言要在法庭上说出所有的秘密,司法机关在审判方式上于是决定不举行公审;检察机关则以"正在调查"为名暂缓起诉。

这里还要指出的是,《金环蚀》的结尾以敏锐的透视目光,揭穿了不为外界所知的在美丽的政治外衣掩盖下的重大罪行:

不管政治家搞了如此恶劣的贪污,建筑业主如此巧妙地行了贿,水库工程和发电站工程一完成,这些事就都会被人遗忘。30万千瓦的电力实际上对社会将起巨大的作用,几十年内社会将大受其益。一般民众只看到眼前的实惠,却不见政治家和建筑业主的丑恶行为,因此大建设事业完成的荣誉,往往归于与此有关的政治家和施工的建筑业主。他们贪污巨款,一边还接受来自民众的感激。不仅是来自民众,而且不久还会得到"勋几等"的勋章。当他们生命结束时,还会有人给他献花、烧香。他们超越法律范围之外,刑法对他们不适用。刑法好像是专为民众制定的。寺田前总理大臣就是一个实例。他的死充满着荣誉,谁也不会追究他的丑恶行为。(第392页)

许多重大罪行能被政治外衣所掩盖,掩盖之后又不易被平头百姓所了解,这的确是一种愚弄人的奥妙。现实生活中的这种奥妙的客观存在,应当是法律实施受制于政治的铁证,也是问题的一大症结之所在,把法律的软弱无能的一面彻底暴露了出来。

三、法律与宗教

世界各国文学给了我这样的总印象:在世界范围内,法律与宗教的关系问题,从根本上来说不是理论问题而是实践问题。在纯理论上,法律与宗教的关系没有太多太深奥的道理可讲,而在实践上却有讲不完的复杂、有趣现象和事理。

联合国宣布1987年7月11日为世界50亿人口日。根据国内外一些研究机构对50亿人口宗教信仰的粗略统计与推算:全世界宗教信徒人数约占全世界人口总数的83.196%,分布在158个国家和地区。

与此同时,法律是遍布世界各国的行为规范,没有哪一个国家是例外。就这样,现实生活提出了一个大问题:在世界各国社会生活中的法律与宗教的关系到底如何呢?从生活出发的世界各国文学,历来关注这个大问题,提供了极为丰富、生动的艺术描写,形成了波澜壮阔的文学景观,成为中国文学与世界文学的分水岭。

因此,研究法律与宗教的关系,能使法学、宗教、文学等领域的学者大开眼界,大有收获。

（一）宗教戒律与法律规范

从立法实践看,不少国家的法制史曾有这样的事实:宗教戒律与法律规范互相渗透,互相支持,难以分割。这是法律与宗教的相互关系的一个突出表现。最典型的事例就是《圣经》《古兰经》《摩奴法论》等是集宗教、法律、文学于一体的奇书。从这三部书来看,基督教、伊斯兰教和婆罗门教的教义、戒律在很大程度上就是世俗社会的法理、法律规范,是信仰这些宗教的国家和地区的法律的重要表现形式。

《圣经》文学中的宗教戒律,集中记录在"摩西五经"中。"摩西五经"是《创世纪》《出埃及记》《利未记》《民数记》《申命记》等的总称,它们是《圣经·旧约》的开头五篇。

从后世许多国家的法律来看,当初希伯来借上帝耶和华的名义制定和颁布的这些宗教戒律,不仅演变成了希伯来社会的法律规范,而且成了所有信奉基督教的广大信徒必须遵守的宗教戒律和这些信徒所在国家的法律。更有意思的还在于当今世界各国的法律,都不允许杀人、偷盗之类,否则就以违法犯罪论处。《古兰经》和《摩奴法论》在伊斯兰法系国家和印度法系国家标记宗教戒律和法律规范不可分割的情形,以及在社会生活中发挥规范作用的情形,跟《圣经》文学一样。

（二）宗教法庭与世俗法庭

从法律的实施来看,中世纪在许多国家如法国、意大利、西班牙等建立了宗教法庭,从此,宗教法庭与世俗法庭处在既争斗又联盟的状态中。这是世界各国法律与宗教关系的又一个突出表现。

中世纪的宗教法庭取代世俗法庭,包揽法律诉讼的情形,在世界文学中也得到了生动的描写。莎士比亚的五幕剧《亨利八世》所写到的亨利八世与王后凯瑟琳的离婚案件的审理,完全操纵在宗教法庭手中。法庭设在黑衣僧团寺院的大厅内,有法学博士学位的仅仅只是充当书吏,而担任主审官的却是两个红衣主教。开庭前,大权在握的亨利王——请教各位圣职神父,经过他们的"批准"和"允诺"才决定开庭。世俗法庭根本没有插足的余地,甚至根本不见踪影。后来此案惊动了各国宗教界,几乎所有各国著名僧院都同意亨利王离婚。

据孟德斯鸠《波斯人信札》的记载,直到18世纪初,"主教们是法律工作

者,他们隶属于教皇",在"西班牙与葡萄牙,有某些教士,丝毫不理会什么是
开玩笑,他们烧死一个活人,和烧稻草一般轻易",他们"总推想被告有罪;如
遇疑难,他们的准则,就是从严处理",任何人一旦被视作"异教徒",就被"活
活烧死""毫无分辩的余地!等人们想起听他分辩,他早已成了灰烬"。(第
49 - 50 页)

匈牙利米克沙特的长篇小说《奇婚记》写成于 1900 年。小说中的宗教
法庭把持一件离婚案长达十几年,案件在教会法庭、主教法庭和教皇法庭之
间推来推去,都判决当事人的婚姻有效。这是一起"拉郎配"式的婚姻。裘
里男爵的女儿玛丽亚和她的家庭教师苏青卡神父发生暧昧关系,怀了孕,这
是一件发生在贵族家庭中见不得人的丑事。裘里为了掩盖这件丑行,采取
各种卑劣手段,强迫偶然到他家做客的贵族青年亚诺什和他的女儿玛丽亚
举行婚礼。亚诺什已有女朋友,死活不肯与玛丽亚结婚,于是引发了法律诉
讼。依法理而论,这起婚姻本来无效,通过法律诉讼很容易予以解除,而几
级宗教法庭都偏袒裘里,始终坚持判决婚姻有效。难怪小说中的一位律师
深有感触地说:"法律当然是有的,而且很严格,不过在这件事情上,那些主
教是可以下论断的,主教比法律更有力。"(第 225 页)

以上说的都是宗教法庭凌驾于世俗法庭之上的情形。这是二者相互争
斗、水火不容的一面。至于二者互相支持结成联盟的另一面,也经常出现在
世界文学之中。在文艺复兴之后,世界各国文学所描写的法律诉讼,常常出
现法官与牧师的携手合作。这是宗教法庭与世俗法庭联盟的一种通常的表
现形式。

(三)宗教的宽容与法律的严厉

列宁曾经指出,资产阶级国家机器对于人民群众具有两种职能:刽子手
的职能,牧师的职能。这段话的意思,是从政治上着眼,用比喻的方式,讲出
了统治阶级对人民实行软硬兼施的统治手段。若从法律与宗教的关系着
眼,我们对此便有了更深入更具体的观察和了解。法律与宗教,在对待违法
犯罪现象、违法犯罪者的态度与做法上的确是一硬一软,也就是法律显得严
厉,宗教显得宽容。这种情形在世界文学中均有所反映。

例如,在雨果的《悲惨世界》第 1 部第 2 卷第 12 章《主教工作》中,作者
把刑满释放的冉阿让偷盗银器的罪行,置于警方欲将其逮捕归案与主教米
里哀不予追究且另以银烛台相赠送的仁爱为怀进行强烈的对比之下,使我
们看到了两种截然不同的态度和做法:前者严厉,后者宽容。

如果把冉阿让当初入狱的原因、经过与结果与米里哀主教对他的大度

与宽容比较一下,法律的严厉如宗教的宽容的差异与对立就能更明显,更有具体内容。再阿让的入狱,只不过是因为自己失业,无法养活寡嫂与一群侄儿,在他们饥饿难忍之际,偷了一块面包,打破了一块玻璃罢了。入狱后他几次越狱逃跑未果,一再加刑,累计共坐牢19年。依法律眼光看,再阿让刑满释放后偷银器的行为,无论是作案情节、赃物数量与价值,都有从严惩处的理由,然而米里哀主教对这些一概不过问,而是当着三个警察的面,声称银器是赠送给再阿让的,根本不存在着什么偷盗之事,从而把三个警察打发走了。

宗教的宽容是有原则的,并不是随意地姑息迁就。如果了解了背后的原则,宗教的宽容态度就有了实质性的内涵,把握这种内涵,我们就能够意识到法律的严厉与宗教的宽容在很大程度上是一种表面化的、形式主义的区别与对立,而在骨子里二者却有高度的一致性。

米里哀的这番宗教教义的说教,其目的无非是要使误入歧途者幡然醒悟,回头是岸。而法律的严惩,目的也在使违法犯罪者弃恶从善,重新做人。不管能否做到这一点,从法理上讲应是如此。就这样,法律的严厉与宗教的宽容就好像是同一商品的两种不同的包装,里面的货色却完全相同。

(四)宗教忏悔意识与认罪服法的思想观念

现在可以从犯罪主体方面考察法律与宗教关系的另一种表现,这就是宗教的忏悔意识与认罪服法的思想观念能够高度统一起来,为同一犯罪主体所拥有。罪犯入狱之后,法律的处罚与宗教的劝诫往往同时开始,这是外部社会法律与宗教的联手合作的具体化。对于犯人来说,其最佳效果,自然在于使囚犯们的宗教忏悔意识与认罪服法的思想观念同时产生,互相渗透,协同作用。

具体说来,基督教的教义之一是说,世人都是上帝的羔羊。犯罪,意味着羔羊误入歧途,必须通过宗教忏悔与法律惩处使之重归羊栏。英国作家司各特的《高地寡妇》中的那个牧师,就是依据这种宗教信条对违法犯罪者开展救治工作的。在托尔斯泰的《神性和人性》中,那个入狱的异教徒,通过学习圣经,逐渐掌握和信奉人是上帝羔羊的教义,经常在狱中宣扬这种羊羔哲学,最后病死于狱中。在巴尔扎克的小说《现代史拾遗》中,一位夫人入狱3年,不仅自己洗心革面,更劝说9个同她一起坐牢的妓女信了教。更有许多作品描写在监狱里或在流放地由于犯人潜心阅读《圣经》,努力忏悔自己的罪行,终于获得了精神的新生。

当然,有的罪犯忏悔意识形成较晚,甚至直到生命的最后时刻才突发宗教的忏悔意识。在这种情况下,他们所犯的罪行往往被埋藏在心中许久,不为外界所知,认罪服法也就无从谈起。不过话得说回来,一个把罪行隐瞒了几十年的人,在他临终前的宗教忏悔意识的作用下,说出了该罪行,毕竟是一种进步,能满足人们认识人生奥秘的需要。因此,这种条件下的宗教忏悔意识与认罪服法的思想观念同样值得注意,同样是法律与宗教的相互关系在心理层次上的一种表现。

四、法律与道德

法律与道德,都是人们的社会行为规范。从法理上对二者的异同、相互关系都不难做出清楚的解释。法理学家的有关论著不在少数。世界各国历代作家在此问题的探讨上,有哪些贡献呢?

(一)法律与道德的一致性

世界各国作家注意到,法律与道德这两种社会行为规范具有多方面的一致性。举其要者,大约有三点。第一点,对违法犯罪行为,法律制裁与道德谴责高度一致,并且能互相促进。巴尔扎克的小说《小市民》对二者的这种一致性有精彩的论述。巴尔扎克指出:"社会有两种完善的极致:其一是那么一种文明状态,发展到这种状态时,道德的普遍灌输消除了犯罪的念头,耶稣会教士达到了这种早期基督教所展示的卓越境界;其二是那么一种文明状态,发展到那种状态时,公民的相互监督使犯罪没有发生的可能,现代社会所追求的这种境界,使犯罪变得十分困难,只有丧失了理智才会去犯罪。的确,没有一种法律不能制裁的道德败坏行为会不受惩罚,社会的审判比法庭更为严厉。如果有人在没有见证的情况下销毁了遗嘱,就像奈穆尔的释站长米诺雷那样,这种罪行会被道德追究得走投无路,不亚于警方侦察一个盗窃案。"(《人间喜剧》第15卷,第284－285页)

从巴尔扎克的议论中可以看出,道德的教育、谴责有利于遏制打击犯罪,反过来,惩治犯罪也有利于道德上的建设,这就是二者互相促进的大体情形。而巴尔扎克强调的重点则是道德的教育谴责对于预防、打击、减少犯罪方面的重要意义。

第二点,法律与道德的一致性还表现在:罪犯落入法网之后,既需要法律的惩治,又需要道德的关爱与感化,二者不可偏废。英国作家王尔德曾入狱两年,后写有一封长信,题名为《狱中记》(1897年),此外,他在狱中还写了不少的信件,这些都可以当作文学作品来阅读。王尔德以狱中的亲身见闻与感受在这些书信中反复地表明:作为囚犯,面对法律的制裁与道德的关爱,更容易接受后者而排斥前者。从他的许多内心的自我描述,我们可以体会到,在理论上讲,法律的制裁与道德的关爱不可偏废是一种理论原则,具有普遍的指导意义,但是,从当事人的心理角度来看,接受道德关爱所受到的心灵震撼大大超过了法律的制裁。也许王尔德是一个文人,比一般囚犯更容易体验道德关爱的力量与温馨。

例如说,王尔德所在的里丁监狱的监狱长,改变了监狱里的某些不合理的体制,给王尔德提供了许多方便,允许他读书、写信,在生活上也给予了不少照顾和方便。这使王尔德大受感动,并且把里丁监狱的监狱长的道德行为称之为一种"新人格"。王尔德还指出:"我多坐了一年监狱,但仁慈一直在监狱里陪着所有的人。现在,当我离开监狱时,我会一直记得:在这里的几乎每一个人都曾给予过我伟大的仁慈,在我离开监狱的那一天,我会感谢这儿的许多人,也会请求他们也要记住我。"

王尔德狱中书信中诸如此类的内心感受的表白,随处可见,难以枚举。总之,从他的全部自我表白中,反复昭示着一个结论:作为囚犯,尤其作为文人作家的囚犯,对道德的关爱格外敏感,甚至有刻骨铭心的深刻记忆,能从中感受到巨大的激励作用。这一点是法律工作者应引起高度注意的。

第三点,着眼于法律工作者,法律与道德的一致性表现在:法律的公正性,要求司法执法者有良好的司法道德修养。在世界各国作家的笔下,拥有许许多多法律工作者的形象——警官、检察官、法官、公证人、律师等等。这里我们要指出的是,以司法道德修养为标准,可明显地区分出他们的优劣良莠,并直接观察到这种品德差异与他们从事的法律工作的好坏高下成某种对应关系:坏的法律工作者往往贪赃枉法,而好的法律工作者则由于错综复杂的社会原因好心没有好报。详情以后论述,此处从略。

(二)官方法律与民间道德的矛盾

关于法律与道德的一致性,在世界各国文学中的显示未能占有重要地位,也就是说,作家们探讨的主要成就不在二者的一致性方面,而在二者的不一致、甚至有矛盾的方面,从而使我们感到问题比较复杂。

法律出自官府,道德存于民间。官方执行法律的活动很可能碰到民间道德的对抗。这是我们所说的官方法律与民间道德矛盾的主要表现形式。法国作家梅里美的短篇小说《马铁奥·法尔哥尼》和英国作家哈代的短篇小说《三个陌生人》的主题思想,都在于从生活出发,用活生生的人物和故事揭示官方法律与民间道德的这种矛盾现象。

梅里美的小说的故事发生在法国的科西嘉岛上。马铁奥·法尔哥尼是一个神枪手,凭着一技之长,他在当地获得了很好的名声。警方正在追捕的一名罪犯,躲藏在他家草堆之中,军士长以一只银质挂表相诱惑,使他十岁的儿子供出了罪犯的藏身之所。罪犯落入了法网。马氏感到儿子的行为有辱门风,于是亲手杀死了儿子。妻子被枪声惊吓而叫喊:"你干了什么?"他回答说:"伸张正义。"(《梅里美短篇小说选》,第14页)

这里所谓"伸张正义",伸张的是科西嘉式的民间道德风范。这里的民风粗犷,重视血亲复仇,不以国法为然。故小说一开始,就交代说,科西嘉的杂木丛林是牧人和"一切犯法者的乐园"(同上,第1页)。很清楚,科西嘉普遍的社会道德习惯与主人公枪杀出卖罪犯的儿子的行为,都标志着官方执行法律的活动,甚至法律本身,与这里的民间道德大有水火不相容之势。

哈代的《三个陌生人》的故事情节有类似的梅里美的上述小说的地方:官府追捕罪犯。前往追捕途中,有两个被警方动员参加追捕行动的牧民中途返回,他们推心置腹交谈起来。一个说"看管好罪犯是政府的事——不是我的事",另一个说"没错,是政府的事。我和你想的一样,没有我人手也够了"。后来抓住的人并不是偷羊的罪犯而是罪犯的弟弟。偷羊的罪犯曾同追捕他的刽子手坐在一间屋子里喝酒、唱歌,后来逃得不知去向。逃犯以轻罪重罚被判死刑、从警方鼻子底下成功脱逃等原因,受到周围民众的同情和尊敬。作品写道:"然而,法定的惩罚对所犯的事来说太残酷,太不相当,所以那一带许多乡民的同情都在逃犯一边。时有传闻说在远离收税大路的某一处杂草丛生的小径上偶尔看见一个神秘人影出没;但每次对这些可疑地区组织的搜索却一无所获。就这样日子一天一天、一周一周地过去,安然无事。"(《哈代短篇小说选》,第76页)

作品叙述的语调是舒缓的,然而表现出来的官方法律与民间道德的矛盾却是尖锐的。上述两个短篇小说在揭示官方法律与民间道德的矛盾方面取得了成功,足以使我们的论题得到有力的证明,以致无须再作引证。

(三)法律的公正性因司法道德的缺陷而受损害

从抽象的道理上来讲,法律与道德的关系问题应当全面涉及法律工作者的司法道德与他们的司法执法工作的关系,然而从世界各国作家创作的实际情况来看,他们无意于泛泛地描写司法道德的方方面面,而着重描写的是法律的公正性因司法道德缺陷而受损害的情形。

我们先谈印度近代作家泰戈尔的小说《法官》。小说中的法官莫希特莫亨·多托在年轻时代曾有重大的道德污点:他念大学二年级的时候,化名"比诺德钱德拉",狂热追求一个不到15岁的美丽寡妇赫姆莎西,到手后又将其抛弃。24年后,人到中年的赫姆莎西改名为基罗达,她的所有钱财被情夫席卷一空,逃之夭夭。在走投无路之际,她抱着三岁的儿子跳井自杀,后自己被救,孩子溺死。莫希特法官以谋杀罪判其死刑。在一个偶然的机会里,他终于知道,这个被自己依法判死刑的女人,正是 24 年前遭其遗弃的美丽寡妇。

法国当代作家巴赞的短篇小说《城市的行为》的结尾,所写的以警察分局局长蒂马尼为首的警方的黑白颠倒的荒谬意识与追查行动,把司法道德的缺陷导致的执法破案工作的失误描写得发人深省。贡扎格是个下决心洗手不干的老牌小偷。他在广场上捡到十多万法郎的巨款,按钱夹中的地址找到失主家,当面如数归还,不取任何报酬。不料,次日失主家被盗。警方于是认为前一天归还拾款的贡扎格的诚意值得怀疑,甚至还认为他有意为盗窃者作实地观察,故决定追查他。

显然,警方的怀疑和追查行动都是错误的。为什么有这种重大失误呢?我们以为不能把问题仅仅归结为警方的理智认识不正确,而应当认为他们的司法道德有缺陷。这种缺陷的表现是:不能及时、正确了解和认识一个老牌小偷迷途知返的缘由、动向以及归还巨款的高尚行为的全部真诚道德体验,而仅仅作纯逻辑的思考与推理,从而大大歪曲了事情的真相,贬低了靠自我反思而获新生的当事人的人格。唯有这样看问题,把问题的症结同警方的失误联系起来,才能找到症结。因此,我们认为这篇小说的结尾在启发我们认识法律工作者的道德缺陷所造成的法律工作的损失方面,有值得注意的认识价值。

第五章　多元文化环境下的
外国文学——艺术

第一节　现象美学与文艺理论

一、哲学基础

现象学是德国哲学家爱德蒙德·胡塞尔（1859—1938）在 20 世纪初创立的一种哲学思潮。这一思潮在 20 世纪前半叶曾风靡一时，对西方哲学和精神科学的发展产生了深刻影响。它渗透到逻辑学、语言学、心理学、社会学、历史学、美学、文艺学、神学和伦理学等领域，成为当代人文社会科学中一种得到广泛运用的理论和方法论。

"现象学"一词早在 18 世纪便已出现。德国哲学家兰伯特在 1764 年出版的《新机构》一书中首次使用了这个概念。其后，黑格尔在《精神现象学》中也把它作为一个哲学课题来研究。但是，他们所说的"现象学"是指描述人所感觉或观察到的各种对象、事实和事件的理论。而胡塞尔的现象学不同于以往，按照他本人的说法，"现象学是一门新的研究哲学的科学，一种全新的方法论"。胡塞尔坚持绝对真理的存在，声称这种真理构成一切知识的基础，而对绝对真理的探索则应当是科学的哲学。在他看来，哲学的目的在于寻找那种"超越一切相对性的终极、有效的真理"，而现象学便是通达这一真理的途径。

在叙述现象学的基本论点之前，应该对它产生的背景作一番探讨。自启蒙运动以来，理性和科学被赋予万能的、至高无上的地位。哲学上的各种理论和思潮，科学的基本原则和方法，无不建筑在对理性的坚定信仰之上。当然，这种信仰在相当长的历史时期内有力地促进了人类文明的进步，推动了科学技术的发展。但也正是在科学技术取得了巨大成就的同时，人们对理性的崇拜也发展到极端的地步。就在以理性为主导的科学方法获得辉煌成功的过程中，理性却日益显露出它的致命的弱点。因为，理性的观念本身便是一定历史条件下的产物，无法超越自身的历史局限性。人们想象的永恒、绝对、万能的理性实际上并不存在。一旦理性试图超越历史和自身的有限性,将自己绝对化,就会蜕变为新的迷信和教条。这对于建筑在理性观念之上的科学亦如此,任何科学原理和方法,甚至科学的基本概念,都是人对世界的历史认识,应当加以历史地看待。随着时代的进步和人的认识的提高,许多科学结论必然会被推翻,被修正。事实上,当 19 世纪末、20 世纪初那些被奉为经典的科学领域,如数学和物理学首先遇到危机时,整个科学的基础便动摇了,而这又反过来导致了对理性的普遍怀疑。一些哲学家开始感到,把理性视为万能的,将它置于哲学和科学研究的绝对指导地位是一种误解和偏见。

理性的危机使欧洲的哲学家陷入了困境.为了摆脱这一困境。许多人开始改变哲学观念,探索新的途径和方法,以克服传统哲学所面临的尴尬局面。而现象哲学正是在这种情况下产生的。

胡塞尔试图建立一种全新的哲学,提供一种"科学的"方法论,从而为自然和精神科学奠定永久可靠的基础。他主张消除对理性的盲目迷信,按照事物本身呈现给我们的事实来描述它们。

他所倡导的现象学一方面反对科学实证主义和经验主义,并把它称之为"自然思维"。所谓自然思维系指自然科学中对自然客体的认识。在他看来,科学只是对自然界中经验性事物的说明,并不等同于事物本身。自然客体是人的意识的超越物,它与意识是二元的。因此,在自然思维中产生的认识是否能切中客体,无论从客体还是人的思维的结果认识来看,都无法得到明证。显然,自然思维无力解决认识是否是可能的、正确的这个哲学的最高问题。另一方面,现象学又尖锐地批判上世纪末盛行的主观唯心论的心理哲学,即将客体心理化的倾向。胡塞尔认为,心理主义是从经验的自我出发来认识客体,而每一个人的心理体验都各不相同。可以看出,他试图摆脱传统哲学中唯心论和唯物论的尖锐对立,克服二者的片面性,将二者统一起来。这样他便在唯物论和唯心论之外选择了第三条道路。

在胡塞尔之前,许多哲学家都探讨过认识和真理的本质问题。他们得到的答案不外乎两种:一种是客观论,一种是主观论。第一种看法的代表是柏拉图,他认为,决定事物本质的是在世界之外或世界之上的"理念",而对事物的认识即这种理念的"显现"或"回归"。后者如笛卡尔,把认识的可能性完全归结为"自我",认为"我思"构成了世界的存在,因而提出了"我思故我在"的著名论断。胡塞尔指出,柏拉图的"理念"建立在不可明证的假设之上,而任何超验的假设都不能作为哲学的出发点。胡塞尔力图把柏拉图和笛卡尔的论点统一起来,将柏拉图的"理念"植入笛卡尔的"我思",从而把笛卡尔的经验自我改造为"先验的自我"即具有理念的自我。

首先,作为一种认识论,现象学最重要的特征便是把意识和意识对象不可分割地联系在一起。胡塞尔称,世界并不像唯物论所认为那样,外在于、独立于意识而存在并可以被认识,也不像唯心论所主张的,存在于认识主体的意识之中,相反,客体始终是我们意识到的客体,而意识则总是对客体的意识。在意识中,主体和客体是相互依存,密不可分的。为此,胡塞尔提出了"回到事物本身"的口号,主张现象学哲学应该以作为意识内容的"现象"为其研究的出发点。这里的"现象"既非康德的物自体,也非黑格尔所称之"绝对精神"的显现或表象,它并不是自然科学意义上的事实、感觉或事件,而是按照特定方式可以被把握到的观念性实体。它是摆脱了主观与客观两种经验性,成为具有第一性的新型客体。在胡塞尔那里,现象有两种规定性,首先,它不是可以用经验性陈述加以证实或证伪的外在事实,其次,它也不是纯心理的内省体验,而是"在直接经验中对意识的呈现者。"

为了达到这一目的,胡塞尔提出了"悬置法",即他所称"中止判断"的方法。他声称,我们一方面应当"悬置"所谓的"客观主义"的自然观点,将世界是否客观存在的问题放在一边。这并不是说应当像笛卡尔那样怀疑整个世界的实在性,而是说,我们不应当以世界是独立于意识的客观存在为出发点,并由此推导出认识是这种存在的反映的偏见。另一方面,胡塞尔主张应当对历史也"加括号",即把我们不论是从日常生活中还是从科学或宗教信仰中接受下来的理论和观念搁置起来,放弃一切关于存在的判断,把过去对世界的种种概念、解释、猜想、结论等等统通抛在一边,不再以它们为思考的出发点。因为,以往对世界的所有解释都是不可明证的假设和推理,完全是纯思辨的,很少注重"事实本身"。胡塞尔称:"在认识批判的开端,整个世界,物理的和心理的自然,最后还有人的自我以及所有与上述对象有关的科学都必须被打上可疑的标记。"总而言之,悬置法试图达到一种绝无偏见的思考。一方面排除各种科学的理论前提,另一方面摒弃未经内省的直接经验中的东西,在没有任何先决条件的情况下研究"事物本身",即纯粹的意识对象或被主体意识到的客体自身。因为在胡塞尔看来,哲学的认识应该是对本质的认识,而在过去的认识中,被考察对象的实际存在是非本质的,必须加以排除。

其次,胡塞尔认为,要认识世界的真理,我们还必须摒弃一切经验之外的东西,把事物"还原"为我们的意识内容。换言之,一切外在事物都必须转化为纯粹的意识对象。这种转化是在意识之内,通过意识进行的,而把经验对象的给予物还原为现象本质的过程即"本质直观"。胡塞尔声称:"每一位摒弃成见的人都明白,在本质直观中所把握的'本质'……能导致确定的、在特定意义上绝对正确的客观陈述。"在他看来,由于现象作为意识对象是呈现在我们直接经验中的一切事物,现象学所要研究的便是在纯粹的内在直观中所把握到的"绝对材料",而本质直观的目的在于精确地描述意识活动以及与其相对应的意识对象的本质结构——所谓本质即意识对象诸多变化不定的性质中的"共相",亦即普遍的、必然的东西,它存在于意识对象的稳定结构之中.本质还原不能通过逻辑推理的方法,它是一种直观,而通过这种直观,在现象的多样性中直接把握意识对象的同一性就是现象学的本质直观所要完成的任务。

二、文学作品的存在方式

英加登的美学和文艺理论是在胡塞尔现象学的方法论基础上发展起来的,因而带有现象学的明显特点。在文学作品存在方式的问题上,他的分析和论证便是完全遵照胡塞尔的"悬置—还原—本质直观"的三步论证法来进行的。

首先,英加登提出了"文学作品究竟是什么"的问题,并列举了以往对这一问题的几种回答:一、文学作品产生于某个特定的时间,经历这样或那样的变化,将来也许会有一天不复存在,因此,它是一种物质性的实在的客体;二、文学作品是固定安排好的句子的复合,而句子并非实在的东西,它们最终是由观念意义所构成的,因此,文学作品是一种观念性客体;三、心理主义把文学作品等同于作者在创作该作品时的内心体验或读者在阅读该作品时的心理感受。英加登认为,以上回答仅涉及了文学作品的表面现象,并没有切中它的本质,因而都是片面的。因为,如果文学作品是观念性客体,那就不能解释它为什么产生于某一特定时刻,并在其存在过程中发生变化;而把文学作品视为物质性客体,又无法说明它是由句子构成的这一事实。心理主义的回答更是错误的,因为,倘若把作品等同于作者创作时的内心体验,那么就会出现这样的情况:由于我们无法知道这些体验,我们也就无法认识作品。在这里英加登明显地使用了胡塞尔现象学的悬置法,否定了以往关于文学作品存在方式的种种解释.

接着,英加登通过"现象学还原",对文学作品的存在与本质作了仔细的分析。所谓"现象学还原",是指在意识对象诸多性质中发现其"共相",即普遍的、共同的、必然的"本质"。在英加登看来,文学艺术作品是一种独特的存在,既不是纯物质客体,也不是纯粹的观念客体.它与物质客体有一定内在联系,因为,"它通过物理性的复制手段获得其物质存在的基础。"英加登坚决反对把物质材料等同于艺术作品的观念,因为那样一来,势必把某些显然与艺术作品无关的东西如画布、颜料、油墨、纸张等归属于艺术作品。他认为:"一本书不是一件文学作品,而只是向文学作品提供了稳定实在基础的物质手段,只是使读者接近它的物质手段而已。"可以看出,英加登的这一看法同过去的美学观点相比已有很大进步。

经过悬置和还原,英加登对文学艺术作品的存在进行了"本质直观"的阐释,得出了艺术作品是建筑在物质性基础之上的观念性客体的结论,从而为进一步分析作品的存在方式提供了可靠的出发点。接着,他又指出,文学作品这一类实在的客体并不是"自满自足的客体",它不像其他客体,能够完全不依赖于人的意识而存在。它虽然如其他实在客体一样,构成人的意识的意向性对象,但又必须依赖人的意向性投射活动才能产生、存在并展现自身的独特性质。这意味着,首先,文学作品的创作过程便是一种意向性行为,在创作活动中,作者的主体意识对外部世界进行意向性的投射和观照,并主观地对这个世界所给予意识的材料加以选择、组织、加工和改造,然后再以语言的形式将自身对世界的体验、认识、想象和判断固定下来,并通过印刷手段,使这种观念性产物获得物质性存在的基础。其次,文学作品作为一种实体必须通过读者的阅读活动——读者意识的意向性投射——才能真正实现其存在,展现自己作为观念性实体的特性。为此,英加登把文学艺术作品称之为"纯意向性客体",以区别于一般物质性意向性客体:"文学艺术作品是一种纯意向性客体,其存在的本源应归于作者创造性意向性投射活动,其存在的物理基础是以书面形式固定下来的文本或其他可复制的物理手段,其呈现则依赖于读者和观赏者的意向性投射,即意向性再构造。"在他看来,文学艺术作品的这种独特存在方式决定了它无法脱离阅读和欣赏活动而独立存在,否则,它将丧失其基本性质而沦为一般物质性客体。

三、文学作品的层次结构

英加登认为,文学作品的独特存在方式在其形式结构中有着内在的客观依据。

它的各个层次间的区别不仅在于构成每一层次的材料不同,而且体现在每一层次对其他层次以及整个作品的结构所起的作用也完全不同。但是,尽管各层次的素材有着巨大的差异,文学作品并非由一些松散的材料偶然拼凑起来的,而是各个不同质的层次组合而成的有机统一整体:"从各层次的材料与形式中产生层次间的本质内在联系,同时也产生出作品形式上的统一性。"

在英加登看来,文学作品是由以下四个层次组成的:一、语音及更高一级的语音构造和特征的层次;二、意单元层,即词、句子和句子复合的整体意义;三、轮廓化图像层,只有通过这种图像,作品所表现的各种对象才能获得直观的显现;四、被表现的对象层,在句子设计的意向事实中,这些对象呈现出时间和空间的行动性。

英加登对上面四个层次作了具体的分析:

1. 语音层次:任何一部文学作品都不能脱离语音的制约,字、词、句子和句子组合都必须是"可读的",即以语音的形态被读者把握。最简单的当然是字和词,我们不但要把它们的"语音素材"同它们的"意义"区分开来,而且还应该把字和词的语音素材同字音加以区别,它们不同于具体的发音,不属于物理声音现象。一个字的发音就是说出这个字时借以确定语音素材的那种"不变的语音形式"。字和词的发音载负着词的意义,一并通过语音素材而得到具体化。字和词在一定程度上可以同被赋予意义的字音等同起来。

字和词一般很少单独出现.,它们总是从属于句子和句子组合。既然句子和句子组合由前后相连的语音构成,那么,这种构成必然会产生不同的节奏、音韵和准音韵语音现象。此外,句子和句子组合的语音还会产生各种表示"状态""情绪"和"心境"的属性,如"宁静""喧闹""欢乐""明朗""阴暗""低沉"等。在相当一部分文学作品如诗歌中,这一点更加突出,并具有重要的意义。首先是本体论的,涉及语音层次与其他层次的关系;其次是现象学的,涉及语音层次对于读者接受整个作品时所起的作用。从本体论的观点看来,语音是意义的载体,而意义在本质上是同字音紧密相关的。我们关于意义的概念就包含着意义与某一具体的词和句子的发音的结合,没有语音,意义便不存在了。从现象学的角度来看,语音层次的作用在于使其他层次显现出来,它对文学作品的构成与存在,特别对于读者理解和体验作品是不可缺少的。

2. 意义单元层次:意义层次在文学作品的结构中起着决定性作用,它是作品结构第三、第四层次赖以存在的基础。意义层次并不像观念那样独立存在,它依赖于人的主观意识活动,即意识的意向性投射。但这个层次包含的东西并不能等同于人们感受到的心理内容。

一个词的意义是该词通过意识的意向性指称活动所对应的客体,即与该词的语音联系在一起的"意向性对应物"。所谓意向性指称就是赋予词的语音以意义,这种赋予语音以意义的活动只有通过主体才能进行。后者一般说来就是对某种事物或事态的称谓。英加登认为,句子的主要功能在于创造出句子的意义对应物,使读者可以通过意向性投射认知该事物或事态。

此外,文学作品中的句子与非文学性著作,如学术著作中的句子有着本质的区别。科学著作中的句子是叙述或判断不依赖于人而存在的客观外界事实,因而是"真正的判断",其意义非真即假,非对即错。但文学作品中的句子则并不是真正的判断,仅仅是"仿判断"而已。实际上,这种对象并非客观存在,而仅仅存在于文学作品之中。因此,它只是一种"纯意向性对象",作为仿判断,文学作品中的句子不存在真和假的问题。读者在阅读科学著作时必须把注意力集中在被叙述的客观外部对象上,而文学作品的阅读则要求读者将注意力集中在作品所表现的对象上,并对其进行意向性再构造。忽略了文学作品中句子的这一特性,将会产生把作品所表现的对象与客观存在的外部对象混淆起来的错误。英加登认为,文学作品所表现的事物具有现实的假象,它创造了一个独特的世界,需要读者对它进行审美的观照,而不能用看待客观现实的常规态度来看待它,仅仅停留在道德和价值判断上。

3. 被表现的对象层:一部文学作品所描绘的对象是以作品所表现的客体对象为其基本组成部分的,这些对象与现实存在的事物有着本质的一致,人们可以从中辨认出现实事物的轮廓。但是,文学作品所表现的对象与现实事物又有着根本区别:它们不具有时空的确定性和具体的对象性。因此,它们仅仅给人以现实的假象。

由于文学作品中的句子都是"仿判断命题",它所表现的对象便与客观实在的对象不同:它们作为实在的假象,并不表示真正的存在,而仅仅是句子的纯意向性相关物。因此,只有经过读者意识的作用,经过读者的意向性再构造,它们才能以感性的形象显现出来。

在文学作品的阅读过程中,读者必须对作品所表现的对象进行"现实的想象",把它们与现实存在的事物联系起来,赋予它们以现实的时间和空间的性质,才可能具体地把握到它们这决定了文学作品所表现的对象仅仅存在于想象的时间与空间之中。当作品所表现的人物从某地转移到另一地方,或经过一段时间重新出现时,作者并不需要把它们在时空运动过程中的一切活动全部叙述出来。

4. 轮廓化图像层:文学作品要使它所表现的对象感性地显现出来,就必须让读者获得对这些对象的直观认识。对象固然可以通过句子所描写的事物的情态显现自身,但情态仅仅提供了对象的静态性质,还不足以充分地展示对象要做到这一点,必须有各种各样的"图像",即以对象显现的动态方式作为补充。英加登认为,图像层次对于文学作品的存在,尤其对于阅读过程中审美价值的构建起着重要的作用。

与此同时,英加登又指出,由于文学作品提供的图像仅仅是轮廓化的,并不能显现对象的所有方面和性质,因而包含了大量的"未确定点"和"空白"。换言之,图像仅仅描写了对象在某一状态下的主要性质和特征,其次要性质和细节大多被省略。正因为如此,读者在阅读过程中必须充分调动自己的想象力,填补这些未定点和空白,使对象更加完整、清晰地显现出来。

在对文学作品基本结构中的四个层次及其相互关系作了具体分析之后,英加登指出:"图像的现实化不仅加强了被表现对象的形象性和生动性,而且为作品增添了独特的、具有审美价值的成分。这些成分的出现常与笼罩在作品的整体或某一部分之上的气氛密切相关。"英加登虽未把它作为文学作品基本结构中的一个层次来论述,但却十分重视它的作用。在他看来,"通过这种方式体现出来的形而上质量,才是作品最本质的因素,在作品的具体化过程中,它起着极其重要的作用。"

所谓形而上质量,是指读者可以从文学作品中感受到的一种气氛、情调或特性,如崇高、神圣、悲壮、恐惧、震惊、伤感、哀婉、怪诞、凄凉等。它们并非事物本身的属性,也不是主体的心理状态或特征,而是从作品所描写的情境与事件中显露出来的艺术质量。英加登认为,形而上质量有以下性质:第一,它在日常生活中很难显现出来,因为日常生活的平凡和琐细往往掩盖了它,只有文学语言的描写才能使它呈现出来。它将使暗淡无光的日常生活放射出灿烂的光芒,揭示其深层的意象,并使人感受到生活的奥秘和价值。第二,这种质量不能以纯理性的方式去感知和把握,而必须用情感的方式去体验,在大多数情况下,只有处在特定情境下的人才能深切地感受到。第三,它揭示出生存本身所包含的隐蔽价值,并且本身就构成这种价值的不同方面。当人们感到它时,就进入了"本真的存在"。第四,人们不能把握到它的全部内涵,而只能部分地、程度不同地领会它。但是,每个读者都有感受到它的深切渴望,一旦体验到这种质量,他便会得到最高的审美享受,获得对作品的真正认识。

英加登认为,文学作品形而上质量的存在,是由于它所表现的对象具有一种"非实在性",这种质量是作者对世界和人生的洞察以及艺术修养和创造性才能的最本质地体现。

四、文学艺术作品的"具体化"

英加登认为,文学作品不像物理实体可以外在于人的意识,虽然它与物理实体一样是人的意识的意向性对象,但它并不能自满自足地存在,而必须经过阅读,即读者意识的意向性投射,才能真正地显现和实现它的存在。未经阅读的作品只是一种"潜在",即可能的存在,通过阅读,它才会变为现实的存在。文学作品的这种独特的存在方式在其基本结构中有着客观的依据:它所表现的对象层和轮廓化图像层包含了大量的"未确定点"和"空白",有待于人们在阅读过程中予以填补和消除。

关于不确定性和空白,英加登写道:"凡是人们从作品的语句中无法断定某个对象(或对象的环境)究竟具有或不具有某种性质时,都属于这种情况。因此,我把读者从文本中无法确切地了解到表现对象的某一方面或某种处境具有何种性质之处,概称之为'不确定性'。"文学作品描写的每一事物、人物和事件,尤其是人物的命运和事物的变化,都会留下许许多多不确定点和空白。因为,一部作品永远不可能通过语言的叙述把每一个对象的所有特征都描写得非常细致,即使通过语言描写已经确定的方面也不是所有细节都很明确,大多仍有待于进一步确定。此外,从艺术角度来考虑,只有对对象某些重要的特征和状态详细加以描写,而忽略那些并非本质的性质和状态,或仅仅对它们稍加暗示,才是可取的。这样做的目的不仅是要避免它们起干扰作用,而且在于使那些最本质的方面突出出来。对于诗歌来说,不确定性的存在尤为重要,愈是"好的"诗歌,文本中正面提供的东西便愈加难以确定。

此外,由于作品所描绘的对象必须通过图像来显现,而这些图像仅仅是"轮廓化的"作者,它们就需要读者以想象加以补充,即在这种"轮廓'的暗示下,用各种细节去填充图像的轮廓,使图像变得丰满、生动、具体。即使作品中出现了陌生的图像,作者也会本能地用其所熟悉的方式去体验和描绘它。这对于文学作品的审美理解,以及在阅读活动中重建作品的艺术价值无疑是十分重要的。

英加登把读者在阅读过程中对不确定性和空白的填补称为文学作品的"具体化",并解释道:"所谓具体化是指文学作品所表现的对象以及使这些对象得以直观显现的图像为更加精细的确定所取代。"但他同时又强调,因为文学作品并不是从读者的阅读中产生的,所以必须把它同读者对它的具体化区别开来。具体化只是单个读者对作品进行个别阅读的结果,不同的具体化方式对作品中不确定性的填补往往是不同的。

　　在阅读过程中,读者通常并不注意到不确定性的存在,而总是下意识地用自己的经验和想象去填补它们。这是因为,文学作品所表现的对象具有现实的假象,人们会自然而然地把它们与现实中存在的事物联系起来。这样做,一方面是接受作品文本提供的暗示,另一方面则是受到本能倾向的影响。因此,"文学作品通过句子意义的意向性投射,再现了一个被作者的经验和想象改造过、重构过的世界,而读者在具体化过程中,同样要经历一个对作品进行意向性再构造的阶段。"因此,英加登指出,文学作品既是可以再构造的,又是主体间可理解的。

　　在具体化过程中,读者自身的创造性开始起作用:通过想象,用许多从所谓可能的或可以允许的性质中选择出来的内容去填补作品的对象层和图像层中的各个不确定点。一般说来,这种选择是不自觉的,只是任凭自己的想象自由发挥,用一系列新的性质使作品的文本获得充分的确定性。虽然"补充"后的作品实际上仍然存在许多未确定的地方,但在读者看来,它们似乎已被全面确定。英加登认为,读者在阅读一部文学作品时,必须用生动的想象材料创造性地体验对象,并进而将它转化为感观知觉的对象,即直观的对象。

　　轮廓化图像的具体化对于文学作品的审美理解同样是不可缺少的,因为,不能通过想象将图像具体化的读者将无法把握有关对象的特征并进而全面地认识作品。作品总是通过强烈地暗示,对人和事进行可以感知到的特征或性质的描写,迫使读者想象出直观的画面,使对象显现出来并变得清晰、生动。英加登认为,轮廓化图像唤起读者的想象并被读者具体化的可能性极其丰富,但这种具体化又在很大程度上受到文本的约束。图像的具体化不仅加强了被表现对象的形象性和生动性,而且还为作品增添了独特的具有审美价值的成分。这应该被看作读者参与作品艺术创造的活动,但他所创造的这种审美价值并不总是与艺术作品本身的艺术价值相符,因此,并非所有的审美理解和具体化方式都是正确的。

　　英加登认为,文学作品未经阅读和具体化仍是未完成的,只有通过读者创造性的意向性再构建,即阅读过程中的具体化,才能最终完成。当然,这种完成在不同读者那里不仅方式不同,其结果也有很大差异。由于在个别阅读中读者的经验世界、想象力以及阅读时所处的状况各不相同,具体化带来的直接结果首先便是:不但不同的读者将作品具体化的方式有所差异,而且同一个读者即使阅读同一部作品,每一次对它的审美理解和体验也会发生变化。

英加登声称,尽管具体化可能会把新的审美价值属性带入作品,但这种属性并不一定与作品本身的艺术质量相协调。它们可能会增加,也可能削弱作品的总体价值。在他看来,每一位读者通过具体化,只能重建文学作品的部分质量,只有完全忠实于文本暗示和作者意图的具体化,才能接近于正确地理解和认识作品。在此基础上,他提出了"恰当的具体化"的概念:"没有一位读者,能够在唯一的一次阅读中一劳永逸地将一部艺术作品的质量全部发掘出来。恰当的具体化构成了科学地、忠实地阐释作品的外部极限,文学批评家经过多次阅读也许能接近这个极限。"所谓恰当的具体化,意味着读者对作品中不确定点和空白的填补必须严格地在文本的基础上,依照文本的暗示进行,而不能随意地任凭直觉和经验行事。否则,他便会背离作者的原意,粗劣地歪曲作品。

第二节　海德格尔的存在论

自古希腊以来,哲学始终关注着两个基本问题:一是世界的本源问题;二是人的思维或意识。前者即"本体论"问题或"存在论"问题,因为"本体"在希腊文中即"存在"之意。

人们通常把海德格尔的学说称之为"存在哲学",因为,他正是站在"存在"的高度,从存在的意义和本质出发,来重新理解和审视一切的。海德格尔的学说是一个巨大的隐喻,关于"存在"的隐喻。它流露出一种基本情绪:对世界的无名恐惧。人被抛入一个不可理喻的荒谬的世界,任凭烦、忧、罪、畏、死摆布的体验,这种体验留给人的只有被遗弃者的孤独以及一切意义均已丧失的绝望。在海德格尔那里,人的整个存在,连同他与世界的全部关系都从根本上动摇了,存在失去了一切支撑,一切理性的知识和信仰均已崩溃,所熟知的一切也无可挽回地移向了虚无缥缈的远方。

将诗与艺术问题还原到存在论的维度来思考,是海德格尔诗学的主要特征。在他那里,诗与艺术问题不再是传统意义上的"美学问题"或"文艺理论问题",不再是游离于生存之外,不关生存痛痒,与存在之真无关的问题。诗与艺术绝不是生存的饰物,而本身便是存在的根本方式,历史的基础,"真"发生的事件。

海德格尔生于德国巴登-符腾堡州黑森林地区的默斯基尔希,父亲为教堂执事,家庭中浓厚的宗教气氛对早年的海德格尔影响很深。由于家境贫寒,海德格尔中学毕业后只是受教会的资助才得以上大学深造,在弗赖堡大学先后攻读神学、哲学、人文科学和自然科学。大学毕业后他先后任教于弗赖堡大学、马堡大学,后又回到弗赖堡任教授。1933 年法西斯上台后,他被任命为弗赖堡大学校长。但 10 个月后即被解职。二次世界大战后,正是由于这一段"不光彩"的经历,他被禁止授课,并从此隐居在黑森林一所与世隔绝的山顶小屋埋头著述。

一、对"此在"的存在论分析

在《存在与时间》的开头,海德格尔引用了柏拉图的一段话:"当你们用'存在着'这个词的时候,显然你们早就很熟悉这究竟是什么意思了。不过,虽然我们也曾相信过它,现在却茫然失措了。"

海德格尔认为,世界的本源问题,即存在问题,是自古希腊以来哲学关心的基本问题之一,然而自柏拉图始,关于这个问题的讨论却走上了歧途。柏拉图及其以后的哲学家,把"存在是什么"作为哲学要解决的核心问题来探讨,从而创建了"本体论哲学",直到今天,仍然影响着哲学研究的方向。但传统本体论在过去两千多年中并未真正领会过存在的真实意义,因为,当人们谈论"存在是什么"时,"存在"已经被当作一种"现成地存在着的东西",从而把"存在"的概念偷换成"存在者"的概念。"存在是怎样存在的"即意味着"存在是如何显现自身的"。显现是一个过程,因而具有时间性,时间性是存在的基本特征,"时间"和"存在"是密不可分的,对存在意义的考察必须在时间的范畴中进行。

在这里,我们可看到现象学方法的明显痕迹。首先,现象学哲学的创始人胡塞尔声称,哲学思维是一种绝对无偏见的思考,而要做到这一点,就必须既排除以往设置的各种理论前提,又要摒弃一切未经内省的、直接的经验成分,在没有任何先决条件的情况下研究"事物本身",因为,哲学的认识应当是对本质的认识,而经验对象以及过去的认识中被考察的对象实际上是非本质的,因而必须被排除。海德格尔对"存在"的追问恰恰采用了他的老师胡塞尔提出的现象学本质直观的方法。一方面,他通过对柏拉图以来关于存在问题的判断提出疑问和否定,"悬置"了过去对这个问题的理论思考;另一方面,他摒弃了"存在"的各种经验对象,即形形色色的"存在者",从而"悬置"了非本质的实际存在对象。而这就是他所说的"存在的本质"以及隐藏在这之后的真实意义。他声称,作为本质的"存在"对于各种各样的"存在者"具有不言而喻的"优先地位",不弄清"存在"问题,便无法回答存在者的问题。其次,胡塞尔根据意向性理论,将"现象"看作两个既有根本区别又紧密相关的方面:"显现"与"显现者"。"显现"就是"意向活动"、"意识活动"

或"意义投射活动",而"显现者"就是"意向对象""意识对象"或"意义构成者"。

在海德格尔看来,胡塞尔的"显现"就是"存在"的基本含义,而"显现者"则是"存在者"的基本含义。作为显现的存在恰恰是自我隐匿的,因为,显现绝不是任何可以直观到的显现者,就此而言,存在是"无"。

海德格尔对存在的思考是以一种特殊方式的存在——"此在",即以人的存在为出发点的。之所以如此,是因为在他看来,人是在其存在中唯一能够领会自己存在的存在者,对人来说,"存在"的意义不是一个悬浮的他者和外在于自身的东西,而是领悟者的人的存在,即"此在"本身。人是与众不同的存在者,是以领悟自己的存在的方式而存在着。"此在"有两个基本特点:1. 它是从可能性方面来表示人。因为"存在"是一个动态的显现过程,而人之所以为人是因为它已经具备了存在的可能性,所以,这种可能性又是现实的可能性。2. "此在"所意识到的总是自我的存在,换言之,它所涉及的不是类和普遍性的人,而是指个体的"自我存在",在具体的"在世"的发生形式中呈现出来。

海德格尔认为,"此在"的最基本的原始生存状态是"在世之在",这意味着,"此在"虽然是个体的人的存在,但个体并不是与周围世界相隔绝,而是以与周围的人与物打交道的方式而存在的。人处在怎样的生存状态之中,便有一种相应面目的世界与之相关,而"在世之在"就是对人与世界的各种关系状态的结构性描述。"在世"不仅决定了世界的面目,而且决定着人自身的面目。

海德格尔论述了"此在"的基本存在方式,其一是"处身性"。这是指人意识到自己存在状况的可能性。人的存在总是处在一定的境况之中,人是"被抛到"世界上的,从一开始就处在"存在于世"的结构之中,他不知道自己来自何方,走向何方,为何而存在,而对自身当下境况的意识就是对这种"被抛入性"的意识。其二是领悟。这一方面表示人还具有主动与世界打交道的可能性。世界只是当人在理解和筹划自己的存在中显现自身时才有意义。在理解和筹划中,人始终根据各种可能性来理解自己,理解世界。其三是"言说"。理解过程呈现为"言说",在言说中,"此在"作为"对存在状况的理解"显现自身,而世界在这种理解中撇开自己,变成语言。语言构成人的存在与世界的全部关系,也就是说,存在和世界是以语言的形式向"此在"显现自身的。"语言是存在的寓所"。

二、基本状态:"虑""畏""死"

海德格尔认为,"此在"总是以"领悟"(理解)的方式而存在,这种领悟或理解本质上就是对存在意义的自我意识。但这种自我意识并不是理性的反思,而是人的内在的心理体验。他把这种内在体验又称之为"心境",正是这种"心境"向人展示着世界、人自身及其所处的境况,亦即基本存在状态:在他看来,这种基本存在状态体现在三种"心境"或"情绪"之中,即"虑""畏"和"死"。

所谓"虑"(一译"烦"),是指个人在与周围世界发生关系时,担心自己的生存受到威胁,自己的安全失去保障,自己的发展受到阻碍而产生的一种忧心忡忡的心理状态,它是一种感到自己的生存无庇护的体验。"虑"的基本含义是焦虑,它规定了人是一种"为己而存在"的"在己者",说明人在存在中反思、领悟着自己和自己的生存。"虑"可以分解为三种性质:"被抛入""沉沦"和"筹划"。

"被抛入"意味着人来到这个世界上时已被投入某种生存境况之中,在他意识到自己的存在时,他已被置入有限的、黑暗的生与死的两极之间的、无法改变的处境,已被历史、语言、周围世界和自身境况所规定,只能接受它们而无任何选择的自由。"沉沦"是说,由于人不可避免地要与"他人共在",即生活在社会之中,不可能独立自主地存在,于是把自己的生存消融在这种"共在"之中。他无法实现自己的真实存在,即"本真的存在",而被"他人"即社会所制约,所规定。"筹划"的核心是领会或理解,只有在此基础上,人才能把握自己存在的可能性,并适应"此在"。被抛入、沉沦、筹划暗示"此在"的三种时间性:被抛入,涉及的是过去,即先于自己的存在;沉沦,关联的是现在,即自我此时此刻的存在;筹划,针对的是未来,即可能发生的存在。

"畏"作为"此在"的另一种基本状态,指的是孤立的个人面对一个冷漠敌对的世界以及在被遗弃的体验中产生的一种无名的恐慌情绪。海德格尔特别指出,"畏"乃是本体论的,它不指向任何确定的对象,而是对不确定的,无法逃避的"存在着"这一事实本身的恐惧。"畏之所畏者不是任何世内存在者""畏之所畏者就是在世本身"。因此,"畏"使人领悟到自身的存在,把自己从他人以及周围世界中突出出来。"'畏'使此在个别化为其最本己的在世之在,这种最本己的在世之在领会着自身,从本质上向各种可能性筹划自身。""畏"使自己所熟悉的世界整个地沉入绝对的无意义之中,它揭露出人对自己的存在被肢解的恐惧,表明人的整个存在连同他与世界的全部关系都变成可疑的,人所拥有的只是一个孤立无援的绝望的自我。

"此在"的第三种基本状态"死"指的是,人面临自己的存在遭到剥夺,即面临死亡所产生的一种情绪。在海德格尔那里,死被用来规定"此在"的有限性;死亡进入存在并存在于"此在"之中,"此在"的终点便是死亡。但是,作为一种界限的死亡又始终贯穿于"此在"之中,因为"此在"者对死亡是熟悉的,死亡意识对于"此在"着的人来说是本质性的,没有任何此在者能逃脱死亡,因此人经常无意识地、本能地探讨着死亡。此外,死亡虽是确定无疑的,但它事实上的降临又是不确定的。海德格尔相信,正是死亡以及对死亡的意识使生命获得了另一种性质,因为,没有死亡也就没有人的本己存在,本己存在仅仅在于对确定无疑然而又是不确定的死亡的等待与忍耐之中。

三、海德格尔 30 年代的"转向"

正因为如此,海德格尔 1935 年以后离开了阐释学,抛弃了"此在"结构中的理解的循环。因为在他看来,理解循环中的前结构,即前有、前见和前设,是"此在"无法摆脱的先验结构,它体现为既存的语言,成为理解难以突破的边界,构成了"在场的存在"即"此在"的有限性。

为了摆脱这一困境,后期海德格尔一反他前期对"此在"的分析和揭示,而将全部精力集中于对语言的诗化本质、对诗和艺术的思考,以发现一条通达"本真存在"之路。这是由"在场的存在"即"此在",向"不在场的"或"缺席"的存在,即本真存在、诗意的存在的转向。它表明海德格尔的存在哲学陷入了阐释学的危机:他所要解释的恰恰是难以用语言解释的"此在"之超越,"此在"之彼岸。然而,这一"转问"却是海德格尔一次冒险的跳跃,造成了他的学说的一个巨大的断裂,前后期思想之间一条无法逾越的鸿沟。前期,他描述了"此在"之黑暗、痛苦、荒谬:人被抛入令人恐惧、充满"虑""畏""罪",并被死亡所笼罩的处境,不自觉地沉沦于短暂的生命和被他人、被社会所规定的生存状态,并自得其乐地筹划着这种可悲的生存方式。而后期,他却突然跳向了另一个极端,跳向了永远不可能到来和实现的"存在之真""存在的诗意状态"。

既然被抛入"此在",沉沦于"此在",并最终落入死亡的黑暗深渊,是人的不可逃脱的命运,那么,海德格尔所说的本真的诗意存在便只不过是一个超验的假设,既不能为经验所证明,也不能被经验所证伪。或者说,它只不过是一个精神创造的神话,一个永远无法实现的梦想,一个无法企业的幻影而已。

归根结底,海德格尔所说的通过语言和诗的去蔽而敞开的所谓本真存在,只不过是对不可言说、不可描述的"此在"之彼岸的一种言说和描述罢了。将语言和诗的本质同不在场的存在联系起来,是海德格尔试图摆脱解释的循环的一次徒劳而失败的尝试,一种无法解决的解决办法。尽管他声称要抛弃这一循环,但无论他如何挣扎,这个循环的阴影始终伴随着他。他所企盼的本真的诗意存在只不过提供了一种空洞的许诺,犹如宗教许诺给挣扎在痛苦的此岸的信徒们的"彼岸""来世""天国"。这个极乐的彼岸、来世和天国难道是语言和诗所能召唤来的吗? 存在之真,之敞开,之本真状态只能意味着一种缺失,对人所注定要被抛入其中并且永远不得超脱的"此在"的一种精神补偿,或者说一种自我安慰,自我欺骗。人需要一种外在的、崇高的价值来支撑他们的生存,因此,所谓本真的诗意存在只不过是为了使"此在"变得可以忍受而创造的一种理想,一个偶像而已。这是人的不自信和软弱的表现。宗教的本质是对两种超自然的、超验的、主宰一切的神秘力量的信仰与崇拜,对一个包裹在虚无缥缈的灵光中的幻影的祈求。在海德格尔那里,这个幻影正是那神秘而朦胧的、不可接近,无法企及甚至无法言说的存在之本质,存在之真,存在之本真和诗意状态。他企图通过语言和诗去召唤它,希冀以此去抵御和解脱"此在"之虑、畏、沉沦。这难道不是一种宗教情感,一种神学情感吗?

四、艺术作品的本源

1935 年,海德格尔做了题为《艺术作品的本源》的系列演讲,同年在罗马又作了《荷尔德林与诗的本质》的讲座,1936—1937 年就尼采的美学作了一系列讲演。从此,他便投入大量精力来阐释荷尔德林等诗人的作品,开始了他后期的诗学沉思。在这种"诗学沉思"中,将西方的美学还原为"形而上学",是他的美学批判的基本思路。

在海德格尔看来,从古希腊的柏拉图一直到近代的尼采,西方美学史就是一个不断远离存在之真而去的过程。美学研究越来越深地滑入"感性学"的泥坑,直到它的终结形式——尼采的美学——最后以研究纯粹的感官"沉醉"而告终。在这一漫长的历史中,"美"变成了一种审美行为的尺度,正如"真"与"善"分别成为一种思想行为和道德行为的判断尺度一样。

他认为,只有黑格尔的美学超越了流俗之见而成为最伟大的美学,因为黑格尔第一次明确地将艺术问题还原为存在论的维度,艺术被思考为与"绝对精神"有关的事件。他相信任何试图从一种美的理论或艺术理论来理解艺术的途径都是不合适的。同样,这样对美本身进行思考也是不可能的,因为美本身与存在者和存在之真有密切关联。

当美学对诗和艺术的思考不断排除它们与存在、真、语言、历史、生存等的本质联系后,诗和艺术就理所当然地被宣布为闲人们的"语言游戏""文化饰物""偶发热情"与"消遣方式"了。显然,美学之思最终取消了诗和艺术本身而并未对其做出本真的思考。

在海德格尔看来,必须对诗和艺术作"非美学的""存在论"的思考,亦即真正聆听诗的歌唱,进入诗的歌唱,让诗自己揭示自己,并由此进入诗所言说的境界,进入语言。诗之思的尽头不是"知识气而是诗的歌唱——语言。思与诗的对话是为了唤出语言的本质,以便让人得以再次学会生存在语言之中。诗本身便是原初的语言。

在扫除了西方的"美学"对诗和艺术的本质的误解和"遮蔽"之后,海德格尔探讨了艺术的"本源"问题。很显然,他是从"真"的角度来把握"本源"的。

作为历史性事件的"真"的发生成为一切事物出场并持续下去的本源,艺术当然也不例外。正是在真的"去蔽"和"澄明"的历史性活动中,事物在无蔽状态中出场。因此,艺术的本质即艺术的出场与持续。但艺术的出场与持续又与它的实现——作品——直接相关,因此,艺术问题必须首先落实为作品的问题,也就是说,首先必须弄清艺术作品的本质,即它是如何出场并持续的。而要回答这一问题又首先必须追问艺术作品的本源,因为正是这一本源使艺术作品出场和持续并获得其本质的。于是,追问艺术作品的本源构成海德格尔艺术之思的出发点。由此可见,作品反过来构成了艺术家的本源。因此他指出,任何一方都不足以成为另一方存在的唯一前提,无论就二者自身还是就其关系而言,艺术家和作品都是凭借一个先于他们的第三者而成为他们自身的,而这个第三者即命名艺术家和艺术作品的"艺术"。艺术是艺术家和艺术作品出场的根据或本源。

但是,艺术仅仅是一个词,还不是任何现实的东西。人们所能面对的唯一事实是作品,因此,"我们必须在艺术以一种真实方式存在着的地方去探寻艺术的本性,而艺术作品恰恰是使艺术出场的唯一现实"。对艺术作品的理解将提示我们如何去把握那使作品出场并持续存在的"本源"。

艺术作品是什么?一般人认为它只不过是一件物。悬挂在墙上的一幅画就像一支猎枪或一顶帽子;一件雕塑可以由一个展览馆搬到另一个展馆;人们用船运送艺术品就像从鲁尔区运出煤炭,从黑森林运出木材一样。但是,海德格尔认为,艺术作品作为"物",乃是不同于一般物的特殊之物,它不是自然天成的,而是人工制品,但它又不同于一般人工制品供人"使用",而只是供人观赏的。

那么,不同于自然之物和器具的艺术作品的本质是什么呢？是什么使它们作为艺术作品而存在的呢？如果不是物性和器具性使作品成为"艺术品",那么,使作品成为艺术品的又是什么呢？

海德格尔认为,使艺术作品成为它之所是者是发生在作品之中的"真的事件"——"世界"和"大地"撞击的事件:作品以自己的方式"建立"了一个世界,从而展示大地,进入世界与大地的冲突,居于这一冲突的最高宁静之中。

大地与世界形成对照,大地是无意义的、神秘而沉默的,因此是自我隐匿的,不可穿透的。而对神秘无言的大地,人必须以建立"世界"的方式将大地"世界化",为万物命名并赋予它们以意义,使之从隐匿的大地进入世界的敞开。被世界之光所照亮的万物得到彰显并支撑照亮它们的世界。但是,在世界之光中出场的万物仅仅构成世界的图像,而不是万物本身的显示,万物本身是黑暗而不可入的,无意义的,它在本性上拒斥意义,摧毁世界,不断回归于世界所源出的大地。因此,海德格尔说世界与大地的关系是互相冲突:世界要求"敞开",大地要求"隐匿",这种冲突正是"真"的历史性展开、在这一过程中,存在者既澄明(作为世内之物)又隐匿(作为世界之外的大地性之物)地出场,人的生存也被抛入真与非真的冲突之中。

第三节　法兰克福学派

"法兰克福学派"是当今世界重要理论思潮——"西方马克思主义"中影响最大、理论建树最为丰富的流派,它诞生于20世纪20年代,以德国"法兰克福社会研究所"的成立(1924)为标志并因此而得名。1931年,德国哲学家马克斯·霍克海默接替卡尔·格林贝格出任第六任所长后,该所的研究重点发生了重大变化,开始从哲学和社会学角度对现代资本主义社会的总体状况进行跨学科的综合研究。1932年,霍克海默创办的《社会研究杂志》成为该所的理论阵地,并逐渐聚集了一批年轻的研究马克思主义的学者,如阿多尔诺、马尔库塞、本雅明、弗洛姆等,从而开始了它的鼎盛时期。1933年,德国法西斯上台后,该所成员相继流亡于美国,继续其理论研究活动。1950年,该所迁回德国法兰克福,在霍克海默和阿多尔诺的领导下得以重建,而马尔库塞和弗洛姆则留在美国、仍然从事批判资本主义制度的理论活动。60年代西欧各国大规模学生运动便是在法兰克福学派的理论影响下爆发的。70年代初以来,随着霍克海默、阿多尔诺、马尔库塞和弗洛姆相继去世,法兰克福学派作为一个实体虽不复存在,但其理论在国际上的影响并未削弱。尤其是哈贝马斯,自70年代以来一直活跃在世界理论舞台上,成为西方马克思主义的主要代表人物和当代最重要的思想家之一。

一、哲学和社会学理论

法兰克福学派的理论也称"批判理论",因为在它看来,马克思主义的本质是批判的,只有在对资本主义社会的批判中,马克思主义才能产生和成长。这种批判精神在马克思的著作(特别是早期著作)中得到明确体现。但是,在恩格斯所领导的第二国际以及此后的马克思主义思想家那里,批判的本质渐渐削弱甚至完全泯灭了。而要重振马克思主义,就必须恢复它的批判精神,对现代社会做出全面、深入的分析和彻底的批判。1937年,霍克海默正式提出,应当用一种"马克思主义的社会批判理论"来和传统的理论相抗衡,并认为,批判理论的出发点首先在于它对自身的倾向性有清醒的认识,一种理论不可能是中立的、纯客观的,它的倾向性必然包含在它的目的之中。在否定人与人之间的压迫关系的基础上重建社会,将人作为具有自我意识并在社会现实中自觉行动的主体,恢复其在社会进化中的核心地位,是批判理论的主要目的。

法兰克福学派的哲学和社会理论的基本特征,概括起来有以下几方面:

1. 人本主义倾向。它所关注的是现代资本主义制度下人的解放问题,尖锐地批判当代资本主义社会中存在的人的种种异化现象,认为这个社会是一个全面异化的社会,人的本质遭到严重的摧残和压抑。霍克海默指出,资本主义对人的统治是同对自然的奴役联系在一起的,而先进的科学技术和现代化大工业便是这两种统治形式最巧妙的结合。在他看来,"个性的摧毁并非科学技术或人的自我保存的动机所造成的,并不能简单地归咎于物质生产,而应从这种生产的形式,即在工业主义的特殊构架中人与人的相互关系中去寻找根源。"马尔库塞在《单向度的人》中指出,随着生产力的发展和科学技术的进步,资本主义对自然和人的统治也日益科学化、合理化。资本主义生产的发展虽然满足了人的物质需要,但却将人抛入无休止的消费追逐中,从而扭曲着人的本能:"这个社会在总体上是不合理的,它的生产力摧毁着人的需要和天赋的自由发展,它的和平安定是通过不断的战争威胁来维持的,它的强大是与压迫人的现实可能,平息为生存而进行的斗争联系在一起的。""反对自由的斗争最有效、最坚韧的形式是灌输给人以物质的贪欲,这种贪欲能使人的精神斗志颓丧,从而使压迫和奴役永久化。"马尔库塞认为,物质满足作为一种外在的虚假需求使人丧失自我意识,消除了人对社会统治的不满和抗议。人在精神上失去自由，政治上失去选择的可能，思想上则失去批判和否定的能力，从而不得不盲目地依附于社会的经济、政治、意识形态和文化的统治，成为资本主义"一体化的牺牲品"。其次，科学技术把现代社会变成了一架机器，一切人和物都沦为被管理的对象，成为新的奴隶。在《启蒙的辩证法》中，霍克海默和阿多尔诺断言，曾经把理性从神话的束缚下解放出来的资产阶级启蒙精神虽然使人获得了对自然的统治，但这反过来又变成了种新的神话，广义地被理解为人类文明的最高命令。资产阶级曾用理性清除了封建社会遗留下来的思想迷信，但是，它又创造了包裹在新的科学专制主义下的新迷信。

然而，这一观点却遭到法兰克福学派的驳斥。他们认为，马克思主义在劳动、物质生产和分配的层面上分析异化现象，似乎只要变革了生产资料所有制，消灭了剥削，物质上富裕了，人的异化便会得到彻底克服。在现代资本主义国家，劳动者的物质生活水平尽管已大大提高，但在精神上却陷入了更加沉重的统治，人的物化现象更加严重。哈贝马斯称，马克思主义的社会分析只往重物质的生产与分配，从而把人类种群的自我保存和发展仅仅归结为"劳动"。这一理论将人完全视为客体化对象，将其思维和行为等同于一种仅与资本主义物质生产相关的理性行为，从而完全忽略了人在精神和文化上的需要。

2. 绝对的否定性。法兰克福学派的理论家们在哲学上反对黑格尔的辩证法，认为黑格尔辩证法中的否定最终导致肯定，导致同一性，因而是不彻底的。批判理论主张彻底的否定原则，反对任何形式的肯定和同一性。霍克海默宣告，批判理论遵循的是一种"否定的辩证法"，目的在于"揭露一切阉割、扭曲、压制人性，阻碍人的自由发展的现象。"马尔库塞认为，哲学在本质上是否定现实、批判现实的，因为只有否定现存的一切，才能打破旧的现实，开创一种新的、超越一切旧事物的现实。阿多尔诺在这方面更加激进，他把"否定的辩证法"视为批判理论的哲学基础，认为辩证法的灵魂就在于它的否定性，它是一种摧毁的逻辑，是"对彻底的非同一性的意识"。而否定之否定导致肯定的黑格尔辩证法"最终趋向了同一性原则，趋向妥协，趋向矛盾的调和"，因而是"向现存的统治制度投降"的不彻底的哲学立场。

在这一思想的指导下，法兰克福学派对资本主义社会提出了尖锐的批评。他们指出，资本主义社会在总体上是一个"不真实的""病态的"社会，在这个社会里，人虽然在物质生活上有了很大改善，但却陷入更加严密的统治。这种统治建筑在科学技术的最新成就上，并以"科学的管理"出现，因而是一种"新极权主义的统治形式"。

在这一点上,法兰克福学派第二代领袖哈贝马斯与老一代批判理论家如霍克海默、阿多尔诺和马尔库塞有明显的不同。哈贝马斯虽然看到了资本主义社会制度固有的弊病,指出它业已陷入日益严重的"合法性危机",但并不否认西方社会制度的历史成就,认为这一制度仍存在着自我改善的可能。它的"乌托邦潜能"并未像阿多尔诺所说的那样已经耗尽。在他看来,克服当今资本主义制度的弊端,消除人的异化,改善社会状况的唯一途径在于"重建交往理性":不仅理论研究的重心应当由"认识——工具理性"转移到交往理性上来,而且在生活领域必须采取各种形式和手段对"生活世界的殖民化"、人际交往结构的破坏、日常生活的贫乏提出强烈抗议,反对以利润为目的的职业劳动的工具化,抵制竞争机制的普遍化,以及日益沉重的"效率压力",反对服务性行业、人际关系和时间的金钱化,批判无休止的"消费追逐"。他提出,生活世界应当从官僚管理机构的控制下挣脱出来,在人与人相互理解、相互同情、相互支援的基础上按照自助和互助的形式重新组织起来。然而,最重要的是在公共生活中实现符合"交往理性"要求的"话语意志"的民主和自由。

3. 对工具理性的批判。法兰克福学派的思想家们尖锐地批判近代社会理性的片面化倾向。在他们看来,理性在古希腊前苏格拉底哲学家(如巴门尼德)那里本来是统一的,存在与思维、真理与理性具有不言而喻的同一性。从柏拉图开始,理性显露出分裂的最初迹象。柏拉图在理念论中,试图把认识论问题同本体论(存在论)问题、伦理问题同审美问题区分开来,从而第一个将理性划分为不同的表现形式。真正使理性发生分裂的应当是亚里士多德。他把智慧视为人的最高品质,认为"道德使人制定出正确的目标,而智慧则使人选择实现这一目标的正确手段"。在他看来,智慧是实践理性与理论理性相结合的产物。由于自然科学和技术的发展并逐渐形成独立的知识领域,理论理性与实践理性之间的裂痕愈来愈深。虽然中世纪的基督教思想家和一些唯心主义哲学家试图恢复理性的统一性,如奥古斯丁、托马斯·阿奎因等曾论证上帝是一切知识与合理的生活秩序的主宰,笛卡尔试图从所谓的"宇宙原则"中导出本体论知识和伦理知识的统一性基础,但这种努力再也无法使理性重新获得其原初的统一性。在哲学史上,使理性的分裂最终得到肯定并固定下来的是康德。康德不仅批判了统一的理性观,而且指出,不同的知识领域各有其特殊性和固有的规则。因此,在这些知识领域中,不但应该而且必须遵循不同的理性原则。在以客观世界为对象的活动中起作用的是理论理性,在社会领域,人必须服从于实践理性原则,而在主观意识即思维领域,审美－伦理理性起着决定性作用。

理性的分裂带来了近代社会理性的片面化倾向,而兴起于 18 世纪的工业化过程又将理性完全纳入了工具化的轨道,并使它成为压制批判理性的手段。马克斯·韦伯在资本主义官僚国家机器的发展与完善过程中解释社会的"理性化"过程,认为这一过程的核心在于资本主义能够按既定目标,通过最合理地使用所拥有的手段来行动,从而在统治自然和商品生产方面取得了巨大成功。现代资本主义创造了一种适合这一社会制度的组织形式,它高度重视效率,确立了"系统地立足于面向现实、权衡目的与手段、重视预测的理性态度"。这样,韦伯便把西方社会的理性化过程仅仅限定在目的－手段理性的范围之内,为理性概念的片面化作了具体的辩护。

法兰克福学派的理论家对韦伯的观点进行了驳斥,并指责这一观点带来了严重的后果。他们指出,在现代资本主义社会,理性的片面化已走向了极端,理性业已萎缩成目的——手段理性或工具理性,而这又导致了对自然和人日益严密、日益沉重的统治。霍克海默在《工具理性批判》中认为,理性由于被局限于目的－手段的关系,已蜕变为"技术理性"。"既被当作统治自然的纯粹工具,也发展成一种社会统治形式"。这种统治使人的生活领域和人际关系中的一切变成资本主义法律管理的对象;把诸多复杂的现象简化为可以用规则来处理的"典型案例",从而彻底抹杀了个性的自由与个体间的差异。它把是否合理的问题变成了程序与形式问题,一件事在内容上是否正确的判断则变成了对一种解决方法是否正确的判断。

二、阿多尔诺

阿多尔诺是法兰克福学派的核心人物和最重要的理论家。他 1903 年 9 月 11 日生于德国法兰克福,父亲是犹太人后裔和酒商,母亲是意大利天主教徒。他 1921 年考入法兰克福大学学习哲学、心理学和音乐,并在 1924 年获哲学博士学位。1927 年回到法兰克福,并为获得大学授课资格撰写比较康德、马克思和弗洛伊德的论文。20 年代末,阿多尔诺即开始与法兰克福《社会研究》杂志的成员交往,与此同时和布洛赫、布莱希特、本雅明等人结识。1941 年—1947 年期间,他在加利福尼亚同霍克海默合著了《启蒙的辩证法》,1949 年同霍克海默一道回到当时的西德,参加法兰克福社会研究所的重建工作,并于 1959 年出任该所所长。1969 年 8 月 6 日,他在瑞典度假时因心脏病突发而去世。

阿多尔诺多才多艺,在事业上积极进取,在哲学、社会学、社会心理学、美学和音乐等领域造诣颇深。他的主要著作除以上提到的之外,还有《文学札记》(共 4 卷,1959—1974)、《最低道德》(1951)、《新音乐哲学》(1949)、论瓦格纳、马勒、贝尔格的专题论文集《音乐论集》(1968)、《否定的辩证法》(1966)、《美学理论》(死后于 1970 年出版)等。

阿多尔诺一生的美学与文艺理论著述十分丰富,涉猎的面相当广。在这些著作中,他对传统的美学观和文艺观进行了尖锐的批判,采取了一种强烈的否定立场,因而在西方,他的美学体系被称之为"否定的美学"。这种否定既针对文艺的定义和本质、文艺与社会的关系、文艺的社会功能,也涉及文艺的形式、表现手段、语言,甚至现有词汇的使用。

三、艺术的定义与本质

关于艺术的定义与本质,阿多尔诺之前的美学家和文艺理论家曾作过种种不同的解释,如艺术是"对自然的模仿""现实的反映""主观内心世界的表现""美的形式的创造",等等。

对于这些解释,阿多尔诺均表示怀疑和反对。他认为,以往关于艺术的种种定义"仅涉及艺术的表象,并未深入其内在本质",迄今为止,"还没有一种被选中的范畴,道出了艺术的本质,并足以用来判断艺术作品",他否定传统的艺术概念,因为这样的概念只能说明艺术"曾经是什么",而并不能说明它"现在是什么,并将变成什么"。

从这种立场出发,阿多尔诺对"传统艺术"从根本上持否定态度,认为这种艺术"先验地倾向于肯定……艺术通过模仿现实所散布的调和的腐草萤光是如此令人厌恶,不仅因为它用资产阶级的装备将艺术的固有概念庸俗化了,而且使艺术变成了一种提供安慰的星期天娱乐活动。"

这种"倾向于肯定""散布调和""提供安慰"的艺术对阿多尔诺来说,意味着"对存在和现状的赞许",极大地损害了艺术的自主性。因此,艺术的本质不能用它"曾经是什么"来加以界定,而必须采取"相反的公式"。

这个所谓"相反的公式"即阿多尔诺提出的"否定的公式"。在他看来,美学应当"站在现实中被强制性的同一性所压制的非同一性一边",必须中止"肯定性的描写手段"。因为在当今的时代,"艺术与现实,与这个被统治的世界的认同无异于散布流言,只能使艺术陷入虚假意识形态的控制,在一个彻底物化的世界上成为商品。"

阿多尔诺的艺术概念包含了两个核心思想,首先,艺术决不能直接地、正面地"模仿"现实,因为"现实的整体是不真实的",假如艺术忠实地反映现实,它就会在事实上对现实持肯定、赞许和顺从的态度,散布调和与谎言,从而陷入统治意识的罗网,成为它的仆从;其次,艺术必须保持其独立性、纯洁性,坚决反对资本主义的交换原则,彻底地"非功利化"才能维护其批判立场,实现其否定的社会功能。

四、艺术与社会

阿多尔诺认为,"艺术作为一种精神劳动产品,就其本质而言,始终是一种社会事实",这是因为,艺术作品的题材、精神与内容均取自现实。在这种意义上,艺术始终是"对现实的潜在模仿"。但是,他同时又指出,艺术对现实的模仿仅仅是一种表象,在这个表象背后,艺术体现出一种否定的本质。艺术模仿现实是通过对现实的否定来实现的。在他看来,艺术之所以是社会的,是因为它所采取的立场直接与社会相对立。艺术的真理只有"拒绝与社会,与这个被统治的世界的认同"才能体现出来。为此,阿多尔诺对艺术与社会的关系作了如下概括:艺术必须成为"社会的反论""与社会现实彻底决裂",成为一种"反对派的艺术"。

此外,他指出,在现代社会,由于交换价值成了普遍的原则,一切精神之物彻底物化并堕落成商品,文学艺术也受到垄断资本控制下的"文化工业"的威胁。在这种情况下,艺术只有作为文化工业的对立面,不被社会的虚假需求所迷惑,不顺应现有的社会常规,蔑视所谓的"社会效用",才可能通过它的单纯存在成为"自由的象征"。

阿多尔诺关于艺术与社会的关系的论述深刻地把资本主义文化的反社会性质提到了哲学的高度。他清醒地认识到现代资本主义社会是不人道的。在资本主义奴役性的劳动分工下,人已沦为资本的奴隶,人的本质被分裂,其和谐的自然本性丧失殆尽,心灵被扭曲,人与人的关系也异化为赤裸裸的金钱交换关系。因此,艺术要维护人道主义传统和人的生存权利,就必须对那个社会加以否定,采取与其毫不妥协的批判立场。其次,阿多尔诺尖锐地指出了资本主义生产方式的反文化、反艺术的本质。马克思曾批判道,资本主义生产方式"同某些精神生产部门如艺术和诗歌相敌对"。在当代资本主义社会,文学和艺术更加沉重地被商品交换原则所控制,满足市场需要成为艺术生产的唯一目的。阿多尔诺确信:"只要艺术符合社会上存在的需求,它便在最宽广的范围内变成了一个为利润所操纵的行业."在西方社会文化工业的巨大压力下,真正的艺术受到越来越严重的威胁而难以继续存在下去。要维护自己的生存权利,不被文化工业所吞噬,艺术无疑应当反对文化艺术的利润动机,反对流行的审美趣味。

第四节　阐释学

　　阐释学是 20 世纪 60 年代后广泛流行于西方各国的一种哲学和文化思潮,一种探究对于"意义"的理解和解释的理论。它以对"意义"和理解行为的研究把当代人文与社会科学的各学科,如哲学、历史学、文化理论、美学、文学艺术批评理论等统一起来,体现了社会科学研究领域相互交叉、渗透和融合的趋势,并成为一门新的边缘学科和指导社会科学研究的元理论,在世界范围内产生了巨大影响,成为 20 世纪后半叶西方社会科学的主导思潮。一些重要的理论思潮和美学、文学艺术流派如存在论哲学和诗学、接受美学、后现代主义等,均从阐释学得到过启示,吸取了营养。

　　作为阐释学的基本研究对象,"意义"虽然是一个十分抽象而难以界定的概念,但它却与人的存在密不可分,也是生活中最常见、最普遍、最重要的东西。每一种事物,大到宇宙、自然界、世界、历史,小到一个文本、一个符号,无不具有特定的意义。意义体现了人与自然和世界、与社会、与他人、与自我的种种复杂关系,是人的生存不可缺少的前提。

　　由于意义是人的存在的前提和必然结果,体现了人与世界的全部关系,它对于人类来说便起着关键的作用,对于意义的探索和理解也就具有不言而喻的重要性。自然科学对于宇宙和自然界的研究,人文和社会科学对社会、历史、文化和人自身的研究,都是一种寻找意义的活动。从这个角度来看,研究意义以及对意义的理解和解释的阐释学,对于当今的人文和社会科学研究的确起着指导性作用。

一、阐释学的历史发展

　　阐释学的最初形态早在古希腊时代便已产生。作为一种单纯的解释文献的具体方法,它被用来对荷马及其他诗人的作品作文字的解释,其基本宗旨是:使隐藏的东西显现出来,使不清楚的意思变得清楚。到了中世纪,它又发展为一种"文献学"。由于古代传下来的《圣经》经文、法典和其他文献年代久远而难以理解,对它们作深入的研究,解决语言上的困难,弄清它们的确切含义,并考证其渊源和发展,便成了一门专门的学问。

　　在阐释的发展史上占有重要地位,并将其发展为一种较为系统的理论与方法论的是神学家施莱尔马赫。他不仅概括了过去已经被使用的阐释方法,而且对于阐释和理解与文本之间的关系作了富有创见的说明。在他看来,避免误解是阐释学的核心问题,由于文本与阐释者之间存在着差距,误解经常发生。出现这一情况的根本原因主要有两方面：一、时间距离和历史环境造成了理解的困难；二、阐释者对过去文本作者心理个性的陌生。由此，施莱尔马赫把阐释的任务分为两部分：语法阐释和心理阐释，并认为这两种阐释是相互联系的。语法阐释的目的是准确地把握文本的语言特点，从而在语言上正确地理解文本；而心理阐释的意图则是了解文本背后的作者的"自我"，研究作者的性格特征、品质和内心的精神世界，最后与作者达到心灵的一致，从而准确地领会作者在写作文本时的意图。此外，施莱尔马赫还首次提出了阐释学的核心问题之———阐释的循环。在他看来，部分只有通过整体，反过来整体也只有通过部分才能被理解；理解是一个把未知事物与已知的事物进行比较的过程，部分必须从整体中获得意义，反之亦然。理解正是在这种部分—整体的循环中进行的。施莱尔马赫把这一循环看作理解和阐释得以进行的基本过程。认为在理解过程中，人们在语言和对象方面都有某种"最低限度的事前理解"。正是有了这种事前理解，阐释者才能实现跃入"阐释的循环"，解决理解中出现的矛盾与困难。

施莱尔马赫是在阐释学的历史上第一个试图对理解现象及其过程进行理论分析的思想家，他不但指出了理解行为的特征，而且探索了它的可能性与限度。

然而，在施莱尔马赫那里，阐释学只是神学的一门辅助学科，其主要目的仍停留在对基督教经典和历史遗留下来的文献进行解释，以服务于当时宗教和思想斗争的需要。真正把阐释学引入哲学并使之成为精神科学的方法论和核心学科的是狄尔泰。

狄尔泰反对施莱尔马赫把阐释学看作仅仅是对文本作消极解释的方法。他毕生为建立精神科学的客观方法论基础，使其具有普遍有效性而孜孜不倦地努力。"精神科学"这一概念是 19 世纪中叶，即狄尔泰生活的那个时代，才出现的，在此以前，人类所有的知识领域都被置于"科学"这个统一的概念之下。虽然一些思想家如莱布尼兹、赫尔德、威廉·洪堡等曾注意到人类社会的活动与自然界的物质运动不同，以及人的意识和心灵的创造力量，但从未有人对自然科学与人文 - 社会科学作过明确的区分。狄尔泰主张，不仅语言和文学科学、历史科学，而且"有关行动着的人的一切科学"都应当与自然科学区别开来。他强调精神科学的独立性以及方法上的独特性，认为精神现象和社会现象与自然现象的本质不同，"只能从我们的内心来解释""精神创造的东西只能为精神所理解"，而自然科学的客观性追求绝不能运用到诸如哲学、神学、历史学、心理学、语言学和文学等人文和社会科学上来。这个世界永远处在自己所创造的"文化语境"之中,而这种"文化语境"不仅在不同的地理和人文环境之下存在着差异,而且是历史地变化着的。以上区别决定了,把自然科学的方法和概念机械地运用于对人及其精神的研究是不适当的。精神科学必须具备与自然科学完全不同的、独特的研究方法。

狄尔泰是"生命哲学"的创始人。在他看来,生命作为人类历史发展与人类精神创造活动的主体,是一种不可抑制的永恒冲动,处于盲目而又有秩序的不断流变之中。对于生命,只能依赖个人的内在体验所外化而成的审美表达去理解和把握。"体验""表达"和"理解"构成狄尔泰的生命哲学和美学的核心范畴。在他那里,体验意味着人在生命的某一时刻通过对一个对象、一种情境和事态的经历,在其深刻的意义内涵中把握生命和存在的意义与本质的原始意识过程。

在具有创造性的人身上,体验往往能够以强烈的心灵震动和情感共鸣引起艺术表现的欲望,促使他寻求形象的表达。艺术作品的产生与体验直接联系在一起,而不是事先有某种构想或意图,然后才通过形象表现出来。不仅客观外在的对象能够引发人的体验(现实体验),而且梦境、幻觉、渴望、想象等也能导致某种内在体验(虚幻体验)。在艺术作品中,体验往往按照艺术家的主观需要经过一定的加工、改造和浓缩,因而其结果与体验发生的时刻有一定的距离。为了避免滑向心理主义,狄尔泰把主观色彩很浓的"体验"概念外化为一个具有客观色彩的"表达",强调作为人的心灵内涵的体验是通过"表达"来使"生命"得到理解的,而文学、艺术、宗教等等便是这种生命体验所外化成的表达方式。在表达符号时,人们不仅注意表达符号本身。而且进入这种符号的内层面,直接感受它们所"意指"、所"代表"的东西。这一表达符号系统既有别于一般的物质现象,也与一般心理现象不同,仅仅是一种传达精神世界的符号而已。

狄尔泰认为,对于生命只能依赖于个人内在体验与感觉及其外在的具体形式,即表达形式来把握,不可能对它进行理性的分析。因此,人类的精神科学不是建立在逻辑的、形而上学的基础之上,而是以人的个体与群体的具体生命表达为依据。在他看来,人永远是社会的人,因而对自我的认识必须通过对他人的认识才能达到。通过表达,人类的内在精神才会以外在的物质符号的形式保存下来,使个人的内在"话语"转化为现存世界文化的"语言",得以流传下去并保持在人类的文化交流活动中,使时空相隔甚远的人能够进行"对话",使"过去"与"现在"得到沟通。"过去"的意义恰恰是通过

"现在"对生命的主动揭示展现出来的。在表达中,个体的"体验世界"终于获得了普遍的形式而融入无限的人类历史的"表达世界"之中。正因为如此,狄尔泰认为,"表达"是一个极其重要的哲学概念,它是我们生活于其中的具体可见的文化世界的内在力量——有意识的生命的产物,而这个具体的文化世界则构成这种具有意识的生命或精神赖以表达自身的"文本",它蕴含了历史地运动着的人类在其全部存在中积淀下来的经验。

狄尔泰把生命表达分为三种类型:语言表达、经验表达、行为表达。在他看来,人的每一个微小的活动都有一种完全属于它自身的意义,人所从事的种种活动总是"意味着什么",因为它们的产生是为了实现某种目的。人的行为及其产物不仅有自己的意义,而且也传达着意义。以狄尔泰之见,诗最为明显地体现了表达的这三种特性,因为诗的表达是对世界意义和生命之谜最神秘的展现,它历史地揭示了人体验和领会生活意义的无限可能性,以及人的本质及其与世界关系的真实价值。

1883 年以后,狄尔泰扩大了阐释学的应用范围,并努力使它成为人文和社会科学的普遍的方法论。在他看来,认识精神世界不仅是一个理解人的经验的行为,而且也是一种阐释行为。它把"理解"定义为"我们理解体现在一个物质符号中的精神现象的活动",或"在外部世界物质符号的基础上理解精神内在的东西"的活动,从而确立了"理解"概念在阐释学中的核心地位。

狄尔泰强调,理解的目的最终并不是与己无关的,也并非仅仅为了获得客观的认识。真正的理解的结果实际上是"同化"过去的以及他人的经验。这种同化将对阐释者的生活产生深刻影响。通过阐释而进行的再体验所导致的结果便是"我们对世界的同化"。理解开拓了一个广阔的、在阐释者个人生活中尚不存在的可能性领域。任何人的生活经验都是有限的,然而,对历史和他人经验的理解与阐释都可以帮助人克服文化与时间的有限性所造成的人的存在的局限,因为这种理解与阐释揭示了生活整体的统一意义。

狄尔泰认为,"理解"行为发生在三方面:1. 对人们所说的和所写的东西的领会与把握,即对"文本"字面意义的理解;2. 对"文本"内在意义的领会,即对文本所展示的人类经验的"同化";3. 对文本作者心灵的体验与领悟,即对作为"他人"的文本作者的精神世界的追复。这三个方面是紧密相关,不可分割的。

总之,狄尔泰把人的精神生命创造的文化世界看作一个大文本,试图通过阐释学的方法去解释这个世界。过去的世界是一个他人的世界,一个个个体的人通过各种方式表达自己的经验世界。他们运用语言文本来展示自身情感、愿望、认识和经验，而理解和解释者则通过理解与解释来扩展自己的精神财富，获得于己有益的对那个异己的世界的认识。

二、迦达默尔思想发展的三个阶段

如果说，海德格尔将阐释学由单纯的认识论和人文科学的一般方法论改造为哲学本体论，并为现代阐释学奠定了理论基础，那么，迦达默尔则完成了古典阐释学向现代阐释学的过渡，建立了哲学阐释学的完整体系，使阐释学成为当代哲学和人文－社会科学的主导思潮之一。

迦达默尔称："我的阐释学仅仅在于遵循后期海德格尔的思路，并用新的方法达到后期海德格尔的思想。"应当说，他正是从海德格尔的存在论阐释学出发，把这门科学作为人类存在和世界经验来看待，通过强调理解的普遍性，确立了一种以理解问题为核心的学说的独立地位。海德格尔的存在论阐释学的最终目标是探索存在的意义或真理，而迦达默尔的哲学阐释学所关心的则是人的存在及人与世界的最基本的状况和关系。

作为海德格尔的学生，迦达默尔把理解看作人的存在方式，认为它本来就不是一个方法问题，而具有本体论的意义："理解是如何可能的？这是一个先于一切主体性理解行为，也先于理解科学的方法及其规范和规则的问题。我以为，海德格尔对人的"此在"的时间性分析令人信服地指出了理解并非主体诸多行为方式之一，而是"此在"自身的存在方式。""理解……属于被理解物的存在。"在他看来，人的存在的实质便是对存在的理解，向外，他必须理解自然、世界、社会、他人；向内，他必须理解自我。只有在这种理解中他才能够生存，没有理解，存在在根本上是不可能的。

正因为理解和解释是人的存在的基本方式和原始特征，人要生存，就必须对与他有关的一切做出理解，探究它们的意义。这便决定了理解的普遍性和绝对性。迦达默尔认为，理解现象遍及人与世界的一切关系，理解行为发生在人类活动的所有领域。他把宇宙、自然、世界、社会、历史、文化等等看作扩大了的文本，而理解与解释无不是对这些"文本"的释读。但他同时又指出，理解又不仅仅是人的主体行为和认识模式，而是存在者的存在模式和人的存在的根本特征。

迦达默尔，1900 年生于德国马堡，20 年代在慕尼黑大学和马堡大学攻读哲学，1922 年在著名哲学家托尔纳普指导下获哲学博士学位，1929 年在海德格尔主持下通过教授资格考试，此后先后任教于马堡大学（1937）、莱比锡大学（1938）、法兰克福大学（1949），从 1949 年起任海德堡大学哲学教授。

迦达默尔的思想发展可以划分为三个阶段,并以他的代表作《真理与方法》的问世(1960年)为标志。《真理与方法》发表之前为其思想发展的第一阶段,可称为前阐释学阶段;第二阶段大约从1949年到1960年,是他构思写作《真理与方法》的时间,是他哲学阐释学完成的阶段;第三个阶段是1960年至今,他试图用哲学阐释学的基本立场对一系列社会政治和文化问题进行溯本求源的探讨并做出解释,这一阶段可以称为他的实践哲学阶段。

在迦达默尔的青年时代,以赫尔姆霍尔茨和朗格为代表的经验主义的新康德主义,以及以柯亨为代表的马堡学派逻辑新康德主义占据了德国哲学界的统治地位。迦达默尔的大学时代及其后的研究与教学生涯,有很长一段时间是在新康德主义的主要根据地马堡大学和弗赖堡大学度过的,因而深受新康德主义的影响,用他自己的话来说,他是"在主观唯心主义的圈子里成长起来的"。青年迦达默尔的思想发展道路就是逐渐摆脱新康德主义影响的过程,而导致这一结果的契机则是第二次世界大战。

第一次世界大战的失败对德国思想界的冲击很大,德国文化的传统遭到破坏,自由时代骄傲的文化意识,以及建立在科学之上的进步信仰在战争的严酷现实面前彻底崩溃。现象学反对笛卡尔的我思,康德的自在之物,黑格尔的绝对精神等先验之物,认为这一切都是无法明证的,因而必须加以"悬置"存而不论。哲学的任务是对"现象"进行描述,通过对现象本身的本质直观和还原达到对对象的认识。这将使哲学摆脱形而上学的阴影而成为一门彻底的严密的科学。但是,现象学分析最终还是回到了先验的自我,即所谓的"纯粹意识",因此并未彻底摆脱德国唯心主义的传统.

是胡塞尔的学生海德格尔对"存在者"和"存在"作了明确的区分,把存在作为哲学研究的对象,在对存在最为典型的表现——"此在"的分析中揭示了存在的时间性,说明存在是一个不断"生成"的过程,从而破除了旧的形而上学。海德格尔的哲学方向深深地吸引了迦达默尔,并对他此后所走过的道路起到了根本性的影响。

海德格尔后期主要探讨了两大问题:一、确定整个哲学思维和世界观的起源,并确定其基本要素;二、指出"通达存在之真"的途径,而用来解决这两个基本问题的方法则是语言分析。迦达默尔继续了海德格尔的遗产,并循着他的思路继承前进,经过十年的构思,在1960年出版了他本人,也是哲学阐释学的划时代著作《真理与方法》,从而完成了阐释学由其古典形态向现代形态的转变。

三、理解的历史性

迦达默尔的阐释学"力图阐明隐藏在科学或不科学的各种理解现象之后的基本条件,并使理解成为解释者的主体并非绝对居于主导地位的事件"。因此,他的理论并不研究解释的具体方法,而是探寻解释和理解得以发生的条件。他彻底否定了施莱尔马赫的心理主义和狄尔泰的历史主义倾向,认为它们"从整体上歪曲了解释现象,把持续于精神科学中的理解方法从理解得更广阔的过程中孤立出来了"。

施莱尔马赫和狄尔泰的共同思想基础是客观主义,他们的阐释学都力求使解释者摆脱自己的"偏见"而达到与被解释对象同一的立场。迦达默尔认为,这种客观主义理想尽管听起来十分动人,但实际上是不可能实现的。因为,客观主义的前提是,被理解对象亦即文本,是一定历史条件的产物,其作者也必定具有一定的历史限定,所以,理解文本便是力求使自己完全摆脱自己时代的限制,设身处地地像文本的作者那样,用那个时代的方式进行思维。

正因为如此,迦达默尔对理解的历史性作了与以往完全不同的论述。他指出:"阐释学的概念标志着"此在"的基本运动性,这种运动性构成了"此在"的有限性和历史性,因此包容了全部世界经验……理解的运动是无所不在,无所不包的。"由于作为个体的人的生命具有时间的有限性,人对世界、对自身以及一切事物的理解也必然受到时间的限制。这便决定了,理解总是具有历史性和有限性。理解者总是要站在自身、他所生活的那个时代及他所处的环境的立场上去看待一切,理解一切。这种特殊性和历史局限性是理解本身固有的规定性,而且是永远无法消除的。人总是以一种特殊的方式存在于世,有特殊的环境和条件,有一个先于他而存在的久远的历史,有先于他的语言。这一切构成了人的理解永远无法摆脱的制约,而理解的历史性和有限性正是体现在理解的被制约性之中。

迦达默尔认为,过去的哲学由于接受了以主客体相分裂为基础的意识与存在、主观与客观的二分法,总是把理解的历史性作为阻碍人获得客观真理的前提而加以否定。人们始终不愿正视并承认理解的历史局限性,都把自己对世界、事物和文本的理解宣布为客观的、绝对正确的。但迦达默尔却主张历史性是一切理解的根本性质,我们不应回避和隐晦这一事实,相反,应当从这一前提出发去看待一切理解和解释,看待所有的学说、理论和观念。

既然任何理解和阐释都无法摆脱历史的局限性、都是一种历史现象,那么,理解就必然会带有某种主观性,即是说,它不可能是纯客观的,唯一的,绝对正确的。理解行为的主观性不但从历史性角度观察是无条件的,即不同历史时代的人对事物的理解存在着差异,而且用共时性观点来看也是绝对的,不同地域、不同环境中的不同个人,对一件事物或一个对象的理解也各不相同。

理解的历史性过去往往被忽视或否定。我们经常可以看到这样一种现象:一种理解和解释、理论或学说,一旦取得某种成功,总会被宣布为绝对真理。例如,启蒙运动在历史上所取得的辉煌胜利,自然科学的巨大成就,使许多人忘记了导致这一切的根本原因,在天真地相信理性和科学已使人类登上了终极真理的巅峰的同时,他们对理性和科学的盲目崇拜也达到了迷信的程度,从而导致了泛理性主义和科学决定论的泛滥。当然,启蒙运动赋予理性以至高无上的地位,以反对封建愚昧的专制,有其进步的意义,其历史功绩应该予以充分肯定,但启蒙运动的理性概念本身就是一定历史条件下的产物,它所主张的那种超历史的、永恒的、绝对的理性并不存在。任何科学原理和方法,甚至基本的科学概念,都是历史地形成的,都是历史的产物,因而都应历史地加以审视。

由于理解永远存在着历史的局限性,始终是主观、相对的,它便绝不会是静止的、一成不变的。不仅理解行为就其本质而言向未来开放着,永远不会完成和终结,而且理解的内容也永远不会达到终极真理。换言之,理解随着时间的推移始终在发展、前进,绝不会停留在某一水平之上。一种理解一旦停滞不前,便会僵化、过时,即使它曾是一种正确合理的理解,也会走向反面而被人抛弃。

迦达默尔认为,理解不是一种被动的行为,而是一种积极的、建设性的活动,它本身便包含了创造的因素。理解必须被看作意义生成的过程,意义总是通过理解而形成的,它绝不是什么先验的、客观自在的、固定不变的东西。事物本身并不具有意义,只是当它们作为理解的对象时才获得了某种意义。

迦达默尔反对“历史客观主义”的态度,在他看来,历史并不是历史学家可以站在超然的立场上加以客观解释的对象,不是一堆历史学家或历史阐释者可以“重新发现”或“复制”的东西。理解不是一个复制过程,任何历史学家总是要从某种立场出发去理解、解释历史事件,而每个人对历史事件的解释都是不同的,都包含了主观的成分,因此无所谓历史的本来面目。此外,人们在理解和阐释历史时实际上就已经介入了历史,即把自己的主观倾向带进了对历史的解释,因此不存在作为客观对象的历史真实,所谓历史真实其实仅仅是对历史的理解和解释的真实。

第六章　多元文化环境下的
外国文学——伦理

第一节　英国伦理思想

在"当代的""英国的""伦理学"这三个术语中,第一个术语的意思最明确,指的是伦理学在 20 世纪所取得的成果。这样说并不是主观任意地规定,因为在许多重要的方面,20 世纪的开始都标志着哲学伦理学的一个新的开端。

英美在哲学研究方面的学术交流一直相当频繁,要远远多于英国与其他欧洲国家之间的交流。而且,这种交流在 20 世纪是不断增加的。20 世纪 40 年代至 60 年代,许多美国哲学家受牛津、剑桥这些古老大学声誉的吸引而来英国求学。但后来,主要受经济因素的影响,这一交往开始逆向进行。随着英国经济的衰落,以及政府在教育上的财政开支大大减少,许多最优秀的英国哲学家都去了美国大学执教,以便得到较好的报酬。所有这一切都使得英美在哲学伦理学研究上密不可分。

与此相关,给"伦理学"的界定也有一些麻烦。某些最重要的伦理学著作出现在伦理学和政治哲学的交叉领域。我们之所以这样说,与前面提到的原因相关,是因为这样的伦理学成果主要来自像罗纳德·德沃金、罗伯特·诺齐克,特别是约翰·罗尔斯这些美国哲学家们。如果不谈及罗尔斯在政治哲学领域的著作的影响,是不可能恰如其分地介绍评价英国最近的伦理学的。

一、直觉主义伦理思想

(一)摩尔的伦理思想

学术界公认当代英国伦理学始于摩尔于 1903 年发表的《伦理学原理》。虽然该书谬误百出,为害深远,但其影响不论是好还是坏,无疑都是巨大的。它在 20 世纪之初的出现标志着英国伦理学的一个转折点。

摩尔把"什么是善"视为伦理学的核心问题。由于这个问题的含义模棱两可,所以,摩尔认为区分其所具有的两种不同意思是十分必要的。一方面,人们可以问"什么东西是善的",对此,哲学家们给出过像"快乐是善""幸福是善""进步是善"等的回答。另一方面,"什么是善"的问题也可以意味着"如何给善下定义",即"当我们问什么东西是善的时候,我们的意思是什么"——这是摩尔的"如何给善下定义"问题的另一种说法。《伦理学原理》用了很大的篇幅来讨论上述的第二个问题,即讨论"善"之定义。在这方面,摩尔为 20 世纪英国伦理学定下了基调。

尽管《伦理学原理》如此关注于这一问题,但摩尔所提供的答案——正如他自己所承认的那样——"似乎非常令人失望"。他说,由于善是一个简单的不可拆分的属性,所以,"善"是不可能被定义的。他将其与"黄"(或者任何其他颜色)相比较。"黄"同样是一个不能被定义的简单而不可拆分的属性。我们可以把它与不同的实体定义相联系。但如果有人问我们"什么是黄本身",我们是无法像定义柠檬和蒲公英那样为它下定义的。我们只有指着柠檬和蒲公英或其他"黄色"的东西说,所有这些东西所具有的这种属性就是"黄"。"善"属性也同样如此——我们不可能为之下定义。

"善"和"黄"虽然都是简单且不可拆分的属性,但"黄"是一个不可拆分的自然属性,而"善"是一个不可拆分的非自然属性。不幸的是,尽管对摩尔来说"自然属性"与"非自然属性"的区分至关重要,他却从未清楚地说明它们的区别究竟是什么。就此而言,"黄"是一个自然属性,因为它是一个视觉体验的直接对象,我们一看到它就知道了什么是"黄"。然而,对摩尔来说,"善"不是自然属性,因为我们虽然可以直接地把握善,却不能靠任何感官知道它是什么。

摩尔认为伦理学中的许多谬误和混淆都来自未能区分"什么是善"这一问题的两种含义:"什么东西是善"和"如何为善下定义"。这一混淆之所以发生是因为哲学家们假定他们能够通过提供一个"善"的定义来发现什么东西是善的。摩尔认为,"快乐是唯一的善"这一说法可能正确,也可能不正确。尽管这一陈述是错误的,但这并非他直接关心的问题。重要的是即使说"快乐是唯一的善"这一陈述是正确的,其正确性也不能由定义来提供。假设我们可以这样做,也混淆了两种完全不同的东西:"善"和"快乐"。"善"是不可定义的。因此,在这里,我们不可能通过把它等同于快乐而得到它的定义。"善"是一回事,而"快乐"则是另外一回事。

摩尔认为,企图以提供一个"善"之定义来确定什么东西是"善",是一个极其普遍的谬误。他指出,"几乎在每一本伦理学著作中,你都可以看到这一谬误"。因此,有必要给它一个特殊的名字:"自然主义谬误"。他之所以给它起这样一个名字,是因为这一谬误最常见的形式是,把非自然的"善"属性等同于某个自然的属性。快乐主义就是这一谬误形式的一个例子。"令人愉快的"是一个自然属性,因为我们可以在经验上确定某个东西是否给人以快乐。但它具有"使人快乐"这一自然属性,并不等于具有"善"这一非自然属性。摩尔承认,"自然主义谬误"这一名字是令人误解的。因为当某人将"善"等同于另一个非自然属性时,他也会犯同样的错误。如果某人断定任何具有特殊形而上学或超感官属性的东西是善的,并声称这一陈述的正确性来自"善"这个词的本来意义,他就是在犯这样的错误。

为什么这样做是错误的呢?摩尔常用的一种方法是使用后来称为"未决问题"的争论来证明它是错误的,即证明问题本身并非是最终的,人们还可以对它再提出问题而不犯逻辑错误。假设某人告诉我们"快乐是善",这种说法可能是正确的,也可能是不正确的。如果"善"仅仅意味着"令人愉快的",那么,"快乐是善吗"就是在问"快乐是快乐吗",这显然是一个无意义的问题。因此,在摩尔看来,我们能够有意义地提出这个问题,这一事实本身表明我们正在提出这样一个问题,即"快乐"是否具有某种其他属性:"善"。

另一种方法是指出,"×是善"的陈述旨在指导我们的行动,告诉我们应该如何行动。但是,如果"×是善"这一陈述是一个"善"的定义,那么,它就只能是一个词语陈述,而不可能提供任何关于我们应如何行动的实质性指导,即不是一个真正的伦理陈述。

摩尔认为快乐主义是自然主义的最常见的例子,但他也使用了一些其他的例子,其中之一是进化论伦理学。进化论伦理学当时是一种颇有影响的理论。诸如赫伯特·斯宾塞这样的作者,受达尔文自然选择理论的影响,试图用进化论来确证伦理学的结论。他们试图表明,像合作和互助这样的行为模式,是较高级进化种类的特征,因此是一种道德理想。摩尔反驳说,这种形式的争论未能揭示出"更进化"与"较高级"或"较好"的区别究竟是什么。如果"更进化的"仅指"在进化过程中出现较晚的",那么它就是一个自然属性:我们可以在经验中确认哪些行为是"更进化的"。但是在这个意义上,某物是"更进化的",决不意味着它是"较好的"。

摩尔的"自然主义谬误"理论,是他对20世纪后来的伦理学发展的最重要贡献。如果这一理论是正确的,它对于达到实质性道德判断所使用的方法将会具有深远的影响。它指出单靠积累关于世界的经验或科学的事实本身是不可能确证任何道德结论的。这样的方法所能够做的只是确证某些东西具有某些自然属性而已，而这些东西是否也具有另外一些完全不同的"善"属性的问题依然悬而未决。

可是，怎样才能解决这个问题呢？或用摩尔的话来说，我们怎样才能得出任何道德结论呢？摩尔认为这个问题可以分成两个部分。第一个是"我们应该做什么"，换句话说，"哪些行为是正当的"摩尔认为"正当"这个术语与"善"不同，是可以分析、可以定义的。他说，"正当"意味着"某个好结果的原因"。因此，为了确证哪些行为是正当的，我们必须找出我们的行为都有什么样的结果。此后，我们将面临第二个问题："这些结果是善的吗?"这就是说，这些结果只有不是作为达到某一目的的手段，而是目的本身时，才可能是善的。

但是，摩尔声称，一旦我们明了这个问题的性质，答案就是自明的：迄今为止，我们已知或可以想见的最有价值的东西是某些意识状态。这些状态可以被大致描述为人与人交往的快乐和对美好事物的喜悦。也许任何向自己提出这一问题的人都不会怀疑自己对艺术或自然美的爱好与欣赏本身是善的。

其他伦理学家由此把摩尔的基本道德理论称为一种"理想功利主义"。在这里，使用"理想"这个词尽管容易令人误解，但其目的是将摩尔的理论与传统的功利主义区分开来。边沁在《道德和立法原理》中认为，正当的行为是那些给最大多数人带来最大量快乐的行为。摩尔与这些传统功利主义者一致的地方在于，他们都同意行为的正当性应由其后果来判断，但摩尔不同意他们关于什么应该被视为好结果的观点。他反驳快乐主义关于快乐是唯一的自在善的理论。因为正如我们已经看到的那样，他认为对此的论证通常是建立在自然主义谬误的基础上的。而且即使它与自然主义谬误无关，快乐主义也是错误的，因为快乐并不是唯一的善。某些快乐根本不是善。作为善的和最重要的善事物的快乐与喜悦是爱与友谊的快乐，是审美的喜悦。

在摩尔的这一理论中最引人注目的是，他建议基本的价值判断是完全自明的：我们就是知道这些判断是真的。这一理论有时被叫作"直觉主义"。摩尔本人也的确使用"直觉"这个词来指我们对于那些自在善的东西之善性的所谓直接把握。但摩尔强调，他并不是通常意义上的"直觉主义者"。他的理论与以前的"直觉主义"有两个重要的不同。第一，摩尔所谓的"直觉"不是我们关于什么行为是正当的信念，而是关于什么东西是自在善的信念。

第二,摩尔强调,在称这些信念为"直觉"时,他并不想暗示我们有某种特殊的办法可以知道它们是真的。他的意思仅仅是我们能够知道他们是真的,却无法解释它们为什么是真的。

然而,摩尔的麻烦就在于此。我们怎样能够知道这样的东西是真的呢?我们可以同意他的观点,即对于某些真理而言,我们无法提供以其为真的理由。因为提供理由并不能无穷地进行下去,在某一点上,我们必须停止这种追问。但是,当到达这一点时,我们必须能够对于我们如何知晓这些真理做出某些解释。摩尔的问题在于他根本做不出任何解释。如果某人在任何一个摩尔视为自明的基本价值判断——如审美喜悦自身是善——善与其相左,摩尔对此所给予的反应似乎只能是:"你是错的,因为我知道。"

(二)W. D. 罗斯的伦理思想

如果我们把摩尔与另一个也被称为"直觉主义者"的哲学家相比较,他的"自明"理论就更显得不能自圆其说。罗斯在其出版于 1930 年底的(正当与善)一书中,不同意摩尔伦理学理论中的功利主义观点。他指出,功利主义认为唯一能使正当行为成为正当的东西,是其产生尽可能多的善的倾向。这种观点并不符合事实。某些行为正当不正当,原因在于其自身,而与他们的好或坏的后果并无多大关系。以守诺为例,什么东西使守诺成为正当的行为呢?如果一个人做他许诺要做的事情,肯定会常常给他带来好的结果。相反,不去或未能履行自己的诺言常常会带来坏的后果。这些考虑无疑是使履行诺言成为正当的重要因素。但也有例外的情况,此时守诺的后果可能是灾难性的。

对罗斯来说,守诺是一个绝好的例子。(说明某个行为之所以是正当的,是因为它履行了某种义务)罗斯的理论常常被称为义务论。因为与功利论或后果论不同,它坚持最重要的概念是"正当"和"义务"而不是善。罗斯列出一份他称为"自明义务"行为的清单:

(1)忠诚义务——做已经明确许诺或暗暗答应过去做的事情。

(2)赔偿义务——赔偿因自己过去的过错而给他人带来的损害。

(3)感激义务——报答自己曾从其受过惠的恩人。

(4)公正义务——确保人们得到因其功德而应得到的东西。

(5)仁爱义务——为其他一切人谋利益。

(6)自我发展义务——使自己成为更优秀的人。

(7)不做恶义务——约束自己不伤害他人。

在摩尔看来,正当的行为是能够产生好后果的行为。这相当于罗斯所说的仁爱的义务,但对罗斯来说,仁爱只是诸义务中的一个。罗斯称这些义务是自明,因为如果其他条件相同,履行任何这样的义务都是正当的。但问题在于,有时两种自明义务会相互冲突。例如,在毁约可以阻止严重伤害另一个人的情境中,就会出现这样的冲突。

如此而言,罗斯的基本道德理论与摩尔的理论是有重要区别的。但他的形而上学理论却与摩尔的相似,因为他们都认为基本的道德真理是自明的。因此,对罗斯而言的所谓自明真理对摩尔却似乎不是自明的,反之亦然。"自明"术语的这种用法与摩尔的用法基本相同,但他们视为自明的判断却大相径庭。对此,罗斯曾明确地说:"如果有人告诉我们,我们应该放弃这样一种观点,即谨守诺言是一种特殊的义务,因为唯一的义务是带来尽可能多的善,并且这是自明的,那么,我们就必须问问自己:在我们思考时,我们是否真的相信它是自明的,以及我们是否真的能够消除这样的看法,即守诺的约束是完全不依赖其是否会带来最大的善的。从我自己的经验中,我发现,即使全心全意地想这样做,我也无法办到。"显然,罗斯的经验一定与摩尔的不同,因为对前者来说是自明的真的东西,对后者却是自明的假的。这就必然使人怀疑"自明"这个概念本身是否明确。虽然那些声称基本价值判断是自明的哲学家们,并不一定要说他们的真理对每一个人都永远是明白无误的,摩尔和罗斯也都承认在这些事情上,人们是可能犯错误的,因此分歧的出现也是可能的,但是,令人惊奇的是这两位哲学家本身竟然会在所谓自明的问题上形成完全相反的判断。由此,另一些哲学家们很自然地得出结论说,这些基本价值判断所表示的根本不是什么自明的真理,而仅仅是个人的偏好、感情和情绪以及个人的喜欢与不喜欢。

二、非认识主义理论

(一)主观主义与情感主义

较早得出前述结论的哲学家之一是伯特兰·罗素。他也许是20世纪最著名的英国哲学家。尽管他活跃于公共生活领域,热心地宣扬特殊的道德和政治观点,如关于性道德、关于核裁军,但其内容广泛的哲学论著,很少直接讨论伦理学,不过他确实注意到了这方面的问题。罗素是摩尔的朋友,并在剑桥与其同事。他在其最早的伦理学文章《伦理学要素》中全面接受了摩尔的观点。但到1914年,他已经确定摩尔关于基本价值判断的自明性是不可证实的,关于某些事物是"自在善"的论断也不是真地表达了自明的真理,它们根本不表达任何知识。因为"善"和"恶"这些述语并没有指涉世界上任何客观的特征。在第一次世界大战期间,罗素发起运动谴责英国政府的战争政策,并因其反战行为而遭监禁。

罗素于 1935 年出版了他的《宗教与科学》一书,在其中的一章"科学与伦理学"中,他对其上述观点进行了最详细的论证。他仍保留了摩尔理论中的后果论成分:如果确定某种行为正当不正当的道德规则"增进了那些自身为善的东西,那么它们就被证明是合理的"。但是,在关于究竟哪个是自在善的问题上,任何理论都是没有根据的;争论的每一方只能诉诸他自己的情感,使用那些可以在别人心中引发相似情感的修辞手段。因此,罗素根本否认那些被摩尔视为基本价值知识的东西是知识:"关于'价值'的问题完全在知识领域之外。这就是说,当我们断定这个或那个东西有'价值'时,我们所表达的是我们自己的情感,而不是一件事实。该事实不论与我们个人感情相同与否都是真的。"罗素接着又对价值判断进行了稍稍复杂一些的分析。他指出,严格地说来,当我做出一个最终的价值判断时,我并不仅仅是在表达我个人的喜欢或不喜欢,我也在尽量赋予我的愿望和感情以普遍的意义:我用以表达愿望和感情的方式旨在诱使别人也采取同样的愿望和感情。这样的话语表面上酷似客观性论断的原因就在于此。

罗素把他的理论说成是对价值"主观性"的一种维护和捍卫。他认为并不存在客观的价值。所谓的"价值"并不是独立存在的自然特征。如果一个人说"美是善自身",而另一个人不同意,前者没有任何办法来表明对方是错的。到此为止,摩尔与罗素并没有什么分歧,因为摩尔也说这样的价值判断是"自明的",意味着我们能够知道它们为什么是真的,却无法提供任何理由给予证明。但是,罗素得出了一个与摩尔完全不同的结论:即使我们可以证明它们为什么为真,这也不表明它们是自明的,而不过是因为它们既不是真的也不是假的。它们不是陈述,它们不传递任何知识。

因此罗素的理论可以视为后来被称为"非认识主义"伦理学理论的一个例子。这些理论坚持道德表述的真正功能不是传递知识。罗素对这一立场的阐述后来发展为"情感主义"理论。情感主义的经典表述是由 A·J·艾耶尔在其名著中提出的。在这部著作中,艾耶尔捍卫了逻辑实证主义哲学学派的证实原则。该原则坚持,一个陈述只有在其或者是(A)分析的或者是(B)经验上可证实的时候,才具有实际的意义。说一个陈述是分析的,就是说其正确性仅仅来自其使用的词语的意义。在这种情况下,它是一个无关紧要的陈述,因为它不能告诉我们任何现存事实。

所谓的"价值判断"是经验上可证实的吗? 艾耶尔认为它们不是。他对此的论证方法近似于摩尔的"未决问题"论辩。人们总是企图使用各种各样的方法把价值判断说成是经验上可证实的,如果这一观点是正确的,价值判断就肯定是经验上可证实的。因为为了确定某物是正当的或是善的,我们必须运用某种社会学或心理学手段弄清人们感情的性质。但是,对于艾耶尔来说,这一观点不可能是正确的。因为一个受到普遍赞同的事情事实上可能并不是善的。我们永远可以不同意多数人的意见。快乐主义还认为正当意味着"将产生最大量快乐的东西",这一说法也可以使伦理判断变成经验上可证实的,但它同样不可能是正确的,因为说某些令人愉快的东西不是善的也不自我矛盾。使用同样的论证方法,我们可以证明"善"或"正当"是不能被等同于任何经验特征的。

在这个问题上,摩尔会说"善"必定指的是某种超自然的属性。这一属性的存在是"自明"的,是某种"直觉"的对象。而艾耶尔用其证实原则得出结论说,"伦理概念不能归结为经验概念",使得关于价值的陈述成为不可证实的。按照摩尔的逻辑,并不存在任何可以用来支持一个关于某物是自在善的陈述的证据,因此,如果人们对一个陈述发生了分歧,他们不能使用任何方法来表明该陈述是真的还是假的。

当人们说某物是"善"或"正当"的时候,如果不是在作一个有意义的陈述,那他们是在干什么呢?艾耶尔对此的回答与罗素相似。伦理表达可以用来达到两个目的。它们可以表达说者的感情,也可以引发听者的感情,并因此激发他们去行动。有时,我们可以把激发感情的意图比作发出一道命令。特别是当我们使用像"义务"和"应该"这样的具有强烈伦理色彩的词语时,更是如此。如果我说"你应该说实话",这就相当于我正在发出一道命令:"说实话!"

艾耶尔强调了表达感情与断言感情之间的区别。使用话语表达感情与断言我具有这些感情并不是一回事。这就是艾耶尔不愿将其理论称为"主观主义"的原因。他说,传统的主观主义把伦理话语解释为关于人们感情的陈述。但是,如果说"偷盗是错误的"是一个关于说者的感情的陈述,如果它的意思是"我不赞成偷盗",那么它就会是经验上可证实的。只要我们证明说者确实具有那种不赞成的感情,就能证明它是真的。然而,按照艾耶尔的理论,"偷盗是错误的"不是一个关于说者的感情的陈述。因为它根本不是一个陈述,而是一种感情的表达。

(二)黑尔和规约主义

黑尔在其出版于 1952 年的《道德语言》一书中,把艾耶尔先前将伦理语言与命令联系起来的观点作为立论的出发点。黑尔说,这本身是一个很有用的联系,因为伦理语言的主要功能就是指导行为,就是回答"我要干什么"的问题。在这方面,它明显地起着与祈使句即命令语言相同的作用。情感主义的错误不在于它把伦理语言比作祈使语言,而在于它对这两种语言作了令人误解的解释。黑尔因此建议说,只要我们首先更仔细地研究祈使句的用法,我们就能避免情感主义的错误。他强调说,重要的是要看到,尽管祈使句具有明显的指导行为的功能,但这并不意味着其特有的用法是对听者的行为或态度行使某种因果性影响。黑尔认为,使某人做某事与告诉某人去做某事之间是有区别的。情感主义者暗示人们道德语言与祈使句的正确用法就是使某人做某事,因此是一个劝导与影响的过程,涉及如何操纵人们的感情。但是,使用祈使句并不是使某人做某事,而是告诉某人去做某事。

祈使语言的用法和指示性陈述的用法一样必须符合逻辑规则。祈使语言的这一特点可以通过逻辑推理表现出来。仅以下述推理为例:

把所有的箱子都搬到车站去,

这是这些箱子中的一个,

所以,把它也搬到车站去。

这是一个逻辑上有效的三段论。尽管其大前提和结论都是祈使语言,其逻辑有效性并不因此而比指示性语言小。这个例子表明了一个祈使句怎样可以逻辑地从一个较一般的祈使句和一个事实陈述中推导出来。因此,它表明我们完全可以对祈使句进行理性的辩论。如果道德语言像祈使语言一样能够指导行为,它也同样可以做出合理的推论。但是黑尔认为,有一个规定祈使逻辑的特殊的规则具有特别重要的意义,即只有在前提中出现一个祈使句时,逻辑的有效论证才能得出祈使结论。如果所有的前提都是指示事实的陈述,我们是不可能有效地得出这样的祈使结论的。当我们开始探讨比较祈使句与道德语言时,这一规则的重要性就会更加明显。

道德语言与祈使句一样是一种规约语言,它的主要功能是指导行动。道德术语与单纯的祈使句的不同之处在于,它们既具有规定功能,又具有某种描述意义的成分。黑尔用"评价术语"来指称那些既具有规定意义又具有描述意义的术语。它不仅包括道德术语,而且也包括"善(good,好)"这个词的非道德用法。以"这是一种好(good)草莓"为例,在这个判断里,"好"虽然并没有在道德意义上使用,但仍然是一个评价性术语。其首要功能是规定、命令和指导人们的选择。就此而言,它的功能就像一个祈使句。说"这是一种好草莓"就像是在说"如果你想要草莓,就选择这种吧"。但是,"好"既具有这种规定意义,也具有描述意义。它含有这样的意思,即这种草莓具有某些使其成为好草莓的特征。它虽然并没有具体说明这些特征是什么,但它暗示着确实存在着某些这样的特征。当某人说"这是一种好草莓"时,其他人就可以很自然地要求他具体地说明使其成为好草莓的东西究竟是什么。如果他说:"它是好草莓因为它甜且汁水多",那么他在逻辑上就必须承认任何其他具有同样特征——甜且汁水多——的草莓都是好草莓。如果某人在谈论两种草莓时说一种是好草莓而另一种不是,但却不能具体指出一种草莓具有而另一种不具有的这样的特征,那么他就是在错误地使用"好"这个词,因为他违犯了支配好(善)之描述意义的规则。在这方面,评价术语与纯描述术语完全一样。如果我谈到某个红的东西,那么我就必须说任何具有相同特征的东西也都是红的。

另一方面,黑尔强调说我们不能把评价术语的意义简单地归结为它们的描述意义。"这是一种好草莓"并不仅仅意味着"这是一种既甜又多汁的草莓"。如果它的意思就是如此,那么我们就不可能使用"好"这个词来达到其最基本和独特的目的——推荐甜且汁水多的草莓。这种推荐目的普遍存在于"好"这个词的所有用法中。

黑尔说对于像"好""坏""正当""错误"和"应该"这些最普遍的评价术语来说,规定意义是主要的,而描述意义是次要的。但也有另一些评价术语,其描述意义是主要的而规定意义是次要的。当适用于人和人类行为时,这样的术语有"勤奋""诚实"或"英勇"。说某人诚实,就是说他总是讲实话,从不欺骗人等等。这就是这个词的描述意义。我们具有确定的标准来决定是不是应该把某人说成是"诚实的"。但是,当我们称某人是诚实人时,我们并不仅仅在描述这个人,我们还在暗示由于他具有这样的特征,所以他是一个好人。因此,我们是在称赞他为人诚实。在这里,黑尔再次强调说,重要的是要认识到这样的词语的意义是不能归结为它们的描述意义的。如果有人告诉我们说,"他具有我们称之为'诚实'的特征,因此他必定是一个诚实的人并因此是一个好人",我们是不应该由此就得出我们的道德结论的。如果"他是诚实的"含有"他是好人"之意,那么,诚实这个词的用法就必定既具有规定意义也具有描述意义。

黑尔强调描述意义与规定意义之间的区别,是与他前面关于祈使句在逻辑论证中的作用的理论相关的。他曾就祈使句的逻辑做出过两个断言。一个是正如指示语言一样,祈使语言也可以构成有效的逻辑论证。另一个是只有在至少有一个祈使句存在时,逻辑上有效的论证才能得出一个祈使结论。现在,对于道德判断和其他价值判断也可以做出相似的断言。

现在我们可以简要地说明一下黑尔关于理性在道德争论中的作用的观点。既然逻辑推论可以推出道德结论,那么道德争论就可以是理性活动。情感主义把道德争论说成是一种非理性的影响和劝说的过程,目的是激发人们的感情和情感。黑尔对此作了重要的纠正。然而,黑尔的理论又指出理性是有其局限的。我们可以从一个较普遍的道德前提引出一个具体道德结论,而那个普遍道德前提又是从更普遍的道德前提中引申出来的。但这个过程是有尽头的。对黑尔来说,作为我们道德推理的最高前提不能是描述的,它们本身必须是道德前提即最高的道德原则。采用这样的一个原则就是作一个黑尔所说的"原则决定",它与判断一个事实陈述的真假是完全不同的。事实不能决定我们应该做出什么样的决定。

尽管我们上面所讨论的道德理论之间存在着区别,但它们具有一个共同的特征。它们都能被说成是反自然主义的理论。它们都坚持在价值判断与关于经验世界的事实陈述之间的严格区别。摩尔把这一区别说成是来自两种属性经验属性与简单的、不可拆分的、非自然的属性"善"的根本不同。罗素、艾耶尔、黑尔和其他人则反对把"善"和其他价值述语理解为某些属性的名称,反对把价值判断看作关于某一特殊事实的陈述。在这个意义上,他们的理论是"非认识主义"。情感主义者把上述的分离表述为描述意义与情感意义的区别,而黑尔则把它说成是描述语言与规定语言的不同。黑尔之后,最普遍采用的说法是价值与经验的区分。这并非摩尔的说法,因为摩尔把价值视为一种特殊的事实。但黑尔却认为这才是摩尔驳斥自然主义的基础。黑尔还把它与 18 世纪苏格兰哲学家大卫·休谟那段著名论述相联系——休谟怀疑道德哲学家们从"是"命题过渡到"应该"命题并不是一个符合逻辑的过程。黑尔和其他当代哲学家们所采用的口号是:不能从"是"推出"应该",但"是"和"应该"在这里的用法还有待作进一步的说明。"说谎是错误的"或"我父亲是个好人"虽然包含有"是",但并不是上面所说的"是"命题。它们是"应该"型的命题,因为它们是指导行为的。因此,这一口号的最清楚地表述应该是:"不能从事实陈述中推出价值判断"。

第二节 美国伦理思想

当代美国伦理思想,顾名思义,主要指第二次世界大战以来的美国伦理学理论和社会伦理思潮。这期间正是美国社会逐步进入后工业化的时期。

在此期间,社会道德观念异常活跃,伦理学学派不断涌现,伦理学主题不断转移,呈现出复杂多样的态势。

从整个西方各国来看,当代伦理学在总体上经历了由元伦理学向规范伦理学的发展,美国却同中有异。如果说欧洲各国的当代伦理思想正由元伦理学转向规范伦理学,并且羞答答地暗中接受元伦理学的遗赠的话,那么,当代美国伦理思想则始终没有放弃对规范伦理学的关注,致使元伦理学从来没有获得纯粹的形式。

一、元伦理学

在现代西方伦理学中,元伦理学的最初发展形式是直觉主义。直觉主义在英国获得了辉煌的成就,占领了二三十年的统治地位,但在美国却反响甚微。当代美国伦理学的元伦理学倾向发端于情感主义。

伦理学情感主义是直接从逻辑实证主义哲学中引申出来的。逻辑实证主义认为,哲学的根本任务在于进行语言分析。一切有意义的陈述或者是经验的,或者是分析的。形而上学命题和规范伦理学命题,既不是分析的也不是经验描述的,因此应从真正的哲学中清除出去。英国的 A. 艾耶尔是第一个以逻辑实证主义立场明确阐发情感主义基本观点的人。他在 1936 年出版的《语言、真理与逻辑》一书中提出,以往的伦理学体系包含的内容可分为四类:一是表达伦理学词语的定义的命题,或是关于某些定义正当性或可能性的判断;二是描写道德经验现象和这些现象原因的命题;三是要求人们在道德上行善的劝告;四是实际的道德判断。他认为唯有第一类才构成伦理哲学。

情感主义从反面揭示了直觉主义的不足,在这一意义上显示了情感主义的合理性。然后,极端情感论又造成理论自身的局限,这就使得它无法获得普遍的认同。

(一)斯蒂文森:情感主义

斯蒂文森早年主攻英国文学。在英国深造期间结识了摩尔和维特根斯坦,因而有机会充分认识直觉主义和逻辑实证主义的实质,并且在他们的影响下,转而主攻伦理学。杜威明确提出过区别伦理术语与非伦理术语的问题,但没有对道德判断与事实判断作截然的或绝对的区分。培里主张价值就是任何兴趣的任何对象。毫无疑问,杜威和培里都是自然主义者。他们对斯蒂文森的影响是间接的,即教会斯蒂文森摆脱极端情感主义的独断性,关注伦理学对现实生活的干预。

斯蒂文森在很大程度上有别于他的前人。以往的情感主义者仅仅认为,在道德问题上存在着的只是以某种非描述方式表达的语言的用法,并坚信伦理学和形而上学一样既不可被经验证明,也不能靠本身的术语被证明,应当"拒斥"。斯蒂文森却承认伦理命题确实具有意义。尽管斯蒂文森的总体倾向是非认识主义,但与大多数非认识主义伦理学家不同。他认为,根据道德表达的说明形式,根据"真""假"总是典型地用作支持或论证各种说明性陈述的理由这一事实,遵循日常用法来说明道德陈述的真或假是完全恰当的。斯蒂文森与直觉主义一道反对自然主义。他指出,在道德问题上,我们可以对所有有关事实取得一致意见,但仍旧在应当做什么、什么是善的和什么东西因其自身的缘故就有价值等问题上存在分歧。他认为,基本的道德判断不是知识问题,而是态度的表达、原则的决定和意图的宣布。道德语言的意义不只是描述情况是怎样,而是决定要做的事情。

斯蒂文森在《伦理术语的情绪意义》一文中,提出了伦理学问题应采取"某事物是善的吗"的形式。这与摩尔是针锋相对的。摩尔认为,人们只能问"善是什么",斯蒂文森则称善起着情绪或表达的作用。说"力是善的",相当于说"我们喜欢力"或"我确实喜欢力,你们也喜欢它吧"。对善的定义要符合几个条件:(1)不管怎么分析,必须保证人们能在某个事物是否善的问题上持不同意见;(2)善必须具有某种吸引力,能使获得善的知识的人趋向做被认为善的行动;(3)某个事物中是否存在善,是不能通过任何自然科学方法加以证实的。总之,斯蒂文森认为"伦理判断的主要用途在于造成一种关心"。这是通过分析伦理术语的意义实现的,即告诉人们善意味着什么。这是道德哲学的功能,也是在实际的道德判断中由个人情感唤起他人同类情感的理由。

斯蒂文森在《劝导性定义》(1938 年发表在《心灵》杂志上)一文中,扩展了情感理论,首次提出劝告性定义。他认为,伦理命题或道德判断是一种"劝导性定义",即赋予一个人们熟悉的语词以一种新的概念意义,以达到自觉或不自觉地改变人们兴趣的目的。构成这种定义的语词的大多数,都具有一种相对模糊的意义,同时也具有极为丰富的情感意义。斯蒂文森认为,在日常使用中,语言有两种不同的用法:一是描述性的,即记录、澄清或交流信息,让听者相信这一陈述,这是科学语言的典型用法;另一种是能动性的,以发泄感情、产生情绪或促使人们行动或具有某种态度,伦理语言属于这种用法。前者在于该符号影响认识的倾向,后者则是符号由于在情境中的使用而获得的唤起或直接表达态度的能力。道德判断为什么更多具有情感功能呢? 这主要有两个原因:一是道德语言的使用习惯。组成道德判断的宾语在情感场合中被长期、多次地使用,使它们日益具有或褒或贬,或扬或抑的感情色彩。二是人们受到的语词训练而形成的心理习惯,使一些伦理概念,如善恶、正当等特别适合于表达和激发感情。斯蒂文森强调指出,尽管伦理学语言的主要功能是唤起和改变人们的态度,但在某种形式上,它也涉及真假问题。一个道德学家要"努力去影响各种态度"。这同把认识与道德截然分隔开来的其他情感主义者大相径庭,也是他超出同时代情感主义者的卓越之处。

斯蒂文森指出,由于道德判断既有描述意义也有情感意义,而科学判断只有描述意义,因此,科学与伦理的研究方法存在重要的区别。仅用科学方法对伦理学进行研究是不够的。在其名作《伦理学与语言》(1944)一书中,斯蒂文森考察了伦理学分析方法,提出了许多富有创造性的见解:(1)伦理判断可以有自己的"支持理由"。一个能导致对方态度改变的理由就是充足的道德判断根据。(2)道德理由与道德判断之间的关系是心理的,而非逻辑的。道德理由存在于一定的情境之中。(3)伦理学没有绝对的和终极的方法。规范伦理学的致命弱点正在于他们"寻求某种绝对的方法",以论证某一最高原则或推翻另一原则。这将导致理论上的形而上学。(4)伦理学分析可以而且必须使用非理性的方法。

作为情感主义流派的终结者,斯蒂文森表现出了对语言分析研究和实际运用的规范研究的某种认同。他所提出的"分析形式"就是试图把陈述语句转换成伦理语句。他认为有两种"分析形式",即两个步骤的分析程序。第一种分析形式是关于伦理语词的分析。它只涉及大量的伦理语词,而不涉及个别的伦理语词。它的目的是"通过限制伦理语词对说话者自己的态度的描述性指称来排除伦理语词的模糊性",求得伦理语词分析的中立性和明确性。第二种分析形式是补充伦理语词的描述性意义。这时伦理定义是说服性的。两种分析形式发展和修正了情感主义关于伦理语词的理论,因为大多数情感主义者都承认第一种分析形式,第二种分析形式却是斯蒂文森的新意。

斯蒂文森突出强调了道德语词所具有的能动的或导向行为的特性,并且指出了人们在伦理问题和判断上存在分歧这一事实。就是说,人们既可以就关于×所具有的自然属性是什么之类的问题产生信念分歧,也可以在关于×所具有的相关属性是什么的信念一致之后仍然有对×析的态度分歧。斯蒂文森力图在科学与价值,即认识主义与情感主义之间找到理论契合点,解决情感主义的矛盾,引入认识主义的某些结论。然而,斯蒂文森在克服原有理论矛盾的同时,又制造了许多新的困难,特别是在科学逻辑语言与道德价值语言的区分上,以及语言学规则和逻辑分析规则的结合上,问题仍然没有得到澄清。

（二）齐夫:"善"的用法

《美国哲学百科全书》称"几乎没有观察者会否认哲学分析－逻辑实证主义和语言哲学已成为美国哲学占统治地位的倾向",而逻辑实证主义是语言分析哲学的早期形式,语言分析哲学则是前者成熟发展的产物。

一般地说,语言分析哲学主要研究哲学语词的意义、用法、句法以及判断的逻辑形式和真假值语法结构。它把一切哲学问题归结为哲学语言的运用问题,主张哲学研究的根本目的是消除语言上的混乱和"扫清概念上的路障"。很多语言分析学家只是从一般哲学角度出发,运用语言分析的方法和结果,齐夫则是当代美国分析伦理学的重要代表人物。

齐夫本是研究美学评论的。在研究中,他常常发现"一幅好画"总是恰到好处地表达了人们对一幅画的鉴赏或评估。于是他有感而发,写了"善"这一词语。他继续探究下去,想知道"意义""真实性的条件""语义分析",直至"语言"。

"善"是伦理学的基本语词,因此,对善的语义分析不仅要指出"善"在不同场合中的使用所具有的意义,以得出伦理善的真实所指,而且要考察"善"与其他伦理语词,如"应当""义务"等的关系。然而,齐夫却很少涉及后一项。他只是从一般理论出发,以语言为工具解释"善"的一般意义。

人们习惯于把"善"当作一个形容词。传统的形容词不是独立的、至关重要的词。在传统结构中,形容词被用来修饰名词。名词是指具有一定属性的词。于是就出现了一个循环论证:形容词修饰名词表达属性,属性又必须由形容词来界定。这是句法和语义的混乱。由于传统语言和语言使用中的这种混乱,造成了伦理学问题、伦理命题和判断的含糊和分歧。

齐夫认为,每一个由不只一个词构成的语句都至少包含三个语法成分:单词、语调和词序。"那是一幅好画"和"那是一幅好画吗"就是截然不同的语句。需要指出的是,齐夫反对客观主义,认为他们把词语与各种或发生在表达的情景,或出现在生活时空中的境遇、背景、事件、事态和行动等等联系起来,从而把词语分成"评价的""描述的""规约的""行动的"等不同类型。

齐夫坚决反对自然主义伦理学把"好""善"与自然实体或特性相联系、等同的做法。尤其是自然主义的主观主义倾向把"善"与当事人的需要、要求和欲望关联起来是极端错误的。这些主观因素并没有在词语本身中得到揭示。这种联系不过是假想，不可能通过语义分析获得。有人说，"乔治是好人"就等于说"我赞成乔治"。这是错误的。"乔治是好人"在于表达了"好"一词的某种意义，但不能说它同时包含了说话者本人的倾向。至于赞不赞成乔治取决于其他一些因素，如乔治的爱好是否与我一致、我是否对他有好感等。

齐夫提出，语句并没有绝对不变的意义。必须结合上下文的具体语境，才能对语句有真实的理解。他说，如果不把语句与上下文中的其他语句对比或关联起来，我们就不能确切知道"这是一幅好画"中的"好"一词的意义。同样，如果不把一语句与"好"曾被确立的语法位置进行比对，我们就不能明白"好"在当下语句中是否具有这样或那样的意义。尽管在多个词的组合中，"好"常常被用在各种语句中，但是，"好"总是以一定的序列表达出来。

齐夫反对情感主义，认为情感主义过分简单地把说话与表达混淆起来，没有区分开伦理语句的意义和社会约定俗成的意义。他告诉人们，不能把说话与表达混为一谈。一个断言就不是一种表达，而是一种说话，因为给出一个断言和给出一个描述是两种不同的方式。道德规则是表达。它能被用在多种不同的或相区别的说话形式中，如下命令、制定规章、提出要求等。也就是说，伦理语句是有意义的。

齐夫指出，道德分歧主要有两种形式：第一种是关于相关兴趣和事物事实的分歧。这种分歧的产生或者源于一个基本的含糊不清，解决这类分歧的关键是清除模糊；或者源于对事实的不同意见，解决这类分歧是做某种事实性讨论、调查等。如果争论一方不清楚事实本身，就有必要清除这种无知。这种清除工作十分简单，可以向他提供信息、迹象等。

第二种分歧是理解上的分歧。如果一个人因难以理解有关的兴趣，如处境、绘画、客体的特性或者问题所涉及的任何方面，由此产生的分歧就不那么容易解决。这时最可能需要某种教育。如果他不能理解什么是至关重要的战略性处境，要向他讲授后勤学；如果他不知道合同的有关事情，就要让他学习法律课程。这些被称为"未成熟式过失"很可能理解不了具有重要道德意义的境遇，需要对他们进行道德教育或道德训练。

第一类型分歧与第二类型分歧的区别在于：乔治和佐夫在争论某事是否为善。如果他们的争论是第一类型的，齐夫说，他们中的一人或两人为真、一人或两人为假。一个或两个是否为真或为假则取决于事实上的真或假。如果他们的争论属于第二类型，齐夫说，这时的回答就不如解决第一类型争论的那么肯定了。这时的真假判断因为总是与理解有关，结论就不能足够说服对方。

齐夫没有试图建立一个伦理学体系,因此,他对伦理学的语义分析就显得单薄了许多。

二、自然主义价值论

在当代美国的伦理学研究中,自然主义一直占有重要地位。尽管摩尔和罗斯的直觉主义观点、斯蒂文森的情感主义以及黑尔的语言分析的伦理学都在美国产生了重要影响,而斯蒂文森的观点无论从哪方面看都是有美国特色的,但是这些观点都似乎与美国人既相信个体经验的证明、又反对把这种证明变得琐细和技术化的主流精神不甚相容。它们好像是被"嫁接"到美国道德哲学主干上的。摩尔在20世纪初提出的一个主要观点,即"善"是不可拆分的单纯概念,一直受到一些美国哲学家的反对。R. B. 培里相信,"善"和"正当"这类伦理学术语可以借助于"兴趣"来定义。"善"是人的肯定性"兴趣"的对象,可以被理解为"任何兴趣的任何对象"。稍后些,哲学家J. 杜威以经过限定的"欲望的满足"来修正培里的无区分的"兴趣",把"善"定义为"作为合理行为的结果的享受"。

伦理学自然主义者有两个基本的主张。第一,伦理学陈述和伦理学信念也像科学陈述和科学信念一样,可以由经验与观察来证明或确认。第二,伦理学陈述可以转换为经验的、事实的陈述而不改变其意义。伦理学自然主义者的第一个主张得到许多心理学观察的支持。他们指出,当处于一定关系背景中时,关于事实的陈述具有指导行为的意义。因此,从"是"判断中推不出"应当"判断的论点最终是站不住脚的。伦理学自然主义者的第二个主张似乎得到常识的支持。人们实际上在道德谈论中不断地作着这种转换,并且不感到道德术语的意义,至少是其主要的意义,有严重的改变。因此,尽管摩尔的"未决问题"论证的确构成形式上的诘难,但并不构成实质上的诘难。

但是,在从这两方面申述自己的意见时,伦理学自然主义者常常仍然把自己限制在主观性的范围之内。在个体性和普遍性、客观性之间始终有一条哲学的鸿沟。自然主义者借助某种普遍的观点,如公平的观察者的观点、未来地位的观点、形式的观点等等,来建立跨越这一鸿沟的桥梁。

限于篇幅,在这里不可能全面介绍自然主义者十分庞杂的理论。而且,由于在近几十年中,伦理学自然主义者们因摩尔的批评而特别注意"善"的概念,所以在这里集中介绍他们的价值论是适当的。

（一）布兰特：“善的”＝“被合理欲求的”？

R.B.布兰特教授是美国新自然主义价值论的重要代表。他在《伦理学理论》(1959)、《善与正当的理论》(1979)中提出,尽管善性如摩尔所说不能被等同于一自然性质,我们仍然可能在实践理性观念中以某类自然性质对它做出解释。

1.善

布兰特还认为,虽然“善的”这一价值术语其实不能绝对地等同于某一非价值性术语,我们仍然可以认为“被合理地欲求的”这一术语表达了它的核心意义。例如当一个人说“卡特拉斯跑起高速来是好车”时,别人可以把他的话理解为“卡特拉斯具有较多的当一个有理性的人计划作高速公路旅行时会要求于一辆汽车的那些性质”,而不致损失和改变其主要的意义。布兰特还认为,“被合理地欲求的”这一术语的适用范围比“善的”更广。有些不能以“善的”指说的事物可以以“被合理地欲求的”来指说。如果以“被合理地欲求的”指说名望,就不会有这种困难。当我这样使用它时,我是指我需要名望,甚至是在作了诚恳的反思之后。

2.合理欲望

那么,什么是“合理欲望”呢? 布兰特认为这一概念是以“改造定义”方法重新表述传统的价值问题的一个关键概念。既然如此,它自然非常重要。

所谓改造定义方法,是指以某种人工语言来澄清传统的价值概念的主要之点的尝试。既然在日常语言中“善”这样的述语的意义十分含糊,既然甚至“好刀子”“好眼力”这样的人们容易有一致意见的语词中的“好”的意义都需要以某些更复杂的对应语词来说明其意义,道德哲学就不能像黑尔主张的那样直接通过对日常语言的观察来获得价值概念的逻辑,而应当借助于用实践理性概念改造了的道德语言来研究其逻辑。“经过批判或排除了错误之后值得选择的行为”在布兰特的术语中也就是“被合理地欲求的行为”。它是指那些其内含的欲望等等经得起实践理性的最大批判的行为,即那些其内含的欲望是合乎理性的行为。这样,以布兰特的改造定义方法重新表述传统道德哲学的价值问题之后,我们就得到了“合理欲望”的概念。

这一“合理欲望”的概念在被用来说明“善”时,在很重要的一点上与人们的经验相吻合。当人们说某事物是“善的”时,他们常常是指,经过理性的思考之后,他们认为那事物具有他们欲求于一个那类事物的性质。但是,对这一概念的运用仍然有一些疑问。可以提出的一点是,为什么仅仅那些经过理性慎思的欲望才与事物的“善”有联系,才应当保留下来? 有批评者提出,经验表明,有些其他的因素,如他人的影响、文学作品、忏悔以及良心谴责等等,也都影响动机,甚至这种影响超过理性慎思。这类动机变化的确不应被完全排除,因为它们可能与事物的善相联系。在儿童身上的这类例子尤其有典型性。难道通过榜样使儿童产生仿效的动机不是教会他们认识好事物的重要方法吗?

3. "心理治疗"

辩护其论点,布兰特提出了"心理治疗"的概念。与弗洛伊德主义的概念不同,布兰特的"心理治疗"是指使欲望面对有关信息,去除其自身的不合理性的过程。"心理治疗"有两个步骤、两种水准。首先,是对行为的批判。检查行为所含的欲望有没有忽略本来可以得到的有关信息。没有面对充分的有关信息的欲望是不合理的。

其次,是对内在欲望的批判。检验人已有的欲望是不是一个有充分理性的人所具有的,布兰特的论点是,"人的某些欲望或反感在某种意义上是错误的"。基于错误信念、人为文化因素、对典型的简单概括,以及因早年匮乏而被夸大了的价值的欲望是错误的欲望。

正如弗兰西斯·培根相信人的认识幻象可以靠理性与观察来消除一样,布兰特相信欲望发展中的这些错误可以靠理性的批判来进行心理治疗。心理治疗的方法是"在恰当的时候以非常生动的方式,通过反复的观念再现,使欲望面对有关事实"。布兰特又称这一方法为"认识的治疗",因为它依赖于"认识的输入",依赖于对现有信息的反思。心理治疗是一个无价值倾向的思考过程,是在排除了他人倾向的影响,排除了评价性语言,也排除了对奖罚后果的考虑及主观情绪的影响状态下的思考过程,因而是一个认识逻辑发挥着作用的场所。

作为一种善理论,布兰特的理论比较系统地指出了善的概念同相关对象的某些自然性质与主体的某种限定了的欲望有关。这成为现代自然主义的价值论讨论的一个基础。但是,布兰特的论证并不是充分的。经过他所说的心理治疗,仍然可以存在这样的欲望:在他人看来,它们还是极不合理的。

(二)斯坎伦:"善"的形式的、规范的分析

在沿着这条从实践理性概念解释"善"的线索建立价值理论的哲学家中,T. M. 斯坎伦总结和阐发了一种较为合理的自然主义价值论。这一理论被称为善的形式的、规范的分析。它以对善性在有关的日常谈论中的主要特点的分析为基础。斯坎伦提出,为了回答摩尔的"未决问题"论证,这种形

式的、规范的分析可能是所能提供的对于"善"的最好说明。

1. 善性的特点

斯坎伦提出,澄清善的概念,或辩护善的可定义性。首先要澄清善概念的基本特点。他指出善概念在日常谈论中具有四个基本性质。(1)应用的广泛性。善作为形容词可用于各种不同事物:食物、鞋、政府、天气、绘画、音乐、母亲、事态、思想观念,等等。(2)规范性。某物是"善的"这类事实通常提供着追求、促进、偏爱或至少是崇拜它的理由。(3)伴随性。如果两个事物在除善之外的所有性质上都同样好,它们必定在善的方面也同样好。(4)争论的可能性。当一个人说"这是好的"而另一个人说"不,这不好"时,他们可能在作着相互对立、不可能俱真的判断。

斯坎伦指出,一个正确的、成功的分析,必须说明善概念的这四个特点以及与之有关的问题。

2. 善的形式的规范的分析

斯坎伦的主要论点是:要把握"善的"这四个特点,一个对善概念的分析就必须既是形式的,又是规范的,以便既能舍弃其具体内容而适用于人们使用善概念的各种场合,并能说明善与行为之间的联系。

斯坎伦指出,以往的自然主义分析之所以不成功,原因也就在这两方面:一方面不够形式化和没有充分说明善的规范性,另一方面没有系统地说明善与自然性质的关系。但是反对善概念的可分析性的哲学家,如摩尔和黑尔,所强调的只是它们的前一个缺陷。黑尔则指出,自然主义的分析的主要缺点是忽略了善的最重要的用法——推荐,因而不够形式化。他把摩尔的"未决问题"论证转换为这样的形式:问题仍然未决,因为所说的事物应否得到推荐的问题并未得到解决。

一个既是形式的和规范的,又系统地说明了善和其自然性质间的联系的分析是否可能呢?斯坎伦认为,这样的分析的确是可能的,并且已经在 P. 齐夫、P. 福特,尤其是在 J. 罗尔斯的理论中得到了表达。

罗尔斯在其《正义论》中对善概念作了三阶段的表述:

(1)A 是一个善(好)×,当且仅当依据 × 被使用的目的、意图及诸如此类的因素(只要是恰当的),A 具有(比平常的或一般的 × 所具有的更多的)可以合理地要求于一个 × 的那些性质。

(2)A 对于 K 是一个善(好)×,当且仅当依据 K 的境况、能力与生活计划(他的目的体系),以及进而依据他使用 × 的意图及诸如此类的因素,A 具有 K 可能合理地要求于一个 × 的那些性质。

（3）同（2），但补充一个条件，亦即，K 的生活计划或其中与目前境况有关的部分本身是合理的。

这个定义描述的核心之点，按照斯坎伦的看法，是通过合理性的兴趣的概念建立了善性与其他的自然性质的系统联系。那些有关的自然性质是被合理地欲求的。在有关的事实状态下可以被合理地欲求的，是相应于一短暂的或相对稳定的兴趣的。"善即合理性"，用罗尔斯的话说，其观念在于：善是对象的那些有关的自然性质与不断合理化的主体兴趣的关系。离开了主体的这种处于不断合理化过程中的兴趣，那些性质便不成其为善，善便不能实现。

斯坎伦接着考察这种对善的分析的应用上的问题。在一般情况下，对象的有关自然性质与主体的某种兴趣有直接的关联：人们通常对那类事物抱有那种兴趣。那类事物具有的那些自然性质满足那种兴趣。某人希望得到一支好笔，一支（比如说）书写流畅，不会在纸上留墨水点的笔。并且，我们假定，他的欲望也是合理的。那么，当他说"A 是一支好笔"时，"好（善）"的意思就是十分清楚的，即那支笔具有书写流利，不留墨水点，以及（比如）比较美观等性质，并且在这些性质上相对地比别的笔更可取。但是，斯坎伦发现，在其他一些情况下，这种直接关联似乎不存在。

因此，这一分析是形式的。它是对善概念本身《用摩尔的话说》的分析，而不是对其他自然性质的分析。它不指出哪些事物是善的，也不把善等同于某一特殊的自然性质。相反，它指出尽管善不是一种特殊的性质。一个事物的善却在于它具有某些可以合理地要求于一个那类事物的性质这一点上。这一分析也在下述意义上是分析的。它不把"A 是善的"这一判断简单解释为"它具有……性质"陈述，它还包含了下述两个论断："它比一般的那类事物更多地具有这些性质"，以及，"这些性质是可以合理地要求于一个那类事物的"。

但是，斯坎伦同时指出，善与行为间的这种实质性理由的联系并不是必然性的。部分现代自然主义者表现出一种倾向：似乎为了反对休谟主义的怀疑论论据（从"是"推不出"应当"），就必须坚持"值得欲求的"便是提供着动机的，但这种见解是不正确的。首先，有时一个善判断不提供行为理由。例如，说蒲公英有一条好根一般地并不提供行为理由，除非说话者对它有一种特殊兴趣，如把它作为植物标本来收集。善判断中还包含着对对象的那些自然性质所"回应"的兴趣的"综合评估"。这些兴趣可以引发行为，也可以不引发行为。上述三个因素使善与行为间的联系具有偶然性。

第三节　德国伦理思想

众所周知,对于当代德国伦理思想的研究者来说,要想单纯就伦理学而讨论伦理学是十分困难的。与当代英美哲学相比,德国哲学似乎具有相当浓厚的传统色彩。在许多德国哲学家那里,虽然伦理学可能占有极其重要的地位,但是大多作为其哲学体系的一部分和某一方面的体现,总是以其宏大广博的世界观为基础的。只是到了 70 年代以后,源于德语世界的逻辑经验主义——分析哲学才开始在德国本土发挥影响。这就是我们通过德国哲学来讨论它的伦理思想的原因所在。在某些当代伦理思想的英美研究者看来,我们所要从事的这项工作或许是毫无意义的,因为德国伦理学过于注重已经被他们摒弃了的传统形而上学的主题,几近于当代的"经院哲学",与最新的发展趋势格格不入,不仅不够"现代",而且很难按照描述伦理学、规范伦理学和元伦理学这样的当代标准加以分类。所以,在一部 20 世纪伦理思想史中往往没有德国伦理学的地位,即使有个别例外《如维特根斯坦和维也纳学派》,也大多被归入英美世界之中(在玛丽·沃诺克的《1900 年以来的伦理学》和 L. J. 宾克莱的《当代伦理学理论》中就是这样)。事实上,当代西方哲学的诸多流派或直接或间接地源于德语世界,因而德国哲学对于当代西方伦理学具有极其深远的影响,它也是当代资本主义文明陷入困境的集中体现,而且与其范围和主题被限制得过于狭窄的英美伦理学相比,德国伦理思想有着更为深刻更为广泛的特点。

当然,德国哲学的确深受传统哲学的影响,至于使之形成如此特征的原因则是多方面的。德国哲学不仅一向注重传统,爱好思辨,而且从理论背景上看,一般被视为近代哲学乃至整个古典哲学之终结的德国古典哲学,无论在空间上还是在时间上都与当代德国哲学有着千丝万缕的亲缘联系。而这种联系在当代西方哲学中是独一无二的。因此,康德、黑格尔、马克思等思想大师一向为德国哲学所推重。当然,这并不意味着德国哲学仍然停留在传统的形而上学范围之内。

对于当代德国伦理思想来说,最深重的历史背景莫过于第二次世界大战了。德国人在纳粹法西斯主义的独裁统治之下,也曾有过虚假的"辉煌"时刻,人性被扭曲,人道精神遭到践踏;战后又经历了战败和分裂的痛苦,使人们对人类的命运和前途感到忧虑和悲观失望,体验了诸如恐怖、畏惧、焦虑、死亡等的情绪。即使在战后政治经济新秩序建立之后,人们仍然无法彻底摆脱对以往可怕经历的记忆。由于德国人亲身经历了资本主义物质文明的繁荣和衰败,痛感当代技术社会异化现象对人性、人道精神和自由的深刻压抑,体验了资本主义制度之下科学与道德、理性与自由的激烈冲突,从而使伦理道德问题以人的问题这一更为深广的问题为表现形式,成为德国哲学家们所关注的主要问题。

当代德国伦理思想不仅有丰富的传统哲学背景,而且深受战前德国哲学的影响。在它之中,传统哲学、新康德主义、生命哲学、现象学、马克思主义等等都在不同程度上发挥着作用,康德、黑格尔、马克思、尼采、克尔凯郭尔、胡塞尔等思想家的名字经常出现在当代德国哲学著作之中,这就决定了当代德国伦理思想的多元化特征。不过,我们认为,在众多思想家的影响之中,康德和尼采的影响至为深刻,几乎所有当代德国伦理思想都在不同程度上与他们保持着内在联系。就康德而言,这一方面是因为康德在18世纪末所发动的"哥白尼式的革命"是20世纪哲学革命的先导,另一方面是因为康德对于理论理性和实践理性的系统深入的探讨,使他成为有史以来最伟大的伦理思想家之一。康德试图在保持科学成就的同时维护道德自由的地位,这就使他为20世纪的哲学家们开辟了不同的道路和方向。

由于当代德国伦理思想的这些特征,我们结合当代德国哲学的发展脉络,把它在战后的发展过程分为四个阶段:

(1)战后恢复阶段。这一阶段是被纳粹法西斯主义统治所中断的思想理论重新与传统哲学和战前哲学联结的阶段。传统哲学尤其是战前流行的生命哲学、现象学、存在哲学等受到了普遍的关注和讨论。由于德国人在第二次世界大战中的惨痛经历,存在主义的人生哲学成为这一时期讨论的核心。

(2)随着战后政治经济文化秩序的恢复和重建,许多战时被迫移居国外的德国哲学家返回德国,逐渐形成了哲学研究国际化的趋势。法兰克福学派的活动和1968年遍及欧美的学生运动,促使人们对于资本主义文明弊病和技术社会异化现象的揭示和批判更加深入化了。

(3)70年代以来,在一些哲学家坚持不懈的努力之下,逻辑经验主义 -分析哲学 -科学哲学在德国哲学界开始发生了影响,形成了科学主义与人文主义的对峙。这就使伦理学、人的问题、政治哲学等问题成为争论的中心问题。

(4)近年来,随着科学主义与人文主义争论的深入,一方面是哲学发展更加多元化,另一方面则是各种分歧在争论中又趋向统一,这就为新哲学的产生创造了统一的理论氛围。

显而易见，由于篇幅、材料等方面的限制，我们不可能把内容丰富、形式多样、流派纷呈、变化多端的当代德国伦理思想全面详尽地纳入我们的讨论范围之中。为了讨论的深入，为了突出那些在德国哲学中具有广泛影响，同时对世界哲学具有伟大贡献的伦理思潮，我们也必须在讨论中有所取舍。在空间上，我们的讨论范围将包括奥地利等德语国家的思想家，以及战时移居国外的德国思想家。因此，我们将分别讨论：

(1)价值伦理学:马克斯·舍勒和尼古拉·哈特曼的伦理思想。

(2)维特根斯坦和维也纳学派的伦理思想。

(3)存在哲学，主要是马丁·海德格尔的人生哲学。

(4)法兰克福学派，主要是弗洛姆的新弗洛伊德主义或人道主义伦理学，与哈贝马斯的话语伦理学。

一、价值伦理学

虽然价值伦理学中的许多因素早已并且经常出现在伦理思想史上，但是作为一种独立的伦理学理论，价值伦理学只是到了20世纪上半叶才在德国诞生，它的奠基人是马克斯·舍勒，还有尼古拉·哈特曼。

20世纪初，西方资本主义物质文明和精神文明的深刻危机已现征兆。一方面，自然科学和技术的迅速发展，使得宗教信仰越来越难寻存身之所，而建立在宗教信仰基础上的传统价值观念也随之发生了动摇；另一方面，社会的动荡和战争的阴云，使崇尚科学进步的传统乐观的理性主义逐渐衰落，欧洲人痛切地感受到了价值的失落和传统精神支柱的动摇。正是在这样的时代背景之下，以舍勒为代表的一些思想家试图澄清欧洲精神价值的迷误，重建传统价值体系，指出欧洲复兴的希望所在。于是，价值伦理学应运而生了。

德国的价值伦理学又被称为现象学的价值伦理学，它的创建者深受现象学运动的影响，以至于可以说，没有胡塞尔的现象学方法就不可能产生舍勒和哈特曼的价值伦理学。舍勒早年师从德国生命哲学家奥伊肯，哈特曼则出身于新康德学派，就他们的思想发展而言，现象学的影响具有转折性的重要意义。当然，在他们与胡塞尔之间，对于现象学的理解存在着不同程度的分歧，胡塞尔有感于科学基础的晦暗和哲学的危机，针对新康德学派"回到康德去"的主观主义和形式主义，提出了"回到事情本身"的口号，创立了现象学方法以寻求认识中先于主客对立的先验因素，目的是最终把哲学建立成为一门具有自明性和严格精确性的先验科学。

舍勒的主要伦理学著作是《伦理学中的形式主义和实质的价值伦理学》
(1913 年至 1916 年),哈特曼的主要伦理学著作是《伦理学》(1926 年)。尽
管他们的有关著作出版较早,但是作为价值伦理学的开山之作,对于当代德
国伦理思想乃至世界伦理思想都产生了极其深刻的影响。尤其是舍勒被称
为 20 世纪最富创造性的伦理学家,自 70 年代以来,现象学的价值伦理学在
德语世界重新得到了重视。

(一)对康德的批判

在伦理学问题上,马克斯·舍勒以康德作为他的主要对手。他的伦理
学著作《伦理学中的形式主义和实质的价值伦理学》一书甚至以"对伊曼努
尔·康德伦理学的特别关注"作为副标题,从始至终与康德伦理学的形式主
义进行着顽强的斗争。舍勒赞同康德伦理学对人的尊重、对道德命令先验
性的要求和对经验主义功利主义的批判。但是他认为,由于康德把先验等
同于形式,把先验等同于理性,必然从形式主义走向主观主义,因而使伦理
学失去了对它来说必不可少的客观内容,把至善推向了远离生活、无法实现
的彼岸世界。在舍勒看来,康德的理论是以下述命题为基础的:

(1)所有实质的伦理学必然是福利伦理学和目的伦理学。

(2)所有实质的伦理学必然只具有经验归纳的和后天的有效性;唯有某
种形式的伦理学是确定无疑先天的和独立于归纳经验的。

(3)所有实质的伦理学必然是效果伦理学,唯有某种形式的伦理学能够
把信念或有信念的意愿视为善恶价值的原初载体。

(4)所有实质的伦理学必然是享乐主义,而且出自依赖于对象的感性愉
悦情状的现象存在。唯有某种形式的伦理学能够在指明道德价值和以之为
基础的道德规范的根据时,避免考虑感性的愉悦情状。

(5)所有实质的伦理学必然是他律。唯有形式的伦理学能够建立和确
定人格的自律。

(6)所有实质的伦理学导致单纯的行为合法性,而唯有形式的伦理学能
够建立意愿的道德性。

(7)所有实质的伦理学使人格服务于它自己的情状或它的外在财富;唯
有形式的伦理学能够指明和建立人格的尊严。

如果上述几个命题是正确的,亦即实质的(质料的)伦理学与形式的伦
理学之间的区别和对立一如前述,那么康德伦理学就是唯一的选择。然而
问题并不如此简单。在舍勒看来,一种实质的伦理学并不必然导致经验主
义、功利主义、享乐主义和利己主义,实际上,实质的伦理学与形式的伦理学

之间的对立是成问题的。不仅如此，一种形式的伦理学例如康德伦理学至少存在着下述错误：

第一，形式主义。康德认为，唯有摆脱了一切经验内容的纯粹形式才能避免功利主义、主观主义和相对主义，从而成为具有普遍必然性的客观的道德法则的基础。舍勒赞赏康德的意图，但对他的形式主义不以为然。按照他的观点，一种实质的价值伦理学才真正具有客观的先验的普遍有效性。把现象学方法应用于情感领域，我们可以通过它在诸事物中直接地确认价值的性质，这些性质完全不依赖于我们的意见而属于具有自己的依存法则和等级次序法则的"价值世界"。

第二，主观主义。康德主张理性本身作为先验的东西在理论领域为自然立法，而在实践领域则给予自己以法则，因而道德法则的客观性归根结底不过是纯粹主观性而已。舍勒从现象学的立场出发当然不会同意康德的这一观点。他认为，一切本质事态都是先验地存在的，它作为这样的东西达到直观的自己所予性，完全不依赖于思维者的行为和状况。

第三，唯理主义。按照康德的观点，任何出自情感之偏好的行为绝不具有道德价值，唯有纯粹出于道德律令的行为才是道德的。据此，他把整个感情领域都排除在伦理的认识之外。与此相反，舍勒认为，价值对于感知价值的行为来说才是可以通达的，纯逻辑的知性认识并不知道"价值"意味着什么。我们把道德价值建立在情感的基础上，并不会导致康德所担心的经验主义和主观主义，因为情感领域自有其特殊的先验内容，而且通过情感对价值的认识先于一切纯理论上的理解并且更为根本，一切认识归根到底是以感情为基础的。

第四，绝对主义。在康德看来，伦理的东西的绝对性和它的普遍有效性是同一的，他所追求的是道德法则对一切有理性的存在普遍适用的绝对性。与此相反，舍勒则维护个体的地位。他认为，我在一定的情况下所应该做的事只对于我自己是善的，而对在同一情况下的别人而言并不就是善的，这种情况是完全可能的，因而存在着"对我来说自身是善的东西"。这里既没有相对主义，也没有隐藏逻辑上的矛盾，它所指的是在价值的客观等级序列本身中就已经包含有对某个真实个人的关系。

舍勒对于康德伦理学的形式主义的批判是极其深刻的。虽然康德要求道德法则具有普遍有效性这一点是正确的，但是由于他把先验性、形式性、客观性与主观性混为一谈，因而最终陷入了主观主义。对舍勒来说，道德法则的客观性和普遍有效性并非源自主观形式，而是源自客观内容，亦即不依赖于人而独立存在的客观的价值世界。因此,他要消除人们对实质的伦理学的误解,建立一种既不同于经验主义或功利主义又不同于形式主义的"实质的价值伦理学"。舍勒这项工作显然是通过现象学方法对情感与价值的关系的发现而得以完成的,在他看来,这种实质的价值伦理学也可称作"情感伦理学"。

(二)情感与价值

以往人类精神被"理性"与"感性"的矛盾消耗得筋疲力尽,舍勒对此深有感触。从唯理论的立场看,先验性、客观性仅与理性相关而与感性无涉,于是康德只好以牺牲感性内容为代价来维护形式的客观性,殊不知这恰恰使道德法则丧失了客观性。对此,任何建立在理性抽象的逻辑的认识能力基础上的科学知识都无能为力,只有借助于现象学方法,通过"本质的直观",才能发现先验的情感领域,从而获得通过情感而向我们显示的客观的价值世界。无论是活动与它们的内容,还是它们的基础与它们的相互关联,在这两种情况下都存在着一种本质的直观。而且在这两种情况下,都存在着现象学确证的'自明性'和严格的精确性。"

因此,舍勒把被胡塞尔基本上局限在知识领域的现象学方法扩展到了情感的领域。运用现象学方法,使我们放弃一切偏见、习惯,排除了一切感觉的要素,"回到事情本身",直观在人的认识活动中直接亲身体验到的,亦即意向性情感中的东西,从而把握了不同于自然事物和科学抽象事实的"纯粹事实"即本质。这个本质的世界作为价值世界显然是通过我们的意向性情感而展现出来的。所以按照舍勒的观点,一切价值(包括道德价值)都是"实质的品质",这些"实质的品质"具有某种彼此按照高低排列的一定秩序,并且独立于它们出现其中的存在方式,在意向性情感中显现在我们的面前。在舍勒看来,价值不是时空中的具体事物或事物的属性,对艺术品等客体的任何精神分析都不可能发现它们的价值基质。这也就是说,我们无法通过理性认识直接地描述这些"实质的品质",它们只能在"意向性情感"中显示自身。与价值相关的意向性情感并非仅仅由对象所产生,而是对如实呈现在我们面前的对象的适当回答,所以我们把感性导向一种对象的情景也就是对象以某种相应于我们指向它的情感方式而呈现自身的情景,亦即作为一种有价值的存在物而呈现自身的情景。"为"一词表明,在这种欢快或悲痛的感情中,对象首先不是被理解,而是我们对之感到欢快等等,它们已经不仅是作为被知觉的事物,而且作为被价值谓词打上既定感情色彩的事物而出现在我们面前。即是说,进入认识层面的对象并不是原初的本源的东西,对象在进入认识层面之前首先在意向性情感中给予我们,于是价值就在这种亲身体验中显现出来了。对此,哈特曼的说明更明确些。哈特曼把价值看作类似于柏拉图的理念的本质,但是他也强调了两者的区别。柏拉图的理念是存在范畴,现实世界是它的摹本,因而在他那里存在和价值最终必定合而为一。然而,如果存在与价值是统一的,那就无从谈起人的自律和人对价值的选择,也就无所谓道德了。

于是,舍勒在继承康德对经验主义和功利主义伦理学以及心理主义伦理学的批判精神的同时,超越了康德伦理学的形式主义的局限,以一种独特的方式论证了道德法则的客观性。他把现象学的本质直观看作是一种先天的行为,通过先验的意向性情感与价值的关系,揭示了一个既区别于自然事物又区别于主观事物的独立的价值领域。价值作为"实质的品质"在意向性情感中被给予我们,通过本质直观而得到证实,因而道德法则既是先验的又具有客观的内容。既然价值属于独立的客观领域,我们就避免了由形式主义而陷入主观主义。与此同时,由于舍勒证明了情感的先验性,证明了在经验和现象中存在着先验的因素,因而也不至于滑入康德所批判的经验主义和相对主义。当然,作为一种知识,伦理学与数学和物理学等科学知识不同,它是更根本的本源性认识。而且,由于舍勒对独立于人的客观的价值王国的论证,也使我们避免了康德关于道德法则只能遵守而不能认识的局限。

二、存在主义伦理学

存在主义是 20 世纪上半叶发源于德国的非理性主义思潮,德国人一般称之为"存在哲学"。它以尼采、克尔凯郭尔等为其先驱,以胡塞尔的现象学方法作为其分析人的生存状态的工具,一反西方哲学传统,试图从人的个人存在出发来解释现实世界,反映了当代文明中人的困境。

作为当代西方哲学的两大思潮,存在主义与逻辑经验主义有一个共同的特点:两者都对传统形而上学持批判态度,都否认作为理论知识的形而上学的可能性,然而由此出发,它们却走上了两条截然相反的道路。一般说来,逻辑经验主义主张把形而上学当作伪科学连同它的问题一同抛弃掉,坚持认为只有可以言说的和可以由经验证实的科学知识是可能的,除此之外别无重要的东西。而存在主义则主张除了科学之外还有更为根本的东西,那是科学理性所无法企及的。按照存在哲学家的观点,事实上逻辑经验主义与传统形而上学有一个共同的错误,那就是它们都把哲学关注的焦点仅仅集中在科学认识之上,从而把对人来说真正性命攸关的东西排除在了视野之外。因此无论是把最高存在当作认识对象的传统形而上学,还是把人之有意义有价值的精神活动局限在科学认识这一狭窄范围之内的逻辑经验主义,都陷入了唯科学主义的迷误,而这种把一切包括人在内的存在统通科学化,物化的迷误正是当今技术社会异化现象的根源所在,它使人迷失了自己的根本,因而无法解决人生的难题。真正说来,关系人之根本的东西绝不是认识的对象,对它只能去亲身体验、领悟或理解。

毫无疑问,要想描述一种"存在主义伦理学"是十分困难的。据说当代存在主义思想家们都曾被要求写一部伦理学著作,但是迄今为止还没有一个人这样做。事实上,他们的基本观点和独特的探究方法排除了建立一般伦理学理论的可能性。由于存在主义思想家们试图运用现象学方法,渗透到理性之逻辑的和经验的层面之下,深入到所谓人的生存状态,描述在他们看来更为根本的畏、烦、沉沦、无家可归以及死亡等等人生体验,从而排除了传统伦理学的地位,建立了一种具有非理性的神秘主义色彩的人生哲学。

人们公认海德格尔为存在主义的创始人和最主要的代表(虽然他本人一再拒绝存在主义的称号),他的存在哲学在第二次世界大战后盛行一时,而且至今余响未绝,对于当代西方哲学和伦理学产生了极其深刻的影响。在此,我们主要讨论海德格尔的人生哲学。

(一)存在问题

海德格尔的人生哲学具有浓厚的存在论色彩,他的主要著作《存在与时间》(1927)开篇便提出了一个纯粹的理论问题:存在的意义问题。在他看来,之所以有必要重提存在的意义问题。乃在于两千年来形而上学自称是对存在的研究,而实际上它所追问的不过是存在物而已。自古希腊哲学以来,西方人建立了一种科学式的思维方式,它以追问"是什么"亦即本质为其根本问题。人们以概念的形式追问"人是什么""物是什么",也追问使人、物皆是或存在的"是什么"。然而,存在是不能用概念来把握的,一切概念中的东西都已经是存在物了,这就是说,使一切存在物存在的存在本身一旦进入了我们的思想观念,一旦被我们究问其是什么,便成了与一切存在物处于同一等级之中的存在物,而不是存在本身了。结果,人们自以为在追问存在,其实所追问的只是存在物而已。

人们也许会说,即使存在概念晦暗不明,那也不过是哲学家们所犯的诸多错误中的一个错误而已,它与人生无涉,用不着大惊小怪。但是海德格尔却认为,这个存在问题对人来说恰恰是性命攸关的,对在的遗忘正是两千年来所形成的现代西方文明的病根所在。自古希腊哲学以来,西方人建立了对宇宙的科学理性主义的态度,把人设定为主体,把一切存在物包括存在本身设定为认识对象,把科学认识方式看作人类的根本的有效的存在方式,铸造了一个科学的、物化的世界观,最终割断了人与存在的联系,把人自己也科学化为物,从而导致了现代技术社会的极端异化状态,可以说人类今天所面临的一切困境皆源于此。

在海德格尔看来,扭转两千年来形而上学对存在的遗忘,发现存在的意义,必须以对"此在"的生存论分析为其基础和前提。据此,他一反传统形而上学对永恒存在的追求,把存在与时间联系起来,试图从具有时间性、历史性的"此在"身上破解存在的意义。所以,一方面,由于海德格尔的哲学问题始终是"存在问题",因而企图从中梳理出一种"人生哲学"或"伦理学"肯定会歪曲其哲学运思的方向,更难以深达其哲学运思的维度。但是另一方面,由于他是通过对"此在"的生存状态的生存论分析入手来解决存在问题的,因而就有可能从人生哲学或伦理学的角度对之作一番考察,尽管这很可能不合海德格尔的本意。

（二）人生在世

海德格尔应用现象学方法对"此在"的生存状态进行了生存论的分析。在他看来,"此在"最基本的生存状态无非是我们日常所见之世界中同形形色色的存在者打交道,这就是"在世界之中"或"在世"。"此在"之去存在或生存就是人生在世。

"在世"是海德格尔自造的一个德语复合词,不过这个复合词并不意味着它的内容也是复合的。尽管语词之复合表明了它的多重性,但是不能把"在世"分解为一些可以拼凑的内容。直言之,人生在世乃是一个统一的不可分割的整体现象。"在世界之中"意义上的"在……之中"并非意指将一个独立于世界之外的人置放到类似容器一般的世界之中去,绝没有一个叫作"此在"的存在者同另一个叫作"世界"的存在者"比肩并列"那样一回事。所谓人生在世之"在世",指的是在"此在"还没有把自己看作主体、把世界看作对象而使世界二重化或多重化之前,同它的世界浑然一体、水乳交融的原始状态。海德格尔认为,传统形而上学的失误乃至西方文明的危机根源于它的二元式的科学思维方式。这种思维方式不仅不能深入到主客未分之前那更为根本更为原始的根源所在,从而是"无根的",而且更重要的是它本质上是一种物化世界观。它把一切存在看作物或对象,也把人当作物来加以科学研究,使人遗忘了对他而言至关重要的存在。

"此在"之"在世"意味着"此在"、世界和世内存在者融为一体,不可分割。"此在"是在世界之内的"此在",世界亦是"此在"的世界。由于在这种原始状态中主体与客体尚未分离,因而把"此在"带到它的作为"此"的存在面前来的不是认识,而是"烦"。"烦"是"此在"在世之中面对无限繁杂多样的可能性而产生的原始情绪。"此在"之"烦",或为"烦忙",或为"烦神"。"此在"在世与世内存在者打交道,即为"烦忙"。"此在"的实际状态是:"此在"之在世向来已经分散在乃至解体在"在……之中"的某些确定方式之中了。在海德格尔对"此在"的生存论分析中,"烦忙"一词是作为存在论术语使用的,它标识着在世之可能的存在方式。他说:"我们选用这个名称倒不是因为"此在"首先和大多是经济的和'实践的',而是因为应使"此在"本身的存在作为'烦'映入眼帘。""此在"烦忙在世,并不是它自己要去"烦",或者说它选择了"烦忙"这种存在方式,而是说,"此在"只要存在就已经在世,就已经处于与一切存在者的"关系"之中,"烦忙"正是这一基本关系,这是"此在"不得不承担的实际情状。

"此在""烦忙"在世就是消散在世内存在者那里。世内存在者首先不是作为对象而是作为器具来"照面"的,"共同照面"的还有他人。"此在"与他人打交道的存在方式称为"烦神"。虽然他人也以器具照面的方式来照面,但是他人的存在方式与"此在"本身的存在方式一样:他人也在此,"共同在此"亦即"共在"。由此我们便进入了人与人的关系。

海德格尔对西方传统的二元论世界观的批判有一定的道理,科学认识的确不可能解决一切难题,特别是人生的难题。但是他由此而试图转向所谓主客未分之前的"原始状态",并以此为更根本的基础却是错误的。且不论这种原始状态能否得以言说,因为它原始得无法成为理性认识的对象。即使能够证明其存在,它也不可能成为有理性的社会化的人的根本所在。马克思主义也反对二元论的世界观,不过它的解决办法是诉诸人的社会实践。

(三)"此在"的沉沦

海德格尔从"此在""在世"出发对"此在"进行了生存论的分析。"此在"向来是我的存在。但"此在""在世"总已经同其他存在者一同在此了。与"此在"一同"在世"的存在者或是物,或是他人。他人的存在方式与"此在"一样,他们共同在此。在海德格尔看来,无世界的单纯主体并不首先"存在",也从不曾给定。由于这种有"共同性"的在世之故,世界向来已经总是我和他人共同分有的世界。"此在"的世界是"共同世界","在世"就是与他人共在。因此,"他人"并不等于说在我之外的其余的全体余数,而这个我则是从这全部余数中兀然特立的;他人倒是我们本身多半与之无别,我们也是在其中的那些人。既然如此,那么在世之"此在"究竟为谁? 在这个世界分裂为众多原子式的"我"之前,"我"是谁? 在我叫喊"我是我"时,这个"我"是否就是本真的我自己? "此在"是我的"此在",而"此在"之为"此在"就在于"去存在"或"能在",它既可以成为"我",也可以失去"我"。

就浑然一体的原始的"在世"而言,"此在"融身于对他人的共在,它不是它本身。"此在"作为日常的杂然共在,就处于他人可以号令的范围之中。不是他自己存在,他人从它身上把存在拿去了。他人高兴怎样,就怎样拥有"此在"之各种日常的存在可能性。在这里,这些他人不是确定的他人。与此相反,任何一个他人都能代表这些他人。人本身属于他人之列并且巩固着"他人"的权利。人之所以使用"他人"这个称呼,为的是要掩盖自己本质上从属于他人之列的情形,而这样的"他人"就是那些在日常的杂然共在中首先和通常"在此"的人们。"这个谁不是这个人,不是那个人,不是人本身,不是一些人,不是一切人的总数。这个'谁'是个中性的东西:常人。"的确,即使在日常"此在"高喊"我是我自己的主宰"之时,它仍然在以"他人"为榜样或标准,企图弥补与他人之间的距离,事实上自始"此在"就落入了他人的号令之下。然而这个"他人"不是你也不是我,而是个中性的"常人"。常人对什么东西愤怒,我们就对什么东西'愤怒'。这个常人不是任何确定的人,而一切人都是这个常人,就是这个常人指定着日常生活的存在方式。"这样一来,常人的独裁就造成了日常生活的"平均状态",它在人们尚未行动之前就先行描绘出了什么是可能而且容许去冒险尝试的东西,它看守着任何挤上前来的例外,任何优越状态都被不声不响地压住。一切原始的东西都在一夜之间被磨平为早已众所周知的了。一切奋斗得来的东西都变成唾手可得的了。任何秘密失去了它的力量。"这种为平均状态之烦又揭开了"此在"的一种本质性的倾向,我们称之为对一切存在可能性的平整。"人的这种存在方式就构成了所谓的"公众意见"。

由此可见,日常生活中的"此在"并非向来就是它自己,恰恰相反,"此在"首先是常人而且通常一直是常人。在这种由常人所替代的日常在世之中,似乎一切的一切皆由常人安排好了。于是,既没有选择,没有责任,因而也就无所谓自由,而本来应是"能在"的"此在"自始就已经从它自身脱落,放弃自身能在而以常人身份存在,消失在常人的公众意见之中,这就是"此在"的"沉沦"。沉沦是"此在"之必然的命运,"此在"存在着就已经沉沦了。这并不是说"此在"从某种较纯粹较高级的状态降落在低级状态,因为"此在"尚未发现它自身时就已经失去它自己了。实际上,沉沦状态天生地对"此在"具有强烈的"诱惑力":消融于常人之中,沉溺于无根基状态,放弃自己本真能在的方式,这一切同时对"此在"起着一种"安宁作用",它使人们误以为现时生活是完满的、真实的,一切都在"最好的安排中",一切大门都敞开着。那么,沉沦为什么对"此在"天生地有"诱惑力"呢? 它为什么在本真的"能在"面前逃避呢? 沉沦之避者起因于"畏",畏不是"怕"什么有害之事,"畏之所畏就是在世本身"。畏之所畏者就是"此在"之本真的存在方式。然而,一当"此在"面对它的本真存在,"此在"却没有任何幸福的感受,而是"茫然失其所在",一般世内存在者失去了踪迹,它感到了一种无依无靠的莫名的恐惧,这就是所谓"无家可归"状态。于是,我们就明白"此在"沉沦所避者为何了。真正说来,"此在"所避者就是它自己,它并不惧怕任何存在者,恰恰相反,"此在"就是要逃避到世内存在者那里去,也就是避到消失于常人中的烦忙可以在安定的熟悉状态中滞留于其上的那种存在者那里去。在"此在"看来,立足于自身而能在的本真存在并没有家园感,它以为放弃自己而沉沦于常人的公众意见之中才是它的家。

第四节　法国伦理思想

　　法兰西是一个文明的国度,千百年来,不仅十分注重道德风化,而且还有着悠久的伦理思想传统。这是一个诞生过蒙台涅、帕斯卡尔、拉罗什福科的国度,是一个出现过卢梭、爱尔维修、狄德罗的国度,是一个哺育了孔德、雷诺维叶、居友、柏格森的国度。20世纪以来,特别是第二次世界大战以来,法国的伦理思想得到了长足的发展,可以说学派纷呈、奇论迭出,从一个特定的侧面反映出了法国社会和西方社会的时代精神。

　　从时间顺序上来看,20世纪30年代至50年代即第二次世界大战前后,在法国相继产生了价值哲学、人格主义的伦理学、新托马斯主义的伦理学和存在主义的伦理学,而后两者的影响一直延续到六七十年代甚至今天。60年代是结构主义占统治地位的时代,而在结构主义之后,特别是1968年"五月风暴"前后,在法国又出现了"新左派""新哲学"和"新右派"的政治伦理思想。

一、莫尼埃的人格主义伦理思想

　　当代法国人格主义是法国近现代非理性主义伦理学传统和宗教伦理学传统相互交织、共同作用的产物。一方面,它们高扬主体的能动性和创造意志,把人看作价值和人格的创造主体;另一方面,它们又把上帝看作最高价值、最高人格，是人自我实现、自我超越、自我完善的最高目标。人格主义和价值哲学虽然在本质上是两个不同的学派，但是强调人的价值、人格的至上性，同时又把上帝作为人的最终价值取向、最高道德理想、全部价值和人格的最终基础，则是它们共同的特征。

"人格主义"一词在法国早就有人使用，法国著名的伦理学家、新批判主义的主要代表人物雷诺维叶把"人格"作为其哲学的最高范畴和世界观的中心，1903年他出版了《人格主义》一书。另外，宗教哲学家也主张一种人格主义，把上帝看作有人格的，是三个位格的神圣的统一。人们通常把伊曼努尔·莫尼埃视为这个学派的创始人，把聚集在《精神》杂志（人格主义学派的机关刊物）周围的一批作者如莫里斯·内东塞尔、德尼·德·鲁热蒙以及让马里·多梅纳克等人看作人格主义的主要代表。然而人格主义者们、特别是人格主义的创始人莫尼埃拒绝把人格主义看作一个"体系"。他说："人格主义是一种哲学，它不仅仅是一种态度；它是一种哲学，但不是一个体系。"因为它不是一种体系化的东西，倒似乎是一种"人格的灵感"，这种灵感渗透到各种极不相同的哲学概念里去，但它们没有形成"体系"的形式。人格主义的中心论断是：自由的和有创造性的人的存在。莫尼埃认为，所谓"体系"就是企图把一切事物包括人的行为理解为某个第一原则的必然包含物或是那些最终原因的必然结果，"体系"排除了个人的创造性自由。莫尼埃认为，对于人格主义与其用单数，不如用复数，即存在着多种人格主义，如基督教的人格主义、不可知论的人格主义，应该尊重我们多种多样的尝试。

人格主义认为，存在着一个人格的世界。人格是一种作为稳定和独立的存在的精神实体。同时它又具有创造能力，人格是在自由的创造活动中达到统一并且得到发展的。整个世界只有与人格相关才获得意义。但是人格的建立和发展，既离不开人类精神赖以存在的肉体和整个世界，离不开他人和社会的价值体系，更离不开一个至高无上的无限人格。

莫尼埃的人格主义的伦理思想体现在他对于人的解释之中。

人，他首先是沉浸于自然之中的，是自然的一部分，他有肉体，有一些最原始的本能，如饮食男女、繁衍后代。人的情绪、思想必然要受到各种自然环境的影响。人是自然的人，但是人并不是一个物体，人格主义不是从"纯客观的"角度来看待人，把人看作物理世界的众多物体中的一种物体，把人归结为一个复杂的物体对象。但是人格主义也不把人看作一种纯粹的精神。因而他区别于唯物主义和唯心主义。同时它也不同于二元论或心身平行论，不把人看作由物质和精神两种不同的实体所组成的。

人是一种物化的存在,他属于自然,但是人又能够超越自然,即逐渐地掌握自然、控制自然。他不应该仅仅是自然的一个客观物体,倒应该是重新确定客观宇宙的中心。自然给人提供了完成他自己的道德使命和精神使命并使世界人化或人格化的机会,而人完善着自然世界并给它以一种意义或一种秩序,人把世界放在自己之中来理解,使自然超出一种单纯的、抽象的自然,成为再现于人的意识中并被人改造的自然,整个世界在不断地人格化,自然是作为人的环境和人的对象被重新创造出来的自然。

人是一种精神的存在,每一个人格都具有自由意志、精神,他依附于一定的价值体系,他自由地将他的各种活动统一起来,并通过他的创造性活动来发展他自己的特殊使命。但是,人格的发展是离不开意识之外的世界的,精神必须扎根于活生生的世界中,意识不是突然地凭奇迹而产生的,它必须依赖于物质性的器官、内在的心理机制。意识首先是一种生物学的事实,离开了和世界的联系,就不可能有真正的人格,割断和整个自然的联系就是迫使人格自我毁灭。与最高形式的存在的联系也是发展人格的必要条件。人的精神有一种开放性和超越性,它总是克服现有的存在而朝向更高的存在,面向未来而趋向人的不断自我完善。人格的存在总是要超越现有个人存在、朝向某种最高级、最完备的自我,以某种高于个人人格的绝对存在为目标。人的"人格"依附于"一个最高的人格",这个"绝对存在""最高人格"就是上帝,人必须皈依上帝,同上帝往来。

莫尼埃认为,人格主义不同于个人主义,甚至同个人主义相反。人格主义的人不能等同于个人主义的个人。个人主义把人看作自我封闭的单子,人是孤立的、以自我为中心的个人。人和人的关系是一种利益关系和法律关系。这种个人缺乏道德使命感、缺乏存在理性,从这种人身上,世界得不到任何东西。这种自我中心论是人的一种堕落或曰对人的歪曲。"既不应当忽视外界的生活,也不能够蔑视内心的生活。没有外界的生活,内心生活就变得荒诞,没有内心生活,外界生活也等于做梦"。"我"不是作为特殊的个体而存在,而是作为同许多"你"紧密联系的东西而出现,是处在"主体间关系"中的人。"你"是"非我"同时又是另一个"我",他人不是无人格的,必须尊重他人的人格。为了有自己的"我",就应该成为其他的"我"所羡慕的人,也羡慕其他的"我"。我们必须对于另一个"我"有所意识,意识到将这种精神之网的各个部分相互连接起来的那种联系,这就是人类意识的"主体间性"。人和人的关系是一种人格的相互作用关系。人只能作为"我们"中的一员,在社会关系中存在,也只有作为社会共同体中的成员,人才有道德的使命。

莫尼埃自认为,人格主义不同于存在主义,尽管在思想倾向上,人格主义和存在主义比较接近,如把以自由和创造为本质的人作为哲学的出发点,接受个性自由、自我设计和自我超越等思想。但是它们在对人的看法上还存在着区别。莫尼埃指责存在主义陷入了唯我论和悲观主义,忽视了人与他人的联系,人与人的共同体的联系,以及人的精神与肉体和整个物质世界的联系。因此,存在主义的人不是一个完整的人。人格主义则相反,它把人视为一个完整的人,把一切存在看作共存。存在,对于我们来说就是指和他人、和事物的共存。人永远生活在现在中,因为现在是时间中永恒的存在。

莫尼埃认为,人格主义也不同于马克思主义。虽然说人格主义和马克思主义都对资本主义采取批判的态度,号召人们起来进行革命,但它们二者对于人和革命的看法大相径庭。莫尼埃的人格主义自诩是对资本主义现实社会进行批判的一种革命理论,它是在 30 年代的世界经济危机和第二次世界大战所造成的资本主义世界的总危机中诞生和发展的,它认为资本主义必然要灭亡,世界性的危机已经将欧洲人幸福的丧钟敲响,将人们的注意力引向正在进行中的革命,要推翻金融寡头、消除贫困以及政治和经济的无政府状态,要变更旧的社会秩序,建立新的社会秩序。

人格主义还声称它和马克思主义至少有两点区别:首先,马克思主义坚持一种集体主义和集权主义,它忽视了人的主体性、人格和人的价值,扼杀了人的创造性自由,把人归结为社会组织中的细胞,使人完全从属于国家,把人的作用等同于经济的功能。第二,人格主义和马克思主义对于资本主义制度的革命和改造的方式不同。人格主义者们特别是莫尼埃本人同意并且接受马克思主义对于资本主义社会批判的某些原理,如劳动人民贫困化和财富集中在少数私有者手中的矛盾。周期性经济危机导致资本主义经济和社会普遍破产、在社会政治生活中存在着各种异化现象等,并且同意马克思主义提出的建立无阶级社会的要求和按劳分配的原则。但是他们不同意马克思主义的无产阶级革命的理论,认为劳动人民群众性的反对资本主义的活动是无人格的群众运动。在欧洲面临的"精神危机"和社会"结构危机"面前,我们既不能采取"退却""回避"的"虚无主义"态度,也不应采取革命暴动。解决欧洲的总危机应该从人着手,进行"人格教育",提倡人格、尊重人格,以人格的绝对价值来建立政治、经济、文化、伦理乃至权力的新结构,运用人格主义的思想去改造社会意识,然后再使整个资本主义制度悄悄地和平演化到消灭了社会对抗和压迫的"人格主义的和村社的文明",因而,莫尼埃把人格主义的社会改造活动称为"新的文艺复兴",即通过"人道主义革命"来解决人面临的危机。其实,它只不过是一种资本主义的改良主义,确实是与马克思主义完全不同的。

二、马里坦的新托马斯主义伦理思想

新托马斯主义是罗马天主教会的官方哲学,产生于19世纪末,20世纪以来得到了极大的发展,成为西方世界流行最广的一种哲学思潮,其主要代表人物如马里坦、泰依亚、吉尔松都集中在法国。随着现代科学技术的迅猛发展,资本主义社会面临的问题日益增多,旧的基督教神学和经院哲学已经不能适应时代的需要,为了满足资本主义社会的要求,新托马斯主义在新的历史条件下复活了中世纪经院哲学家托马斯·阿奎那的学说。一方面,给它披上"科学"和"理性"的外衣,试图将宗教和科学、理性和信仰结合起来,号召人们运用理性去认识自然,研究现代科学技术,要求教徒们深入到自然科学的专门领域中去成为专家。同时,还将新兴的自然科学学说包容在神学之中,甚至还对某些信仰主义和非理性主义的学说进行批判,从而使自己"现代化";另一方面,新托马斯主义还试图将神和人结合起来,一改中世纪神学只讲"神"而扼杀人,敌视异教异端、进行宗教迫害的主张,而宣称要维护人的自由和尊严,发扬人的个性和人道主义,自诩其"以神为中心的人道主义"是真正的人道主义和完整的人道主义。

新托马斯主义把伦理学摆在非常突出的位置,认为伦理道德学说是整个社会生活及社会政治理论的基础,并企图通过道德革命来解决西方社会所面临的种种问题、冲突和危机。新托马斯主义的伦理学是为宗教神学服务的,要求把上帝作为人生的最高目的,把上帝启示的道德戒律作为人的行为和尘世生活的最高准则,把上帝的永恒幸福作为人的最高幸福。

马里坦和泰依亚两人为基督教神学的"世俗化"和"现代化"做出了突出贡献,本节重点考察马里坦的伦理学说。

雅克·马里坦是新托马斯主义的领袖人物,他不仅是一位理论家,同时也是一位宗教活动家,曾任法国驻梵蒂冈大使,是罗马教廷的密友,40年代至50年代曾在美国多所大学担任教授,是一位具有世界影响的人物。他对新托马斯主义的贡献,可以与托马斯·阿奎那对于经院哲学的贡献相媲美。他从柏格森哲学的信奉者转变成为托马斯·阿奎那的崇拜者。如同托马斯用毕生的精力重述和解释亚里士多德的学说一样,马里坦也穷其毕生精力宣扬和解释托马斯·阿奎那的学说。他宣称:"无论从哪一方面来说,我都更愿意成为一个古典托马斯主义者而不是新托马斯主义者。与其说我是,

毋宁说我希望是一个托马斯主义者。"

（一）个体性与个性

马里坦把关于上帝的学说作为他的伦理学的理论基础。他承认并论证上帝的存在，把上帝看作是世界万物的创造者和第一推动者，上帝是全知、全能、全善的，是真、善、美的最高体现，上帝是一切存在和人的行为活动的最终基础、最终目的和最后归宿。马里坦的伦理学就是从这种神学本体论出发的。但是，新托马斯主义的伦理学与老托马斯主义的伦理学的一个显著不同之点就是：它不再单纯只讲神而不讲人，要人们放弃现实的物质享受而去追求天国幸福，而是力图将神和人结合起来，使二者协调一致。

马里坦把亚里士多德的"形式和质料"学说用于人的分析，将人区分为"个体"和"个人"，或曰"个体性"和"个性"两部分。人是由肉体和灵魂所组成的，"个体"或"个体性"是指人的肉体，而"个人""个性"或"人格"是指人的灵魂，这就是人的二重性。人被放在两个极端之中，一个是物质的极端、人的物质性，一个是灵性的极端、人的精神性。一方面是物质实体，另一方面是精神实体，人就是由这两种实体构成的一种有机统一。

就人的肉体而言，人是一个个体、是一种具体的物质存在，和其他物质一样要占有一定的空间位置，人的个体性以"物质"作为最初的实体根源。作为一个物质性个体的人，他是物质自然界的一部分，服从于整个物质世界的运动规律。每一个人"都是宇宙的、人种的、历史的力量和影响的无限的网的一个孤零零的点子，并且屈从于这些力量和影响的法则；他是服从于物理世界的决定主义的"。

但是，人还有另一面，他有灵魂，是一个作为个性的人，即个人。"而作为个人的话，他并不屈从于日月星辰，他甚至就靠着灵性的灵魂的生存而整个地继续生存下去，而这个具有灵性的灵魂，在他身上就是一个创造性的统一、独立和自由的本原。""个性""人格"就是人的灵魂，正是灵魂使人成为一个个人。个性打上了造物主的印记，人的精神是从上帝那里得来，人是"依照神的形象"而存在的。精神使人和上帝相联系，与绝对有一种直接的关系，同时也使人类彼此沟通。作为个性的人，他要求理智和爱情的交流，使"我自己"在知识和爱情上与"别人"有所沟通、进行对话。

人是由个体性和个性两个方面所组成的，所以人也包含着向两个方向发展的可能性，即人的活动既能沿着个体性的方向发展，也可以沿着个性的方向发展。如果人沿着物质的个体性这个方向发展下去，我就成为一种自私的我，可憎的我，贪求夺取的我，人的个性就倾向于败坏和丧失。如果人沿着灵性的个性这个方向发展,我就不断地趋近英雄和圣人们的大公无私的我,人就会成为一个道德高尚的人。

个体性和个性的关系是一个难于处理的问题,通常存在着两种错误的倾向。一种倾向是,把它们看作我们身上两个彼此割裂开来的东西,一个是个体,一个是个人,个体该死,而个人万岁。只是我们要提防个体性的片面发展。另一种倾向是把个体和个人混淆不分,在发展个性的同时也发展了人的个体性,因而造成人们彼此间的分散和不和,造成人的心灵偏狭、感觉反常。没有看到,要使人性得到充分和自由地发展,就应该在某种程度上实行禁欲主义,正如为了获得果实必须砍掉无用的树枝一样。

马里坦把人看作由个体和个人、肉体和灵魂所构成的一种抽象的人,而不是生活在一定的阶级社会中的具体的人,抛开了人的阶级性和社会性,因此他对人所做的分析是一种抽象的人性论分析。

(二)人与社会

马里坦在把人区分为个体与个人两个方面的基础上,进一步来谈论人和社会的关系。

马里坦提出了社会性是个性的本质的观点。人由于需要尊严,要求成为社会的一员。社会是由一些个人所组成的,人是社会的单位。人为什么要求在社会中生活呢? 有两方面的原因,一方面是由他的个性所决定,一方面是由他的个体性所决定。从人的个体性来讲,人的种种缺乏也使人要求过社会生活,使人参与到一定的社交团体中,不参加这个团体,他就不可能得到生活的满足,不可能自我实现,"因此,社会似乎就是在提供给个人以他恰好需要的种种生存和发展的条件"。个体的缺乏或贫乏不仅仅表现为在衣、食、住、行等物质方面需要他人的帮助,而且还表现在人需要别人教育,使自己在知识和道德上得到某种程度的提高,才能达到自我完善,要完成理智和道德的事业就需要他人的帮助。这样,人一方面是由于"富足"或作为个性而需要社会,另一方面是由于"贫乏"或作为个体而需要社会。因此,社会性是人的本性,人是一种政治动物。马里坦在这里似乎突破了抽象的人性论,把人看作社会的人,把社会作为人生存和发展的条件,但是,他是离开了物质生产、阶级关系来讲社会,讲人们之间的关系,不是把生产斗争、阶级斗争和科学实践等人类的实践看作是人和人联系的基础,而是把社会视为人的本性的一种需要,一种生活的需要,从人的本性中引出社会,所以他的分析仍然是抽象的和唯心主义的。

"个人"是社会的单位,与个人相对的是作为整个社会之目的的"公益",

或曰"共同的利益"。个人和社会的关系就表现为"个人"与"公益"的关系。马里坦认为,"公益"作为社会的目的,它既不是个体的善,即每个人的个人利益,也不是许许多多个人利益的总和,因为这样会走向个人主义,顾全了个人的利益而取消了社会本身。因为这往往意味着为了社会整体的利益而牺牲个人的利益,走向了总体主义、极权主义,不把人当人看待。"公益"应该是被接纳在个人之中的,"公益以人为前提,它注入在人身上","在人身上得到自身的完成"。"社会的公益乃是由个人所组成的群众之美好的人的生活;是他们在幸福生活中的彼此交流;因此,它无论对于整体还是对于部分,都是共同的。公益倾注在部分中,而部分则从公益中得到好处"。公益要求承认人的基本权利,能让人们充分发扬自由,肯定人自己所拥有的主要价值。这样一种公益表现为个人向着超越自己的某种东西的一种内在的归顺。

第七章　多元文化环境下的
外国文学——心理学

第一节　机能心理学

一、詹姆斯与机能心理学

詹姆斯的心理学是完全开放而且远未完成的,我们很难用给一个思想体系以名称的方式而能够一劳永逸地说明詹姆斯的心理学是什么。詹姆斯心理学的开放性,源自于詹姆斯真诚地追求真理的思想态度,或者用后来的现象学的话来说,源自于他"面向实事"的勇气和精神。在詹姆斯的思想态度中,对无论是心理学、哲学还是其他的什么而言,唯一可靠而值得信赖的出发点,乃是我们对鲜活的人类生存经验的观察或体验,而不是任何既有的思想框架或理论偏见。詹姆斯心理学的未完成性,恰恰反映了他追求真理的执着精神:他不会满足于心理学作为一门经验科学的某种完成形式的并因而是固定而僵化的体系;与胡塞尔相类似,他所追求的最后目标乃是人类生存的终极基础。因此不难理解,他不仅在表面上放弃了心理学而走向哲学,而且,就是他的哲学来说,他也不能满足于关于真理和意义的实用主义,而是走向了彻底的经验主义,以图提供并阐释包括心理学在内的全部人类事务的形而上学基础。

詹姆斯心理学的完全的开放性意味着,甚至想客观地介绍詹姆斯的心理学都是不可能的。同时,詹姆斯心理学的开放性和未完成性,为我们理解并解释他的心理学遗产留有广阔的思想空间,在这个思想空间内,无论是就詹姆斯心理学的理论主题而言,还是关于詹姆斯心理学的历史解释,其中任何一个方面都足以让另一个詹姆斯再重新生活一次。

如果心理学可以按国别来划分的话,那么,毫无疑问詹姆斯便是美国心理学之父。正是詹姆斯向美国人介绍德国的新心理学并加以"批判"地"诠释";特别是詹姆斯还以他在这"批判"的"诠释"的过程中所形成的自己的心理学思想,"激发了美国人的研究灵感……并奠定了美国心理学从1890

年到 1913 年的历史发展的基调"。不仅如此,从美国文化思想史的意义上来说,詹姆斯不只是一个心理学家,甚至也不只是一个哲学家和一个思想家,而是一个符号、一个象征,是美国文化思想史的分水岭;无论是他的人格还是他的思想,都如此紧密地与他所处的时代交织在一起并同步发展,乃至于可以说,他就是他所处时代和文化的"晴雨表"。

詹姆斯的心理学是完全开放而远未完成的,这种完全的开放性和未完成性意味着,甚至想客观地介绍詹姆斯的心理学都是不可能的,任何对詹姆斯心理学的"介绍",都只能是一种历史的"解释",而不可能完全地再现詹姆斯心理学的原貌;就詹姆斯的人格和思想而言,它的最内在的核心以及他所要追求的最后的目标,乃是关于经验的形而上学,即表现为他那尚未完成的彻底经验主义的哲学体系,他的心理学不过是通往这一目标的道路上的一个临时的"客栈"而已。

(一)心理学的形而上学基础

对于那些不是真正理解詹姆斯的人格和思想的人而言,或者对于那些喜欢以断章取义的方式来理解詹姆斯的心理学的人而言,提出关于詹姆斯心理学的形而上学基础这个问题,或许会显得有些唐突。因为詹姆斯曾明明白白地把心理学当作一门自然科学,并按照自然科学的方式将某些事实作为前提承诺下来而不加以反思,从而才能够设想心理学摆脱形而上学而作为一门自然科学的存在。特别是当詹姆斯早年对心理学进行专门的研究和思考时,形而上学问题以及关于心理学形而上学基础的问题,在詹姆斯的思想背景中还远未构成一个突现着的、显在的理论主题,而只是作为一个尚未得到澄清的基本理念,隐含在詹姆斯关于心理学的研究和思考的具体内容的背后。但是,这并不是说,在詹姆斯学术生涯的早年,尚处于隐伏状态的形而上学冲动,未曾对他关于心理学的思考和研究产生过影响。所以,虽然詹姆斯在理论态度上声称要以自然科学态度来对待心理学而不涉及形而上学,但实际上,他的具体的心理学思考及《心理学原理》的写作,总也摆脱不了形而上学。反过来说,当詹姆斯在晚年于哲学上趋于成熟,并试图构想其形而上学体系即彻底的经验主义时,他据以构想这一形而上学体系的思想材料,主要还是最初在《心理学原理》中讨论过的心理学的论题,尽管关于这些心理学论题的理解,自然会随着其思想的成熟不断发展、不断深化。所以,对詹姆斯而言,其心理学与其哲学及形而上学,在逻辑上构成一个一体化的整体而不能被人为地分离。也只有以这个逻辑上一体化的整体为背景,才能理解其心理学的真髓。当然,必须明确,这里首先讨论詹姆斯心理学的形而上学基础,不是以时间的先在性,而是以逻辑的先在性为根据的。

詹姆斯的形而上学体系,就是詹姆斯作为哲学家的哲学体系,这个哲学体系就是他关于经验的形而上学,即彻底的经验主义。彻底的经验主义作为詹姆斯的形而上学,在起点上是詹姆斯全部思想冲动的最内在的核心,在终点上是詹姆斯全部思想追求的最后的目标。心理学作为他通往这个目标的一条道路、一个"客栈",自然是以这个内核为中心的,是对这个目标的一个具体的实现,所以,彻底的经验主义,不仅在体系的意义上是詹姆斯的形而上学,同时也是他的心理学的形而上学基础。

彻底经验主义作为哲学和形而上学的主旨,是要在否定传统哲学的二元论思维方式及其对世界的解释的同时,尝试寻求世界的统一的基础。它所寻求到的关于世界的统一的基础就是"纯粹经验",彻底经验主义就是试图对这个"纯粹经验"进行系统的理论阐释。虽然如前所述,詹姆斯最终没有能够把彻底经验主义作为哲学或形而上学在体系的意义上建构出来,而只是零散地发表了一系列的文章,并在死后由他的学生佩里汇集成册,但无论如何,他于生前毕竟在《真理的意义》一书的序言里,在讨论实用主义真理观,以及他自己的思想发展进程的背景中,对彻底经验主义作为整体给出了一个简短但具有纲领性的说明,可以作为我们理解彻底经验主义的一个有效的切入点。

在那个研究纲领中,"公设"是彻底经验主义对哲学的论阐和职责的划定:哲学必须将自己限定在直接可经验的范围内,并在经验的范围内对世界做出解释,至于经验以外的世界,不要去说它,说了也没有意义。或者换句话说,这个"公设"是彻底经验主义对自己作为哲学的思想态度或"方法论准则"的自我表白:严格地忠实于经验本身,如实地对所看到的经验及其过程作客观的描述,至于不能被直接经验到的、超越经验范围以外的"实体""动因"等,都必须被铲除掉。它所陈述的"事实",就是彻底经验主义视野中的世界的本来面目。如佩里所指出的那样,詹姆斯在生前关于彻底经验主义的这个研究纲领所已初步完成的工作,即构成《彻底经验主义论文集》的 12 篇文章,主要是对世界的本来面目作为"事实"的分析与揭示。

彻底经验主义的这个研究纲领及其表达出的思想态度或"方法论准则",立即使人联想到胡塞尔现象学的"面向实事"的思想态度,所以当胡塞尔的现象学被世人所理解之后,自 20 世纪 60 年代起,很多人尝试对詹姆斯的思想进行现象学的理解和阐释,并认为詹姆斯通过他自己的道路独立地达到了现象学。受此启发,威尔德在系统钻研《心理学原理》的基础上写出

《威廉·詹姆斯的彻底经验主义》，并在这本书的序言里写道："我希望本书将能更稳固地确立这样一个很多人疑虑不定的历史事实，即在上个世纪之交，一个本土的美国哲学家就已开始按存在主义的方式进行思考，并在广义上对现象学运动做出了重要的贡献。我们现在开始认识到，这对于理解现象学运动作为整体而言是必不可少的。"

彻底经验主义潜在地是一个巨大的理论思考的空间，但限于本书主题，我们这里只能给出一个粗线条的勾画，以揭示它与詹姆斯心理学之间的关系。彻底经验主义所研究的理论主题是人类意识现象，它的基本概念是"纯粹经验"，这是我们理解彻底经验主义的关键所在。关于"纯粹经验"，詹姆斯有不同的论述。他指出："如果我们首先假定世界上只有一种原始素材或质料，一切事物都由这种素材构成，如果我们把这种素材叫作'纯粹经验'，那么我们就不难把认识作用解释成为纯粹经验的各个组成部分相互之间可以发生的一种特殊关系。这种关系本身就是纯粹经验的一部分；它的一端变成知识的主体或负担者、知者，另一端变成所知的客体。"这是彻底经验主义作为形而上学的总的理念，因尚未展开而不易被理解，要"弄懂"它"还需要做很多的解释"。对于这样的一种哲学来说，联结各经验的关系本身也必须是所经验的关系，而任何种类的所经验的关系都必须被算作是'实在的'，和该体系里其他任何东西一样"；"我把直接的生活之流叫作'纯粹经验'，这种直接的生活之流供给我们后来的反思与其概念性的范畴以物质材料。"关于詹姆斯的"纯粹经验"，到目前为止，人们已经做出了很多具体的解释工作，其基本趋势是按解释学的传统，把"纯粹经验"解释为"前反思的经验"。詹姆斯试图要解决的问题，可以简单地表述为：事物如何在意识中生成；发生学的思路是指，设想人类在获得概念的反思能力之前的意识经验。这样来理解"纯粹经验"当然是极其困难的，因为它需要我们摆脱现实意识对我们思维的束缚作用。虽然詹姆斯对这个困难有着充分的意识，但无论如何他还是设法表达了这样的理解方式。

从这个粗线条的勾画我们不难看出，彻底经验主义作为詹姆斯晚年的形而上学追求与他早年的心理学研究，不仅在思想逻辑上是连续一贯的，就是在理论内容方面也是互相交融、相互补充的。彻底经验主义关于"经验之流""生活之流"的讨论，无非是对《心理学原理》中"意识流""思想流"的进一步深化；"纯粹经验之流"中"用重点去充实"而被"同一化""固定化""抽象化"了的经验部分，与"尚未被言词化"的"感觉"的经验部分之间的分别，无非就是《心理学原理》中关于意识的"实体状态"与"过渡状态"之间的进一步阐释;彻底经验主义中的"关系理论",无非就是对《心理学原理》中意识的"过渡状态"的进一步发挥;而彻底经验主义所强调的"既不要把任何不是直接所经验的元素接收到它的各结构里去,也不要把任何所直接经验的元素从它的各结构里排除出去",无非就是对《心理学原理》中告诫要加以谨防的"心理学家的谬误"的另一种解释。

在彻底经验主义的背景中,詹姆斯有一个理论的反思。这个理论的反思,无论是对于理解詹姆斯本人而言,还是对于理解心理学及心理学史而言,都具有极端的重要性价值。当我们结合后来的心理学史、特别是行为主义革命来理解詹姆斯的这个理论反思时,我们立即就能看到詹姆斯作为心理学家在应对心理学的理论危机时所表现出的大家风范及其典范意义。

詹姆斯在 1904 年发表的《"意识"存在吗?》一文中表白说:"过去二十年来(也就是在《心理学原理》还远未完成之前),我曾对'意识'之是不是一种实体表示过怀疑,过去七八年来我曾对我的学生们提出过这样的一个意见,即意识是不存在的",而"现在我觉得把意识公开地、普遍地抛弃掉的时机已经成熟了"。那么,詹姆斯究竟是在什么意义上要把"意识"抛弃掉、否定掉呢? 我们知道,华生后来是在完全的、绝对的意义上把"意识"作为"鬼影"给否定掉而发动行为主义革命的,那么,詹姆斯是否也是在绝对的意义上认为"意识是不存在的"呢? 答案毫无疑问是否定的。事实上,詹姆斯是通过考察"意识"范畴在到 19 世纪末的哲学史和心理学史中所经历的种种变故后,否定经历这些历史的变故之后留下来的那个"意识"概念的;这个"意识"概念,如詹姆斯所指出的那样,已经退化为一个"失去了具有人格性的形式和活动"的、"只是表示经验的'内容'是被知的这一事实的一个名称而已",它已经"消散到纯粹透明的这种地步"而成为"一个无实体的空名,无权立于第一本原的行列中"。所以,詹姆斯在否定"意识"的存在后,紧接着便指出,"谁要是把意识这一概念从他的第一本原表里抹掉,谁就仍然必须设法以某种方式使这种职能得以行使",这便是詹姆斯所提出的"纯粹经验"。

(二)心理学作为一门自然科学

狭义地说,詹姆斯的心理学就是他的《心理学原理》,就是他在《心理学原理》中所表达的关于心理学作为整体的理解,以及在其中所阐发的关于心理学各个具体论题的思考。有一个历史的事实特别耐人寻味,并极有助于我们理解詹姆斯的心理学。詹姆斯的《心理学原理》,即使有人不同意说它是全部心理学史中唯一一部最伟大的著作,也不会有人反对说它是极少的几部最伟大的著作之一。像这样的著作,作者往往会根据自己思想的进展进行修订，但詹姆斯对他的《心理学原理》，除应出版商霍尔特的要求把它节略为《心理学简编》外，从来不曾进行过修订。甚至在詹姆斯死后很多年，总有人试图根据詹姆斯晚年逐渐成熟的思想趋势，来设想《心理学原理》有可能进行怎样的修订，但这永远只能是詹姆斯心理学的解释者的"设想"而已。对詹姆斯本人而言，《心理学原理》构成了他通向自己的哲学即彻底经验主义的一个阶梯、一个"客栈"；或者在不那么严格的意义上借用詹姆斯自己的隐喻来说，《心理学原理》作为他的思想流的一个片段，过去之后就不可能再回来了。

毫无疑问，詹姆斯的《心理学原理》是一部极具原创性的论著，而不能被当作"不成体系"的心理学的"知识总汇"来对待，虽然同样毫无疑问，在知识的层面上，它在当时完全称得上是一部百科全书式的知识手册或知识总汇，因为它涉及或评述了到当时为止所已知道的几乎全部心理学的知识，甚至是它最前沿的细节。历史上之所以总有人把詹姆斯称为"典型的不成体系的心理学家"，就是因为如前述麦克德默特所告诫的那样，"低估了"或甚至是根本没有认识到彻底经验主义对詹姆斯心理学的重要性。事实上，贯穿于整个《心理学原理》之中的，是关于人类意识现象的一种理解方式，正是关于意识的这种理解方式，在趋向于形而上学并逐步成熟的过程中生成为彻底经验主义。

关于心理学是什么这个问题，詹姆斯在《心理学原理》中，特别在其序言、第一章及第七章中有较为集中、较为系统的论述。在第一章"心理学的范围"中，詹姆斯开篇便指出："心理学乃是关于心理生活的科学，既包括心理生活的诸现象，又包括这些现象的条件。"詹姆斯所谓心理生活的"诸现象"，就是在思维中所把握到的诸如感觉、知觉、记忆、认知、判断、想象、欲望、意愿、情感等主观的活动或现象。在进一步说明这些"现象"是什么之前，詹姆斯首先明确地批判并否定了理性主义传统的官能心理学和经验主义传统的联想心理学。

结合《心理学原理》一书的全部论证，这里需要特别指出的是，在詹姆斯关于心理学的这个界定中，心理生活的"诸现象"和它们的"条件"是同一的："没有哪一种心理的变化不伴随着或是导致相应的身体的变化"，所以，"心理学家在某种意义上说必然是神经生理学家"。隐含在这一界定背后的，是詹姆斯的一个理论的冲动，即试图对世界做出某种一元论的解释而摆脱二元论，并在理论上具体地表现为对意识现象及其活动如何在脑活动的基础上产生出来，亦即前述"事物"如何在"意识"中生成为"现象"这一难题的追问和思考,虽然詹姆斯承认,这个难题是"任何终有一死的凡人所永远无法知道的"。

关于心理学的这样一个界定,尚不足以明确詹姆斯对心理学的理论态度,因为两千年来的传统哲学,特别是以认识论转向为基本特征的近代哲学,就是关于心理生活的"诸现象"的研究,并在这一研究过程中形成了理性主义的官能心理学和经验主义的联想心理学,亦即所谓传统的哲学心理学或形而上学心理学。但是,无论理性主义传统的官能心理学还是经验主义传统的联想心理学,都是詹姆斯所不能接受的。所以,詹姆斯还必须说明他所主张的心理学与传统的哲学形而上学的心理学之间的区别。

只有在詹姆斯思想与人格发展的总体框架内,才能理解他把心理学规定为一门自然科学的真实含义。从这个意义上说,把心理学规定为一门自然科学只是一个权宜之计,只具有对詹姆斯个人而言的思想史的传记意义,是詹姆斯思想进展的一个路标,是他对自己的思想作为整体的各部分之间还没有达到互相融通的进展状况的一个托词式的自我辩解或自我表白。对此,詹姆斯在完成《心理学原理》的写作之后所写的"序言"中,有也许是他不甚自觉的交代。在这个"序言"中,詹姆斯一方面指出:"我在本书中自始至终贯彻自然科学的观点。任何一门自然科学,都不加批判地将一定的资料作为前提承诺下来,进而获得它关于这些资料要素之间的'定律',并由这些资料要素展开它的推论,而不对这些资料要素本身加以批判地反思。心理学作为关于有限个体的心灵的科学,将以下三项资料承诺下来:(1)思想和感觉;(2)与这些思想和感觉共存的、处于时空之中的一个物理世界;(3)思想和感觉对这个物理世界有所知。"詹姆斯所谓"思想和感觉",是泛指主观的意识及其各种状态本身的一个类名,在《心理学原理》第七章中有详细的术语讨论;所谓"思想和感觉对这个物理世界有所知",是指"思想和感觉"作为认识主体对物理世界作为认识对象之间的认识关系的事实。至于心理学把它们作为"资料"承诺下来的"思想和感觉""物理世界"及"思想和感觉"为什么会对"这个物理世界有所知"的事实本身等,则不属于心理学,并因而不在本书讨论的范围之内。一旦它超出了这个界线,它便转而成为形而上学"。这句话是否意味着,心理学除作为"自然科学"而存在外,还可以作为其他的什么而存在呢? 若心理学还能够作为其他的什么而存在,那么,这种形态的心理学的使命又将是什么呢? 关于这个问题,詹姆斯显然还没有思考清楚,而只有一个朦胧的、犹疑不定的把握,所以他进一步指出,"我……将把确定思想与脑的活动状态之间的共存法则作为我们心理学的最高法则"。这句话的含义也是不确定并因而易于引起误解的:我们当然可以像多数人通常按詹姆斯将心理学界定为一门自然科学那样来理解它,即思想的活动状态和脑的活动状态作为心理学承诺的"资料"不属于心理学的范畴,心理学的任务在于确定它们之间的共存关系或"法则"。总之,在这方面,即关于心理学作为一门自然科学的说明中,詹姆斯首先在自然科学与形而上学之间划出一条明确的界线,然后将心理学"规定"为一门自然科学。那么,在如此"规定"之后的心理学究竟是什么呢? 这样一种心理学究竟能否被实行呢? 且不说关于脑的活动状态的知识不仅在当时就是到现在也还远未达到完善的程度,因而想"确定"意识的活动与脑的活动之间的"经验关系"或"共存法则"是不可能的,所以心理学作为一门自然科学也就成为不可能的了;即使我们完全掌握了脑的活动状态的知识,并把心理学规定为"确定"意识活动与脑活动之间的"经验关系"或"共存法则",那么,《心理学原理》绝不是这种意义上的"作为自然科学"的心理学,詹姆斯便以他自己的著作否定了他关于心理学的"规定"而陷入自我矛盾。

二、机能心理学的命运及其历史效应

(一)行为主义革命

行为主义作为心理学的产生,当然是极其错综复杂的背景因素共同作用的结果,这个问题本身就构成心理学史的一个重大的研究课题。

在有关心理学史的研究中,一般从以下几个方面来理解行为主义作为心理学产生的背景。其一是从社会历史背景入手。从这个方面来说,至20世纪初,人类社会已进入垄断资本主义阶段,"它把充分利用人的全部潜力来增进生产效率,最大限度地提高利润,最稳定地维持社会秩序,作为研究人的总目的。……在行为主义者看来,生产效率是直接通过身体动作的效率而体现的,要提高生产效率就得提高身体动作的效率。而维持社会秩序则在于使人们的行动遵守社会秩序"。其二是从人类思想史背景入手。我们知道,行为主义最本质的特征是否认人类"意识"或"精神"存在的本体论地位,而以机械唯物论的哲学世界观来理解人的存在及其活动。机械唯物论作为世界观,是从近代自然科学、特别是力学的发展所取得的成就引申出来的。法国哲学家笛卡尔和拉·美特利正是从机械唯物论世界观出发,分别提出"动物是机器"和"人是机器"的哲学命题。就行为主义作为世界观而言,它与以笛卡尔和拉·美特利为代表的机械唯物论世界观是一脉相承的。……行为主义创始人华生虽然拒绝哲学,但他的行为主义心理学却正以机械唯物主义为其哲学的基础。其三是从心理学史背景入手。这个背景本身也是极其复杂的,在肯定的方面主要包括机能心理学以及与机能心理学密切相关的动物心理学的发展,在否定的方面涉及包括机能心理学和构造心理学在内的传统意识心理学在意识观问题上的困境,同时也与心理学追求科学的地位、亦即心理学的客观化趋势密切相关。

1. 从机能心理学到行为主义心理学

在前面关于机能心理学及其代表人物的思想的评述中,我们发现无论是詹姆斯、杜威,还是安吉尔、卡尔,以及桑代克、吴伟士等,都越来越强调"行为"作为心理学研究对象的重要性,其中,桑代克和吴伟士还自觉地论证并强调"行为"概念作为心理学基本范畴的基础地位。在通常的心理学史研究中,这个趋势已经被普遍地把握到,但关于这个趋势,却形成了一个极易引起误解,且严重地限制了我们的思维空间的表达方式来把握这个趋势,即简单地把这个趋势表述为:在上述这些机能心理学的代表人物的思想中表现出越来越多的行为主义成分。透彻地理解这个原则性的区别,不仅对于把握机能心理学与行为主义心理学之间的区分是必要的,而且对于理解机能心理学所取得的成就及其历史发展的内在逻辑,也是必需的。

假如我们在直观的基础上相信,在人之外独立地存在着一个不依赖于人的物理实在,那么,在产生这一信仰的同一个直观的基础上,我们也应该相信,作为人的意识的心理实在,至少是同样真实地存在着的,其真实性绝不亚于外部物理实在。事实上,人对物理实在和心理实在的信仰是同源的,并都与人类自身的历史同样久远。正如德国哲学家卡西尔所说的那样:"从人类意识最初萌发之时起,我们就发现一种对生活的内向观察伴随着并补充着那种外向观察";"在对宇宙的最早的神话学解释中,我们总可以发现一个原始的人类学与一个原始的宇宙学比肩而立"。艾宾浩斯亦曾通过对心理学史的考察,在更加素朴的水平上达到了关于人对物理实在和心理实在信仰的同源性的认识,虽然他远未能够洞察到或论证出由他自己提出的那个在心理学界具有广泛影响的论题的全部理论含义:"心理学有一个长期的过去,但只有一个短期的历史。"关于心理学的这个"长期的过去",我们可以引申出两种不同理论深度的理解方式:如果我们把"心理学"理解为对有关心理现象的系统化的思想的探究或追求,那么,这个"长期的过去"就可以追溯到古希腊哲学家们的思想;如果我们把"心理学"理解为人类对自身精神生活现象的一种自发的把握或体验,那么,心理学的这个"长期的过去"就可以追溯到人类的起源。

以这种方式来对待人类意识,便是现象学的思想态度。从现象学的态度不难理解、甚至不能否认,对任何一个心智正常的人而言,意识和自我意识的存在,是我们在日常生活中首先接触到的最直接、最熟悉、最真切、最基本的事实,其他一切事实都以这一事实为基础:"思维的存在,确切些说,认识现象本身,是无疑的",它的"存在在认识问题的开端已经被设定了……诸思维表现着一个绝对内在的被给予性领域";对人而言,"最先出现的并非物理对象的世界,并非自然科学研究的'自然'的世界。只是在人的认识的历史的进程中,才偶然地出现了与人自身的历史相违背的一个趋势,即对物理实在的信仰和对心理实在的怀疑。这个趋势乃是近代以来伴随着自然科学的快速发展、科学唯物主义在人的世界观中逐步取得支配地位之后的特定的时代产物。"造成这一产物的原因,除信仰的精神因素和科学的世界观因素之外,主要还在于:自然科学的巨大成功为我们提供了关于物理实在的一整套形式上体系化、逻辑上自恰并因而更富有说服力的理论阐释,从而为我们对物理实在的信仰提供了一个理性的基础;而关于心理实在以及我们对心理实在的信仰,无论是心理学还是现象学都还远未能够提供一种可与自然科学相媲美的系统化的理论阐释。但尽管如此,在当代世界,特别是在当代学术背景中,已经越来越明显地表现出一种历史倒转的趋势。在具有现象学特征或受现象学传统影响的人文学者,如胡塞尔、卡西尔、塞尔等人那里,相对于对物理实在的信仰而言,对心理实在的信仰具有一种本体论的优先性:物理实在以及对物理实在的信仰原来是心理实在以及对心理实在的信仰的某种形式的产物。

　　所以,在现象学的思想态度中,意识作为一个存在领域具有不可还原的实在性,正是这个实在领域构成了心理学的合乎逻辑的基础。西方有些学者,特别是人文传统的学者,将意识的这种不可还原性称为"意识的本体论"或它的"本体论地位"。因此,心理学的首要前提是在理论态度上对意识的"本体论"承诺,就像物理学的前提是对物理实在的本体论承诺一样。任何时候,当心理学作为关于"意识"的研究在理论上陷入困境或危机时,应当引起我们怀疑的不是意识实在本身,而是隐含于其中的关于意识的理解方式。

　　以此为背景,我们便获得了据以考察心理学从机能主义向行为主义过渡的一个根据。毫无疑问,行为主义否定包括机能心理学在内的传统意识心理学,至少包含这样一层含义,即否定包括机能心理学在内的传统意识心理学的意识观,亦即它对意识的理解方式。事实上,正是由包括机能心理学在内的传统意识心理学的意识观的内在矛盾,是导致行为主义革命的最根本的原因。他在总结自己关于心理学史,特别是关于从机能心理学经过行为主义到认知心理学的历史的具体分析之后指出:"机能主义者认为心灵具有适应价值。但他们却为19世纪那陈腐的形而上学所欺骗,在主张心灵的适应价值的同时转而拥护严格的心一身平行论,由此引起一个矛盾。华生正是利用这个矛盾建立行为主义的。"

(二)行为主义革命的理论实质

由上述论证过程可以看出,行为主义革命是实验心理学在作为它的一个历史形态的美国机能主义心理学在理论上陷入危机之后对这一危机所作出的反应;美国机能心理学理论危机的根源,是它所接受的德国实验心理学的理论前提与它在实践上所奉行的生物进化论思维方式之间的对立。因此,行为主义革命所针对的是包括美国机能心理学和德国实验心理学在内的传统意识心理学的理论前提,其实质是要否定隐含在传统意识心理学之中的那种关于意识的理解方式。华生提出行为主义纲领,只是在否定传统意识心理学理论前提这个意义上,才构成实验心理学史的一次具有进步意义的"革命"。但是,由这一革命所导致的结果,或者说,由它所实现的现实的历史意义,至少就理论而言,则是完全消极的。因为对历史而言不幸的是,华生正是在上述第二种意义上发动行为主义革命并被实验心理学家们普遍接受的。因此我们不难预言,华生意义上的行为主义纲领作为实验心理学历史逻辑的一个环节,当它的理论逻辑被充分展开之后,必将又一次地使整个实验心理学的理论基础趋于崩溃,并迫使实验心理学重新回到华生的"革命"的起点上。

在以"思维的历史和成就"为基础的人类"理论思维"的范围内,对意识实在的论证,并因而对心理学理论基础的建立,可以以在本质上是同一的、但在历史和现实中却表现为相互分离的两种方式被展开。其一,以作为一种理论思维方式而不是其历史形态的生物进化论为基础,揭示意识或心理实在与有机体实在之间的历史同一性本质;其二,以人类对自身心理活动或精神活动作为一个存在领域的理论的本质直观为基础,对它进行深思熟虑的思辨的反思把握。其中,第一种论证方式及其发展,构成了作为主流形态而存在的实验的科学心理学传统,并决定着它的实证自然科学的倾向性;第二种把握方式及其展开,构成了作为非主流形态而存在的人文的或人本心理学传统,并决定着它的哲学的或形而上学的倾向性。尽管就历史而言,科学心理学传统对心理实在与有机体实在之间的历史同一性关系的论证,因受到实验心理学家们对意识实在领域之直观的素朴性的制约而未能达到理论自觉的水平。在任何时候,对意识作为一个实在领域的任何形式的把握或论证,甚至包括常识的、宗教的、灵学的等等,都必将揭示人类行为的意向本质,从而暴露作为物理自然主义世界观在实验心理学中之特殊表现的华生意义上的行为主义之荒谬性。

从进化论的思维方式来看,行为作为有机体的外部表现,与意识或心理实在具有历史的同一性,它是有机体的意识或心理这一机能过程通过有机体的各物理的机体器官而实现的,作为有机体的外部物理表现而与物理的外界环境发生相互作用,以使有机体适应环境并因而保证了有机体与环境的历史同一性的外部机能表现。或简单地说,是意识的外化。所以,行为在本质上是有意识的、有目的性的,它的目的性表现在意识与行为二者之间以及这二者与有机体、环境之间在进化的历史同一性的形成过程中所实现的协调与一致。当行为被人为地与意识分割开之后,它便失去意义而不可理解。以这样的"行为"概念作为理论基础,心理学不仅不能摆脱危机,相反,正如历史所证明的那样,当它发展到它的逻辑的尽头时,必将陷入比传统意识心理学更加深刻的理论危机。正如作为传统意识心理学理论前提的"意识"范畴不是人类意识实在本身一样,行为主义纲领中的"行为"范畴亦不是人类行为实在本身。所以,行为主义和构造主义作为实验心理学的两个不同的、相互对立的历史形态,除了在研究对象以及与此相应地在方法论上不同而外,二者在作为理论体系的其他一切实质方面都具有惊人的相似性,这绝不是偶然的。黎黑更加明确地洞察到了行为主义与构造主义之间的这种相似性,并在具体比较斯金纳与铁钦纳之间的这种相似性时称之为镜像关系:"我们可以发现斯金纳派心理学与铁钦纳派心理学之间的关系有如镜像关系。铁钦纳也遵循马赫的观点,只在实验框架里分析变量,探寻其关系。当然,他所希望的是对意识的描述,而非对行为的描述。斯金纳有时也承认这种研究的可能性,但他把它看作与行为研究无关而加以摒弃,正如铁钦纳把行为研究看作与意识心理学无关而加以摒弃一样。"行为主义与构造主义之间的这种相似性,究其实质,乃在于二者都未能对作为实验心理学终极理论关怀的意识实在,做出符合实验心理学作为一门科学的理论性质的独立的论证或阐释,因而也就都未能为实验心理学提供一个合乎逻辑的理论基础。

在欧陆人文主义传统、特别是作为它的现代形式之先驱的胡塞尔及其现象学看来,意识作为一个实在领域,是一个"无疑的""不具有超越之谜"的、"明证"的、"绝对内在的被给予性领域",它不仅是我们一切理论建构的出发点,而且构成人的存在的最为本真的基础;意识作为一个实在领域的基本特征是它的意向性,探明意识的意向性结构正是现象学的理论旨趣之所在。在这个意义上,现象学本身可以被理解为心理学的一种特殊的理论形态。美国分析哲学家约翰·塞尔认为:"行动,就其特性而言由两部分组成,即由心理部分和物理部分组成",其中,"心理部分是一种意向";理解人类行为的"关键性的概念是意向性的概念"。他并进一步指出,"那些完全承认这些事实的人文科学,如经济学,就比那些一开始就试图否定这些事实的学科,如行为主义心理学,取得了大得多的进展。把不包含意向性的系统当作有意向性的系统来研究是拙劣的科学,同样,把有内在意向性的系统作为没有意向性的系统来研究也是拙劣的科学"。德国哲学家恩斯特·卡西尔以更加宏观的背景、更加开阔的视野、更加冷静的态度和更加中肯的语言指出,"近代哲学开端于这样一个原则——我们自身存在的自明性是坚不可摧、无懈可击的。但是心理学知识的进展几乎根本没有证实这个笛卡尔主义的原则"。这里,他当然是在利用"心理学知识的进展"来论证他对近代哲学之"开端"的否定,但同时也流露出对现代心理学之"进展"的无可奈何的失望。

行为在本质上是有意识的,意向性构成它的一个不可分割的内在的组成部分。一个有效的行为理论体系,取决于它对作为行为之本质,亦即人的主体性存在做出心理学的理论建构。以华生为代表的行为主义心理学的所谓"客观"的"行为",只能是实验心理学家的臆想,也就是詹姆斯所谓的"心理学家的谬误",而不是真实的人类有机体的行为。以这样的"行为"概念为基础的心理学,不仅在体系上必将表现出与构造心理学相类似的"镜像关系",而且在结果上也必将与构造心理学一样地陷入危机而走向自己的对立面。这便是在20世纪50年代以后当行为主义普遍地陷入危机而导致认知心理学革命兴起的根本原因。

第二节　科学心理学

一、科学心理学的科学基础

科学心理学的诞生除了有哲学思想的必要前提之外,还必须具有自然科学的基础,特别需要生理学、物理学为它提供关于心理活动的生理机制和实验研究方法等方面的知识。到了19世纪,医学、天文学、解剖学、生理学和物理学等多门自然科学已获得巨大发展,这些学科的共同特点是采用系统的观察法和实验法。由于采用观察和实验的方法,这些学科巩固了自己的地位,获得了巨大成功。这些成功使得一些心理学家意识到,若要使心理学摆脱哲学的束缚而成为一门独立的学科,则必须把观察和实验的方法引入心理学,把心理学建成一门实验科学。

（一）自然科学的三大发现

除了前面所提到的关于生理学、天文学等重大发现对心理学创立有直接影响之外,19 世纪欧洲自然科学的三大发现也为其做出了不小的贡献。恩格斯说:"由于这三大发现和自然科学的其他巨大进步,我们现在不仅能够说明自然界中各个领域内的过程之间的关系,而且总的说来也能说明各个领域之间的联系了,这样,我们就能够依靠经验和自然科学本身所提供的事实,以近乎系统的形式描绘出一幅自然界联系的清晰图画。"

1. 细胞学说

1665 年,罗伯特·胡克用显微镜观察到软木切片上有些小孔,并将其称为"细胞"。1805 年,德国生物学家哥特弗里德·莱茵霍尔德·特雷维拉努斯对植物进行解剖时,发现细胞是组成植物的基本单位。1824 年,法国生理学家杜特罗歇明确指出:"所有的组织,所有的动植物器官,实际上只是经过不同修改的细胞组织。"到了 19 世纪 30 年代,英国植物学家布朗用显微镜观察发现了植物的细胞核。捷克生理学家浦肯野发现了动物的细胞核,并在此基础上进一步发现了细胞质。19 世纪中叶,德国医生雷马克和瑞士科学家寇力克等人进一步把细胞学和胚胎学结合起来,在鸡胚血细胞的分裂过程中,证实了卵子和精子只是简单的细胞,只有在形成受精卵之后才开始进行细胞分裂,而细胞分裂就是胚胎发育的过程。细胞学说的建立为感知觉等心理现象的研究提供了基本的生物结构,并为心理学运用自然科学的研究方法提供了理论和实践基础。

2. 能量守恒和转化定律

1842 年,德国医生罗伯特·迈尔在别人实验研究的基础上,通过自己的计算,得出了能量是不灭的、可以转换的和不可称量的结论,成为近代第一个系统地提出能量守恒定律的人。1848 年,英国物理学家詹姆斯·普雷斯科特·焦耳逐步公开了他所进行的三十多年的实验研究结果,他是最早用科学实验来证明能量是守恒的并可以转化的人。在这个转换和传递的过程中,无论其形式如何变化,其能量的总和是不变的。之后又经过很多科学家的共同努力,到了 19 世纪 60 年代终于确立了完整的能量守恒和转化定律,即"在任何孤立的物质系统中,不论发生何种变化,无论能量从一种形式转化为它种形式,或从一部分物质传递给另一部分物质,系统的总能量守恒。"

3. 进化论学说

1831—1836 年,英国生物学家查尔斯·罗伯特·达尔文跟随英国海军测量舰"贝格尔"号去南太平洋考察,发现了许多生物进化的实例。回国之后,经过二十多年的研究,分别于 1859 年和 1871 年出版了《论通过自然选择或生存斗争保存良种的物种起源》(即《物种起源》)与《人类的由来及性选择》。达尔文的进化理论是从生物与环境相互作用的观点出发,认为生物的变异、遗传和自然选择作用能导致生物适应性的改变。生物界本身以及生物界和环境之间存在着普遍的生存斗争,在这个斗争中适者生存,不适者被淘汰;生物界普遍存在着变异,人就是从类人猿转化而来的。变异和生存斗争导致自然选择。

(二)天文学与心理学

天文学的一个重要职能是精确测绘星体图。现代机械的照相方法出现以前,精确测定星体位置一直依赖于所谓的"眼耳法",即通过钟摆声而默记下星体通过望远镜视野内十字线交叉点的时间。准确注意星体通过交叉点的那一瞬间是关键的,因为当计算星体在银河中的位置时,微小误差会变成巨大的星际距离。1796 年,格林尼治观察站的马斯基林辞退了其助手金内布鲁克,因为他观察星体通过交叉点的时间总是比马斯基林的观察记录慢0.8 秒。此事引起德国天文学家贝塞尔的注意,他开始系统对比不同天文工作者的观察时间。1823 年,贝塞尔根据人们观察时间上的个别差异计算出"人差方程式",以便天文工作者之间的差异能在天文计算中消去。1861 年,冯特设计了一个简单的钟摆,此摆随刻度而摇摆,使一弹簧在摆到某一点时发出"咔嗒"之声。这是最早的复合实验的设备,这个钟摆就被称为"冯特复合钟"。

天文学家对绝对人差方程式的测量实际上就是反应时间的观察。反应时研究是早期实验心理学的一项主要研究。但是,从天文学家那里获得反应实验的是荷兰生理学家唐德斯,他对视觉的研究是从简单反应开始的。简单反应实验就是被试用一个预定的运动对一个预定的刺激做出反应。1862 年,唐德斯在简单反应的基础上增加其他心理过程而使之复杂化。他认为如果反应时间加长,那么这个增加的数目就是任何加入的过程所花的时间。

总之,天文学家的人差方程式的发现及其后来他们测量绝对人差方程式的成就,不仅证明了人的心理活动存在着个别差异,还直接导致了新的实验心理学的复合实验和反应实验。在后来冯特的内容心理学体系中,这种方法就是其理论体系的重要方法之一。

（三）生理学与心理学

到了19世纪30年代,生理学已经成为一门成熟且独立的实验学科,此时的生理学家们认为:"心灵主要等同于脑。"他们同时也将其研究范围扩展到了心理学的领域里,并取得重大突破,形成了介乎生理学和心理学之间的生理心理学。

1.关于脑机能的研究

（1）颅相学说

德国解剖学家弗朗茨·约瑟夫·加尔通过对大脑形状与功能的研究,提出了面相学说和头骨学说。他的颅相学观点认为脑的各个区域与人的各个生理器官有着密切的关系,如果能把心灵划分为若干官能或功能,证明某种特定功能的过度发展与头颅内相应部位的增大有关,就能通过对头颅外部结构的了解来理解人的内部心理活动。颅相学说虽然对研究大脑的功能有积极的学术价值,但是如果说"加尔对证据的解释是漫不经心的,那么他的追随者将这种倾向提升到诈术形式",因此颅相学说受到很多科学家的反对。

（2）大脑机能统一学说

皮埃尔·弗卢龙是法国著名的生理学家。他赞成加尔理论中某些关于特殊机能在大脑内部有狭义定位的主张,另外通过解剖他把神经系统划分为大脑两半球、小脑、四叠体、延脑、脊髓和神经这六大部分,并运用局部切除法检测大脑各部位的机能,最终得出结论认为,神经系统依照其功能可以划分为几个不同的区域,但大部分的心理机能是统一的,即便切除大脑的某一部位,这种机能仍然能够运作。

2.关于神经心理学的研究

（1）贝尔－马戎第定律

1807年,英国生理学家查尔斯·贝尔发现脊髓后部的后根只传导感觉刺激,因而称为感觉神经纤维。1819年,法国生理学家弗朗索瓦·马戎第发现位于脊髓腹部的前根只传导运动神经冲动,因而称为运动神经纤维。虽然这个发现是两人分别独立完成的,但由于结论相同,因而合称为贝尔－马戎第定律。这个发现证明了脊髓中存在着感觉和运动两种不同的通路,同时也证明了在大脑中存在着不同的感觉和运动区域。它不仅消除了人们对神经传导性质的错误认识,而且为神经的单向传导、感官神经的特殊能说和反射弧的研究提供了重要的生理学依据。

（2）神经特殊能量学说

1826 年，约翰内斯·缪勒通过研究证明，存在着五种不同的感觉神经，每一种神经都有一种特殊的神经能，感觉反映的不是外物的性质，而是关于感觉神经自身的性质或状态的认识。他的神经特殊能量学说对于感觉的研究是一大进步。后来，赫尔姆霍茨又进一步发展了这个学说，认为在每一种感官内有不同数量和性质的神经特殊能。

（3）反射动作的研究

1736 年，阿斯特律克首次提出"反射"这个概念，他把反射分为感觉神经、中枢神经和运动三部分，认为动物的感觉是通过脊髓和大脑而反射出来的。到了 19 世纪对反射动作贡献最大的学者是荷尔和缪勒。荷尔不仅对随意和不随意运动、意识和无意识及其与大脑和脊髓的关系作了明确的分类，而且为后来反射弧概念的研究奠定了神经生理学的理论基础。缪勒在大多数观点上是赞同荷尔的，但缪勒还指出，某些反射动作是依赖大脑的。这些观点促进了后来的巴甫洛夫对条件反射的研究与弗洛伊德对潜意识的发现。

3. 关于感觉生理学的研究

（1）几种主要感觉的研究

由于神经生理学和大脑机能研究的进展给感觉生理学提供了可借鉴的方法，因而，19 世纪的生理学家开始注意研究视觉和听觉等感觉现象。在视觉方面，发现了棒状细胞和锥状细胞，光的反映在网膜中心和边缘是不同的，还发现了盲点、色盲、色混合、视后像等各种视觉现象。在研究技术上创造了实体镜，在理论上提出了色觉学说等。在听觉方面，知道了耳的某些构造，测定了声波的频率，提出了听觉共鸣说。在皮肤感觉研究上作了分类，如压觉、温觉和冷觉等，在接触皮肤的感觉上作了测量，成为以后心理物理学的开端。

（2）几种主要的感觉学说

第一，关于视觉的"三色说"与"四色说"。在 1856 年出版的《生理光学纲要》中，赫尔姆霍茨进一步扩充并发展了英国生理学家托马斯·杨的色觉学说。根据色光的混合规律，赫尔姆霍茨确定了三原色为红、绿、蓝。他指出，视网膜上有三种神经纤维末梢器官，它们分别具有能感受红色、绿色和蓝色的色素。当这些感光色素受到刺激起化学作用时，神经细胞就产生神经冲动，然后传到大脑皮层的视觉中枢就分别产生红色、绿色和蓝色的感觉。这就是赫尔姆霍茨的视觉"三色说"。

第二,关于听觉的"共鸣说"。1863年,赫尔姆霍茨提出了他关于听觉的学说——共鸣说。他指出,听觉是由声音的不同频率与耳蜗内基底膜上相应的纤维发生共鸣而产生的。基底膜上横排的辐射纤维共有二万根左右,短的只有4~5毫米,最长的有32毫米,从底部到顶部纤维逐渐增长。短纤维感受高频率的声音,长纤维则感受低频率的声音。这个学说虽能解释听觉的机制,但由于声音的频率与纤维长短的比例并不适应,因此后人认为声音频率与纤维不是一一对应的关系,而是不同的频率与一组纤维发生共鸣。

生理学的发展表明,各种研究技术和发现都是支持心理学采用科学方法来研究心理现象的。哲学为关于心理的实质研究铺平了道路,而生理学则开始用实验方法来研究作为心理现象之基础的生理机制,然后就是把实验方法应用于心理学。

（四）物理学与心理学

物理学对心理学的影响,一方面是物理学中的实验方法通过生理学研究这一中介而为科学心理学的诞生创造了重要的条件;另一方面则是物理学与心理学直接结合而形成的心理物理学对科学心理学的诞生产生了直接的影响。心理物理学先由韦伯奠定基础,后由费希纳正式建立。

1. 韦伯定律

恩斯特·海因里希·韦伯是德国生理学家和解剖学家。他首创了研究皮肤和肌肉感受性的实验测量方法,证明了赫尔巴特的阈限概念,以及用数学公式来表示差别阈限值。韦伯利用圆规的两端来测量人对皮肤不同部位的两点感觉阈限,结果发现,在皮肤的不同部位,人感觉的阈限值是不一样的。他在掂重实验中研究肌肉感觉和动觉时,最初的目的是验证个体刚刚可以区分出两个重量之间的最小差别（即最小可觉差）。

2. 费希纳定律

古斯塔夫·西奥多·费希纳是德国物理学家和哲学家,莱比锡大学教授。由于患有神经衰弱,费希纳开始关注宗教和灵学,试图通过对心灵、灵魂和意识的探讨来解释意识和物质的关系问题。他的观点代表了"泛心论",费希纳相信,"身体和心灵的相伴遍及整个宇宙,因此,没有一种心理的东西是没有其物质基础的,反之,在物理上所发生的大量事情都反映在相应的心理经验中"。为了证实这种哲学观点,就必须研究心灵和大脑之间的关系,他称此研究为"内在的心理物理学"。而费希纳在心理学上的贡献却是研究出外部事件与它们所引起的内在经验之间的关系,即研究刺激的大小与所引起的感觉之间的关系。费希纳心理物理法的贡献在于把自然科学的方法引入心理学,提供了心理学实验研究和数量化测量的新方法,对后来冯特建立实验心理学起到了奠基的作用。

二、科学心理学的社会氛围

哲学为科学心理学的诞生提供了思想、观点以及方法论,自然科学(尤其是生理学和物理学)为科学心理学的诞生提供了材料、理论和实验技术,在哲学与自然科学的联姻之下,一个新生儿——科学心理学终于诞生了。然而从前面的介绍我们也能看出,在科学心理学诞生之前,经验主义心理学思想和理性主义心理学思想在英、法等国已经相当成熟了,可为什么科学心理学却是在德国诞生的呢?这与当时德国的社会历史条件和科学发展的状况紧密相关。

(一)德国的经济背景

纵观资本主义的发展历史,我们知道早在 1840 年英国率先开始了工业革命,紧跟其后法国也开始了资本主义的变革。这些不仅给英法两国的经济发展带来了生命力,也为推动知识与科技的进步打下了一针强有力的兴奋剂。英法两国由原来的蒸汽时代进入了电气时代,它们与欧洲其他各国间发展状况的差异也逐渐拉大了。而德国的资本主义直至 1860 年左右才开始有些发展,为了发展本国的工商业以及赶超欧洲其他发展较快的资本主义国家,具有妥协和软弱性的德国资产阶级却不能再安于唯心主义的思辨方法了,就像恩格斯所说:"在法国发生政治革命的同时,德国发生了哲学革命。"利特曼也指出:"德国开始了获得和运用知识的工业化进程。"正是德国资产阶级这种特殊的要求给了心理学发展一个新的机遇。此时的心理学不能再继续满足于传统的观察和内省,这种背景直接影响了心理学的建立。

(二)德国的教育背景

美国心理学史学家舒尔茨说过:"德国人的气质比英国人和法国人更爱好细心的和精确的分类和描述工作。英国人和法国人喜欢用演绎和数学的方法研究科学,而德国人则重视对观察到的事实进行认真的、彻底的和谨慎的搜集,他们爱好分类或归纳的方法。"这种差异和德国非常重视教育尤其是高等教育是分不开的。19 世纪初,德国各个大学都追求质量,当时德国大学就进行了落实自由精神的教育改革,为科学的发展创造了得天独厚的条件。当其他国家的科学家还在犹豫是否该用科学的手段来研究心理现象时,德国的科学家早已经开始尝试研究自己的想法,探索出了新的研究之路。不仅如此,德国的大学也为教师提供了特殊的优厚条件,使教师能够作为研究型的科学家为生,生活在此时代的冯特就"创造了——新的可辨认的社会角色——有别于哲学家、生理学家或内科医生的心理学家的角色"。相反，在英法等国家由于各自的原因，科学家在教育体制之外开展研究工作，气氛十分沉闷，上述情况在他们的大学里是难以实现的。

(三)德国的科学背景

德国科学家在理解"科学"这一概念上与英法两国的科学家存在着很大的差异，他们认为科学的定义是非常宽泛的，它可以包括语音学、语言学、历史、考古学、美学、逻辑学甚至文学批评等。他们并不同意英法两国科学家对于科学所做出的定义，他们认为科学不仅仅包括那些只能用定量方法来研究的学科，也包括那些无法用定量方法研究的学科。与之相反，英法两国却很晚才将生物学当作一门学科来对待。这也为德国后来在生物学上取得重要成就提供了一个契机。19 世纪中叶，德国的生理学家创造性地将先进的科学方法用于研究生命过程，使德国的生理学的研究水平赶超了英法等国。缪勒在神经生理学领域提出神经特殊能量学说；赫尔姆霍茨在神经生理学领域，测定了神经传导速率，在听觉领域里提出了共鸣说；在视觉领域里，赫尔姆霍茨和海林分别就视觉提出了"三色说"和"四色说"，这些都推动了后人对感觉的研究。另外德国物理学也取得了突出的进步，德国的科学家韦伯和费希纳经过长期不懈的努力，将物理学应用于心理学的研究，并将两者很好地结合在一起，从而产生了心理物理学。

由此可见，德国虽然在心理学上起步较晚，但却给心理学的独立提供了更好的环境，就像布伦南所说："心理学作为一门正式学科首先出现于德国是令人感到好奇的，这是因为英国的思想氛围实际上更容易响应对它的接受。相对同质的经验模式在英国被广泛接受，并且那里的自然哲学家将心理联想作为认知和情感的中介动因加以研究。很简单，那里不需要一门独立的学科。"换句话说："英国的哲学传统对心理学问题的研究相当开放，并且能够适应新的问题和方法论取向。相反，德国的思想氛围富于变化；德国的哲学反映了这一多样性并且未承诺心理学探究的单一模式。"

心理学从哲学母体中分化出来成为一门独立的学科以后，围绕着心理学的学科性质、研究对象和研究方法等基本理论问题展开了激烈的争论。科学心理学建立之初，就出现了两种不同的研究取向：一是冯特开创的自然科学心理学研究取向，一是布伦塔诺开创的人文科学心理学研究取向。自然科学心理学的研究取向，坚守心理学的自然科学观和客观主义的研究范式，这种研究取向把研究对象局限于心理现象的自然特征方面，采取自然科学的研究方法，依赖于实证和数据，试图建立一门像物理学那样的具有客观性和精密性的统一的心理学学科。1874 年,冯特出版的《生理心理学原理》(下卷)标志着自然科学心理学的开始。人文科学心理学的研究取向是与自然科学心理学的研究取向相对的,坚守心理学的人文科学观和主观主义的研究范式,试图建立一门像人文(社会)科学那样的具有体验性和理解性的统一的心理学学科。这种取向注重心理现象的整体性、主动性和创造性,采用非实证的研究方法。

自然科学心理学的研究取向由冯特所创立,但其他人如约翰内斯·缪勒、赫尔姆霍茨、韦伯和费希纳等人也为自然科学心理学的建立做出了重大的贡献。为什么自然科学心理学创立的荣誉最终归功于冯特呢?费希纳等人的确为心理学的创建立下了汗马功劳,可他们只能是创始人,而非心理学的建立者。

冯特就是这样的一个人,他总结了哲学中的研究成果,将自然科学的研究方法运用到了心理学的研究当中,他还做了大量有关心理学科的宣传组织工作,编辑出版了世界上第一种刊登心理学实验报告的学术刊物,还在德国莱比锡大学建立了世界上第一个心理学实验室,在那里他培养了一批又一批的心理学家,他毕生想做的那件事情就是要建立一门新的学科,使心理学成为一门新的学科,这是任何一位前人都没有做到的。是冯特给了心理学一个新的生命,是他将心理学纳入了科学的领域,成为一门新的独立的正式的学科。

第三节　现象心理学

一、从现象学到心理学

现象学与心理学的关系是复杂的。从表面上看,现象学是现代西方哲学的一个流派,心理学是一门科学,二者似乎没有太大关联。事实上,在现象学与所有学科的关联中,它与心理学的关系最为密切。胡塞尔师从心理学家布伦塔诺,他从布伦塔诺的意动心理学出发,开创了现象学。他终生都在关注心理学问题。在"系统阐述现象学基本原理和方法的教科书"——《纯粹现象学和现象学哲学的观念》(第一卷)"导论"中,胡塞尔正是通过澄清与心理学的关系提出现象学的。

(一)现象学与心理学的关联

现象学与心理学处于不同的层面。现象学是一门哲学,心理学则是一门科学。哲学与科学有着共同的根源,即古希腊思想。前已述及,古希腊哲学倡导对确定性知识的追求。在这种意义上，哲学与科学都致力于获得确定性的知识，但二者所追求的知识分属不同的领域。这在古希腊那里已经得到了明确的表述。在柏拉图区分了意见与知识后，他的学生亚里士多德作为古希腊哲学的集大成者，对科学进行了分类。亚里士多德依各学科的目的，将科学划分为三类：实用的、实践的和理论的。

关于哲学和科学的关系，亚里士多德明确指出："有一门学问研究作为'是'的'是'，以及那些由它自身属于它的特性。其他各种特殊的学问则不是这样，因为它们没有任何一种是普遍的研究作为'是'的'是'的，它们只截取'是'的某个部分，研究这个部分的属性，例如数学就是这样做的。"哲学研究整体的"是"，科学只截取"是"的部分加以研究，哲学与科学因此是整体与部分的关系。进一步看，哲学研究未分化的"是"，其他科学研究特殊内容的"是的东西"，哲学与其他科学处于普遍和特殊的关系。由此可以得出，哲学是其他科学的根基。

胡塞尔明确意识到了亚里士多德的观点。他提出超越论的现象学，将它视作"第一哲学"。他认为，可以通过先验还原等途径，研究超越论的主观性，它是最初的东西或自身包含一切存在与起源的真理的东西。正是它使得原初的生活世界成为可能。一切科学都需要从超越论的现象学中获得理论基础。

（二）现象学视界中的心理学

现象学能够为心理学提供理论基础，这意味着现象学能够提供一种视角来审视心理学。进一步看，它能够针对心理学的状况提供一种新的可能性，使其朝向这种可能性迈进。

在现象学看来，心理学是一门事实科学。胡塞尔明确指出："心理学是一门关于事实、关于休谟意义上的 matter of fact 的科学。"心理学所研究的是事实，事实指存在于具体时空中的存在物，当然这里并不一定含有任何物理属性等假定。事实与本质相对，本质可以摆脱具体的时空。需要注意的是，事实与本质是不可分离的。进一步说，心理学所面对的是存在着的世界，尽管并非物理的世界。它并不将世界彻底悬搁起来，进行先验的研究，如胡塞尔在研究超越论的主体性中所做的一样。胡塞尔也将这种层面称作"世间"的层面或者"世界"的层面。世间的与先验的相对，"它标志着在自然观点之内，在素朴的经验和实践中以及在科学的理论化中得以展开的人对世界的理解和人的自身理解"。

事实科学与本质科学相对，它的研究以经验活动为基础。当我在研究知觉时,我必须面对一个人在特定条件下进行的知觉活动,我无法离开具体的时空条件,通过单纯的想象来进行研究。正是在这种意义上,胡塞尔将事实科学与经验科学"视作相等的概念"。心理学因此也是一门经验科学。本质科学可以摆脱经验活动,胡塞尔举例说,一个在黑板上画几何图形的几何学家,他的经验活动不曾为他对几何学的本质奠定任何基础。

在对心理学进行定位后,我们来看现象学中关于心理学的实际状况的观点。胡塞尔的话表明了现象学的立场:心理学"追随自然科学的榜样,这几乎不可避免地意味着:将意识事物化,而这从一开始就会将我们植入到悖谬之中,由此便会一而再,再而三地流露出朝向悖谬的提问和错误的研究方向的趋向"。需要注意的是,现象学所针对的心理学是当时主流的自然科学路线心理学,包括冯特的内容心理学和行为主义。

在现象学看来,心理学受到自然科学巨大进展的影响,逐渐接受了自然科学的方法,以自然科学为样板,来塑造自身的科学面目。除了受自然科学影响外,心理学还从近代经验论哲学中继承了自然主义心理学思想。这在洛克那里体现得最为明显。洛克将心理比作白板,感觉等材料像自然物一样,附加在板上或从板上消失。"这种将心理自然化的做法,经由洛克被传给整个近代,一直到今天。"心理学从上述来源中接受了自然主义的主张,将世界视作自然的、具有物理属性的存在。作为世界一部分的心理现象也不例外。心理学家在研究心理现象时,将其视作与物质的自然相似的东西。进一步看,心理学家易将心理现象视作由原子式的成分组成,来寻求其基本成分,以及与其他因素间的因果规律。在冯特的内容心理学尤其是在铁钦纳的构造主义那里,这种元素论的做法体现得最为明显。胡塞尔明确指出:"我们在冯特及其学派的反思中,……看到这种仿效科学的认识论——形而上学解释的典范。"心理学的自然主义主张到行为主义那里发展到极端。我们看到,华生和斯金纳等激进行为主义者甚至明确否认心理现象的存在。此后,在认知心理学那里,依然具有自然主义的立场。认知心理学通过模拟的方式,将心理视作类似加工程序或神经元的物理存在。雷伯在《心理学词典》的"心理"词条中写道:"这一术语和它所蕴涵的东西,是哲学和心理学相结合而产生的历经磨难的产物。……但由于我们自己处置不当,不断地滥用它,苛刻地、粗暴地对待它,有时甚至把它关闭在密室中,不去听它迫切的哀求。"

如同哲学中自然主义被迫面对二元论一样,坚持自然主义的心理学也要面对二元论。它与哲学中的自然主义一样,倾向于通过将心理视作类似物理的存在,来避开二元论。胡塞尔等许多心理学家采取了副现象论的观点,认为心理由大脑产生,但心理不能产生行为,仅是大脑的副产品。

心理学采用了自然主义的主张,但并未取得像自然科学一样的进展。相反,由于朴素地使用一些概念,使得自身陷入混乱之中。胡塞尔在20世纪上半叶,做出了这样的预测:"因此毫不奇怪,心理学从未得到它所羡慕的典范,即自然科学,所显示的那种持续不断地向前发展,而且没有任何创造才能的人,没有任何方法上的技巧,能够防止它一再重新陷入危机。"

不过,胡塞尔也注意到心理学中人文科学路线的努力。他发现:"少数几个心理学家,如斯顿夫、利普斯以及其他一些与他们相近的人,已经认识到实验心理学的缺陷……"另外,在现象学所倡导的描述道路上,人文科学路线心理学已经做出了努力。

现象学在审视了心理学之后,对心理学的自然主义问题进行克服,提出以现象学为理论基础,从生活世界出发,通过描述来获得心理的本质。这种克服的结果,在于确立了一门不同于自然科学的人文科学心理学。胡塞尔对此做出了详细的说明:"只有当心理学建立在一门系统的现象学上,也就是说,只有当意识的本质构成,以及它的内在相关项在系统的联系中得到纯粹直观的研究和确定,只有当各种现象的概念,即那些被经验心理学家在其心理物理判断中用来表述心理本身的概念的科学意义和内涵得到了规范,只有这时,一门关于心理的经验科学,一门真正充分的、与自然相联系的经验心理学才能成立。"这种心理学就是我们要研究的现象学心理学。

二、现象学心理学的界定

(一)构成"第三势力"心理学的现象学心理学

现象学对心理学进行了审视,澄清了其自然主义的主张和二元论的立场。在此基础上,它通过自己的可行途径,倡导一种以现象学为理论基础的现象学心理学。

胡塞尔甚至做出进一步的努力,他提出一种基础性的现象学心理学。他于1925年在德国弗莱堡大学做了题为"现象学心理学"的讲座,1928年,他又在荷兰阿姆斯特丹大学作了同名讲座。他在讲座中,提出一种现象学心理学。这种现象学心理学介于现象学与经验心理学之间,它建立在现象学的基础上,同时又能够为经验心理学奠定基础。它是一门本质科学,能够为作为事实科学的经验心理学提供指导。

但实际的情形总是比理念更为复杂多样。胡塞尔并未注意到,在当时的心理学中,已经进行着自发的现象学心理学研究。并且,这种研究可以有着独立的来源,它可以追溯到心理学诞生之前歌德的思想。歌德从所直接经验到的内容出发,结合实验,对于心理现象进行了描述的研究,开启了心理学领域的朴素现象学研究之先河。普金耶和海林延续了歌德的研究传统,并将之传递到哥廷根大学的实验室。

现象学心理学的形成与发展是在行为主义和精神分析学两大心理学势力的背景下进行的。在 20 世纪上半叶,心理学中盛行的是行为主义。1913年,行为主义的"旗手"华生发表论文《行为主义心目中的心理学》,宣告了行为主义的诞生。此后,行为主义经新行为主义和新的新行为主义的发展,成为自然科学路线心理学的主要组成部分。行为主义坚持以行为为研究对象,排斥不可见的心理现象,坚持自然主义主张。沿着外部发展路径,表现为社会文化学派、存在精神分析学、马克思主义精神分析学、解释学精神分析学和后现代精神分析学等。精神分析学研究无法直接显现出来的潜意识,这在现象学看来是较难接受的。另外,弗洛伊德的精神分析学强调性本能的重要作用,依然存在自然主义的主张。

在心理学两大势力盛行的背景下,欧洲的一些学者开始提倡研究原初的心理现象,反对将心理现象自然化。这些学者或受到现象学的影响,如法兰西学派的梅洛-庞蒂和萨特、荷兰乌特列支学派的伯伊滕蒂克、范伦内普和林斯霍滕等人;或者受到实验现象学的影响,如比利时的米肖特;或者自发地进行现象学研究,如德国的斯特劳斯等人。他们都反对行为主义的自然主义,同时也都对精神分析学感到不满,转而在心理学中提倡现象学取向。

现象学心理学是在反对行为主义和精神分析两种势力的背景下发展的,在这种意义上,它是"第三势力"心理学的组成部分。现象学心理学与"第三势力"心理学的关系在美国现象学心理学中得到了更明确的体现。从20 世纪 40 年代起,美国逐渐有学者如斯尼格和迈克劳德等人提倡现象学心理学。最终,在现象学和欧洲现象学心理学的影响下,迪尤肯大学于20 世纪60 年代发展了美国本土的现象学心理学。美国的现象学心理学明确将自己归属于"第三势力"心理学。

但我们需要指出的是,美国现象学心理学与"第三势力"心理学中的人本主义心理学有着显著的差异。美国现象学心理学的阵地是《现象学心理学杂志》(1970 年创办),人本主义心理学的阵地是《人本主义心理学杂志》(1961 年创办),两份杂志有着明显的区别。前者侧重对经验的研究,后者侧重对潜能的发掘等主题,并且两份杂志的作者较少有重合之处。不过这种情况随着时间的推移,逐渐发生变化。现象学心理学开始越来越多地参与到人本主义心理学的发展之中。乔治于1989年移教"第三势力"心理学的中心塞布鲁克学院。他曾任美国心理学会第32分会人本主义心理学会主席(1987—1988)。他的学生沃兹和安斯图斯也曾先后担任过人本主义心理学会主席(1994—1995,1997—1998)。迪尤肯大学的费希尔也曾担任过这一职务(2001—2002)。另外,迪尤肯大学心理学系已成为"第三势力"心理学的中心之一。乔治、沃兹、安斯图斯和费希尔等开始在《人本主义心理学》杂志以及《人本主义心理学家》等杂志上发表论文。他们从现象学心理学的立场,力图与人本主义心理学展开对话,共同促进"第三势力"心理学的发展。

从这种意义上说,现象学心理学在形成与发展中,逐渐与人本主义心理学和存在心理学并列,共同构成"第三势力"心理学。美国心理学史家布伦南曾明确指出,"第三势力"运动可以分别表述为存在心理学、现象学心理学和人本主义心理学。米西亚克和塞克斯顿在研究"第三势力"心理学的著作中也持这种观点,他们明确区分出"现象学、存在主义和人本主义的心理学"。

（二）现象学心理学的厘定

在进行了上述探讨后,我们现在来面对一个迫切性的问题:什么是现象学心理学? 显然,现象学心理学是一种心理学。从现象学对心理学的限定来看,这种心理学是一门经验科学或事实科学。这就是说,它的研究必须建立在经验活动基础上,它不能摆脱经验活动,就如数学家进行数学推理一样进行研究。它所研究的对象必须存在于世界中,必须处于世间的层面,而非先验的层面,无论怎样的心理现象都不能脱离世界,如几何图形一样存在于先验的理念之中。

与此相关的一个问题是,胡塞尔的现象学心理学工作属于本质科学,能否划入现象学心理学? 从事实科学与本质科学的分野看,胡塞尔式的现象学心理学不属于现象学心理学。但是,胡塞尔式的现象学心理学能够为心理学提供直接的理论基础。从实际情形来看,这种基础工作并未完成。早在1939年,萨特就曾经指出过,这一领域中的诸多概念远未得到彻底的澄清,今天,这种情形依然未发生根本的改观。

从现象学提供的理论基础看,现象学心理学反对二元论和自然主义,它以生活世界为出发点。它所面对的是原初世界,而非经过理论建构的世界,更非自然主义视野中的世界。这个世界是人身处其中的世界,而非与人隔离开来的世界。它的主要内容是意义,而非作为自然物的事实。在研究对象上,现象学心理学与现象学一样,坚持心理现象具有意向性本质。心理现象与对象之间不可分割,存在着直接的意义关联。从研究方法上看,它以现象学方法为基础,坚持心理能够直观到对象的本质。它还采取反思的途径,也使用还原和描述等方法。

从实际发展来看,现象学心理学是一种人文科学心理学。它反对行为主义和精神分析学的自然主义主张,并与人本主义心理学和存在心理学一起构成"第三势力"心理学的组成部分。这里需要注意的是,现象学心理学并不像行为主义或精神分析学一样,是一种心理学的流派,它只是心理学的一种研究取向。它有着统一的理论前提、基本主张和方法论基础,但在具体主张上存在一定分歧。

总之,我们认为,现象学心理学主要是一种经验的心理学取向,它是人文科学路线中"第三势力"心理学的组成部分。它以现象学为理论基础,反对自然主义和二元论,坚持以生活世界为出发点,坚持心理现象的意向性本质,主要通过使用经验层面的现象学方法,研究世间的心理现象,来获得知识,彰显世界的原本意义。

(三)现象学心理学的澄清

在现象学心理学的形成和发展中,一直面对着大量的混淆和误解。1971 年,科克利曼斯指出:"我们在此必须表明,在美国依然存在着大量的有关此类基本问题的混淆,如'什么是现象学心理学?'……""一些人在如此广泛的意义上使用这个术语,以致它成为一个普遍的标签,指代 30 多年来所有反对主导心理学的行为主义的心理学概念。"30 年后,N. W. 史密斯做出了类似的表述。他说:"也许只有行为分析比现象学心理学更多地被人误解。"以下将一些主要的误解进行澄清。从现象学的观点来看,就是对这些误解进行悬搁,在充分认识到它们的含义后,将其置入括号之中,以直接面对现象学心理学。

第一,从学科层面上看,现象学心理学不是心理学的预备学科,也不是现象学在心理学中的应用。

首先,现象学心理学不是心理学的预备学科。在胡塞尔看来,现象学心理学是一门本质科学,为经验心理学提供理论基础。他的观点影响了许多学者,萨特就持这样的观点。科克利曼斯在指出上述误解后,也接受了胡塞尔的观点。现象学心理学作为心理学的取向,有着自身独立的地位。它探讨经验层面的心理现象,这是一个独立的研究领域。

其次,现象学心理学不是现象学在心理学中的应用。米西亚克和塞克斯顿曾区分出现象学心理学与心理学的现象学,心理学的现象学指将现象学作为一种方法,用于研究心理学问题。心理学的现象学的领域远大于现象学心理学,它将格斯塔心理学、存在心理学甚至人本主义心理学囊括在内。现象学心理学不是心理学的现象学,它是"第三势力"心理学中的一种研究取向,以现象学为理论基础,使用经验的现象学方法来研究心理现象。如下面所探讨的,它不同于格斯塔心理学、存在心理学和人本主义心理学。

第二,从研究领域上看,现象学心理学不是现象学,也不是超越论的现象学心理学。

首先,现象学心理学不是现象学。现象学是一门哲学,一门"关于真正开端、关于起源、关于万物之本的科学",它探讨认识何以可能乃至亚里士多德所谓"作为是者的是"的问题。现象学心理学主要是一门经验科学,它以经验活动为基础,探讨世界中的心理现象。

其次,现象学心理学不是超越论的现象学心理学。在胡塞尔看来,在进行了本质还原之后,可以得到作为本质科学的现象学心理学,但这依然局限在世界之中,不够彻底。需要在此基础上进行先验还原,将世界悬搁起来,从而超越世间层次,摆脱个体的束缚,得到纯粹的自我。现象学心理学主要是一门经验科学,它将心理现象限定在世界之中,并不将世界悬搁起来进行研究。在这种意义上,它不同于超越论的现象学心理学。

第三,从基本观点上看,现象学心理学不是内省的心理学,不是主观的心理学,也不是现象主义的心理学。

首先,现象学心理学不是内省的心理学。内省是冯特和铁钦纳等心理学家所使用的一种方法。它要求被试在进行心理活动的同时,将目光转向心理活动本身,进行自我观察。这种做法并不能够保证心理现象的原本性。与冯特同时代的布伦塔诺曾经对此进行反驳。他举例说,当我们将目光转向内心的怒火时,愤怒便消失了。现象学心理学反对自然主义,提出将前见尤其是将心理视作自然物的前见悬搁起来。它不采用心理为元素组成的观点,它提倡通过反思来直接把握心理现象本身,在这种意义上,它不同于内省的心理学。

其次,现象学心理学不是主观的心理学。主张主观心理学观点的心理学家采用了二元论立场,认为世界上存在着相对立的主观之物和客观之物,并进一步将主观之物视作人内心的经验,将客观之物视作人之外的客观事物。

再次,现象学心理学不是现象主义的心理学。现象主义将认识限定在现象的范围内,将现象视作认识的唯一来源,现象由感觉材料或体验组成,在它背后无他物存在,如果有,则是不可知之物。从现象学心理学来看,现象主义假定了特定现象的存在,未能看到对象是与我们直接关联的。

第四,从心理学组成上看,现象学心理学不是格斯塔心理学,不是存在心理学,也不是人本主义心理学。

三、现象学心理学的研究方法

现象学心理学继承了现象学哲学的"工作哲学"、精神,有着强烈的研究趋向。胡塞尔本人就曾经强调,要放弃各种命题和理论的"大纸票",用精致的概念分析和实事描述的"小零钱"来取而代之。现象学心理学将现象学哲学落实到具体实践中,提出了可行的研究方法,这是现象学心理学的最为出色之处,这种研究方法与自然科学取向的研究方法存在截然的差异。由于现象学心理学的研究方法细致入微,而且对研究本身有着高度的省察。

J.迈克劳德曾就迪尤肯阵营感叹说:"也许迪尤肯学派成功背后最重要的因素,在于它努力去整理现象学方法,并使其系统化,以使得这种方法能够教给学生,为其他中心的研究者所用,并产生可发表的研究论文。"迈克劳德的观点不仅适于迪尤肯阵营,而且它可用来描述现象学心理学的全部领域。我们将在第七章看到,现象学心理学在方法上的努力使得它在整个人文科学路线上独树一帜。

需要明确的是,无论现象学心理学还是自然科学路线的研究方法,都秉持着科学研究方法的核心特质。在这种意义上,二者之间的差异是建立在其共同特征基础之上的。现象学心理学与自然科学路线的研究方法具有如下共同之处:(1)二者都追求普遍的知识。我们在第一章看到,现象学心理学秉持现象学哲学求真知的精神,力求通过反思来发现现象之中不变的意义结构。自然科学路线则从现象出发,力图发现现象背后潜含的不变的规律和本质。(2)二者都相信世界的存在。在现象学心理学看来,个体始终存在于世界之中。(3)二者都以经验作为研究材料。现象学心理学研究呈现给研究者的经验材料,自然科学路线则研究可观察、可测量的经验材料。(4)二者都强调研究过程的严格性。这是指将具体研究环节落到实处,现象学心理学要求研究者切实进行悬搁和描述等环节,自然科学路线要求研究者严格按照研究规划如实验设计等进行。(5)二者都强调结果的公共性。

(一)生活世界与实验室

现象学心理学与自然科学路线在研究方法上首要的不同,在于二者选取了不同的出发点。现象学心理学选取生活世界为出发点。生活世界是我们直接经验到的世界,按照存在现象学心理学的观点,它同时也是我们身处其中的世界。这样,研究者所研究的就是直接经验到的材料,换另一个角度看,是直接呈现给研究者的材料。与之相比,自然科学路线由于坚持自然主义的立场,选取的世界是自然物的世界。这个世界独立于研究者而存在,它遵循物理规律,它通过研究者的感官尤其是视觉为研究者所体验到。实验室是最能够体现这个世界的场所,它表现为一些因素的集合:这些因素能够为研究者通过观察等手段得到,其间存在因果关联。

当然,正如我们将在下面介绍实验研究方法时看到的,现象学心理学也进行实验,但它的实验场所与自然科学取向的实验室不同。在现象学心理学研究中,实验中的一切是呈现给被试的,研究者通过如实分析被试的描述,得到实验材料;而在自然科学路线的研究中,实验中的一切呈现为具有因果关系的类似自然物的因素的集合,研究者通过观察等手段得到实验材料。

(二)意向性与自然物

现象学心理学以生活世界作为出发点,生活世界与人有着直接的关联,与此一致,在研究中,现象学心理学将心理现象视作与对象始终相关联的存在,而且,心理现象具有意向性的本质。我们在第四章讨论经验现象学心理学时提到,心理现象的意向性本质意味着它始终指向对象,能够超越自身与对象直接关联,并且,这种关联是一种意义关联。自然科学路线由于采取了自然主义的立场,将世界视作自然物的世界,由此将心理现象视作自然物;心理现象存在于具体的时空之中,遵循物理的规律;对象独立于心理现象而存在,心理现象与对象之间存在因果关系。在自然科学路线看来,当我看到这朵牵牛花时,花是独立于我而存在的,它引起了我的注意,从而为我所知觉到。我的这一知觉过程发生在具体时空之中。

(三)意义与事实

在现象学心理学看来,心理现象具有意向性本质,与对象间存在着直接的意义关联。因此,所研究的心理现象是有意义的。对窗台上的牵牛花的知觉有着独特的意义,它不同于对面前的这台电脑的知觉。现象学心理学所寻求的就是人所经历的心理现象的意义。在研究中,现象学心理学往往会询问受访者:该经验活动的意义是什么? 它意味着什么? 从经验现象学心理学的角度看,心理现象的意义具有内在的结构,这种意义结构就是心理现象的本质,也就是研究的目标所在。与现象学心理学相比,自然科学路线将心理现象视作自然物,由此将心理现象视作纯粹的事实。这种事实遵循物理规律,它与其他事实相并列,是独立的存在。为强调这一点,操作主义甚至将心理现象落实为具体的操作步骤,如将皮肤的感受性落实到对不同物理距离的感受上。

(四)描述与说明

现象学心理学在寻求心理现象的意义的同时,认为这种意义可以为我们直接把握到。我们在第一章讨论胡塞尔的现象学观点时提到,直观具有感性直观和本质直观两种类型。在感性直观中,对象将自身呈现给我们;在本质直观中,对象将其本质即意义结构呈现给我们。因此,研究者可以在本质直观中,通过对心理现象的描述,获得心理现象的意义结构。在现象学心理学这里,研究的过程就成为对心理现象描述的过程。与此相对,在自然科学路线那里,研究者将心理现象视作事实,并发现它与其他因素间的因果等关系,这种发现的过程是一种说明过程。现象学心理学与自然科学路线在研究过程上因此体现为描述与说明的对立。进一步看,研究者在两种视角下进行着不同的活动:从解释学的角度看,在描述中,研究者进行解释活动;在说明中,研究者进行推理活动。在协商中,研究者尊重研究对象,并展开开放的双边对话;但在推理中,研究者带着自己的观点,加到研究对象上,这是一个封闭的单边活动。

此外,描述和说明也反映了两种不同的研究旨向:在描述中,研究者致力于发现对象是什么和怎么样;在说明中,研究致力于发现对象为什么如此。现象学心理学看来,前者是更为根本的问题,只有在得到对象本质的基础上,才能够发现它与其他因素的关联。

(五)质化与量化

现象学心理学通过描述发现心理现象的意义结构,由此得到其本质。这里的意义结构在研究材料中表现为有着整体关联的意义单元。在具体研究中,研究者通过区分意义单元,来发现心理现象的本质。这是一个质化分析的过程。当然,研究的结果即心理现象的意义结构,以质性的形式表现出来。与之相比,自然科学路线则是量化的。这样一个过程是量化的过程,所得到的结果也是以数量的形式表现出来。

需要指出的是,质化与量化并非截然对立的两种研究途径,质化并不等同于量化的对立面,许多现象学心理学家们都意识到这一点。正如乔治所力图澄清的那样:"现象学取向并不是反量化的。"在他们看来,采用质化还是量化,要依据具体主题而定。

(六)开放性与假设检验

现象学心理学强调忠于心理现象的原本面目。在研究之初,研究者尽可能地反思自己的先见,并将其搁置起来。研究者在阅读研究材料中要贴近现象本身,获得关于该现象的整体理解,然后在反复阅读中区分出意义单元。在整个研究过程中,研究者并不预先设定理论假设,而是保持一种开放性。在自然科学路线那里,研究者需要预先对研究进行充分的考察和设计。在实验室研究中,这一点体现得最为明显。研究者要充分考虑各种因素,并预先假定因素之间的关系,然后通过实验结果来验证原来的假设。

(七)实践旨向与技术旨向

在以上对现象学心理学和自然科学路线的研究方法的比较中,可以看出二者不同的旨向。现象学心理学以生活世界为出发点,考察人的生活经验。在考察中,研究者尊重研究现象,力求保持开放性,来发现心理现象的意义。研究者所得出的结论能够促进人对生活乃至自身的理解,进而推进人的生活实践。与之相比,自然科学路线将研究对象视作自然物,对研究对象作预先的设定,通过操纵研究来发现因素之间的关联。研究者所得出的结论能够为社会提供技术,促进对心理现象的预测和控制。

哲学家哈贝马斯提出,在认识中,人类的普遍兴趣是一种背景因素,起到重要作用。哈贝马斯提出三种兴趣:技术兴趣,指控制世界的兴趣;实践兴趣,指沟通与了解的兴趣;解放兴趣,指从限制中解放出来,获得自由的兴趣。以此观照两种研究方法,可以看出,现象学心理学研究方法侧重理解世界,具有实践兴趣;自然科学取向的研究方法侧重对世界的控制,具有技术兴趣。这里的问题在于,在技术兴趣中,控制世界主导了一切,抹杀了人的存在。

第四节　后现代心理学

一、后现代心理学要旨

后现代心理学是在对现代心理学,尤其是对科学主义心理学的反驳、抨击、扬弃和超越的基础上形成与发展起来的。坚持心理学的人文科学取向的心理学家,特别是热衷于理论探索和倡导心理学后现代转向的心理学工作者,都对科学主义心理学的原则立场和研究法则深感不满,他们透过后现代的视野,从五个方面对科学主义心理学所信奉的原则立场进行了批驳与扬弃。

(一)科学主义心理学的"合法性"危机

科学主义心理学有其显明的特征:第一,将心理学定位为自然科学神圣家族的成员,千方百计地沿着相对成熟的自然科学所规定和踏出的道路前行;第二,坚持经验证实原则和客观化性则,强调研究对象的可观察性;第三,认定心理学的主要研究方法是自然科学对变量严加控制的实验法,将客观的实证方法置于霸权的地位;第四,信奉价值中立的立场,致力于经验事实与统计数据的搜集与整理;第五,固守人为机器的模型,信守机械还原论、因果决定论、传统原子论、价值无涉的客观论和严格的定量分析;第六,力图将预测和控制人的行为作为心理学的研究任务;第七,笃信客观普适性真理,认为存在着绝对的真理、超验的意义、普遍的规律。

1. 自身难以逾越的障碍

为了使心理学在自然科学阵营中占有一席之地,保证心理学的科学性质,科学主义心理学从机械论自然观和实证主义哲学那里,原封不动地移植过来了五大科学研究法则:原子论、还原论、客观论、决定论和定量化研究。这些法则在心理学研究中的贯彻和应用,的确曾一度给心理学的繁荣和发展带来了一些帮助与益处。

(1)人心理的肢解

心理学中的原子分析多采用物理学和化学的方法,这难免会对人的心理的整体形象予以肢解,造成只见树木不见森林的局面,这也正是机能主义心理学、格斯塔心理学和人本主义心理学对科学主义心理学的原子论思想群起而攻之的要害所在。一些持整体论的后现代心理学者也坚决反对对人的心理现象进行人为地切割与分解,强调从个人的抚养情境、生活经历、成长历史、教育状况、文化背景及社会环境等诸方面入手,系统而综合地考察一个人的心理活动及行为表现。

(2)人性的物化

还原论是主张把高级的运动形式还原为低级的运动形式的一种哲学观点,它认为在现实生活中每一种现象都可看成是最低级、最基本的现象的集合体或组成物,因而可以用低级运动形式的规律来代替高级运动形式的规律。科学主义心理学所坚持的最基本的研究途径便是还原分析,即将复杂的心理现象化简为物理、化学、生理过程,试图以生物的、生理的或机械运动形式来解释人的复杂的心理现象。

(3)主体性的迷失

客观论又可称之为客观范式、客观主义,其突出特点在于主张科学研究必须坚持和突出"客观"二字,研究者往往以可观察、可证实的事物为研究对象,采用客观、实证的途径与方法,并坚持价值中立的立场。科学主义心理学家都以实证主义作为其方法论基础,追求和坚守经验证实原则,重视观察与实验等客观方法在心理学研究中的作用,致力于心理学的科学化,努力将心理学建设成为类似于物理学、化学那样的规范的科学,从而使心理学从传统哲学思辨的阴影中摆脱出来。

(4)能动性的罢黜

决定论是一种认为自然界和人类社会普遍存在着客观规律和因果关系的理论和学说,凡承认因果关系的客观普遍性、客观必然性的就是决定论。它允许由原因推知结果,而且强调从结果可以反推出原因。自然科学中的机械论自然观和哲学中的实证主义都信守决定论的观念。心理学中的决定论认为,人的一切活动都是先前某种原因和几种原因导致的结果,人的心理和行为可以根据先前的条件、经历来预测与控制。但是,人毕竟不同于动物或者机器,人对客观事物的反映是有其能动性、主动性、目的性和计划性的。

(5)标有刻度的木偶

随着数学和力学一跃而站在各门科学的前列,它们逐渐成为其他科学追求的样板和典范。千方百计地梦想跨进自然科学门槛的心理学,自然而然地将精确性、定量化研究作为自己所追求的楷模,试图把人的心理和行为归结为某种可以用机械系统的组织原理解释的,可以用数学度量和处理的量的特性。可是,科学主义心理学时至今日,仍然无法阐析和解决深层次的文化、艺术、社会和跨文化的心理问题,甚至通过数据和统计所得到的关于人的心理活动与行为的规律的结论,也无法顺利而合理地应用于活生生的人身上,这不能不说是与其初衷背道而驰的。

2.严格实证立场的困境

机械论自然观和实证主义作为科学主义心理学的方法论基础,曾经为科学主义心理学的繁荣和发展提供了契机、前提、样板和目标,也为其提供了五大基本原则和立场:强调研究对象的可观察性;笃信客观普适性真理;坚持以方法为中心;信奉价值中立的立场;固守人为机器的模型。但是伴随着时代的进步和科技的发展,科学主义心理学的方法论基础——机械论自然观和实证主义,相继在20世纪遭到了挑战和反动。

(1)强调研究对象的可观察性

科学主义心理学从新、老实证主义那里继承了可观察性原则,强调研究对象的可观察性。他们所谓的观察有两种:一类是指通过感官所进行的对外部世界的观察,以行为主义、认知心理学为主要代表;一类是指通过内部知觉所进行的内部感受或自我观察,以冯特的内省心理学和构造主义为主要代表。由于科学主义心理学坚持研究对象的可观察性,人的情感、意向、动机、需要、理想、价值观、人格等心理现象便被搁置在心理学研究范围之外,无形中缩小了心理学的"势力范围"。格根明确地指出,这是一种外源论的视野,即认为存在一个外部世界,与之对立还存在一个心理世界。

(2)笃信客观普适性真理

科学主义心理学体现了实证主义的主旨,努力使心理学跻身于自然科学的行列,强调自己的研究结果、理论观点、学术主张及所得规律是普遍适用的,将自己所获得的知识视为具有高度普遍性和高度普适性的知识,并以之作为对心理与行为做出同一性解释的基础。心理学中的科学主义观点认为,心理学通过客观方法所揭示的规律应该带有普遍意义,适应一切社会和民族。

(3)坚持方法中心论

科学主义心理学从传统自然科学和实证主义那里承继了物理主义与机械论的观点,及其实证的研究方法和实证科学的理论规则,标举科学主义的大旗,将客观、实验、实证的研究方法推向了极致。心理学长期以来对物理学、生理学、化学等学科的研究方法进行盲目照搬和简单复制,走向了方法中心论的道路,认为经验方法对于科学的发展来讲是最重要的。但是这一立场把科学与科学方法相混淆了,又把心理学的对象与方法的关系搞颠倒了。

(4)信奉价值中立的立场

科学主义心理学以自然科学为顶礼膜拜的楷模,以实证主义作为方法论的基石,必定受到价值中立观念的影响。科学主义心理学价值中立倾向的典型特征是:强调研究方法、程序、结论的客观性;认为所探讨的是心理与行为的事实与规律;所达到的目标是真实地反映意识与行为的本质;实验的设计、进行及结果的分析都不涉及个人的任何主观倾向与价值判断。主张心理学只研究事实、知识,即回答"是不是"的问题,不研究价值和意义,不回答"该不该"的问题。

(5)固守人为机器的模型

随着英国经验主义心理学、法国唯物主义心理学和孔德实证主义哲学的影响越来越大,人们越来越倾向于认为人的心理可以用物理学、生理学、化学的术语加以解释,而且逐步认识到,不仅仅人的肉体是一架机器,而且人的心灵也是一架可以操纵的机器。在行为主义者看来,心理学家的任务就是帮助和指导"人"这架机器更快地适应新的环境,更好地运转下去。

后现代心理学在心理学的方法论与研究原则等方面是与现代心理学针锋相对的,它的基本主张是反基础主义、反本质主义、反个体主义和反科学。

（二）后现代心理学方法论与研究取向

后现代心理学在心理学的方法论与研究原则等方面是与现代心理学针锋相对的,它的基本主张是反基础主义、反本质主义、反个体主义和反科学主义。对主客二元论、实在论、科学至上论、欧美中心论、个体中心论、男子中心论等原则立场加以批判和解构,对心理学进行了后现代重构:心理是社会的建构,互动是心理的源泉,话语是社会建构的中介,话语分析是心理学研究的基本方法。

1. 后现代心理学的方法论

20 世纪 20 年代以来,从生物学、心理学和哲学领域兴起了一股有机主义的思潮。到了 50 年代,这一思潮受到了其他领域学者们的关注与赞许,一般系统论由之产生。作为"整体"的一般科学的一般系统论,着重研究系统的诸因素之间的相互联系、相互作用,并强调系统的动态性、有序性和目的性。系统科学方法论推崇整体论,认为唯有通过各部分的相互联系与作用,才能完整地把握和认识客体,尤其是复杂性客体。这一观点使传统的方法论发生了质的飞跃,使科学得以重新界定,科学思想有了新的转变。系统论的观念引起了很多心理学家的关注,他们或将人的心理与行为看成有机的整体,或看成动态的系统,扭转了原子论心理学对人的心理现象加以肢解的局面。

鉴于现代西方社会的世界观最终会导致人们精神现象的肢解和分裂,以格里芬等人为代表的建设性后现代主义者,尝试着用后现代有机整体论来代替现代机械论世界观。如果说现代物理学是通过最基本的部分来还原地理解整体的话,那么后现代物理学则从整体出发来考察部分。一些持整体论的后现代心理学工作者坚决反对对人的心理现象进行人为地切割与分解,强调从个人的抚养情境、生活经历、成长历史、教育状况、文化背景及社会环境等诸方面入手,系统而综合地考察一个人的心理活动及行为表现。格根主张应系统地拷问人的心理、行为历史的和社会的根源,力主从历史的跨文化比较的视角出发来探讨认知、动机、感知和信息加工等诸如此类的问题。

2. 建构论

在自然科学内部,由于相对论与量子理论的提出与完善,以及系统论、信息论、控制论等"整合"学科的相继问世,传统的机械还原论便逐渐失宠了。随着传统的机械还原论逐渐失宠,建构论开始浮出水面。正如建设性后现代主义的代表人物格里芬所指出的那样:在复合的个体,特别是在那些所谓的生命中,自决或目的因而就愈加重要。如果研究的重点放在比较复杂和高度进化的动物上,这一点就更加重要;实际上从某种意义上讲,较高级的存在更多地受到过去活动的影响而不是受较低存在的影响。

格根极力倡导社会建构论,认为社会建构论者关注人们对其生活于之中的世界的(包括他们自身)描述、解释或说明。他指出在元理论水平上,社会建构论支持以下假定:第一,我们关于世界的知识并非归纳或者对一般假设营造或检验的产物;第二,对世界的领悟并不是机械还原式地为自然力量所驱使,而是具有密切关系的人与人之间主动合作进取的结果;第三,一定的领悟方式并不主要依赖于经验主义的合法性,而是依赖于社会过程的变迁;第四,协商领会的形式在社会生活中具有至关重要的意义,因为它与人们所参加的其他许多活动是密切相关的。在他看来,个体并不是内容、理性的占有者,而是它们的分享者。一个人通过加入、联合和批判性地考察别人的观点来学习,通过互动还有可能产生各种新见解。他认为知识是随着对话的继续而被不停地生产或建构出来的东西。

二、后现代心理学的理论主张

在后现代科学精神和后现代哲学理念的导引与协助下,现代心理学终于搭上了迈向后现代的末班车。一些从事后现代心理学研究的探险者,借助于后现代文化思潮的思维方式、研究策略、认识视野和学术主张,尝试着对传统的心理学体系和理论观点加以解构,并以此为基点初步完成了后现代心理学理论体系的构建和观念。

(一)对科学主义心理学的批判

以科克等为代表的理论心理学家与以格根、苟费尔等为代表的后现代心理学工作者都曾对科学主义心理学的特征进行过系统而深刻的研究,也提出了一些发人深思的观点和意见。科克和苟费尔认为科学主义心理学追求四大主题:外在合法性、普适性、抽象合理性和可通约性。第一,关于外在合法性。他们指出,心理学的历史说到底就是竭力效仿自然科学的历史,以至于物理学的语言成了心理学追求的典范。由于正规的自然科学的时髦理论都热衷于追求外在合法性,心理学自然也对之趋之若鹜,然而,科学的体面与堂皇带来更多的是迷惑而非洞察。第二,关于普适性的追求。对普适性的追求是科学努力实现的目标:可用公式表述的理论法则应潜在地适合于解释所有的行为,法则应具有不受约束的普遍适用性。然而心理学的理论往往建立在受到相当限制的观察的基础之上。第三,关于抽象的合理性。科学主义的假设——演绎理论谋求抽象的理论上的合理性,将预测和控制作为科学的标准和尺度,要求形成关于推理过程的法则。希望发展一种规范的定量的方法,正是心理学产生诸多问题的原因或病根所在。第四,关于可通约的观念。心理学力图像其他自然科学那样具有可公度性、可通约化和数学化,用数量表示的行为理论要有综合的视界,要求行为数学与机械数学一样精确。

科克、苛费尔、格根等人认为行为主义及其后继者信息加工认知心理学在对工具理性的强调方面走了极端,这种理性是与历史无关的,这里有一种所谓的真正的科学方法,这种方法是从永恒的自然科学那里照搬而来的。而关于人类生活的伦理与美学向度则被无情地抛弃了,当用工具理性的准则对待接受实验的被试与患者时,人的价值及人类生活的意义是不可能受到重视的。

格根在 1988 年所做的"走向后现代的心理学"的报告中指出,文化上的所谓"现代时期",同机械化的过程及科技的进步密切关联。正是这一系列进步,才使得实证主义精神在行为与社会科学领域盛行起来:信奉科学统一观、决定论原则及价值中立说。也正是一百多年来实证主义精神受到极度的顶礼膜拜,才形成了现代心理学的四大基本原则:第一,尽管对心理学到底研究什么,心理学家众说纷纭,但现代心理学家都认定有一个基本的研究领域可供探讨;第二,现代心理学家深信在那个基本的研究领域中找到普适性的特征、原则或规律,旨在实证的基础上建立起具有广泛预测能力的理论框架,并以之预测和控制人的行为;第三,现代心理学家遵循逻辑实证主义的立场,认为要在自己的基本研究领域中找到普遍性的特征或规律,或者推演出有关人类行为的真理,最可靠的方法便是实证的方法,尤其是那种可对变量严格控制的实验法,并且在使用实证方法时,对有关现象所进行的描述和解释应禁止掺杂个人的思想、价值和感情;第四,现代心理学家坚信,当使用实证的方法来研究心理学的对象时,便可以很快发现心理学的基本特征,并进而建立起一套非常可靠且价值中立的关于客观世界诸多组成部分的真理。

在从事后现代心理学研究的学者们看来,鉴于心理学,尤其是科学主义心理学存在着严重的理论误区和缺憾,实施心理学研究视角的转换便成了势在必行的举措。他们认为,心理学与其他科学一样,必须改变和取代的传统形象有:第一,心理是反映自然的被动的镜子;第二,知识是关于世界的精确的表象;第三,科学家是外在的中立的观察者;第四,科学家是由一些盲人组成的共同体,他们借助于手杖或者其他仪器来探知周围的事物和世界;第五,知识的重要性体现在可以用它们认识事物并且可以传授和交流;第六,人的心理能够搞清借助于仪器探索周围的事物时所发现的事物所具有的相对恒定的特征及其含义。

(二)后现代心理学的理论构建

后现代心理学家对现代心理学的特征,尤其是科学主义心理学所奉行的基本原则和所坚持的基本立场进行了深入的分析,也对其理论误区与局限予以无情的揭示。他们在后现代文化思潮的助势下,扬弃了科学主义心理学的原则立场,超越了其误区与局限,实施了心理学研究范式的后现代转向。

1.心理学的知识形态

科学主义心理学认为要想获得正确、合法、科学、客观的心理学知识,只能通过实验的、客观的方式,运用数学的语言加以表达。值得注意的是,如今许多具有开拓精神的心理学工作者已经跳出了心理学的学术圈子,试图借助后现代的理论观点重新审视和建构心理学的专业知识。

后现代时期的学者们清醒地认识到,构建基于实验主义、客观主义、实证主义和个体主义之上的心理学知识体系,绝不是心理学唯一合法或可能的体系。对处于特定的社会历史环境中的人类行为进行思考获得的特定结果。正是在这种认识基础上,现在不少心理学家都意识到了改造心理学现有知识体系的必要性和紧迫性。他们在积极解构科学主义心理学知识体系的同时,努力构建后现代心理学的知识观。伴随着后现代思潮对本质主义、基础主义、理性主义、表象主义、男性中心论、欧美中心论和客观普适性真理的抨击,心理学也由对抽象的、普遍的、客观知识的追求转向了对社会有用的、局部的知识的追求,人们从日常生活中所获得的各种应用型知识比抽象的理论知识更被看重。

米查尔关于后现代社会心理学的构想便吸收了后现代社会学的行动者网络理论;洛维尔等人借用艺术和文学文本分析方法完成了对自我的解构与重建;瑞奇尔则利用福柯社会历史研究的视角,试图创建一种解构主义的心理学;玻金霍内对精神分析的讨论则在偏重治疗实践中所产生的知识的同时,也倚仗了后现代哲学的思路;邵特也表示赞同利奥塔德对科学知识与叙述知识的区分以及对叙事知识予以推崇的观点,也同意后现代主义所倡导的立场多重、视角多维、方法多元的主张;格根认为心理学并非旨在探索心理机能的一般法则,而是努力尝试着去揭示文化、历史中显透出来的当代行为模式,这种倾向对传统的科学主义心理学所操守的假设—检验研究模式及知识观无疑是一种挑战。

桑普森认识到后现代主义的观点已经对发展心理学、妇女心理学、社会心理学及关于人类性别特征的研究产生了积极的影响。他还强调了心理学跨文化研究和本土化研究的重要性,他认为来自不同国家、不同民族和不同阶层的心理学研究者已明确地意识到,心理学知识及其对人的心理和行为的理解是建立在特定的文化背景上的,主要是取自白种人、男人、西方人尤其是美国人,这种知识和对人的理解能否适用于其他人种、女人、东方人或者经济落后地区的人便不免令人怀疑。比万认为自培根肇始的理性至上、科学霸权的局面越来越遭人非议,已经深入人心的关于科学进步的观念也有所动摇,人们越来越倾向于接受后现代主义的思想。随着环境污染、人性异化与压抑程度的提高和核威胁阴魂未散,人们愈发对科学技术给人类及社会发展带来的负面效应产生了更深切的体悟,由之对现代性的合法地位提出了质疑。

2. 心理学研究对象

从事后现代心理学研究的学者,尽管同样以诠释和揭示人的心灵与行为的机制和规律为己任,但他们所采用的研究策略和切入点及对心理学概念的理解和认识与科学主义心理学却有一定区别。从事后现代心理学研究的学者,反对科学主义心理学对研究对象可观察性的强调,也不将预测和控制人的行为作为心理学唯一合法的研究任务。他们同样以诠释和揭示人的心灵与行为的机制和规律为己任。只不过他们所采用的研究策略和切入点及对心理学概念的理解和认识与科学主义心理学有一定区别罢了。

第一,扩大心理学的视野。后现代心理学工作者清醒地看到,科学主义心理学由于坚持研究对象的可观察性,不可避免地将本属心理学领域的很多内容舍弃了:构造主义虽然研究了意识内容却忽略了意识活动;行为主义偏重于外显行为的探索而放弃了对内在意识的考察,成了"无头脑的心理学";认知心理学对内在认知过程的研究居功至伟,却无力涉及情绪、动机、人格等重要的心理现象。所以,他们主张心理学研究应扩大视野、直面人生,关注各项心理技术的社会价值及评估、治疗方面的意义,通过多种途径、启用多元思维来揭示人类丰富多彩的心理世界,只有这样,心理学才会重新焕发生机,并可得到学术界及公众的认可。

第二,转换研究的角度。后现代学者认识到当今心理学的概念仍是经验主义或者外源论哲学的副产品,这正是造成心理学视野窄化、无力阐释人类丰富的心理生活的元凶。以格根为代表的社会建构论者积极倡导转换心理学的研究视角,从新的切入点出发来重新审视和研究人的心理活动与行为反应。目前,借用文学评论、现象学、释义学、人种学、生态学、平权主义、建构论等视野来研究心理现象的学者及成果越来越多,心理学的研究课题也随之广博了,涉及性征、侵犯、心灵、自我、人格、动机、情绪、道德、审美、因果关系等领域,被科学主义心理学独霸已久的阵地已呈溃败之势。

3. 心理学实践应用

在后现代思想的影响下,随着心理学由对普遍的、抽象的、客观的知识的追求转向了对社会有用的、局部的、具体的、实际的、情境性的、前瞻的知识的追求,心理学家们的专业实践及心理学的临床治疗越来越被看作是心理学知识的一个重要的来源。

格根在许多论著中都明确表示,后现代观念向传统的将纯学术研究与应用研究区分开来的做法,尤其是关于为普适性知识服务的研究优于为局部需要所进行的研究的设定提出了挑战。他认为心理学最重要的角色和作用应体现在解决现实问题、为大众服务和具体应用上。苛费尔强烈要求心理学重新恢复应用知识的合法地位,他意识到心理学在应用方面的知识,诸如系统疗法、系统评估、从业者知识及定性研究等虽说仍处于科学主义心理学的边缘地带,但与后现代的知识观是相关的,特别是通过实践、局部、应用的知识,以及作为异质的、定性的和语言学的知识的引入,而逐步获得了合法性的地位。在他看来,关于心理学合理性的话题是理论与应用、学术与职业两者之间产生对峙的一个重要因素。科学主义心理学由于一味效仿自然科学的观点方法,张扬工具理性而压制价值理性,虽然也顾及到了心理学的应用问题,但一直没有真正重视它。瑞舍指出,自20世纪80年代以来,从事纯学术心理学研究的心理学家及博士毕业生的人数已远远少于从事临床与咨询服务的人数,这说明从事临床实践、咨询服务、学校和工业组织管理的心理学家已经拥有了相当可观的市场。

第八章　比较文学的学科基础

第一节　比较文学的产生和发展

　　像其他任何一门独立的学科一样,比较文学也有自己的发展历史。一般认为,比较文学于 19 世纪末正式诞生于法国,20 世纪开始在欧洲和美国等国家和地区盛行。中国的比较文学在 20 世纪 20 年代兴起,而后的几十年中得到一定的发展,70 年代末开始全面复兴,并取得了丰硕的成果。学术界认为,在一个多世纪的历程中,比较文学先后经历了三个发展阶段。

一、比较文学的历史根源

(一)古代时期

　　绝大多数学者都认为,比较文学从孕育到产生,经历了一个十分漫长的时期。其历史渊源甚至可以追溯到欧洲的古代——古希腊、罗马时期。比较一致的看法是亚里士多德在他的理论著作《诗学》中既谈到了史诗和悲剧相同的地方,也指出了两者的差别。虽然与今天的比较文学理论相距甚远,但这种求同辨异的论述方法显然已经具备了“比较”的色彩。之后,罗马诗人贺拉斯则在“比较”的道路上大大前进了一步。在《诗艺》中,他在对希腊文学和罗马文学进行比较后,忠告罗马作家要“勤学希腊典范,日夜不辍,”强调文艺要像维吉尔那样模仿古希腊的作品。他极力主张把维吉尔同荷马相比,把普劳图斯同阿里斯托芬相比,把罗马作家的模仿作品同他们的希腊原作联系起来进行研究。这样就使文学研究跨越了国界,跨越了语言,跨越了民族,其实也跨越了文化,因此就包含了较多的比较研究的成分。而事实上,当时的许多罗马作家的确都在自己的文学创作中向古希腊的作家学习。由于模仿古希腊人一时成为风气,很多的学者在评论中就自然而然地把罗马作家同他们所模仿的古希腊作家及其作品联系起来,作一些简单的对比。

(二)中世纪时期

　　中世纪的欧洲是教会文学占统治地位的时期,宗教不但统治了文化,也控制了人们的信仰,甚至在文字的使用上也由拉丁文一统天下。虽然这是一个思想被桎梏,精神被压抑的"黑暗"世纪,但共同的宗教信仰和共同的文字,共性大于异性的历史环境却使各民族的文化交流日益频繁起来。一个由拉丁文统一起来的文化世界使得欧洲文学在人们的心中形成一种整体感,并且从这个整体中看到了各民族文学间的差异。以方言的不同为标尺,但丁在他的著作《论俗语》中,把欧洲文学分为北部、南部和东部三个部分,在此基础上,他不但拿自己创作的诗作同法国的几位诗人的作品进行比较,而且又对意大利的俗语文学、法国的普罗旺斯俗语文学和西班牙的俗语文学进行了比较。这种对不同国度的文学现象、作家和作品的比较研究,这种明显地带有跨越语言性质的文学研究,打破了前人的文学研究中仅局限于罗马文学和希腊文学比较的狭窄的圈子,使人们的学术视野开始转向更为广阔的文学世界。

(三)文艺复兴时期

文艺复兴是人类历史上的一次伟大的历史变革时期。这场以复兴古希腊罗马文化为宗旨的思想文化运动,其本身就带有比较分析的特征。人文主义的思想家和艺术们之所以提出"复兴古代文化"的口号,就因为他们在发掘出来的古希腊、罗马的文化作品中找到了用以表达其阶级意识的朴素的现实主义的手法,找到了同中世纪的封建教会文化相抗衡的战斗武器,发现了没有神秘色彩的朴素的唯物主义哲学。而这一切,又都是在同中世纪的文化进行了比较后所得到的。其实,在两种文化的比较中觉醒的资产阶级只是把对古代文化的复兴作为一种手段。所谓文艺复兴并非是古希腊、罗马文化的简单复活,而是在人文主义思想的指导下,对古代文化的继承和发展。在这场运动中涌现出来的许多作家都是在对中世纪文学和古代文学相比较的基础上继承了古希腊、罗马文学的传统,并赋予它们以新的人文主义精神的。彼特拉克、薄伽丘、拉伯雷、塞万提斯、莎士比亚等诗人、小说家和戏剧家,都是在对古希腊罗马文学同中世纪的欧洲封建文学的比较中创造出全新的资产阶级文学的。与中世纪的学术氛围相比,"比较研究"在文艺复兴时期的欧洲已成气候。

(四)古典主义时期

17世纪的欧洲是一个"理性"的世纪,也是以法国为首的古典主义文艺思潮占据主导地位的世纪。及至这一思潮的后期,在古典主义大师的内部出现了两种截然不同的艺术主张。有人认为文艺创作应当完全遵守古典主义的清规戒律,有人则持相反的观点,认为这些清规戒律并不需要严格遵从;有人主张文艺创作要迎合宫廷和贵族的情趣,有人则强调要满足人民大众的需求;有人提倡以上流社会的语言作为创作的标准,有人觉得汲取人民的语言更为重要,等等。其实,这两种不同的艺术倾向一直贯穿于古典主义运动期间,只不过在古典主义的后期成爆发事态。这场长期的、较大规模的文艺论战就是著名的,"古今之争"。从比较文学的角度上看,重要的不是这场运动本身,而是在这场激烈的论争中,论战的双方无论是以批评家兼诗人夏尔·贝洛为首的激进派,还是以布瓦洛为代表的保守派,为了在论战中说明自己的观点,都借助和使用了比较的方法来探讨古今文学的优劣得失,这就是"古今之争"给比较方法的使用、比较研究的推广以及比较文学的产生所带来的杰出贡献。

（五）启蒙运动时期

18 世纪的欧洲爆发了又一场轰轰烈烈的思想文化运动——启蒙运动。这场运动不仅是文艺复兴反封建、反教会运动的继续和发展,同时也是资产阶级以理性这一新的价值尺度,为建立自由、平等、博爱的"理性王国"而奋斗的思想运动。法国的古典主义文学成为人们竞相学习和模仿的楷模,法国的启蒙思想也风靡欧洲。在日益活跃起来的翻译气氛中,法国启蒙作家的作品也被翻译成各种文字,在欧洲各国的读者中广为传诵,引起强烈的反响。在这一浪潮的鼓舞下,英国的文学作品也开始走出了国门,受到人们的喜爱和欢迎,并且对欧洲其他国家的文学产生了很大的影响。启蒙运动不仅促进了欧洲大陆的文化交流,使欧洲各民族之间的文化联系进一步得到加强,而且也使东西方的文化交流成为可能。

伏尔泰是法国著名的启蒙思想家。他曾经在《论史诗》中运用比较的方法来研究欧洲各国的民族史诗,并且在比较的基础上,将中国的元杂剧《赵氏孤儿》改编成《中国孤儿》在法国演出,在欧洲文学界引起强烈反响,被认为是"比较文学理论和实践的远祖之一"。

此外,孟德斯鸠、狄德罗等法国启蒙思想家都曾使用过比较的方法对法国和英国等国的文学现象进行过深入的研究。莱辛是德国民族戏剧的奠基人,在用比较的方法写成的著作《汉堡剧评》中,他对法国的古典主义和古希腊的亚里士多德的戏剧理论、英国诗人莎士比亚和伏尔泰的戏剧创作、意大利剧作家马菲与伏尔泰的同名作品等进行了比较,得出了德国的戏剧家应当学习莎士比亚的结论,并认为只有向这位伟大的英国剧作家学习,发扬光大他的现实主义戏剧思想,德国才能建立起自己的民族戏剧。

（六）"世界文学"概念的提出

德国大诗人歌德一直在自己的创作中探寻东西方文化的结合。在阅读了一部由法国在中国的传教士所写的《中国详志》后,对中国的热情便一发而不可收,并且于1819年发表了一部被称为"西洋诗人模仿东方诗而作的诗集"——《东西方合集》。尤其是1827年1月31日,他在同爱克曼的谈话中第一次提出了"世界文学"的概念。他说:"我愈来愈深信,诗是人类的共同财产。现在每个人都应该出力促使它早日来临。"学者们普遍把这一段话看作是比较文学产生的思想渊源。在这里,歌德表达了各民族文学互相接近和交流的愿望,憧憬有朝一日各民族文学会融合为一个统一的、互相联系的整体,对早期比较文学的概念具有相当大的启示作用。在"世界文学"思想的启迪下,歌德阅读了不少中国文学的作品,并且把这些中国作品同法国诗人贝朗瑞和英国作家理查生以及自己的作品进行了比较。他所得出的结论是"中国人是一个和德国人非常相像的民族。"尤其在同爱克曼的谈话中,他又进一步阐述了对中国人的理解:"中国人在思想、行为和情感方面几乎和我们一样,使我们很快就感到他们是我们的同类人,只是在他们那里,一切都比我们这里更明朗,更纯洁,也更合乎道德。在他们那里,一切都是可以理解的,平易近人的,没有强烈的情欲和飞腾动荡的诗兴,因此和我写的《赫尔曼与窦绿苔》以及英国的理查生写的小说有许多类似的地方。"应当指出的是,歌德在那天的谈话中,就是从中国文学谈起,又谈到法国诗人贝朗瑞,最后才提出了对比较文学的诞生具有奠基意义的"世界文学"的概念的。

(七)先驱者史达尔夫人

在考察比较文学产生的历史根源的过程中,被法国学者梵·第根称为"世界比较文学的先驱者"的史达尔夫人功不可没。史达尔夫人是法国早期浪漫主义文学的代表性人物之一。写有《苔尔芬》《柯丽娜》等小说和《论文学》《论德意志》两部著作。她的这两部理论著作奠定了她在文学史上思想家和理论家的地位,具有十分重要的认识价值和参考价值。

至此,比较文学在欧洲文学的母体中孕育了一个十分漫长的历史阶段后,又经历了19世纪浪漫主义文艺大潮的冲刷和洗礼,到了19世纪后半期的时候,比较文学作为一门独立学科而产生的态势已见明朗,一门新兴的学科已是呼之欲出。

二、比较文学的文化根源

比较文学作为一门独立的学科,无论是产生还是发展,都需要一定的经济基础和文化基础。关于这一点,马克思和恩格斯曾有过明确的阐述:"资产阶级,由于开拓了世界市场,使一切国家的生产和消费都成为世界性的了。……过去那种地方的和民族的自给自足和闭关自守状态,被各民族的各方面的互相往来和各方面的互相依赖所代替了。物质的生产是如此,精神的生产也是如此。各民族的精神产品成了公共的财产。民族的片面性和局限性日益成为不可能,于是由许多种民族的和地方的文学形成了一种世界的文学。"正是由于各民族文学已成为全人类的共有财产,原先局限于孤立地研究本民族范围内的作家、作品和文学现象的方法已不能适应时代的要求,这就迫切需要有一种能揭示各民族文学之间的相互关系的新学科、新方法的出现。比较文学就是在经济基础对于文学的这种新要求下产生的。

（一）浪漫主义与民间文学

浪漫主义是 18 世纪末、19 世纪初席卷欧洲大陆的一股文艺思潮。在这股思潮的影响下,欧洲各民族文学既表现出了独特的民族精神,也出现了相互交流和融汇的趋势。其标志是莎士比亚、但丁、拜伦、雪莱、雨果、歌德、席勒、卢梭等人的作品被翻译成各种文字在欧洲广泛流传,从而充分地表现出浪漫主义强烈的主观性色彩。除此之外,浪漫主义作家还极力倡导诗人应当在作品中描写异国风光,尤其要注重表现东方的题材、情调、气氛和色彩,如英国诗人拜伦的《东方叙事诗》就是这方面创作的杰作。

在《论文学》中,史达尔夫人主张采用历史比较的方法,即从产生作品的社会环境中理解和考察作品的特征。基于这一考虑,她把欧洲文学划分为南方文学和北方文学两大源流,从地域的和气候的两个方面,总结出了南方文学的轻松明丽和北方文学的沉郁雄浑的特征。史达尔夫人这一渊源关系的划分,对后来比较文学的影响研究方法有很大的启发作用。显而易见,史达尔夫人所注重的文学研究的国际性,注重在超越国界的范围内进行文学的比较研究的方法,为后来比较文学的影响研究提供了范例。

重视民间文学是浪漫主义的又一重要特征。在浪漫主义文学运动的热潮中,各国的学者们怀着极大的热情和浓厚的兴趣,将自己的艺术视野延伸到民间。他们不但大量搜集和整理了中世纪的民间故事和民间文学作品,广泛掀起研究民间文学的热潮,而且还在搜集和整理的过程中,将本国的民间文学与他国的民间文学加以比较,以求在比较中探索各自民族的根源。因此,对民间文学的搜集和整理的过程,就是比较的过程,也是促进各国民间文学相互交流的过程。

（二）比较语言学和民俗学

在浪漫主义滥觞时期,语言学曾受到高度的重视。在各国浪漫主义诗人都十分关注民族语言和民间语言风气的影响下,欧洲的一些语言学家也掀起了对各民族语言的承袭和演变关系的深入研究,在对英语、法语、德语和西班牙语等同一语系的民族语言进行比较的基础上,他们创立了比较语言学。

也正是在比较语言学掀起热潮的同时,以德国的格林兄弟为代表的欧洲童话学家、民间故事搜集编订专家,受到浪漫主义作家重视民间文学,爱好中世纪故事传说的鼓舞,积极致力于对许多国家广为流传的故事和歌谣的搜集、整理、编订、研究。通过艰苦而富有成效的劳动,他们通过比较找到了欧洲许多民族的民间文学都有着十分相似的文化传统和历史根源。

(三)自然科学和实证主义哲学

自然科学与文学艺术的繁荣和发展一直有着密切的联系。19世纪中叶的欧洲,在自然科学的领域取得了巨大的成就,像细胞学说、能量守恒定律和达尔文的进化论等不但对当时主导欧洲文坛的现实主义产生了重大的影响,而且对比较文学的产生具有深刻的启迪作用。尤其是达尔文的进化论,集19世纪中叶的人口论、哲学、古典经济学中关于自然竞争的理论为一体,表现出哲学、自然科学和社会科学互相渗透的趋势,在欧洲乃至整个人类思想和精神的各个方面都产生了深远的影响,使得自然学科中出现了"比较热",以"比较"命名的新著作风行一时,不断问世。

与此同时,法国哲学家孔德所创立的实证主义哲学也对比较文学的产生有重大影响。实证主义哲学认为社会科学和自然科学没有界限,都用类比的方法来论证社会对象与自然对象在本质上的异同。实证主义哲学所主张的崇尚实证、重视事实和考据、注重现象之间的外部联系,以及对比较方法的运用,使得崇尚科学和对事物追根寻源的风气影响到文学领域,使许多作家注意从整体出发,探讨作者的环境、性格,以及不同作者与作品之间的影响关系。

法国文艺理论家泰纳根据达尔文的进化论和孔德的实证主义哲学,以及法国的历史哲学,建立了文艺理论中的文化史学派。他在《英国文学史》的导论中提出了用"种族、环境、时代"三要素来指导文学创作的理论。他认为文学也要像自然科学那样越过国界,用自然科学的方法探索国与国文学之间的联系,研究文学和环境之间的密切关系,认为文学既要研究心理影响,也要注意生理影响。泰纳强调任何研究必须要重视考据实证,要用事实和实际材料来证明影响的存在,并探索其中的因果关系。

除上述条件外,还有的学者认为比较宗教学也是比较文学产生的一个不可或缺的因素。总之,在如此深厚的文化沃土上,在如此大规模的"比较热"中,文学研究也不可避免地受到强烈感染,比较文学作为一门学科所要产生的条件业已宣告成熟。

三、比较文学产生的标志

关于比较文学作为一门独立的学科所形成的标志,学术界有很多不同的说法。一种为三个标志说,即把第一本比较文学杂志的出现;第一部比较文学理论著作的出版和第一个比较文学讲座的开设看作是比较文学作为一门独立的学科形成的标志。另一种为四个标志说,即把比较文学杂志的出现;比较文学作为一门正式的课程进入高等学校的课堂和比较文学学位论文、学术专著与工具书的出现看作是比较文学形成的标志。还有一种四个标志说认为:正式提出"比较文学"名称,并得到广泛的使用;在大学开设比较文学讲座,设立比较文学课程;创办比较文学杂志;出版了真正意义的比较文学理论专著。虽然在分法上有所不同,但基本上无大差异。

(一)比较文学名称的提出

"比较文学"一词的首次出现,是在 19 世纪初。1816 年,两位默默无闻的法国教师诺埃尔和拉普拉斯在编写一部文学作品集时,第一次使用了"比较文学"一词。这部收集了古代文学、法国文学和英国文学部分作品片段的作品集虽然用《比较文学教程》来加以冠名,但其中并没有涉及比较文学的方法和理论,在国与国文学之间的关系上并没有自觉地将比较的意识渗透其中。

1827—1830 年,法国学者维尔曼在巴黎大学所开设的带有比较文学性质的讲座《18 世纪法国作家对外国文学和欧洲思想的影响》中,也使用了"比较文学"这一术语,并获得了巨大的成功。后来,他在《18 世纪法国文学综览》中,又多次使用"比较文学"这一术语,使其在法国学术界流传开来。1830 年以后,安贝尔接替维尔曼继续开设《各民族的艺术和文学的比较史》及《比较文学史》等讲座,在学术界产生了良好的反响。虽然上述讲座和论文还仅仅停留在史料的罗列上,并没有形成系统的理论上的综合和研究,但"比较文学"的术语却因此而得到了广泛的传播,后世的学者因此把维尔曼和安贝尔并称为"比较文学之父",法国作为比较文学的发源地就这样得到了人们的认可,并一直延续至今。

(二)比较文学杂志的创办

自"比较文学"名称的提出到"比较文学杂志"的出版,经历了将近半个世纪的历程。1877 年,匈牙利的梅茨尔创办了世界上第一本比较文学刊物:《比较文学杂志》。这份杂志用亚美尼亚语、吉卜赛语、汉语和日语等多种语言写成,共介绍和提及了欧洲及欧洲以外许多国家的文学。在该杂志上,梅茨尔表露了自己对比较文学的基本认识，即"在比较文学中，一种文学的重要性不应建立在对另一种文学的歧视上。不论它们属于欧洲文学还是非欧洲文学。"这种认识和观点在今天对于破除"欧洲中心主义"仍有指导意义。

也是在 1887 年，德国学者马克斯·柯赫也创办了《比较文学杂志》，而后又于 1901 年创办了《比较文学研究》。这两份杂志内容丰富，既涉及影响研究的内容，也涉及文学形式和主题，文学与艺术、哲学、政治等其他学科的联系的内容，还包含有翻译和民俗学等方面的研究内容，被认为是比较文学学科史上的一个开端，对比较文学学科的确立具有开创性意义。此外，柯赫为《比较文学研究》所规定的内容，即翻译的艺术；思想史、政治史与文学史之间的关系；文学与造型艺术；文学与哲学之间的关系和民俗学研究等也对比较文学学科的确立做出了重大贡献。

（三）比较文学理论著作的问世

与比较文学杂志的创办时间相比，比较文学理论著作的问世稍微早了一点。那是 1886 年，在新西兰的奥克兰大学任教的英国文学教授波斯奈特正式出版了世界上第一部比较文学理论著作《比较文学》，从而结束了以往比较文学研究中只局限于讲稿或论文的历史，"标志了比较文学的时代已经正式开始，"对比较文学作为一门独立学科的构建具有重大的开拓意义。波斯奈特主张用"民族—城邦—国家—世界大同"这样一个顺序来研究比较文学。他认为比较文学主要研究的是"内在的根源"，而不是"外来的影响"。因为"民族文学从外部受到影响，但却从内部获得发展；比较研究这种内部的发展比那种外部的影响远为有益，因为内部发展并不是一种模仿，而是基于社会和物质原因的一种进化。"在此基础上，他进一步指出，"文学发展的内在特征和外在特征都是比较研究的目标。"

（四）比较文学课程的开设

比较文学的诞生与比较文学课程的开设是同步的。从某种意义上讲，高等院校是比较文学的摇篮，是比较文学教学催生了比较文学，传播了比较文学，发展了比较文学。1870 年，俄国学者维谢洛夫斯基在彼得堡大学开设了总体文学讲座。1871 年，意大利著名批评家桑克蒂斯在那不勒斯主持了比较文学讲座。同年，美国学者查理·谢克福德在康奈尔大学开设了"总体文学与比较文学"讲座。1892 年，法国学者戴克斯特在里昂大学开办了"文艺复兴以来日耳曼文学对法国的影响"的讲座，并于 1895 年完成了比较文学史上的第一篇学位论文《卢梭与文学世界主义之起源》。他的最大贡献是使比较文学成为大学的一门正式课程，他自己也是第一位比较文学的讲座教授。之后,各国的高校纷纷仿效,丹麦的勃兰兑斯在哥本哈根大学、德国的柯赫在布雷斯劳大学、美国的马希在哈佛大学等相继开设了比较文学或者带有比较文学性质的讲座,比较文学由此而进入了大学的课堂。到了19世纪末和20世纪初,法国的巴黎大学、斯特拉斯堡大学和美国的哥伦比亚大学、哈佛大学都开设了比较文学课。1899年,哥伦比亚大学创办了第一个比较文学系。20世纪初,已经有数10个国家开设了比较文学课,比较文学从那时起便逐渐成为各国高等院校文学系或外文系的必修课程。

第二节 比较文学的定义与目标

一、"比较"的真谛——跨越与沟通

比较文学从19世纪末兴起,至今已有一百多年的历史。进入20世纪以来,特别是第二次世界大战以后,它盛行于世界各国,发展得极其迅猛,现在已经成为国际文坛上最有活力、最有成就、最受人青睐的学科之一,因而被认为是当今世界上的一门"显学"。

比较文学是一门如此活跃、如此富有生命力的学科,但是,对于"什么是比较文学"这样一个最基本、最简单的问题,人们却莫衷一是,存在着各种不同的看法。一个多世纪以来,各国学者为了寻求这一问题的答案,进行了长期的探索和争论,始终没有找到一个圆满的权威性的结论。事实上,正是由于这一基本理论问题未能得到很好地解决,致使学科的发展受到影响,学科存在的必要性不断受到质疑,甚至比较文学界内的人士也时时感到本身的"危机"。所以,我们仍有必要为此而进行理论探讨,说明造成这种理论上困惑的原因,寻找解决问题的途径,尽自己的可能来回答好"什么是比较文学"这样一个基本问题。我们更不必因此而停止比较文学研究的实践,去等待理论问题的解决。

"比较文学"这一名称由两个词组成:"比较"和"文学",顾名思义,它包含两层含义。"文学"一词的含义相当广泛,可以包括多重意思,不过,基本上应该包括文学创作和文学研究两大方面。"比较文学"中的"文学",则单指文学研究而言,不包括文学创作。比较文学属于文学研究,是文学研究的一个分支。明确了这一点也就明确了比较文学的学科归属和基本属性,比较文学也就有了质的规定。

作为比较文学的特色,同时也是它引人注目的一点是"比较"一词,所以在讨论比较文学的定义前,有必要先来说明比较文学的"比较"有什么特定

的含义。比较,本是人类思维的基本方法之一,也是人们常用的研究方法之一,把"比较"与"文学"联系在一起,很容易被人们理解为用比较方法进行文学研究的意思。于是,有人把运用比较方法进行的文学研究都看成比较文学。这种误解既没有看到这一学科的真谛,也没有看到它的价值与意义,以致会在根本上对这一学科采取不适当的态度。从比较文学诞生到今天,不少人对比较文学抱有这样的误解,以致对它采取怀疑或否定的态度。意大利著名美学理论家本尼第托·克罗齐对比较文学就多有贬词。他认为,比较方法不过是一种研究的方法,无助于划定一种研究领域的界限。对一切研究领域来说,比较方法是普通的,但其本身并不表示什么意义。……这种方法的使用十分普遍,无论对一般意义上的文学或对文学研究中任何一种可能的研究程序,这种方法并没有它的独到、特别之处。

诚然,比较方法不过是人们用来鉴别事物的优劣真伪、更好地把握事物本质的一种普遍使用的方法,是任何严肃的科学研究都离不开的方法,并非比较文学的独创,也非比较文学所专有。问题在于,比较文学并不等于文学比较,并非任何运用比较方法来进行的文学研究,都是比较文学。

那么,什么是比较文学中"比较"一词的真正意义呢?我们不妨引用一段曾经为当今世界许多人所认可的关于"比较文学"的定义,然后再来寻求这一问题的答案。这一定义中关于比较文学"超国界"的提法不够完善,我们在后面再来讨论。它的基本提法是正确的,因为它总结和概括了百年来,特别是第二次世界大战以来国际比较文学的实践,在全面地表述了比较文学的基本内容定义中,我们可以看出,这里的"比较",并不是限于一般方法论的意义,而是一种建立在两重意义之上的观念:一是一国文学与另一国文学之间或多国文学之间的比较;二是文学与人类其他表现领域之间的比较。

前一个意义的比较,指的是跨越国家范围而进行的比较研究。后一个意义上的比较,指的是跨越学科范围的比较研究。由此可见,"比较"的真谛,在于跨越和打通既定的界限;比较文学的本质在于它是一种跨界限(民族、国家的界限和学科界限)的这样的文学研究并不是一开始就有的,只有当人们对世界文学有所了解,感到在民族文学范围或文学本身范围之内进行的研究,不足以说明问题,不足以得到令人满意的结论的时候,便要求打破这两种界限,在更广阔的领域中进行新的探索。这时的比较,意味着冲决既定的界限,意味着进行新的探索。所以,自比较文学诞生以来总是表现出一种开放的意识,不断要求突破成规,从广度和深度上,开拓新的领域门类新兴学科,它也就形成了自己的一个重要特征——开放性。现在它的视野不受时间与空间的限制，不同民族、不同国家、不同时代的文学可以在可比性的条件下纳入自己的研究视野；也表现民族文学之间相互尊重、相互理解、相互吸收的人文精神，共同为实现人类文学发展的美好前景做出自己的贡献。

二、比较文学的定义

任何一门学科都是随着人们的研究实践和认识水平的发展而发展着的，因此，对于学科的界定也应不断进行调整，以反映当前的实际。比较文学也是如此，就拿前面引用的雷马克定义来说，它表现了20世纪五六十年代人们对比较文学的认识，如今就感到它有调整的必要。譬如其中关于跨国界的提法，并不是很准确的，随着比较文学的发展，这种提法的局限性更为明显，有必要加以修正。首先，文学具有民族性，比较文学的兴起原是为了突破民族文学的界限，在不同民族的文学之间进行比较研究。而"国家"主要是一个政治的、地理的概念。国家并不等于民族，一国之内的居民可以是同一民族，也可以是不同民族。因此一个国家的文学可以是一个民族文学，也可以由多个民族文学组成。其次，国家界限具有历史的限定性，往往随着政治状况的变化而变化，民族则具有稳定性。再次，文学是一种语言艺术，是人类的一种显现在话语含蕴中的审美意识形态。语言是文学的第一要素，语言又是民族的首要特征。在大多数情况下，跨民族界限往往与跨语言界限密切地联系在一起。

随着比较文学的发展，特别是近年来东西方文学比较研究的大力开展，人们进一步认识到，不同文化体系的人们具有不同的思维模式，因此，在同一文化体系内各民族文学之间进行比较研究得出的结论，不一定适合异文化体系的文学实际。为了推进比较文学的发展，必须进行跨文化体系的研究。跨文化，不仅意味着超越民族文化，更意味着超越文化体系。当前，许多具有远见卓识的西方学者都感到跨文化体系比较研究的必要。美国学者昆斯特在他的《亚洲文学》一文中说，"亚洲的作品应该用来作为我们狭隘设想的矫正剂"，通过亚欧文学的比较研究，建立"一种真正全面的文学理论"。美国比较文学界的权威维斯坦因原先反对在不同文化体系的文学之间进行比较研究，后来他改变了这一看法，而且为自己过去那种偏狭观念深感后悔。这些主张与理论就不应该继续被界定和局限在一个特定的文化传统内。总之，从跨民族的比较研究进入到跨文化体系的比较研究，意味着对于比较文学真谛的更深层的把握。由于早期的比较文学研究主要局限在欧美国家，也就是在"欧洲－西方文化体系"内进行，跨文化的问题没有引人注意。但是当今的现实和人们认识的改变,使跨文化的问题尤为突出。

关于文学与其他艺术门类的关系,文学与社会科学、人文学科以至自然科学之间的关系,早已有人研究,不过那时未曾有人把它划归比较文学。在学科、边缘学科、综合学科的兴起已成大势所趋的情况下,这种跨学科的文学研究也受到重视,比较文学的开放性更使它发挥自己的特长,拓宽了这一新的研究领域。在这方面,雷马克的看法是正确的。他认为,为了"更好、更全面地把文学作为一个整体来理解,而不是看成某部分或彼此孤立的几部分文学",最好的方法"是不仅把几种文学互相联系起来,而且把文学与人类知识与活动的其他领域联系起来,特别是艺术和思想领域;也就是说,不仅从地理的方面,而且从不同领域的方面扩大文学研究的范围"。

这种跨学科的文学研究,既可以研究文学与其他学科之间互相影响、互相渗透的关系,也可以超出这种直接联系而研究它们之间的互相阐发关系,为的是更好地揭示文学作品的内在蕴涵和文学发展的规律。基于以上认识,我们认为,把比较文学看作跨民族、跨语言、跨文化、跨学科的文学研究,更符合比较文学的实质,更能反映现阶段人们对于比较文学的认识。

这样来界定比较文学,简明扼要,直指要害,指明了它的"文学研究"的基本属性,突出了它的"跨越性"这一本质特征。但是这样的表述过于简单,有必要对它作进一步说明。

第一,"跨民族、跨语言、跨文化、跨学科",这四个方面是对比较文学作为一门学科的总体的全面的概括,而不是指具体的研究实践。在具体的研究实践中只要涉及其中的一个方面,就进入了比较研究的领域,不可能也不应该要求每一项研究、每一个研究课题都达到"四跨"。

第二,这四个"跨"具有广泛的含义,既是指比较文学的研究视野,也是指比较文学研究对象的一个必备的特性,同时也可以指比较文学的特殊视角和特殊方法,甚至是评论者的心态。比较文学就是这样一门开放性的学科,它把各种跨越性的文学现象,放在世界文学的平台上,用一种国际的眼光、宽容的胸怀、平等的态度,来分析它们之间的关系,评论它们的价值和特点。

第三,在四个"跨"当中,除"跨学科"外,其余三"跨"是互相联系的,而且在内容上有所重叠,但各有所指。民族文学一般来讲是以民族语言为媒介的,所以跨民族的文学往往同时就是跨语言的。但是一种语言为多个民族使用的情况并不少见,譬如阿拉伯语言为中东地区许多民族共同使用,英语为英国、美国、澳大利亚、加拿大等国的民族使用,西班牙语、法语、德语的情况也类似,语言的使用范围有时要大于民族的范围,所以,从这个意义上讲,跨民族与跨语言又并不相等。

三、走向世界文学

为什么会产生以及为什么要进行这样一种具有开放性和跨界限特征的文学研究呢? 这是历史发展和文学研究自身演变的必然结果。早期的文学研究,不论是西方的还是东方的,主要都局限在国别文学与民族文学的范围之内,因为那时世界市场尚未形成,交通工具和通信工具也不够发达,人们的活动,包括文化交流,都受到种种限制。在这样的情况下,人们不可能形成全球眼光,文学研究也没有超越民族界限的可能性与必要性。近代以来,随着西方资本主义的发展,世界市场的形成,以及交通工具、通信工具的空前发达,国际政治经济文化的交流日益频繁,人们的眼光由国家民族扩大到地区,再扩大到全球,文学的发展也打破了民族的界限和局部的交流,逐步向着世界文学的方向前进。

在此之前,伟大的德国诗人歌德也看到东方文学的成就,有感于当时的国际文学交流而发出过这样的预言:"民族文学在现代算不了很大的一回事,世界文学的时代已快来临了。"

到了 20 世纪,特别是第二次世界大战之后,科学技术突飞猛进,信息化的时代随之到来,交通工具、通信工具实现了现代化,整个地球已经连成一个整体,被人们看作"地球村",世界经济也已走向国际化、整体化。在这样的情况下,尽管人类仍然区分为各个民族,分别居住在不同的国家之中,但是他们比以往任何时候都更深切地感到相互之间的密切关系。闭关自守的状况早已打破,各国人民的命运在许多方面休戚与共,世界正以其错综复杂的又是整体的面貌呈现在人们眼前。进入了"全球化"的时代,文化的发展来到了多元共存的时代,与此同时,人们的思维方式也发生了很大的变化,全球意识和综合性思考,成为当代人思维方式的重要特征。

历史向我们预示:从民族文学走向世界文学,已是大势所趋。时代需要一种打破传统界限、具有广阔视野的文学研究。比较文学正以其开放性和综合性的特性而发挥其所长,变得空前活跃起来。由此可见,比较文学的兴起和发展,是时代的需要,历史的必然。从这个意义来认识比较文学,我们可以说,比较文学是从民族文学走向世界文学的通途和桥梁,是一种立足当代、面向未来、立足民族、面向世界的新型的文学研究。

"世界文学"的概念可以有多种解释,然而,在马克思和歌德的心目中,"世界文学"是他们对文学未来的一种远瞻,指的是人类文学将发展到一个新的理想的历史阶段。在人类历史上,民族之间、国家之间、地区之间曾经受到种种条件的限制而分散割裂,相对独立,文学的情况也不例外。马克思和歌德高瞻远瞩,展望了一个新的时代。从民族文学到世界文学,这是人类文学史的伟大进步。

在世界文学的时代,民族文学是否存在? 或者说民族文学的差异是否存在? 学者们的看法并不一致,他们对马克思和歌德的观点也有不同的解释。不过,在我们看来,世界文学与民族文学并不互相对立,也不互相代替。世界文学就像一支全球性的大合唱,民族文学就是其中的各个不同的声部。各民族的文学发挥其特色和功能,构成一个丰富多彩的和谐的世界文学整体。那时,各民族文学之间互相隔离的状况已经消除,各民族文学互相影响,互相吸收,互相促进,共同为世界文学的繁荣兴旺做出自己的贡献。它们之间会存在统一性,但不会合成一体。很难设想会出现一种抽象的架空的世界文学。就像开了各个声部就不存在什么大合唱一样,离开了民族文学也就不存在世界文学。

文学的民族特性是在长期的历史过程中形成的,而且以一定的文化背景为依托,因而,具有相当的稳定性。各民族文学又由于其不同的传统、不同的生存条件和不同的文化背景而形成各自的独特性和相互之间的差异性。民族文学的价值正是以其独有的民族特色,亦即它们之间的差异性为前提的。正是这种差异的存在,各民族文学之间才有互相借鉴、互相学习的可能,才使世界文学呈现出一派五彩缤纷的局面。消除了这种差异性,也就是消除了民族文学的独特性,其结果就等于消除了民族文学,那时,世界文学更无从谈起。

众所周知,民族文学的情况相当复杂,它们有不同的文化背景,分属于不同的文化体系,而不同文化体系的人们之间,在思维方式、价值观念、行为准则、审美心理等方面,都有很大的差异。不同文化背景下产生的文学之间可以互相借鉴、互相吸收,但是它们之间的差异不可能消除,它们之间的矛盾也必然产生。近年来,随着东西文学比较研究的广泛开展,比较研究已经跨越文化体系而在异质文化之间进行。这时,文化差异与文化冲突的问题,势必比以往任何时候都显得更加突出,也更加引人注目。

文化差异和文化冲突问题已经成为当今世界的一个热门话题,有的学者甚至把世界上发生的一切问题都归结为文化冲突,预言这种冲突将给人类带来灾难性的后果。早在第一次世界大战期间,德国人斯宾格勒在他的《西方的没落》一书中,发表过这类悲观主义的论调。1993 年,美国政治学家亨廷顿发表长文《文明的冲突》，用这种观点来解释冷战后的世界局势，忧心忡忡地谈论文化冲突的未来。这些都是西方学者有感于当代世界中出现的种种难题而做出的悲观主义的预言。我们当然相信人类对于自己的命运完全握有主动权，悲观主义的结论并不是历史的必然。但是，文化差异和文化冲突的存在以及这种冲突可能产生的后果，确实值得注意。如何避免灾难性的冲突而使异质文化向着互补互惠的方向发展，也是值得关心和值得探讨的重要课题。

文化差异带来民族文学之间的碰撞和冲突，本是不可避免的。怎样对待这种碰撞和冲突，将对文学发展产生莫大的影响。历史证明，一切强制的做法都是无效的，只有平等互惠的文化交流才是正确处理这种冲突的最佳途径。通过交流，通过对话，把文化冲突引向沟通与理解，引向互补互惠，从而发扬它们之间的合作关系，避免和尽量减少消极的甚至是悲剧性、灾难性的后果。

文化交流要求有平等的态度和真诚的对话。为使对话得以进行，更要求有能互相沟通的、双方都能理解的话语，寻找这种共同的话语，却是历史上未曾进行过的，因此也是十分艰难的工作，而这正是比较文学之所长。对文学来说，就是要在讨论过程中，对自身文学体系进行整理，深入研究对方文学的特点，以便设法调整对话方式，使对方易于了解和接受。另外，还必须研究术语的翻译介绍，双方历史发展的问题，不同文化社会背景的探讨，等等。

为了进行文学交流，各民族文学的代表都要以世界文学为背景，以他种文学为参照系，在比较之中重新认识自己，更好地了解他人，以便发扬自己优秀的东西，借鉴与吸收他人的对自己有用的东西。当前正是文化交流空前频繁的时代，我们要引进、吸收和学习外国的东西，同时也要走出国门，为世界文学做出贡献。我们要在比较研究中揭示民族文学的特性，向世界展示它的价值，我们也要在比较研究中了解各国文学的精华，给我们的借鉴活动找出一些可遵循的规律。

比较文学还要探讨人类文学的共同规律。一切文学研究的目的都是为了探讨文学创作、文学活动、文学历史等一切文学现象的特点和规律。早期的比较文学理论家曾经提出"总体文学"的概念，原意是指文学的问题、原则、源流、运动等，是诗学和美学的总称，实际上就是文学理论、文学基本原理的研究，不过它要求从多国的文学现象中来探讨一般规律。在这个意义上，它与比较文学是互相联系的。如前所述，"比较"的实质就在于它能打破各种界限,首先是打破国家、民族、语言的界限,把文学视为一个整体,从这样的角度来研究文学现象,探讨其中的规律,而这同样是总体文学所追求的途径和目的。正如钱钟书所说:"比较文学的最终目的在于帮助我们认识总体文学乃至人类文化的基本规律。"然而,人的认识能力和认识水平受到种种限制,文学理论的发展史也说明,人们只能在自己所处的文化背景和种种条件之下,根据自己的认识范围和认识水平来进行研究,求取结论。时代的差异、国情的差异、意识形态的差异,造成了各国的、各个时期的文学理论,不论在观念、方法上,还是在术语上,都有很大的差别。

新的时代呼唤着比较文学这样一门新的学科,赋予它历史使命,比较文学也将在完成这个历史使命的过程中不断向前推进。

第三节 比较文学的学科定位

作为一门年轻的学科,比较文学的百年征途,可谓踉踉跄跄、坎坷不断。一个世纪以来,她既像一个无家可归、无人可要的"浪子",不断地在"寻根",在寻找自己的归宿。更像一个"一直处于不断地自我反省与疑虑前程的那种近乎病态的渴望之中"的病人,始终在"可有"与"可无"的边缘上徘徊。"危机说"伴随左右,"消亡说"不绝于耳。究其根源,就在于对比较文学的学科定位上一直存在着较大的争议,就在于对比较文学的名称与实质这样一个似乎十分简单的问题,至今无法得出一致的结论。1984 年,美国学者威斯坦因在《加拿大比较文学评论》上发表的论文《我们:从何来,是什么,去何方》恰到好处地表明了比较文学界普遍困惑的心态,以及重新寻求方向和归宿的企图。

一、实证主义定位

作为一门新兴的、独立的、边缘性的学科,比较文学是在法国诞生的。在法国学派占统治地位的时代,比较文学的定义是"文学"的。在法国比较文学研究的领域中,文学的主体地位是牢固的、不容动摇的,比较文学的"文学"方向是明确的,比较文学研究的"文学"轨道是没有偏离的。而法国学派各位领军人物关于比较文学的论述,对比较文学所下的定义,都是围绕着"文学"这条主线来加以进行的。

(一)梵·第根的定位

梵·第根(1871—1948)既是法国比较文学的领袖式人物,也是法国学派最具代表意义的人物之一。他为比较文学所下的定义,以及对比较文学学科的定位,至今仍有指导意义。这正如美国学者威斯坦因所言,我们"有理由用第一本法国的入门书,即梵·第根的《比较文学》作为出发点和历史准绳。"

梵·第根认为,"一个清晰明确的比较文学概念首先意味着一个清晰明确的文学史概念,而比较文学就是文学史的一支。"

梵·第根还认为:"真正的'比较文学'的特质,正如一切历史科学的特质一样,是把尽可能多的来源不同的事实采纳在一起,以便充分地把每一个事实加以解释;是扩大认识的基础,以便找到尽可能多的种种结果的原因。总之,'比较'这两个字应该说摆脱了全部美学的含义,而取得一个科学的含义的。而那对于用不同的语言文字写的两种或许多种书籍、场面、主题或文章等所有的同点和异点的考察,只是那时我们可以发现一种影响、一种假借,以及其他等,并因而使我们可以局部地用一个作品解释另一个作品的必然的出发点而已。"

梵·第根为比较文学所下的定义,清晰地表达了以下几个层面的涵义:(1)重实证。即通过采纳尽可能多的、来源不同的事实来研究文学,实证主义的影子随处可见。(2)重联系。法国学者一贯尊崇比较文学研究重事实联系的原则,而对于那些缺乏事实联系的审美分析则不予采纳。(3)重跨越。即强调比较文学是对用两种以上的语言文字写成的文学所进行的研究。(4)重辨析。即强调比较文学研究在于考察不同语言文学之间的异同。(5)重影响。即通过实证、联系、跨越和异同的辨析发现不同语言文学之间的"一种影响"。

(二)卡雷的定位

在法国比较文学的行列中,马里耶·卡雷(1887—1958)也是一个举足轻重的人物之一。他对比较文学理论的深入探索,以及对比较文学学科的深刻理解,尤其是他为比较文学所下的定义,迄今为止一直被学术界公认为法国学派最有代表性的定义。

卡雷指出:"比较文学是文学史的一个分支。它研究在拜伦与普希金、歌德与卡莱尔、瓦尔特·司各特与维尼之间,在属于一种以上文学背景的不同作品、不同构思以至不同作家的生平之间所存在过的跨国度的精神交往与实际联系。"

与梵·第根的定义相比,我们发现,卡雷的定义将对比较文学的理解表述得更为清晰:(1)重申了比较文学是文学史的一个分支,即坚持比较文学的"文学性"不动摇。(2)强调了比较文学所研究的是"不同文学背景"下的不同国家和民族文学之间的联系,即进一步加大了比较文学研究的"跨越性"比重。(3)突出了比较文学是一种在"跨国度"前提下的文学研究,以及比较文学的"跨国界性"特征。(4)倡导了比较文学研究所强调和重视的是被研究对象之间的"实际联系",即明确了比较文学研究的"实证性"色彩。

在比较文学的定义史上,在法国比较文学的定义说中,卡雷的贡献无疑是最为突出的。这不仅在于他的定义明确地表明了法国学者对比较文学学科的认识和理解,牢固确定了比较文学的特殊研究领域,同时也在于他的定义确定了比较文学作为一门独立学科的基础,即把比较文学从单纯的文学史的研究中分离出来,进而开拓了一个新的文学研究领域,赢得了独立的、仅仅以"研究"为宗旨的学科地位。与此同时,卡雷所极力倡导的研究文学之间的"实际联系"也成为后来法国学派的主要论点之一。而卡雷所提出的把不同国家文学之间的"跨国度的精神交往与实际联系"作为比较文学研究重心的论点,则在国际比较文学领域首次鲜明地提出比较文学的"跨越国界说"。比较文学定义的"跨越国界说"是法国学派对比较文学领域所作出的重大贡献之一。

(三)基亚的定位

在法国学派的几个重量级的领军人物中,马里奥斯·法朗索瓦·基亚(1921—   )也是一个不容忽视的重要人物。与梵·第根和卡雷两位学者的以重证据、重联系、重跨越为主要特色的定义相比,基亚为比较文学所下的定义,就显得更为冷静和更为包容一些,从而在相当大的程度上表现出一种十分强烈的客观色彩。

基亚认为,"比较文学就是国际文学的关系史。比较文学工作者站在语言的或民族的边缘,注视着两种或多种文学之间在题材、思想、书籍或感情方面的彼此渗透。"

基亚又认为:"比较文学并非比较。比较文学实际只是一种被误称了的科学方法,正确的定义应该是:国际文学关系史。"

从基亚的定义中,我们可以清楚地梳理出以下几个方面的含义:

(1)他把比较文学定位为国际文学关系史。这就把比较文学从过去研究国别文学的单一层面中剥离出来,使其上升为研究各国文学之间的相互关系的一门新兴学科。(2)他在定义中虽然没有谈及前两位学者所涉及的"跨越"一词,但其定义中"边缘"与"渗透"的表述似乎更贴近比较文学的中枢,更能代表比较文学学科的基本特性。(3)他所强调的比较文学并非比较一说,把比较文学学科与一般的比较方法论严格区别开来,从而消除了当时学术界不可一世的对比较文学的误解和诋毁,澄清了比较文学与比较方法的关系。

通过对上述三位代表人物定义说的列举和分析后,我们便可以对法国学派的比较文学定义做出以下的特征判断:

1. 重视文学史研究

从梵·第根和卡雷所提出的"比较文学就是文学史的一支",到基亚所发扬光大的"比较文学就是国际文学的关系史",我们都可以感觉到法国学者对文学史的偏爱。

2. 重视事实联系研究

从梵·第根所倡导的"把尽可能多的来源不同的事实采纳在一起,以便充分地把每一个事实加以解释;是扩大认识的基础,以便找到尽可能多的种种结果的原因,"到卡雷所提出的研究"不同作品、不同构思以至不同作家的生平之间所存在过的跨国度的精神交往与实际联系,"乃至基亚所强调的"注视着两种或多种文学之间在题材、思想、书籍或感情方面的彼此渗透,"都把"放送者"与"接受者"的因果关系看作比较文学的重要内容。

3. 重视以跨越为前提的研究

从梵·第根所坚持的"对于用不同的语言文字写的两种或许多种书籍、场面、主题或文章等所有的同点和异点的考察,"到卡雷所主张的比较文学是对"一种以上文学背景"的不同民族文学的研究,及至基亚所认为的"两种或多种文学之间在题材、思想、书籍或感情方面的彼此渗透",法国学者的"跨越"思路已十分明显,"跨国界"的学术特征也就此而显露出来。

4. 排斥审美分析研究

从梵·第根所倡导的"'比较'这两个字应该说摆脱了全部美学的涵义",到卡雷所提倡的只看重"精神交往与实际联系",以及基亚所关注的"在题材、思想、书籍或感情方面的彼此渗透",我们足以看到法国学派的定义在实证主义道路上的"一意孤行",从而既把文学研究所必不可少的审美分析拒之门外,也将那些虽具备可比性的,但没有他们所认为的"实际联系"的作家和作品的审美批评加以摒弃。

应当指出的是,尽管法国学者的定义在"影响研究"的旗帜下,过于崇尚实证主义,过于强调事实联系,从而淡化了文学研究的审美分析,在一定程度上使比较文学研究变得缺乏生气,但文学的本体内涵并没有丧失,文学的主导地位也并没有因此被动摇,这又是法国学者对所奠基的比较文学学科的一大贡献。

二、平行和跨学科定位

由法国学者所奠基的比较文学就这样以其鲜明的"文学性"和"实证主义"特色而占据了国际比较文学的制高点,由法国学派所创建的比较文学就这样不容怀疑地支配了比较文学将近一个世纪的时光。多少年来,人们似乎已经习惯了这种实证主义的研究模式,人们似乎已经认可了这种只有事实联系而没有美学分析的研究方法,人们似乎认为只有这样的研究才是比较文学,人们似乎从未料想过会有人站出来对如此强大,如此霸气的法国学派提出挑战,发起反叛。

然而,反叛还是出现了!

那是在第二次世界大战结束后,在世界经济和文化高速发展和高度繁荣的条件下,人们发现,由法国人所奠基的比较文学并没有与时代的发展同步,而是显得有些陈旧,有些落伍了。法国学者对比较文学的认识显然已经无法适应比较文学发展的实际需求了。时代在变,形势在变,观念在变,思维也在变,作为一门新兴的学科,比较文学的变革也在所难免。

1958 年 9 月,在美国举行的国际比较文学协会第二届学术会议上,异军突起的美国学者便开始向法国人的统治地位发起挑战。其间,著名学者韦勒克(1903—1995)向大会宣读的论文《比较文学的危机》既被看作美国学派的宣言书,也由此而成为美法两大学派之间的那场旷日持久的定义论争的导火索。

在对法国学者的定位提出严厉批评的同时,美国学者提出了自己关于比较文学的新观点、新思维、新理解。随着美国学派的崛起,世界比较文学研究的格局也发生了重大变化,对比较文学的认识也由"跨国界"转向了"跨学科",比较文学正是从这时起便逐渐脱离了文学的轨道而走上了比较文化的"歧途"。关于这一点,从美国学派各位代表人物对比较文学所下的定义上就可见一斑。

(一)奥尔德里奇的定位

美国人对法国学派的反叛是从强调比较文学的第二次"跨越"——跨学科起步的。这其中,身为美国学派代表人物之一的奥尔德里奇(1915—2002)功不可没。针对法国人以实证主义为基础,以跨越国界的文学关系为主要研究内容的定位,奥尔德里奇针锋相对地指出:

比较文学并不是把国别文学拿来一国对一国进行比较,而是在研究一部文学作品时,比较文学提供了扩大研究者视野的方法——使他的视野超越国家疆域的狭隘界限,看到不同国家文化的倾向和运动,看到文学与人类活动其他领域之间的关系……简而言之，比较文学是从超越一国民族文学的角度或者从其他一门或几门知识学科的相互关联中，对文学现象进行研究。

相对于法国人对比较文学的论断而言，奥尔德里奇的这段论述绝对称得上是一个具有颠覆意义的定义。虽然在跨越国界的问题上，奥尔德里奇与法国学者在认识上取得了大体上的一致，但其跨越的目的和范畴却大相径庭。虽然他也承认比较文学是跨国界研究，但在他的理解中，跨国界只是比较文学研究的一部分，而重点则在于比较文学的"跨学科"性。法国学者的比较视野是文学，而美国学者的比较视野却跨越了文学界限而延伸到了文化。对于多年来独霸天下的法国学派来讲，美国人的举动无疑是一次叛逆；对全球比较文学研究而言，这无疑是一场前所未有的革命；而对比较文学的发展和繁荣来说，这无疑又是一次巨大的促动。

（二）雷马克的定位

在美国学派对法国学派的反叛大军中，亨利·雷马克（1916—2009）是一个不能不谈的人物。他不仅是美国比较文学的领军人物之一，同时也是美国比较文学定义说的最典型的集大成者。他为比较文学所下的定义，不仅集中代表了美国学派的观点，体现了美国学者对比较文学的理解，而且至今仍在国际比较文学领域产生着巨大而深远的影响。

在著名论文《比较文学的定义和功用》中，雷马克指出：比较文学是超越一国范围之外的文学研究，并且研究文学与其他知识及信仰领域之间的关系，例如艺术、哲学、历史、社会科学、自然科学、宗教等等。

这是一个在国际比较文学界掀起巨大冲击波的定义；这是一个在国际比较文学领域激起强烈反响的定义；这是一个对全球比较文学产生巨大影响的定义；这是一个"因为这一定义带来的种种后果"而使其本人在过去的20余年中"多次深感窘迫"的定义。而他所谈及的那个"后果"就是日后波及全球的"泛文化"倾向。从雷马克的这个最具"美国性"的定义中，我们可以看出他所认识的比较文学是一种建立在两重意义之上的理念：

（1）比较文学是一国文学与另一国文学之间或与多国文学之间的比较。（2）比较文学是文学与人类其他表现领域之间的比较。首先，比较文学不再是文学史的一支，而是一种文学研究。这样就包括了文学研究的三个重要的方面：文学史、文学批评与文学理论。从而进一步把比较文学从文学史的局限中解放出来。其次，文学研究的对象和范围扩大了，既包括对跨国界的有"事实联系"的文学关系的研究，也包括无事实联系的跨国界的文学研究，还包括对文学与其他学科的比较研究。这代表了大多数美国学者的意见。再次,重视文学与其他学科领域之间的比较,把文学同人类知识与活动的其他领域联系起来,并认为只有这样的比较才是系统的,只有这样才算是比较文学。

因此,雷马克的定位就实现了两个层面上的跨越:(1)跨越了国家的界限。(2)跨越了学科的界限。从这角度上看,比较文学绝不是一般意义上的比较,而是带有前提的比较。这个比较意味着跨越和打通:从地域观念上,跨越和打通国家和民族的界限;从学科领域上,跨越和打通文学与其他学科的界限。只有在这两种情况下进行的比较研究才是比较文学。因此,比较的真谛在于跨越和打通既定的界限;比较文学的本质在于它是一种跨越界限的文学研究。总之,比较文学绝不是简单的"文学 + 比较",而是以跨越为首要前提的,以开放为主要特性的,兼顾文学与其他更为广泛的知识领域关系的文学研究。

还应当指出的是,尽管雷马克的定义尚有诸多不完善之处,而且还因此曾经在国际比较文学界引发了泛文化的"不良倾向",尽管当年极力倡导"跨学科研究"的雷马克在世纪尾声对自己为比较文学下的定义所"带来的种种后果"曾"多次深感窘迫,"但这位美国定义的集大成者并没有因此而放弃自己的主张。乃至几十年后,他仍然坚持认为:1961 年,我们心中的目标和我们今天所敦促的目标一致:通过把各种文学现象与最基本、最密切相关的其他艺术进行系统比较,与其他人文学科,包括历史学、历史编纂学、哲学、心理学、宗教和神学等,然后与社会和社会科学,再后与自然和自然科学进行系统比较,相互砥砺,促使我们更清楚地,而不是模糊地理解各种文学现象。

(三)其他学者的定位

雷马克的定义抛出后,不但在国际比较文学界一片哗然,就是在自己的阵营里也引起不小的争论。针对雷马克所言"只有在把文学以外的领域作为确实独立连贯的学科来加以研究的时候,才能算是'比较文学,",威斯坦因(1925—)指出:"雷马克建议把这一归属尚未确定的无人之地纳入比较文学的范畴,完全是出于好心的假定,"因为"雷马克所引用的一些例子说明,这种观点在方法上是站不住脚的。所以,他认为,"作为比较学者,我们现有的领域不是不够,而是太大了。"

正是基于以上考虑,威斯坦因从自身的理解出发,对"什么是比较文学"进行了如下定位:比较文学既可研究哲学、历史、艺术,也可研究文学演变史和批评史,不过主要的是以文学为中心,凡是与文学有关的各个方面,都可列入讨论范围,可是与文学无关的科目则不应作为研究对象。

与雷马克的无限扩大外延的定位相比,威斯坦因的修补在一定程度上纠正了美国学派"跨学科"定位的偏差,使其得以在文学的轨道上,在与文学相关领域中的比较中实现自己的初衷。

在对法国学派的反叛和对雷马克定位的修正过程中,韦勒克也发挥了重要作用。他指出:在文学学术研究中,理论、批评和历史互相协作,共同完成中心任务:即描述、解释和评价一件或一组艺术品。比较文学,至少在正统的理论家们那里,一直回避这种协作,并且只把"事实联系"、来源和影响、媒介和作家的声誉作为唯一的课题。现在它必须设法重新回到当代文学学术研究和批评的主流中去。因为一直囿于方法和方法学的讨论,冒昧地说,比较文学已成为一潭死水。所以,文学研究如果不下决心把文学作为不同于人类其他活动和产物的一个学科来研究,从方法学的角度说来就不会取得任何进步。因此,我们必须面对"文学性"这个问题,……

在这段论述中,韦勒克对法国学派实证主义研究方法的抨击溢于言表,而其中对"文学性"的一再强调,在某种意义上也是对在"跨学科"的道路上越走越远的雷马克定位的一种回应和修补。

即便存有诸多的缺欠和不足,美国学派的观点仍比较符合比较文学学科发展的需求,进而得到了很多国家学者的赞同。而美国学派所高举的"平行研究"的旗帜,则在倡导"跨学科研究"的基础上,使比较文学研究跨出了纯文学的天地,开阔了研究领域,给国际比较文学界带来了一股清新的气息。

十分有趣的是,在美国学派的"平行"和"跨学科"定位的影响下,日后崛起的一些年轻的法国学者的观点也发生了倾向于美国学派的明显变化。

如布吕奈尔(1939—)就认为:"比较文学是从历史、批评和哲学的角度,对不同语言间或不同文学间的文学现象进行的分析性的描述、条理性和区别性的对比和综合性说明,目的是为了更好地理解作为人类精神的特殊功能的文学。"这与早期法国学派的学者们所提倡的观点,显然已有了很大距离。

三、历史比较定位

19 世纪的俄罗斯,是文学上的高产时期。在并不算漫长的 100 年中,在这片神奇的土地上,令人瞩目地涌现出一大批世界一流的伟大作家和优秀作品,一时间成为世界文坛上广为传诵的佳话。19 世纪的俄罗斯文学之所以能够结出如此丰硕的果实,除了时代因素、环境因素和作家自身的主观因素外,文学理论的高度繁荣同样不容忽视。

（一）维谢洛夫斯基的定位

一般认为,"真正把比较文学作为一门学科来研究,并为它的发展奠定基础的是亚历山大·尼古拉耶维奇·维谢洛夫斯基。"是"他借鉴并发展了西欧比较文学研究的理论和方法,形成了具有俄国特色的比较文艺学研究。"

维谢洛夫斯基(1838—1906)是彼得堡大学教授,70年代起就在该学校开设总体文学的讲座。在他的努力下,俄国于19世纪末形成了文艺学研究中的"历史比较学派",维谢洛夫斯基为该学派的代表人物。他的比较文学成果,以及对俄罗斯比较文学的贡献和影响使其成为俄罗斯的比较文学之父。

维谢洛夫斯基还认为:"生活事实彼此是互相依存的,经济条件引出相应的历史制度,它们共同制约着这样或那样的文学活动,并且无法将它们彼此分开。"

因此,虽然维谢洛夫斯基也强调追本溯源,进而流露出与法国学派相一致的研究倾向,但他在更多的情况下所看重的却是广阔的历史背景,即在广泛地考察了文学及文学现象以及该文学现象的历史背景和历史发展轨迹的基础上,在历史的比较中完成所应进行的文学研究。

（二）聂乌波科耶娃的定位

苏联时期,在比较文学界出现了一大批从事比较文学研究的著名学者,正是经过他们的承前启后和不懈的努力,在国际比较文学领域,在法美两大学派外,才形成了又一个影响较大的学派——俄苏学派。聂乌波科耶娃(1917—1977)就是这个行列中比较有代表性的人物之一。

关于比较文学,聂乌波科耶娃阐述了自己的独特见解。她认为:"文学联系的两种类型'接触'或'类似'不是仅仅通过两种或几种文学的直接交流或间接交流进行的,而是通过统一的世界历史进程联系的。这一研究领域,不仅要求对那些有某种密切关系的文学史有渊源的知识,而且要求敏锐的美感,有调节艺术创作心理的才能。"

从聂乌波科耶娃的这段阐释中,我们可以感受到以下层面的含义:(1)继承了维谢洛夫斯基所开创的历史比较传统,再次强调对历史进程的了解和对文学史的掌握在文学研究中的作用。(2)虽然不是俄苏学派"类型学"的创始者,但在其论述中,"类型学"已初露端倪。

（三）日尔蒙斯基的定位

一般认为，苏联比较文学最重要的代表人物是著名的语言学家，苏联比较文学的奠基人，苏联《简明文学百科辞典》"比较文艺学"条目的撰稿人日尔蒙斯基(1892—1971)。

在日尔蒙斯基的定义中，我们至少可以梳理出以下论点：(1)继承了法国学派的某些观点，即"比较文学是文学史的一个分支"。(2)遵循了美国学派的某些观点，将研究的范围由文学拓展到文化。(3)提出了自己独到的见解，即"文学过程的类型学的类似和'文学联系和相互影响'，通常两者相互作用，但不应将它们混为一谈。"由此可以看出，日尔蒙斯基对比较文学的看法依然是从人类的社会历史发展的共同过程所具有的规律性和一致性为出发点，以历史地比较研究各民族文学为基本前提的。在此基础上，他提出了"类型学"这一全新的观点。

（四）跨文化定位

20 世纪后半期，国际比较文学领域中最鼓舞人心的一件大事就是中国比较文学的复兴。比较文学自 20 世纪 70 年代末在中国复兴之日起，如今已经走过了 30 余载的岁月。这是中国改革开放的 30 年，也是中国比较文学复兴的 30 年；这是中国文化走向世界的 30 年，也是中国比较文学走向成熟的 30 年；这是中国经济飞速发展的 30 年，也是中国比较文学高度繁荣的 30 年。当我们回首往昔，对中国比较文学所走过的复兴脚步进行寻觅之时，会发现这样一个现象：中国比较文学已经走过了 30 余年的复兴历程，但"定位"却始终是一个"悬案"。如果说国际比较文学界曾经为此争论了一个世纪，困惑了一个世纪的话，那么中国的学者们也为这个"古今中外对话的大课题"而摸索了 30 多年，寻求了 30 多年。

1.跨国界说

在中国比较文学走向复兴的历程中，在有关比较文学定义的论证中，法国定义的"跨国界说"无疑有着不容忽视的影响。换言之，中国比较文学的复兴在相当大的程度上是从借鉴法国学派的理论基础上起步的；中国比较文学学者们对比较文学理论的认识，对比较文学定义的认识，对比较文学学科的认识，与法国学派的"跨国界说"在相当大的程度上有着千丝万缕的血缘关系。

何谓比较文学？曾以《管锥编》而一举吹响了中国比较文学复兴号角的老前辈钱钟书(1910—1998)先生认为："比较文学，作为一个专门学科，则专指跨越国界和语言界限的文学研究。"而中国比较文学的另一位老前辈季羡林(1911—2009)先生也认为:"比较文学就是把不同国家的文学拿来加以比较。"两位前辈的话都表达了对比较文学定位的一个共同的认识,即比较文学首先要跨越的就是"国界",这同法国学者所倡导的"跨国度"研究一脉相承。

在中国比较文学"定义"的历史上,最能代表"跨国界说"的有以下两种:

1984 年,卢康华(1931—)、孙景尧(1943—2012)在所著的《比较文学导论》中指出:比较文学是超越国界和语言界限的文学研究,是研究两种或两种以上民族文学彼此影响和相互关系的一门文艺学学科,它主要通过对文学现象相同与殊异的比较分析来探讨其相互作用的过程,以及文学与其他艺术形式和社会意识形态的关系,寻求并认识文学的共同规律,目的在于深刻认识民族文学自己的独创特点(特殊规律),更好地发展本民族文学乃至世界文学;它是一门有独立的研究对象、范畴、目的、方法和历史的文艺学学科。

1986 年,陈挺在所著的《比较文学简编》中也有类似的阐述:通常说的比较文学是狭义的,即指超越国家、民族和语言界限的文学研究,主要研究两种或两种以上民族文学之间的相互关系,两国或两国以上文学之间的互相影响,找出它们之间的异同,通过这些关系、影响、异同的研究,认识各民族文学各自的特点,探索文学发展的共同规律。

与法国学者的"跨国界"理论相比较,中国学者对比较文学的理解,既有相同点,又有相异处。从中国学者的论点中,我们既可看到他们对法国学派理论的借鉴,又可看到他们在借鉴的基础上所表现出来的独特认识。在对比较文学"跨国界"方面的看法上,中国学者与法国学者理论如出一辙。但是,中国的学者们并没有将认识的起点简单地停留在借鉴的层面上,而是将比较文学"跨越"的领域向外扩展开来,即由对"国界"一个领域的跨越拓展为对"民族"和"语言"的跨越。这样,就使比较文学由法国人所倡导的跨国界研究扩充为跨国界、跨民族、跨语言的文学研究,这无疑前进了一大步。

2. 跨学科说

法国学派的跨越国界的定位于 20 世纪中叶被异军突起的美国学派所打破。法国学派所坚守的比较文学是"文学史的一支"的纯文学阵地也受到了美国学派的攻击。美国人的反叛不但动摇了法国人在比较文学界多年的统治地位,也在国际比较文学界掀起一场大规模的定义之争。正是这场轰轰烈烈的论争,使比较文学的定位一举突破了原有的范畴而具有更为宽泛、更为灵活的内涵。跨越学科的定义是美国学派对国际比较文学研究的最大贡献,给国际比较文学界注入了一股清新的气息。

这是 80 年代初期,乐黛云(1931—　)在《中国大百科全书·外国文学》卷中对比较文学的定位:比较文学是"文学研究的一个分支,它是历史地比较研究两种以上民族文学之间互相作用的过程、文学与其他艺术形式以及其他意识形态相互关系的学科。"

这是 80 年代后期,乐黛云在其主编的《中西比较文学教程》中对比较文学定义的丰富和完善:比较文学是一门不受语言、民族、国家、学科限制的开放性的文学研究学科,它从国际主义的角度,历史地比较研究两种以上不同文学之间的关系,文学与其他学科之间的关系。

（五）矛盾与起因

100 多年来,比较文学就是这样由一个矛盾进入到另一个矛盾,由一个危机步入到另一个危机,由一个困惑走向另一个困惑。最令人们大为不解的是:作为一门已经独立了多年的学科,比较文学为什么至今在最基本的定位问题上还无法得到一个相对稳定、相对准确的答案? 为什么很多学者为其所下的各种定义到头来不是难以自圆其说,就是在某些方面还显得十分的混乱不清? 矛盾何在? 原因何在? 归纳起来,大致如下:

第一,比较文学是一门十分年轻的学科。虽然就自身来讲,100 余年的历史已不算短暂,但一旦与其他历史久远的学科相比,比较文学就显得是那么的年轻,那样的幼小,在相当多的领域中还没有得到完善。就是说,比较文学正处在迅速成长、不断发展和不断构建的过程之中。这就决定了它至今还不能说有一个较为完整稳定的学科体系,至今不能完全受定义的限制的一个基本原因。从比较文学 100 多年来的发展历程来看,当学者们在某一特定的时期内为它下了一个相对"准确"的定义后,其内涵马上又随着时代的发展而被突破,外延也因此而得到极大的扩展,所下的定义不是显得单一,就是显得残缺;不是无法涵盖比较文学的学科意义,就是遭到了学术界的否定。

第二,比较文学是一门研究范围十分广泛的学科。作为一门边缘性学科,比较文学特有的边缘性,与其他学科的交叉性,同时也决定了其外延的伸展性。由于从事比较文学研究的学者们在学术视野、研究角度和研究范围上各有千秋,他们对比较文学学科在认识上也存在着很多分歧。如法国的学者们就坚持实证主义的传统研究模式,侧重于研究民族文学之间的相互影响,强调以事实联系作为研究的对象,不赞成对没有事实联系的文学现象进行比较研究,甚至认为找不到事实联系的,没有因果关系的比较就不是比较文学。而美国的学者们则截然相反,他们不但主张在各国文学之间对任何具有可比性的问题都可以进行比较研究,甚至提出要把研究的范围扩大到文学与其他学科的关系上,进而使比较文学的学科领域由文学扩展到了文化,并由"此在"全球范围内引发了比较文学"泛文化"的高潮。

第三,比较文学是在名称上和与其所代表的实质内容上不完全相符的学科。很多学者都认为,比较文学是一个用错了名称的学科。很多学者们也曾试图用新的名称取代比较文学的称谓但未果。这种由约定俗成所酿成的名与实的错位给人们对比较文学的理解带来很大的随意性。另外,由于各国文字中在含义上的不同,对比较文学定义的理解也往往大相径庭。仅就"文学"一词而言,它所包含的意义就十分广泛。既可单指一般意义上的文学作品,也包括文学史、文学批评和文学理论。而在"比较文学"学科领域中,"文学"的实际含义则只是指文学研究这一项而言。在中国语言文字中,"文学"的范畴又专指诗歌、小说、散文和剧本等创作出来的文学作品。文字上的不同含义不但会造成理解上的不同,还可能由此而产生更大的分歧。因为比较文学不是一种文学,不是一种语言艺术实体,比较文学也不只是一种研究方法,它并非等同于用比较方法来研究文学。比较文学还包括跨文化、跨学科研究等很多内容。比较文学还会涉及文学与自然科学、社会科学,以及艺术等其他许多学科的方方面面的关系。

第四,比较文学是模糊性较强的一门边缘学科。众所周知,一切边缘学科都是以原有学科的相邻点作为其生长点而发展起来的。这样就使得它与其他学科的界限具有不确定性和模糊性,在研究的范围上与相邻的学科也有不少交叉和重合的地方,因而很难划出一个明确的界限和明确的范围。而比较文学又是与其他学科交叉点、重合点较多的学科。面对同一个学科,人们的理解和认识往往南辕北辙,在学术界也常常有否定了对方的定位,但自己的定义也漏洞多多的现象产生。其具体表现是:都说别人的定位不准确,但在别人的眼中,自己的定位也不见得那么完备;都说别人所搞的研究不是比较文学,但在"他者"的立场上看,自己所从事的研究也未必就那么正宗。这种否定与被否定的局面就这样延续至今。

第五,比较文学是在很多具体问题上仍需"清理"的学科。尽管在比较文学的定义之争中,学者们在跨越国家、文化、民族和语言,以及学科界限等方面取得了认同,但是在一些具体的问题上仍然没有清晰的界限,其中最为典型的就是对"国家"与"民族"的界限如何来区分。因为在人类数千年的文明史上,"国家"与"民族"的界限是经常发生变化的。"话说天下大势,分久必合,合久必分",《三国演义》开篇的这一妙语再准确不过地道出了"国家"的不稳定性。而"民族"的概念也同样如此,中国南北朝时期南北方均为不同的民族所统治,以后才逐渐融为一体。这种国家与民族的不稳定性,常常给我们的比较文学定位带来很大的麻烦。至于当代的国家与民族的变动就更难处理。

尽管对比较文学的定位之争如此激烈,尽管比较文学的学派如此众多,但随着时间的推移,随着各流派、各学者之间对不同见解的相互吸收,世界各国学者之间的意见也逐渐得到了大致的统一。《韦氏新世界辞典》对比较文学的解释是:"各国文学之间的比较研究,着重研究各国文学之间的相互影响,以及各国文学之间对相类似的体裁、题材等的各自处理方法。"《法国百科全书》的理解是:"比较文学研究的主要问题是不同语言、不同文化的文学之间的关系。它必须把文学看作是人类文明的共同财富,对各民族的文学一视同仁,不带丝毫偏见。"

综上所述,通过百余年的发展和论争的历史演变,比较文学作为一门不受语言、民族、国家和学科限制的开放性学科已经在学术界牢固确立了它的学科地位。而比较文学是一种跨民族、跨语言、跨文化、跨学科的文学研究的定位已经得到了国内外绝大多数学者,尤其是得到了中国学者的认可。虽然用比较文学一词来表述这门学科还不那么十分准确,进而日后在名称与实质的问题上还可能会产生许多误解,但它从全球的角度出发,在更高的视野上研究不同文学之间的关系,文学与其他学科之间的关系,并且在世界文学的大背景下,通过比较来探讨各民族文学的特点和世界文学发展的共同规律的内涵也已经在国际比较文学领域达成了广泛的共识。

第四节 比较文学的学科特征

一、比较文学的学科特征

当我们了解到比较文学的学科定位之后,下一个应当面临的就是比较文学的学科特征问题。但是,由于比较文学在定位上的巨大争议性,因而造成了其学科定位上的模糊性,这种模糊性也决定了比较文学在学科特征上的不确定性。那么,究竟什么是比较文学学科的主要特征呢?答案依旧无法统一。有人认为可比性"是比较文学最本质的特点。没有可比性,比较文学这一学科就成了无源之水,无本之木,失去了存在的基础。"也有人认为"开放性是比较文学的最根本的特征。"还有人认为除了开放性和可比性之外,比较文学的宏观性和理论性同样不可忽视。真可谓仁者见仁,智者见智。

（一）可比性

当我们进入比较文学领域之时,首先要解决的一个重要课题就是所研究的文学现象是否具备"可比性"。对此,有中国学者这样认为:没有可比性,比较文学就仿佛是建立在沙丘之上,本身就没有存在的可能性和存在的必要。可比性是比较文学学科的理论根基,是关系到这一学科能不能建立、能不生存的大问题。

谈到"可比性",美国学者乔纳森·卡勒也认为:"如果我们要想对比较文学的性质作一理论上的探讨,那么我们就必须弄清楚,文学研究中比较的前提是什么,亦即可比性的本质是什么。可比性是这门学科发生重大转变的内在原因。"

由此可见,"可比性"的确是比较文学学科理论建设的一个重要问题,是对不同国家、不同民族的文学现象进行比较时首先要确立的原则问题。比较文学从它产生的初期,从人们所进行的影响研究、平行研究,到今天的阐发研究和接受研究等,"可比性"都是研究的关键问题。特别是在全球多元文化时代,"可比性"问题变得越来越突出。

针对比较文学的可比性问题,中国的学者们也纷纷加入了讨论的行列,表明了自己的看法。有学者认为"比较文学的可比性,实质上就是使影响研究与平行研究得以有效实施并获得科学认识的研究法则。具体地说,就是通过对影响类型、影响流传途径和影响接受方式的事实考证,或通过对类同与对比的分析、综合解释,以求得被比对象间的同源性或同类性的内在规律和新的科学认识。"

还有学者认为:"人们往往把文学现象之间的相似之处当作了可比性,这是一种误会……从相似性到可比性,其间还有一段距离,还有许多问题需要考察。"因为,"表面上的相似,不一定具有多高的研究价值,表面上风马牛不相及的事物有时却存在着内在的可比性;单纯地着眼于相似性,或者停留在相似点的表面罗列,比较研究就会流于肤浅,甚至导向错误。"

一般而言,在比较研究中,有因果联系、事实联系、血缘关系的文学现象之间,其可比性比较容易发现。如古希腊文学与罗马文学、中国古代文学与日本文学、西方近现代文学与中国文学、俄罗斯文学与中国现代文学等等,其事实上的联系,其影响与被影响的因果关系,以及蕴藏其中的文学血脉等是完全可以通过事实上的考证挖掘出来的,其可比性是清晰的,这样的比较研究是最具说服力的,这样的研究成果也是不容怀疑的。

但是,一旦当我们把比较的视角延伸到那些无因果关系、事实联系、亲缘血脉的文学现象时,其可比性就不那么容易被辨认,其比较研究的难度就加大了。尤其是当一些以"X 与 Y"为主要特色的比较研究成果出现后,其处境就更为艰难,其比较研究的可信度就更加受到人们的质疑,或者常常遭到人们的攻击。不是被说成不是"比较文学",只是"比附文学";就是被说成不是"比较文学",只是"文学比较";不是被降格为"浅层次比较",就是被戏称为"阿猫"比"阿狗"。有的学者甚至一针见血地把这种现象称之为"投机取巧者的学术避风港"和"中国比较文学界的一块心病。"究其原因,一方面有些人的确被表面的相似现象所迷惑,因而迫不及待地就进入了"拉郎配"式的比较。而另一方面则为视角问题。在"比较文学"这个宏观的大背景下,每个人所从事的研究领域,所研究的对象,所采用的研究方法和所观察问题的角度都会不尽相同,进而就会形成你看我不顺眼,我瞧你也不舒服的窘迫局面。如果本来就站在与对方的观点相左的立场上,在审视和评价对方的时候就很可能产生一些偏颇。

其实,尽管寻找因果关系的可比性易,辨认无因果关系的可比性难,但在无亲缘关系的文学现象之间仍存在着内在的不容否定的可比性。虽然它们有时难以辨认,有时还会遭到人们的误解,但世界各民族的文学在历史发展过程中所产生的类似的文学现象,如神话、寓言;类似的文学形式,如诗歌、散文、小说。而比较文学的可比性所探讨的,就是对文学之间或者文学与其他知识领域之间所存在着的这种相互关系。比较文学的可比性所要达到的目标或要完成的任务,就是确定不同文学间或文学与其他学科间的"同源性""同类性"或"对比性",从而为具体的操作提供可行性的依据。只有这种"可比性"才具有更为广泛而深刻的含义,才使比较文学显示出显著的、与众不同的特征。

(二)开放性

如前所述,比较文学是一种"跨民族、跨语言、跨文化、跨学科"的文学研究,这就决定了它的前提就是跨越,即跨越国家和民族文学的界限,在全球文学的背景下比较各民族文学的异同,鸟瞰世界文学的发展规律,这一其他学科所未曾拥有的跨越视角就决定了比较文学的开放性特征。

关于比较文学的开放性特征,可以从三个层面加以理解:

(1)取消了界限。在比较文学的领域中,既没有时间和空间的限制,也没有作家之间地位高低的限制,更没有作品价值大小的限制。与传统的文学研究相比,从空间上,国家和民族的界限被取消了,人们不再拘泥于一国文学的狭窄范围,而显示出极大的灵活和自由。各国之间的文学,包括文学传统、文学现象、文艺思潮等,只要具备比较文学的"可比性"原则,都可拿来进行比较研究。从作品的价值上看,各国作家的作品,在"可比性"的原则面前一律平等。如荷马史诗既可以同印度大史诗比较,也可以同北欧史诗相比较。从时间上,开放性使比较文学包含着空前的时间跨度。莎士比亚不再局限于16世纪的英国,我们可以拿过来同早于他30多年的中国作家关汉卿作比较。同样,17世纪的英国诗人约翰·多恩也可跨越时空,与20世纪的法国诗人保尔·瓦雷里站到一起。从作家的地位上,比较文学也取消了传统的"等级制度"的界限。狄更斯和巴尔扎克同为世界一流的大文豪,他们之间可以比较。歌德是世界文坛上的大作家,在比较文学的原则下,也可以同都德这样在地位上并不相称的作家进行比较。

(2)拓宽了视野。比较文学的产生是文学研究领域的一场巨大的变革。与传统的文学研究相比,比较文学研究的内容显得更为丰富,研究视野也显得更为宽泛。在传统的世界文学研究中,学者们关注的焦点往往是作家和作品的分析、鉴赏和评论。中国文学如此,外国文学也不例外。于是,在传统文学的研究成果上,作家论、作品论、人物论等传记著作、传记文学、作品鉴赏、人物赏析等比比皆是,屡见不鲜。有时会随着某种文艺思潮的兴起将文学研究的重心转移到作家,有时,又由于另一种文学浪潮的产生而转向作品。它除了作家、作品和人物外,还将读者纳入其中。既强调了影响研究,又注重了接受研究;既看重作家作品等主观世界,也不忽视读者等客观世界。

(3)更新了方法。比较文学的研究方法,主要以比较分析为主,这与传统的文学研究在方法上表示出基本的一致性。但是,比较文学在坚持传统研究方法的同时,又大量采用系统归纳、审美评论、历史考证、哲学反思、图表统计、社会调查等诸多方法,使研究的途径更多,研究的手段更丰富。与传统的文学研究的另一个不同的是,比较文学由于其前卫性和边缘性,还具有迅速接受新思想和新方法的敏锐和自觉。不仅人文科学和社会科学中的新方法会被立即衡量和考评,就是自然科学中的新方法也会很快被比较文学迅速"拿来",为我所用。

(三)宏观性

由于比较文学所实现的是一次大规模、大幅度的"跨越",因而无论是学术视野,还是研究领域都是宏观的、广阔的。而这一切同样是与以跨越为前

提的开放性紧密相连的。正由于此,宏观性就成为比较文学的第三个主要特征。对此,我们同样可以从三个方面加以阐释:

(1)由于跳出了以往民族文学研究中的狭窄的范围,突破了传统文学只局限于纵向研究的一元化模式,比较文学就可以站在一个较高的视角上观察和比较各种文学现象,以及不同国家、不同文化、不同语言的文学在发展过程中的异同,使比较文学具备了传统文学研究所不曾有过的宏观性视野。在这个学术制高点上,我们近者可以俯视中国文学与周边国家文学的交往历史,远者可以将中国文学在世界文坛的坐标图尽收眼底。起点高了,视角就变得开阔了;视野开阔了,发现问题、观察问题和分析问题的角度就变得冷静而客观了。

(2)由于比较文学并不局限在一种文化模式之内,而是对两种或多种文化和文学现象进行有意识地比较,因此,即便对某一细小的文学现象和文学技巧,也能给予宏观的比较和剖析。面对同一部文学作品,在传统的一国文学模式内,我们只能得出单一的文学结论。而当我们站在比较视野的宏观角度上,重新审视该作品时,就可以避免一些不应有的偏见,克服长期以来文学研究中的孤立和封闭的弊病,使研究者们能认识到过去所不曾认识到的许多新问题,或者从新的角度看出了某些老问题的新意义和新价值,给人一种"更上一层楼"之感。对文学作品的研究如此,对文学人物和艺术手法的研究也不例外。

(3)由于比较文学是在不同国家文学相交往的毗邻地带上生长起来的,所以,它不但可以填补各国文学之间的空隙,而且还能通过比较,将割裂的世界变成一个融合的世界,使文学研究在世界文学的整体系统中进行,从而深化了对现象的认识,改变了传统文学研究的局面,能收到更为准确和令人信服的效果。可当我们实现了跨越,站在两个或多个民族文学的毗邻地带俯视它们的时候,所看到的或许是以前未曾见到的画面,所得出的或许是过去所不敢想的结论。而随着比较文学的不断发展,其外延也在不断延伸,并且从文学扩展到文化,扩展到同哲学、宗教、心理学、伦理学、艺术、自然科学等领域的比较,用这样一种宏观的视角构建起来的立体文学大厦,自然是传统的文学研究所无法实现的。

(四)理论性

比较的终极目标是什么?并非是仅仅在两个或两个以上不同民族和国家的文学中发现了可比性,也非仅仅通过比较找到了不同国家和民族之间文学的共同点和不同点,更非仅仅通过比较阐明了不同国家和不同民族的文学之间所存在的继承、渊源、反响、媒介等事实。作为以理论为核心,以理论探索为主要内容的研究学科,比较文学研究的最终目标是通过对两个或两个以上文学现象的研究后,使其上升到一个新思维、新视角、新观念指导下的理论高度,从而使人们对文学的民族性和总体性,对世界文学的规律性有一个更清晰的理论上的认识。正是从这个起点出发,比较文学才将关注的目光,将研究的焦点主要集中在文学与诗学、美学、史学、伦理学、心理学、哲学、宗教学、人类学等文化学理论的比较上,才会将比较的触角延伸到文学与自然科学上,才会对现代主义,尤其是后现代主义理论表现出极大的热情,才会将后殖民主义、东方主义、文化相对主义、女性主义、阐释学、结构主义、解构主义、接受理论和符号学等都纳入比较文学的范畴。但是,比较文学的理论性并不排斥对实践的探索。

关于比较文学的基本特征,国内学者们的看法并不统一。除了上述特征外,有的学者还从发展的角度出发,总结出比较文学的边缘性、跨界性和包容性等特点,令人耳目一新。

二、比较文学的相关领域

作为一门模糊性和边缘性都很强的交叉学科,比较文学不但至今其学科的定位没有得出一个明晰的答案,就是在与之相毗邻的一些学科领域的关系上也纠缠不清。这既是这门学科的魅力之所在,也是这门学科的弱点之所在,因为它为支持它与反对它的人同时提供了武器。

（一）国别文学

这是与比较文学相邻且又很容易与比较文学相混淆的学科。

什么是国别文学？这个问题上,比较文学界的看法并不一致。有人主张国别文学应当以"国家"的概念来界定,即"国别文学是指按国家这样的政治概念相区别的文学,例如,中国文学、英国文学、美国文学等。"因为"国家是一个政治实体,国别文学是研究一个国家之内的文学问题。这种按照政治概念来区别的文学,是把某种文学严格限制在某一特定的政治地域之内,即国家之内。"按照这种观点,国别文学就与主张跨越的比较文学似乎没有什么大的关联。还有人主张国别文学应当以"语言"的概念,即从与比较文学有关联的角度来界定。这样,国别文学便是指那些形成比较文学基础的基本单元。

如果某个国家是由单一的民族组成,问题就可迎刃而解。因为在这个国家里,其民族的文学就等同于国家文学,国家的语言就是民族的语言。如英语语言、法语语言、德语语言、西班牙语语言等。所以,仅仅用语言来确定文学的国别显然是不合适的。假如这样,我们就无法界定英国文学与美国文学、加拿大文学及澳大利亚文学的界限,也无法确定德国文学与奥地利文学等的界限。与此同时,在一些多民族的国家中,语言的界限往往又小于国家的界限。其中最为典型的是中国。中国是一个由几十个民族组成的国家,除了汉语言外,还有朝鲜语、蒙古语、藏语、维吾尔语等几十种民族语言。在这种情况下,单靠语言是不能界定国别文学的界限的。

然而,事情并非就这么简单。纵观20世纪后半期世界上的风云变幻,东巴基斯坦顷刻间变成了孟加拉。南斯拉夫顷刻间分裂成塞尔维亚、克罗地亚、斯洛文尼亚、黑山和马其顿。至于拥有世界上最庞大版图的苏联也在很短的时间内"解体",被十几个国家的名称所取代。剧烈的变更,令从事比较文学的人目瞪口呆。本来就是一个国家内的(国别)文学,其文学性质并没有因国家的分裂而发生改变,为何一夜内就成了两个国家的文学了呢? 在如此窘迫的情境下,"跨民族"一说就派上了用场。

他们认为:文学研究只要跨越了民族界限,比较文学研究就可能成立;虽然跨语言是衡量比较文学研究成立的标示,但有时不跨语言,比较文学研究也可以成立;比较文学在不跨国界的情况下,同样可以完成跨民族、跨语言与跨文化的多元研究;在一个民族范围内,没有跨语言、跨文化、跨国界,文学与相关学科的比较研究也属比较文学。

按上述说法,汉族文学与藏族文学的比较就可进入比较文学的视野,因为它们既跨越了民族,又跨越了语言,还跨越了文化。英国文学与美国文学的比较尽管并没有跨越语言,却既跨越了国界,又跨越了民族,同时也跨越了文化。

由此可见,国别文学尤其是民族文学与比较文学的关联是十分紧密的。由于比较文学研究首先要超越的是国家或民族的界限,所以,民族文学是比较文学研究的前提和基础。而厘清民族文学与国别文学的关系则是前提的前提、基础的基础。一个人要想从事比较文学研究,就必须要熟悉两种或两种以上的民族文学,就是说,比较文学的研究离不开民族文学,在任何时候,都必须把民族文学作为自己的出发点,通过比较研究把各国文学相互联结起来。

(二)世界文学

这是又一个与比较文学相邻且又很容易与比较文学相混淆的学科。

世界文学的概念是由德国大诗人歌德提出来的,其用意在于从世界的范围内加强各国家、各民族文学的广泛交流,在平等、和谐的气氛中建立一种人类共享的文学。而后,随着世界文学的发展,比较文学的产生,对"世界文学"的含义也出现了多种层面的解读。

(1)综合说。即世界文学是人类产生文学以来世界所有民族文学的"一个伟大的综合体。"而国别文学则只是这一庞大肌体中的组成部分。既然是各民族文学的总和,那么无论这些作品的地位高低、价值大小、影响与否深远,均可视为世界文学大家族中的一员。在世界文学这面旗帜下,它们是平等的。从这个意义上看,这个层面的含义已经与比较文学相接近。但是,世界文学却无法等同于比较文学。"比较文学往往探讨两个国家,或不同国籍的两个作家,或一个作家和另一个国家之间的关系。而它与比较文学最大的差别就是没有从比较的角度去进行研究。还有,民族文学是世界文学的组成单位,而每一个民族的文学都是以其特有的个性存在于世界文学之林的,失掉了民族文学个性的世界文学是不可能存在的,而比较文学的目的恰恰不是为了溶解个性,而正是为了弘扬个性。

(2)经典说。即"世界文学主要研究经过时间考验,获得世界声誉并具有永久价值的文学作品。"像荷马、但丁、塞万提斯、莎士比亚、莫里哀、歌德、雨果、巴尔扎克、狄更斯、果戈理、托尔斯泰、海明威、卡夫卡等作家及其作品。这些作家和作品由于在文学史上取得了经久不衰的地位,已经成为人类所共有的宝贵的文学财富而在世界文学史上保持着不朽的魅力。但是,它们也只能是"世界文学"研究,而非比较文学研究。因为它们只是在文学进程的长河上纵向流淌的一条线,没有任何横向联合的,尤其是东西方大跨度的"比较"意识。而比较文学则重在比较,在这个独特的领域中,它对每一位作家的研究,对每一部作品的评析,都不是在孤立的情况下进行的,而是把它们放在比较的大背景、大环境下,在一种立体的、交叉的、透明度极高的氛围中来进行的。另外,比较文学讲究平等,它要研究的范畴也并非仅仅是经典作家和经典作品,它对那些看似价值不高,影响不大的作家和作品也要涉猎。

关于比较文学与世界文学的差异,美国学者将其归纳为两点:第一点,程度差异。也就是指在时间、空间、质量和感染力等方面的差异。第二点,本质差异。比较文学强调跨学科,而世界文学则没有。比较文学强调比较要有系统性,而世界文学则没有。

(三)总体文学

这是第三个与比较文学相邻且又容易与比较文学相混淆的学科。

1931年,法国学者梵·第根在他的《比较文学论》一书中提出了总体文学一说。他认为,民族文学、比较文学和总体文学代表着三个联结的层次。民族文学只局限于一国之中,比较文学所探讨的是两个国家之间的文学现象,而总体文学则专门研究三个国家以上的文学现象。

美国学者用"墙"这个词对梵·第根的总体文学说进行了一个形象的比喻,即"民族文学是在墙里研究文学,比较文学跨过墙去,而总体文学则高于墙之上。"这一带有很鲜明的人为色彩的划分一经提出,很快就在学术界引起巨大的争议,同时遭到很多人的强烈反对,其中以来自美国学者的批评最为强烈。

韦勒克指出:"我们怀疑梵·第根试图区别'比较'文学和'总体'文学的尝试能够取得成功。据他说来,'比较'文学限于研究两种文学之间的互相联系,而'总体'文学关心的是席卷几种文学的运动和风气。这种区分肯定是站不住脚而且难以实行的。"

韦勒克认为:"人为地把比较文学同总体文学区分开来必定会失败,因为文学史和文学研究只有一个课题:即文学。"所以"'比较'文学和'总体'文学之间的人为界限应当废除。"

雷马克也指责道:"像他那样把比较文学规定于限于两个国家的比较研究,而两国以上的研究则为总体文学,这不是武断而机械吗?为什么理查逊和卢梭的比较算是比较文学,而理查逊、卢梭和歌德的比较就算是总体文学呢?难道'比较文学'这个术语就不能包括任何数目国家文学的综合研究吗?"

关于总体文学,中国学者也有自己的看法,他们认为"总体文学的原意是指文学的问题、原则、源流、运动,是诗学或美学的总称。"中国学者的宗旨是,尽管比较文学强调的是理论,但其外延却远远大于理论。正是从这一点上,比较文学与总体文学显示出了明显的区别。一般而言,总体文学主要研究各民族文学中共同存在的、带有普遍性和规律性的文学现象。而比较文学则重在比较,既注重于求同,更着眼于求异,并且在贯彻始终的、自觉的比较意识中将作为整体的文学与其他学科相交叉、相渗透,进而在一种更为广阔的文化背景下鸟瞰各国及世界文学的发展历程。

三、比较文学研究的意义

初涉比较文学领域的人,所提出的第一个问题大多为"什么是比较文学?"而所发出的第二个疑问即是"为什么要学习比较文学?"换言之,学习比较文学究竟有何用?这既是初学者所面临的问题,也是比较文学在学科建设中所必须要解答的问题。

比较文学是第一个打通了国家、语言、民族、学科和文化的界限,并且以跨越为前提的边缘学科。它的产生在 20 世纪世界文学研究领域引起了一场革命。

(一)开阔了文学研究的视野

世界各民族的文学在发展的过程中并不是孤立的、隔绝的,而是以在相互继承、相互吸收、相互影响的基础上不断走向繁荣的。在世界文学的长河中,在这个庞大的、漫长的而又复杂的系统工程中,比较文学起着其他学科所不可忽视与不可替代的作用。

例如,每当我们研究一个作家、一部作品、一个人物和一种文学现象的时候,都会不自觉地发现很多似曾相识的东西,发现所研究的作家和作品在题材、人物、情节和表现手法上同国内的和国外的一些作家和作品乃至文化现象有着千丝万缕的联系。这就促使我们不得不沿着时光的隧道,对这些渊源和外来的影响进行探究。在探究的过程中,我们会更深一步地了解到,在文学的继承与发展中,哪些有机的营养被保存下来了?哪些不适合于本民族文学的因素经过滤后被扬弃了?哪些外来的养分经过创造性地"误读"后被吸收、被同化,成为本民族文学的有机养分了?在继承与发展的过程中,本民族的文学具有哪些独创性?等等。

同时,为了全面评价一个作家、一部作品和一个人物的价值,我们不得不去考察它在国外的流传与影响。有时,为了更好地挖掘作品的意义和贡献,必须拿它与某部外国作品相比,因为只有在比较之中才能显示出它的特性与价值。而比较文学研究正是顺应了文学研究上的这一需求。它打破了过去那种单一的思维方式,扩大了文学研究的思维空间,开创了从两种或多种文化体系观察文学现象、总结文学规律的新角度,从而深化了人们对文学现象的认识,使我们有可能站在人类文化的制高点上,用宽广的视野来透视文学现象,以杜绝过去的偏见,克服孤立的研究倾向,取得文学研究的新突破。

(二)拓宽了文学研究的领域

作为"文学史"的一个分支,比较文学就是从对文学史的研究起步的。即由研究国别史开始,拓展到研究不同国别文学间的各种历史联系。这本身就已经冲破了国家的界限,把文学研究的领域由传统的一国扩展了两国或多国,从而为文学研究开拓出一条康庄大道。

传统的文学研究是纵向的、单一途径的,往往由于缺少横向的比较而使许多研究领域陷入僵局,或走进死胡同苦于无路,或因方法过于陈旧而没有进展,或因目光过于狭隘而成井底之蛙。而比较文学的横向性和多元性则给许多处于"绝境"的研究领域注入了新鲜的血液,带来了新的思维、新的角度和新的方法,给人一种绝处逢生之感。

仅以中国文学而言,比较文学能使我们从世界文学的宏观角度上,对中国的古典文学、现当代文学、文艺理论乃至语言学的研究进行一番改头换面的审视和反思。对我们的成就、我们的影响、我们的地位、我们的不足、我们的发展方向有一个清醒的认识。尤其应当指出的是,当比较文学打破时空的界限,突破了"欧洲中心主义"的藩篱,将东西方文学乃至文化的比较纳入其中,使东西方文学之间的比较研究呈主流之势之后,比较文学的研究就出现了更加崭新的局面。

(三)加快了文化交流的步伐

世界各民族的文化是流动的,是在流动中不断更新,不断向前发展的。而比较文学的边缘性和开放性同时也决定了它与各民族文学之间的交流性。一部比较文学的百年发展史,其实就是一部各民族文学和文化的交流史。这正如有学者指出的那样:"比较文学的研究属于文化交流的范畴。"各国文学之间的异同就是通过比较揭示出来的,各国文学独立发展的道路和相互影响的规律也是通过比较才总结出来的。

比较文学不但为本国文学的发展提供了横向借鉴,也使本国文学走出了封闭,走向了开放,融入世界文学的大潮之中。从这个意义上讲,比较的过程,就是与他国文学进行交流的过程。两国或两国以上的文学进行比较的过程,同时也是其文化进行交流的过程。因此,比较文学研究对促进各国间的文化交流有着积极的推动作用。比较文学研究能有助于认清本民族与其他各民族文化的特点,并在此基础上进行更为广泛的交流。

(四)突破了传统的教学模式

在比较文学的学科领域中,还有一个不容忽视的环节:教学研究。

传统的教学模式是单一的、纵向的、"独木桥"式的。多少年来,无论是中国古代文学、中国现当代文学,还是外国文学的教学,均为"各人自扫门前雪""老死不相往来"。随着国门的开放、思想观念的更新、视野的拓宽,学生们已越来越不满足于这种封闭式的知识传授,而时代的发展也不允许这种封闭式的教学再存在下去。于是,教学内容的更新、教学模式的更新就成为一项十分严峻的课题。

比较文学的兴起,则一举将人们从封闭的教学环境中解救出来。它的时代意义不仅仅在于开设了比较文学这门课本身,而在于它把比较文学的方法引进了高等院校其他各学科的教学之中,进而引发了教学方法和教学模式上的一场革命。在这场巨变中,无论教师还是学生都从那座独木桥上走了下来,跨上纵横交错的立交桥。从影响研究到平行研究;从主题学研究到形象学研究;从译介学研究到文类学研究;从中西神话到中西美学;从中西小说到中西戏剧;从文学到文化;从单一学科到跨学科、跨文化。

第九章　比较文学的重要领域

第一节　文　　学

最初的比较文学是从神话和民间文学的比较研究开始的,后来扩大到作家、作品,以至于文学思潮、文学理论等的比较研究,形成一些特定的研究领域,有了文类学、媒介学等名词。再往后,又出现主题学、比较诗学、形象学等。这里的所谓"学",指的是各个研究领域的学问,不是学科。20 世纪60 年代以来,影响研究和平行研究的壁垒已经打破,所以,这里所说的"学",是撇开研究类型而单就其研究内容、研究特点、研究方法而言的。

一、什么是文类学?

比较文学中的"文类学",指的是对于文学形式的各个种类(kind)和类型(genre)以及对于文学风格的比较研究。在比较文学提出对这一领域的研究之前,文类的研究往往局限在一个民族文学的范围内。通常的做法是从历史的角度研究一个文类产生和演变的过程。这样的研究对于许多有关文类的现象往往关注不够或解释不力。比较文学跨民族、跨文化、跨学科、跨语言的性质使得文类的研究也具有了类似的跨越性。于是,从国际的角度、在不同民族文学的大范围内研究文学,便成了文类研究的新角度、新视野。这样,采用比较文学的方法研究文学类型的设想就迅速变成了现实,并形成了相当的规模。这一研究文类的学问就是现在所说的"文类学"。

那么,什么是文类,或者说文学体裁? 对此,古今中外的学者都做了论述。美国著名学者哈利·列文认为,文类就像一座教堂、一所大学、一个国家,它不仅有特定的外在形式,而且有内在的制度。传统的观点把确定文学类型仅仅看作一种分类的方法。这种观点必然要对不同的文类做出人为的界定,然后把文学作品分门别类纳入不同的文类之中。18 世纪中期之后,有人提出了一种与之针锋相对的观点,即文学无法分类,只能做出解释。他们认为有些文学作品是很难纳入那些既定的文类之中的,况且类型本身也在发生变化,所以类型没有明确的界限。伏尔泰在《论史诗》中开宗明义地说:

"几乎一切的艺术都受到法则所累,这些法则多半是无益而错误的。"这里,他所指的虽然是关于艺术的一般原则,但显然也包括了关于文类的理论。然而事实上,文类在相对的意义上是存在的,还有人提出最好把文类看作"典型"(type)而不是"种类"(class)的观点,因为"种类"强调的是一般性、共同性,而"典型"强调的是个别性、特殊性。这样看,文类不仅可以随时代的变化而变化,而且它的界说也不必固定。

从目前的趋势看,传统类型理论所提供的分类方法因为过分僵硬而显得陈旧过时,但承认类型的存在仍旧是学者们进行文类研究的前提。许多学者主张以变化发展的观点来看待文类的概念,并且提出较为全面、灵活的分类原则,即以作品的"外在形式"和"内在形式"为依据来进行文学分类;以"家族相似"来解释类型的观点。这是一种颇有希望的类型理论。但人们发现这一理论存在的弱点是过分强调外在的相似且忽略了历史的考察。他们提出,造成这些相似的基础是传统,这样,就把历史的方法和共时的方法结合起来。

二、文类学的研究内容和方法

(一)文类学的研究内容

比较文学是一门跨民族、跨文化、跨学科、跨语言界限的文学研究学科,那么,比较文学中的文类学则当然应当以比较研究各国和各民族文学中的类型、体裁、风格的同异及其相互关系,以及比较研究各种文类理论批评与文类实用批评为重点。对于文类学的研究内容问题,迄今仍无明确而统一的界定。

1. 文学的分类

文学作品的分类是文类学研究中最具体、最基本、最实用的课题。中外的文学分类研究都有很长的历史,但在分类问题上各国学者至今仍然莫衷一是,缺乏较为清晰的分类原则与分类方法。亚里士多德是西方最早力图对文学做出分类的学者。他的三分法曾经在相当长的时间里被西方学者接受。后来的学者虽然从不同的角度进行过各种文类的划分,但大都离亚里士多德的分类法不远。例如霍布斯先把人类的活动分成三个区域:宫廷、城市和乡村,然后提出英雄诗、谐谑诗、田园诗三个类别与之对应。可以明确地看出,他并没有提出什么全新的见解;达拉斯总结出的三个类型:戏剧、故事和歌曲也在亚里士多德的范围内。现代西方的文类理论大多把文学分成小说、戏剧、诗三大类。

文学类型划分的差异,根本原因在于各国学者对文学类型的性质认识不同。因此,对文学进行分类牵涉到对文学类型的界说或特征描述。这就构成了文类学研究的第一个内容。

2. 文学体裁研究

文类学研究的第二个内容涉及文学体裁划分标准的比较,其跨国界、跨民族的传播和演变,各国各民族文学体裁的异同及其演变等等。

文学体裁划分的标准在世界各国的文学研究中同样存在着混乱。针对这种现象,美国比较文学界的权威维斯坦因提出按照心理学标准、文学作品的预期效果、题材、形式与内容等方法来区分体裁。

"缺类"现象是文类学的一个重要研究对象,它指的是一种文类在一个国家或一个民族文学中有,而在另一国或另一民族文学中则没有。在中外文类比较中,这种"缺类研究"提出了一系列引人入胜而又众说纷纭的问题:中国古代有没有大规模的叙事诗? 中国有没有西方那样的史诗? 中国戏剧为什么产生较晚? 中国到底有没有悲剧? 如果有,悲剧在中国的地位为什么远没有希腊悲剧那样的崇高? 在这种研究中,不同文化的差异表现得极为明显。

3. 文学风格的研究

在比较文学的文类学研究中,文学风格的比较研究最为困难。在文学研究中,我们关注的常常是中国某某作家受外来影响,但从风格上研究的还不多见。这是因为风格属于语言分析,其研究实际上是比较文学与语言学的结合,其难度可想而知。

4. 文类批评研究

这一研究包含两个方面的内容,即文类理论批评和文类实用批评。关于前者,有学者认为在文学分类的过程中,所依凭以区别的原理落在文类理论批评的范畴之内。从曹丕的《典论·论文》到陆机的《文赋》,再到刘勰的《文心雕龙》,中国的古典文类理论经历了从粗具规模到长足进展,再到大放异彩的历史。将中西文类理论进行比较同样是一个有意义的课题。文类实用批评则涉及确认文类所属以了解作品的问题。

以上四个方面构成了文类学研究的内容。中国文学与西方文学之间由于缺乏共同的文化背景及亲缘关系,因而在比较文学出现之前,文类学(或文体学)的研究并没有跨越时空、跨越本国文学的界限,属于国别文学。

(二)文类学的研究方法

比较文学中的文类研究一般采用两种方法:一是历时的方法,即从纵的方向对属于同一"家族"的作品进行比较,目的是通过综合、归纳,总结出某一类型的基本共同点或者说基本规范;二是共时的方法,即从横的方向对不同民族文学中某些共同的文类加以比较,其重点是辨异,而不是求同,当然在辨异的过程中也可以发现某些类似。通过这样的比较研究,我们一方面可以了解文类的演变发展的历史和基本特征,另一方面,也可以认识作家的独创和文学的民族传统、民族特性。

第一种方法的研究实绩首先可以纪延等学者对"流浪汉小说"的研究为例证。他们从 16 世纪中叶产生在西班牙的一部无名氏的作品《小癞子》起步,按时间顺序研究了西班牙的一批仿作《古斯曼的生平》《流浪女胡蒂斯娜》,以及稍后在德、法、英、美等国出现的一系列作品。在比较研究中,既综合出"流浪汉小说"的共性,又发现了它在三四百年间发展演变的脉络,看出外来影响如何与民族传统融为一体。

研究者发现,这些小说有一些基本的、共同的因素:

1. 都是以一个流浪汉式的中心人物一生的经历贯穿始终,展开一幅广阔的社会生活画面。

2. 小说具有大致相似的情节结构。主人公往往出身寒微,幼年丧亲,成为孤儿,或被人收养,或投靠各色主人,被其驱使,为其服务。

3. 小说大都以暴露社会的腐败、黑暗、丑恶为目的。

4. 小说的主人公大都是当时社会现实的产物。16 世纪中叶,西班牙封建经济开始瓦解,大批农民和手工业者破产,沦为无业游民。到 18 世纪,在法、英诸国,新兴资产阶级的商业经济逐渐壮大,封建经济日益解体,路易十四穷兵黩武,妄图称霸欧洲,在国内大兴土木,弄得国库空虚,于是又滥征赋税,导致民生凋敝,许多农民、小手工业者在重压下破产,无家可归,四处流浪。英国的情况则更甚。资本的原始积累使得大量的自耕农沦为贫困的游民。

5. 小说的主人公往往幽默诙谐,机智过人,因而常常可以化险为夷,出奇制胜,在各种场合中应付自如,最终摆脱困境。

6. 流浪汉主人公机智、勇敢、单纯,而他们的主人却是昏庸、怯懦、狠毒、贪婪。这种鲜明的对照使得小说从头至尾都充满了讽刺的意味和对世态人情入木三分的嘲讽。

7. 小说采用现实主义的创作方法和插曲式结构,由流浪汉主角贯穿许多不连贯的小故事,因此结构较为松散。小说基本上采用第一人称的叙述方法。

上述共同点从内外的各个角度确立了流浪汉小说在西方小说中作为主

体的地位,研究者可以根据"家族相似"的理论,把这些共性作为用来衡量各种小说是否可以归入流浪汉小说的标准。

自然,这一类型在发展过程中的种种变化也引起了学者们的思考。归纳起来,这一类型的发展大致可以分为三个阶段:第一阶段是以《小癞子》及随后在西班牙产生的一批仿作为代表的产生阶段;第二阶段是以 18 世纪法、德、英的一批类似作品的产生为标志的发展阶段;第三阶段是 18 世纪之后产生的作品。其演变的线索是:

1.第一阶段,流浪者家庭出身十分低贱,父母往往是佣人、盗贼或妓女;但到第二阶段,父母身份就有所提高,如退伍军人、侍从、乡绅等。

2.第一阶段,流浪汉主人公还显得质朴单纯,他们干坏事往往是出于无奈;第二阶段,流浪汉主人公已经有了经验,他们干坏事在相当程度上具有自觉性。

3.第一阶段,流浪汉主人公偷窃、行骗并没有什么犯罪感,但到第二阶段,他们就有了明显的犯罪感,每次做了坏事,总要受到良心的谴责,愿意忏悔。

4.第一阶段,流浪汉主人公个性的发展缺乏立体感;到第二阶段,这一情况就得到了较大的改观。小说人物形象塑造得比较丰满、复杂,我们可以看出他们成长变化的踪迹。

5.第一阶段,故事简单,情节单纯,人物少;到第二阶段,结构趋向复杂,情节线索不止一端,人物增多,场面扩大,讽刺手法的运用更加圆熟,暴露的程度也更为深刻。

6.第三阶段的一些作品中,流浪汉小说的基本因素丧失较多,仅在结构上还保留着一些。以《奥吉·马琪历险记》为例,这部作品只有主人公出身低微和不断变换工作这两点还像流浪汉小说,在内容和形式的其他方面与这一类型距离较大,更重要的是,就连小说的目的也由原来的社会批判,变为对现代社会中人要维持自我本质的意志与要人丧失自我的外在力量之间的冲突的展现。

流浪汉小说是目前西方研究较为充分的一个小说类型,也是比较文类研究中的历时方法的一个研究范例。

除了对流浪汉小说的研究之外,对十四行诗的产生和流变的研究,也是一个颇有意义的例证。这种诗体的语源是普罗旺斯和西西里语的歌唱,指中世纪流传在民间可以配乐歌唱的短诗。据一般学者的研究和考证,十四行诗是 13 世纪上半期在意大利的西西里岛形成的。到 13 世纪后半期,经过另一些诗人的实践,十四行诗形式从抒写爱情扩大到叙事、讽喻等领域。但丁虽然在《论俗语》中十分轻视这一形式,但毕竟写过 55 首,收在《新生》里。彼特拉克对于这一形式的意义有充分的认识,前后一共写了三百多首。文艺复兴时期,梅迪契、米开朗琪罗、达·芬奇、塔索等更多的诗人参与了这一诗体的创作实践,使这种形式在意大利获得了进一步的发展。随后,十四行诗的形式传入法、西、葡、荷、英、波、德等国。许多著名的文人都写过这种诗,如莎士比亚、弥尔顿、华兹华斯、雨果、缪塞、波德莱尔、马拉美、叶芝等,我国诗人闻一多、徐志摩、朱湘、冯至等也尝试过这一诗体。

第二节　媒介学

一、什么是媒介学?

传统的影响研究把影响的过程划分出放送、传递、接受三个方面。如果站在放送者的一方,对某个民族文学的作家、作品、文体,甚至是整个民族的文学在国外的声誉、反响或影响的研究,就称为誉舆学(流传学);如果站在接受者的立场上研究一位作家或一件作品可以不断变化的来源的学问称为渊源学;而对介于两者之间的媒介者的研究,则为媒介学。由此可以得出媒介学属于影响研究的一个分支,也是接受研究的重要部分。法国比较文学学者梵·第根认为,在两种民族文学发生相互关系的"经过路线"中,从"放送者"到"接受者",往往是由一定的媒介来沟通的。这里所谓的"媒介",就是指那些在文学交流过程中把一国或一民族的文学介绍和传播到另一国或另一民族的人和事物,经由他们而使文学的流传和影响得以实现。

通常可以把媒介分为三大类:个人媒介、集体或环境媒介以及文字的媒介。

(一) 个人媒介

个人媒介是指那些将一民族文学或他民族文学介绍传播到另一民族文类中去的翻译家、作家或其他相关人员。这里又根据不同情形分出了三类个人媒介者:

1. 媒介者属于接受影响的国家,他们及时地顺应时代并积极热情地介绍和评论外国作家、作品,同时引进外国文学和思潮给国内的广大读者。如鲁迅,他除了创作外,一生之中翻译介绍了 14 个国家 100 多位作家的 200 多种著作,其总字数超过 250 万,几乎与他本人的著作量相等。再说,他在杂文、书信和日记中评论介绍的外国作家更多达 25 个国家与地区的 380 人之多。直到他去世前,还翻译了果戈理的《死魂灵》。在外国,对于法国来说,泰纳和普列服担当了英国文学传播者的工作。作为挪威戏剧家易卜生的介绍者,在英国有阿契尔、萧伯纳,在德国有帕萨克,在丹麦有勃兰兑斯,在瑞典有瓦塞纽斯,他们都不同程度地向自己国家翻译和介绍易卜生的作品。艾田伯一直在主持包括《红楼梦》《唐诗选》等二十多部中国古典文学名著的翻译工作。

2. 媒介者属于输出影响的那些国家,他们长期定居海外或寄居国外,并向其所在国介绍本国的文学。如唐代的鉴真和尚和明代的朱舜水,都曾将中国文化与文学介绍传播到了日本。美国教授马瑞志花了几乎二十年工夫,把《世说新语》翻译成英文。又如刘若愚在美国长期执教,热心地向美国人介绍中国古典文学理论。叶嘉莹在加拿大哥伦比亚大学执教,她则是中国古典诗词的积极倡导者。据说犹太作家辛格定居美国后仍坚持用意第绪语写作,这在一定程度上向美国人传播了犹太文学。

3. 媒介者属于第三国,既不属于传播影响的国家,也不属于接受影响的国家。在欧洲,这类媒介者往往是那些介乎两大国之间或使用两种语言的国家如瑞士、瑞典与丹麦的学者。

(二)集体或环境媒介

集体或环境媒介,是指文学社团或文学派别媒介,它包括有组织、有刊物、有宣言的文学团体,也包括那些有共同趣味和倾向而自然形成的集团或流派。在中国现代文学史上,从 1922—1932 年,共有大约 154 个文艺社团和刊物,推崇各自倾向的西方文艺思潮,使当时的文坛一片繁荣。其中有提倡现实主义,主张"为人生"的文学研究会和语丝社、白露社、晨曦社、玫瑰社等;有主张浪漫主义的创造社、太阳社、畸形社、血潮社等;有标榜唯美主义的南北社、绿社、声色社;还有带着"为艺术而艺术"色彩的飞鸟社,赞美古典主义的典雅社,倾向虚无主义的现代文化社,等等。在西方国家,一些著名人物举办的沙龙就有着重要的媒介作用。如法国斯达尔夫人举办的沙龙,就曾接待过各式各样不同民族的学者,让他们聚在一起讨论英、法、德等欧洲各民族文学。斯泰因于第二次世界大战期间在巴黎的沙龙也是类似的例子。在这里美国著名诗人庞德、小说家海明威、著名现代派小说家乔伊斯、现代派画家毕加索等都曾出入过。作家鲁迅的寓所,也常常成为文学青年和木刻作者的交流场所。在他家,鲁迅逐渐地将苏联文艺、日本木刻艺术和进步的文艺思想介绍给当时一大批文艺工作者,并影响了他们的成长。另外,一些国际性的学术会议,世界性的纪念活动,以及各国之间进行的学术访问活动等,同样起着文化与文学交流的媒介作用,如莎士比亚研究会、易卜生研究会、但丁研究会、托尔斯泰研究会和爱尔兰文学运动研究会等。还有某些地区、城市和交通要道在文学交流中的重要作用也不容忽视,如日内瓦和苏黎世多年来就是国际文学交流的中心。中国文化、希腊文化、印度文化、伊斯兰文化,佛教、伊斯兰教、摩尼教、基督教以及其他的一些宗教,都在这里交光互映,互相影响。"

(三)文字的媒介

文字的媒介是最重要的一种媒介,对于文字媒介的研究,主要是对翻译的译本、译史和译论等方面进行的综合性探讨。这已经发展成为一门专门的学问——译介学,我们将在下节进一步讨论。在文字媒介中,译本的作用是最大的,因为人们主要通过翻译来介绍和传播外国文学,同时通过译本来接受外国文学的影响。

总而言之,媒介学主要是对有关不同国家和民族的文学之间产生影响这一事实的具体途径、方法和手段及其因果关系的研究。

二、媒介学的研究内容和方法

比较文学研究的基本内容是针对一作家、作品与另一作家、作品,一个民族文学与另一个民族文学,一种文学传统与另一种文学传统关系上的影响,而这种影响大都是通过翻译的中介得以进行的。意大利的梅雷加利曾指出,翻译无疑是不同语种间的文学交流中最重要、最富特征的媒介,应当成为比较文学研究的优先对象。近年来翻译的迅猛发展,使翻译研究成为一门专门的学问,谢天振等提出"译介学"的说法,并有了其专著《译介学》,这对比较文学的翻译研究无疑是个开拓和补充。

翻译是一个复杂的问题,是不同文化接触的中介,而且也反映着不同文化之间极其深刻的差异。跨文化研究已经为翻译研究开拓了前景。但这并不像比较文学家苏珊·巴斯奈特所说:"现在是到了重新审视比较文学与翻译研究之间的关系的时候了……从现在起,我们应该把翻译研究视作一门主导学科,而把比较文学当作它的一个有价值的,但是处于从属地位的研究领域。"比较文学的翻译研究只是整体翻译研究的一部分,包括文学翻译、翻译文学、翻译评论、翻译史研究和文化层面上的翻译研究等。

媒介学涉及语言基础,是比较语言学的应用,是对一种语言转换成另一种语言的创作活动的研究,对语言的了解和对译著的研究应该是媒介学的前提。为了更好地理解翻译,必须透彻地了解译者的生活、文学经历、他的社会环境等。

　　媒介学的翻译研究应该包括翻译史的研究,翻译理论的研究,某些具有重要地位的译家、译品和翻译风格的研究,同一作品不同译本的相互比较,翻译的创造性叛逆问题等内容。具体来说就是通过对翻译的历史进行研究和梳理可以看出两种不同文学交流和影响的全貌。具体来说就是翻译中对有些语法、成语、典故、名称、隐喻、明喻等的不可译问题,就为文学影响关系的开端和传递创造了条件;翻译中的误读、创造性叛逆的问题,体现出中外文化交流中的时代特征和不同文化的特质;译者在文学类型、文学观念、模仿、引用方面的创新,会给该国文学注入新鲜血液,如林纾和鲁迅的翻译就对中国小说文坛起到促进作用;还有直译、转译和重译等问题。

　　有关翻译史的研究在西方国家,罗马人早从 3 世纪就大量翻译过希腊典籍,9 世纪阿弗列王翻译了罗马哲学家包伊夏斯和英国神学家彼得的著作。12 世纪西欧人与伊斯兰教徒在西班牙接触时,也把对方的许多典籍相互翻译介绍到欧洲。德国的宗教改革家马丁·路德于 1534 年把《圣经》从拉丁文译为德文,开创了欧洲语言文学本国化的先河。1611 年,英国出版了以 1535 年英国学者廷代尔译本为基础的钦定《圣经》英译本,使其成为文学语言的典范。18 世纪英国的蒲伯翻译了古希腊史诗《伊利亚特》,这些都称得上是欧洲翻译史上的代表作。广义的翻译有以今译古和以内译外(或以外译内)两个方面。由于语言随着时代的变迁而发展变化,远古时代的语言在今天看来无异于天书,不经翻译就无法阅读。

　　当前翻译研究已呈现百家争鸣的局面:西学派、国学派、特色派、理论派、中国派、世界派、西方派等等,各抒己见,争执不下,而有关翻译的标准、理论、历史、批评等问题的研究,古今中外,历经千年的探讨,也没有定论。现在的翻译研究已经是在文化视域中的研究。我们不仅要继续从事翻译语言学的研究,更重要的是开展翻译文艺学的建树。翻译文学的影响和独立性的突出,引出了外国文学、民族文学和翻译文学关系的争论,尤其是一场关于翻译文学归属的讨论。有的学者已经摇旗呐喊:"翻译文学理应属于民族文学的一个重要组成部分。

　　第二次世界大战以来,国外的翻译理论也各有千秋:苏联的翻译语言学理论和文艺学理论;法国的释义派理论、翻译诗学理论;德国的哲学思辨与文化思考相结合的翻译研究;英国的"翻译研究学派";美国的多元翻译理论;加拿大的双语交流与翻译研究等。以美国为例,其多元翻译理论包括:阐释学与翻译研究、新批评与翻译研究、语言学与翻译研究、符号学与翻译研究、结构主义与翻译研究、文化与翻译研究、诗歌和散文翻译理论等。对应地,中国也有自己的翻译理论,正如罗新璋总结的是:案本一求信一神似一化境,那么如何利用外国的翻译理论来充实和检验自己的理论,这也是进行比较文学研究的目的之一。

作为比较学者的任务之一,存在着对同一作品的两种以上翻译的对比研究。我们从法国对莎士比亚的剧作《奥赛罗》的不同翻译译本,可以看出由同一作家产生的几种微妙差异的现象,也能理解这个作家对于外国影响的质量和范围的变迁。因为在《奥赛罗》中,被处理的苔丝德蒙娜的手绢起着挑起摩尔人嫉妒的重要作用,但莎士比亚的《奥赛罗》在经过很多人的手被改译中,这条手绢逐渐发生着变化,成了腕环、饰带、细纽,最后竟成卷毛了。

在西方,翻译通常被看作是一种"创造性叛逆"——既不是"断然拒绝",也不是"照抄照搬"。因为译者对原著的理解和翻译是一次"再创造",而读者也往往是"创造性叛逆"地加以接受。法国的埃斯卡庇教授说:"为什么是'叛逆'的呢?因为翻译使作品进入设想以外的'参照组织'(语言学上的组织)。那么为什么是'创造性'的呢?这是因为翻译使作品产生了与更广泛的读者进行新的文学交流的可能,使作品置于新的现实之中。另外,翻译不仅使作品永存,而且使作品获得了'第二生命'。不管多么正确的译文,它们都会被人们以翻译者和原作者所想象不到的方式阅读着。川端康成把这称为"作品与读者的姻缘"。原作者应该客观地对待这种创造性叛逆。歌德曾给《浮士德》的法文译者青年诗人杰拉寄去赞词:"读了您的译作,我对自己失去了信心。"译者的创造性叛逆主要有以下四种情况:(1)个性化翻译。如同样是拜伦的诗,马君武用七言古诗体译,苏曼殊用五言古诗体译,而胡适则用离骚体译。这样不同的诗体使拜伦的诗呈现不同的理解,同时也在诗中塑造出不同的诗人拜伦的形象。(2)误译与漏译。如英译者在翻译陶渊明诗《责子》中"阿舒已二八"一句时,把它翻译成了"阿舒十八岁"。英译者显然不知道"二八"是十六岁的意思。(3)节译与编译。如蠙溪子翻译的《迪因小传》时,由于传统道德观念的影响,故意把原著中男女主人公两情相悦,未婚先孕的情节统统删去。(4)转译与改编。如巴金一直致力于通过英语转译俄罗斯文学作品。谈到读者的"创造性叛逆",最典型的例子是斯威夫特的《格列佛游记》和笛福的《鲁滨孙漂流记》以及路易斯·卡洛尔的《爱丽丝漫游奇境记》。事实上,提到的这三本书被译介后,前两本书流行于孩子们之中,而后一本书却得到了许多成年读者和批评家的关注,这就可以看出由于社会的、历史的、文化的差异造成的大众读者在接受作品时的变化。最后是接受环境的"创造性叛逆",如英国长篇小说《牛虻》,在本国并不出名,但 50 年代至 60 年代的中国青年人从《钢铁是怎样炼成的?》一书中知道了这本英国小说后,这本书就成为他们案头必备的读物。

因为译介学的重点是以翻译结果和译者为研究对象,发掘译作和译者所承载的民族文学、文化内涵,从翻译角度切入中外文学、文化的特质,所以翻译的重要作用不断突显。由于翻译研究不可避免的跨文化性质,使它在当前国际学术研究"文化热"的背景下显得越来越重要,同时它与比较文学的关系也正进入一个微妙时期。另外有人提出把翻译研究纳入传播学的理论框架之下,未尝不给人以耳目一新的感觉。

第三节 主 题 学

一、什么是主题学?

"主题学"是比较文学的一个特别领域,而且是一个范围极其广泛的领域。大约在 19 世纪初期,它已经从德国民俗学中衍生出来。起初,德国学者研究的侧重点仅在于探索民间传说和神话故事的演变,随着研究的深入,他们的视野扩大到了探讨诸如友谊、时间、别离、自然、世外桃源和宿命观念等与神话没有那么密切相关的课题。这样,主题学便与比较文学结上了关系,成为一种专门的学问。在民间文学研究比较活跃的那些国家,这门学问尤其发达。但是,在比较文学的故乡法国,它却遭到巴尔登斯伯格等权威学者的非议。在美国,它也曾受到冷落。韦勒克和沃伦在《文学理论》中,贬低主题学研究的价值,他们认为这种探索本身没有真正的一贯性和辩证性。不过,由于主题学本身具有不容忽视的价值,因而始终是各国比较学者热衷的领域。即使是巴尔登斯伯格这样持反对意见的人,也不得不承认这是"一种有意义的研究工作"。另外,它还得到了像基亚、维斯坦因、哈利·列文、纪廉等当代比较文学大家的热烈支持。主题学发展的重要成就终于使自己得到了学术界的承认,并正式列入比较文学理论的体系之中。

与西方相比,中国的主题学研究在理论阐发方面似乎鲜有人涉足,到目前为止,论述到主题学的主要的理论著作有台湾陈鹏翔的《主题学研究与中国文学》、大陆谢天振的《主题学》,陈惇、刘象愚的《比较文学概论》和乐黛云的《比较文学原理》。我们知道,一门学科要取得发展,其理论的建树是必不可少的,主题学也是如此。

人们在对主题学进行深入研究之前,很容易产生一种简单化的认识,以为"主题学就是研究作品主题的学问"。其实,比较文学中的主题学并不等于我们通常所说的主题研究。主题学当然要研究作品的主题,但是如果把主题学仅仅理解为"研究主题的学问",那不仅会限制主题学研究的范围,还会抹杀主题学研究的方法论特征。

台湾学者陈鹏翔在其论文《主题学研究与中国文学》里,有一段文字说得非常明白。他说:"主题学是比较文学中的一个部门,而普通一般主题研究则是任何文学作品许多层面中一个层面的研究;主题学探索的是相同主题(包含套语、意象和母题等)在不同时代以及不同的作家手中的处理,据以了解时代的特征和作家的'用意',而一般的主题研究探讨的是个别主题的呈现。最重要的是,主题学溯自19世纪民俗学的开拓,而主题研究应可溯自柏拉图的'文以载道'观和儒家的诗教观。"

具体地说,一般的主题研究涉及的是作者通过作品所表现出的思想,从中我们可以看出作者本人对人生的体验、思索与探求。读者通过阅读作品,接受作者的思想,产生感情上的共鸣。它的重点在于研究对象的内涵。主题学研究讨论的是不同时代、不同地区、不同民族的不同作家对同一主题、题材、情节、人物典型的不同处理,通过这种研究,我们可以发现不同的文化传统、不同的民族心理、不同的社会风俗等。它的重点在于研究对象的外部。用梵·第根的话来说,主题学研究的是"各国文学相假借着的题材",用福里德里希和马隆的话来说,主题学研究"打破时空的界限来处理共同的主题,或者,将类似的文学类型采纳为表达规范。"在实际研究中,两者的区别不是如此泾渭分明的,一般的主题研究不可能不涉及研究对象的外部,而主题学研究也不能与研究对象的内涵毫不相干。

二、主题学的研究内容和方法

我们已经说过,比较文学中的主题学是一个范围极其广泛的领域,它包括对题材、主题、母题、情节、人物、意象等方面的研究。下面我们结合对这些术语的必要的解释,来说明主题学的研究内容和研究方法。

主题和母题在许多情况下都被混淆,但二者是有区别的。一般来说,主题是通过人物的言行和情节的发展而被具体化了的抽象思想或观念,是作品要表达的主旨和中心思想,通常可以用名词或名词性短语来表述。例如说"爱国主义的精神""战争的残酷和恐怖""人与人之间真挚、美好的感情""人性的复归",等等。而主题学中的母题,通常指的是文学作品中反复出现的人类的基本行为、精神现象,以及人类关于周围世界的概念,诸如生、离、死、别、喜、怒、哀、乐、时间、空间、山脉等。母题是较小的、具体的主题单位,一连串母题的结合就构成了作品内容的框架,从中可以抽绎出主题。

从以上的例子我们可以看出,母题不具有任何主观色彩,它没有倾向性,不提出任何问题,只有在经过了作者的处理以后,它才有了一定的褒贬意义,显示出一定的态度立场。例如"战争",这是人类社会中的一个客观现象,在未经作者处理前,它无所谓好坏。然而,一旦进入作家的创作,融入作家的思想,战争便具有了倾向性,它可以反映侵略者的"残酷"和"不义",也可以反映人类的"正义"和"力量"。这样,母题有了倾向性,有了褒贬意义,它就上升为主题了:或是歌颂战争的正义,或是谴责战争的残酷,等等。

由此可见,母题往往呈现出较多的客观性,不提出任何问题,而主题则带有较强的主观色彩,而且上升到问题的高度。因此,从某个意义上,我们也可以说主题是母题的具体体现,而母题则是潜在的主题,是主题赖以生长的基础,同时,它又在主题中获得再生。

西方有些评论家认为,主题和人物相关,而母题则和情境相关。所谓"情境",主要指作品的情节、事件、行为方式的组合以及环境因素等。每个特定的情境都为读者展示出某种关系,同时又交织着作家以及作品中人物的观点和感情。从某种意义而言,文学作品中的情境也就是一种典型的人生境遇,在这种境遇中潜伏着一种特定的、令人紧张的情势,它制约着人物的言行和情节的发展。

在西方文学中,作家们常常以一些典型人物的名字来指称主题,如俄狄浦斯主题,浮士德主题,堂吉诃德主题等,但这决不意味着主题只与典型人物有关,而与形成这些典型人物的情节、事件、环境无关。我们不难看出,浮士德离开了魔鬼引诱他的一系列的事件和背景,就不会成为浮士德。对于俄狄浦斯主题,我们想到的不仅是人在命运面前的无能为力和徒劳挣扎,只能通过自我惩罚来拯救自己的灵魂之类的抽象观念,同时也会想到主人公的弑父娶母以及有关的具体情节。正是在集体的情节事件中,人物形象产生了特定的意义,成为千千万万个人物中独一无二的那一个。可见,用典型人物命名主题,只是在一定程度上具有概括性。主题不仅从典型人物中抽绎出来,也从情境中抽绎出来。同样,我们也不能说母题只与情境有关,与人物无关。如果没有俄狄浦斯、拉伊俄斯、克利翁等人物在一系列事件中的行动,没有这些人物形象的逐渐分明和丰满,就不会有这些母题。事实上,情节、事件和人物三者是不能作绝对区分的。人物的行动往往是情节、事件的主要成分,而人物性格的形成、形象的塑造,又往往在事件的衔接、情节的展开中完成。

母题是较小的主题性单位,母题与情节都是作品中不可缺少的组成部分,两者本身是有区别的。德国学者弗兰采尔说,母题"还未能形成一个完整的情节或故事线索,但它本身却构成了属于内容和情境的成分";列文似乎也采用了类似的观点,认为"母题是情节的部分",他举例说,在罗密欧与朱丽叶和皮拉姆斯与提斯比主题中都有"墓室幽会"的共同母题。比利时学者图松则认为母题这一术语"是要指明一个背景或大的观念……说明某种态度"。根据这种看法,母题显然又大于情节。这里的两种观点是明显对立的,前一种观点认为母题是情节,但小于情节,是情节的一个部分;后一种观点认为母题不完全是情节,而是一种大的观念或态度。将两者加以比较,我们认为后一种观点较为合理,它把母题和情节作了区分,但未能进一步说明二者的联系。应该说,母题是对情节中一个或数个事件的高度概括,它不完全等同于这些事件,而是高于这些事件,是从这些事件中提炼出的一种观念。

意象是比情节和事件更小的单位,作品中的细节描写、比喻、暗示、象征、双关等形成了一系列意象。意象的含义极其广泛,在主题学中,它可以是一种自然现象和客观存在(如日月星辰、雷电山水),也可以是一种动植物(如狮虎狼狗、松柏兰竹),还可以是一种想象中的事物(诸如天堂地狱、神仙魔鬼)等等。然而,并不是所有的意象都具有主题性的意义。只有当意象作为一种中心象征,与作品的主题发生紧密关系时,才可以成为主题学研究的对象。同样,《红楼梦》中的太虚幻境、大观园、金陵十二钗正副册、又副册上的诗与画、宝玉那块"通灵宝玉"、宝钗那副"金锁"等都因为与表现复杂的主题关系紧密而成了主题性的意象。

题材是作品的素材,它经过了作家的选择,但尚未经过作家的处理。它是摆在读者眼前的生活的侧面,或是实实在在的生活,或是想象中的生活。题材不等于原始材料。经过作家艺术构思和审美加工心后的题材就化作了作品的情节、人物和某种艺术形式。

主题学即是以作品的这四个层次为对象,于是,有题材研究、人物研究、母题研究、主题研究等。既可以对不同文学中类似的题材、情节、人物、母题、主题作平行研究,又可以对一种题材、人物、母题或主题在不同民族中的流传演变作历史的探讨。既可以侧重对这些层面中的任何一个加以论述,也可以对这几个层面作综合的研究。

我们要注意的是,主题学研究的对象并不是个别作品中的题材、情节、人物、母题和主题,而是不同时代、不同地区、不同民族的不同作品中同一题材、同一人物、同一母题的不同表现以及它们之间的联系。因此,主题学经常研究同一题材、同一母题、同一传说人物在不同民族文学中流变的历史,研究不同作家对它们的不同处理,研究这种流变与不同处理的根源。

主题史和题材史的研究是西方学者比较重视的一个方面,所谓主题史和题材史的研究也就是对于某一题材、某一人物、某一主题思想等在不同民族、不同作家创作中的流传演变的历史的研究。通过这种研究可以纵向地考察某一主题或题材的历史发展,可以横向地考察某一主题或题材如何被他种文学体系引进,或如何接受了他种文学的影响而有所变化,还可以考察时代和社会对这些主题和题材的发展所起的作用,也可以将某一文学体系中主题与题材的演变与他种文学体系中主题与题材的演变,作一比较研究以发现其差异与契合。主题史和题材史的研究是学者们最感兴趣的题目,这方面的研究成果也最多。对于唐璜这个人物也是这样,他们不仅参考唐璜传说的最初根源,而且对于以唐璜传说为题材写成的各国作品逐个进行考察,以勾勒这个文学形象的演变轨迹,让读者看到这同一个人物在不同的国家、不同的作家笔下,被抹上的不同色彩,被赋予的不同个性。这种研究的价值在于它们"异常清楚地阐明了各位不同的诗人之天才和艺术,并同样阐明了他们的群众间的情感之演进"。

题材是作品的基本组成要素,题材的比较研究往往与其他方面的比较研究相结合,以此加深研究的深度。莎士比亚的《终成眷属》是一部饶有趣味的喜剧。作品通过海丽娜与勃特拉姆伯爵曲折的婚姻路程和喜剧性结局,以轻松、幽默、诙谐的调子,歌颂了女主人公在追求幸福人生的过程中表现出的超人意志、杰出才能与卓越智慧,抨击了封建婚姻中不合理的等级观念。作品的主题思想、情节结构、人物关系与薄伽丘的《十日谈》中第三天第九个故事十分相似。两部作品情节相似:女主人公单方面追求伯爵,但伯爵以门第相差悬殊为理由拒绝;女主人公获得机会为国王治病,在国王的帮助下与伯爵成婚;伯爵故意刁难,向女方提出苛刻的要求,否则就拒绝圆房;女主人公以非凡的机智实现伯爵的要求,最终夫妇得以团聚。莎士比亚不仅对原来的情节作了一定的调整,使其复杂化,从而更能表达作品的思想,而且加重了对封建贵族的等级观念的贬斥和批判。美国伊利诺大学科尔教授的《从薄伽丘到莎士比亚的〈终成眷属〉故事》在前人研究的基础上,从历史的角度探讨了《十日谈》第三天第九个故事的母题(如夫妇间悬殊的等级地位、女主人公凭着个人的才能和机智赢回失落的爱情、实现夫妇的结合等)及其题材的流传演变。他始终注意各个作品的影响及其与别的作品的关系,这样就避免了研究的简单化,从而在主题学的意义上表现了一定的深度。

希腊神话中的普罗米修斯是一个盗火英雄,这类故事具有国际性。鲁迅曾谈到非洲瓦仰安提族一位失去了名字的盗火者,"他从天上偷了火来,传给瓦仰安提族的祖先",他的行为触怒了大神大拉斯,大拉斯把他锁在地窖里,派蚊子、跳蚤、臭虫吸他的血。印度古代诗歌集《梨俱吠陀》提到摩多利首从天神处取火给人类,因而变成了火神。意大利洛古多洛地区传说由猪信修炼成圣者的圣安东尼奥到地狱里用葵花秆和牧猪棍盗来了地火。玻利尼西亚的神话认为神圣的马依是人类祖先,他变成了一只鸟,赐给人类摩擦取火的技术。中国的"盗火英雄"是燧人氏,他教给人类钻木取火的本领。

普罗米修斯的故事既为埃斯库罗斯的同名悲剧三部曲提供了素材,也为雪莱的诗剧《解放了的普罗米修斯》提供了素材。但两位剧作家在选取同一题材后,对它作了不同的艺术处理。这种不同的处理包含了他们各自对这一题材的不同理解,因而产生了各自不同的主题。埃斯库罗斯的悲剧热烈地赞颂了雅典民主派的斗争,表现了为正义事业而奋斗的崇高精神和英雄气魄,同时又流露出调和民主派与贵族之间矛盾的愿望。雪莱的诗剧以神话结构为象征,热烈讴歌人类反对专制暴政、向往民主自由的愿望和崇高的自我牺牲精神,同时也表现了法国革命失败后英国和欧洲资产阶级革命家对封建反动势力的不满与反抗情绪。雪莱歌颂的这种反抗专制的精神是彻底的、不妥协的,正因为如此,他修改了埃斯库罗斯悲剧妥协和解的结局,以自然的力量和冥王的干预彻底解放了普罗米修斯这位捍卫人类自由与尊严的伟大战士,并把专横的天帝拉下了宝座。

索福克勒斯的《厄勒克特拉》、莎士比亚的《哈姆雷特》和纪君祥的《赵氏孤儿》是三出有着共同母题的悲剧:以怨报怨,替父报仇。从情节上看,三部作品两两相似:《厄勒克特拉》中克吕泰涅斯特拉与奸夫埃癸斯托斯合谋,杀死亲夫,篡夺王位,俄瑞斯特斯与姐姐携手杀死淫妇(母亲)奸夫,报仇雪恨;《哈姆雷特》的情节也大体如此。《赵氏孤儿》中屠岸贾害死赵盾,诛杀赵家满门三百余口,害死赵朔与公主后,还要杀死赵氏孤儿,幸好孤儿被门人程婴以牺牲亲生儿子的代价救出,20年后孤儿长大成人,完成报仇大业;这与《厄勒克特拉》中幼小的俄瑞斯特斯险些被杀,幸得姐姐相救,老仆人抚养,后替父报仇的情节十分类似。他们三位是主人公道义上的支持者,暗中的保护者,灾难的见证人,复仇的推动者和助手。三位主人公复仇的对象和动机大体上相似。哈姆雷特和俄瑞斯特斯的复仇对象是母亲和他的情夫,赵氏孤儿的复仇对象是杀害他们全家的屠岸贾,对手都是显赫高贵的人物(王后、国王、近臣),复仇的动机都是铲除奸雄,为父亲和全家申冤雪恨。三剧向主人公揭示仇敌的阴谋和罪恶的途径有所不同:《哈》剧来自老哈姆雷特鬼魂的启示,《厄》剧来自阿波罗神座的旨意,《赵》剧来自亡父临终的遗命。《哈》剧中老王鬼魂的启示通过一场戏中戏获得证实,《赵》剧中亡父遗命通过程婴画在手卷上的赵氏全家被害的经过得以具体化。从情节结构上看,三剧都较完整,事件基本上连贯统一。《赵》剧显得简朴,《厄》剧也不复杂,但《哈》剧在情节、布局等方面却较二剧严密、繁复,特别是在人物塑造上,俄瑞斯特斯和赵武远不及哈姆雷特丰满、复杂、生动。

这三出复仇悲剧通过以悲愤、壮烈的基调展开的戏剧冲突,表达了一个共同的主题:奸邪的力量可能嚣张一时,但终将被正义的力量击败;黑暗可能一时蒙蔽天日,但终将被光明驱散;罪恶终究要受到惩罚,正义是人类的永恒力量,是人类维护光明的武器,掌握了这一武器,人类就将立于不败之地。虽然主题相同,但在其深度和广度上又是有区别的:《厄勒克特拉》在相当程度上体现了早期希腊人的命运观念,他们既想掌握自己的命运,却又无能为力,从而不得不依靠神的力量;《赵氏孤儿》清楚地流露出中国人民的善恶报应的观念,它教育人们要积德行善,不要为非作歹,善恶到头终有报;《哈姆雷特》浸透了文艺复兴时期的人文主义思想,它不仅强调人的尊严和力量,抨击封建统治的罪恶,而且向残暴、黑暗的社会势力宣战,因而在主题的意义上有更复杂、更深刻的内涵。

典型人物塑造得成功与否是评价文学作品高低的一个重要标准。要评价就要有比较,典型人物的比较研究是主题学中极有意义和价值的一个方面。文学中的典型一般有三类:一是远古神话或民间传说中的人物,它们被后世历代不同民族、不同地域的不同作家不断采用,因而获得了"原型"的性质,他们已经超出了人物本身所具有的意义,成为一种文学原型的代表。希腊神话中的海伦、俄狄浦斯;圣经中的该隐、亚伯拉罕、大卫;传说中的亚瑟王、熙德等形象都被荷马、希腊三大悲剧家、莎士比亚、拉辛、高乃依、歌德、拜伦等许多作家使用过。就拿海伦来说,她已不仅仅是一个人物形象,而是成为美的原型。第二类形象与时代关系密切,具有时代意义,因而成为一个时代的典型。例如,莫里哀笔下的伪君子达尔丢夫、恨世者阿尔赛斯特;巴尔扎克笔下的守财奴葛朗台、拜金主义的牺牲品高老头;莎士比亚笔下的贪婪的高利贷者夏洛克,阴谋家伊阿戈,破落骑士、好吹牛的懦夫和冒险家福尔斯塔夫;屠格涅夫笔下的事事碰壁的多余人罗亭;福楼拜笔下的受上流社会毒害、终于堕落的爱玛；鲁迅笔下的"狂人"等。最后一类是超越所有的时代，具有普遍的、永久意义的典型形象。例如，哈姆雷特、堂吉诃德、浮士德、唐璜、阿Q等。

在典型形象的比较研究方面，美国学者列文的《吉诃德原则》一文给我们提供了一个很好的范例。大家都很熟悉堂吉诃德这位深受骑士小说的毒害、满脑子充满了怪念头的疯狂的"骑士"。他的个性鲜明独特，正如西班牙小说家佩雷斯·加尔多斯所说的那样，他是一个"把理智与荒唐、神秘和信念与武士的骄傲集于一身的混血儿"。他既是一个怪人，又是一个圣人，在他一系列疯狂的行动中处处流露出善良的愿望，闪烁着同情的火花，在他所做的每一件非理性的事情中又闪烁着理性的光辉。因此，他虽然是一个虚构的人物，却能靠自身的形象生活在一代又一代读者的想象中，并且超越了语言的障碍，在整个世界的范围内产生了普遍的吸引力和难以估量的影响。倘若我们把《堂吉诃德》看作西方小说的开端的话，那么此后的小说无不在一定程度上接受过这部小说的影响。这不仅表现在该作品被译成各种不同的文字和出现了菲尔丁的《堂吉诃德在英国》，以及《法国的堂吉诃德》《德国的堂吉诃德》《浪漫的堂吉诃德》《超凡脱俗的堂吉诃德》等无数的仿作上，更重要的是"吉诃德原则"被后世的许多小说家不同程度地借用了。直接受到这部作品影响的作品是很多的。在菲尔丁的《约瑟夫·安德鲁斯及其朋友亚伯拉罕·亚当斯的冒险故事》中，主角安德鲁斯充当了桑丘·潘沙的角色，而亚当斯则充当了堂吉诃德的角色，他常常心不在焉，却又无比骄傲，在遭受挫折时就读埃斯库罗斯的作品来自慰，作品中遭到讽刺的不是骑士传奇而是理查逊的《帕美拉》；斯特恩的《商第传》中的托比等人物也是那种心地善良、充满同情心的吉诃德式的怪人。在德国浪漫主义作家的笔下，吉诃德是一种"狂热"的化身。席勒笔下的"强盗"卡尔·莫尔作为社会的叛逆者，歌德笔下的浮士德作为真理的探索者，都有着吉诃德式的疯狂。

在中国，鲁迅笔下的阿Q正是一个东方的，或者说中国的堂吉诃德。他像堂吉诃德一样纯朴、直率、善良。当他按照独特的"精神胜利法"去行动时，在受到嘲弄、遇到挫折和失败仍旧以强者的姿态一往无前时，他确实在相当程度上带有堂吉诃德式的疯狂。然而，堂吉诃德和阿Q毕竟是不能混同的形象，前者的骑士精神和后者的精神胜利法自有不可等同的一面。要说明他们在美学性格上的相似和差异产生的原因，就必须联系作家的各自不同的社会、文化背景以及民族心理特征来考察了。

第四节 形 象 学

一、什么是形象学?

比较文学的"形象学",是比较文学学科中一个独特的研究领域,其研究对象主要是某国某民族文学作品中的异国异族形象。不过,由于不同国家、民族在文化上存在着巨大的差异,作者对异国异族的想象、误读乃至曲解、夸饰是必然的,因此形象学关注的只是作家在他们的作品中,如何理解、描述和阐释作为"他者"的异国异族,而并不要求从史实和现实统计资料出发求证这些形象像还是不像,并拒绝将形象看成是对文本之外的异国异族现实的原样复制,而认为它只是一个幻象,一个虚影,一个神话。

需要进一步指出的是,形象学所研究的形象与文艺理论研究的形象并不相同。文艺理论上一般认为,形象是文学艺术反映社会生活的特殊形式,是作家根据社会生活的各种现象集中、概括、创造出来的具有强烈感情色彩和审美意义的具体可感的人生图画。而形象学面对的形象,首先是文本中所塑造和描述的"异国异族"形象,诸如"战后日本文学中的美国士兵形象"、"17世纪法国文学中的中国形象"等,因而,其覆盖范围自然要比文艺理论所讨论的形象小得多;其次,形象学研究的形象还包含着创造者自我的形象,即与"他者"相对的"我"的形象,它隐藏在异国异族形象背后,对异国异族形象的塑造起决定作用。此外,一般文艺理论把形象看成是作家个人艺术独创性的结晶,作家是它的研究重点之一,而形象学研究中,作家只被看成传达形象信息的媒介,研究的重点是形象背后的文化差异和冲突。总之,它是存在于作品中的客观物象与相关的主观思想、情感和意识的总和。只把形象学的对象局限在人物形象上,显然是不全面的。

追溯形象学的研究史,我们不难发现,形象学脱胎于影响研究,法国是其诞生地。早在比较文学力争成为独立学科之时,就已显示出对文学作品中异国异族形象的兴趣。1896年,法国学者路易·保尔·贝茨即指出,比较文学的任务之一便是"探索民族和民族是怎样相互观察的:赞赏和指责,接受或抵制,模仿和歪曲,理解或不理解,口陈肝胆或虚与委蛇"。此后,对形象的研究一直是法国学派在影响研究中所偏爱的一个研究领域。

经过法国学者们的努力,形象学在不断发展中已基本摆脱了文化、文学交往中"事实"的羁绊,而注意"设法深入了解一些伟大民族传说是如何在个人或群体的意识中形成和存在下去的",从而将"影响"和"接受"引导、落实到文学文本中不同文化面对面的冲突和对话上来。不过,由于传统的形象学研究中确实存在着一些弊端,如罗列主题、引文过多、脱离文本随意发挥或将文学文本当作纯粹文献资料来研究,以及不正规的跨学科性和民族主义。所以,20 世纪 60 年代,在有关比较文学"危机"的论争中,形象学研究遭到过不少严厉的批评。美国学者韦勒克在他那篇著名的文章《比较文学的危机》中说:"加例和基亚最近突然扩大比较文学的范围,以包括对民族幻象、国与国之间相互固有的看法的研究,但这种做法也很难使人信服。"他不无讽刺地反问:"这还算是文学学术研究吗?"他认为形象学与过去的影响研究没有什么实质上的区别。但形象学并未在批评中裹足不前,而是注意扬长避短,并从当代人文、社会科学的新理论、新方法中汲取一切有用的研究成果,为己所用。如它对符号学、接受美学以及后殖民理论的借鉴。因而六七十年代后,它不仅在法国繁荣,在其他国家也扎下了根,并且从理论到具体操作都日益走向成熟,同时进入了当代形象学研究阶段。

在西方文学中,形象学更有大显身手的余地。由于西方各国之间交往异常频繁,冲突、战争、和解不断,各自在地区事务中所起的作用不断变化,数百年来,他们不断相互注视、认识与阐释,这方面的材料不可胜数。像法国人眼中的英国人,英国人眼中的俄国人,俄国人眼中的德国人,西班牙人与意大利人的相互对视,等等。在形象学的早期研究中,学者们主要关注的就是这类问题。

随着形象学研究的发展,西方学者逐渐注意到欧洲以外的国家和民族形象。弗朗西斯·约斯特在《比较文学导论》中,把欧洲文学中出现的欧洲核心国家民族以外的异国异族形象称为"异国情调"。他认为:"在西方,异国情调似乎是文学史上的一个常数",一个"文学趋势"。的确,在欧洲文学两千多年的历史中,对表现异国异族形象一直有着浓厚的兴趣。荷马史诗《奥德赛》,叙述了特洛伊战争的英雄奥德修斯返乡的故事。奥德修斯在海上漂泊了十年,历尽各种艰险和磨难才回到家乡,所见所闻离奇怪异。作品充分体现了古希腊人对异域的想象,开欧洲文学描写异域风物的先河。在以后的漫长岁月里,欧洲文学掀起了一轮又一轮表现异国异族的热潮。

夏多勃里昂的《阿达拉》则向人们展示了北美洲印第安人神秘、野蛮、富于传奇色彩的生活,而其中印第安酋长沙克达斯和印第安人与白人所生之女阿达拉之间浪漫凄婉的爱情故事,更是令无数法国读者为之倾倒。

需要注意的是,作家们的热衷于表现异国异族,并不单纯是为了猎奇述异,而常常是有其深刻的文化背景和思想动因的。如果说吉卜林笔下的印度,儒勒·凡尔纳笔下的环球历险,赖德·哈格德笔下的非洲,集中体现了资本主义海外扩张与殖民侵略过程中欧洲民族的文化优越感,那么,毛姆、劳伦斯这样的作家对异国异族的描绘,则传达了他们对于欧洲文明的幻灭之感。毛姆一生游历广泛,足迹遍及南北美洲、印度、马来西亚、缅甸、中国以及南太平洋不少岛屿。他的许多短篇小说,以及《月亮和六便士》《刀锋》等长篇小说中,皆表现的是,西方资本主义的物质繁荣并不能填补人们精神上的空虚,而少受物质文明沾染的自然的、半原始状态的海外民族的生活却是令人向往的。尤其是《刀锋》,记述了一个普通的美国青年拉里,对人生意义的漫长探索。二战中,多亏战友舍身相救,拉里才保住性命,这一经历使他受到极大的震撼。战后他一直深感不安,觉得有必要探索宇宙的奥秘以及本人在宇宙中的位置,以便使今后的生活有充实的意义。于是,他排除诱惑,开始了漫长的探索。拉里的探索以地域的转换为标志,分四个阶段。他先到巴黎,继而波恩、西班牙,但这些欧洲城市和国家的文化都使他感到幻灭,最后,他终于在印度的宗教中找到了真正的信仰。在他精神顿悟的时刻,他看到了香格里拉一般的山中仙境,精神得到了升华。而劳伦斯对造成现代人精神堕落的欧洲工业文明一直是深恶痛绝的,在他的眼中,伦敦是"一座死亡的城市",欧洲文明走到了尽头。他在《艾伦的杖杆》《圣·莫尔》《羽蛇》《骑马离去的女人》等作品中,将他的乌托邦移向美洲。

在西方作家表现异国异族的作品中,中国形象也很多。《马可·波罗游记》或许是欧洲最早详细描述中国的作品,它记录了成吉思汗攻城略地的战绩,也记载了各地的风俗、生产、技术和市井生活,作品中的中国是富有和强大的帝国形象。此后,马洛的《帖木儿》、冯塔纳的《艾菲·布里斯特》、卡夫卡的《万里长城》、布莱希特的《四川好人》、卡内蒂的《迷惘》、卡尔·迈的《孔丘·诺言》、博尔赫斯的《小径分岔的花园》等,都描绘了中国形象。值得注意的是,西方作家一般都景仰中国历史上的名人英雄、古代智慧与文明,也渲染其异国情调。但由于少数人的民族偏见和殖民主义思想作祟,对现实场景中的中国人,却较少正面描写,而竭尽诬蔑之能事。20 世纪初叶美国有关中国的通俗小说,只要讲到华人修筑铁路,开场必是"一个支那人坐在铁路旁,一位白人走过来,将他的猪尾巴辫子剪掉……"若写到中国女人,必是裹小脚,既可怜又可憎;中国男人则是唐山来的,迷信拜神,在沟渠边赌扑克牌……在中国近代史上,有许多西方传教士充当了帝国主义军事、文化侵略的急先锋,他们炮制出来的中国形象,在西方产生了恶劣的影响,并在某种程度上影响了近代中国知识分子的思维结构。如亚瑟·斯密思的《中国人气质》，托马斯·麦多士的《中国人及其叛乱》等，斯密思在其书中归纳出几十种中国人的劣根性，认为中国不能从内部得到改良，而必须接受基督教文明的洗礼才能改善。

二、形象学的研究内容和方法

比较文学形象学有其独特的理论成分与研究层次，这两者即构成了形象学研究的主要内容。形象、套话以及社会整体想象物，是形象学最基本的理论成分。而从套话的角度研究形象，在与社会整体想象物的关系中研究形象，在文本中分析形象则是形象学的三个主要的研究层次。

形象是形象学研究中最核心、最基本的理论成分。法国学者巴柔在《比较文学概论》一书中对形象所下的定义是："在文学化，同时也是社会化的过程中得到的对异国认识的总和。"此后，他又对该定义作了补充，指出："一切形象都源于对自我与'他者'，本土与'异域'关系的自觉意识之中，即使这种意识是十分微弱的。因此形象即为对两种类型文化现实间的差距所做的文学或非文学的，且能说明符指关系的表述。"巴柔的这一定义，凸显了当代形象学研究对"我"与"他者"互动性的注重。

具体地说，形象学所研究的形象，并非现实的复制品或相似物，它是按照注视者（形象的塑造者）文化中的模式、程序而重组重写的，这些模式和程序均先存于形象。而且形象是用词语来描述某些"事实"的，因此所有的形象必然都是虚假的，都是幻象，是对一个作家、一个集体思想中的在场成分的描述，这些在场成分置换了一个缺席的原型（异国），替代了它，也置换了一种感情和思想的混合物，对这种混合物，必须了解其在感情和意识形态层面上的反映，了解其内在逻辑，也就是说所产生的偏离。因此，在"我"与"他者"的互动关系中，形象学尤其偏重于形象创造主体的作用，认为"他者"形象投射出了形象塑造者自身的影子，是后者空间的补充和延长，因而，形象这种语言主要言说的就是自我。这种注重对"主体"的研究，明显是受到接受美学的影响，注重研究形象塑造者一方，也就等于注重研究阅读和接受者一方，这便是当代形象学利用接受美学对自身方法论所做的完善和修正。

套话是形象的一种特殊而又大量存在的形式，在当前的形象学研究中占据了重要的地位。在形象学中，套话主要是指"一个民族在长时间内反复使用、用来描写异国或异国人的约定俗成词组"。它是他者形象在文本中的最小单位，是他者文化的概括与缩影。如欧洲人常用"鹰钩鼻"指称犹太人，西方侵略者用"鸦片鬼"指称中国人，而中国人则用"老毛子"指称俄国人，用"大鼻子""洋鬼子"指称西方人。从明代到抗日战争时期，中国人分别用

"倭寇""东洋人""日本鬼子"等套话来描述日本人。当代形象学认为套话在社会、道德规范和话语间进行了有效的混淆,其方式有三:(1)表语与主要部分相混淆;(2)自然属性和文化间的混淆;(3)本质和两分法。正因为如此,才有了把"彼也尔爱喝葡萄酒"混淆为"(所有)法国人都爱喝葡萄酒";把描写西方人的自然属性的"大鼻子"这一套话与其具有侵略性的本质属性相混淆的现象。巴柔认为:套话在实际上"以隐含的方式提出了一个恒定的等级制度,一种对世界和对一切文化的真正的两分法。"而这种对立的目的,其实就是要在法国文化内部制定出一个有利于法国人的等级制度。同理,当英国人或德国人说"法国人爱喝葡萄酒"时,便是制定了与他们自身文化相对的一种对他者的定义。可见,套话在对异国异族进行描述时,省略了推理的全过程,是在民族心理定式推动下一种不由分说的表述,标志着对"他者"的凝固看法。

正如我们前面已经指出的,异国异族形象虽经作家之手创造,但它绝不是一种单纯的个人行为,也就是说,作家对异国异族的理解不是直接的,而是通过社会想象力参与创造的结晶,作家在其中只充当了一个媒介。法国学者把这种在"他者"形象创造中起支配作用的,来自其所属社会的影响源称为"社会整体想象物"。古今中外,不同作家笔下的"他者"形象,都受制于各自的"社会整体想象物"。研究吉卜林笔下的印度,康拉德笔下的刚果,罗伯·格里耶和加缪笔下的非洲等,都不能忽略当时的殖民主义侵略、发现新大陆、探险这样的文化语境。中国古代作家对异域的想象,也与中国当时的"世界中心"观念息息相关。

社会整体想象物并不是统一的,按法国学者的理解,它有认同作用和颠覆作用这两种力,存在于意识形态和乌托邦之间。我们说某一作家笔下的异国异族形象是意识形态化的,意思是指作家在依据本国占统治地位的文化范型表现异国异族,对异国异族文明持贬斥否定态度。而当作家依据具有离心力的话语表现异国,向意识形态所竭力支持的本国社会秩序质疑并将其颠覆时,这样的异国形象叫乌托邦。伏尔泰、劳伦斯、康拉德、毛姆等人的一些表现异域的作品,提供的是乌托邦的图景,他们批判了本国文明的腐朽和堕落,把理想寄托在异域文明上。

他者形象与自我形象的关系一直受到形象学研究者的关注,这是因为作家在对异国异族形象的塑造中,必然导致对自我民族的观照和透视,正如胡戈·狄泽林克所说:"每一种他者形象的形成同时伴随着自我形象的形成。"他者形象生成时,一定会伴生出一个自我形象,二者是孪生关系,相辅相成,相得益彰。"他者"形象犹如一面镜子,照见了别人,也照见了自己。这道理很简单,事物总是在比较对照中才能暴露出本质。除了我们在上文提及的老舍的《二马》外,毛姆、康拉德在他们的海外小说中,也都把这个浅显的道理说了出来。毛姆在表现"他者"形象的同时,也冷静而严厉地观察了散居世界各地的英国人士和团体。这些大英帝国全盛时期的臣民,远离本土,远离英国社会的道德禁忌,他们各种隐藏的私欲和邪念也表现得更加放纵、露骨。他的短篇小说《雨》,通过一个狂热的基督教传教士与一个妓女在异域发生的纠葛,揭露了他肮脏的灵魂,同时也表明,宗教遭到其信徒的背叛,道德已经沦丧。这个传教士为使妓女"改邪归正",对她进行了残忍的"洗脑",折磨得妓女几乎精神崩溃,而教士却振振有词地说是为了她的灵魂得救,一副正人君子模样。正当妓女立誓要痛改前非之际,教士自己却成了情欲的牺牲品。再如康拉德在其中篇小说《黑暗的心灵》中,描绘了一幅非洲丛林被西方殖民者奴役蹂躏的阴森恐怖景象:白人殖民者贪婪残暴,是"充满强烈欲望、暴力及贪婪的魔鬼",在他们的疯狂掠夺与残杀下,非洲丛林村舍凋敝,饿殍遍野。故事的叙述人马罗最终发现,欧洲人的心是黑暗的渊薮。

　　以上两位作家笔下自我民族的形象较为直观,而更常见、但较隐蔽的自我形象来自小说的隐含叙述人,由他的语气、角度、态度、评价等主观因素聚合而成的本民族意识。《大地》中王龙的妻子阿兰是一位典型的中国女性,她忠于传统赋予女性的一切责任和压力:操持家务,生儿育女,照料老人,辅助丈夫,兢兢业业,最后精力慢慢耗尽而死。赛珍珠带着满腔的同情和爱心写了这一切。她还对西方的殖民侵略深恶痛绝,在《分家》中,她借王孟之口,谴责在中国的外国人说:"他们利用宗教骗取我们的心和灵魂,利用贸易劫掠我们的货物和金钱。"但赛珍珠是美国作家,她在为美国读者写作。因此,尽管她改写了西方人眼中的中国形象,尽管她声称叙述中国人"跟我叙述自己的亲人一样",但中国形象始终是作为"他者"来处理的,她的本民族意识在小说的艺术构成中,起着决定性作用。三部曲,尤其是第一部,小说情节的推动,基本上是一连串仪式和礼数的展开,作者不厌其烦地介绍主人公如何平生第一次洗澡、如何娶亲、怎样喝茶、多子多福的意识、染红鸡蛋,等等。三部曲表现的是与大地和解的主题,作者显然欣赏宗法制度下中国农民日出而作、日落而息的生活方式,反对中国社会发展和进步。所以在第二部中,便把向现代转型时期的中国描述成军阀割据,战乱不已,看不到新生的革命力量。这与中国五四新文学反封建、反传统的主旋律是相悖的,迎合的是其本民族近代以来,在海外扩张中形成的对落后民族的浪漫幻想。

20世纪以来,世界范围的移民潮大规模频繁涌动,作家的族属和国籍已很难简单划定,往往你中有我,我中有你,由此给创作带来的影响也越来越复杂。特别是第三世界的作家进入西方文化圈后进行创作,或多民族国家内部的少数民族作家在多数民族的文化语境中所进行的创作。这两种情况,给形象学提出了新的课题。前者如美国的侨民作家,海外华人作家等,他们的作品中,自我形象和"他者"形象之间面对面的对话和冲突,叙述人在对母体文化和客体文化进行选择时,表现出来的左摇右摆和深刻的矛盾,这些都有重要的研究价值。

如前所述,"他者"形象是作家在社会整体想象物支配下创造出来的幻象。但尽管如此,异国异族形象对于本民族来说,它又永远是可信的,合乎逻辑的。作家们赋予"他者"形象以意识形态或乌托邦色彩,总是有意无意在维护、扩张或颠覆自我文化。因此,他者形象一经产生,就会反作用于自己,对自我民族意识发生巨大影响。西方学者已注意到这个问题,狄泽林克呼吁"亟须对形象以及形象结构的能量和威力进行更为广泛深入的研究,探索各种形象所带来的那种特定的,难以驾驭、似乎无法控制的影响和作用"。并指出:"这种由形象而产生的后果今天还到处可见,而且往往是特别有害的。"不过,异族形象在人类精神生活中发生的极大影响力,其实际情况可能更加复杂,很难用"有害"或"有益"来简单概括。如我们前面提到近代西方传教士关于中国形象的描述,它是在殖民侵略的社会整体想象物支配下炮制出来的意识形态幻象,至今影响西方一些人对中国的认识。

形象学大体在三个层次上展开研究:从套话的角度研究;在与社会整体想象物的关系中研究;按照在文本中分析形象的适当方法来研究。前两个层次的研究,在实践中是最能引起主张文学内部研究的人的非议的。因为这两个层次的研究,注重的只是文本的与文学性无多大关联的历史、社会、道德及符号等层面,从而不可避免地带有脱离文本研究的嫌疑。形象学在传统阶段之所以曾引起过那么多的批评与责难,正是因为其研究大都只是在前两个层次上进行。而当代形象学对传统所做的一项革新,便是于研究中不单只是注重前两个层次的分析,而是在前两者分析的基础上,注重了文本内部的研究。事实上,形象学研究中,除了从文化、历史、社会、民族心理等角度探寻形象背后的文化差异和冲突外,从文学和美学角度对具体文本中的异国异族形象进行分析也是必不可少的。因为,文本内部研究是形象学研究的基础,它回答的是形象学研究中最基本的问题之一,即作品中的异国异族形象是怎样的。只有这样,形象学研究才不至于走上脱离文学,仅仅成为文化研究的资料或佐证的歧路。传统形象学虽也处理文本,但其方法仅限于描述性的对异国形象的粗或细的勾勒或介绍。而当代形象学则主要使用结构主义方法,并充分利用了符号学方法和理论进行研究,研究者需要在词语、结构单位、故事情节等各个层次上对文本自身进行条分缕析地研究,且文本内部研究在整体研究中所占的比重也大大增加。注重文本内部研究堪称是对传统所做的彻底改造之一,这是当代形象学者对批评意见进行了深刻反省的结果。不过,在进行文本研究的同时,还需重视文本与外部语境相互铰接的情况,不仅要走进文本,还应走出文本,注重总体分析,这是打破封闭式研究的重要方法。

第十章　当代文化理论与比较文学

第一节　后现代理论与比较文学

广义的后现代理论是一种文化理论,它以后结构主义为基干,包括了后殖民主义、新马克思主义、新历史主义、女性主义等不同流派,涉及语言学、符号学、哲学、历史、社会学、文学艺术等多种学科,在时间上,它从第二次世界大战后一直延续到今天。

从总体上看,后现代理论是以现代理论为参照来界定它自身的。它在超越人文、社会各学科的基础上建构了一套新的话语体系。它以解构一切为己任,其矛头直指现代理论的基本观念,如真理、理性、结构、体系、总体性、有机性、确定性、连续性、主体、意义、逻辑、因果、表现、审美等。尽管它以解构一切为理论核心,但正是在一种近乎疯狂的解构中,它却仍在(也许是不自觉地)重建自己的理论。以"解构一切"为宗旨的后结构主义(解构主义)包含着重构的努力,而以建构为己任的新马克思主义、新历史主义、女性主义等却也包含了解构的前提。当然,这样说,仍难免简单化之嫌,谁都不会否认后现代理论本身的复杂性,理论家们不仅侧重的学科不同,切入论述的角度不同,采用的方法不同,就是在自己的理论体系内也往往包含着论述的差异和矛盾,这就造成了后现代理论的多元性和反概括性景观。

一、后现代理论与非文学化、泛文化化

文学自身的失落,文学和非文学的界限的丧失,导致文学研究也失去了存在的前提。一些批评家在后结构主义理论的影响下,认为文学客体已经消失,过去的所谓文学艺术品现在在他们的脑子里不过是事件和语言的堆积,既然作家们在玩语言的游戏,那么,批评家又何尝不可以玩语言的游戏呢? 还有一些批评家看到文学和非文学的界限消失,因此就认为,文学研究或批评与文学创作的界限也就随之消失,批评家也就可以等同于作家,完全有理由向壁虚构了。

文学的非文学化一方面表现为文学自身本质特征的丧失,另一方面又

表现为文学边界向文化领域无限延伸,文学研究被文化研究取代的倾向。这种倾向可以称之为文学的"泛文化化"。与结构主义和后结构主义相关的符号学、叙事学往往把文学研究变成语言学研究。当然,我们不能武断地说这些理论的初衷是不研究文学,但因为它们过分注重语言本身的问题,而往往忽视文学的审美特征,把文学文本等同于任何一种文本,这样,文学文本就有了文化文本的性质。在这种情况下,文学研究被语言学研究取代。俄国结构主义批评家托多洛夫的《〈十日谈〉语法》被叙事学理论家们推崇为一篇范文,实际上,作者是在用《十日谈》的材料作语言学研究,与其说它是一篇文学研究的论文,毋宁说它是一篇语言学研究的论文。在一些所谓的文学研究中,文学的规定性被解构了。文学研究本身也被解构了。

使文学逐渐泛文化化的另一个动力来自新历史主义。从某种意义上说,新历史主义是对后结构主义等思潮非历史化倾向的反拨,但在如何对待历史的问题上却不可避免地接受了后结构主义的影响。新历史主义不仅颠覆旧历史主义关于历史真实、确定性等观念,而且采用文化人类学的方法把整个人类文化作为研究对象。新历史主义这一术语的创造者葛林伯雷后来更多地用"文化诗学"来代替"新历史主义"就清楚地表明它是一种文化批评。况且它的研究是不考虑学科界限的,人类学、历史学、文学艺术、宗教、经济、政治等完全可以混合在一起,因此学界也有人称其为一种"跨学科研究"。这种打破学科界限的研究由于缺乏理论上的有机统一性,常被一些学者讥讽地称作"一个没有明确指涉的术语"。新历史主义论文集的编者韦塞尔在总结其共同点时明确指出,混淆文学文本与非文学文本是这一流派的五个特征之一。

女性主义主要是从女性角度出发的一种理论,其早期阶段较多关注文学,但后期则逐渐转向文化的各个领域。新马克思主义继承西方马克思主义的基本精神,其关注的焦点始终在社会文化层面上,因此二者对文学的巨大影响也必然导致文学研究向文化领域转移。

二、消解民族主义和欧洲中心主义

一百多年前比较文学在欧洲诞生的时候,正值文化上的民族沙文主义大行其道,一些主要国家如法、德、英、意等都认为自己的民族是世界上最优秀的民族,自己的民族文化是精英文化,因而讲"比较文学"不过是要向世人说明自己的文化和文学对其他民族产生了如何伟大的影响。

究其根源,这种民族沙文主义情绪大约可以追溯到文艺复兴时期。正如韦勒克所说:"大多数文艺复兴时期文学研究的动机都是爱国主义的。英国人编出一串作家的名单以便证明他们在学术的各个领域都取得了辉煌的成就，法国人、意大利人、德国人的所作所为也是如此。"这种"爱国主义"实质上是民族沙文主义。比较文学之所以首先在法国问世，从某种意义上说，正是比较先进的法兰西民族文化试图向欧洲乃至世界证明自己优越的产物。

民族沙文主义在文化上的另一种表现是，当一个民族在争取政治独立时随着民族意识的高涨，在文化上追寻文化之根的偏激。毋庸讳言，任何一个民族都有自己弥足珍视的文化传统，一个民族文化的根可以说是这个民族的灵魂，捍卫和张扬自己的民族传统应该说是值得称颂的，然而，如果把这种文化寻根的浪潮推向极端，则不利于民族文化的发展，也不利于不同文化间的互相学习和交流。

这种民族沙文主义在面对亚非、拉美等非欧世界时，便发展成为欧洲中心主义。随着欧洲列强在亚非拉美扩大殖民地，强化殖民主义、帝国主义的侵略和掠夺，他们在文化上的傲慢也达到惊人的程度。欧洲中心主义轻视甚至无视东方各国的文明，认为只有欧洲（或曰西方）文化优越，东方文化还处于原始、野蛮阶段。

民族沙文主义在帝国主义的政治背景下恶性发展，一些西方人大搞文化殖民主义，并以他们自己的标准来衡量殖民地文学和文化，对自己的文学和文化不遗余力地吹捧，对殖民地文学和文化则肆意践踏。在这样一个背景下诞生的比较文学自然不能不受影响。许多比较学者也认为东方没有可与欧洲或西方相提并论的精英文学和经典作家，因此对东方不屑一顾。这就是为什么比较文学长期以来只在西方范围内发展的根本原因。这种满怀种族偏见的帝国主义、殖民主义态度即使在欧洲中心主义遭到大多数比较学者唾弃的今天仍有一定的市场。

20世纪60年代后期出现的后结构主义逐渐汇聚成解构一切的大潮，其核心就是要解构文化各个层面上的权威，解构中心，打破种种观念上、建制上的等级体系和不平等。这种与西方传统思维模式相对的新思维模式对西方文化产生了难以估量的影响，比较学者由于其学科自身跨民族文学界限的性质和学术眼光的敏锐，自然是首当其冲。他们率先反思本学科欧洲中心主义的弊病，要求打破欧洲中心主义的桎梏，形成了一股强劲的批判思潮。80年代中，艾田伯的呼吁可以说是这股批判思潮中的最强音。他充满危机感地说，比较文学必须挣脱欧洲中心主义的枷锁，进入东方特别是中国文学的领域，才能获得生机。没有东方特别是中国的比较文学不是真正的比较文学。在 1995 年出版的《多元文化主义时代的比较文学》一书收入了引起广泛争议的"伯恩海默报告"以及围绕这一报告产生的不同论争,其主旨却正是倡导多元文化主义、全球主义、国际主义和世界主义,反过来说,也就是要摒弃欧洲中心主义。该书的编者,也就是"报告"撰写委员会主席伯恩海默在报告中明确地说:"欧洲中心主义近年来遭受了来自多方面的挑战。"他认为这种偏激的中心/边缘模式显然再也不能继续下去了。

欧洲中心主义的消解固然得力于广大比较学者的觉醒和努力,但也与解构思潮的大气候分不开。事实上,像伯恩海默辈比较学者大多是在浓郁的后结构主义大潮影响下培养出来的比较文学博士,他们许多人都不讳言后结构主义对自己的影响,换言之,他们之所以具有多元和国际的眼光、全球和世界的胸怀,能够坚决地向各种权威和中心包括欧洲中心主义挑战,主要是得益于后结构主义思想的影响。

三、新动向、新观念和新术语

第二次世界大战后至 70 年代中后期,比较文学中出现的一种极端倾向,过分强调文学的"文学性",轻视甚至无视文学的社会性、历史性,或者说过分强调文学的"内部研究",轻视甚至无视文学的"外部研究";另一方面又表现为过分强调理论探讨,而忽视具体的研究。

众所周知,50 年代末 60 年代初,比较文学在美国学派的大力倡导下,开始了一个理论和实践的转型期。这一阶段的文学研究在总体上完全改变了过去文学社会学、历史学、传记、考证等传统模式,专注于雅可布森所谓的"文学性",即文学诸形式因素的探索。在这样一个大气候下,比较文学以其对新思潮的敏感和自觉首先举起了"文学性"这面大旗。韦勒克等人所说的"文学性"不仅指对文学语言、结构、模式、韵律、象征、隐喻、反讽等诸形式因素的强调,也指对文学审美判断和总体理论的把握。用韦勒克自己的话来说,"'文学性'这个问题"就是"文学艺术的本质这个美学的中心问题"。然而,他们的这种"文学性"本身就包含着无视文学的社会、时代、历史诸因素的偏激,加上他们的追随者在此后二十余年间,从不同角度过分倡导,迅速把这种强调推向极端,使比较文学的研究很快形成了只注重形式、审美,而完全忽视环境、背景、成因、接受等外在诸因素,只重视理论,而忽视各种关系的偏狭局面。所谓的"文学性"成了当时比较学者高举的大旗,理论变成了当时"最新一代比较学者的商标"。如果说 20 世纪五六十年代对比较学者的基本要求是精通几种外文、熟悉几种文学,而到七八十年代则要加上理论上的要求,比较学者必须有深厚的理论功底实际上成了当时衡量比较学者最核心的条件。伯恩海默在评述70年代中期美国比较文学的形势时也谈到理论一统天下的局面。他分析说,对理论关注的急剧膨胀固然与文学学者的大力提倡不无关系,但比较学者的推波助澜也不容忽视。由于比较学者往往通晓多种外文,他们能够便捷地了解层出不穷的新理论,也能迅速地借鉴哲学、历史等其他人文学科的新思想。正因为他们的倡导,造成了比较文学长期以来极端重视抽象理论、轻视甚至无视具体研究的局面。比较文学把理论关怀放在重要地位本来是无可非议的,然而,轻视甚至无视具体研究,把理论强调到极端的"过理论化"或者说"泛理论化"倾向却是不可取的。重视对文学内在诸因素的审美研究无疑是正确的,但那种只讲形式诸因素而完全排斥社会环境和历史背景的所谓"文学性"也是不可取的。

后现代理论为比较文学的研究输入了许多新颖而富有活力的观念和术语,其中最重要的是:"文本""文本性""互文性""误读""他者""他性"等。这些观念和术语不仅大量出现在国外比较文学的论著中,而且也开始出现在国内比较学者的论著中,我们只要稍稍留心就不难发现这一点。新的观念和术语无疑来自新的理论,尽管不同的学者在使用这些观念和术语时,可能有各自不同的理论背景或前提,但从总体上看,这些观念和术语无疑属于后现代的范畴,和传统的观念、术语既有联系,又有区别。

比较文学的文化研究者们接过了这些概念,用它们来阐释不同文化在碰撞和对话中产生的问题。在他们看来,每一种文化无异于一个大的文本,因而具有互文性,总是不断处在和"他者"文化的相互指涉和相互"误读"中。一种文化自然不能没有自己的传统,但任何文化都没有固定不变的本质属性。文化总是在互相影响、互为"他者"的动态过程中发展演变的。按照"互文性"和"他者"的观点,不同文化间由于巨大的差异,误读常常是无意的、不可避免的,但有时又是故意的、出于某种目的的,殖民主义、文化霸权主义对殖民地文化的践踏和扭曲无疑是这种故意误读的一个典型例子。

如前所述,这些观念和术语从根本上说都来自西方后现代理论,对于它们,我们自然未必完全赞同,但作为比较学者,学科本身的特殊性却使我们不能不研究它们、了解它们,因为我们所从事的是不同文化之间的文学研究,总是处于同国际学者对话的前沿,因此,我们必须熟悉他们的话语,甚至要使用这些话语,不过,我们在使用时却不妨把他们的话语作为"他者",使其永远处在和"我们的话语"的互动过程中。

第二节　文化人类学与比较文学

一、文化人类学的学科特质

文化人类学是人类学的主要分支,与体质人类学相对而言,有时亦简称为人类学,是以人类文化为研究对象的综合性新兴学科。具体而言,文化人类学研究整个人类文化的起源、发展、变迁和进化(包括一般进化和特殊进化)的过程,并比较研究各民族、各部落、各国家、各地区、各社区的文化同异,由此发现文化的普同性以及各种特殊的文化模式。它从文化的而不是生物的角度去考察人类群体与个体间的关系,解释人类生活、行为、信仰和观念的差异性及其成因。因此,在文化人类学家眼中,人被视作大千世界中唯一的"文化动物",文化成为人之所以为人的决定性要素,获得前所未有的强调和重视。文化人类学的学科名称创始于 1901 年,用以区别于创始于1871 年、专门研究人类体质特征的体质人类学。但是对文化进行系统的科学研究的尝试,则早在 19 世纪中后期已逐渐流行开来。德国学者巴斯蒂安1860 年所著《历史上的人》、英国学者泰勒 1871 年发表的《原始文化》,均可视作这门学科的奠基性著作。从名称上看,欧洲大陆学者过去倾向于使用"民族学",英国学者习惯用"社会人类学",而美国学者中则通行"文化人类学"的称呼,目前大有后来居上的趋势。也有一种折中的做法是将英、美的称谓统合起来,叫作"文化—社会人类学"。中国学界过去受欧陆和俄苏的影响,通行"民族学"之说,20 世纪 80 年代以来的译介高潮又使"文化人类学"一名得到普遍接受。文化人类学的核心范畴无疑是"文化",它被视为人类特有的一种适应环境的体系或机制,解决人类生存的三种基本需要所涉及的三种关系:

1. 人与自然的关系,特别涉及生计经济、工艺和物质文化或人工制品的关系。

2. 人与人的关系,特别涉及社会的组织、结构、风俗、制度和社会事实。

3. 人与自己心理的关系,特别涉及个人基于知识、思想、信仰、态度、价值等所显示的行为和精神文化或心态的关系。

由于以上三者的相互作用、相互协调和整合,构成了各社会的制度化的人生之道或行为规范,形成各种文化模式。

"文化"概念作为学科术语在文化人类学中获得普遍共识的重要前提,便是"文化相对论"的立场和态度,它对于破除种种形式的本位主义、中心主义都是有效工具。

文化人类学的视野空前开阔,它对于任何埋头于本学科细部研究的人来说,都是一种视力的解放和心胸的开拓。因为它将以客观的数据和时空坐标,为每一位局限于本位主义牢笼中的研究者重新审视自己的相对位置,从而消解各种井底之蛙式的本位自大错觉。

对许多学习者来说,人类学的发现有可能是关于人类的客观的、不带感情色彩的观点。从考古学家和文化人类学家的角度看,人们就有可能把自己的社会看作仅是数百万年人类历史中的一段插曲,仅是现存或过去曾存在过的许多不同社会中既不好也不坏的一个。

这种立足点的确认和视界的解放,对于人文学者来说,有如爱因斯坦的物理学,势必引发某种根本性的超越意识,从原有的绝对化立场转换到现在的相对化立场上来,从而有可能以客观公正的、不带或少带感情色彩的态度去面对研究对象。

纵观一个多世纪以来文化人类学的迅猛发展,先后涌现出众多的流派,大大丰富了人文社会科学的知识领域和研究视界,积累了相当可观的理论经验,并使文化问题的研究从学科本身中拓展开来,形成普遍性的跨学科研究热点。比如有关"文化进化"的问题,从摩尔根、泰勒、弗雷泽等的古典进化论到怀特、斯图尔德、萨林斯和塞维斯的新进化论,单线进化说已经被兼顾文化普遍性与特殊性的多线进化说所取代,文化进化与生物进化的本质差异的观念也得到理论的确认。

这种眼光对于重新审视文学艺术在文化总体中的作用提供了启示。又如美国人类学界所倡导的文化相对论和文化模式论,其意义和影响早已大大超出了人类学界限,成为当今文学和文化研究所共同遵循的科学原则。至于以列维-斯特劳斯为首的结构人类学和以特纳、吉尔茨为代表的象征人类学和解释人类学,其文化分析的对象常常就是文学艺术、神话礼仪、语言象征等,所以不妨把它们看作文学圈外的专家所做的比较文学研究,其方法论上的启发作用在 20 世纪后期的文学理论重新建构时已经充分体现出来。

从人类认识发展的历史过程上着眼,关于宇宙自然的科学出现在前,关于人本身的科学在后。古希腊哲学始于自然哲学,到了苏格拉底时代才提出"认识你自己"的理论命题。文艺复兴以后解决了宇宙认识的根本问题:日心说取代地心说;19 世纪开始解决人的认识的根本问题:进化论取代神造论。文化人类学正是在这一背景上应运而生,将有关人与文化的认识纳入科学的理论框架。马克思、恩格斯在晚年对人类学的进展非常关注,他们吸取了摩尔根等人的研究成果,并认为它与历史唯物主义有不谋而合之处。人类区别于动物的一切特征——思维、语言、理性、艺术、宗教等,均可归入"文化"范畴,并在文化系统中得到本质的说明。这就是文化人类学在20世纪成为人文社会科学领域中的领先学科的内在原因。20世纪80年代末以来,冷战结束,信息高速公路开通和世界性市场的真正形成,对比较文学学者的自我定位产生了根本性影响。随着文化交往升级和文化对话的空前扩大,一种以多元取代一元、边缘挑战中心为特征的超学科的文化研究正方兴未艾,预示着新世纪人文社会科学新趋势和新格局的到来。我们在此时借鉴文化人类学的视野与成果,作为比较文学发展的中远期理论目标的有益参照,或可借此消解"无根情结"和方向困惑,使比较文学继续发挥促进文艺学总体变革的先锋作用。

二、比较的视野与方法

比较文学在文化对话方面已经做出了有目共睹的业绩。但比较既不是理由,更不是目的,它是一种手段,一种过渡和中介,它的未来的理论目标将通向总体文学或文学人类学。

从文学研究本身看,比较文学比国别文学的封闭研究传统是大进了一步。但如果参照一下文化人类学的进展,就不难发现,比较文学学者仍不免有作茧自缚、画地为牢之嫌,把一国文学同另一国文学比较,或把一个语种的作家同另一语种的作家相比较,充其量只能看作通向对人类文化学的本质与功能认识目标的一个起点、一种过程,因为世界上有数千个民族和一千多种语言,其中的每一种都毫无例外地应视为"世界"或"人类"总体的有机组成部分。

就在比较文学学者大声疾呼,著书立说,成立组织,召开会议,试图把这一研究作为合法学科或至少是合法学派确立下来,并在莎士比亚和汤显祖、伏尔泰与《赵氏孤儿》之间寻找平行的或影响的关系时,人类学家已在从容不迫地整理来自世界各个角落各种社会和文化的民族志材料,并以此为基础,去思考人类文化的普遍规律问题了。19世纪作为欧美人类学之父的泰勒和摩尔根试图概括人类进化的程序,都是建立在三百多个社会的样本上的。相形之下,19世纪末提出"文学的比较史"的戴克斯特所预期的文学理想也只不过是"欧洲的"而已。20世纪初洛里哀著《比较文学史》(1903)欢呼世界大同之到来,译者傅东华亦随声附和地赞扬此书"把从最古时代直到现在的世界上每一角落的文学纤屑无遗地用不过繁重的篇幅统统都收摄起来"。然而,细览其书,只是被迫接受了东方学的历史成果,在一部以欧洲为中心的欧洲文学史的框架上,点缀了若干"东方"民族文学的花絮。

相对而言,比较文学研究的现状因受到学历、视野和资料等方面的限制,还不能达到人类学的那种纵横四海的统计比较程度。不过,比较文学从西方扩展到东方和广大第三世界国家,许多森严的壁垒已经被打破,中、印、日、阿拉伯等亚洲主要文明同西方文化的交汇与对话业已展开,这也就为未来的文学人类学开辟了道路,提供了可供局部概括和演绎的基本素材。假如我们还没有足够的自信将比较方法用于大规模检验假说的尝试,那么在目前阶段,至少可以把比较作为打通边界,填平鸿沟,促进文学交流和加强相互理解的一种方式。

三、田野作业:比较作为文化对话的一种形式

比较方法不只和跨文化分析的技术有关,而且也直接影响到处理异文化问题的情感和态度。斯梅尔塞在回顾社会科学中比较方法的兴盛时指出:"在人类思想史上,人类集团歪曲他们对'不同'集团的认识的倾向,只是在最近才引起人们的广泛注意。同样,为克服这种歪曲而进行的严肃努力,相对也是在最近才出现的,其途径是超越单独一个集团的实践范畴去认识社会生活的差异。大部分这样的努力都是在社会科学领域进行的,尤其是在人类学、社会学、政治科学和历史学领域;对于这种努力的定名各不相同,例如'比较研究''交叉文化分析',以及'跨国分析'。"对于闭关锁国了几十年的中国学界来说,由于"歪曲"早已习惯成自然,最初倡导比较就需要相当的勇气。而平心静气对待异文化的态度则需要时间来培育。

这种在个人学术经历中实现的文化对话,不是以缩影的形式预示了文学人类学的田野作业原则对于比较研究的认识启发作用吗?

第三节　女性主义与比较文学

一、女性主义文学批评的产生

我们常说的女性文学研究可能有三种界定:一是研究女性作家创造的文学;二是研究描写女性生活的文学;三是研究表现出女性意识的文学。这三种界定意味着对女性文学的不同理解和思路,它们之间的差异是比较大的。第一种界定以作者是否女性为区分标准,并不在乎作品所写内容是否与女性生活有关;第二种界定则不在乎作者的性别,只关注作品内容是否与女性生活密切相关。在传统的文学研究领域中,这两种思路的研究已是常

见的方式之一,人们并不陌生。第三种界定虽说有些抽象,但还是脱胎于前两种界定法,它不满足于仅仅由女性来写的作品,也不满足于一般性地表现女性的生活内容,它所强调的是要探索和表现女性特有的意识和情趣。西方当代女性主义文学批评家们对女性文学的研究取向倾向于上述第三种界定,不过她们强调,传统的"女人味"已经受到男性社会的严重熏染,其本身就是男性长期压迫女性的产物。她们怀疑全部传统的价值观念和批评工具,试图对女性形象得以形成的历史和现行的社会结构进行阐释,重新发掘已被男性社会忽视和淹没的女性精神,寻觅一种新的女性传统。

西方女性主义文学批评潮流出现在 20 世纪 60 年代的欧美。它的出现,与当时如火如荼的女权主义运动直接相关,与当时欧美的社会经济背景以及妇女在社会中的地位状况有关;与当时欧美各国思想活跃、各种新学说新观点广泛流行有关。

西方女性主义文学批评的主要发源地是在美国。女权主义是西方个体主义的一个分支,从社会成因的角度看,女权主义是西方父权制残余势力同当代西方社会个体化发展倾向矛盾冲突后的产物。在欧美等主要西方国家中,个体主义思想有着悠久的传统,在其形成的过程中,中世纪以后的基督教又起了至关重要的作用。根据基督教的观念,人是上帝创造的,每个人都是上帝的子民,因而都具有最高的内在价值与人格尊严。但是,在西方传统的父权制家庭中,女性处于从属地位,并不属于享受个人平等权利的对象,"天赋人权"的对象限于男性户主。到了 1848 年 7 月,美国历史上第一次妇女权利大会召开,宣告了美国第一次妇女运动的诞生,大会通过的《观点宣言》成为美国妇女运动的总纲领。在 20 世纪 60 年代,随着美国社会黑人民权运动的高涨和反越战争和平运动的兴起,女权主义运动再次掀起高潮。这一次运动被称为"新女权主义",一开始就与黑人民权运动相结合,后来又与反战和平运动相呼应,其声势之浩大、涉及面之广泛、影响西方社会之深刻,远非上一次女权运动所能比拟。由于这一次女权主义运动已不仅仅在于争取妇女在某一方面的权利,而在于从整体上解构男女不平等的社会观念和社会体制,女权主义者对渗透着男性权威的现行制度已从抗争具体的不平等问题发展到进行整体的文化批判。女性文学批评也在此时脱颖而出,遂即蔚然成风。

20 世纪 80 年代以来,女性主义文学批评进入第三阶段,其发展趋向是对构建理论感兴趣,开始酝酿女性主义文学批评理论的突破。在这之前,大多数英美女权主义批评家对文学理论不感兴趣,甚至极为反感,因为她们认定现有的理论思维(包括文学理论)是一种"男性"的活动方式,充满着父权制的陈腐气息。20世纪70年代后期开始,越来越多的女性主义文学批评家觉察到了自身的不足,而致力于从更多的领域和更深的层次来探索女性文学的价值和特征。她们已经认识到性区别不仅是生理的和心理的,同时也是社会的和政治的,或者说是历史文化和意识形态的产物。在这样的认识基础上,许多批评者已不再拘泥于文学本身,而是把女性观念和女性文学置于社会意识形态的复合作用中深入探讨,这样就使女性文学批评从学院式的纯文学领域扩展为跨学科的文化批评。也正是在这一时期,女性主义文学批评与比较文学研究产生了许多契合点。

二、女性主义文学批评的跨文化比较研究

当代女性主义文学批评是女权主义运动在意识形态领域的产物,不同的社会背景和文化传统,使发生在不同国度的女性主义文学批评活动呈现出不同的特点。特别是东西方国家之间在文化背景和社会现状方面差异都很大,虽然都处在发展之中,也都出现女性觉醒争取解放的潮流,但作为意识形态之一的女性主义文学批评,不可避免地出现了在表达内容和表现方式等方面的不同,正是这些同中之异,汇成了当今世界女性主义文学批评运动千姿百态的丰富面貌,并形成了比较文学研究的一个新领域。

西方各国的女性主义文学批评大致可分为英美和法国两大流派。

英美两国在语言文化方面的一脉相通,使两国的女权运动和女性主义文学批评都显示出共同的特点。英国女作家的觉醒与维多利亚时代英国妇女解放程度的迅速提高是一致的。英国女权运动的急先锋霍尔斯东·克雷弗特在1792年出版的《妇女权利的呼吁》一书中就详细提出妇女如何做到与男子平等的种种意见,在当时社会上掀起了轩然大波。女权运动注重现实社会中妇女的地位和状况,她们的宗旨非常明确:为恢复女性做人的权利,为了女性的利益而斗争。英国女权运动直接促进了英国女性文学的高潮,使其针对社会现实,并具有坚决斗争的锋芒。

英美女性主义文学批评发展的每一阶段,都与女权运动的发展相呼应。英美女权运动(包括女性主义文学批评)家始终针对现实社会问题,表现出鲜明的政治倾向性。从伍尔芙的《一间自己的房间》(1929)开始,觉醒的女性向父权制社会索还原本应属于她们的"房间",这不仅指建筑学意义上的空间,也指在家庭财产和社会权益方面的"空间",更重要的是指在心理上和社会意识形态方面的女性生存空间。

法国女性主义文学批评的突出特点就是浓厚的理论化倾向。虽然法国女性主义文学批评也同英美等国一样是社会化的妇女运动的直接产物,但由于受法国社会和文化的影响,法国女性主义批评家更热心于话语革命,更注重采用理性思辨的方式而不是社会革命的方式来达到目的。法国最具代表性的女性主义批评家较早的有西蒙娜·德·波伏瓦,她用萨特的存在主义哲学解释古往今来男女不平等的关系。她早年信奉社会主义,认为妇女的斗争只有放在社会变革的过程中才会有意义。后来又承认是女权主义者,并对女权主义作了如下的定义:

"女权主义者是那些为改变妇女境况而战的女人——甚至男人,与阶级斗争相连,但又独立于它,不必使他们所奋斗实现的变革完全依赖于整个社会的变革。"

在 20 世纪 70 年代出现的法国女性主义批评高潮中,西苏在理论探索方面的成就非常突出。她在 70 年代中期推出了多部论著,从各个角度探索了女人、女性气质、女权主义和作品文本生产之间的种种关系。西苏借鉴了德里达对二元逻辑的批判,提出了事物并非总是对立存在的,而是有着多元的、异质的区别,她认为全人类都具有内在的两性性,作者的性别与文本的"性别"之间并没有必然关系,在评论作品时应防止被局限在男女两性对立的传统观念之中。在其著名的论文《美杜莎的笑声》中,她充满激情地描述女性写作的特征和力量,突出女性的优异之处,赞颂女性生命中的巨大创造力和操纵语言的能力,向传统的话语体系发起了强有力的挑战。

20 世纪 80 年代法国女性主义文学批评的代表人物是克里斯蒂娃。她在多种论著中提出了一种女性的"符号话语"理论,认为它是一种先锋式的写作风格,女作家和男作家都可以使用。这种写作风格的核心就在于冲破传统文化的束缚和打破语言定势的一统天下。克里斯蒂娃还在《妇女的时间》一文中总结了女性主义运动的历程后提出:20 世纪 80 年代兴起的新的女性主义的见解,是要颠覆作为男性社会意识形态基础的世界二元对立的男女二分法,她们要超越这种充满着菲勒斯中心色彩的二分法,反对把男女绝对割裂开来看待,进而倡导一种男女共存人格互补的真正的平等社会意识形态。反映在文学批评领域,她们倡导重新审视文学史和文学价值观念,在审视中要清除男子中心意识形态的影响,发掘和补充女性的文学观念及其创作文本的价值及对整个人类文学史发展所起的影响。应该说,20 世纪 80 年代以来,法国女性主义文学批评的发展呈现出一种开放性的姿态并出现了生动活泼的多元化局面,这是西方女性主义文学批评不断深入发展,体现出旺盛生命力的一种标志。

第四节　文化相对主义与比较文学

一、相对主义与文化相对主义

相对主义有很长久的历史,它虽没有统一完整的理论形式,但作为一种认识论和方法论原则,它很早以来就表现于某些哲学体系,并被广泛运用于历史学、伦理学、美学和自然科学之中。

"相对"和"绝对"是反映事物性质的两个不同方面的哲学范畴。一般说来,"相对"指有条件的、暂时的、有比较关系的、有限的;"绝对"指无条件的、永恒的、无须比较的、在各种情况下都适用的。相对主义强调现实的变动性、不稳定性、否定事物的确定性,只承认人类认识的主观形式和对历史条件的依赖性,而不承认可能的客观真理和事物的客观规律性。

古希腊哲学家赫拉克利特提出,人不能两次踏进同一条河流,只承认运动和变化。希腊智者派哲学家如普罗塔戈拉等把相对主义作为具有普遍意义的认识论和方法论原则。他认为人是万物的尺度,并以感觉为基础,把认识主体的内在差别及其变化看作是认识的根据,从而抹杀了认识的客观内容和客观标准,以至得出了否认客观世界的存在及其可知性的结论。

相对主义对后来哲学的发展一直具有重大影响。罗马的怀疑论者在揭露认识的不完全性和条件性时,对一切知识的可靠性都持相对的否定态度;英国经验主义者休谟怀疑经验之外的世界的客观存在并得出世界不可知的结论,贝克莱提出"存在即是被感知"的命题。

总之,相对主义认为,知识是随着心智的局限性和认知条件的变动而改变的,因此不可能有绝对正确的知识;人只能通过心智的思维和知觉的方式来认识客观世界,因而只能把握一物对他物的关系,而不能把握对象的实在本性。推而论之,某个人、某个集团认为是正确和善的东西,在他人或其他集团看来也可能是错误和恶的。真和善的标准不能不依存于人的主观心智和社会环境,因此也只能是相对的。

无论古今中外,相对主义在当时的历史条件下对于破除传统保守思想,抵制宗教独断专横,反对教条主义都起过良好的促进作用;但它割裂相对与绝对,主观与客观的辩证关系,亦有自身的局限。

文化相对主义是以相对主义的方法论和认识论为基础的人类学的一个学派,这个学派强调人类学更应属于人文科学而不是自然科学,坚持人类学应以"发现人"为主要目标。他们认为:每一种文化都会产生自己的价值体系,也就是说,人们的信仰和行为准则来自特定的社会环境,任何一种行为,如信仰、风俗等都只能用它本身所从属的价值体系来评价,不可能有一个一切社会都承认的、绝对的价值标准。

美国著名的文化人类学家赫斯科维奇认为人们各有不同的文化系统,无论是人类学家还是社会学家都是这些系统中某一文化的产物。他从他的文化中继承了一整套原始的、关于世界和其他问题的下意识的假设。这些假设不仅影响到他的本土文化的日常生活,而且也影响到当他作为一个社会科学家去研究其他文化时的种种看法,即便是貌似公正的一些量化性的调查,如关于 IQ 的调查等也都不能不带有明显的调查者自身的文化色彩和特殊文化内容。因此,文化相对主义者强调尊重不同文化的差别,尊重多种生活方式的价值,强调寻求理解,和谐相处,不去轻易评判和摧毁与自己文化不相吻合的东西,强调任何普遍假设都应经过多种文化的检验才能有效。赫斯科维奇指出,文化相对主义有三个不同的方面:方法论方面、哲学方面和实用方面。作为方法论,文化相对主义坚持一种科学原则,研究者尽可能最大限度地保持事物的客观性,他不会去评价他所描写的行为模式或者去改变它。他更多的是设法去理解在这种文化中建立各种关系的行为准则,而决不以另一参照系的框架去对之进行解释。文化相对论作为哲学来看,与文化价值的性质有关,同时也与一种从形成思想与行为的文化力引发出来的认识论有关;从实用方面来看,就是将以上的哲学原则与方法论广泛应用于各种跨文化场境。

近代社会,特别是以电脑电信为主的第三次工业革命以来,人们关于其他文化的知识逐渐丰富,又由于帝国主义时代告终,殖民体系土崩瓦解,原帝国主义国家的文化影响力相对减弱,各个新的独立国都在致力于寻回并发扬光大自身原有的文化,这些新的发展迫使原有的强势文化不能不改变自己的思考方向。在这种情况下,文化相对主义就有了很大发展。文化相对主义相对于过去的文化征服(教化或毁灭)和文化掠夺来说,无疑是很大的进步,并产生了重要的积极作用;但是,另一方面,文化相对主义也显示了自身的矛盾和弱点。例如文化相对主义承认并保护不同文化的存在,反对用自身的是非善恶标准去判断另一种文化,这就有可能导致一种文化保守主义的封闭性和排他性,只强调本文化的优越而忽略本文化可能存在的缺失;只强调本文化的"纯洁"而反对和其他文化交往,甚至采取文化上的隔绝和孤立政策;只强调本文化的"统一"而畏惧新的发展,甚至进而压制本文化内部求新、求变的积极因素,结果是导致本文化的停滞,以致衰微。此外,完全认同文化相对主义,否认某些最基本的人类共同标准,就不能不导致对某些曾经给人类带来重大危害的负面文化现象也必须容忍的结论。事实上,要完全否定人类普遍性的共同要求也是不可能的,如丰衣足食的普遍生理要求、寻求庇护和安全的共同需要等;况且,人类大脑无论在哪里都具有相同的构造,并具有大体相同的能力,历史早就证明不同文化之间的相互理解、相互吸收和渗透不仅是完全可能的,而且是非常必要的。最后,处于同一文化中的不同群体和个人对于事物的理解也都不尽相同,因为人们对事物的认识总是与其不同的生活环境相联系,忽略这种不同,只强调同一文化中的"统一",显然与事实相悖。总而言之,文化相对主义为跨文化研究奠定了基础,开辟了许多新的研究层面,同时也提出了许多亟待解决的新的问题,这些问题已为许多文化相对论者所重视并得到了相应的修正。

二、文化相对主义与跨文化传通

文化相对主义的重要理论家赫斯科维奇指出:"文化相对主义的核心的核心是尊重差别并要求相互尊重的一种社会训练。它强调多种生活方式的价值,这种强调以寻求理解与和谐共处为目的,而不去评判甚至摧毁那些不与自己原有文化相吻合的东西。"这就不仅强调了不同文化各自的价值,同时也强调了不同文化之间的相互理解与和谐共处。

所谓"传通"一般是指 A 通过 C 将 B 传递给 D,以达到效果 E。A 是信息发出者,B 是信息,C 是通向信息接收者 D 的途径,E 是所引起的反应。有时某种传通并不是有意识的,也可能在不知不觉中传递了不想或不愿传递的信息,并没有要影响别人的意向;在这个意义上,"传通"就包括了人们互相影响的全部过程。但一般的文化传通研究是指一方(信息源)有意向地将信息编码,并通过一定的渠道传递给意向所指的另一方(接收者),以期唤起特定的反应或行为。

当信息的发送者是一种文化的成员而接收者是另一种文化的成员时,就形成了跨文化传通。跨文化传通研究主要是指在不同文化之间的一种双边的、影响行为的过程的研究。由于文化是人的生存环境,文化决定着人们表达自我的方式、思维的方式、行为的方式、解决问题的方式等,也就是说,文化限定了每一个作为传通者的个体或集团,其传通行为和赋予意义的方式在很大程度上受着文化的制约。来自不同文化的人在传通行为和赋予意义的方式方面,其差异是很大的。

感知是指对外来信息(包括一切外界刺激)的感受和理解,亦即一种对外来信息进行选择、评价和组织,使之转化为有意义的经验的内在处理过程。文化,限制并规定着这一过程的进行,历史地形成各种感知定式,极大地影响着人们如何对外来信息赋予意义,作出判断。

对感知发生重大影响的文化因素有信仰系统、价值系统、心态系统以及世界观与社会组织等。所谓信仰系统,并非单指宗教信仰,而是泛指一般对生活的信念。这种信念有些由直接经验,有些由外来信息,有些由推理而形成。例如我们相信物质由原子组成,这并非来自我们的直接经验,而是来自大量实验信息;我们相信如果不对原子武器严加控制,结果必将导致地球毁灭,这是源于推理。由于科学发达,诸如此类的人类共同信念会越来越多,但在日常生活中,不同的文化因素仍然起着很大作用。

价值观念决定着人们评价和判断事物的标准,诸如用途大小、好坏程度、审美价值,满足需要的能力以及享受的提供等都与价值评价标准有关。文化价值一般是规范性的。它告诉本文化的成员什么是好的和坏的,什么是对的和错的,什么是真的和假的,什么是积极的和消极的;文化价值系统规定了什么是值得为之献身的,什么是值得维护的,什么会危及人们及其社会制度,什么是应当学习的正当课题,什么是荒谬可笑的,什么是使得个人达成群体团结的途径;文化价值观也指明了文化中的什么行为是举足轻重的,哪些是应当尽力避免的。总之,价值观"是人们在做出抉择和解决争端时作为依据的一种后天培养起来的规则体系"。

信仰和价值观对心态系统的内容和发展具有重大作用,实际上,所谓心态包括三个组成部分:即认知或信仰的成分、情感或评价的成分、强度或期望的成分。心态的强烈的程度依赖于对自己的信仰和评价标准信赖的程度。这三种因素相互作用,产生一种让我们能够立即对外界事物做出反应的心理状态。例如斗牛被西班牙人看作人兽之间的勇力竞赛,被认为是一种锻炼勇气、技艺和身体敏捷的运动;观看斗牛的人则是在体验着人类对于动物的绝对优势和人战胜自然的辉煌,因而产生一种对斗牛士热烈崇拜的心态。

世界观是指一种文化对于诸如上帝、人、宇宙、自然以及其他与存在概念有关的哲学问题的取向。世界观帮助人们找到自己在宇宙中的地位,它体现着一种文化最为重要的基础。例如美洲土著的世界观是把自己放在跟自然并列的位置上,他们认为人与客观自然的关系是平行的,是一种平等互助的伙伴关系。另一方面,欧美人把人类看作是世界的中心,是至高无上的大自然的主宰;他们把宇宙看作是自己通过科学技术的力量来实现其希求和愿望的被征服的对象。

社会组织形式一方面是指由地理界域所限定的国家、部落、民族、种姓和宗教派别之类;另一方面,也指这种文化中各成员的社会地位和所扮演的不同角色。不同文化的社会组织形式,同样也影响着该文化的成员如何去感知世界,并与其他文化进行交往。

信仰、价值体系、心态系统、世界观、社会组织形式都是影响人们感知世界,形成意义和观念的重要文化因素,正是这些文化因素导致跨文化传通的复杂情况。

从最基本的意义上说,语言是一种有组织结构的、约定俗成的符号系统,用以表达各种事物和一定文化社群或地域社群的人的经验和感情等。这种符号系统与其所指代的内容之间并无精确的必然联系,而多出自一定群体的任意命名和约定俗成。因而词语的含义受到各种各样不同解释的影响和制约;甚至有人认为词语的意义在于人,而不在于词语本身。各种文化都给语词符号打上了自己本身的、独特的印记,不同文化的人们对同一词语也会产生不同的反应。

语言是传达信仰、价值观念等的基本文化手段,它不仅是传通的途径和人们进行思维的工具,而且也在观念和思想的形成中起着重要作用。事实上,思维方式决定着语言的构成,语言又反过来推动着思维方式的形成和发展。文化的思维模式影响着该文化的语言和其他传通方式,语言和其他传通方式又反过来影响着我们对他种文化的人们的反应。世界各民族之间的相互理解与和睦关系之所以受到阻碍,不仅是由于语言的复杂多样,更是由于思维模式的差异。要进行深入一步地跨文化传通,必须认识到多种思维模式的存在,并学会理解和容忍各样的思维模式。

语言过程是交流思想观念的主要手段,非语言过程如姿势、面部表情、目光的凝视、衣着、饰物器具、姿势动作、时间、空间和辅助语等。语言和非语言表达都是传通的符号系统,都是后天习得并将作为文化经验的一部分而沿袭下去。

非语言传通在跨文化传通中占有很重要的地位,它往往从一开始就决定着交往的成功与否。例如目光的接触就是可资借鉴的一个例子。在美国,人们交往时,总要保持充分的目光接触,否则就不礼貌;在日本却没有这种讲究而习惯在上级面前低头垂目;传统中国人对于比自己尊贵的人也多"不敢仰视";美洲印第安人至今还教导自己的孩子,直视年长者是不敬重的表示。

时间观念和其他文化成分一样,在纷纭多样的文化之间也存在着巨大的差异。大多数西方文化是依据线性时间的说法来考虑时间的。人们严格遵守过去—现在—未来的时间顺序,强调日程、阶段时间和准时,以时钟为记录时间的工具。某些美洲印第安人则根本不重视时间,他们认为各种东西,包括人、动物和植物都有自己的时间系统,而时间本无所谓过去、未来,只有现在。

空间和距离的因素在不同文化的交往中也是十分重要的。不同文化的人们在处理空间关系时,确实有着不同的方式。例如北美人习惯于无壁遮掩的大前院,透过玻璃窗,屋子里的情形可以一览无余。中国四合院则四面围墙,进了大门还有二门,窗上多有窗帘,最不喜欢别人窥视。所谓"人际空间学"就是专门研究人与人的交往中空间的安排,人与人之间的距离及其身体的取向等问题的。

如上所述,文化的多样性和传通方式的差异,正是跨文化传通中最大的困难和潜在的问题。然而,最富挑战性的也许不在多样性本身,而在于我们接受多样性的兴趣和执着。进行成功的跨文化传通,不仅要对上述各种文化差异有较深入的掌握,更重要的是,还要抱有对跨越文化障碍,进行成功传通的诚实而真挚的愿望。

第十一章　多元文化环境下的比较文学

第一节　跨文明语境下的比较文学变异学

一、文明的碰撞与冲突催生出变异学

第二次世界大战以来,相对和平的全球局势、飞速发展的技术进步有力地推动了世界的全球化进程。世界历史已经进入多元文明交流融汇的新阶段,但与此同时,不同文明之间的摩擦和冲撞也愈演愈烈。萨缪尔·亨廷顿指出:"在正在显现的世界中,属于不同文明的国家和集团之间的关系不仅不会是紧密的,反而常常会是对抗性的。但是,某些文明之间的关系比其他文明更具有产生冲突的倾向。在微观层面上,最强烈的断层线是在伊斯兰国家与其东正教、印度、非洲和西方基督教邻国之间。在宏观层面上,最主要的分裂是在西方和非西方之间,在以穆斯林和亚洲社会为一方,以西方为另一方之间,存在着最为严重的冲突。未来的危险冲突可能会在西方的傲慢、伊斯兰国家的不宽容和中国的武断的相互作用下发生。"萨缪尔·亨廷顿所指的亚洲社会,从文明的角度说就是指儒教文明,并未包括印度文明。因此,萨缪尔·亨廷顿所谓的非西方文明或东方文明,其实就是指伊斯兰文明和儒教文明,二者均存在于欧洲之外的中东和远东地区,属于东方文明。东西方文明之间冲撞的根本原因是东方文明不再是被动接受西方殖民主义的历史客体,而是希望并且正在逐渐成为与西方文明共同推动历史进程的主体之一。

1918 年,德国学者斯宾格勒在《西方的没落》一书中提出了文明的循环理论,认为文明犹如生物机体一样,按照固定的生命周期,有花开花落,有兴起和衰败,西方文明正逐渐没落,东方文明或将成为新世纪人类文明发展的主角。在这个此消彼长的过程中,东方文明内部的冲撞也不可避免。而缓解乃至避免冲突的最有效方法乃是寻求文化之间的沟通与融合。

但文化保守主义者对具有不同传统的文化能否进行真正平等对话的疑虑也一直存在,新文化运动时期的保守派,如杜亚泉、梁启超及学衡派就持

此种观点。在西方,欧洲文明优越论者更是不认为落后的东方能够与西方文明进行真正的对话交流,在他们看来,东方只能被"西化",西方绝对不可能被"东化"。黑格尔认为,中国是一个"永无变动的单一"和"无从影响的国家"。在黑格尔的哲学体系中,中国起着反衬西方文明的作用,没有中国的落后就显示不出西方文明的先进。

人类文明究竟该往何处去? 具有不同传统的文明在彼此的冲撞中会朝向何处? 是不是可以在保持人类共性的基础上彼此理解并留足发展的精神空间? 这些已然成为当前的国际难题。

全球化并非始于今日,早在2000多年前,亚洲文明和欧洲文明的交流融合就已经开始,只是受技术和物质条件的局限,这种交流与融合没有达到现在的程度和规模而已。而且,从理论上说,既然全人类是一个类,大家都是人,那么人同此心、心同此理的古训就不是理想的预设,而是客观的事实。实际上,无论是哲学还是人类学,无论是政治学还是社会学,无论是文学还是史学,乃至所有的人文社会科学,几百年来,东西方学者想努力达成的是探索、描述、求证整个人类的经验和理想、问题和希望,而不是局限于某个国家或民族内部作井蛙观天之论。所以,比较文学大师钱钟书早在20世纪40年代初的《谈艺录》序言中就明确指出:"东海西海,心理攸同;南学北学,道术未裂。"这个判断也是中国人文学者应秉持的基本信念。

但"求同"的前提是"明异"。不"明异"无以言"求同"。不真正了解东西方文明之"异",则全人类之"同"也是空话,而且极易流变为危险的空想。19世纪后期,欧洲理想主义者的世界语之所以不被推广使用,其根本原因就在于这种语言没有自己的文化根基和个性,无法成为人类深度交流的有效工具。歌德当年想象的具有普遍性的世界文学之所以迄今不能成为现实,也是因为文学作为文明的独特表现形式尤其需要具体的个性,经由这样的个性,人类的普遍性才能最终体现出来。所以,只有成为民族的文学,才能成为世界的文学;不同民族的文学的总体,就是世界文学本身。我们很难想象,在没有共同语言的前提下,会出现一种有别于具体民族的独立的世界文学。不着边际的大同空想对人类造成的危害是20世纪历史最重要的遗产。

基于这样的认识,理性反思比较文学的演进历程及内在学理,并在此基础上寻求促进世界和平与文化多元化发展的合理路线,已成为比较文学学者们的当务之急。可以说,中国比较文学就是在东西方文明的碰撞之下催生出来的,是东西文明之间的冲突所产生的结果。

所谓异质性,是指跨文明语境下不同文学体现出的独特个性。这种个性有其独特的文化与艺术价值,彼此可以交流、共存共生,可以互为参照,但彼此没有位势上的主客之分,没有价值上的高下之别,更没有以一方为标准而去裁断另一方的可能与必要。所谓变异性,是指在文化与文学交流中,尤其是在文学批评与研究中,从原初文本不断生成的文学"作品",或曰跨语际实践,已经完全不同于原文本。这种变异性乃是当代世界比较文学研究应当重点关注的对象。

以东西文学比较研究为代表的跨文明比较文学研究,已经成为当今世界比较文学的重要发展方向之一。中国比较文学变异学即指:"将变异和文学性作为自己的学科支点,它通过研究不同国家之间文学现象交流的变异状态,探究文学现象变异的内在规律性所在。变异学包括译介学、形象学、接受学、主题学、文类学和文化过滤与文学误读六个方面。与法国学派的影响研究注重实证性和美国学派的平行研究注重类同性不同,变异学注重的是跨文明研究的异质性与变异性。变异学是中国对比较文学学科理论的突破,是比较文学研究的新视角、新方法和新理论,开启了比较文学学科理论的新阶段。

二、变异学中的形象学研究

法国比较文学当代形象学的理论家让-马克·莫哈在《试论文学形象学的研究史及方法论》一文中指出,在法国比较文学学派的形象学研究中,"形象"是三重意义上的某个形象,即"第一,它是异国的形象;第二,是出自一个民族(社会、文化)的形象;第三,是由一个作家特殊感受所创作出的形象",从而明确界定了比较文学形象学的研究对象。对比较文学意义上的形象都应从这三个层面来把握。休谟认为"形象""归诸感知,从在场弱化的意义上说,它只是感知的痕迹";而萨特则认为"形象"基本上"根据缺席,根据在场的他者构思",二者相互对立,就像"复制的想象"与"创造的想象"两种理论截然对立一样。前者是将异国形象作为作者所感知的那个异国的复制品;后者则是将对异国的文学描写视为一种创造或再创造,离引发出形象制作过程的原始认知相去甚远。

首先,按照让-马克·莫哈对"形象"的界定,"形象是由一个作家特殊感受所创作出的",由此可以推知,法国比较文学形象学研究的"形象"并非来自作家异国生活的亲历经验,而是根据作家的体悟创造出的一种幻象;作家在创造异国形象时,其对异国现实的感知不是直接的,而是以其隶属的群体或社会的想象作品为媒介。

其次,让-马克·莫哈指出,法国学派研究者在研究"形象"时,拒绝以异国人的亲身经验作为研究法国作家所创造的文学形象的参考系。学者们的中心任务是对凭想象得出的异国文学形象进行研究,根据法国当代哲学家保罗·利科在《从文本到行动》一书中关于人类"想象"和"社会想象实践"的分析与阐述,可以将此处作为想象结果的"他者"形象按其与特定社会群体之间的关系(认同或者相异)区分为"意识形态的"形象和"乌托邦的"想象,从而证实作者是受制于本土文学对异国文明的整体描述,还是彻底背离了本土的集体想象框架而进行了独立自由的创作。若是前者,其类型即为"意识形态型";若是后者,其类型则为"乌托邦型"。所谓"意识形态型",是指注视者或想象者"按本社会模式、完全使用本社会话语重塑出的异国形象"。

因此,意识形态形象(或描写)的特点是对群体(或社会、文化)起整合作用。它按照群体对自身起源、特性及其在历史中所占地位的主导性阐释将异国置于舞台之上。社会群体通过这种诠释再现了自我存在,并由此强化了自我身份。这些形象将群体基本的价值观投射在"他者"身上,通过调节现实以适应群体中通行的象征性模式的方法取消或改造"他者",从而消解他者。相反,乌托邦型的描写则具有质疑本国现实和颠覆群体价值观的功能。这种由于向往一个根本不同的"他者"社会而对异国的表现,是对群体的象征性模式所做的离心描写。于是,这种异国形象总是表现出相异性。乌托邦的本质特点在于"维持可能领域的开放状态",从而为当下社会暗示一种具有积极意义的未知领域。

综上所述,法国学派的形象学研究排除了参考系问题,通过考证和对比来鉴别形象与原型的相符程度并不是他们的研究宗旨,而是关注从该形象体现出来的形象制造者的文化模式,集中于对"异国形象"与"社会集体想象物"之间的内在关联进行研究"社会集体想象物"是一个出自法国年鉴史学派的概念,指特定社会群体在某一历史时期对异国或异域社会文化之整体所做的阐释,这种阐释具有两极性,即认同性与相异性,是由多个层面相激荡而生成的,诸如媒体制造的舆论层面、文化艺术活动产生的精神生活层面、外交活动传导的对他国的认识层面、文学与非文学作品塑造的层面、各种象征物所描述呈现的层面等。通过考察这些层面使制造出社会集体想象物的群体浮出水面,并结合作者的创作处境分析"异国形象"与"社会集体想象物"之间的关系。无论"异国形象"是出自哪一类作家,该形象都受到本社会对异国社会集体想象的影响和制约。形象学的主要内容之一就是对作家与"社会集体想象物"之间关系的考察。研究结论无论是"意识形态型"形象,还是"乌托邦型"形象;无论是对群体基本价值观起整合作用,还是颠覆作用;无论是证实该想象创造物适应了群体的象征性模式,还是偏离了群体的象征性模式;无论是证实了该"想象创造物"是在取消、改造和消解"他者",还是在承认"他者"的相异性,这种和力图丝毫不差地复制异国现实的民族心理学截然对立的研究理路,由于完全排除了参考系,排除了形象本身的问题,但着眼于"想象创造物"本身的生成机制上,而这种机制却是一种复杂的心理或运思过程,这一过程本身又是无法实证的,运思的具体路径是无法阐明的,因此,研究对象本身的不可实证性是不能为法国比较文学学派注重研究的实证性这一理论特征所囊括的。这种研究理论中的一个非常重要的因素——研究对象即社会集体想象物,涉及"想象"这一不可实证的人类活动以及"异国形象"与真实形象之间的变异问题。因此,与法国学派影响研究所强调的"以科学实证方法研究不同语言、不同国家文学间的影响、假借关系"这一理论纲领不符,所以无法为现有的法国学派学科理论所囊括。事实上,这一研究理论早就超出了法国学派的理论界限而关涉"形象"的变异问题。

变异学中的形象学研究主要考察异国形象在不同文明文学作品中的变异过程以及发生变异的诸多原因,并从文化与文学的深层次入手,分析其规律性。由于异国形象在不同文化、心理、意识形态、历史语境下发生了变异,因此产生了不同的文学形象,通过研究异国形象在他国文学作品中的改造与变形(变异),不同民族文化心理和文化规则之间实现了对话与交流。通过对形象变异的研究,深入到异质文化交流与激荡过程中的文化规则的变异与融汇,凸显比较文学研究的价值和意义。

总而言之,法国学派形象学研究将形象学视为关于异国的幻想史,并自视为国际关系史和文学史。但实际上,形象学研究的实质就是变异,而且法国学派在最早的比较文学学科理论中已经提到了文学作品中的他国形象问题,说明法国学派早已涉足非实证性的变异学领域研究,只是还未察觉,因而也没有从学科理论的高度加以总结。早期的形象学研究表面上注重的是有事实关系的文学关系史的研究,但其早已突破实证性研究,因为运用实证方法很难对形象学进行研究。事实上,法国学派确实是在运用实证的、科学的方法从事非实证、非科学的对象性研究,这样的比较研究不属于法国学派所倡导的比较文学学科理论范畴。从形象学的各个要素分析,形象学应该属于变异学的研究范畴,主要是指一部作品、一种文学中表现出来的他国形象。

变异学中的形象学对想象的强调,从"再现式想象"上升到"创造性想象",也就是说,"他者"的形象不是再现,而是主观与客观、情感与思想混合而成的产物,客观存在的"他者"形象已经经历了一个生产与制作的过程,是"他者"的历史文化现实在注视方的自我文化观念下发生的变异过程。如果说影响研究的根本目标是求"同",那么变异学研究探求的基本特征就是"异"。

第二节　传播视野下的比较文学形象学

一、比较文学形象学研究现状及其传播视野的开辟

(一)比较文学形象学研究现状与存在的问题

19 世纪初,法国首创比较文学系统教育,在从事比较文学研究中,学者们无一例外强调文学中的异国形象,最早明确提出形象研究原则的是法国学者让-马丽·卡雷。之后,他的学生基亚又把他的主张进一步作了归纳。学者们已经认识到"异国形象"在一定程度上代表了本民族对异国文学和文化的看法,折射出异国文学和文化在本国的介绍、传播及阐释的情况。到 19 世纪 60 年代,在比较文学"危机"的争论中,形象学研究也遭到了不少批评,但形象研究不但没有停滞不前,反而得到了生机勃勃地发展。形象学在当代的发展法国学者巴柔功不可没,他的《从文化形象到集体想象物》被认为是当代比较文学形象学的里程碑。他明确指出了当代形象学的基本原则,并在《比较文学概论》中对"他者"形象下了一个完整的定义,他认为"形象是在文学化,同时也是社会化的过程中得到对异国认识的总和。"

欧洲的形象学研究以文学研究为重点,在研究理论和研究实例中都取得了不俗的成果。狄泽林克在比较文学一书中指出:"比较文学形象学主要研究文学作品、文学史及文学评论中有关民族亦即国家的'他形象'和'自我形象'。形象学的研究重点并不是探讨'形象'的正确与否,而是研究'形象'的生成、发展和影响。"由此不难看出,欧洲的形象学研究更多的立足于文学本身,在文学研究的基础上研究"自我形象"和"他者形象"的生成、发展和影响,然后通过认识不同形象的各种表现形式,来揭示这些文学形象在不同文化的相互接触中所起的作用和所作出的贡献。

到 20 世纪末,形象学研究也影响到中国,一些学者开始着手对形象学进行研究和探索,其中以孟华的研究最有代表性。从 1993 年起,她陆续译介国外形象学的研究成果,并系统地将形象学研究的基本理论和研究方法介绍

给国人。她主持编写了《比较文学形象学》一书,书中主要刊载了以法国学者为主的欧洲学者论述形象学和进行形象学研究的论文,这是一本比较完整的关于形象学理论研究的论文集,其中既有理论和方法论的探讨和阐述,也有具体的研究实例。

在孟华等学者的努力介绍和推动下,中国的比较文学形象学研究得到了长足的发展,不少学者参与到形象学研究中来,并发表相关的研究论文。与西方学界注重形象学理论和研究方法相比,中国的形象学研究更多地注重对形象类型的研究。概括来说,中国的比较文学形象学研究主要集中在以下三个方面:一是西方的中国形象研究,这是中国比较文学形象学学者最热衷的一个研究课题,研究的成果也最为丰富,专著、硕博论文、单篇论文中有大量研究中国形象的内容。二是中国的异国形象研究,许多学者在关注中国形象的同时,也将关注的重点慢慢转移到异国形象的研究上来。三是综合研究,这方面的研究主要集中在对异国形象的界定和学科规划上。

纵观比较文学形象的发展历程,我们不难发现,单从文学研究的角度研究比较文学形象并不能促进形象学的发展,反而限制了形象学的发展,局限了形象学的研究视角,使形象学研究陷入困境。比较文学的学者们尝试引入跨文化的视角,从文化研究角度对形象学研究进行一个全方面地把握,使形象学研究进入了一个全新的视野,这种尝试有效地拓展了形象学研究的空间。

随着比较文学形象研究的深入,当代的形象学研究在继承传统的基础上,创造性地从内容和研究方法上对形象学研究进行了改进。主要体现在以下四个方面:"一是注重'自我'与'他者'的互动,二是注重对'主体'的研究,三是注重文本内部研究,四是注重总体分析"。以上四个方面的变革使形象学研究达到了一个前所未有的系统化。

实际上,在经过以上四个方面的变革后,形象学研究领域变得更为广泛了。与此同时,跨学科的尝试已经受到比较文学形象研究的重视。历史学、心理学、民俗学、民族学、文化地理学、社会学、人类学等学科的发展也为形象学的研究带来了新的机遇。形象学研究可以根据自身发展的需要,与相关学科结合来,借鉴这些学科的研究方法,让这些学科为本学科的发展提供新的视角。同时利用这些学科的研究成果,创造性地提出自己的研究视角,从而开辟众多新的形象学研究领域。

比较文学形象学研究发展到今天,各方面都取得了巨大的成果。即便在发展过程中遭遇种种困难,也能通过不断地革新渡过难关。但不可否认的是,当今比较文学形象研究还存在许多问题,需要进一步地完善。

第一,形象学研究的内容有待开拓。一方面,国内形象学研究侧重点集中在异质文化的自我描述上,忽略了研究本国文学和历史中的形象,换句话说,就是只注重描述自我而忽略了"他者"。事实上,在形象的塑造中,"他者"的视角往往比自我的视角更为重要。另一方面,在时间分布上也不平衡,特别是在异国形象的塑造中,更多地是集中在近现代,而当代文学中的异国形象却很少涉及。研究内容和时间分布相对集中限制了形象学领域的开拓。

第二,形象学研究的视野狭窄、单一。在形象学研究发展过程中,虽然跨学科、跨文化的角度被引入,历史学、心理学、民俗学、民族学、文化地理学、社会学、人类学等学科的研究方法也逐步受到形象学研究的重视,但更多的研究方法只停留在思想重视的层面,而具体的操作和实践层面上却没有太多的进展,相关学科的研究方法和理论并没有真正运用到形象学研究上。

第三,形象学研究理论还不够完备,更多的是实证性研究、事实性研究,自觉地、主动地理论建构并不多见。在接受西方形象学理论的基础上,中国的形象研究者在研究理论还不完备的基础上进行了形象学的实践,这点应该是难能可贵的,毕竟形象学的研究已经开始了,并朝着理论与实践相结合的方向发展。但形象学研究要取得重大突破,系统的理论必须建构,这种理论的建构并不局限于西方的形象学理论,应当在接受和整合其他学科理论的基础上,建构富有中国特色的形象学理论,这应该是当代中国形象学研究者们努力的方向。

比较文学形象学研究内容的狭窄、研究视野的单一、理论建构的不完备等方面的问题可以通过跨学科的角度给予解决,可以通过引进其他学科的理论对形象学的理论进行建构。本文将尝试从传播学的角度对上述问题进行一个有益探索,以达到开辟形象学研究新视野的目的,传播视野下的形象学研究或许能为当代形象学研究开辟一个新的天地。

(二)形象学研究的传播视野开辟

传播学是20世纪兴起的一门新的社会科学,传播学研究起源于20世纪初的美国,在西方经过50多年的发展才为成为大学里的一门正规学科。我国开展传播学研究已有30年的历史,从1997年成为一门正式的学科也有近20年的历史。传播学在经过一个多世纪的发展后,取得了举世瞩目的成果。这样一个定义将传播看作是一种信息共享的活动,这种信息共享活动是在一定的社会关系中进行的,是一种双向的社会互动行为,信息总在传播者和传播对象之间流动,而所有的传播活动是在一个系统中进行的,它是一种行为,也是一种活动,更是一个系统。

　　传播的上述特点为比较文学形象学研究视角的开辟提供了一种可能。首先,比较文学学者认为,"比较文学形象学研究的形象是异国形象,是出自一个民族(社会、文化)的形象,是一个作家特殊感受所制作出来的形象,是社会总体想象物"。形象学上述特点说明,形象是作家根据自己所处的社会文化系统创造出来的,是作家作为传播者向异国人民传播信息的一种行为,而在这个传播活动过程中,整个社会文化始终作为一个系统影响着形象的传播,不难看出传播者的特点与形象的特点有其相似之处,这为形象的传播提供了一种可能。信息的传播要符合传播的规律,那么形象的传播也必然要遵循传播的规律。再次,传播是一个互动的过程,传播者可以根据传播对象反馈的不同而对传播内容加以改进。形象也面临着同样的处境,作家塑造的形象也是在不断变动和改进,这个改进的原因就是形象接受者反馈。最后,传播是处在整个社会系统中的,形象也是处在整个文化系统中的,文化系统是整个社会系统的一部分。因此,在形象传播的过程中,应该把形象置于整个社会系统中加以考虑。

　　理论总结是科学研究的最高目标,一门学科经过实践总结的理论是对本学科的普遍概括。传播学经过 100 多年的实践后,理论研究硕果累累。传播的过程研究、媒介效果研究、说服理论、课程设置、两级传播、意见领袖、刻板印象等传播学理论在实践过程中已经得到检验,并成为传播学研究的经典理论。

　　传播的特点与形象特点的结合为传播视野的开辟提供了可能,而传播理论的引入则为形象学研究提供了理论基础。理论指导实践,传播理论指导形象学研究的实践是否导致水土不服,还有待进一步地观察,但我们不能因为前途未卜而放弃探索的脚步。

　　总而言之,形象学研究和其他学科理论结合能力强,它的学科研究本身也具有多重维度、多重关联性以及多重指向性,拓展空间潜力巨大,加上它对其他领域具有很强的渗透力、延伸力以及同化能力,可以预见的是,传播视野的开辟将给形象学在中国的研究带来新希望,相信将会有更多的研究者加入到比较文学形象学研究的队伍中来,并对这具有研究潜力的领域贡献自己的能力。

二、形象学研究的前景展望

比较文学形象学在欧洲历史不短,起初发展比较缓慢,到了 20 世纪 80 年代才得到快速发展。在中国,直到 20 世纪 90 年代初,形象学在孟华的倡导下,才得到了广泛的传播和发展。经过十几年的实践和发展,形象学的研究成果显著,特别是到了 21 世纪,随着全球化的进一步深入,文化交流的方式也趋向多元化,而多元文化必将影响越来越多的作家,他们笔下的异国形象会产生更多的文化碰撞,会使我们更好地对不同文化进行比较。可以预见的是,在 21 世纪多元文化的时代,形象学研究有着广阔的发展前景。

形象学研究传播视野的开辟,会为形象学的研究在跨学科的角度上往纵深方向迈一大步。用传播学理论探讨形象学研究问题这是一种有益的尝试,这种尝试会为其他学科进入到比较文学形象学研究领域提供参考。

在传媒高度发达的今天,网络、视频等新兴的媒体已逐步取代传统的游记、日记、小说、散文、报纸等纸质传播方式,成为形象传播的主阵地,发挥着越来越重要的作用,传播学理论和传播视角的引入将会给比较文学形象开拓更为广阔的前景。

在全球化的今天,当代形象学内容研究已经实现了由文学向文化的转向,并和跨文化研究的结合越来越紧密,这也意味着形象学研究不仅要超越民族文化,更意味着要超越文化体系。不同的文化体系的人们之间,在思维方式、价值观念、行为准则、审美心理等方面都有很大的差异。由此可见,形象学研究背后文化因素影响的重要性。

比较文学形象学从它产生开始就与文化问题有关,形象学研究的对象就是一国文学中所描绘的异国形象。因此,被描绘的异国形象就不仅仅是一个文学形象,而更是一个文化形象,代表着一个国家(描绘者)对另一个国家(被描绘者)的看法与态度。无论是中国文学中的异国形象,还是异国文学中的中国形象,这些形象都饱含文化的因素。在研究形象时,应该运用跨文化的角度,主动地将它们放在"自我与他者""本土与异域"的互动关系中加以研究。在塑造形象时不仅言说了自我,还诉说了"他者",同时也进行着对异国文化的审视,他们往往会以本国"集体想象物"这把标尺来衡量"他者"文化并加以自己的好恶。这个过程其实是一种文化间的互动对话,这种对话能使我们感受到双方的差异。

与此同时,比较文学形象学总是与历史学、人类学、民族心理学等多种学科处于相互关联的状态中。研究一国文学中的他国形象,少不了要考察一国文学中所描绘的他国形象到底是什么样的,又是如何变化的,是什么原因导致了这些变化,在这些变化的过程中有什么规律。其次,这些形象是如何被描绘出来的,在描绘的过程中哪些因素发挥了作用。从西方文学中关于中国形象七个世纪的变化,我们不难看出,中国形象是西方"他者"观照自我、理解自我的一面镜子,是作为"他者"的一个参照物。最后,为什么会出现这样的形象,这样的形象有何意义。不可否认,任何一种异国形象都在一定程度上反映了对本民族的了解和认识,以及异国文化在本国的介绍、传播、影响和诠释情况,也折射出本民族的欲望、需求和心理结构。上述这些问题都始终没有脱离文学这个中心,这也说明了文学中的异国形象和形象在传播过程中形成方式才是内在的,文化问题还是作为形象学研究的一个背景而存在,是外在的。相反,我们应该更加重视文化在形象形成过程中的突出作用。

因此,形象的传播必须结合文化的传播,传播文化的同时也是传播形象的过程。迪塞林克指出"一个国家在他国所具有的形象,直接决定其文学和文化在他国的传播程度。"张艺谋的电影之所以能够得到西方人的认可,更多是因为他的电影满足了西方人对中国文化的期待。近几年,中国形象为什么在世界范围内广受欢迎,原因之一就是中国几千年辉煌的文化。形象和文学、文化是相互促进、相互影响的。

在比较文学形象学研究的未来探讨中,必须指出的是,形象学研究要结合相关的主题学研究。当下世界文化越来越复杂,"文学主题不是被边缘化就是被复杂化,随之而来的是母题也将成为一个重要的元素,"他者形象"越来越被重视,这些现象导致了在形象学的研究过程中必须重视主题学的研究。"我们知道,形象学研究的是"他者形象"与自我形象之间的关系,形象学研究的形象,从跨国度或跨民族的意义上来说指的是一个民族或国家的整体的文化形象。而比较文学主题学研究对象之一的意象,指的是某一民族中具有特定意义的文学形象或文化形象。比较文学形象学中的形象和主题学中的意象有其相近的地方,都是指具有包含本国和本民族特定意义的文学形象和文化形象,这些意象和形象都包含了本民族的文化意义。

通常情况下,在一部文学作品中,作家们往往会将这些不同的文学形象综合起来表达一个相对完整的文学主题。由于形象在不同民族表现出来的含义不同,所以,形象表现出来的文学主题在"他者"文化的语境中看来是完全难以理解的。其背后有一个重要因素就是异国形象背后的异质文化,越来越多的主题与形象相互纠缠在一起,使我们必须重视主题学与形象学的结合,重视形象背后所包含的文学和文化方面的意义。而且不同时期有不同的形象,对于异国形象的不断变化,反映出异质文化交流的深入以及西方按照自身文化演变和发展的需要来认识和评价对方。在对异国形象理想化色彩的同时,也包含了对本国文化的否定和贬斥。这就要求形象学的研究者不仅仅要注意对形象本身的研究,更要注意形象在产生、传播、接受时受到文化、经济、政治等方面因素的影响,也要注重用来创作形象的话语立场、文化材料、思维方式、技术手段等。

第三节　文化全球化语境下的比较文学

20 世纪 80 年代以来,随着通信卫星、互联网等各种新媒体的问世,国际政治、经济军事、文化、科技等领域的交流与合作进一步增强,全球性的时空紧缩使全球结合为一个紧密联系、彼此依存和互相联动的信息整体,我们赖以生存的地球也变成了真正意义上的"地球村"。当加拿大学者马歇尔·麦克卢汉凭着自己敏锐的学术眼光,在人类历史上首次提出"地球村"这一概念时,人们一度陷入困惑和迷惘。然而,21 世纪的今天,"全球化"已经成为一个不争之事实,已经成为一个无法回避的现实挑战,人们对此也达成了一定的共识——政治多元化与经济全球化已成为时代的两大主题,中国加入世界贸易组织更是从机构上完善了这一进程作为经济全球化的一个直接后果,文化全球化对人们的生活产生了巨大的影响。

文化全球化,其内涵就是各民族文化之间的"往来和依赖",是一种"全球化语境的文化氛围。"早在 1848 年,马克思和恩格斯就曾在《共产党宣言》中对此概念进行了精辟的论述,只不过没有明确使用"文化全球化"这几个字眼而已,地球上各个民族的文化通过各种形式和途径,进行不同程度和范围的交流、碰撞,它们相互影响、相互渗透、相互交融,在保持个性化、多元化和多样化的前提下,相互理解,彼此尊重,最终达到某种价值共识和价值共享,促进全人类文化的繁荣和发展的文化全球化。简言之,就是指各民族文化通过交流融合、互渗和互补,不断突破本民族文化的地域和模式的局限性而走向世界,不断超越本民族文化的国界并在人类的评判和取舍中获得文化的认同,不断将本民族文化区域的资源转变为人类共享和共有的资源。电视剧《涉外保姆》把"地球村"搬上了屏幕,使我们对文化全球化有了感性的认识,文化封闭状态的不复存在,多元文化的相互依存和发展,民族文化的特殊性和世界文化的普遍性并存共进,构成了文化全球化的有机内容。文化全球化使各民族的文化都有了互相交流彼此交融共同发展的机遇,众多的异域文化特质渗入民族本土文化,促进了民族文化的发展。

随着文化全球化进程的日益推进,比较文学研究面临着新的挑战,全球化时代对比较文学研究意味着要不断创新思想,创新理论,而且要找到传播新思想和新理论的新途径。作为一门独立的学科,比较文学研究始于19世纪的欧洲。20世纪60年代以来,中西比较文学研究一直局限于雷马克划定的范畴:比较文学是超越某一特定国界的文学研究,一方面它研究不同文学之间的关系;另一方面它又是研究文学与其他知识和信仰之间的关系,诸如艺术、哲学、历史、社会科学、自然科学、宗教,等等。简而言之,它是一种文学与另一种或多种文学的比较,同时也是文学与人类各种思想感情表达的比较。但是,不同的时代又赋予比较文学这门学科以不同的内容。比较文学学科理论经历了"影响研究"和"平行研究"两大发展阶段后,已步入"跨文化研究"这一特殊阶段。跨文化的比较文学研究是在文化全球化语境下跨越东西方异质文化的文学研究,它把文学研究置于一个更为宽泛的文化研究的语境下,使比较文学研究真正具有世界性的胸怀和眼光,使这门正受到时代严峻挑战的学科重新焕发生机。

一、文化全球化语境下比较文学研究的基本特征

文化全球化是一种历史的必然和明显的发展趋势,是不以人们的意志为转移而客观存在的事实,其总体价值是良性的。跨越东西方异质文化,探讨东西文学和文化之间的差异,使两种文化在平等对话的基础上进行交流与合作,这是建立东方比较文学研究的完整体系的重要内容。东西文化代表着不同的文明,在基本文化机制、知识体系和文学话语方面是完全异质的,强调东西方文化的异质性是跨文化比较文学研究的关键所在。因为跨文化的比较文学研究摆脱了"影响研究"和"平行研究"的局限性,强调东西文化的异质性,认同多元文化存在的合法性,坚持各文化相互之间平等的交流和对话。

文化全球化语境下比较文学研究的基本特征是跨文化研究,雷马克曾对比较文学作了这样的比喻:"国别文学是墙内文学的研究,比较文学越出了围墙,总体文学则居于围墙之上。"在跨越了国家界线和学科界线这两堵墙后,横亘在我们面前的是东西方异质文化这堵墙。因此,跨越这堵墙,开创比较文学研究的新纪元,就成为新世纪比较文学研究面临的一个挑战。如果在比较文学研究中忽略了东西方文化的异质性,比较文学研究就无法真正具有世界性。跨文化的比较文学研究是以多元文化为范畴,以异质文化的异质性为出发点和参照点,以发掘不同文学和文化而存在的一种文学样式,它在不同国家、不同学科、不同文化之间寻求沟通对比与跨越,而不是

去占领其他学科领域。

二、进行跨文化比较文学研究的方法论研究

比较文学研究正处于又一次全球范围的战略性重大转变时期,文化全球化语境下,文化的趋同现象与多元文化的共生互补并行存在,共同发展,而在多元文化的交融、整合过程中寻找新的文学发展契机,是一种积极的文化态度。跨文化的比较文学研究有利于新文学观念的建构,只有跨越异质文化,才能使比较文学真正成为异质文化之间平等对话、开放互换的介质和桥梁,才能使异质文化在平等的基础上进行交流和对话,在文化全球化语境下应该采取怎样的对应姿态和对话策略,如何进行跨文化的比较文学研究,正是本文的一个关注点。

1. 以文化全球化为语境进行跨文化的比较文学研究

文化全球化已成为当代中国人知识生活和文学生产无法回避的问题,我们无法抗拒文化全球化的发展趋势,也不能游离于全球化的大潮之外。全球化不能成为陈词滥调,而应该成为我们考虑问题和研究问题的背景和基础。置身于文化全球化语境,才能真正获得更宽泛的立体性的研究视野。以往的文学研究只能限定于某个特定的文化语境,并在这个特定的语境中获得若干个不同的视点。但当全球化语境形成之后,所有特定的文化语境都被消融为同一个大语境。学者们对于同一种文学现象或理论可以采用任何特定文化语境中的理论视点来加以研究,例如本土文化的现代或古代理论,外来文化的现代或古代理论等。显然,文化全球化语境对于文学研究意味着视点更为灵活,视野更为宽泛。

2. 确立新人文精神在跨文化比较文学研究的理论指导地位

21 世纪,新人文精神要求保障对个人的尊重和个人的平等权利,同时又要求个人有同情和尊重他人的义务,既保障不同个人—社会—民族—国家之间的各种差异,又有彼此对话交流、和谐并达成共同发展的途径。只有这样,既保存了人类文化的多样性,又避免了对本土文化的封闭和孤立。一个国家没有科学技术一打就垮,一个国家没有人文精神不打也垮。因此,跨文化比较文学研究必须以新人文主义精神为导向,超越东西文化的异质性,通过互识和互补达到促进人类文明的发展和完善这一目标。

作为一种文学研究,跨文化的比较文学研究以不同文化和不同学科中人与人之间,以及不同文化间的互相沟通理解、尊重和宽容为研究内容。新人文精神为跨文化比较文学研究提供了广阔的发展空间,为促进文化沟通,改善人类文化生态和人文环境,实现不同文化间的尊重宽容、和谐统一、和

平发展具有重大的现实意义和理论指导作用。因此,新人文精神是跨文化比较文学研究的灵魂,跨文化比较文学研究是实现人类文化生态平衡,改善人类文化环境的"平衡剂"。

3.依据"和而不同"的原则进行跨文化的比较文学研究

欧洲著名思想家翁伯特·艾柯认为,欧洲大陆第二个千年的目标在于"差异共存与相互尊重",这一点恰与中国比较学会会长乐黛云先生一直倡导的"和实生物,同而不继"的精神不谋而合。作为沟通的"和"必将是差异得以共存的基础,而"和而不同"是实现"差异共存与相互尊重"目标的基本原则。"和而不同"是宇宙间一个永恒的哲学命题,对于人类社会、自然界的各个领域都具有普遍意义。依据中国传统文化中的"和而不同"的原则,共建人类多元文化,这对于发挥跨文化比较文学研究的桥梁作用,促进世界的和平发展具有十分积极的作用。

文化全球化这一现象已成为当代人无法回避的问题,由此产生的文化差异也无法根本消除。我们只能遵循一定的伦理指导原则,站在全人类的高度,跨越东西文化的异质性,从差异出发,寻找各民族之间文化的共同性,宽容文化差异的存在,彼此适应,互相理解,追求人与人之间的、人和自然之间的和谐共存,这是人类文化追求的共同目标。还以《涉外保姆》为例,女保姆香草没有敲门进入女主人雷大妈的卧室打扫卫生,这引起雷大妈极大的不满,认为这是侵犯她的个人隐私,最后由培训中心的老师出面解释才平息了这场风波。原来这是中西文化对个人隐私的观念差异所造成的。双方彼此谅解,互相宽容,最终香草和雷大妈和睦相处,甚至难舍难分。因此,把文学研究建立在异质文化之间文学的互识、互证、互补的过程中,这是跨文化比较文学研究的必然趋势和发展前途。

4.确立有效的对话模式进行跨文化比较文学研究

对话式模式也被称之为双翼式模式,其中交际者双方都彼此相互独立,而同时又相互依存,二者的异同都被承认而且又受到尊重。从结构上看,它既不是单元的,也不是双元的,交际双方不但不会排斥,也不会完全融合起来,双方都能从各自的立场出发,分别代表两种精神、两种文化,代表人类经验的两个互补的不同方面。

对话式的跨文化比较文学研究,不是以本位文化作为文化沟通的起点和归宿,而是以平等的态度、开放的心理互相学习,提高对异域文化的敏感度。因此,我们在进行对话式的跨文化比较文学研究时,要对本土文化具有高度的认识,反思自身文化,了解自己的历史传统的来源和发展,还应该平等地对待他国文化,意识到异域文化和民族本土文化是彼此相互独立而同时又相互依存彼此相通的。你中有我,我中有你,两者的异同都被承认,而且受到尊重。应该说两种文化在融合时,都能保存其各自的个性,从各自的立场出发,分别代表两种不同的精神。

一个时代有一个时代的比较文学研究,许多专家对全球化时代的比较文学研究进行了重新定义。世纪之交,不同文化的差异和冲突日趋明显,比较文学肩负着增强文化之间的互相理解与沟通,促进世界文学交流的历史重任。依据"和则不同"的原则,以"差异共存与相互尊重"为目标,在平等对话的基础上,进行文化间的交流与合作,共建人类多元文化,实现人类文化生态平衡,改善人类文化环境,实现各民族文化资源的共享和共有,这是跨文化比较文学研究所追求的理想和目标。跨越中西方异质文化的文学碰撞、文化浸润、文学误读,并寻求这种跨越异质文化的文学对话、文学沟通,历史遗迹文学观念的汇通、整合与重建,这是比较文学中国学派所呈现的"跨文化研究"的基本特征。越是民族的就越是世界的。因此,作为东方文化重要组成部分的中国文化肩负着重大的历史使命,中国比较文学研究应当注重把中国文化和文学研究的成果推向世界,把中华民族文化中的精华部分与世界各国人民共享和共有。

第四节　后现代语境下的比较文学

一、文本的不确定性——文本观念

在后现代语境下,具有解构系统、取消边界及消解二元对立等诸多特征,从中挖掘各种异质因素,期待比较文学在话语霸权中得以解放。同时在这一过程中,比较文学体现了二元区分的狭隘性,认为文学是一种效力极强的文明化力量,应该从根本上拓展文学性需要。因此可以说,后现代语境打破了过去整体划一的文学观念,为比较文学的文学性奠定了理论基础。

形成后现代语境,离不开解构主义的应用;在解构主义中,实行了语言学方法,通过细读文本的形式,客观发现文本中存在的矛盾及冲突,展现文本中自我颠覆、自我解构的运动过程。解构主义体现的自我批判以及选择解读文本所受的影响,重新理顺了比较文学中对文学性的认知。

在斯皮瓦克的理论中认为,通过解读解构主义文本,人们了解了哲学文本中的另类特性,虽然哲学文本是"富有真理的标准",但是有可能是插入了"谎称真实"的话语中。从另一个角度来看,哲学文本中可能自诩真实话语,实际为虚构产品,而缺少稳定的同一性支撑。从根本上理解文本,必须实现不同文本之间的相互转义与指称。由于受到解构主义的文本观念影响,比较文学不再是传递真实、具有超时空特征的精神载体,而成为了一个错综复杂的网络。

二、美学的语境化——美学基础

在后现代语境中,更新了比较文学的观念,逐渐与世界多元化发展格局相适应,因此比较文学也融入到民主化、多元化的情境中。在学者研究跨文化背景下的文学现象过程中,已经认识到不同文化、不同民族审美心理的差异性,因此无法实现统一性的美学模式。

人们已经意识到语境化背景研究的重要意义,但是在比较文学学界仍然展开了激烈的讨论,主要在于比较文学的学科定位到底偏向文学还是文化。而随着“比较空间”的逐渐扩容,“文学”不仅仅能客观地表现研究的对象及要素;强化语境研究,体现了语境与文学性的共生共存,也表现出文学性对语境的依赖感。文学只有在特定的语境中才能表达其真实意义,而语境的变化也将带来文学性重构,这是没有具体定义的概念。

从这一思路来看,文学性其实只是一种术语的表达,甚至可以用其他术语替代,这在比较文学发展中显然处于不利地位,也是造成比较文学失去根基和稳定性的原因之一。但是考虑到这一文学性特征的虚化倾向,也表达了在全新文化语境中研究比较文学的核心和关键,提出重新评估文学性的重要性与必要性。综合考虑种种需求,文学性和语境具有双重关系。无论是研究比较文学还是文学性,都应处于一定的语境中,才能在特殊层面表达文学特质。但是也要考虑到,语境是各种文化元素相互促进、相互作用的复杂结构产物,文学性也应不断调整、不断创新。

三、“自我—他者”的复调论——话语模式

当前,世界呈现多元化格局,各种各样的主体争先恐后抢夺话语权,通过探讨比较文学,可避免在“比较空间”中发生不平等倾向或者话语霸权现象。由于多元化主体之间存在差异性,再加上特定语境中表达的话语利益,因此有关比较文学的语境化研究,应集中于研究主体自身的话语方式以及语境氛围,充分表达比较文学的科学性、公共性。应该意识到,如果话语模式较为枯燥、单一,将给文学研究带来更多难题,再加上比较文学领域的后殖民理论侵入,带来了比较文学的大变革,同时也离不开文学性探究。因此,关于文学性的真正意义和内涵,包括了试图界定各种言说、内涵等构成,但是又超越了这些理论而存在。

可见,文学性已经成为比较文学研究的重要目标与标准,虽然在后现代语境下这一特征较为模糊,但是有关文学性的各种理论研究,必须经过批判性反思。

总之,当前有关比较文学的文学性研究越来越活跃,不同国家、不同民族在推动比较文学发展中产生积极作用。在这一背景下,各界对比较文学的质疑有所转化,逐渐认同现有理论及话语范型,寻找不同文化背景下的对话方式。以我国当代比较文学的理论建设及相关文学性问题的研究来看,应立足中国当代比较文学的发展现状,争取在跨文化语境中寻找比较文学的发展契机,使中国比较文学在借鉴世界先进比较文学研究成果的前提下,构建与世界比较文学的求同存异关系。

参 考 文 献

［1］Candida Baker. Yacker：Australian Writers Talk About Their Work. Sydney：Pan Books Pty Limited，1986.

［2］Dvora Baron. "The First Day"and Other Stories，Berkeley，Los Angels. London：University of California，2001.

［3］Judith R. Baskin ed. Jewish Women in Historical Perspective. Detroit： Wayne State University Press，1991.

［4］Nina Baym. Woman's Fiction：A Guide to Novels by and about Women in America，1820—1870. Ithaca：Cornell University Press，1978.

［5］Martha Dickinson Bianchi ed. The Complete Poems of Emily Dickson. Boston：Little，Brown，1924.

［6］陈晓兰. 外国女性文学教程［M］. 上海：复旦大学出版社，2011.

［7］北京日本学研究中心文学研究室. 日本古典文学大辞典［M］. 北京： 人民文学出版社，2005.

［8］以赛亚·柏林. 俄国思想家［M］. 彭淮栋译. 上海：译文出版社， 2003.

［9］布罗茨基. 文明的孩子［M］. 刘文飞译. 北京：中央编译出版社， 2006.

［10］哈罗德·布卢姆. 西方正典——伟大作家和不朽作品［M］. 江宁康 译. 南京：译林出版社，2005.

［11］柏隶主编. 西方女性主义文学理论［M］. 桂林：广西师范大学出版 社，2007.

［12］陈建华主编. 中国俄苏文学研究史论［M］. 重庆：重庆出版集团， 2006.

［13］陈方. 当代俄罗斯女性小说［M］. 北京：中国人民大学出版社， 2007.

［14］陈才宇. 金色笔记阅读提示与背景材料［M］. 杭州：浙江大学出版

社,2009.

[15]陈光孚选编.拉丁美洲当代文学论评[M].桂林:漓江出版社,1988.

[16]蒋承俊选编.我曾在那个世界里[M].石家庄:河北教育出版社,1995.

[17]温华.外国文学研究话语转型[M].上海:东方出版社,2014.

[18]段若川.米斯特拉尔——高山的女儿[M].长春:长春出版社,1997.

[19]段若川.安第斯山上的神鹰——诺贝尔文学奖与魔幻现实主义[M].武汉:武汉出版社,2000.

[20]玛丽·伊格尔顿.女权主义文学理论[M].胡敏等译.长沙:湖南文艺出版社,1989.

[21]汉纳·法胡里.阿拉伯文学史[M].阵傅浩译.银川:宁夏人民出版社,2008.

[22]余宗其.外国文学与外国法律[M].北京:中国政法大学出版社,2002.

[23]傅俊.阿特伍德研究[M].南京:译林出版社,2003.

[24]高莽.白银时代[M].北京:中国旅游出版社,2007.

[25]克洛德·弗兰西斯、弗尔朗德·贡蒂埃.西蒙娜·德·波伏瓦传[M].全小虎等译.北京:中国社会科学出版社,1990.

[26]大卫·丹比.伟大的书[M].曹雅学译.南京:江苏人民出版社,2003.

[27]北京未来新世纪教育科学研究所.外国文学与艺术[M].乌鲁木齐:新疆青少年出版社,2005.

[28]张春蕾.外国文化与文学精编[M].南京:南京大学出版社,2007.

[29]宋希仁.当代外国伦理思想[M].北京:中国人民出版社,2000.

[30]高申春.心灵的适应 机能心理学[M].济南:山东教育出版社,2009.

[31]方双虎,郭本禹.意识的分析 内容心理学[M].济南:山东教育出版社,2009.

[32]高峰强.理性的消解 后现代心理学[M].济南:山东教育出版社,2009.

[33]崔光辉.现象的沉思:现象学心理学[M].济南:山东教育出版社,

2009.

　　［34］陈惇,刘象愚.比较文学［M］.北京:北京师范大学出版社,2001.

　　［35］陈惇,孙景尧,谢天振.比较文学［M］.北京:高等教育出版社,
2007.

　　［36］王福和.比较文学基础［M］.成都:电子科技大学出版社,2014.

　　［37］王福和.比较文学基础［M］.北京:中国文史出版社,2005.

　　［38］韦华.美国黑色幽默作家的元小说创作［D］.吉林大学,2012.

　　［39］杜雪琴.易卜生戏剧地理诗学问题研究［D］.华中师范大学,2013.

　　［40］温华.论外国文学研究话语转型［D］.华东师范大学,2013.

　　［41］綦亮.弗·伍尔夫小说中的民族身份认同主题研究［D］.华东师范
大学,2013.

　　［42］陈婧.论新时期外国文学史范式的建构与转型［D］.华东师范大
学,2013.

　　［43］刘红卫.哈罗德·品特戏剧伦理主题研究［D］.华中师范大学,
2014.

　　［44］罗常军.艺术即表现［D］.湖南师范大学,2014.

　　［45］杨克敏.论民国时期的外国文学研究［D］.华东师范大学,2014.

　　［46］宋春香.狂欢的宗教之维——巴赫金狂欢理论研究［D］.中国人民
大学,2008.

　　［47］王松林.康拉德小说伦理观研究［D］.华中师范大学,2008.

　　［48］买琳燕.从歌德到索尔·贝娄的成长小说研究［D］.吉林大学,
2008.

　　［49］高奋.弗吉尼亚·伍尔夫生命诗学研究［D］.浙江大学,2009.

　　［50］陈博.博尔赫斯文学思想研究［D］.山东师范大学,2009.

　　［51］修树新.托妮·莫里森小说的文学伦理学批评［D］.东北师范大
学,2009.

　　［52］王雪.“世界之轴”:诺斯洛普·弗莱文学批评体系的中心原型
［D］.东北师范大学,2014.

　　［53］程培英.比较文学若干理论问题的思考［D］.复旦大学,2013.

　　［54］吕超.比较文学视域下的城市异托邦［D］.上海师范大学,2008.

　　［55］文治芳.论乐黛云比较文学研究的理论与方法［D］.山东大学,
2009.

　　［56］王旭琴.比较文学与中学语文外国文学教学研究［D］.山西师范大

学,2014.

[57] 卢玉玲. 文学翻译与世界文学地图的重塑[D]. 复旦大学,2007.

[58] 曹顺庆. 比较文学学科理论的"跨越性"特征与"变异学"的提出[J]. 中外文化与文论,2006(01):116 – 126.

[59] 徐宏. 童话世界中幸运的"老实人"[D]. 西南农业大学学报,2012,10(12):154 – 155.

[60] 徐宏.《大师和玛格丽特》的艺术渊源[D]. 山西大同大学学报,2013,27(1):76.

[61] 徐宏. 体验式教学在外国文学教学中的具体应用[D]. 北方文学,2014(10):182.

[62] 徐宏.《上海女孩》的女性身份构建[D]. 山西大同大学学报,2014,28(6):48.

[63] 徐宏.《喧哗与骚动》中人物性格的单一性[D]. 名作欣赏,2015:7.